奉人民之命

朱维坚◎著

作家出版社

此小说乃遵命之作。遵时代之命，人民之命，正义之命。

朱维坚

目 录

第一章 一切，并非偶然

1. 黑洞洞的枪口……

后来李斌良才知道，那天所发生的一切，并不是偶然的。

那天发生的第一件事，应该是早晨，那支黑洞洞的枪口对着自己的额头。对，就是这件事，当时，那支枪口对着自己，就像一只黑洞洞的眼睛。顺着枪口向后看去，可看到手枪抓在一只男子的手中，食指扣在扳机上，握着手枪的是一个似曾相识的中青年男子，他用一种蔑视、快意的目光盯着自己。

当时，李斌良非常清楚，自己的生命掌握在对方手中，因而不敢乱动。事实上，他也动弹不得，因为他的四肢、身躯都被一种巨大的力量死死地攫住，不能动弹丝毫。

后来，男子开始扣动扳机，李斌良看得清清楚楚，男子的食指把扳机向后扣去。这时，他下意识地喊出一句："为什么……"男子没有回答，而是冷冷一笑扣动了扳机，李斌良心有不甘地又喊出一句："为什么……"

李斌良被自己的呼声惊醒，猛地睁开眼睛，这时他感觉到，自己的全身都是汗。这是一个噩梦。好一会儿，他的眼前依然晃动着那支黑洞洞的枪口，晃动着那个男子的面孔。这个人是谁？似曾相识却又想不起来。自己从没见过这个人，怎么会梦到他？自己为什么会做这个梦……

李斌良想了片刻，有点儿明白了。这个梦并非偶然。

他开始起床穿衣。今天对自己是个重要的日子，梦应该也和这有关。

穿好衣服后，他轻轻走到女儿卧室门口，轻轻敲了几下门，又轻轻推开门，轻轻地走进去，看到晨光从没有拉严的窗帘缝隙透进来，看到躺在床上、蒙着被子的少女躯体。那是他的心肝宝贝，他的女儿。她睡得很香甜。他悄悄走上前观察着她，不由想起襁褓中的她，童年时的她，时间可真快，转眼间，她已经长成了眼前这个少女……虽然说是少女，实际上已经十八岁了。瞧，四肢修长，面庞秀气，怎么能把她和过去那个乖顺、可爱的小女儿联系起来呀？咳，今后自己不能每天都守候在她身旁了，不知她会怎样，能否适应。

看着梦中的女儿，李斌良心里一时心里五味杂陈。他非常希望女儿能多睡一会儿，可是又不能不轻轻地拨醒她。

"苗苗，起床吧，爸爸还要上路呢！"

苗苗没有像往日那样赖床，而是打个哈欠，伸个懒腰就醒来了，然后把他从房间赶出去，开始穿衣服。看来，她是懂事的，知道爸爸要离家走了，不想让他再为起床三遍五遍地叫她了。

再之后，是洗漱打扮，当一切完毕的时候，门铃准时地响了。他上前打开门，一张朴实、甜美的面庞出现在眼前，一双温暖、沉静、亲切的眼神看着他。她叫沈静，是他的……他的未婚妻……不，不是，还没有订婚，准确地说，只是他的女朋友。他下意识地对她露出笑容，她也露出笑容，会心的笑容。温暖在李斌良的心头溢出。

李斌良和沈静及苗苗来到千香岛早餐店。他们一起吃顿早餐，然后就要分手了。李斌良将前往距省城荆都七百多华里的碧山，因而这顿早餐让李斌良感到十分珍贵。

就在他们准备点餐的时候，身后传来一个男子的声音："斌良，你也来了，一起吃吧！"李斌良转身看到了说话的是省公安厅副厅长古泽安。他也来这儿吃早餐了。

古泽安穿着便衣，一点儿也看不出警察的样子，更看不出副厅长的样子。他五十六七岁的样子，深棕色的脸膛透出热情、慷慨而又坚决的表情。于是，李斌良和沈静、女儿共进早餐的想法化为了泡影。

古泽安把李斌良三人带入一个包房，点了好多菜，李斌良和沈静挡也挡不住。之后，还要了一瓶好酒，给自己和李斌良各倒了一杯。古泽安说："来，斌良，干一个！"李斌良急忙拒绝，说自己从不喝酒，可是古泽安坚决不答应，"李斌良，你不是瞧不起我吧。告诉你，省厅讨论派你去碧山时，我可是投的赞成票。这是个情吧？来，干一个！"李斌良看着古泽安深棕色并透出红润的诚挚面孔，一时不知如何才好。

"斌良啊，我在碧山干过，我知道，那儿的公安局局长不好当。今后，我就是你的后台。我是管常务的，有责任帮你解决后顾之忧，家里有什么事就尽管说，我一定全力帮忙。"

"谢谢古厅长，没什么，谢谢了！"

"你看你，怎么见外呀。我是前几年从碧山调到省厅的，凡是去碧山的，从碧山来的，我都当兄弟看待。你有困难一定说出来，我一定帮忙。"

李斌良还是说没有，沈静却忍不住开口了，她含蓄地把苗苗的事情流露给他。古泽安立刻凝神听起来，之后一拍桌子说："好好，我知道了，这事包在我身上了！来，斌良，这回，你可以干了吧！"

听古泽安的口气像是真能帮忙，他要是真能解决苗苗的事，可是大恩哪。再不能喝酒，也得表示一下呀！李斌良端起酒杯说："古厅长，我就意思意思吧。实话跟您说，我吃完饭就上路。"

古泽安一愣："去碧山？不是三天内报到吗？"

李斌良说："没必要等三天，我打算今天就报到。所以真的不能喝酒。"

"这……那好，我送你去……"

"古厅长，千万别这样，我已经决定了，不要任何人送，就自己一个人上路，报到……啊，还有陈青！"

"这……李斌良，你毕竟在省厅工作几年了，还是政治部副主任，去新地方上任，怎么能送的人都没有呢，让别人看着……不过，你自己的决定，我不干预了。不过斌良，我看出来了，你确实有性格，我也就不勉强你了。来，酒别喝了，吃饭。"李斌良松了口气，放下杯子。吃饭中间，古泽安又打听起李斌良和沈静的关系，夸奖沈静不错，还打听他们什么时候结婚，还说结婚要是缺啥少啥他也能帮忙。说得很亲近，让沈静不停地表示感谢，李斌良听得也心里热乎乎的。

吃完早餐，走出千香居，陈青已经开着一辆普通轿车等在外边。这是李斌良思考后做出的决定，由陈青驾驶一部借来的私家车，载着自己赴碧山。他就要这样低调、不声不响地抵达碧山。为此，他告诉古泽安替自己保密。古泽安感叹不已："斌良啊，你这个人，真是……好，你放心吧。在碧山遇到啥难事，一定跟我说……好好，上车吧。沈静、苗苗，你们要送他吗？"沈静摇头说："不，他不让我们送。"该再见了，分手了。一种淡淡的惜别之情，忽然在心头生起，李斌良看着眼前的两个人，两个亲爱的人，轻声说："沈静，我走了，苗苗，听沈姨的话！"沈静点点头："上车吧，别惦念苗苗，有我呢！"苗苗懂事地说："爸，再见，别惦念我。"听着女儿的话，李斌良忽然有点儿心酸。看来，她还是懂事的，瞧，她现在变得多么乖顺，多么可人。

李斌良控制住自己的感情，和古泽安握手后，进入车中。车启动后，李斌良扭头向后看去，看到沈静和苗苗的身影和面庞渐渐远去，看到她们向自己挥起的手臂，一直到看不见她们……

2．空气中飞扬的是什么？

"李局，古厅对你不错呀！"

李斌良收回视线，思绪也被陈青拉回到现实中，随口应了句："有啥不错的，碰上了，一起吃顿早饭罢了。"李斌良说着话，古泽安诚恳的深棕色脸膛在眼前浮现出来，疑团也随之在心里浮现出来。尽管李斌良来省厅有几年了，可是作为政治部副主任，和主管常务的副厅长古泽安很少来往。就算是碰上面，古泽安也很少主动跟他打招呼，有时甚至视而不见，自己也知趣地对这位厅领导保持敬而远之的态度。想不到，今天早晨，他对自己显露出这样一副过去所不知的热情真诚的面孔。

怎么这么巧，真是偶然碰上的吗？不是碰上的，难道他是盯着自己，然后假装碰上的？不可能，一个副厅长，为什么要跟你来这套，太多心了。如果真是偶然碰到的，他在吃饭时讲的那些话，特别是帮助解决女儿的承诺，是真的还是随口说说？要是真的能办到，那可去除了自己的一块心病啊。可是……李斌良心里忽然生出一种矛盾的感情，他希望古厅长真的能解决对自己来说是老大难的问题，可是内心又不想让他办到。因为，那样的话，自己会欠他的情，这样的情太重，他不知如何才能还清……

陈青突然问："李局，那个……我应该叫姨吧，她人好像挺不错的。"

这小子，随便两句话，怎么都说中了自己的心事。是的，沈静真的很不错，这也是李斌良的内心感觉。可是，不错在哪儿呢？她今年三十八岁，比自己差不多小了十岁。处了这么长时间他已经感到，她人非常朴实，性格也好，总是一副沉静的表情，交谈时，会不时露出一种温暖亲切的笑容。就是她的朴实、沉静和那温暖亲切的笑容，让他一下子就喜欢上了她。因为，她很像一个人，一个故人，真正的故人，已经死去的宁静（参见拙作《黑白道》）。那是李斌良藏在心底的一处温暖和苦涩。是缘分，还是命运？难道，人真的能回到从前，真的还能见到自己永远失去的所爱，真的能……不，不，别胡思乱想，她们只是长得有几分相像罢了。

陈青感慨地说："今后，你们见面可要少了，别影响感情啊！"

李斌良不想纠缠自己的私事："对了陈青，你有没有女朋友啊？"

"咳，谁能看上我这样的呀！"

"你怎么了？二十八岁，警察学院特警专业毕业，文武双全，一表人才，从警五年就立了二等功，晋升为副科级。这个条件，哪个姑娘看不上啊！"

陈青叹气说："咳，这些有啥用，现在的姑娘都现实，要么有权，要么有钱。像我这样的，一辈子在荆都也买不上一个单元，嫁给我住露天地呀？"

"要让你这么说，我和沈静也够呛了。我到现在还租楼住呢！"

"李局，要这么说——对了，李局，你知道我为什么要跟你去碧山吗？因为那儿生活成本低，物价比荆都低不说，房子也便宜，我或许慢慢能买得起。对了，我想好了，在碧山干几年，如果合适，我就扎根落户了。"

这个意思陈青已经跟李斌良流露过，可是他再次说出来，李斌良仍然感到心里受到触动。说起来，他和陈青的友谊建立，完全是偶然，或者说是缘分。陈青本是省特警总队一名普通特警，有一次上班路上，碰到三名劫匪抢劫他人后逃跑，他奋不顾身上前捉拿，以一对三，结果是挨了几刀，三名劫匪被他抓住两个，逃跑的后来也被抓到了。

李斌良听到事迹很受感动，饱含真情地亲笔为陈青写了一份感人的事迹材料，结果，小伙子荣立二等功，还破格提拔为副大队长。他对李斌良非常感激。接触几次后，李斌良发现他正直坦率，身上有一股血性，而且非常热爱警察事业，就越发喜欢他，两人就成了忘年交。这次，他听说李斌良调碧山市任公安局局长，立刻坐不住了，非要跟他去不可。李斌良也愿意带着他，可是这毕竟是从省城往地级市走，是下行。陈青说自己的父母就是郊区普通的菜农，正为没钱给他说媳妇犯愁，他如果去了碧山，能减轻父母的负担，是再好不过的事。

陈青好像知道李斌良在想自己的事，一边开车一边继续说："早听人说过，碧山到处都是煤矿，是咱们全省最富的市，工资也比荆都高，万一运气好，找个开煤矿的老丈人，我就发了。李局，碧山市公安局局长争得打破脑袋，怎么轮到你头上？对，地级市公安局局长不都是副厅级吗，有的还是市委常委、政法委书记，有的是副市长，你只是个公安局局长不说，怎么还是处级？"

李斌良没有回答陈青的话，因为他一时说不清楚，即便说清楚了，陈青也不一定相信。因而只是敷衍了一句："我也不知道，天上掉馅饼吧！"

"这年头，哪有这种事。我猜呀，我猜这碧山公安局局长肯定不好当，没准儿，是把你当杆枪架上了。对，那个案子肯定落到你头上了，破不了可不好交代呀！"

这次，李斌良干脆没有回答，而是闭上了眼睛：放松一下吧，到了碧山，恐怕很难有放松的机会了……李斌良的大脑真的放松下来，而且进入了一种似睡非睡状态，这时，那个黑洞洞的枪口又出现在他眼前，盯着他的额头，而握枪男子的眼睛也在盯着他，露出一副似笑非笑的挑战似的神情，李斌良竭力想看清这个人的面孔，弄清他是谁，可是怎么也做不到……

"李局你看，前边就是碧山地界了，怎么这样啊？"

李斌良猛地睁开眼睛。他看了看手表，不知不觉间，已经迷糊了两个来小时。受陈青惊诧声音的提示，李斌良急忙向车窗前面看去。怎么了，是起雾了，还是起火了，或者在焚烧什么东西？天地怎么灰蒙蒙的……瞧，空气中怎么飞扬着那么多细细的飘浮物，是什么呀？李斌良打开窗子向外看去，陈青的惊呼声又响起："李局，快关上窗户。"李斌良应声关上窗户，但是看到的情景和闻到的气味已经让他全明白了，既不是起雾，也不是起火，更不是焚烧什么东西，而是尘埃，黑灰色的尘埃……不，不是尘埃，是……

车窗前方，一辆卡车在向前驶着，车厢里装着满满的一车煤，大约有几十吨吧。

陈青骂道："妈的，都是煤灰，碧山要这样，可要了命了！"

不能吧，远处或许好一点儿。李斌良的目光向远望去，可是，目光所及处，天地一片苍茫，远处好像更加严重。天明明是晴的，太阳也挂在天上，可是它的光芒好像几经挣扎，才突破灰尘，射出几束照到地上。

"这叫什么碧山哪？我还以为会看到一片片碧绿的山呢！"

李斌良的想法和陈青相同，他过去没来过碧山，初听这名字，一直以为碧山市应该处于一片碧绿的山景之中，没想到，居然是这个样子。或许，再往里走走，进入山区会好一些。然而，他失望了，车进入了山区，到处是开采的煤矿，远远看去就像山体上的疮疤，完全可以用满目疮痍来形容。碧是深绿的意思吧，可是上哪儿去找绿色？啊，山体上也偶尔会看到一处，但是，那不是碧绿，而是黑绿。因为，在绿色的上边，浮着厚厚的一层黑灰色，那肯定还是煤灰。

李斌良皱起了眉头。

陈青疑惑地问："市区能不能好点儿？"

碧山市的影子在远方出现了，一团浓重的烟雾包裹着城市的轮廓，看样子，好像更为严重。这时，李斌良才明白，什么叫矿区市，碧山就是煤矿区重点市，它不但在全省，就是在全国都有很重要的地位。可是，人们在烧煤的时候，有谁想过，碧山付出的是怎样的代价？看着这样的环境，李斌良不由产生一丝恐惧：长期在这里生活，可别得肺癌什么的呀……

3. 霸道的"玛莎总裁"

轿车渐渐驶入市区，大概是距离和视觉的关系，真的驶入市区，空气质量似乎真的比城外要好一点儿，空气中煤灰的浓度好像稍稍轻了一些，可是和正常的城市相比，仍然严重得多。其实，省城荆都的污染就很严重了，李斌良初来的两年，也常常抱怨不已，现在和碧山一比，完全是小巫见大巫了。

走主街道市容看上去还可以，不时可见到一幢幢新建的高耸楼房，装模作样地站在天地间。无论怎么装模作样，也无法去除身上浮着的煤灰。因此，新楼也显得不那么新了，至于年头多一点儿的老楼老房子更不用说了，看上去就像一个在烟尘中不知站了多久的一个人，头上、肩头到处都覆盖着黑色的煤灰。街道看上去还算繁华，车水马龙，各式小轿车不停地在眼前驶过，其中不时出现一辆豪华气派的高档轿车，大概，坐在里边的都是煤老板吧。

后边忽然传来急促的车喇叭声，还没容李斌良侧脸看，一辆轿车已经贴着自己的车疾驶过去，在其驶过的一瞬间，李斌良听到一声轻微的擦蹭声。

陈青叫了一声："坏了！"

还好，驶过去的轿车停下了，而且特意掉了一下头，停在自己轿车的前面，挡住了去路。陈青也停下来，打开车门走下去，李斌良也随之走下车。李斌良先向自己的车看去，可见车体上一处清晰的擦蹭痕迹。很显然，自己的车正常行驶，对方后边开上来，而且开得又快又猛，应该负主要责任。还没容李斌良和陈青回头，骂声已经传过来："妈的，会不会开车，眼睛瞎了？"火一下子从心底升起，李斌良急忙压制住，并拉了陈青一把，让他控制情绪。

两个男子走过来，他们个头儿差不多，长得也很像，年长点儿的三十二三岁，年轻的好像二十七八岁。二人身板都很壮，穿得也很讲究，可都是一副气势汹汹的样子。走在前边的是年轻一点儿的，他上来就揪陈青的胸脯，另一只手变成拳头打过来。这就怪不着陈青了，他特警出身，练就的功夫，只是下意识地一闪，对方就趔趄着向前扑去，一条腿跪到地上。

"妈的，你……"年长的汉子见状更是恼怒，二话不说，一只脚飞向陈青。陈青只是一闪一扯，年长汉子也脚下一个趔趄，差点儿摔倒在地。李斌良这时忽然觉得，带陈青来碧山是对了，要是自己一个人，非吃亏不可。

两个汉子急了："妈的，反了你了，敢跟你马爷动手……"二人同时向陈青扑去，李斌良不能不开口了："住手，我们是警察！"

李斌良把警察证拿出来亮了一下。

两个汉子住手了。看来，警察在碧山还是有点儿威慑力。然而，没容李斌良松口气，两个汉子却向他逼来，依然一副凶巴巴的样子。

"警察咋了，警察有啥了不起，警察撞人家车就没事了？"

"对，没二话，赔车。"

"对，十万……不，二十万，拿来！"

妈的，想干什么？敲诈，还是抢劫？

陈青质问："你们讹人哪？一辆车值多少钱，碰一下就二十万？"年轻汉子愤怒地说："二十万还少的呢。你看看车，看看，看看！"李斌良和陈青走到对方轿车跟前，看清了车，都愣住了。李斌良不认识车，可是却看出其造型独特，气派非凡，他意识到，这是辆非常高档的轿车。陈青小声说："李局，遇到土豪了，这是辆玛莎总裁，怎么也得几百万元。"

车是不错，价格也吓人，可是，李斌良并不惊慌，他转过身说："不管是什么车，是你们违章超车，蹭了我们。"年轻汉子骂道："什么什么，我看你们是欠收拾！你们是外来的吧，知道我们是谁吗？马爷，听过吗？他是马铁，我是马刚，听清楚没有？"李斌良的火一下子冲上来，心里暗骂，妈的，跟谁称爷？他仍然努力控制着情绪说："这样吧，咱们谁也别吵，找交警解决！"马刚气呼呼地说："找交警干什么，你们是警察，他们当然向着你们。少废话，拿钱吧，不要二十万了，既然是警察，就给你们个面子，十万，行了吧！"马铁附和道："对对，够给你们面子了，十万！"陈青点点头说："行，跟我们去公安局拿钱吧！"马刚蔑视地说："拿公安局吓唬谁？走！"

双方都上了自己的车，向前驶去。

陈青一边驾车一边恨恨地骂："这肯定是碧山一霸，非狠狠收拾不可。"李斌良没有出声，提到公安局时，两个家伙眼睛都没眨一下，肯定是有来头的，看来，警察在他们的心中没什么分量……

"哎，他们怎么停下了？"

李斌良向前看去，果然，前面的"玛莎总裁"停下来，两个汉子打开车门走出来，陈青急忙也停下车，和李斌良一起走出去。

怪了，两个汉子完全变了，变成了笑脸，而且是一副亲热的表情。马铁笑嘻嘻地说："这咋说的，大水冲了龙王庙了！"马刚说："可不是，一家人不认识一家人了！"马铁一个劲儿地道歉："对不起，对不起了，这事都怪我们，是我们蹭了你们。没事了，没事了，你们忙吧，我们不去公安局了！"马刚更是和气："老弟蹭了你们的车，你们尽管修，花多少钱找我们报。先拿五百，够了吧！"陈青惊异地问："咦，怎么眨眼变了？这十万不要了？"马刚连忙摆手说："不要了，不要了，都怪我们，对不起。老弟，这五百够你们修车了吧，要不，再加五百！"

陈青看向李斌良，李斌良说："算了吧，蹭了一下，花不了几个钱儿。不过，你们今后可再不能这么干了，这可是涉嫌敲诈，明白吗？"马刚忙点头说："明白明白，我们只是开个玩笑。那就这样了，过三过五的，兄弟再给您赔礼道歉。谢谢，再见！"马铁客气地说："再见！这位兄弟，你身手不错！"陈青冷冷地说："多谢夸奖，不服的话，随时候教。"马铁说："不敢，不敢。再见！"马氏兄弟说完，迅速钻进自己的车启动。陈青狐疑的眼神看向李斌良，问道："李局，他们好像知道了你……"

是的，他们肯定是知道了自己的身份，才改变了态度。他们是怎么知道的？肯定是在车里跟谁通了电话，而通电话的人猜出了自己。那么，这个人是谁？他又是怎么知道自己来到了碧山？这个人和马氏兄弟又是什么关系？

"李局，别想了，咱们上车，抓紧去市里报到吧！"

"好吧！"

在GPS的引导下，陈青驾车向前驶去，然而，还未到市委，前面的路旁出现一幢新建不久的大楼，大楼外边，好多人在吵吵嚷嚷，几个警察的身影在阻拦劝说着……

陈青说："李局，瞧，这就是碧山市公安局。"李斌良点点头："停车！"

"胡金生，还有大家伙，已经跟你们说过了，我们新局长还没上任，副局长你们又不见，到底想怎么着啊？我看，各位还是先回去吧，等新局长上任了，你们再来找他反映，好吗……"

一个四十七八岁、瘦瘦的警察在对吵嚷的一群人说着，一副焦头烂额的样子。可是，他的话还没说完，就被一个带头的男子打断："少废话，今天我们来了就不走了。新局长不是没到吗？我们等他。大伙儿说是不是？"

"是，我们一定要找说了算的！"

"我们等，啥时等到新局长，接待了我们，我们再走！"

看来，这是集体上访。为什么？

李斌良和陈青走到人群后边，因为穿着便衣，谁也没注意他们。

"静一静，静一静，大家别吵，胡金生，有话好好说，你别鼓动大伙乱吵，这解决不了问题……"

看来，带头的男子叫胡金生，李斌良打量了一下这个人，三十七八四十来岁的样子，身材壮硕，一副誓不罢休的表情。

"好说好商量能解决问题吗？"胡金生大声说，"别看你们穿着警服，戴着大盖帽。其实，都是软蛋，欺负老百姓行，遇着硬茬就怂了。于主任，告诉你，不见到新来的局长，我们坚决不离开。"

"对，我们不离开，我们要见说了算的……"

李斌良曾设想过，自己这样来赴任可能遇到的各种情况，可是万没想到是这样的一种。怎么办？陈青挤到李斌良身边，小声让他快离开，去市里报到。可是李斌良挪不动脚，走开，回避，这不是他的风格，如果这样做，他就不是李斌良了。他拨开陈青的手臂，走到中年瘦警官跟前问："于主任，怎么回事?"

满脸是汗的中年警官看了李斌良一眼,不耐烦地说:"怎么回事,你能管吗?去吧去吧,别给我添乱了……胡金生,我再劝你一遍,别闹了,你的事不是一下子就能解决的。我们已经接到通知,李局长三天之内肯定报到,那时你们再跟他谈,不行吗?"胡金生摇头说:"不行,不见到新来的局长我们就不走……"李斌良凑近于主任问:"于主任,怎么就你一个人在这儿,别的局领导呢?他们都在哪儿?"

"你要干什么呀,管这么多事?"

陈青走上来说:"于主任,这就是新任碧山市公安局局长李斌良。"

"这……什么?你……李局长?快走,进去,赶紧进楼……"

于主任一副既高兴又焦急又不安的表情,而且声音放得很低。李斌良知道,他是不想让自己一来就被缠住。可是,自己怎么能躲呢?"于主任,这……"于主任说:"我姓郁,忧郁的郁,叫郁明,办公室主任。李局长,赶紧进楼,别看他们闹,没啥正经事,赶紧进楼,快……"还没容李斌良做出反应,胡金生看出了问题:"哎,这位领导,你是干什么的?能不能管我们的事?"李斌良看着胡金生,想了想说:"我也不知道能不能管,你们选三个代表,跟我进楼谈吧!"胡金生问:"这……跟你进楼,你是干啥的?说话算数吗?"李斌良只好说出自己的名字:"我是李斌良。"胡金生说:"你是新来的李局长?大伙儿听着,这位就是新来的李局长,咱们没白来呀,有希望了!"

"太好了,到底堵着李局长了。这回,一定要他解决咱们的问题……"

"对,李局长,你要给我们做主啊……"

吵嚷中,居然有人向李斌良跪下来,李斌良急忙搀扶说:"别别,这样不行,胡金生,赶紧选三个代表,跟我进去……对,就三名……"片刻后,李斌良和郁明带着胡金生三人,向碧山市公安局办公楼走去,当他们走到门口时,门自己开了,一个穿着白衬衣的中年警官和几个领导模样的警察走出来,热情地迎向李斌良:"哎呀,李局长,不是说你明天报到吗,怎么今天就来了,还这么来的,真是,要知道你来,我说啥也得迎迎你呀!"

郁明介绍说:"李局长,这是高政委。"李斌良注意看向高伟仁,五官端正,高个儿、背微驼……去年在省厅见过,没想到,今天他成了自己的助手。

高伟仁说:"李局长,能跟你搭班子,实在太好了,走!"高伟仁引导着李斌良向里边走去。李斌良走两步又停下来,转向跟着的胡金生三人,又示意地看着高伟仁,高伟仁拉着李斌良紧走了几步,贴着他耳朵说:"李局长,你刚来,管这种事干什么?别理他们,走!"

李斌良想说,这是什么态度?可是,话出口的时候却改为:"这到底怎么回事？我还以为局领导都没在家，只能由郁主任出头呢，可是……"高伟仁说："李局，这种事领导哪能轻易出头呢？这要是被他们缠上，还能干正事了吗？"李斌良想说，难道这不是正事？局领导可以不管？可是话出口却是："他们的控告不是真的吗？你可以不出面，分管领导为什么也没有出面的？"高伟仁劝道："你以后就知道了。李局，你要是听我的，就别管他们的事。"李斌良说："那怎么行，他们找的就是我，我也答应接待他们了。这样吧，给我安排个合适的房间，我先接待他们。准备几瓶水。"高伟仁无奈地转向郁明："郁主任，一切就由你安排了。"郁明说："这……那就去小会议室吧！"高伟仁问："李局长，这几位都是班子成员，你看……"李斌良转向几位局领导说："对不起，咱们今后相处的日子长着呢，我先接待一下上访群众，好吗？"

几位班子成员互相看看，都露出笑容说好。可是李斌良注意到，他们的笑容有些诡秘。高伟仁又问："李局，你看，用不用我陪你？""好啊，你肯定比我熟悉情况，一起吧！"

4．激昂的上访人

小会议室的中间摆放着一个椭圆形桌子，围桌摆放着十几个沙发椅，后排摆放着几十个沙发。墙壁上一面悬挂着一个很大的电子显示屏，而另一面则镶嵌着一块看上去很是威严的警徽。

李斌良在高伟仁的引导下，走向椭圆形会议桌对面中间的位置坐下，高伟仁随即坐在他身旁，低声对他说，这个小会议室主要用于开党委会、局长办公会和各处队头头及分局长参加的会议。

大概是环境气氛的影响，胡金生三人走进来，互相看看，除了胡金生做出满不在乎的样子，另两个人都现出畏缩的表情。胡金生带头坐下，坐到李斌良对面，另两位分别坐到他两边。郁明走进来，一人面前放了一瓶纯净水。

李斌良问："说吧，你们到底因为什么非要见我？"另两位代表的目光都盯向胡金生，胡金生只好咳嗽一声开口说："这个，我们告梅连运。"李斌良问："梅连运是谁？"胡金生说："李局长，您刚来不知道，在碧山没有不知道梅连运的。他是咱们碧山有名的煤老板，老有钱了，公检法走平道，无恶不作，没人敢管。李局长，就看你能不能碰硬了！"

原来告的是煤老板，看来，这事儿还真有说道。李斌良不动声色："继续说，他都有什么问题？"胡金生没有往下说，而是从一个同伴携带的背包里拿出厚厚的一摞材料，放到李斌良面前："瞧，都在这儿，这还是他主要的罪行，小来小去的都没往上写。"李斌良翻了翻材料，厚厚的一沓，里边密密麻麻地打着文字，看样子，一时半会儿是看不完的。他放下材料问："你们就是为了给我送这些材料吗？"胡金生三人又互相看了一眼，又是胡金生开口："不，不，我们还要亲口对你说，你必须给我们个说法。"李斌良点点头问："好啊，那你们说吧，告梅连运什么？"胡金生看左边的代表，左边的代表急忙脱下外衣，把背心卷起。

李斌良看到，这位身上有好多伤痕，有陈旧的，还有两处红肿好像是新的。

胡金生愤怒地说："看着了吧，这是梅连运打的。"旁边的代表说："我去要欠我的工钱，他不但不给，还打了我……啊，是他让手下打的我，拳打脚踢，把我从他的公司里打出来了，说我要是再敢去要钱，就打死我。"李斌良说："这种事，你们可以找分局或者派出所呀？"胡金生失望地说："要是找分局和派出所能解决，我们能来找你吗？唉，你也这么说呀！"另一个代表说："李局长，要是光这点儿事，我们也不会找你，梅连运还有大事。他的煤矿多次爆炸、冒顶，死了很多人，都被他瞒下来，压下去了！"

还有这事？死人不说，还瞒报，这可是大事。

李斌良警觉起来："有这种事？什么时候的事？怎么个情况，死了多少人？"

那个代表含糊其词地说："这……三年多了，死了得有几十，往少了说也得有十几个。都在材料里写着呢，不信您可以看。"李斌良翻着材料心里想，这事确实不小，随口问道："三年多了，你们怎么现在才来控告？"胡金生说："李局长，我们不是才举报，而是举报好多年了。可是没人管，梅连运势力大，有钱，告到哪儿都有人包庇他，所以才拖到现在。"

嗯，这种情况司空见惯，说得通。

李斌良又问："好了，还有别的事吗？"胡金生叫道："有哇，2001 年的国有煤矿改制，造成了八百多亿国有资产流失，都被梅连运吞了……"

八百……多亿？这……

李斌良控制着情绪问："你说说具体情况。"胡金生说："材料里写着呢，梅连运借国有煤矿改制，用仨瓜俩枣的价钱收购了大峰山和附近的两个煤矿，国家的损失最少有几百亿，他还私开乱采，侵占地下资源，最少也得有几百亿。李局长，你说，这不严重吗？能不管吗？"

不能不管。这么严重的问题，怎么能没人管呢？这不是公安一家的事，准确地说，公安机关甚至不是主要负责单位，国有资产资源被侵占，纪检监察、检察院，还有国土资源部门，他们的责任更大，为什么不向他们揭发检举呢?

李斌良提出了这个疑问,胡金生说:"李局长,我不是说了吗,他们不管。梅连运有钱,就是把天捅个窟窿也没事,他在哪儿都有保护伞,根本告不动他。"

李斌良感到头痛,看来,真不该随便答应接待他们,他们控告的这些事,真不是容易查清的,有些根本就不在自己的职权之内。

李斌良耐心地做了解释:一、国有资源被侵害一案,自己可以替他们向有关部门反映。二、矿难死人事件,自己会认真调查,但是既然已经发生三年了,不是一天半天能查清的,所以需要时间。三、梅连运指使手下打人一事,自己会责成所属分局和派出所处理,一定给他们一个说法。

三人听完,互相看了看,胡金生突然发起脾气:"不行,李局长,你这不是往外推吗?我们只相信你,你是刚来的,和碧山还没啥关系,能秉公处理,你不能往外推。"

李斌良说:"这怎么是往外推呢?你自己说说,国有资源被侵占……你说的是煤矿,我们公安机关一家能管吗?不经过国土资源局,不经过煤炭局,我们能处理得了吗?矿难的事,也不是我们公安机关一家的事,还有安监局呢?他们可是主管生产安全的,我们能不通过他们吗?你们要工钱挨打,这确实归我们管,我保证会重视,责成基层分局和派出所调查处理,这不行吗?"

三人又互相看了看,另两位代表眼中流露出可以的眼神,胡金生却忽然站起来又说:"行是行,可是,梅连运还有别的罪。他杀人未遂。"

李斌良又吃了一惊:"杀人未遂?他杀了谁?"胡金生答道:"我,瞧……"胡金生几下子扯掉上衣,掀起背心,李斌良看到,其身上有两处明显的陈旧性刀疤。胡金生说:"看着了吧,多亏我命大,跑得快,不然肯定没命了。"李斌良问:"这是梅连运干的?"胡金生犹疑了一下说:"他本人肯定没动手,一定是他的手下干的。"李斌良追问:"哪个手下干的?"胡金生说:"不知道。除了他,我跟别人没过节,肯定是他找人干的……"胡金生又说了半天,李斌良终于明白了,这事是几年前发生的。当时胡金生正在控告梅连运,夜间走路时遭到袭击,他认定是梅连运指使人干的,可是只是猜测,并没有证据。

对此,李斌良只能说要进行调查,可是,他的证据严重不足,调查出什么结果无法预料。胡金生和两个代表又互相看了看,再提不出别的事。但是,临走时说,给李斌良三天时间,然后给他个说法,三天后还要带人来找他。

5. 报到

李斌良终于走进了碧山市公安局局长办公室。

办公室是套间，外间是办公室，里间是休息室放着一张床。郁明有点儿歉意地告诉李斌良，过去这个套间是没有间壁墙的，两个房间是一个房间，休息室是相邻的办公室。现在上边对办公面积查得挺紧，只能把原来的休息室的门砌死，作为别的办公室，而这个原来的大办公室一划为二，成了现在的格局。李斌良说没关系，里间就作为自己的宿舍，外间办公，没超面积，这样很好。郁明听李斌良这么说，松了口气。

李斌良坐到办公椅上，掂了掂胡金生留下的材料，问高伟仁，胡金生反映的问题到底怎么个情况。高伟仁苦笑说："你说呢？要真像胡金生说的那样，能所有部门都不管吗？"李斌良皱着眉头问："你这意思，他们控告的不实？"高伟仁说："这……也不能完全这么说，譬如煤井事故，死人，瞒报，不能说绝对没有，可时过境迁，当时没出事，也没有事主报告，怎么查？"郁明附和道："就是啊，胡金生被砍的事，当时就没破案，他控告梅连运，我们能听他一句话，就把人抓起来吗？就算是查，几年过去了怎么查？"

李斌良问："那侵吞国有资源又是怎么回事？"高伟仁说："李局长，这事已经发生十多年了，当时的煤炭价格很低，得多少吨煤才能价值几百亿？可能吗？"郁明也点头称是。李斌良说："听你们这意思，他们或者是望风捕影，或者是夸大其词。"高伟仁点点头说："所以才没有局领导接待他们，这事没法解决。你也别理他们。"李斌良摇摇头说："不理不行啊，要是真像你们说的这样，他们有诬告之嫌，可以追究他们的责任。"高伟仁说："要认定他们诬告，就要进行调查，要人力物力，而且还很难查实查清。李斌良说："那也不能任由他们这样啊。这事一定要有个说法，如果他们举报属实，哪怕有一件能够查清呢，也要追究梅连运的责任。如果举报的不实，而且有事实证明胡金生他们是诬告，就追究胡金生他们的责任。"高伟仁为难地说："可是，这不是说查清就查清的呀。李局长，你刚来，不能一头陷在这里边。对，你去过市里报到了吗？"李斌良说："还没有。"高伟仁催促道："那还扯别的干什么，赶快去报到啊。对，我送你去。走！"

李斌良和高伟仁走进市委大楼，走进了市政法委所在的楼层。

来之前，高伟仁给市委办打了电话，市委办说唐书记在中央党校学习，市长聂锐主持工作。可是，聂锐下乡了，一时半会儿回不来，要李斌良直接向市政法委报到。因此，李斌良和高伟仁来到了市委常委、市政法委书记武权办公室门外。

来的路上，高伟仁打了电话，武权说在办公室等着他们，可是此时李斌良看到，武权办公室的门还关着。

高伟仁轻轻敲了敲门："武书记……"室内隐约传出一个男声："进来吧!"高伟仁推开门向李斌良示意了一下，二人走进门。

李斌良向前看去，发现这个办公室也是个套间，外间是接待室，摆放着沙发茶几，通往里间的门开了一道缝隙，一个中年男子的威严声音传出来："你给我搞清楚，是政法委领导你们，还是你们领导政法委？依法治国不假，可是，是党领导下的依法治国，你想否定党的领导吗……"

没人回话，好像是在打电话。李斌良看了高伟仁一眼，高伟仁走过去轻轻敲门，随后把门推开。李斌良看到张办公桌和桌上的国旗和党旗，继而看到一个五十多岁的中年男子坐着打电话，一张黑里泛红的脸流露出严厉的表情。这时武权看到了二人，急忙对着话筒说了句："过后再说吧，我有事!"然后放下电话站起身来，笑着向李斌良伸出手。李斌良握住了武权的手，同时看清了他的面貌：面色黑红，皮肤油光光的，毛孔眼儿很粗，红红的酒糟鼻头非常引人注目。

"李局长，快来，坐坐……瞧我，光顾打电话了，不好意思，坐坐，斌良，不是说明天报到吗，怎么提前来了，你这是给我们搞突然袭击呀!"

这是含蓄的批评。李斌良只好说，自己本想明天来，可是家里没什么需要安排的事，浪费一天也没意义，就心血来潮，提前来了。

武权说："原来是这样，李局长，你年轻，叫你斌良没意见吧。你这心血来潮不要紧，可是搞得我们措手不及呀……怎么，就你一个人来的?"

李斌良解释说："武书记，你知道，现在要求得很严，我也不喜欢前呼后拥那一套。也不能说是一个人，有个开车的，是个特警，今后就留到碧山了。"

武权说："这么说，是你的保镖了。对了，你这么来上任，肯定是想微服私访，了解点儿真实情况。要是这样，我赞成，看来，你是条咬狼的狗。"

李斌良不解地看着武权。武权哈哈笑起来："我是说，你是个能干事的局长。好，碧山这地方，公安局局长不是好当的，你有这种劲头儿就好。"

高伟仁在一旁说："武书记，您别提了。李局长到我们公安局的时候，正好有一帮人在上访，非要见新来的局长不可，见不到就不走。好歹让李局长打发了。"

"是吗？什么人上访啊，太不把公安局放到眼里了!"

高伟仁说是胡金生等人，他大概介绍了上访内容。武权现出苦恼的表情说："原来是他们，这个混蛋，纠缠过我好久，好不容易算是摆脱了，这可好，李局长一来又缠上他了。斌良，这伙人太难缠，你下点儿力气，把他们的事彻底解决了吧，可别让他们再闹了。"

李斌良说："武书记，他们反映的事到底是真是假，可信度到底有多大呀？"

武权头痛地说："我要是能说清楚，不是早解决了吗？要问真假，可信度多少，必须深入调查，可那不是一天两天能查清楚的。你不知道，梅连运有钱，也有后台，不好查，这里边的水太深哪……不过我感觉出来了，李局长，你不是见硬就回的角儿，稳定压倒一切，你就多费心吧，千万不要再让他们闹下去了。他们要是再闹到市委市政府来或者外出上访，你可有责任了。"

李斌良忽然感觉有点儿头痛。

武权问道："碧山公安工作千头万绪，够你忙的。不过，你既然敢来碧山，一定是胸有成竹了，有什么思路没有，都怎么打算的？"

李斌良想了想说，自己刚来，工作思路要在掌握情况之后才能确定。不过，他已经选定了突破口，就是那起社会影响巨大的警察被枪杀案件："那个被害的警察叫林希望吧？我准备从这起案件入手，一定要把它破获，从而打开工作的突破口。"武权听了李斌良的话，和高伟仁对视一眼，再转回李斌良："李局长，你是说一定要破案？"李斌良肯定地说："是啊，警察被害的案子不破，能交代过去吗？"武权严肃地问："你敢保证破案？"高伟仁提醒说："李局，可别把话说这么死，万一破不了，怎么交代？再说，这案子又不是在你任上发生的，你没必要非揽这个包袱。"李斌良实在控制不住自己的情绪，说道："武书记、高政委，被害的不是别人，是咱们警察，怎么能破不破都行呢？这案子一定要破，即便不是我在任时的案子，我也要把它列入我的首要工作。"高伟仁忙解释说："李局，你误解我和武书记了。发案后，市局曾经下了很大的功夫，省厅刑侦支队也下来过。可是，一直没有获得有价值的线索，我们是担心你把大话说出去了，最后没法下台。"武权点点头说："对，对，我们是为你好。"李斌良出了口气："谢谢你们关心，不过，我一定要把案子破了。对了武书记、高政委，在前期侦破时，什么线索也没掌握吗？"

武权说："要是掌握了线索，还等着你来吗？我早把它破了。省厅就是因为这个案子破不了，才让我把公安局局长的位置让给你的。今后，就看你的了。我虽然不是公安局局长了，可还是政法委书记，要管着全市的公安政法工作，担子没轻多少，案子有一半也在我肩膀上扛着呢。所以，我希望你在侦破中有了进展或者有什么新线索，能及时跟我说一声，我会全力支持你的。"

"好。不过武书记，您和我都挺忙，要是事事都给您汇报，那等于给您添麻烦，我这个局长有没有也就无所谓了。您放心，我一定认真履行职责，按照党中央依法治国的要求，维护法律的尊严，努力在法律的规范下开展工作，一定不会给您闯祸的。"

"这……啊，你说得对，我也不是要你事事汇报，不过，大事必须让我知道，特别是林希望被害案，我一定要随时掌握情况。"

李斌良说："好，有什么新情况我一定向您汇报。武书记，我这就算报到了吧，您还有什么指示吗？"武权说："客气，哪来那么多指示？眼看中午了，一起吃顿饭吧……"李斌良摆摆手说："不了，我回局里还有别的事。"

高伟仁说："武书记，我来时就通知了，回去开班子见面会。"

武权说："那好，你们去忙吧。李斌良，记住，有什么难题，随时来找我。"

6．见面会上的酒气

回到局里已经十一点十分了，时间太紧，所以班子见面会安排到了下午。

还是小会议室。上班时间一到，党委成员们就围着椭圆形会议桌坐下来，高伟仁正式把李斌良介绍给大家，再把其他几个党委成员分别介绍给李斌良，分管刑侦的副局长魏忠成，分管两所和法制的副局长孟凡军，分管内部和国保的费良玉，政治部主任杨风……

"这位是老韩，韩心臣。"

高伟仁最后介绍的是一个五十多岁，看上去有些消沉的男子，他没有像别人那样亲热地握手，只是举了一下手臂示意。

奇怪，这个韩心臣分管什么。李斌良正想着，高伟仁介绍说："啊，老韩没有明确分工，算是局长助理吧！"局长助理？这么大岁数，给自己当助理？

"高政委，你别骂我了。"韩心臣说，"李局，我就是专职党委委员，没有具体分工，你别把我当个人。"

有意思，这个人有意思，碧山市公安党委也有意思，居然有一个没任何具体分工的党委委员，这……这时，李斌良忽然感到一股微微的酒味传过来，他仔细地辨识了一下，确认来自韩心臣。这个人倒机警，立刻向李斌良点了点头，歉意地说："对不起李局，中午来个朋友，陪着喝了一点点儿。"

李斌良心里有些不快，但是忍住了。毕竟是刚来，不能一见面就批评。

这时高伟仁又告诉李斌良，党委成员还有一个因为有事下去了，就是分管治安的副局长张华强。说完之后，高伟仁开始向大家介绍李斌良，什么讲政治，原则性强，勇于负责，文武双全，既讲政治又懂业务，来碧山市公安局任局长，一定能把我局的工作推向新的高度云云。都是官样文章。他讲完后，要大家谈一谈。大家的话不多，都说今后服从李斌良的领导，支持李斌良的工作，个个礼貌而又热情。

大家讲完后，高伟仁请李斌良作指示。李斌良笑着说："我刚来，可不敢乱指示。我的话很简单，既是场面话也是真心话，那就是，我一定履行起作为班长的职责，希望大家真心支持我的工作。至于我是个什么样的人，我不想自我表白，在今后的工作，大家自然会慢慢体会到……"

就在李斌良要结束讲话的时候，会议室的门猛地开了，一个男子的声音传进来："知道了，事儿真他妈多，跟他说，是我的意思，他要是不服，爱哪儿告哪儿告去。就这么说，看他敢咋地……"随着说话声，男子走进来，一边走一边把手机揣到怀里。李斌良停止了说话，目光落到来人身上：三十七八岁，面色赤红，一身高档休闲装，手腕离开耳畔的时候，亮出一块高档手表。这可是碧山市公安局党委在开会，他是谁呀，这副样子大模大样地走进来，还骂骂咧咧的……李斌良还没想明白，高伟仁已经站起来说："李局，这是张局长，分管治安，张华强。"

李斌良暗想，他就是治安副局长？就这副样子？

高伟仁说："张局，这是咱们新来的李局长。"

张华强满不在乎地说："李局，你好。对不起，我下去检查煤矿安全去了，妈的，有些矿井实在不像话，真该封了它们。要罚他们了，找这个托那个的，我说了，有我在，谁他妈的也不好使……啊，回来晚了一步，对不起了。"

张华强说话间把手伸过来，李斌良也只能伸手相握，这一瞬间，李斌良又看到，张华强的手腕上戴了个玉镯。这……这是公安局副局长吗？李斌良心中不快。就在和张华强的手搭到一起时，李斌良又感到一股酒味袭过来，比刚才韩心臣的酒味大得多。他忍不住皱起眉头。

张华强坐下来，从口袋里拿出一盒软中华香烟，先拿出一支给自己点上，又一支一支地给大家分香烟，李斌良却将烟扔了回去说："谢谢，我不吸烟。"

张华强稍稍愣了一下，又把烟扔给别人，于是，会议室立刻烟雾缭绕起来。

看着这个样子，李斌良心情更加不顺。近年，省厅基本上实现无烟化办公。这里哪有一点儿公安机关会议室的样子。李斌良忍不住开口问："张局，你喝酒了？"

张华强一愣说："啊，喝了几口，没喝多。刘大矿非要跟我喝几杯才放我走不可。实在没办法。"李斌良没有再出声，不快挂在脸上。高伟仁见状，赶快说："李局，没事了吧……那好，见面会就到这儿吧。"李斌良突然说："等一等。"正要站起的党委委员们一怔，看着李斌良。

李斌良说："我刚才说过了，今后，工作上我要依靠大家，但是，我毕竟是碧山市公安局的局长，所以必须负起班长的责任来，看到什么问题不会睁一只眼闭一只眼。我今天说三件事，这三件事说大不大，说小也不小，都和我们的纪律作风和工作作风有关，希望大家注意。"

李斌良说到这里故意住口，看着每一个党委委员。委员们的目光都盯在李斌良脸上。李斌良说："一、我要说的是吸烟这件事，在公共场合吸烟影响队伍形象。大家可以想一想，如果全局民警在一起开会，个个吞云吐雾，群众看到，会是什么印象？三年前，省厅就开始推行无烟办公，特别是公众场所，譬如大小会场啊，都实行了无烟会场。所以我建议，咱们碧山市从现在开始，也逐步实行无烟办公，当然，要一步一步来，先从无烟会议室开始，而且从党委开始带头。从今后，党委开会，禁止吸烟。如果谁烟瘾上来了忍不住，可以到走廊里或者别的什么地方，吸完再回来。大家没意见吧？"

没人呼应，会场一片沉寂，大家全愣住了。

李斌良的眼睛从每一个人的脸上扫过，他发现，刑侦副局长魏忠成急忙把烟拿到会议桌下边，悄悄掐灭；韩心臣则把烟扔到地上踩了一脚，另外两个吸烟的党委委员见状，也急忙把烟掐灭。室内只剩下张华强还把烟拿在手里，愣愣地看着李斌良，脸上泛红，似乎想要说什么，坐在他身旁的魏忠成一把抢下他手上的香烟，掐灭……李斌良说："我再问一遍，今后党委会不吸烟，大家没意见吧！"

还是寂静，李斌良看向高伟仁。高伟仁有点儿勉强地笑了笑："我没意见，大家呢？"韩心臣说："我也没意见。"魏忠成点点头说："我同意李局长的提议。"

"我也同意，我也同意……"

张华强没有表态，但是，其他人都同意了，他同不同意没什么意义了。

李斌良说："谢谢大家的理解和支持。二、工作时间不许喝酒。这不是我的提议，是上级的规定，是纪律，我只是提醒一下。大家都知道当前是什么形势，党风党纪规定必须严格遵守，任何人没有例外，更不能以任何借口破坏纪律规定。可是，今天的党委会，就有两位同志违反了规定，作为班长，我不能视而不见。希望这两位同志能做出反省，给党委写份检查。"

会场再次陷入寂静，大家的目光都落到张华强脸上。张华强的脸更红了，他按了一下桌子站起，一副要爆发的样子，可韩心臣先开口了："李局长说得对，这两年，我养成了喝小酒的毛病，今天我就违反了规定，我检讨，今后一定改正。请大家看我的表现，也请李局长原谅我一次。"这下张华强的火发不出来了，他冲韩心臣哼声鼻子，又坐了下去。

李斌良有点儿感激地看了韩心臣一眼，韩心臣却把眼睛看向天棚，一副若无其事的样子。李斌良说："最后一件，今后凡是开会，每个人都要穿警服。啊，华强同志有特殊原因，下基层赶回来的，不过下次一定要注意。"

没人呼应，大家的目光又落到张华强脸上。张华强的赤红脸更红了。高伟仁说："那好，会就到这儿吧。晚餐咱们聚一下，给李局长接风。"李斌良摆摆手说："不了，政委。咱们要遵守有关规定，不搞迎送这一套。"高伟仁不以为然地说："这不算迎送，你刚来，班子成员凑到一起表示一下心意，不算什么吧。咱们在局内部食堂搞。"李斌良说："那好，不过，一、不喝酒，二、AA制，自费。"高伟仁迟疑地说："这……好好，就这么定了，晚上下班大家都去呀。散会！"

大家起身向外走去，李斌良急忙站起说："高政委、魏局、张局，你们到我办公室来一下。"

李斌良带着三人走进自己的办公室，三人都狐疑地看着李斌良，不明白他要干什么。李斌良首先把目光落到刑侦副局长魏忠成脸上，他五十岁许，脸色有些灰黄，不知是皮肤天生这样，还是身体不佳所致。魏忠成看着李斌良，流露出询问的目光。李斌良说："魏局，我想了解一下林希望枪杀案的情况，请你介绍一下案情和侦破情况。"

魏忠成一愣，目光看向高伟仁和张华强。高伟仁和张华强也露出关切的目光。

魏忠成边想边说："这个……案情倒不复杂，林希望是去年……不，阳历上应该是今年初了，1月2日，元旦放假的时候，林希望回家看望父母，晚上外出的时候，被枪杀了。啊，我们找到了弹头，经鉴定，子弹出自于一支'六四'手枪，可是，在省厅和公安部的档案库中没找到匹配的枪支，也就是说，这是一支黑枪。基本案情就这样。"

李斌良问："侦破情况呢?"魏忠成说："接到报案后，我带人第一时间赶到现场。经过一个多月的侦破，没有发现任何线索，因为是晚上发案，现场没有目击者，林希望家住在林泉县古头镇北坡村，那里没有监控录像。现场提取了几个零乱的脚印，也没有什么价值，经过逐户走访，好不容易才从一户住在村头的村民口中得知，他们好像听到了一声枪响，因为是元旦，以为是爆竹，就没往心里去。他们说好像听到了车声，可是也没注意，因而不知是什么车。"

李斌良追问："后来呢?"魏忠成说："后来，我们又从作案动机上开展工作，可是，林希望从警才三年，是个技术员，社会关系很简单，更没发现他得罪过什么人。"李斌良若有所思地问："也就是说，到现在，还不清楚他为什么被害。"魏忠成说："是。"

李斌良说:"林希望为什么晚上出去,还走出了村子?查过他的手机了吗?"

魏忠成说:"查过了。据林希望的母亲证实,那天晚上,林希望接到一个电话,跟她说有事出去一趟,就匆匆出去了,至于什么事就不知道了。他手机显示,在被害前接过一个电话。我们查了这部通话的手机,是神州行,没查到机主。这部手机只跟林希望通过这次话,估计是为作案专门准备的,所以也查不下去。"

李斌良说:"这些足以说明,这是精心预谋作案,不存在错杀的可能。"魏忠成点点头说:"嗯……应该是。"李斌良的目光看向高伟仁和张华强,二人都在看着他,一言不发。李斌良问:"还有别的吗?"魏忠成摇了摇头。

李斌良不满地说:"这么说,侦破已经放下了?"魏忠成喃喃地说:"实在是没有工作可做了。"李斌良激动起来说:"意思是,这案子破不了了?魏局,这是故意杀人,被杀的是警察,是我们碧山市公安局的警察,是我们的战友,破不了案,我们如何向林希望的亲人交代?如何向全市人民交代?如何向我们的弟兄们交代?对,魏局、高政委、张局,你们都在,对这个案子我要表个态:必须破,一定要破。决心是成功的一半,我希望大家都要树立这个决心。"

三人互视一眼,张华强哼声鼻子说:"谁不想破,可是,破案不像说话,说破就破。"李斌良说:"要是好破,要我们警察干什么,要刑警干什么?魏局,你是刑侦副局长,对案子负主要责任。这样吧,你尽快拿出个侦破方案来给我。好吗?"魏忠成说:"行,我马上搞。"李斌良说:"那你去吧!"魏忠成走出去,李斌良把目光转向张华强。张华强的目光迎着李斌良,现出戒备的神情。

李斌良问:"张局,你下煤矿检查安全生产了?"张华强说:"是啊,我这摊儿事最多,咱们碧山是产煤区,大大小小煤矿几百个,哪儿不到都不行,不知啥时给你来个响,那就是大事。可是呢,有的煤矿老板仗着有钱有后台,根本不把咱们放在眼里,更不把安全放在心上,就知道花钱平事。实在没办法。"

李斌良说:"那好,你举例说说,煤矿的安全生产都存在哪些问题,哪个煤老板仗着有钱有后台,不把咱们放在眼里,不把安全生产放在心上?"

张华强犹豫着说:"这……我看,梅连运就是个典型……"

梅连运?胡金生控告的不就是叫梅连运的煤老板吗?

张华强继续说:"他有好几个煤矿,前些年没少出事,可他根本不接受教训。每次检查,他都软磨硬抗,指出隐患,也不整改,罚他吧,马上有领导打电话,妈的,就是欠收拾!"

张华强脏字又带了出来,李斌良再次生出反感。李斌良说:"张局,咱

021

们不谈这个了。你知道现在是什么形势吧，知道中央对党纪政风是怎么要求的吧？还有，你知道对公安民警喝酒有哪些规定吧？"

张华强一愣，继而露出笑容："李局，看来，你这新官上任三把火要烧到我头上，好，我擎着，说吧，要把我怎么着？"

什么态度？

"我不是新官上任三把火，而是你确实犯到这儿了。你是副局长，党委委员，你这个样子，我不闻不问就是失职，如果大家都学你，我们公安党委成什么了？你违反了哪条，该怎么处理，你心里应该有数。但是，你有特殊原因，我也是刚来，所以也不想扩散，事情发生在党委会上，你就在下个党委会上检讨一下吧。"

张华强嚷道："什么？这不是整我吗？""张局，你这是什么话？我完全是就事论事，如果刚才你能像韩心臣那样检讨几句并保证不再重犯，事情也就过去了，可是你没有任何态度，所以，只能在下个党委会上检讨了。我说过，我刚来，希望大家能支持我的工作。"张华强强压怒气说："可是，我……"高伟仁忙打断说："好了，好了，张局。李局说得对，他刚来，咱们得支持他。在下次党委会上，你就象征性地检讨一下吧，不然，李局将来怎么开展工作？"

张华强生气地说："行，为了李局顺利开展工作，这个典型我当了！李局，没别的事了吧，我还有事。"没等李斌良回应，张华强就起身撞开门走出去。

这算什么？这就是市公安局副局长？连个普通警察都不如……

李斌良气愤地站起来，想叫住张华强，高伟仁急忙开口："李局，算了算了，都是这些年武局把他惯的。他已经答应检讨了，这么多年，别说检讨，他啥时说过软话呀！"李斌良问："他就是武书记预备的接班人吧？"

高伟仁迟疑片刻说："嗯……差不多。李局，你慢慢就知道了，张华强上下都有人，在局里自成体系。武局在时能摆弄他，还得哄着来，别人……哼，连我这个政委都得让他三分！"李斌良问："他自成体系？怎么自成体系？"高伟仁解释说："他既是党委委员，治安副局长，同时还兼着巡特警支队长……你慢慢就知道了。马上下班了，研究一下你的吃住吧，你有什么要求？"

李斌良说："局里不是有食堂吗？里屋有床，一切就都有了。研究一下陈青吧，我带这么一个人来，怎么安排？他是特警，副科级。"

高伟仁沉吟说："这么年轻，从上往下走，临走时没晋半格吗？"李斌良说："来不及了，不过省厅特警总队表示，最近研究干部时，可以给他晋到正科，所以，人事关系要那时才能下来。"高伟仁说："这就好办了，既然是特警，当然最适合巡特警支队。巡特警支队正好还有个副支队长的位置，就让他去吧。

李局，吃住就按你说的办，太简陋点儿了吧！"李斌良说："我对这方面不太讲究，这样最好了，方便。""那就依你吧，我先过去了，吃饭时我找你。"

高伟仁走出去，李斌良打开桌上的电脑，进入公安内部网，想看看本局的情况。这时响起敲门声，他以为是高伟仁来找自己吃饭，回了声请进，眼睛却继续盯在电脑屏幕上。门开了，走来的却是轻柔的脚步声，继而淡淡的幽香钻进鼻孔，一个年轻女声响起："李局长，这是最近的文件，需要您签的。"

李斌良猛地抬起头，眼睛猛然一亮。一个年轻女民警手上捧着文件夹，恭敬地站在面前。真漂亮！这是李斌良心头生出的第一个字眼。面前的女民警真的漂亮，看上去也就二十二到二十五岁之间的年纪，身材婀娜，一身警服穿在身上格外合身，受看。她面庞白皙、秀丽，五官均匀秀美，一双会说话的眼睛在看着自己……

李斌良感到心在不由自主地悸动。这不是他有什么想法，而是一个男子看到格外漂亮异性的正常反应。李斌良问："你是……"

"我是文书，叫谢蕊。"

声音也好听，名字也不错。"好，放这儿吧。"

谢蕊看了李斌良一眼，恰好碰上李斌良的眼神，急忙转身向门外走去，李斌良拿起文件夹，门口忽然传来谢蕊的惊呼："哎呀！"李斌良抬起头，看到了陈青，他和开门走出的谢蕊撞到一起。陈青忙道歉："对不起，对不起……"

"没关系！"谢蕊匆匆走去，脚步声迅速走远，陈青却扭头望着，迟迟不把脚步迈进来。

李斌良露出笑容，待陈青走进来后故意问："怎么样，漂亮吧！"陈青不由自主地说："漂亮，真漂亮……啊，不，我是说……"陈青不知如何解释自己的话，目光又下意识地向门口看去。看来，他是被谢蕊的美貌实实在在地打动了。

李斌良说："也不知她有男朋友没有。对了，哪天我打听一下，要是没有，你就追！"陈青摇摇头说："李局，您别开玩笑，人家是给高富帅的公子衙内们准备的，我这样的屌丝怎么敢做这美梦？"李斌良说："哎，怎么这么没自信，你以为所有的女人都贪图钱财呀？"陈青叹气说："最起码，在我的经历中，还没有碰到过相反的。李局，你碰到过吗？"

李斌良没有马上回答，他沉思片刻说："陈青，不贪图钱财的女人还是有的。只要你品质好，正直、善良，哪怕你身无分文，也会有女人看上你的，而这样的女人，往往都是非常优秀的女人，是值得珍惜的女人。"

陈青打趣说："李局，听你这一说，好像有很深的体会似的。你一定遇到过这样的女人吧！"李斌良没有回答，因为，他的眼前浮现出她们的面庞。片刻后，他轻轻叹口气说："陈青，我不是开玩笑，如果谢蕊真的没有对象，你尽可以追她，或许，她就是那样的女人。"陈青自嘲说："要那样我可真是祖坟冒青烟了。李局，怎么安排的我呀？"

晚餐吃得很快，因为李斌良不喝酒，别人也就没喝。所谓的接风宴，也就是政委高伟仁在吃饭开始时，代表党委班子成员对李斌良表示欢迎，同时也代表大家表示，在未来的工作中给予他全力支持。和见面会上说的差不多。之后，李斌良简短地表白了几句，也和会上说的差不多。李斌良感觉气氛确实沉闷了些，可是如果喝酒，传出去影响不好，也只能这样了。

回到办公室，李斌良决定把谢蕊送来的文件看完，可是不知为什么，刚看了两份就看不下去了，觉得心里很乱，而且平静不下来。到任后遭遇的一幕幕和一张张脸不停地在眼前闪现：胡金生吵嚷着的脸，高伟仁欢迎的笑脸，武权高深的笑脸，张华强赤红的怒脸，谢蕊漂亮的脸……他感觉，对这些脸一时无法把握，不知道这些脸的背后是什么，他们真实的面目又是什么……

轻轻的敲门声打断了李斌良的遐想，他说了声请进，门轻轻地开了，探进来一张瘦削的脸，是办公室主任郁明。"郁主任，快来，坐。"郁明没有坐，而是走到了办公桌旁，小心地问起，李斌良在生活上还有什么要求，他一定尽力解决。

李斌良看着眼前的办公室主任，看着这张瘦削的脸和一双小心翼翼的眼睛，琢磨着这是个什么样的人物。根据他的经验，办公室主任有几种：一种是大才，不但文字材料过硬，而且有政治头脑，甚至有驾驭全局的能力，完全可以担任领导角色。第二种是文秘型，材料写得不错，但是仅此而已。这种人的优点是比较可靠，但是不够灵活，不能担大任。第三种是事务形的，也就是搞后勤的，这种人特别善于察言观色，讨领导的欢心。这样的办公室主任很多，而且往往提拔得比搞政务的主任还快。最后一种应该是在政务和事务两者之间，既能写材料，处理政务，也比较会来事。

那么，郁明是哪种类型呢？李斌良先问起局里的工作，倒没有难住他，问到哪方面他都能说出道道来，这让李斌良很快意识到，他是搞政务的，进一步询问得知，局里的大材料都出自他手。这一点让李斌良放了点儿心。因为，搞政务的人和搞事务的比，相对单纯一些。

这么想着，李斌良觉得和郁明拉近了距离，郁明好像也有了同样的感觉，他本来站在办公桌旁，一副待不了几分钟的样子，唠了一会儿，却坐到了办公桌对面的椅子里说："李局长，如果不打扰你，我再稍待一会儿，说几句话可以吗？"李斌良说当然可以，他很想从郁明的口里听到一些有用的东西。

郁明说的第一句是："李局长，你别着急上火，也别跟他一般见识。"

他说的是谁？张华强吗？不跟他一般见识？这是什么意思？要自己让步给他吗？自己刚刚上任，别人会怎么看自己？

心里这样想着，难免把表情挂到脸上。郁明从中看出了李斌良的真实心理，说的第二句话："有句话，凡是存在的都是合理的，他所以这样，必然有他的道理，你最好也不要跟他斗，对你不好。"

又是什么意思？李斌良不想打哑谜，开门见山地说："郁主任，如果你真有话跟我说，就别拐弯了，你指的是张华强吗？你的意思是，我让着他，任他为所欲为吗？"

"那倒不是，我是想，你刚来，万一压不住他，传出去反而影响你的威望。"

"我觉着，没什么压住压不住的。他是副局长，而且是错的，我是局长，是对的，我对他提出批评，要他检讨，他能怎么样，难道还能把我撤了吗？"

郁明现出焦急的表情说："那倒不至于，可是，他会让你不痛快，时间长了，不影响你的威望吗？"李斌良看着郁明的脸，感觉到他是真诚的，忽然想到了一件事，问道："如果我不来碧山，从当地选拔的话，谁会当碧山市的公安局局长？"郁明遮掩着问："这……你听说了？"

李斌良说，想听郁明说。郁明向门口看了一眼，放低了声音说："明摆着呢，你不来，或者是张华强，或者是魏忠成。"有点儿出乎李斌良的意料，他以为就是张华强一个人呢，怎么还有个魏忠成？他的眼前浮现出魏忠成那青黄色的脸。

郁明说："魏忠成是搞刑侦的，岁数比张华强大，资格也比他老，所以，武局向市里推荐的是他们两个人。不过，张华强是正处级，估计，武权推荐老魏只是个幌子，他心里真正保举的是张华强。"

"这……等等，你是说，张华强是正处级？"郁明说："对呀，和你一样，都是正处级。"

李斌良知道，市级公安局的副局长是可以提为正处级的，往往是老资格的、做出重大贡献的副局长。这个张华强好像不到四十，就他那样子，何德何能，当上副局长不说，还提了正处，和自己这个局长同级。怪不得那么狂……李斌良这时意识到，张华强可能是自己将来开展工作的一个棘手的障碍。

"李局长，我说的不知是不是对。你面临的问题和矛盾，都是多年积攒下来的，你没必要都揽到自己身上。"

"你是说，胡金生他们……"

"对，胡金生过去也告过梅连运，那是好几年前的事了，当时也是这儿推那儿推，没人管，他也就泄气了，现在不知为啥忽然又闹起来，所以，你也不必太当回事。"李斌良打断道："等等，你是说，他们已经好长时间不上访告状了？那么，为什么忽然又告上了？"郁明说："所以我才说，这里头可能有猫腻，你别太放到心上。"

有猫腻？他们好几年不告了，为什么自己一上任就又闹了起来？难道就是冲自己来的吗？那么，他们又是怎么知道自己来上任的？而自己今天来上任是保密的，难道……会是巧合吗？

李斌良提出了这个疑问，郁明听了也觉得不正常，但是他也无法解释是怎么回事。这时李斌良才觉得，郁明跟自己的谈话很重要，而且说的都是实话。于是进一步询问，自己该如何处理胡金生上访之事。郁明好像早就胸有成竹，他说："李局长，你是碧山市公安局一把手，有多少重要的工作要做呀，你要是一来就陷到这件事情上，不是耽误了大事吗？孩子哭抱给他娘。你可以往下压，由分局处理嘛！"

李斌良觉得郁明说得有道理，感觉心头轻松了很多，又不由问起，郁明对梅连运的问题知道多少，胡金生反映的是否属实。郁明笑了笑，说他不清楚，但是他提醒李斌良，好好研究一下胡金生留下的材料，再到网上看看，不只是碧山帖吧，只要在任意一个搜寻引擎输入梅连运三个字，就会看到有关梅连运的一切。

怎么，梅连运的事在网上有这么大影响？看来，这事真不小。

李斌良打开电脑，郁明识趣地站起来道别离去。

7．牵挂

果如郁明所言，"梅连运"三个字输入后，电脑屏幕上顿时呈现出很多帖子，内容大同小异，最多的是揭露梅连运侵吞国有资源和隐瞒矿难的帖子，就像胡金生说的那样。李斌良注意了一下，这些帖子有相当一部分在网上已经保留多时，也有一部分是近日集中呈现的，在近日出现的帖子中，好多帖子的网名是相同的，而且是最近两天出现的。

这是怎么回事？难道，难道发帖的人知道了自己要来任公安局局长，故意发帖给自己看的。他们是怎么知道自己要来上任的？胡金生一伙儿也知道自己今天上任，是不是还有别人知道？局党委成员，特别是政法委书记武权是否也知道？张华强是不是知道了自己今天上任，故意下矿去检查，以此轻慢自己？瞧他那样子，很可能是这个样子，一定是这么回事……

李斌良忽然感觉自己上任的方法有点儿拙，甚至幼稚可笑。

桌上的电话突然响起，打断他的思绪，接起后，里边传来一个男子的声音："斌良，怎么样啊……我是武权。"

李斌良眼前顿时浮现出那张油光光的大脸，那个酒糟鼻头，那双似笑非笑的眼睛。虽是初次见面，可是，李斌良对这个前任印象不是很好，除了直观印象外，更重要的是听说了他选定的接班人是张华强。看一个人，很重要的一个方面是看他与什么样的人为友，能喜欢张华强并迅速把他提升到目前的职位上，还欲使其接自己的班，其基本品行应该相近……

这些念头在李斌良心头缠绕，他的嘴里却呼应着："啊……还行，不过感觉担子不轻啊。今天和班子成员接触了一下，感觉好像有点儿问题。"武权笑声传来："斌良啊，你知道就好，我早体会出来了，碧山的公安局局长不好当，特别是你初来乍到，必须把一班人团结在身边，才能把工作干好，你说是不是？"

话里有话。虚与委蛇几句后，武权终于说出了要说的话，别跟那小子一般见识。他虽然脾气操蛋，可是干活是把好手，李斌良需要这样的人来支持工作……说来说去说到要点上："你看，你一来就和他闹起矛盾，平白无故弄出个对手，这对你好吗？"

李斌良完全明白了武权的意思，但是不便直接顶撞，就反问："武书记，如果你是我，会怎样对待这事？"武权支吾了两句，最终说出了根本目的："这样吧，斌良，看在我的面子上，放过他这回怎么样？"李斌良说："当然可以放过，可是放过以后，是什么后果？党委一班人会怎么看我？传到民警耳中，他们又怎么看我，我怎么带这支队伍？对了武书记，你是老局长，听说他听你的，你能不能帮我做做他的思想工作，在下次党委会，主动检讨几句，哪怕就几句呢，也是支持我工作，可以吗？"

"这……"片刻后，武权有些负气地说，"李斌良，你小子行啊，反过来将了我一军。好吧，你初来乍到，我就帮帮你。不过，那小子的脾气你也领教了，能不能说得动也未可知，我试试吧，不过，让他意思意思就行了，你别太难为他！"

李斌良说："武书记，我从没想过难为他，是他难为我。您是明白人，能看不出来吗？"武权骂道："这个混蛋，臭脾气，不分时间场合，说发作就发作，我真得收拾收拾他。斌良，华强还是挺能干的，你别把他一碗水看到底，今后在工作上倚重他的地方多着呢！"李斌良说："我知道，谢谢武书记支持我的工作，只要他能检讨自己，正常对待我，我一定正常对待他。"

又虚乎了几句，武权放下了电话，李斌良松了口气，但是却下意识地皱起眉头：种种迹象显示，自己提前来碧山赴任的消息确实泄露了。如果武权、张华强他们知道了这个消息，那么，他们今天的表现是不是故意的？也包括自己向武权报到时，他对电话说的那些话，是不是故意给自己听的，让自己明白大小，把他放在眼里？还有张华强，他是不是故意带着酒意迟到？如果是这样，那就说明，他们对自己非常敌视，是给自己一种警告，一种压力，让自己刚一上任就向他们低头，进而被他们压制，控制……

这么一想，怒气从心底升上来：看来，自己对张华强的态度是对的，强硬是对的，要他检讨是对的。至于武权，作为政法委书记，从工作上，我可以尊重你，但是，你想操控我为你所用，休想。我依法履行职责，倒要看你们能把我怎么样！

虽然这么想，李斌良还是觉得心情有些沉重和恶劣。天不早了，带着这种心情睡觉不好，必须排除。可是，怎么排除呢？手机突然响了起来，李斌良拿起手机，下意识地现出笑容。是沈静打来的。

李斌良把手机放到耳边不语，等着听到沈静的声音。他喜欢她的声音，总是那么平静，温和。"喂……"她开口了，"睡下没有，是不是打扰你了？"

她就是这么知道关心人，想得周到。李斌良不能再沉默，急忙回答说没有，正等着她电话呢。然而，她却不知怎么听出来了，说他是故意轻松，掩盖自己的心事，进而打听他到底怎么样，跟自己说说，别闷在心里。李斌良听到这些话，意识到她不只是礼貌性的关怀，而是听到了什么……她一定跟陈青先通话了。

果然，在进一步交谈中，沈静承认了这一点，口气中也流露出忧虑，觉得碧山的情况太复杂了。李斌良急忙对她说，过去，比这复杂的局面自己也应对过，没什么大不了的。为了不让她再说这个话题，李斌良向她打听起苗苗的情况，她赶忙说一切正常，一切有她呢。不让他惦念。之后，又说时候不早了，抓紧休息吧，不要把工作上的事太放到心上，睡个好觉，然后放下了电话。电话放下了，可是，她的面容却在眼前久久不去，留下的关怀和温情也久久不去。他深深地感觉到，她是个理解自己的女人，是个好女人，遇到她，大概是生命对自己的回报。

带着这样的心情，李斌良躺到了床上，关了灯。尽管他对自己说：明天还有事，快睡吧。然而事与愿违，越想睡却越不能入睡，很多往事一一浮现在眼前，而出现最多的还是奉春那一幕，是王淑芬张开双臂，冲到自己前面，扑向枪手那一幕，还有她倒在血泊中，死在自己怀中那一幕。在她临死前，自己答应和她复婚，重新生活在一起，可是，这是永远不能实现的承诺，因为她当场就死在自己怀里了。

那一幕，几乎让他万念俱灰，甚至产生了出家的念头，是苗雨的呼声把他拉回到世俗社会。之后，苗雨一直守在自己身旁，其心意不言自明，大家也都认为自己和她结合是水到渠成的事。然而事情却没有这样发展。王淑芬虽然离开了,可是,她是为了掩护自己和女儿而死的,她那张开双臂冲到自己前面的一幕,怎么能够忘怀?还有自己对她临死前的承诺。所以,他不可能马上就和苗雨成婚,他希望能平静一段时间之后再考虑。

然而,这个愿望很快就破灭了,因为女儿苗苗出了问题。她亲眼看到了母亲被枪手击中,倒在血泊中死去,精神受到了强烈刺激,变得非常不正常,经常在睡梦中惊醒,呼叫母亲,然后是久久的哭泣,性格也忽然完全改变了,她再不是他过去那个乖顺、可爱的小女儿,她或者沉默不语,或者突然爆发,大哭大叫,一旦爆发起来,怎么也无法制止。一旦停下来,又陷入长久的沉默。而且,学习成绩一落千丈,准确地说,她根本就学不进去了,到后来居然辍学了,精神医生检查后明确告诉他,女儿患了抑郁症。

为此,他又全力为女儿治病,到处求医问药,后来,病情渐渐轻了下来,甚至痊愈了,但是却不是很稳定,稍受刺激就可能复发。更可怕的是,她对苗雨表现出一种强烈的敌意,无论苗雨如何接近她,照顾她,讨她的好,她也拒不和她说话。有一次,他试探着向她提出想和苗雨结婚时,她立刻崩溃般大哭大叫起来,还不停地叫着"妈",哭后又笑,笑后又哭。他束手无策,直到他向她保证,绝不和苗雨结婚,她才渐渐平静下来。苗雨知道了这个情况后,一声不响地离开了。从那以后,他再也未和她见过面,也和她联系不上。心力交瘁的他,也再没心思和她联系。

对于苗雨的做法,李斌良是理解的,这既是无奈的选择,也是为了减轻他的压力。从那以后,他又当父亲又当母亲,全力照顾女儿,女儿的病后来好了,但是,病虽然好了,她却说什么也不再入校学习,而且成了另外一种孩子,一种他完全无法理解的孩子。她不再像过去那样喜欢看书学习,而是和一些不三不四的女孩子在社会上胡混,并且开始讲究穿戴打扮。这让李斌良很是操心也很恐惧,他耐心地给她讲解人生道理,可是,每当他张嘴,她就死死地堵上耳朵,要不就哭,喃喃地叫着逝去的母亲。面对这种情况,他一点儿办法也没有。

说起来,来碧山就任,李斌良唯一的牵挂就是女儿,想不到在征求她的意见时,她却非常支持,还不让他担心她,说她会照顾好自己的。可是,李斌良却觉得,她只想支开自己,更加无拘无束地生活。这反而让他更不放心,直到沈静做出照顾她的承诺,才让他放了点心。

不能再想下去了,李斌良强制着自己收回思绪,可依然难以入眠,他无奈地打开台灯,找出一本书翻起来,是《旧制度和大革命》。网上说,有两位现任的党和国家领导人很喜欢这本书,并推荐大家看。李斌良已经看过一遍，思想上受到很大启发，而且，通过读这本书，让他对中国的历史和现实产生很多过去没有的思想，并对这两位党和国家领导人产生了某种期待和希望，进而也对国家的前途产生了某种希望。同时他也清晰地感觉到，十八大后，中国社会已经在发生一些变化，而且是可喜的变化。这恐怕也是林荫能当上公安厅厅长、自己能来碧山市任公安局局长的原因之一。

自己在奉春打掉了任大祥、袁万春犯罪集团后，被任命为奉春市公安局副局长兼春城区分局长，晋为正处级。后来，林荫调往省厅任副厅长，大家都认为，奉春市公安局局长的职务无可争议地落到他的肩上。可是，当时他的精力完全投入到女儿的病情上，非但无法接受这个任命，甚至连原任职务都无法承担了。为了女儿，他主动辞职，为了给女儿换个环境，有利于她的病情，他决定调离奉春，并通过林荫介绍，调到了荆原省公安厅任政治部副主任。这样的工作，对于长期在一线摸爬滚打的他是有些不习惯的，可是，为了女儿，不习惯也要习惯。后来，他慢慢适应了这种生活，觉得这样也好，既方便照料女儿，也有时间看书。于是，他不但渐渐习惯了这样的生活，而且渐渐在心理上产生了一种满足感，一种空虚的满足感。然而，当一个人独处时，他也会产生一种想法：难道，自己的下半生就这样度过了？每当这样想时，恐慌就会涌上心头。

这种境况，直到林荫再度出现才改变。林荫忽然也调到了荆原省公安厅，而且任厅长。上任一段时间后，在知道苗苗病情已经痊愈后，就征求他是否可去碧山当公安局局长。李斌良听到这些话，突然感觉到体内的血流快了，热了，他居然没有一丝的推辞，甚至没有认真考虑就答应了，而且激动得夜不能眠，似乎回到了青年时代，回到了在奉春……不，在清水任职的时代。正因此，他才来到这里，有了今天的遭际。

思着想着，李斌良居然不知不觉地睡着了，进入了梦乡，然而却又进入了那个梦境：梦到了那个黑洞洞的枪口，那个对着他额头的枪口，还有那张似曾相识的男子的脸，只是多了一点儿东西，李斌良看到了男子的背后，是一片阴郁的天空和混浊的空气，他甚至清晰地看到空气中飞扬的粉尘，它们就和那男子一样，用敌意而又蔑视的眼神看着自己，扑向自己……

第二章　心中的誓言

1．第一个清晨

李斌良突然醒来睁开眼，他以为自己刚睡了一会儿，应该是午夜或者凌晨，可是忽然觉得不对劲，打开手机看了一眼，已经凌晨五点半了。于是他急忙爬起，拉开窗帘，向外看去，外边却是阴乎乎的天空，也不知是天还没有大亮的缘故，还是碧山的清晨就是如此。

李斌良走进卫生间在镜子里看到自己脸色暗淡，甚至有些发灰，是不是碧山的空气所致？镜子中呈现的完全是一个中年人形象，甚至头发都有些稀疏了。四十七岁，再过三年，就五十岁了……真是时光似箭啊，李斌良，不能再浪费生命了，要趁着你还有活力的时候，做一些有意义的事情吧！这是他迫不及待地答应来碧山任公安局局长的主要原因。

李斌良忽然觉得嗓子很干很痒。他有慢性咽炎，但是不重，有时睡不好，早晨起来会咳嗽几声，吐出不多的痰，就好了。然而今天他忽然发现，吐出的痰成了黑色。这让他马上想到了碧山的天色，空气中细碎的粉尘。天哪，自己到任后基本在室内活动，现在还不到二十四小时，就这样了，如果时间长了……

李斌良抓紧洗漱完毕，打开窗子，这时看到，太阳已经从东方升起，显得格外红，红得怪异，因为，你看不到它的边缘，只看到一团红色，从东方向上缓缓升起，挣扎着展示自己的身躯。李斌良还想细看，但是，一股呛人的味道让他不得不马上关上窗子，于是又发现，窗台上已经有了一层薄薄的粉尘。

天哪……

他养成了晨练的习惯，之所以这样做，是他的潜意识中，为将来有一天再次奋争做好身体上的准备。过去，他晨练的方式主要是每天早上要跑半个多小时，跑到浑身热汗才作罢。可是，三年前，他偶然在公园里碰到了一个老师傅教太极拳，跟着学了几天，觉得挺好，老师傅说他有学太极的缘分和天赋，他就试着坚持下来，没想到，几个月下来，居然真的掌握了这套拳法，叫"杨澄甫九十一式太极拳"，而且越打越觉得奥妙无穷，身体的感觉也越来越好，因此也越来越喜欢，每天再忙，也要抽时间打上两遍。他走出办公楼，想找个僻静地方打上一遍。

然而，尽管还是早晨，粉尘却毫无歇息的意思，依然是天地一片茫茫。他走到街道上，打听哪里可以晨练，有人指点他，往西一拐就有个广场。他不一会儿就找到了这个地方，果然有人在晨练，有跳舞的，有打太极的……可是，无论是空气中还是脚下，处处飘浮着粉尘，晨练的人们脸上也好像都浮着一层灰。这让李斌良一下子想起那年北京雾霾时，在网上流传的那首"念奴娇"：有不要命者，还在做操。

不行，这种空气实在打不了太极，李斌良转回公安局大院，正在擦车的陈青看到他，立刻叫起来："李局，你看，车在外边放了一宿，这么厚一层灰，我想，擦擦吧，没想，划成这个样子，你看看……"李斌良顺着陈青的手指查看，发现车身多了很多细小的划痕。陈青说："花了，根本不是灰尘，全是小煤渣。李局，跟你说，我有点儿后悔了，我啥危险也不怕，一天两天行，要让我一辈子在这儿住下去，给多少钱也不干。咱们说好，哪天你不当这个局长了，一定得把我调走。"

李斌良走进楼内，从值班民警口中知道，顶层有个大会议室空着。他让工友打开门，走进去，在会议室的主席台上打完了九式太极拳，感觉还算可以。于是做出决定，从今以后，每天都到这里来晨练。

2．林希望

上班的第一件事又是见面会，这次参加的是市局机关全体民警和各分局领导班子成员。会议开得仍然很短，内容依然是政委高伟仁把李斌良介绍给大家，李斌良做自我介绍，他依然像党委会上一样，认为行动胜于语言，要大家看自己的实际行动，要用行动让大家在工作中认识自己是个什么样的人，当然，也希望大家支持自己的工作。只是说到最后，他强调了一下纪律作风，特别强调了上班时间不许喝酒，还说，如果发现有人不听招呼，一定从严从重处理。他所以这么说，当然是有所指的。

会很快散了，李斌良留下了青田分局的局长赵充，要他到自己的办公室。赵充四十多岁，用惴惴不安的眼神看着李斌良。李斌良要他坐下后，问他是否知道胡金生这个人，是否知道他昨天带人来局里找自己上访？赵充脸红了，承认知道，但是，知道的时候已经晚了。他气愤地说，这是给自己上眼药。还说，胡金生过去也告过梅连运，只是多数情况下向国土资源部门控告，很少找公安局，没想这次突然找上来，而且直奔市局，还非要见李斌良不可。这话引起李斌良的注意，昨天他曾想过，胡金生可能是故意来找自己的麻烦，但是不敢确认。现在听了赵充的话，更感觉自己的猜想有道理。

李斌良继续问赵充，胡金生住在他的辖区，他有什么想法。赵充说，胡金生是个有名儿的滚刀肉，很难缠。李斌良告诉他，再难缠也得缠，让他立刻把胡金生上访案接过去，一是稳住他，不能再到市局缠自己；二是把他反映的事情查清，到底是真是假，如果属实，就形成材料，报给自己；三是如果反映属实，还要搞清，公安机关应该负责哪些方面，应该采取哪些措施，拿出个处置方案来；四是如果不属实，也要拿出依据来，而且要确认是否诬告，如果涉嫌诬告，也要拿出法律依据来，并依照法规处罚。

赵充听了李斌良的话，现出为难的神情："这……李局长，我一定尽力，只是……"

"只是什么？"

赵充想了想说："我不敢打保票。李局，我一定全力以赴，即便达不到你的要求，也一定想法稳住胡金生，不让他再来缠你，而且，也一定对他反映的问题，给你一个说法。"李斌良说："你有这态度就好。没别的事，你可以走了！"赵充起身离去，李斌良稍稍松了口气，觉得郁明出的这个主意还不错。

接着又是开党委工作会，李斌良要了解公安局各项工作的情况，以便确定有针对性的措施。但是，在宣布了会议内容后，却没有按会序进行，他把目光看向高伟仁，高伟仁又转向了张华强，示意地看着他。因为会前打过招呼了，张华强只好拿出一张纸，照着稿念了几句，说什么昨天违反了有关规定，不该喝酒后参加党委会，造成不好的影响，今后一定接受教训，加以改正云云。念完后，负气地把纸拍到桌子上。

他虽然没有念出检讨书三字，可这就是一份检讨书。而这是李斌良所要的。因而，张华强念完后，李斌良故意现出宽容的表情，要纪检书记把检讨书收起，表扬张华强谈得很好，很诚恳，希望大家都从中接受教训。然后说："这一页就翻过去了。下边，请各位分管领导，把自己分管的一摊工作谈一下，成绩少说，重点是谈问题，而且要指出问题存在的原因，还要拿出解决的办法。"

多年来，维护社会稳定一直是公安机关的首要任务，因此，在大家都不想第一个开口的情况下，李斌良点名要负责国保和内部的孟副局长发言。孟副局长按照李斌良的要求，成绩完全省略，专谈问题，最大的问题是上访告状的太多，维稳的压力很大。还说半年来，仅因为上访，就拘留了一百多人，而且有的很难说合法，一旦被拘留者控告，上边过问的话，搞不好公安局要负责任。而造成这种现象的原因，是市委市政府领导，特别是市政法委的要求所致。可是，如果真有追责那一天，恐怕他们不会站出来承担，承担的将是公安局，他自己则首当其冲。至于如何解决，他拿不出办法。

孟副局长之后发言的各位领导纷纷仿效。张华强指出，自己分管最大的问题是矿井生产安全问题，虽然近年来爆炸塌方事故有所减少，但是，一旦发生，就是大事。李斌良问了一下矿难事故的数字，他却结巴起来，翻了一下手上的材料，才说得出来，这让李斌良感到，他尽管口头上再三强调煤矿生产安全，实际上并没有做到心中有数。李斌良问煤矿生产安全存在隐患的原因，他又开始骂煤老板只知道赚钱不知道安全，就是欠收拾。至于解决办法，他说只能和有关部门，多检查，发现问题猛罚，没有别的办法。最后他又说，要说存在的问题，就是治安口警力不足，希望尽快解决。

李斌良注意到，张华强今天换了警服，同时也注意到，他和自己一样，穿的是白衬衣，佩三级警监警衔。这让他心里有些不舒服，倒不是嫉妒，而是在座的除了自己和高伟仁，只有他穿白警服。魏忠成管刑侦，年龄比他大好几岁，依然是一级警督，年龄更大的韩心臣同样如此。要知道，穿白衬衣和蓝衬衣有很大区别，白衬衣需要三级警监以上才可以穿，属于高级警官了。李斌良觉得他玷污了警服，所以心里才不舒服。

张华强说完，魏忠成开始发言，作为刑侦副局长，说的都是刑事案件，这也是李斌良最重视的一项工作。通过魏忠成的汇报可知，全市的总发案量不多，和前几年相比，刑事发案还是稳定的。但是李斌良通过其汇报的数字，很快看出问题所在，那就是，未破积案很多。他要魏忠成详细说一下积案情况及未破原因。魏忠成还是心中有数的，他将未破积案一一分类，盗窃的多少，抢劫的、杀人的多少，经济犯罪有多少一一说得门儿清。李斌良又要其说说未破的杀人案件，他立刻举出几个案例，李斌良注意到，在未破的杀人案件中，多数是已经确认作案凶手，只是因为外逃未能捕获而无法宣告破案。可是，说来说去，一直没有说到李斌良最感兴趣的案件。在听完汇报后，他不得不问："魏局长，你怎么不提林希望被害的案子呢？"

魏忠成一愣，立刻解释说，他不是故意遗漏了此案，而是李斌良昨天已经打听过，自己正在拟定侦破方案。李斌良再次追问，这么大的案子，被害的又是警察，难道一点儿线索也没有？魏忠成苦笑一声："李局，难道我敢骗你吗？要是有一点儿线索，我也早破案了。说真的，你要我搞个方案，我可以搞，可是，方案好搞，到底是不是切实可行，从哪里选突破口，我真是心里没有数啊！"

李斌良听得心情沉重起来，看向在座的班子成员，大家却都垂着眼睛，回避着他的目光。分管副局长们谈完了，政治部主任和纪检书记兼督察长也分别做了汇报。政治部主任主要是谈队伍建设，其指出，目前队伍上存在的主要问题还是纪律作风松弛，譬如李斌良批评的上班时间喝酒，迟到早退漏岗等时有发生，主要原因一方面是抓的力度不够，另一方面也是长期积弊导致。纪检书记的汇报和政治部主任谈的有所关联，重点谈的也是纪律作风，他指出，有个别民警暗地里经商，甚至参与经营煤矿等。李斌良听了很是重视，要纪检书记调查一下，有多少这样的民警，最好拿出个名单来。纪检书记听了迟疑了一下，现出后悔的神情，可是话收不回去了，只好答应。最后，政委高伟仁也谈了队伍建设工作，他说，其实民警队伍还有一种倾向你值得注意，那就是工作积极性不高，有些人抱着混日子的思想。李斌良追问是什么原因所致，其说主要是队伍老化、工资待遇低的原因。李斌良又要他拿出一个队伍状况的分析来。

在座的党委成员基本汇报完了，只剩下韩心臣没有发言。李斌良已经知道，他没有具体分工，但是故意提示他说几句，他急忙摇头，说自己没有分工，不了解情况，不能乱说。于是李斌良提起，韩心臣是老资格了，肯定经验丰富，不能干闲着，既然是党委委员，大家看看，谁的一摊干不过来，可以分给他一些，却没人搭茬儿，连一直吵吵工作压力大，忙不过来的张华强也不吱声。韩心臣见状急忙开口："别别，谢谢李局，大家各自一摊干得挺好的，我年纪大了，你就让我自由一点儿吧。"李斌良说："不行，最起码不能长期这样，对，你既然过去管过刑侦，我看，还是帮魏局分担一下吧。"李斌良说着眼睛看向魏忠成，魏忠成把手机拿到眼前，好像被什么吸引住了，充耳不闻。韩心臣又急忙说不行，请李斌良饶了自己，还说自己身体最近很不好，难以承担较重的担子，如果李斌良真的信任自己，也要过一段时间再说。李斌良见状也就不再就这个话题说下去，而是向各位党委成员提出，要在今天汇报工作的基础上，把问题找准，解决好，解决不了的跟自己说，由党委研究出办法，统一解决。最后又说，今后一段时间里，自己在抓好全面工作的基础上，要把主要精力投入到林希望案件上去，同时也希望所有党委成员增强责任意识，案子破不了固然刑侦部门负主要责任，可是，每个人的心里也要有一根弦，在工作中注意发现线索，有什么好想法也要随时提出来，案子破了，论功行赏。

会议就这样结束了。在大家站起来向外走的时候，李斌良快步走到韩心臣身边，小声说："老韩，你留一下。"韩心臣一愣，现出不解的神情，已经走到门口的魏忠成也转过头来，疑惑地看了韩心臣一眼，才慢慢走出去，关上门。

屋里只剩下两个人，韩心臣不安地看着李斌良，问有什么事。李斌良先问韩心臣身体有什么问题，其说主要是腔梗，经常头痛。省厅政治部队五处的处长就有这种病，所以李斌良有所了解，要是听名字，挺吓人的，但是腔梗和脑梗只差一个字，实际上却有本质区别。所以，他没有再说韩心臣的病，而是说，他是老刑侦了，自己留下他，是想问问他对林希望被害的案子，有什么想法没有。

李斌良注意到，韩心臣听到自己说这话时，眼睛睁大了，而且盯着自己不放，听完后，又把眼睛垂下来，说林希望这孩子挺好，虽然从警时间不长，可是，钻研业务，工作负责，人也正派，有培养前途，想不到不明不白地被害了。说到这儿，他好像动了点儿感情说："李局，林希望可是咱碧山市公安局的警察，这案子一定要破。"李斌良说，自己就是重视这个案件，才留下他征求意见，想得到他的帮助。韩心臣听了又摇头说，他一时没有什么思路，回去琢磨琢磨再说吧。最后，他又小声说："李局，这个案子，我只有一个建议，你要亲自抓。"

李斌良看着韩心臣的眼睛说："你说得对，我一定亲自抓，我要盯住刑侦支队，督促他们破案。"

"李局长，只靠督促不行，下边人不给你使劲儿，你再督促也没用。"

李斌良感觉到韩心臣话里有话，他感激地跟他握手，还请他好好琢磨琢磨案子，给自己以帮助。受到韩心臣的触动，李斌良一回办公室就打电话给魏忠成，要其把林希望的案卷拿过来。一会儿，门被轻轻敲响，走进来一个黄白脸色的瘦高个儿，四十出头年纪，小心翼翼的神情，手上拿着一本卷宗。李斌良略略一想认出，他是刑侦支队长霍未然。霍未然说，是魏局长通知他把林希望的案卷送过来，同时想听听他的指示。

李斌良拿过案卷掂了掂，不重，或者说很轻也很薄。他问："就这一本吗？"霍未然小心地说："就这一本，不过，我们在侦破中走访了很多人，但是，没什么价值的讯问资料没有入卷。卷宗里边的资料主要包括现场附近走访群众提供的情况，还有林希望的家人、朋友，以及其他关系人的讯问材料，再有就是现场勘查和尸检材料了。""啊，是这样。"李斌良打开案卷看了起来，看了片刻一抬头，发现霍未然还在旁边躬身站着。急忙问："霍支队，还有事吗？"

霍未然慢吞吞地说："这……没啥事，只是，大概是陷到案子里了，脑子不开窍了，不知李局你有没有新思路启发启发我们。"李斌良说："我不是神仙，刚来碧山，案子还不了解，能有什么新思路？看看案卷再说吧。"霍未然说："那，我回去了。"李斌良："回去吧，有啥想法我会和你们沟通的。"霍未然连说好好，这才轻手轻脚地向外走去。

李斌良看着霍未然的背影，觉得这个人太过拘谨了，一点儿也不像刑侦支队长应有的样子，不但外貌上不像，气质上更不像。

李斌良开始仔细地审阅案卷，因为量不多，一个多小时就全看完了，卷宗中记载的十多个人的讯问，都没有提供什么，而且每个人的话都不多，说的也几乎一样。卷宗的后半部分，就是现场勘查和尸检的材料了，翻到这部分时，李斌良的眼睛被一页吸引住了。

这一页是照片，受害人林希望的尸体照片。李斌良看着看着，心咚咚跳起来。

照片分贴在几页纸上，有现场照、全身照及各种角度的照片。李斌良看到，林希望穿着一身警服倒在一条沙土路旁，可能是因为摔倒的缘故，帽子歪落到头侧。从这一点上看，不可能是误杀。因为，警服就是最醒目的标志，即便是晚间，在一定距离内也可以看得清楚。最吸引李斌良目光的是一张特写照片，整个照片上只有林希望的头面部。李斌良看到，他虽然死了，可是依然大睁着眼睛，眼神虽然凝固了，可是好像还在透出惊诧恐惧愕然等表情。从面庞上看，他显得很年轻。对，他实际上才二十五岁，额头上甚至还没有什么皱纹，只镶嵌着两个罪恶的弹孔。看来，凶手是唯恐他不死，开了两枪。额头上的血并不是很多，但是，头部下方却有很多血涌出，洇湿了地面，看来，子弹已经穿过头颅。李斌良的目光又落到他的双眼上，却忽然产生与其相望，不，好像他在望着自己的感觉，再加上他半张的嘴巴，给人的感觉，好像在对自己倾诉着什么。我亲爱的兄弟，战友，孩子，你要说什么，你是在要我破案，抓住凶手，为你报仇吗？我会的，一定会的，你放心吧，我对你发誓……

不知为什么，一股酸涩的感觉涌上李斌良的心头，他继续盯着林希望的头像，盯着他的眼睛和半张的口，全神贯注，尽管听到了轻轻的敲门声和轻轻的脚步声也没有抬头，直到一股好闻的幽香传入鼻子……

李斌良抬起头，看到了谢蕊，同时也看到，她的目光在看着林希望的照片，脸上是难以言说的恐惧、震惊、痛苦的表情，白皙的面庞也出现了红晕……

到底是女孩子，虽然是警察，仍然不像男人，别刺激了她。李斌良合上卷宗，可是注意到谢蕊仍然定定地盯着卷宗，好像能透过卷宗封面看到里边的照片一样。李斌良忍不住叫了声她的名字，她才回到现实中，轻声说："李局长，我来取文件。你都签完了吧？"李斌良说："签完了，拿走吧！"

李斌良拿起文件夹，交给谢蕊，忍不住又欣赏了一下她的美貌，他注意到，此时，她面庞上的红晕已经退去，因而显得更加白皙……不，不是白皙，是苍白，非常苍白，大概是震惊所致吧……对，自己来碧山后，接触到的人，包括自己早晨外出时遇到的人，无论男的还是女的，或者是黑红色，或者是棕黑色，或者是棕黄色，或者是灰黄色，即便是如张华强那样肤色稍稍浅一点儿的，也透出一种令人讨厌的赤红，为什么谢蕊却如此白皙细嫩呢？他忍不住问了一句："谢蕊，你家在哪儿？"

谢蕊说了一个地名，李斌良觉得很陌生，她很快做了补充。怪不得，她家原来在外省。李斌良问："那你怎么到碧山来了？"谢蕊说："我家是个贫困县，警院毕业后，听说碧山工资待遇好，考公务员时，就报考了碧山市公安局。"

原来，还是警院毕业的。李斌良忍不住又问她学的什么专业，她好像有些为难，迟疑了一下才说："是法医专业，可是，我胆子太小，见不了尸体，只能改行了。"原来如此。一个女法医当上了文书，有点儿浪费人才呀！

李斌良忽然想起和陈青说过的话，忍不住又问了一句："你没结婚吧？"谢蕊脸上又出现一抹红晕："没有，没有。"李斌良问："那，你有男朋友了吗？"谢蕊的脸更红了，而且垂下眼睛说："没有。"李斌良再问："真的没有？"谢蕊小声说："真的没有。"李斌良笑着说："是不是你的标准太高啊，处对象，关键是人好，别的都是其次。""谢谢李局长，我知道。李局长，没事我走了！"

不等李斌良回答，谢蕊就匆匆走出去，好像躲避他的追问似的。李斌良忽然觉得自己有点儿冒昧，搞不好，会让谢蕊产生误解，好像自己有所图似的。不过，已经问准了，她确实没有对象，这也就意味着，陈青有希望……

李斌良放下卷宗，去了技术大队，见了技术大队长许墨及勘查现场的技术员和尸检的法医，他们说，林希望被害现场是他家村外的沙石路，路上发现一点儿隐约的车轮印迹，既不清晰，也不能确认就是作案工具，只能判断是辆轿车，尸检也只能确认两颗"六四"子弹打进了林希望的前额导致死亡，别的再没什么了。

案卷看过了，该问的也都问了，一切就如魏忠成和霍未然说的那样，没有任何有价值的线索，更看不到突破口在哪里。可是，李斌良并没有罢休，他在思考后做出决定：去现场。

魏忠成听了李斌良的话有点儿吃惊，他告诉李斌良，林希望是在元旦回家探望父母时被害的，他家住在林泉县的一个村庄，离市区二百多华里，他本人已经去过多次，也和林希望的父母及林家的邻居、乡亲多次交谈过，都没有提供任何有意义的线索，发案至今已经半年多了，时过境迁，再去现场已经没有意义。可李斌良不等他说完就摇头："不要说了，我必须去现场。"魏忠成就不再说话，叫来刑侦支队长霍未然和技术大队长许墨，同李斌良上了一辆越野车。车轮启动后，魏忠成、霍未然和许墨都陷入沉默中，可是，李斌良的大脑却像车轮一样旋转不停，并不时向三人发出询问。

　　"杀人犯罪一般分因财杀人、因仇杀人、因情杀人或者兼而有之四种，你们说，林希望被杀，应该是哪一种？"

　　沉默片刻，许墨先开口："不可能是因财杀人，林希望家很穷，既没向谁借过钱，也没借给过别人钱，没有任何经济纠纷。林希望本人也是这样，他是每月开了工资之后，留下一点自用，剩下的都交给母亲，母亲给他存起来，说留着将来给他说媳妇用。"

　　"那么，这一条可以排除了，仇杀呢？有这个可能吗？"

　　还是许墨："也不可能。他从警才三年，工作就是参与现场勘查和痕检，能得罪什么人？他也从没和任何人发生过矛盾。他父母也是这样。"

　　"那，这一条也可以排除了。情杀？因为争夺女人被杀？"

　　魏忠成突然地说："更不可能。他连对象都没有，跟谁因情杀人？"

　　霍未然说："对，对，我们调查过了，没有任何这方面的线索和迹象。"

　　"难道，三种情况兼而有之？"李斌良说。稍稍沉默了一下，魏忠成叹息一声说："我们也曾这么考虑过，可是，觉得可能性更小，也没查到这方面的线索。"

　　"这么说，至今，林希望因何被杀还不知道，更谈不上侦查进展了？"沉默。片刻后，李斌良转了话题："林希望这个人怎么样？"

　　许墨叹息一声："难得的好小伙子，人正派，爱看书学习，工作认真负责，非常钻研业务，很有培养前途，想不到……咳！"李斌良问："那，他的社会关系呢？"许墨说："家里只有父母，没有特别密切的亲戚朋友，走得近的就是队里的同事了，但是，也没什么特殊的关系。霍支队，你们不是调查过吗？"霍未然没有回答，魏忠成不满地喊："问你呢，怎么不说话？走神了？"霍未然猛抬头说："啊？对对，林希望这个人挺单纯的，和同志之间就是正常的工作关系，也没和人发生过矛盾，除了技术大队，局内所有可能和他发生来往的人我们都调查过了，包括他在社会上的关系人，也调查过，没发现一个可疑的。"魏忠成补充了一句："确实是这样。"

3. 承诺

两个多小时后，越野车停下来。现场到了。

李斌良跳下车四顾，搜寻着目光中的一切。这是一条农村的沙石路，就是卷宗里现场照片的拍摄地。已经半年多过去，路上已经看不到任何杀人现场的痕迹。

魏忠成说："就是这儿，林希望的尸体就躺在这儿……霍未然，是这儿吧？"霍未然迟疑地说："啊，基本上是这儿。许大队，你看呢？"许墨说："是这儿。可是，什么痕迹也没有了，不能精确确定，但是误差不过一平方米。"

李斌良向地上仔细看去，确实什么也看不出来，只是一处普通的农村沙石路，就像一张毫无表情的黄黑色大脸，冰冷而又生硬地看着自己。李斌良默默地看着地面，想象着那个冰冷的夜晚，林希望来到这里，突然发现一支黑洞洞的枪口指向额头，一声枪响，摔倒在冰冷的地面上，生命离去，留下的，只是一具孤独的躯体，从此永别爹娘，再也无法回来，在他意识消逝的那一瞬间，他想的是什么？是一种什么样的感觉？

李斌良直起身四顾，发现这个地方既偏僻荒凉又有几分喧嚣。说偏僻荒凉，是离这里最近的一个村庄有五百多米，附近看不到行人，说它喧嚣，是因为不时有装载着黑乎乎原煤的车辆驶过，而每当煤车驶过，黑色的粉尘立刻向天地和人身扑上来。往远一点儿看，是一座座是山而又不是山的物体，那是它们被多年狂挖乱采后留下的后遗症。虽然是农村，可是，空气一点儿也不比城里好，甚至还不如城里，更加浑浊，呛人。

许墨说："李局，那就是林希望家的村子。"李斌良早已看到了一华里外的村子，好像有砖房，有土屋，可是，黑乎乎的一片，萎缩在天地和粉尘之中，感觉不到一点儿生命的迹象。他不由问："林希望的父母还生活在村里吗？"得到肯定的回答后，立刻上车，要开车的许墨把车驶向村庄。"这个村叫什么来着？"魏忠成说："北坡村，归林泉县古头镇管辖。"

这是林希望的家？

李斌良从车上下来后，停下脚步向前看去。一幢北方农村常见的普通房屋，前脸是砖的，两侧和后边就都是土的了，房顶是油毡纸盖儿，看上去，已经盖了有些年头了。小院不大，夹着一圈参差不齐的木板障子……一切的一切，都在无声地诉说着这个家庭的贫寒和破败。李斌良推开院门走进院子，问了声："屋里有人吗？"就推开房门走了进去。

一团雾气裹着浓重的中药味迎面扑来，李斌良好不容易才看到一个头发花白的老汉，一边咳嗽，一边专注地在灶台下忙着什么。因为专注，他既没注意到李斌良几人走进院子，也没有听到呼声，因而，当几人的身影在雾气中出现在面前时，他现出惶然的表情。老汉惊讶地问："你们……"魏忠成说："林大哥，是我，我是碧山市公安局的，来过你家。"老汉激动地说："啊……你是魏局长，你们来了，快，进屋……"老汉打开里屋的门，一个悲伤的女声传出来："是公安局的吗？希望的案子破了吗？谁干的呀……"话没说完，人就呜咽起来。

显然，这个老汉和屋里的女人是林希望的父母。

李斌良带头走进屋门，看到一个六十来岁、同样头发花白、面容憔悴的老太太在挣扎着从炕上坐起。李斌良看到，她的身下铺着被褥，枕头旁放着药盒、水碗，再闻到钻进鼻孔的中药味儿，立刻明白她正患病在身，急忙阻拦其坐起："别，您躺着别动，别激动！"魏忠成低声对李斌良说，这就是林希望的父母。别看长得老，其实他们刚刚五十多岁。林希望是他们的独生儿子。

李斌良知道，他们的苍老是苦日子熬的，是独子离去的沉痛打击的。

魏忠成把李斌良的身份介绍给林希望父母。林母听后抓住李斌良的手，满怀希望地继续问，她儿子的案子是不是破了，凶手是不是抓住了，他为啥要害自己的儿子。说着说着又呜咽起来。李斌良歉意地告诉林氏夫妻，案子还没有破，自己刚上任，不过让他们放心，自己一定全力以赴，一定要破案，给他们一个交代，替林希望报仇。

林母虽然失望，仍然呜咽着感谢李斌良一上任就到自己家来，这让他们心里热乎。李斌良想先扯一扯家常，让夫妻二人平静下来后再唠案情，就问起林父平时做什么。林父说，他过去就在附近的煤矿打工，在井下挖煤，后来林希望考上了警院，毕业后当了警察，就不让他再下井，说那太危险，甚至不让他再去煤井干活。他好说歹说，儿子才同意继续干，但是要他找井上安全的工作，可是，井上要比井下挣得少很多，林希望说那也不成。还说，他参加工作了，挣工资了，可以帮他了，他不要像过去那么辛苦……林父说着哽咽起来，说不下去了，李斌良的心底也涌出压抑不住的悲酸，好不容易才控制住。

林母又在旁开口了："这不吗，希望走了以后，我一下子就病倒了，他也不能去井上干活了，在家照顾我。对，他身体也不好，没见他老咳嗽吗？肯定是肺有毛病，可他不去医院看，说检查花钱不说，万一检查出毛病就坏了……"

李斌良听着林母的话，明白林父的心态，这也是很多穷苦人的想法。去医院检查，万一检查出来问题，没钱治，只能增加思想负担，死得更快，能挺还是挺着吧。他们分析得也对，生活在这种环境中，从事着这种职业，能不得肺病吗？

林父平静地说："李局长、魏局长，你们别笑话我，谁愿意死啊？我也怕死。可是，真像大刚似的，得了那种病，怕有什么用？他花了那么多钱治，不还是难逃一死吗？我是豁出去了，现在这样子，我俩活着还有啥意思？我们想好了，我们尽量互相照顾，啥时有一个人不行了，干脆，买点耗子药，一起死。"

林父说这话时好像没动任何感情，或许，这个决定他们已经商量过很多次了，有了很强的心理承受力。

林母激动地说："我俩是豁出死了，可是，希望的案子不破，我们闭不上眼睛啊。李局长、魏局长，求你们了，一定把案子破了，让我们能闭上眼睛啊！"

李斌良说："一定，一定，我们一定要破案……对了，大哥、大嫂，我们这次来，除了看看你们，也想了解一下情况。"林父林母一下子精力集中起来，连说："成，你问吧，只要我们知道的，能破希望的案子，我们一定都说。"

李斌良看了看魏忠成，魏忠成看向霍未然，霍未然看了看许墨，咳嗽一声先开口了："这个，其实，有些我们过去也问过，李局长还想再听你们亲口说说。"

林母说："行啊，李局长，您问吧。"李斌良知道，那些常规的问题，一定问过很多遍了，很难问出什么来了。他想了想，换了角度："大哥大嫂，希望出事前，有什么特别的表现没有？"魏忠成急忙说："这个我们问过了。对，你们再说说，林希望被害前，有什么不正常的表现没有？"

林父林母对视一眼，摇头，都说没有。李斌良问："那么，林希望在出事前，可以是出事几天前，也可以是一两个月前，跟你们说过什么话没有。我指的是你们能够记住的，觉得有点儿意思的话？"林父林母又想了想，还是摇头说没有，林希望一般一个多月回来一次，很少跟他们说工作上的事，问他也就是说跟着破案了，勘查现场了，别的没说过什么，更没听出什么不正常的来。

李斌良又说："这样吧，不管正常不正常，你们把能够想到的，林希望出事前跟你们说过的话，都跟我们学学，行吗？"林氏夫妻再次互相看了看，边想边互相提示，说来说去，他们和儿子谈论最多的是，他已经二十五了，不小了，应该处对象了。可是，林希望却总是说不忙，说自己还年轻，要钻研业务，过三十再搞对象也不迟。"咳，我明白，他是知道家穷，没有姑娘会相中他。"林父说，"更怕我有压力。说真的，要不是他不让，我真想下井，那比井上赚一倍还多呀，可他说啥也不让。还说他将来说媳妇的钱自己慢慢赚。"

看来，林希望还是个孝顺儿子。

林父难过地说："我也知道，我这个当爹的没能耐，对不起儿子，我要是能赚钱，孩子能为这个难吗？"林母说："是啊，希望是个好儿子，他心里疼爹妈。对，我跟他爹说，是我们拖累了他，耽误他结婚成家。他还跟我们说宽心话，说他会找到对象的，而且是不用花多少钱的对象，能跟他一起过清贫日子的媳妇。他还说，那些贪图钱财的姑娘不是看不上他吗，他还看不上那种姑娘呢！"

林希望还这么有志气？对，他是不是已经有对象了？

李斌良提出这个问题，林父林母急忙摇头说没有，他们多次问过，林希望都说没有，他们也没看出他有的样子。李斌良还想再追问，魏忠成却在旁开口了："大哥大嫂，我们李局长来了，你们有什么要求，可以提出来。"

李斌良热情地问："对对，在生活上有什么困难吗？"

林父说："没有，没有。希望没了以后，魏局长还代表公安局给我们送了两万元，我们就挺感激了。说真的，我们拼命赚钱，攒钱，都是为了希望，如今他不在了，我俩咋地都能活，不需要多少钱了。"

李斌良问："我还没问过，你们这么多年，没攒下什么钱吗？"

林父说："也不能这么说，过去吧，也攒了几万块，可是，希望上大学四年，花的都是这笔钱，他毕业了，钱也花差不多了，之后，就开始给他攒钱说媳妇，可是，我又有了毛病，经常往医院跑，所以就没攒下啥。"

对这个家的了解，已经差不多了。李斌良离开前，最后问了一句："你们还有什么愿望，只要我们能够做到的，也说一说。"

林母急忙开口了："有哇，李局长，您说，希望这算是啥呀，穿着警服，干着公家的事，无缘无故让人家杀了，却啥说法也没有。你们说，我儿子不是上班时间出的事，是放假回家期间出的事，所以就不能算因公牺牲……李局长，我们不是图抚恤金，图烈士的名声，就是觉得心里过不去，他让人害的时候，身上还穿着警服，戴着警帽呢，要我们看，他就是在工作呢，怎么能……"

林父说："你别说了，规定就是这么规定的，咱们别给李局长出难题了，只要他尽快把案子破了，咱们就知足了。李局长，你一定让我们死的时候闭上眼睛啊！"

李斌良突然大声说："我就是为了破这个案子来碧山的，我向你们保证，我要破不了这个案子，就地辞职！"

李斌良说完，转身向外走去，他感觉到，魏忠成他们仨没有马上跟上来，他们一定为自己的态度而震惊了。自己也没想到，忽然说出这种话，难道，破林希望被害案，真的是自己来碧山的真正原因？难道，案子不破，你真的就地辞职吗？你的承诺能实现吗？是不是太过分了？不，作为公安局局长，手下的警察被杀，能稀里糊涂地作罢吗？不，我一定要侦破，我也相信，一定能够侦破。

最先走出来并追上李斌良的是许墨，他对李斌良低声说："李局，我代表我们技术大队全体人员，也代表林希望，谢谢您！"

李斌良没有说话，因为他没法说话，酸楚已经凝结了他的喉咙，泪水已经盈满了他的眼眶。此时他想的是，这对夫妻其实比自己大不了几岁，如果这事摊到自己身上，如果是自己的女儿、是苗苗出了这样的事，自己会怎么面对，怎么才能活下去……

4. 特别的命令

越野车又驶回现场，李斌良要许墨停下，他又跳下车，魏忠成和霍未然、许墨也随之跳下。李斌良站在路旁，又扭头向林希望家所在的村子望去。

魏忠成凑到李斌良身旁："李局，你是想……"李斌良沉稳地说："被害时间是元月二日的晚上，已经九点多了，差不多是一天，不，一年里最冷的时候，林希望是接了个什么电话到这儿来的呢？"魏忠成迟疑地说："这个……我们也想过，可是，电话查不清楚。霍未然，你说呢？哎，你别老走神，李局问话呢，没听着啊？这可是你的案子。"霍未然答道："这，这个电话非常可疑，可是电话卡是神州行的，查不到机主。"许墨说："这个手机卡是专门用来作案的。"李斌良说："关键是，为什么林希望一接到这个电话就来到这儿，这说明什么？"许墨说："说明，打电话的人是他非常信任的人，也是迫切想见到的人。"李斌良又说："可是，为什么查不出这个人来呢？"魏忠成说："我们把林希望的所有关系人都查个底掉，就是没查到任何嫌疑人。"

李斌良一路上没再说话，但是，大脑却一直旋转着。他有一种感觉，林希望父母的话中，特别是最后提供的几句话好像有点儿意思，就是林希望曾对父母说过：那些贪图钱财富贵的姑娘不是看不上他吗，他还看不上那种姑娘呢！因而，他忍不住又开了口："你们调查得透彻吗？林希望到底有没有女朋友？"

魏忠成和霍未然一愣，对视一眼，看向许墨。许墨迟疑地说："据我所知，我也问过我们队里的人，大家都说，林希望没有处对象。"李斌良扭头看向魏忠成，魏忠成看向霍未然。霍未然说："我们觉得调查得挺彻底，调查过的人都说，林希望应该还没有对象。"李斌良不再发问，眼睛转向前方。

前面，碧山的轮廓出现了，可是，随着它越来越近，轮廓反而越发朦胧起来，那是粉尘的功绩呀。李斌良忍不住又开了口："你们三位可是老碧山人了，瞧这碧山的空气都成什么样子了，你们就这么忍受着？"

"谁说不是。"许墨说，"可是，不忍又能咋办？咱们是公安局，不是环保局，就算是环保局，也没有办法。"魏忠成叹息一声："是啊，要发展，就要付出代价呀！""那是，"霍未然说，"关键是先吃饱肚子，别的以后再说。"许墨说："问题是，碧山的环境代价付出了，可百姓们富了吗？我看哪，是极少数人拿走了碧山的财富，却把一个地狱般的环境留给碧山的老百姓。"许墨的话得到了李斌良的共鸣，魏忠成和霍未然却一言不发。

李斌良走进局办公楼时，已经快到下晚班的时候，当他经过文书室，准备走向自己的办公室时，忽然在脑海中闪过一个念头，推开半掩的门向里边看去，一愣。谢蕊没在里边，却有一个身材挺拔矫健的青年民警在看一张《人民公安报》，原来是陈青。

陈青听到开门声，抬起脸扔下报纸："李局，你回来了！"李斌良问谢蕊去哪儿了，还没容陈青回答，李斌良的身后传来脚步声，陈青的目光望过去，李斌良也扭过头。

谢蕊抱着个文件夹走过来。瞧，身材高挑婀娜，步伐轻快有力，面庞白皙如玉，双目如水波闪动，警服穿在她的身上，显得那么的合身，那么……出色的漂亮……谢蕊看到了李斌良，叫了声李局长，然后自我解释说，她去孟副局长办公室取文件了。

李斌良示意陈青在门外等一下，自己随着谢蕊走进文书室，关上门后，谢蕊睁大湖水般的眼睛，询问地望着他。李斌良说，向她了解一下林希望。

谢蕊听了垂了一下眼睛，赶忙摇头，她和林希望只是认识，不太熟悉，也谈不上了解。李斌良问他们是怎么认识的，她说："是在警院时认识的。""什么？你们是警院同学？""可是，不是一个专业的。所以对他不了解。"

李斌良说:"那么,林希望有没有女朋友,你知道吗?"谢蕊小声说:"不知道。好像没有吧。"李斌良感到,谢蕊说这话的时候,脸色好像有些泛红,不知是错觉还是真的。李斌良又问:"谢蕊,你真的没对象吗?"这回,李斌良看得清楚,她的脸真的红了。谢蕊摇头说:"没有,真的没有。"李斌良说:"你这么漂亮,怎么会没对象呢?对,一定有不少小伙子追你吧?"谢蕊的脸更红了:"没有,真没有——李局长,昨天送给你的文件签了吗?"显然,她不愿意继续就这个话题谈下去。

李斌良也就没往下问,而是走出去,带着陈青走进自己的办公室。进屋后,李斌良张口就问陈青怎么样。陈青装糊涂,问李斌良说什么,还说自己来找他,他不在,才到文书室等了一会儿。还说,自己来是跟他说一声,从荆都借的车得送回去了。李斌良不让陈青往别的地方扯,坚持问他怎么样。见陈青还是装糊涂,就干脆指出,自己已经问过谢蕊,她没有对象,她对他怎么样,他感觉怎么样?陈青脸色发红,苦笑地说:"不怎么样。你不是看见了吗?我跟她说来找你,你不在,在她的屋子等一会儿,她让个座儿,倒杯水,就再没别的了。"李斌良说他是男的,没主动搭讪吗?陈青说搭讪了,他没话找话地介绍了一下自己,又夸奖了一番李斌良,可是她冷冷地听了,就说要出去取文件,然后就把他扔到文书室。"不行,看样子,她眼界太高,根本看不上我。""你怎么刚上阵就往回退。别自卑呀!陈青,听我的,你就放开胆儿追……还有我呢,必要的时候,我可以助你一臂之力。"陈青说:"你怎么助我呀?还能以局长的身份强迫她跟我好?"李斌良说:"虽然不能强迫,推荐介绍一下总是可以的吧。我毕竟是局长,我的话,还是比一般人有分量吧!"陈青说:"再说吧,我还是觉得没信心。"李斌良说:"没信心也得追,这是命令。""命令?""对。"

第三章　谁也别想操纵我

1．无法相信

现场去过了，林希望的家去过了，该了解的似乎也都了解过了，果如魏忠成、霍未然等人所说，没有任何线索。那么，从哪儿突破，如何获取线索呢？就在李斌良绞尽脑汁想不出办法时，又一个麻烦找到了他的头上。

这天，李斌良接到郁明的电话，告诉他，有个群众上访，非要见他不可。他见还是不见。并小声告诉他，上访人叫楚安，是个挺棘手的事情，他建议李斌良不要管。李斌良问，自己不管，楚安能善罢甘休吗？郁明说够呛，如果他不想管，自己就尽量应付，实在不行再交给督察支队，郁明停了一下又说，交到哪儿，最后还得交到李斌良的案头。李斌良说那还说什么，就让他上来吧。

楚安随着郁明走进来，四十岁年纪，脸上带着一种潮红，伴着一股酒气走到办公桌对面，坐到接待椅中。李斌良心里有点儿烦，郁明怎么没说，这人是酒后上访。郁明给楚安倒了杯水，拍拍他的肩膀说："楚安，有话慢慢说，别激动，李局长工作忙，讲清楚就走，李局长会认真对待的。"然后走出去。

可是，楚安开口话就难听："真是阎王爷好见，小鬼难当啊，见公安局局长一面，赶上见玉皇大帝了。"从口气上，李斌良感觉此人不是善类，有些反感，他控制着脾气对楚安说，有话好好说，自己还有别的事。意思是让他快说快走。楚安一听："嘿，我还以为新来的局长有啥新气象，原来，对百姓是这种态度！李局长，你先说，我的问题你能不能解决，要是不能解决我也不白在你这儿浪费时间了，我上省公安厅，上公安部上访，就说碧山市公安局局长说了，他解决不了！"

李斌良心头闪过一个字眼：刁民。可是嘴里却说："你这是什么态度啊，什么事都没跟我说，就问我能不能解决，我怎么回答？如果你真的有理，而且属于涉法案件，是我的职权范围的，我肯定管。"楚天说："真的？

李局长，你说话可要算数。"

"当然算数，不过，你的事情要符合我刚才说的几点。一、涉法案件，二、你有理，三、我的职权范围。"

"好好，我现在就说，正好符合你说的这三条。这么说吧，抢劫你管吧？"

抢劫？这是刑事案件，怎么能不管？可是……

"你被抢劫了？"

"是啊，而且是光天化日之下。"

"那好，你说，你什么被抢劫了？"

"几间房子，一片地。"

这……房子和地被人抢劫了？

"李局长，你容我慢慢说，是这样，我在二道街有块地，那是我家过去的一片老房子，前些年，我家在那儿养过兔子，卖肉赚钱，后来不赚钱，我就不养了，借给人家堆木材。可是，光天化日之下，就被人家把房子给推了，占了，盖起了门市房，出租，一年几十万，我到哪儿告也没人管。你说，你怎么管吧？"

李斌良觉得这话缺乏真实性。这些年，他也接触过上访告状的，也包括刑事案件、治安案件报案的，为了取得公安机关的重视，往往夸大其词，有的甚至和事实严重不符。他觉得，楚安可能是这样一种情况。

楚安看出了李斌良的心思："不相信是不是？瞧，这是我家那片房场的证件，三证俱全，你看看，看看！"楚天拿出了几个证，放到李斌良面前，李斌良拿起看了看，有老式的土地使用证、房产证等，最起码从表面上看，是真实可信的。

李斌良问："那你再说说，既然是你家的房场，又是怎么被别人抢去的？"楚天大声说："我不是说了吗？光天化日之下，就把我的房框子推了，堆放的木材也推了，然后就打地基，盖房，出租。"李斌良问："没有别的原因？就这么简单？"楚天答道："就这么简单……对，事前他们找过我两回，说我的房场在那闲着也闲着，借给他们用用。我不借，他们就不再跟我商量，开来铲车，就把我的房场推了，占了。你不信，跟我去现场看看。"

李斌良真不信，他觉得，任何人听了也不会信，这种事怎么会发生呢，太不合逻辑不合常理了，这里边一定有说道。他想了想又问："他们推你的房场时，你在场没有？你没阻拦吗？"楚天说："在场啊，也阻拦了，可是拦不住，他们上来二话不说，就是一顿胖打，对，还打折两根肋骨呢！"

"你当时报案了吗？"

"报了，你们公安局不管。"

"你报给哪个单位了？"

"先报派出所，派出所推，再报分局，分局让我等，再报到市公安局，你们那个张局长让我滚，不许再找他，要是再找，就把我拘起来。"

李斌良注意起来，楚安说的张局是张华强。如果是张华强涉及这个案子，还真得注意，楚安的话太不合逻辑和常理，可能是张华强认为他胡搅蛮缠才这么说的。楚安看出李斌良的心思，急了，从怀中拿出一个U盘："李局，你不信是不是？瞧，你插电脑上，看看就明白了。"

李斌良把U盘插入电脑，打开一个视频，屏幕上不一会儿就呈现出画面，那是一排临街房，一个领导干部模样的人在对身旁拥簇的下属及围观者说着什么。播音员的声音："市委副书记、市长聂锐同志亲自接待了上访人，并到现场办公，当场表态……"响起聂锐的同期声："这是严重的违法犯罪行为，必须解决，国土、建设、公安等有关部门，要在一周内拿出解决方案，特别是市公安局，要对打人者追究法律责任。"围观的群众响起热烈的掌声。视频结束。

楚天说："看着了吧，我没说谎吧？对，这是碧山电视台播的新闻，我录下来作为证据的。"

"这是对你房场的表态？既然市长都表态了，怎么还没解决呢？"

"你问我我问谁去呀？这个讲话快一年了，房场他们照样占着，我照样白挨打，打人的照样没事。"

怎么可能？市长公开表态，电视新闻也播了，居然到现在没解决，可真是奇了怪了。李斌良问："市长讲话后，你找过公安局吗？"楚天说："找过，你们公安局说这是经济纠纷，让我去找法院。可是法院说了，我证件完备，事实清楚，是我的财物被他人强行占有了，这属于犯罪行为，不必通过法院，应由公安局直接处理。这就好像我的手机被人抢走一样，根本不用打官司，警察就该处理一样。"

对呀，就是该公安局处理。

"可是，我找公安局，你们连伤情鉴定都不给我做，还说我把人家也打伤了，我要再告状，就连我一块儿抓。你说说，他们一帮人打我，我能不抓挠几下吗？这就成我也把人打伤了？就算我把人打伤了，可他们把我打成啥样，我把他们打成啥样，也得鉴定吧？再说了，是他们抢我的房场在先，我是为了保卫我的财产，你们公安局怎么这种态度呢？"

李斌良的心又咚咚跳起来，他努力控制着自己："可是，他们这么干，总要找点儿借口吧？"

"借口？没有，最初说我欠他的钱，用房场顶，可是，既没欠条又没证人，后来就啥也不说，直接就开始建房出租，我只要出现在现场，他的手下就对我大打出手。"

李斌良让楚安稍等一下，走出办公室，走进郁明办公室。郁明正在地上踱步，好像知道李斌良要来找他，李斌良一进来，他就抬起脸，现出询问的目光。李斌良问："楚安反映的问题是不是属实。"郁明想了想，点点头。

属实？真的属实？楚安说的一切都是真的？郁明点点头，但是小声说："李局，你得好好考虑考虑。对，我建议你先见见聂市长，听听他的说法。"

李斌良回到办公室，郑重地对楚安表态：自己马上进行调查，如果事实确如其反映的那样，自己一定解决。想不到，楚安听了这话突然态度大变，手捂着眼睛抽泣起来，先是道歉说自己态度不好，对不起他，自己来之前，以为他也会推脱、扯皮，心里有火，所以才喝了点儿酒。没想他会这样，自己太感谢了。甚至要下跪，好不容易才被李斌良拦住。可是，当楚安走出办公室门口后，突然又转回来："李局长，我还没跟你说，抢我房场的是马刚。"

马刚，怎么有几分熟悉。难道？李斌良想起上任那天遭遇的蹭车事件，那是兄弟俩，对，一个叫马铁，一个叫马刚。怒火从心头升起。李斌良大声说："不管他是谁，只要你反映的属实，我就管！"这时，他更觉得，楚安反映的都是事实。

2．不可思议

市政府和市委同在一幢看上去建造时间不长的大楼上。大楼应该很气派，所以说应该，是因为，煤的粉尘并不因为住在里边的机关单位权威而有所留情，照样不客气地给它厚厚地覆盖了一层，所以，它就显得不那么气派了。

因为李斌良先给市长聂锐打了电话，知道他在办公室等自己。走到聂市长门口时，聂市长也在打电话，但是听到李斌良的声音，他立刻放下电话，看向李斌良。李斌良这才发现，聂市长很年轻，好像就四十出头、顶多也不过四十五岁的样子。这个年龄就当了市长，正厅级，应该说是前途无量啊。

聂市长露出微笑，伸出手和李斌良相握，李斌良感觉到他的手握得很有力，但是却从他的眼神中看出一丝戒备，对自己的态度，完全是礼貌的、礼节性的，从表面上看，缺乏政法委书记武权身上的那种热情。

握手后，李斌良先对聂市长道歉，说自己这几天太忙，没顾得上向他报到，聂市长也检讨自己，说自己一天瞎忙，对李斌良的到来缺乏应有的热忱，直至今日才正式见面。正说着，有人敲门，探进头来，他挥挥手让来人退出去，说"过一会儿再来"，然后盯住李斌良，那意思是我很忙，有什么事，快说吧。

李斌良急忙说到正题，提起楚安的案子，问聂市长是否属实。这时他发现，聂市长听了这话，眼里闪过一道光，好像是喜悦、期望……或许还有别的。

聂锐说："李局长，你来找我，为了这事？"李斌良说："是啊，我看过你在电视上的表态，想当面问问，一切是否属实。"聂锐没有回答，而是反问："李局长，你想干什么？"李斌良说："不干什么，如果属实，我就着手处理这件事。"聂锐露出一丝微笑，又马上收了回去："你打算怎么处理？"李斌良说："很简单，依法处理。一方面，要把马刚的违法建筑拆除，将场地还给楚安，另一方面，要追究殴打楚安那些人的责任。"这回，聂锐的笑容再也控制不住了："真的？你真敢这么干？"李斌良说："这不是敢不敢的问题，而是必须这么做的问题。"聂锐笑得更好看了说："那好啊，我可以证明，一切属实，楚安说的一切属实。"李斌良说："那就是说，确实是马刚公然强占了楚安的房场，还殴打了楚安。已经历时一年多。"聂锐答道："对，就是这样。"李斌良问："这是严重违法犯罪行为，既然事实如此清楚，为什么不处理？你不是在电视上表态了吗，为什么不落实？"

此时聂锐脸上变成了冷笑，他说："你问我？我去问谁？我的话应该谁来落实？我倒想问问，你们是怎么落实我的指示的？今天是你说到这事了，不然我从不提起，因为我丢不起这个脸，我堂堂一个市长，说话就跟放屁一样，啥事不顶，我的脸都丢尽了。跟你说吧，自从那事之后，我就一直想辞职，又觉得太他妈的熊，让人欺负走了，才一直忍到现在。"

聂锐的真实面目显露出来，还是年轻，有血性，而且人也正直，是个好领导。

李斌良想了想又问："唐书记什么态度？"聂锐诚恳地问："怎么，有顾虑了？"

"不是，我就是想知道，唐书记对这事什么态度。如果他支持你的话，怎么会拖到现在不解决？"聂锐的脸上露出了复杂的笑容，片刻后说："他没态度。"

"没态度……"

"对，我跟他谈过这事，他听得清清楚楚，可是只说了句：'我知道了。'"

看来，这里边真有说道，可是，管不了那么多了。

李斌良不再谈唐书记，而是再次追问事实到底存在不存在出入，是不是完全像楚安说的那样。聂锐告诉李斌良，自己是一市之长，做事不会莽撞，在公开表态前，他做了大量调查，既找过国土资源局、建设局、规划办及城管等部门，还咨询过法院，所有部门都认为这是强占他人财物，是严重的违法犯罪行为，他这才召开现场会，表了那个态的。

李斌良还是不解："既然这些部门都做了证明，市长也表了态，为什么处理不了？"聂锐又现出苦笑："根子还是出在你们公安局，要想强制执法，离不开警察，你们警察态度暧昧，不积极，是问题不能解决的根源。"李斌良疑惑地看着聂锐说："聂市长，你的话说得不全面，我承认公安局负有重要责任，可是，这一切的背后肯定有原因。聂市长，我真的要管这事，可是，你不能让我糊涂着去干事。"聂锐想了一下："那好，我就跟你说一件事吧。我的表态碰壁后，社会都传，在碧山有麻烦，找强哥比找我这个市长管用。"李斌良问："强哥？强哥是谁？"聂锐答道："据我得到的信息，我在电视上表态后，马刚找了他的哥哥马铁，而马铁是这个'强哥'的保安队长兼贴身保镖。明白了吧？"

李斌良再问："可是，我想知道'强哥'是谁。"聂锐说："怎么，你还没听过'强哥'的名声？这可有点儿失职啊。这个名字，碧山可是没有不知道的，不过，要说深说透，还得你们警察才成。所以，你还是回去问你的人吧！"李斌良想了想说："好，我这就回去。"李斌良起身向外走去，聂锐的声音却跟在他身后："李局长，你可要三思而后行，可别像我似的，大话说出去了，结果连放屁都不如，那就和我一样，威望扫地了！"李斌良没说话，他觉得，此时说话一点儿用都没有。公安局局长的力量应该通过执法行动表现出来。

回局路上，李斌良感觉胸膛有一种要爆炸的感觉。尽管事实已经清楚，可是，他还是有点儿无法想象，这样的事情怎么发生的呢？自己在奉春破获的那个案件就够离奇了，几个黑警察和黑社会勾结，把无辜群众打成黑社会，或者击毙，或者上网通缉，然后把其企业据为己有。那个案子虽然黑得很，可是，还必须经过表面上的法律程序，最起码，要把无辜群众打成黑社会才行。可碧山的事就简单多了，什么也不用，直接就把人家的财产抢去了，连市长说话都没起一点儿作用。这是什么社会环境啊？是什么样的力量把碧山变成这样？

郁明在等着他，李斌良一走进走廊，他就从办公室探出头来，观察他的脸色。李斌良让郁明到自己的办公室，劈头就问，强占楚安房场的马刚背后是不是有人。郁明的口气忽然不像往日那么恭顺，而是在略略思考后反问："为什么要问这个，是不是怎么处理这个案子，还要看马刚后边的人是谁？人硬就不处理，人不硬就往死里整？"

李斌良虽然知道郁明是在激将，可还是被激怒了。他大声说不管是谁，自己都一视同仁，一样处理，了解情况是为了处理更得力，更有针对性。郁明却说，如果他真想处理，最好就别打听乱七八糟的事，就案子论案子，该怎么处理怎么处理。

李斌良看着郁明的脸，忽然觉得这张瘦削的面孔有点儿深不可测。可是，一琢磨他的话还真有道理，知道得太多只能影响自己的决心，什么也不知道，事后也有个敷衍的理由。于是告诉郁明，自己在回局的路上向省厅法制办询问过法律依据，法制办同样认为这属于强占罪，而且手段恶劣。所以，自己已经下定决心采取行动。李斌良注意到，郁明听了自己的话，脸上闪过一丝谨慎的微笑："李局，你可得有充分的思想准备……"

李斌良说："你不是说让我少知道些好吗？别说没用的了，赶紧，通知张华强到我办公室来。"郁明没有动，问："为什么要通知他？"李斌良说："他是治安副局长，处理这事主要靠治安部门，怎么能不通知他呢？"郁明却既不语也不动。李斌良问他又在想什么。郁明这才指出，这个案子，聂市长在电视上表过态，都没有处理了，这还不明白吗？李斌良问："难道，聂市长的指示不能贯彻落实，和张华强有关吗？"郁明答道："不完全是他一个人，但是他也是重要因素。"

李斌良不说话了，他眼前晃动起张华强的影子，想起他的做派，也犹豫起来。"李局，决心不要动摇，但是，要讲究策略。如果还未行动，风声就传出去，那麻烦可就多了。"李斌良明白了。郁明离开后，李斌良立刻用电话向省公安厅厅长林荫做了汇报，林荫思考片刻说，如果一切属实，聂市长又支持，李斌良可以采取果断行动。还说，如果因为下边阻力大，调动警力不便的话，他从省厅派一批特警作为预备队，随时支援。

放下电话，李斌良心安了很多，他又赶到市政府，进入聂市长的办公室，关上门，商议了一会儿，形成了一个周密的行动计划。李斌良又特意向聂市长提出，是不是报告唐书记，聂锐想了想说，唐书记外出前说过，他不在家的时候，要自己大胆开展工作，出了成绩是自己的，有了问题，责任也是自己的。"越报告越麻烦，豁出去了，有什么后果，我负完全责任。"

聂市长的态度给了李斌良很大鼓舞。在聂市长问他准备什么时候行动时，他提出，夜长梦多，行动要迅雷不及掩耳。二人商定，明天就行动。

晚上，李斌良躺下得比往日略早一些，因为明天要有一场特殊的战斗，需要他全力以赴，必须休息好，才能有充沛的精力和坚强的承受力。然而，头刚刚落枕，枕旁的手机就急促地响起来，他以为有什么紧急案件发生，急忙接起，传出的却是一个少女兴奋的声音："爸……"

原来是苗苗，虽然影响入眠，可是，听到女儿的声音，李斌良仍然很高兴，正要问有什么事。女儿却自己告诉了他："爸，我有工作了，明天就上班。"

李斌良高兴地问："是吗？什么工作，是服装店还是……"

"爸，不是，是荆阳集团总公司，他们要招聘一个文书兼打字员，我被聘用了，工资三千多呢，老总说了，如果我表现好，将来能转为正式职工。"

怎么会有这样的事？荆阳集团可是本省有名的大型国企，效益和职工待遇也很高，仅工资报酬一项就远高于地方，很多领导想方设法把自己的子女安排进去，也不一定能够做到，这种好事，怎么会轮到自己头上。李斌良问苗苗是不是为了让自己开心开玩笑，苗苗着急地说是真的。为了让李斌良相信，她说沈姨就在身旁，让沈姨跟他说。

手机传出沈静的声音，她的声音虽然如以往一样的温和、平静，可是，也透出几分高兴。她告诉李斌良，这是真的，还说她调往市中心医院的事也有门儿。李斌良仍然觉得不可思议，就问怎么会突然有这种好事发生。沈静说："是古厅长帮的忙。这人真不错，说到做到，这么几天，就把苗苗的工作落实了。"

古厅长……省公安厅副厅长古泽安？李斌良眼前顿时浮现出古泽安的棕红色面孔。真是出乎意料，那天早晨他和自己告别时，确实说过要帮助解决苗苗工作的事，当时自己以为他只是随便说说，没想他却真的当事办了，这么快就落实了，而且安排得又这么好，好得超出预想……可是，这是真的吗？自己过去和古副厅长没任何私交啊，非但没有私交，甚至还有着一定的距离，他怎么会突然帮自己这么大的忙呢？

李斌良一边想着，一边故意用高兴的声音对沈静说，这是好事，自己很高兴，要马上对古厅长表示感谢，然后就放下手机，找出古副厅长的号码，拨通，耳边马上响起古泽安那浑厚的声音："斌良啊，这么晚了，怎么给我打电话呀……啊，为这个呀，小事一桩，只要你满意就好……哎，这有什么，我这人，虽说挂着副厅长的名儿，可实际上本性不改，还是基层警察的脾气，喜欢交朋友，跟你说吧，我早就看出你行，可交。可是，你不归我管，我没法主动靠近你呀……啊，现在虽然也不是我直接管，可是，地市公安局局长和副厅长的关系，毕竟比过去近了一层。今后，咱们就是兄弟了，你的事就是我的，一家人就别说两家话了……"

一股豪气和热情通过看不见的线路，从手机中浓浓地涌出来。李斌良只能再三表示感谢，然后又询问，他怎么会这么容易就把苗苗安置到荆阳集团了。古厅长又说起来："哎呀斌良，这世上哪有容易的事啊？嗯……我跟荆阳集团的老总有交情，我跟他说了，苗苗就等于我的闺女，他不安排不行。今后你别再为苗苗的事操心了，就甩开膀子干工作吧，不要有任何后顾之忧……"

又说了好一会儿，李斌良才放下手机，可是心情久久平静不下来，实在太意外了，意外得有点儿无法接受，可尽管如此，他在总体上还是高兴的，古副厅长真的了却了自己的一块心病，如果女儿将来成为荆阳集团的正式职工，那实在是好得不能再好了……李斌良带着一种兴奋的心情渐渐进入梦乡。

3. 出动

早晨一上班，李斌良就把政委高伟仁找到办公室，跟他说起楚安上访之事，询问高伟仁的意见。高伟仁没听完就现出为难之色，说，楚安的事属实，可是不好处理。当李斌良提出想处理时，他急忙摇头，说还是缓一缓再说。李斌良问他为什么要缓，高伟仁语重心长地说，这么长时间没处理，就说明问题的复杂性。你刚来，对碧山的情况还不熟悉，最好暂时不要管这事。李斌良问，如果不管，自己怎么回复楚安。高伟仁苦笑，说没好办法，只能拖着。李斌良听了顿时气愤起来："高政委，如果你是楚安，或者说，楚安是你的直系亲属，你也是这种态度吗？"高伟仁却说："哎，李局，你还真别说，楚安就是我的直系亲属，我也是这种态度。李局，你可别轻举妄动，这对你有百害无一利，我劝你还是听我的，缓一缓再说……"高伟仁继续说着，可是李斌良已经听不下去。他明白了，很多上访案件久拖不决，就是各级领导这种态度造成的。他打断高伟仁的话说："高政委，你就别说了，我现在只要你表态，如果我着手处理这件事，你是不是支持我？"高伟仁说："支持是一定支持你，可我是为你好，有想法不能不说。我觉得，给你提不同建议，也是对你的支持……"李斌良说："不，高政委，你的意见已经表达过了，我也考虑过了，我现在就要着手处理这件事，所以，要你变个方式来支持我。行吗？""这……你既然要这么做，我支持你，只是……"

李斌良不再听高伟仁说只是，而是拿起话筒开始拨号，高伟仁疑惑地问他找谁。李斌良说找张华强。高伟仁又疑虑地问找张华强干什么，李斌良说，楚安的事主要涉及治安部门，当然要找治安副局长张华强。高伟仁想说什么又控制住，说你找他吧，就在旁边等待。可是，李斌良打张华强的手机，却关机了，再打办公室的电话，又没人接，李斌良焦急之下，又打巡特警支队，可他们也不知道张华强在哪儿。李斌良火上来了，他找负责的副支队长接了电话，以局长名义命令他立刻集结全部警力，到后院集合，而且要求穿作训服，配备好所有防暴装备。副支队长问干什么，李斌良说要搞一次实战训练。副支队长又迟疑着问张局是否知道，李斌良严厉地说："难道我指挥不了你们吗？立刻执行命令！"

李斌良下令完毕，又给刑侦副局长魏忠成打电话，要他集结刑侦支队，也到后院集合待命。之后，放下电话和高伟仁一起来到后院，看着手机上的时间等待。足足十五分钟，巡特警支队的人总算是到齐列队了，但还有部分人衣着不整，装备也歪歪斜斜，而且队伍人员高矮胖瘦不一，排队也没什么高矮之分，看上去很不整齐。唯一例外的是两个站在前面的副支队长，二人都着作训服、穿特警靴，挺胸拔背，精气神十足，看上去鹤立鸡群。这两个副大队长之一就是陈青，另一个身材高矮和陈青差不多，只是年龄比陈青稍大些，看上去三十五岁左右。高伟仁告诉李斌良，这个副支队长叫曲直，也是警院特警专业毕业，素质不错。

集结好刑侦支队的魏忠成凑过来，问李斌良，搞实战演练为什么把刑侦支队和巡特警支队都集结上来。李斌良说一会儿告诉他。这时，整顿好队伍的巡特警副支队长曲直正步走上前，严正地向李斌良敬举手礼："报告局长同志，巡特警支队集结完毕，请指示！"曲直归位后，李斌良上前一步，大声宣布："同志们，今天，我们要进行一次特别的实战演练，具体内容，到达目的地后再做部署，我希望大家服从命令，听从指挥，圆满完成任务。曲副支队长，上车！"

旁边，一辆运兵车和几辆警用轿车已经停好，曲直转身命令队员们上车，忍不住又转回来，走到李斌良跟前："李局长，这……"李斌良问："有什么问题吗？"曲直犹豫地说："这……二哥。"李斌良问："什么二哥？"曲直立刻答道："啊，我说的是张局，他知道不知道啊？"李斌良说："张华强和局里失去联系，这次行动由我亲自指挥，有问题吗？"曲直迟疑地说："这……没有。"李斌良坚定地说："那就行动！魏局，刑侦支队也跟着，你跟我一辆车。"

一切安排妥当，队伍开始向院外移动，李斌良、高伟仁和魏忠成坐进警车，行驶在队伍最前面。可是，刚驶出后院，一辆警车迎面驶来，不停地按喇叭，李斌良只好命令司机停下车，打开车门向前看去，前面的车停住，穿着便衣的张华强有些脚步不稳地从里边走出来，走过来："李局，这是干什么去呀？怎么我不知道啊？"说话间，一股隔夜的酒气袭过来，李斌良猜测他一定是昨晚喝多了，到现在还没完全醒酒，所以刚才没开手机。顿时一股怒气从心底升上来，拉着脸说："你说你怎么不知道？你去哪儿了？为什么关机？"

张华强磕磕绊绊地说："我有点儿事……这到底干什么呀，这么大动静？"李斌良又说："实战演练，行了，你休息吧，我亲自指挥。"张华强问："这……我跟你一起行动。"李斌良大声说："你这个样子，合适吗？"张华强小声说："我不是今天早晨喝的，是昨天晚上，有个朋友要出门，送他，喝得晚了点儿，我已经醒酒了，不影响工作。"李斌良说："那也得换上警服才行。我们得走了，把车挪开！"

李斌良退回车内，张华强无奈地把路让开。李斌良的车在前，带着车队，浩浩荡荡向外开去。走出不远，对讲机传出请示的声音："李局长，我是交警支队，我们的队伍已经集结完毕，听候您的命令。李局长，中心分局已经集结完毕，等候命令。"李斌良吩咐道："好，前往二道街，随时听候指示。"

魏忠成疑惑地问："李局，去二道街干什么？"李斌良说："抓人。"魏忠成问："抓多少人呢，调动这么多警力，我跟刑侦支队说一声，派几个得力的就行了。"李斌良说："不行，这个人很棘手，我一会儿告诉你是谁。"

手机响起，是聂市长打来的，他说，他那边的人已经集结好，正在向目标前进，李斌良说自己已经带人在路上，聂锐兴奋地说："好，咱们到目的地会合。"魏忠成在旁听得清楚，却不再询问。

队伍拐过一条街，两辆大卡车和一台铲车迎面驶来，卡车上站着全是穿迷彩服、拿着破拆工具的汉子，而最前面的一辆车上，则是好多穿制服的城管队员。这时，一辆轿车鸣着喇叭驶来，车窗摇下，市长聂锐从车窗内露出头来，向李斌良招手示意，李斌良也摇下车窗示意，命令司机驶向二道街。

魏忠成好奇地问："这……李局，是不是搞什么强拆呀？强拆哪里呀？"李斌良不语，魏忠成看向身旁的高伟仁，高伟仁告诉他，去二道街拆违法建筑。魏忠成惊问："这……是拆马刚的那些房子吗？李局，是不是再考虑考虑？"李斌良说："有什么考虑的？队伍都出动了，聂市长也来了，难道半路撤回去吗？"魏忠成焦虑地说："这……我是担心出什么事……"李斌良大声说："出什么事？我们这么多警察，还怕马刚几个人吗？"魏忠成低声说："不是，我是说，后边可能会出现一些麻烦事。"李斌良不耐烦地说："后边会出什么麻烦事？"魏忠成焦急地说："这不好说。不过李局，我可是为你好，政委，你怎么不劝劝李局呀？"高伟仁说："我要能劝得动，能跟着来吗？现在，我和李局保持一致。"李斌良布置说："魏局，你的任务是抓人，听说，马刚在违章建筑那儿有个办公室，到达后，你立刻带刑警抓人，别人不要管，就抓马刚和他的打手。明白吧？"魏忠成没有马上回答。

李斌良生气地问："魏局，你什么意思？"魏忠成坚持地说："我还是觉得，应该三思而后行。这事可不是一天两天了，为什么到现在没处理？肯定有说道。"李斌良再问："那好，魏局，你说说，有什么说道，如果问题真严重，咱们可以撤回去。"魏忠成慢吞吞地说："这……我猜，肯定有大领导打过招呼，不然，怎么会处理不了呢？"李斌良气愤地说："按照你的逻辑，如果有领导打招呼，杀人也可以不抓了？"魏忠成不再说话。李斌良又问："对了魏局，马刚活动过你没有？"魏忠成突然嗤之以鼻："李局，这种事治安部门负责，我管刑侦，人家活动我干什么？对了，这话你该去问张局。"

李斌良哼声鼻子。

目的地到达了。

4．阻力悄悄来

按照事先确定的方案，最先到达的是拆迁队和城管，而李斌良率领的警察队伍随之赶到，之后分局的警力和一支交警队伍也先后赶到，分别设立警戒线，疏导交通。李斌良下车先看了一下违法建筑，果然如聂市长和楚安所说，这是一片临街而建的临时房，都作为商铺在经营。

拆迁和城管队员上百人跳下车，立刻引起商户和附近行人的注意。而首先跳出来的是一伙保安模样的男子，他们气势汹汹地冲到拆迁队和城管队员面前，询问要干什么。拆迁队和城管队员不说话，眼睛看向后边的警察。李斌良大步上前，拿着电喇叭大声说明，市里要对这些临街的违章建筑进行拆除，如有阻挠者给予警告、拘留等处罚。之后，命令曲直和陈青带巡特警行动，将保安们排除。陈青和曲直发出命令，戴着头盔的巡特警操起防暴盾牌和专用警棍向前逼去，保安们不敢抗拒，向后退去，但是，很快有一些商户站出来，说事前没接到通知，也没得到任何补偿，所以拒绝搬迁。这时聂市长走出来，手上拿着电喇叭登上一辆卡车大声说起来："各位商户请注意了，这片所有的临时建筑，都是违法建筑，市政府决定，今天予以拆除。在决策前，市政府考虑到商户们的实际情况，已经在头道街的商服路安排了相应的商铺，请各位商户每家派出一人，到城管处抓阄，确定自己的位置，搬迁之后可以继续经营。大家也知道，头道街商服路的位置比这里还好，到那里经营经济效益不会差于这里，因此请各家商户立刻搬迁。至于搬家造成的损失，由出租房屋的主人负责。为了使大家搬迁顺利，市里特意派人协助搬迁，请大家立刻行动。"

听了聂市长的话，商户们越聚越多。聂市长讲话结束后，商户们立刻交头接耳地商议起来，情绪并不十分激烈。原来，李斌良和聂锐考虑到会遭到商户们反对，事先想好了安置措施，减缓他们的抗拒情绪。李斌良为了避免夜长梦多，在聂市长讲话后，也接过电喇叭讲起来："请各位商户配合一下，马上开始拆迁。我们知道，事情对你们可能显得突然，但是，造成这种局面和你们无关，你们也是受害者，主要责任应由私建违法建筑的人负责，你们可以找他交涉，公安机关将竭力帮助你们，确保你们的权益不受侵犯。请大家抓紧行动。"

确如李斌良所说，这个行动实在突然，商户们确实一无所知，所以对突然面临的局面有些反感，尽管市里安排得很周到，还是有些人吵嚷起来，找各种各样理由，想拖延搬迁。可是，李斌良和聂市长早有准备，二话不说，下达拆迁命令，少数企图阻拦的商户被拉开架走，特别冲动的被塞进警车拉走，拆迁队和城管队员在聂市长的指挥下开始行动，协助商户将商品搬出，装到事先准备好的车上，铲车和拆迁人员也跃跃欲试，准备行动。眼看着阻力在减少、消除，搬迁开始。李斌良心想，如果顺利的话，这些违法建筑很快会沦为废墟，然后交给楚安，自己的任务就完成了……不，还要抓捕马刚和他的手下，依法查清他们的违法犯罪事实，予以惩处，昭告全市人民群众，打灭他们的嚣张气焰……

思考后，李斌良要刑侦副局长魏忠成马上行动，魏忠成现出难以捉摸的表情，走向霍未然。李斌良知道，除非马刚此时就在附近，否则风声传出去，很难把他抓捕到位，但是抓不到也要抓，这表现的是公安机关的态度，造成威慑态势……

然而，身后忽然响起激烈的车喇叭声，李斌良回过头，一辆警车横冲直撞地驶来，大家急忙闪避。警车停好后，一个着白衬衣的警官气势汹汹地走出来，正是治安副局长张华强。此时，他的赤红脸显得更红，一脸不高兴地走到李斌良面前。

"李局，这么大的行动，为什么不告诉我一声啊？"

李斌良说："不是说过了吗？打不通你电话，怎么告诉你？不但你，谁也没通知，不信你问魏局，问高政委。"魏忠成和高伟仁只好说，他们也是随同李斌良来现场才知道的。李斌良说："张局，你来得正好，带巡特警在这儿警卫，有暴力阻碍拆迁者，立即采取强制措施。"张华强结结巴巴地说："这，我……"

张华强盯了李斌良一眼，转身边走边掏出手机。李斌良看到这个情景，立刻把自己的手机关掉，并要高伟仁和魏忠成也关掉手机。

尽管迅雷不及掩耳，可是搬迁商户和拆迁过程还是费了些周折。首先要把商户们一户户搬走，还努力动员他们自动搬迁，然后才能拆除违法建筑。李斌良还特别要求，尽量避免损坏商户们的财物，所以行动较慢。李斌良有些焦急，可是也没有办法，高伟仁站在他身旁，也是焦急不安的神色，魏忠成则似笑非笑地站在一旁，好像在看热闹一样。

商户们被动员得差不多了，搬迁行动已经开始进行，这时，一伙保安又出现了，试图阻拦拆迁队行动，李斌良立刻命令巡特警上前，保安面对这种阵势，虚张声势了两下，再次放弃了抗争，消失得不见了踪影。这时，所有的阻力基本排除，铲车也轰鸣起来，驶向清空的房屋，随着第一幢违章建筑被推倒，李斌良心放回了肚子一半，因为，在这种情况下，很难再有力量中止拆迁，而一旦拆迁完成，就更无法恢复，那么，这个拖了多时、社会影响很大的事件也将得到彻底解决，法律和正义将得到伸张。

这时，霍未然匆匆走来，低声和魏忠成说了两句，二人又走向李斌良："报告，刑侦支队那边抓获了两个参与殴打楚安的凶手，但是马刚本人不见踪影，正在寻找中。"李斌良当即命令将两名凶手带回局内突审，获取口供。并要求霍未然千方百计，查到马刚踪迹，抓获归案。

所有阻力排除，商户们搬迁的速度进行得很快。李斌良盯着现场，表情虽然平静，心里却在不停地说着"快，快"，因为他明白，眼前的这点儿阻力只是初步，新的阻力如果出现，一定会大得多，而商户们搬迁得越快，拆除得也越快，而拆除得越多，自己的压力也就越轻，如全部拆除，阻力也难以发挥作用了。

然而事情并不以他的意志为转移，商户搬离大半，几幢违章房屋被推倒后又有车喇叭激烈响起，李斌良转过头，看到又一辆警车驶来，而且是一辆高档警车，要比自己乘坐的警车好得多。他一时有些疑惑，高伟仁急忙对他小声说："武书记来了。"

武书记武权，现任市委常委、政法委书记，前公安局局长。他现在已经不是公安局局长，为什么还使用警车？

武权推门走下车，在两个干部模样男子的簇拥下，一脸冷峻地向这边走来。真正的阻力来了。李斌良扭头看一眼高伟仁，见他正在把脚步向后退去。看来，没人会替你分担的。李斌良镇静了一下，迎着武权走向前，伸出手说："武书记，你来了！"武权眼睛闪着阴沉的光，勉强伸出手，和李斌良的手握了一下。一瞬间，李斌良感觉到他的手冰凉，立即意识到武权心里极为气愤，瞧，油光光满是毛孔的脸庞已经发青，连酒糟鼻头都不那么红了。好，我倒要瞧瞧他要干什么。

"斌良，"武权显然在努力控制着自己，他声音有点颤抖，但是却努力保持着平静，"这是怎么回事？"李斌良故意扭头寻找，说："咦，聂市长呢？"然后对武权说，"是聂市长指示我们出动的，他说这里是违章建筑，还涉嫌抢夺、伤害他人等违法犯罪，事实清楚，证据确凿，要我们出动警力维持秩序，我就带人来了。"

"为什么不跟我打个招呼？"

李斌良没有马上回答，想了想才说："武书记，你当公安局局长时，执行市领导命令出警，查处违法犯罪，还要跟政法委打招呼吗？"武权压抑地说:"你……可是,你知道这件事的影响有多大吗?会造成什么后果吗?出了问题,你能承担得起吗?"李斌良坚定地说:"武书记,我错了吗?聂市长说得非常清楚,这些建筑没有任何部门批准,而事主又是强占他人的房场,依法拆除有错吗?我们维护秩序有错吗?"武权低声说:"你……李斌良,你不了解情况,不能光看表面现象。"转向旁边的高伟仁和魏忠成,"你们也是,怎么当的参谋助手?连句实话都不跟斌良说?斌良,听我的,马上把人带走,剩下的我来善后。"

李斌良说:"武书记,这不行吧,我在依法行政,中途撤走,发生骚乱,出现流血事件,你能替我负责吗?"

"这……我负责,你马上把人带走。"

"武书记,这不行,空口无凭,出事追究起责任来,你要是不承认,我能负得起责任吗?再说了,我是公安局局长,你就算想负责,我能躲得清净吗?对,我是按照聂市长的指示行动的,你找聂市长吧,如果他同意我们撤退,我立刻把人撤走,行吧?"武权问:"这……聂市长在哪儿?"李斌良疑惑地说:"刚才还在这儿,哪儿去了呢?"武权拿出手机拨号,里边传出你拨打的手机已经关机的回答。他恼怒地转向李斌良:"聂锐关机了。斌良,他躲起来了,把你扔在这儿顶缸,分明是害你嘛,你不能当这个大头。听我的,马上把你的人带走……"

李斌良坚决地说:"武书记,不行,除非聂市长有话,不然我是不会撤走的。"武权气恼地说:"李斌良,你怎么回事?你知道吗?你现在执行的任务会影响稳定,这后果你知道有多严重吗?"李斌良说:"武书记,我正常执法,怎么会影响稳定?强占他人房场,建起这么多违法建筑不影响稳定,我依法协助市政府清除,怎么就影响稳定了?"武权气急败坏地说:"李斌良,你眼里还有没有政法委?有没有党的领导?我以市委政法委书记的名义,命令你立刻停止现在的行动,把队伍带回公安局。"李斌良也生气地说:"武书记,中央领导强调过,政法委不能干预具体执法行为。再说了,我们也是执行市委副书记、市长聂锐同志的指示。"

武权冷冷地说:"李斌良,你不听我的是吧,那好,造成的一切后果由你负完全责任。"武权气冲冲转身走进车中,车驶走,驶远,消失了。

李斌良扭头看看身边的人,高伟仁是一种担忧的目光,魏忠成则是一副捉摸不定的眼神。高伟仁慢悠悠地说:"李局,你真是豁出去了?还是再考虑考虑吧!"魏忠成也说:"是啊,碧山的事情复杂,搞不好,会惹麻烦的。"李斌良激动地说:"你们这是什么态度?我问你们,我们的行动违反了哪条法律和政策了?"高伟仁和魏忠成对视,都没有再说话。

李斌良非常清楚，自己没有错，自己完全是在依法行政，可是却不知道自己为什么内心很是不安，真的很不安。

搬迁和拆除在继续。这时李斌良发现，周围的人越来越多，特别是围观的群众，足有千人以上，所有的人眼中都闪着兴奋、期盼的目光，而且目光都在看着自己的方向。

陈青凑到李斌良身边，低声告诉他，周围的群众都是闻讯赶来的，都在称赞市政府做得对，做得好，说新来的公安局局长管用。李斌良听了有些欣慰，可是也有忧虑，他从围观群众的眼神中，看出了他们的倾向，可是，他们私语而不出声的样子，又让他很是压抑。这里，有警察在场，公安局局长在场，他们为什么不敢公开表达高兴和支持呢？而从这一点上，又说明了碧山的政治生态、社会生态到了何等地步……

忽然，激烈的鞭炮声响起，李斌良扭过头，看到放鞭炮的正是楚安，鞭炮声落下，他走到警察和拆迁人员面前，把一条高档香烟打开："谢谢，太谢谢了，抽一支，抽烟……大家辛苦了！"

可是，李斌良看到，当楚安把烟敬到一个穿警服的人面前时，却被一把打掉，"去去，捣什么乱，一边儿去！"楚安气道："你……"

李斌良看清，这个警察是治安副局长张华强，他一副气恼的样子。

"这……张局，我是楚安，我是感谢大家，你这是干什么？"

"我让你一边儿去！"

楚安急了："这种时候，你还这样？我知道，你跟他们是一伙的，把这些房子拆了你不高兴，心疼是不是？我忍够了，再也不忍了，现在，公安局不是你们一手遮天了，有本事你毙了我？"张华强凶狠地说："楚安，你行，你等着！"张华强扭身向一旁走去，楚安把目光看向李斌良："李局长，谢谢您，可是，他啥意思啊？"李斌良看向张华强，张华强已经远去。

楚安感激地说："李局，真的谢谢你，你真是说到做到，是人民的好警察呀！"李斌良平静地说："楚安，我们警察在这里，只是维护秩序，拆除的决定是市政府做出的，我们只是在协助市政府工作。对了，楚安，拆除的速度还不够快，你最好自己找些人，也参与进来，以便加快拆迁速度。"楚安高兴地说："行行，我马上去找人，马上去……"

5. 帝豪盛世

为了避免意外发生，李斌良一天没离现场，实在累了，就进入一旁的警车中，喝口瓶装水，休息一会儿。更多的时间里，他就站在现场附近，看着搬迁、拆除的情景，看着维持秩序的警察，中午饭也是和值勤警察一起吃的盒饭。局长既然这样，别人也就不敢懈怠，值勤的警察分成两班，始终身板挺直、全副武装地在外围警戒。

然而，李斌良并没有放松，他的心里一直在说着"快，快"，虽然武权被顶回去了，可是，如果再有新的压力阻力出现，一定会更大，更难以承受，所以他希望搬迁和拆除尽快完成。然而太阳裁西了，已经下晚班了，仍然有少部分商户没有搬完。面对这种情况，李斌良和聂市长通了电话，决定连夜拆迁，不给对手以可乘之机，所以，李斌良部署巡特警支队和分局留下充足的警力，夜间值勤，确保不发生意外。之后，自己返回局里，准备吃罢晚饭后，再返回现场，亲自监督值勤情况。

回到局里，李斌良发现郁明正在等着他，见面后，郁明观察了一下李斌良的脸色，说他太累了，抓紧洗一洗，然后到小食堂吃饭。可就在他洗漱完毕，要和郁明去小食堂时，手机忽然响起，拿起来一看，是个陌生的号码，是打自省城的，他有些疑惑地接起，这时手机传出一个有些混浊的男子声音："斌良啊，是我，听出来没有？"李斌良真的没有马上听出来，疑惑地问了句"您是……"对方爽朗地笑起来："连我的口音都听不出来了？我是古泽安。"

古副厅长？李斌良有些疑惑："啊，古厅长，我正忙着，没听出你的声音，对不起了。古厅长，有事吗？"

李斌良说话间向一旁瞥去，看郁明正关注地听着自己和古泽安说话。

古泽安没有回答李斌良的话，反而问他在忙什么。李斌良笼统地说是一些乱事，刚刚喘口气，正要去小食堂吃饭。古泽安听到这话声音立刻大起来："那太好了，你别吃了，和我一起吃吧！"李斌良说："古厅长，你……"古泽安说："我就在碧山，正要吃饭呢！"

李斌良有些意外，同时也产生了一种不安的感觉，他问古副厅长什么时候来的，怎么没跟自己打招呼。古泽安说临时决定来的，一点儿私事，所以没惊动他，可是又觉着来了不见他是遗憾，所以给他打了电话。

李斌良听别无选择，只好对郁明说："没办法，我不能在小食堂吃饭了。"

李斌良看到，郁明眼中闪起担忧的目光。

李斌良知道，既然副厅长古泽安找自己吃饭，一定是个大饭店，所以，他特意换了便衣，打出租车来的。果然不出所料。下车后，首先看到的是一幢非常气派的六层楼房，楼房门面霓虹闪烁，楼顶"帝豪盛世"四个大字更是炫目。可是李斌良又注意到，这个酒店虽然气派，却远离闹市区，街道显得有些寂静，因而，在这样的环境中，这幢建筑就有鹤立鸡群之感。不知古副厅长为什么在这里吃饭……

李斌良思量着往酒店走去，身后响起车喇叭声，又一辆出租车驶来，停下，车门打开，一个身材高大略显驼背的中年男子走出来，正是政委高伟仁。高伟仁说："李局，你也到了，武书记给我打电话，要我一定过来，我不想来，可他说你也到场，我只好过来了。"

原来武权也在……他是原公安局局长，碧山市政法委书记，古副厅长也曾经在碧山任过公安局局长，他们一定是老关系，老上下级。可是，古副厅长为什么这时候来？为什么非把自己找来？这个问号萦绕在李斌良心头。他本能地意识到，古泽安此来，和今天的事、也就是自己正在执行的任务有关。这个感觉让他很不安。他感觉自己好像犯了什么错误，可是又想不出错在哪里。可是，他仍然不安，进而产生一种赴"鸿门宴"的感觉。李斌良走进帝豪盛世大酒店，高伟仁跟在他后边。

走进"帝豪"，李斌良立刻感觉到"帝豪"的豪气：酒店内的四壁都是用黑色描金的高档人造大理石装潢，闪着一种神秘的幽光。他一踏进门，就有身材苗条、着旗袍的服务小姐走上来鞠躬，而且什么也不问，引导着他和高伟仁进入电梯，进入一个楼层，踏进一道走廊，顺着走廊向里边走去。这时，李斌良忽然想到，古副厅长和武权怎么在这种时候到这种场所搞这种聚会？不大对头啊……

可是，已经来不及退回了。服务小姐带着李斌良和高伟仁来到一个房间门口，敲了一下门，再轻轻推开，手臂向内伸了伸："请！"

李斌良和高伟仁对视了一眼，李斌良看到，高伟仁的脸色很平静，甚至带出一丝笑意。他示意了一下李斌良，李斌良迈步向内走去。

李斌良走进房间，向前看去，稍稍愣了一下，因为他看到了三双男人的眼睛，除了古副厅长、武权外，张华强居然也在场。古泽安看到李斌良，立刻起身，热情地迎上来，伸出双手："斌良来了，武权，咋样，我说话还好使吧……斌良，快坐，坐……伟仁，你也坐，都坐，斌良，你挨着我。"

李斌良坐下了，挨着古泽安坐到饭桌旁。这时他看到，饭桌上酒菜刚刚上好，菜不多，只有六样，可是有海参、鲍鱼和另外几个高档菜肴。

李斌良产生一种很不舒服的感觉，摆着的饭菜让他不舒服，室内的人让他不舒服，武权让他不舒服，又因为白天发生过口角，因为他逼迫他做过检讨，张华强让他不舒服，对，古副厅长此刻也让他不舒服，因为，他在这样的氛围中见自己，并且和武权、张华强在一起。可是，再不舒服也得坐下去。

李斌良坐下后，礼节性地问古泽安什么时候来碧山的，有什么事。古泽安却哈哈笑着说："没事我就不能来碧山吗？你来当局长了，我这个副厅长来看看你不行吗？哎，斌良，你别多心，我真的没什么事，吃饭，来，上酒。"

年轻漂亮的服务小姐用一个精致的瓷盘把一瓶酒端上来。李斌良不喝酒，也不认识酒，对于名酒他仅限于知道什么茅台、五粮液之类，而这个酒的名字没有听过，不过，从精致的包装和瓷瓶上看，肯定是价格不菲的名酒。

张华强打开酒瓶，给古副厅长和武权倒满酒杯后，要给李斌良倒，李斌良急忙抓起酒杯闪开："别。古厅长，你应该知道，我不喝酒。"古泽安热情地说："啊，你说过。不过，现在下班了，陪我少喝点儿。"李斌良认真地说："古厅长，我从来都滴酒不沾，再说你也知道，现在，中央有八项规定。"

"咱们违反规定了吗？下班时间，个人花钱，没有外人，就咱们几个……对，我个人请你喝酒，不行吗？出了什么事，我负一切责任行吧。来，给我个面子，少倒点儿！"

实在没办法，李斌良只好把酒杯放到桌子上："少倒，我真的不喝酒，倒多了我也不喝，还糟蹋了。"张华强听而未闻，硬是把酒杯倒满了。李斌良心中叫苦。

一瞬间，李斌良再次回想起过去对副厅长古泽安的认识。说起来，要不是他热情给自己饯行，又给苗苗安排了工作，自己真的对他没什么好感。除了他日常的作风、做派，让李斌良感觉到不是同类人之外，还有他在省厅机关大会的几次讲话中，不时流露出的粗俗语言。而且，据说，他是司机出身，年轻时以工人的身份进入基层公安机关，给局长开车，因为会来事，讨得了局长的欢心，后来就转了干，当上了正式警察，再后来被提拔当了副所长、所长、副局长，后当上了碧山市的公安局局长，再后来调到了省厅，成了常务副厅长，主管财务后勤装备一块。而且，在厅领导中是非常硬气的一个，连厅长都要让他三分，因为他在省里、中央都有人。现在，他来了，坐在自己的身旁，如此亲热、亲近，软硬兼施，要自己喝酒，真是让人无可奈何。自己早看出来，他过去对自己是不放在眼里的，甚至对自己这种有些文化修养的人有一种蔑视。记得那次和他走个对头，自己向他致意并打招呼，他鼻子都没有哼一声就走了过去，想不到，他现在忽然态度大变，变成了老朋友般的关系。看来，这和自己来碧山任市公安局局长有直接关系……

还好，每次提酒，李斌良只是沾沾嘴，古泽安三人并没有强求他一定要喝多少。最初，几人就是边吃边聊，似乎真的没有什么事。聊着聊着，古泽安回忆起自己在碧山当公安局局长时的一些事，说自己在碧山时交了很多朋友，进而说明交朋友的好处，多个朋友多条路，自己所以有今天，也和当年交了很多好朋友有关。而武权、张华强也在旁附和，恭维他那时在碧山干得多么的好，他们在他手下干得多么舒心，祝贺他进一步高升，连高伟仁也在附和。李斌良渐渐听出，这些话都是说给自己听的，这让他越发感觉不舒服。忍了一会儿，实在忍不住了，就轻声对古泽安说，自己很忙，明天还有重要的事，问他有没有什么话跟自己说。古泽安责怪地对他说，难道没事就不能来看他，和他喝杯酒吗？然后拿起酒杯和他相碰，要他喝酒。高伟仁很是乖巧，这时拿起酒杯说："古厅长、武书记，实在对不起，我有个大材料，今晚一定要搞出来，明天要上报，必须先走一步。我跟李局长表态了，坚决支持他的工作。你们有什么事跟李局说，就等于跟我们党委说一样。来，碰一下，我把杯中酒喝下，先走了！"高伟仁说完，拿起酒杯和几人碰了一下，然后一饮而尽，"古厅长、武书记、李局、张局，我走了！"高伟仁说完，扭头向外走去。古泽安虚张声势地说："哎，让你走了吗？这小子，太不把我放到眼里了。"

张华强站起来说："古厅、武书记，我去送送高政委！"张华强也向外走去。古泽安指着他的背影，对李斌良骂起来："这个混蛋，从来就这样，不把我放到眼里。斌良，他平时爱耍牛逼，这个不服那个不惯儿的，你别惯着他，也不用看我的面子，该收拾收拾！"

然而，听话听声，李斌良从古泽安的话语中，却分明听出，要看他的面子，今后让着点儿张华强。

屋里只剩下古泽安和武权，这让李斌良更感觉不舒服。屋子陷入静默，但是李斌良知道，面纱即将揭开，古副厅长就要说真话了。他害怕他开口，可是又盼他尽快开口，说出要说的话，结束这个尴尬的酒宴。

古泽安开口了："斌良啊，屋里没别人了，我脾气就这样，直来直去。今天，我可没少接到电话，都是要我找你说情的，我全拒绝了，你知道，这些说情的没有一个善茬，因为你，都让我得罪了。可是呢，别的我可以回绝，你们武书记我没法回绝，是他说的事没法回绝。他说，你俩发生了矛盾，我一听就坐不住了，一个政法委书记，一个公安局局长，你俩要发生矛盾，那影响得多大，往小了说，影响你们的感情，我在中间不好做人，往大了说，影响到碧山的公安政法工作。再说了，你俩和我是啥关系？手心手背都是肉，一个老朋友，一个新朋友，都是我的兄弟，我怎么能坐得住啊？所以我慌里慌张地就来了。我听武权介绍了情况就火了，给他好一通批评。他太过分了，你政法委书记不假，怎么能这么干预公安局的工作，这不是让你下不来台吗？武权哪，虽然你跟我级别相同，可是，论年纪，我是你大哥，你呢，是斌良大哥，你先表个态吧！"

武权勉强地说："斌良，今天的事我有毛病，太急躁了，不该当众给你山难题了，你别往心里去。"听着两个人的话，李斌良松了口气，一时之间，他以为古泽安真是为此而来的，觉得自己以小人之心度君子之腹了，心中不由生出歉意地说："不不，武书记，我当时也急躁，最起码，态度生硬。请您谅解。"

武权大度地说："没关系，主要责任在我，在我。"古泽安乐呵呵地说："你俩这态度我就放心了，有些话我也好说了。"指点着武权说："武权，都是你呀，是你把我硬生生拽到碧山来的，落到现在这地步。"李斌良一时不知古副厅长所说何意。

"斌良啊，要不是武权和你发生矛盾，我就不会来碧山，不来碧山，也就卷不到你们的事情中来。可我觉得哪怕是为你考虑，也得把这话说给你。就算是你不给我面子，我也得说。我相信今后你会理解的。"李斌良再次感觉到了不舒服："古厅长，您说的是……"古泽安看向武权："武权哪，还是你说吧！"武权好似为难地说："李局，还是今天的事，有人求到古厅长了，就看你能不能给古厅长面子了！"李斌良看向古泽安。古泽安说："斌良啊，这个事情已经很长时间了，一直没解决，为什么没解决？肯定有原因，我真怕你不知根底，来了一根筋，最后倒了大霉，才舍着老脸找你的。明白了吗？"

李斌良没有回话，陷入沉默中。一时之间，他也理不清自己的思绪，但是古泽安的话让他的心头一时无比沉重。武权说："斌良，你别多想，刚才高伟仁和张华强不是都表态了，他们无条件服从你，至于班子里别的人，没人敢耍刺，现在，你就表个态吧！"

"这……"李斌良想了想，抬起目光："古厅长、武书记，你们的意思是，我不要再管这件事，把警力撤走，任事态发展？"古泽安和武权对视一眼，眼里都闪过一丝喜悦，虽然没有用语言回答，但是，态度是明显的。李斌良平静地说："可是，如果我这么做，怎么向聂市长交代？"武权大声地说："啊，这你不用管，我会跟他谈的。"你可以跟他谈，可是，我今后怎么见他？还有，他今后怎么见人，还怎么当这个市长？

李斌良心中又有怒气升起，他勉力控制着："古厅长、武书记，你们一定知道，搬迁和拆除就要完成了，即便我们现在撤走，也没什么意义了。"武权说："只要你今后不再管这件事，别的不用你操心。"

这……我今后不再管这事，难道，马刚还会在原处继续建起违法建筑，继续强占他人的房场赚钱？还有，我已经下令搜捕马刚归案，难道这都作废了？那，我如何向全局民警交代，如何向全市人民群众交代？如果这样，马刚今后一定会更加猖狂，更加肆无忌惮……

李斌良不想再绕圈子了，他要尽快结束这场暧昧的谈话："古厅长、武书记，你们能不能告诉我，马刚后边的人是谁，到底是谁找到你们替他出面的？"

古泽安和武权对视，武权现出气愤的表情："李斌良，古厅长苦口婆心给你掏心窝子，你就这么回报？古厅长，看着了吧，连你的面子都不给，这能怪我吗？"

古泽安叹息一声说："武权，你别乱说，也不能都怪斌良，换了你我处在他的位置上，也为难……对了斌良，我看出来了，你真的有性格，跟我年轻时差不多。这不行，吃亏呀。对，我早听说过你的名声，也知道你过去的经历，你的能力谁都服气，可是为什么一直没提起来，即便这次任碧山公安局局长了，还是处级，没提上副厅，和你的脾气有关哪。我吧，喜欢你的性格，可是呢，也担忧你的性格。人不能任着性子来，必须面对现实，你是碧山市公安局局长，必须面对碧山的现实，适应碧山的现实。"武权气哼哼地说："是啊，像你这么干，会害了你自己！"

李斌良越发平静地说："武书记，你能不能跟我说说，碧山是怎样一种现实，让我今后心里有数，少惹乱子。"古泽安和武权互视，失望和愠怒写在了脸上。

李斌良说："古厅长、武书记，我不是不给你们面子，跟你们说实话吧，我所以参与了今天的行动，除了奉聂市长的指示，林厅长也有批示，要我全力配合市政府的行动。这样吧，他俩哪怕有一个人出面，让我撤，我一定照办。怎么样？"

武权和古泽安对视一眼，武权起身走进卫生间。

酒桌上只剩下李斌良和古泽安。话已经说开，李斌良觉得，不舒服的感觉有点儿减轻了。片刻后，古泽安叹息一声开口了："斌良啊，我真没想到，你不给我一点儿面子，算了，算我什么也没说，什么也没说，算我脸皮厚……没关系，我理解你的难处，不唠这个了，唠唠别的了。你闺女叫什么名字？苗苗吧，挺好听的，她现在怎么样？"

来了……李斌良忽然感到有点儿底气不足，他感觉自己的声音都有些无力："挺好的，古厅长，谢谢你……"古泽安说："哎，你说什么呢？斌良，一码是一码，你可别把这两件事扯到一起，这两件事没有一点儿关系。"尽管古泽安这么说，李斌良却无法这样认识，他试探着说："古厅长，在苗苗的工作上，你一定搭了很多人情，要不就算了吧，让她……"

"说什么呢？不是跟你说了吗，这是两码事，孩子是孩子的事，和眼前的事有什么关系？斌良，看来，你确实有难处，这样吧，你回去再好好琢磨琢磨，要是给我面子，我感谢你，要是不给我面子呢……不给我也没办法，不过我相信你是个有情有义的汉子，是吧！"

武权从卫生间走出来说："这年头，人心难测呀！""武权，你这是什么话，我不会看错人，我相信斌良是我的好兄弟，斌良，你说是不是……来，斌良，干一个！"李斌良端起酒杯，看着古泽安和武权："古厅长，武书记，你们可以去我工作过的地方打听，我什么时候喝过酒。可是，今晚我破例，干了这杯酒，表达我的歉意。古厅长、武书记，对不起了！"李斌良一饮而尽，放下酒杯："古厅长、武书记，我回去了！"

6．特别的党委委员

李斌良脚步蹒跚地走出帝豪盛世，他清楚，自己并没有喝多，可是，却控制不住蹒跚的脚步。

帝豪盛世门前的灯光很亮，而且绚丽多彩，可是尽管如此，李斌良依然看到空气中飘浮的粉尘，因而也看到，这远比其他地方昏暗浓重得多的夜幕。

这样步行了一会儿，李斌良感觉好了一点儿，好像灵魂又回来了，他这时才想到，二道街那边的行动还没有结束，自己还有任务，于是，想打车尽快回到局里，让自己完全清醒过来，以应对目前的态势。可是他这才发现，不知是天晚的缘故还是这条街道过于偏僻，过往的出租车很少，偶尔驶过一辆，里边也坐着乘客。难道，要步行着赶回局里？可是，自己刚来碧山，对市区道路并不熟悉，甚至连市公安局的方向都不能确定，这怎么办？打电话吧，只要打个电话，就会有车来接自己。不知为什么，李斌良不想打这个电话。李斌良这么想着迈步向前走去，可是，走了不一会儿，他忽然产生一种感觉，一种有双眼睛盯着自己的感觉，这种感觉过去曾几次出现过，事实证明都没有错，今天，在碧山，它又出现了，这……

他转过头，四下寻觅着。传来车喇叭声，一辆轿车向他驶来……不，是辆警车，驶到他身旁停下来，车门打开，一个声音传出来："李局长，进来吧！"

原来是郁明，原来是他在盯着自己。李斌良坐进车中，问郁明怎么在这儿，郁明却不回答，而是向他嗅了嗅说："李局长，你喝酒了？"李斌良无奈地说："喝了，整整一杯，我这辈子从没喝过这么多酒，没办法，不喝我都走不出来呀！"

郁明问："出什么事了？是古厅长找你？"李斌良说："你知道……"郁明："你接电话时，我就在旁边。对，他是不是为二道街的事来的？"李斌良不语。郁明说："李局，压力很大吧！要不，还是妥协吧，副厅长、政法委书记，都是直接领导，他们后边肯定还有更大的人物，你得罪不起。"李斌良的火忽然被激起："得罪不起就得罪不起，我当着碧山市公安局局长一天，就这么干一天，我豁出去了！"郁明问："李局，你还要继续干下去，我是说，楚安房场的事……"李斌良回答："对，除非他们免了我这个公安局局长。不过，我刚来碧山，他们恐怕找不出充分理由免我。对，我在碧山哪怕只干成这一件事，也算没白来一回。"

郁明忽然龇了下白牙，不再发问，而是加快了车速。

郁明把李斌良送进办公室，问他在帝豪盛世吃好没有，李斌良苦笑着说根本没心情吃饭，郁明说可惜了，那儿的菜一定都是珍馐美味，然后就走出去。李斌良则忍着空空的肚子和疲惫，打通跟聂锐事先约好的电话号码，聂锐信息也很灵通，居然知道他去了帝豪盛世，见了古泽安，露出担心的口气。李斌良让他放心，但是，要他组织人连夜施工，待明天既成事实，谁也没办法了。聂锐很是高兴，说他马上就办。

李斌良说话时，手机在一旁响起，他一眼看到，屏幕上是女儿的名字，赶忙中止和聂锐的通话，接起女儿的手机，连自己都意外脱口叫出一声"宝贝"。李斌良真的很意外，因为除了在襁褓的时候，李斌良很少叫女儿宝贝，所以这样，除了习惯使然，在潜意识中，他有点儿担心这样叫，会使女儿恃宠而骄，影响她健康成长。可是，现在脱口叫出后，才意识到，女儿在自己的心中是多么的宝贵。

苗苗似乎没感觉到什么，只是叫着爸爸，听起来很是高兴，先问他近几天怎么样，还好吗，李斌良说还好，问她怎么样，她说也很好，自己挺喜欢这个岗位，工作一点儿都不累，主任还表扬她素质好，工作负责，还说要把她的工资上调……

苗苗说得兴致勃勃，可是，李斌良的心却忽然向下沉去，他的眼前浮现出古泽安那棕红色的长脸，那江湖的语调，这让他一下子失去了兴奋，而是小心地问苗苗有什么事，苗苗急忙说沈姨在一旁，把电话交给了沈静。

"沈静！"

李斌良有点儿戒备地叫着沈静的名字，他自己都听出，缺乏应有的热情和兴奋。沈静问："啊，你怎么样？"

"还好，挺好的。"

"是还好还是挺好啊？"李斌良急忙更正："挺好，挺好的。"

"真的挺好的？"

"挺好，挺好，你有事吗？"

"没有。你最近在忙什么？"

李斌良好像听到了警笛声："沈静，你有事吧，有事你就说。"

"这……没事，不过，刚才古厅长给我打个电话……"

李斌良说："他说什么了？"沈静说："倒没说什么，只是打听苗苗怎么样，对现在的工作满意不满意，有什么要求跟他提出来，他一定帮忙解决。还说到我调到市区医院的事，说他在卫生口的关系不多，正在托人，让我别着急。"

"再没别的？"

沈静说："没有，他说完后，我觉得可能有别的事，就问了他，可是他说没别的事，然后就撂了电话。"此时无声胜有声。他越说没事，李斌良越觉得有事，而且他肯定也意识到，这个电话一定会转给自己，自己会意识到其中的含意。

李斌良拿着手机发愣，沈静的声音传过来："斌良，你怎么不出声？是不是你那边出什么事了？"李斌良急忙地说："没事，真没事。"沈静说："真的吗？斌良，你知道，我不是那种贪图富贵的女人，可是，我希望过平静的日子，你在碧山要是觉得麻烦，就别操这份心了，跟厅领导说一声，回省厅吧。你说呢？"

听着沈静的话，李斌良心里不知什么滋味。他已经深深地体会到，沈静确如她自己所说，不是那种贪图金钱权力的女人，也正是认识到她的这种品质之后，自己才喜欢上了她，并迅速拉近了和她的感情。而她的要求太普通了，也不难达到，可是，此时自己却无法答应她。沉吟片刻后，他才用开玩笑的语调说："沈静，瞧你说什么呢？我这儿啥事都没有。你知道，我也不是贪图大富大贵的男人，我就想当个好警察，履行职责，干好工作。你放心，我这边真的没什么事，你别操心了。我还有事，要是没别的，就到这儿吧！"

沈静无奈地说："这……那就到这儿吧！"李斌良动情地说："对不起，让你操心了，再见！"

放下电话，李斌良的心里泛起一种难言的滋味。在通话的时候，他好像看到了沈静的面庞，一张使男人感觉到沉静、亲近和安全的面庞，可是，放下电话后，这张面庞一下子模糊了，消失了，产生了一种说不清楚的疏远感觉。

敲门声响起，打断了他的思绪，他把头转向屋门。走进来的是郁明，他提着一个大塑料袋，随着他的走近，饭菜的香味传过来，钻进了他的鼻孔和胃里，他忽然产生一种强烈的饥饿感觉。没想到，这时又一个人走进来："算我一个吧！"

居然是韩心臣，专职的党委委员，他一副兴致勃勃的样子。这个时间，他来局里干什么？李斌良疑惑地看了郁明一眼。郁明说："我跟韩局通了个电话，他听说您还没吃饭，就主动来陪你。这些饭菜我是在附近的饭店买的，对付吃吧！"韩心臣激动地说："李局，冒昧了，请你原谅。李局，跟你说，不管你怎么看我，可我从今天这事儿上，看出你是什么样的人了，我认上你了，你就是我的局长，不管任命没任命，从今后，我真要当局长助理了，你让我的血又热了。"

郁明嘲笑地说："韩局，别忘了，你可有腔梗。"韩心臣大声说："腔梗算什么？有李局当家，就是脑梗也打通了。李局，跟你说实在的，我这点儿腔梗，其实啥也不影响，我真正的病是血凉了，不是我自己凉的，是碧山和碧山公安局的现实让我血凉的，郁明，你说是不是？"郁明说："是是。李局，韩局说的是真话，他是没办法，实在是干不下去了，才辞去刑侦副局长的。"韩心臣说："可是我现在又想干了。李局，你把古泽安他们顶了回去？"

李斌良沉稳地说："别这么说，我也不想顶，可是，我不行吗？阵势摆上了，事情办了一半儿了，话也说出去了，忽然鸣金收兵？我怎么跟聂市长交代？怎么跟全局民警交代，怎么跟碧山人民群众交代？我要是不顶，依着他们的办，我还有脸当碧山的公安局局长吗？可是，我知道顶这一次意味着什么，我也感觉到了，表面上是一个强占的案子，对手就是个社会混混，可是，他背后的力量大着呢，不只古厅长、武权，好像还有更大的人物在后边，可是我既然做了，就做到底，除非他们马上把我免职，否则，我就照我的想法去做，谁也别想操纵我！"

正在往桌子上摆放饭菜的郁明手突然哆嗦了一下，一个菜盒差点掉到地上，他急忙抓住扶正，向后退了一步，低下头来，恭恭敬敬地向李斌良鞠了一躬。

"郁主任，你这是干什么？"

"李局长，谢谢你这番话，真的谢谢你，谢谢你……"郁明居然有些哽咽了，居然拭起泪来。李斌良心里也热乎起来，他说："郁明，你这是……"

郁明热切地说："李局，实话跟你说吧，楚安和我是远亲，过去，他为这事找过我，希望我能帮忙，可你想想，市长说话都不好使，我能帮上什么忙？你也说了，这不是光天化日之下明抢？对，就是明抢，可硬是没人管，我虽然是警察，还是办公室主任，硬是一点儿办法也没有。这不嘛，你上任了，我感觉和别的局长不太一样，和武权他们的气味更是完全不同，特别是你对胡金生上访的态度，都让我感觉到一点儿希望，就给楚安透露了风声，他这才来找的你。说起来，这事是我挑起来的，给你带来这么大的压力，真对不起……"

原来如此。李斌良看着郁明，忽然觉得，自己上任后，一直有几分神秘的这张消瘦的面孔变得清晰起来，可亲起来。

韩心臣说："李局，人都是在相处中，一点儿一点儿了解的。郁明是个好人，也有能力，要是有好领导，他能干点儿好事。人这东西，是受社会影响的，在碧山这种社会环境中，什么英雄人物都得逆来顺受。我不也是这样吗？当年从警时，我可是一心要当个好警察，当大侦探的。那时碧山的风气还不像现在，还能端口气儿，可后来越来越不行，简直让好人没法活。我也只好装起了孙子。"

短短几句话，让李斌良激动起来，因为，他听到了两个人的心声，看到了他们的内心世界。他忽然记起年轻时在哪首诗中读到的一句："一颗正直的心灵，会唤起千百万同样心灵的共鸣。"是的，自己找到了同样的心灵。

韩心臣肯定也是同样的感觉，他忽然从怀里拿出个酒瓶，又从茶几上拿起三个杯子，每个里边倒上了一点儿："李局，今天，咱们三个要敞开心房，为了这一点，咱们喝上一口。对，我向你发誓，这是我最后一次喝酒，只要你李局长在碧山公安局执政，我保证今后滴酒不沾。来，干！"

"干，干！"

李斌良和郁明呼应着拿起杯子，不管里边多少，都是一饮而尽。李斌良感觉，这个酒，要比刚才帝豪盛世的酒好喝多了。

"韩局、郁主任，时间宝贵，边吃边说吧，现在我要彻底弄清楚，马刚强占楚安的房场到底是怎么回事，你们把自己知道的都告诉我。"

郁明和韩心臣对视了一眼，韩心臣快速地说："好，我先说。其实，案子很简单，你所知道的就是真实的情况，楚安的房场，就是硬生生地被马刚抢去了。就这么简单。"李斌良问道："好，马刚是什么人？为什么有这么大的本事？"韩心臣说："要说马刚本人，也就是个社会人，流氓地痞之流，没什么了不起。关键是他后边有人。"李斌良疑惑地问："谁？据我所知，他有个哥哥马铁，是他吗？"韩心臣答道："马铁还没有这么大的能量，是马铁主子厉害。"郁明插话说："李局，你还没听过'强哥'的名号吗？"

不，听过，李斌良已经从聂市长口中听过了，只是还没来得及细究。韩心臣和郁明再次对视，李斌良注意到，他们的脸上都下意识地浮现出一种畏惧的神情，片刻后，韩心臣才吸了口气说："岳强发。"

岳强发……李斌良心一动，觉得这个名字很熟悉，进而想起，在省厅时就听到过这个名字，不只在警界，社会上也口耳相传，经常提这个名字，这个名字也上过电视报纸，大名鼎鼎。他是个很大的煤老板，全省最大的煤老板，很有钱。过去只听到过他的名字，是本省人，却忽略了是哪里人，原来，他是碧山人……

李斌良眼前突然浮现出自己上任那天，与自己擦蹭的那辆"玛莎总裁"，浮现出马铁马刚兄弟猖狂的面影……

"李局，你想什么呢，难道，你怕了……"

"怕？怕什么？我是想起一件事……"

李斌良把碰到马铁马刚兄弟的事说了出来，讲了他们前倨后恭的表现。韩心臣和郁明听了惊讶地说还有这事？然后告诉他，那辆"玛莎总裁"就是岳强发的，而马铁就是岳强发的保安队长兼贴身保镖。

那么，当时，岳强发在车里吗？马氏兄弟态度的改变，是不是和他有关。对，他是不是知道了自己的身份，才命令马氏兄弟改变态度的？如果这样，当时，他一定知道自己来到了碧山……

看来，马刚强占楚安房场的事，肯定是马铁找了岳强发，岳强发才介入的，才导致问题迟迟得不到解决。可是，岳强发和马铁不过是主仆关系，岳强发会为一个保镖的弟弟付出这么大吗？

李斌良提出了这个问题。韩心臣回答说，岳强发和马铁不是一般的主仆关系，他们已经结为一体，在岳强发起家的过程中，马铁替他出过大力，可能替他杀害过对手，所以，马铁提出请求，岳强发不会拒绝。

什么？马铁杀人？替岳强发？这么说，岳强发犯有杀人罪？

郁明没等李斌良说完，就急忙劝他息怒，说，这都是十多年的事了，当年煤矿管理混乱，有势力的人占地为王，除了靠权力背景，还要靠胳膊粗力气大，在那种背景下，为争夺煤矿而除掉对手并不稀奇。但是，这些都是只听辘轳响，不知道井在哪儿，所以李斌良不要为此分散太多精力。

可是，就算是岳强发有钱，难道他能支配碧山的公检法机关？对了，不是还有省公安厅、省检察院、省法院吗？实在不行还有公安部、最高检和最高法……

话没说完就被郁明打断："李局，你可千万别小瞧他，只要他拿出几个亿，就能买下全省政法机关，当然，是那些在实权岗位上的人。"

韩心臣说："是啊，有钱能使鬼推磨，最起码，我还没见过不被钱打倒的官儿……啊，李局，你别挑礼，你不在其列。对，就说古泽安吧，你听说过没有？当年他就是个司机，给局长开车，他所以能爬上高位，除了会来事，还有岳强发的钱在后边支撑，所以，他能不对岳强发言听计从吗？"

郁明说："对，武权和古泽安走的是同一个路子。这不，虽然没当上副厅长，可是，碧山市委常委、政法委书记，也是副厅级，高级干部。"

韩心臣说："是啊，可以说，整个碧山的公检法机关基本在岳强发的掌控之下。岳强发有个绰号，叫'地下组织部长'，他完全可以决定碧山市处级以下干部的命运，即便是副厅以上这一级，他说话也好使。所以，我们对你是既支持又担心哪，他要是真对付你，你恐怕干不长！"

李斌良没有出声，但是呼吸明显粗重起来。

韩心臣说："李局，你别太生气，生气没用，得跟他斗。对，我们说的只是一方面，碧山也不是没有正义力量，好多人也恨他们，只是没办法，只要有人敢跟他们斗，大家都会在心里支持的。这不，你这一手，就给了很多人以希望，像我这样的，本以为心早死了，不知为啥，忽然又活过来。要是早知道你来当局长，我也不会辞职啊。虽然不当刑侦副局长了，可是，我毕竟还是党委成员，今后一定全力支持你，跟你说吧，我和郁明对局里的事情还是有数的，在刑侦口，还有一些可靠的兄弟，我跟他们说话还是好使的。"

郁明说："对，我也是这样，办公室主任没啥实权，可我一定给你当好参谋助手，今后你说到哪儿我打到哪儿，万死不辞。"

听着二人的话，李斌良的心越来越热，他没想到，自己这一举动，竟然发现了两个可以依靠的力量，两个可以推心置腹的朋友，他高兴起来，向二人询问，班子里有没有岳强发的人。郁明和韩心臣听后对视，没正面回答，而是说他会看得出来。李斌良立刻指出张华强，韩心臣带着气愤说："武权走了以后，张华强就是岳强发在公安局的代理人。"郁明说："碧山有两个强，一个是岳强发，他是大强，亲近的人都叫他强哥，这也是他年轻时打出来的称呼，另一个就是张华强，人们也叫他二强，跟他亲近的人，往往称他二哥……"

二哥……李斌良一下想起，曲直就这么称呼过张华强。

韩心臣又说，这两个强关系很铁，今后，李斌良在工作中一定要注意。

李斌良再问，局里还有谁是岳强发的人。韩心臣说，谁和岳强发有直接关系不好说，但是，党委班子里的人，见到岳强发都得点头哈腰奉上笑脸是肯定的。之后，感叹地说了句让人半懂不懂的话："居视其所亲，富视其所与，达视其所举，穷视其所不为，贫视其所不取呀！"

他引用的是一句古人的话，好像在什么地方见过，大意是，看一个人如何，要考察该人经常和谁在一起。从一个人平时所喜欢亲近的人那里，就可以知道他的人品，要考察该人富裕时将钱花在什么上面，考察该人身居高位时，提拔重用什么样的人，考察该人在身处逆境时和贫困境地时的作为，看能否洁身自好……

韩心臣说："辞了副局长以后，没有了工作压力，所以看了一些书，这才发现，咱们中国的古书里有好多宝贵财富，这些话就是我在《资治通鉴》里看到的。李局长，也供你在工作中参考吧！"

"是，韩局，谢谢你！"

韩心臣的话引起李斌良的共鸣。这几年，他也看了一些这方面的书，确实很有启发，没想到韩心臣也爱读书，就凭这一点，就可以确定，他是个可以信任的人。根据自己多年对人的体会，那些不学习不看书的人不可深信，因为这样的人心灵肤浅，没有受到过优秀文化的熏陶，就不可能有高尚的道德，很难有强烈的正义感和坚定的原则性。

韩心臣不知李斌良想什么，而是顺着自己的思路继续说："不过，坏人不知道好人有多好，好人更不知道坏人有多坏，岳强发好心眼儿一点儿没有，坏心眼可全身都是，所以，要想和他斗，得特别小心。"这话又激起李斌良的义愤："那就让他冲我来吧，我倒要看他能怎么坏我。"郁明说："李局，不可大意，他能量确实大，一定要处处小心。眼前这事，一定要一鼓作气，迅雷不及掩耳，稍一缓气儿，就可能被他翻过来。即便已经把那些违法建筑推倒，商户们清走，他们也可能卷土重来。"

李斌良说："卷土重来？怎么卷土重来？"郁明说："他们可以重新把违法建筑建起来呀，继续经营出租……"李斌良啪地拍了下桌子："休想。我已经命令刑侦支队抓捕马刚，到位后要立刻突审，拿下证据，然后该拘拘，该移送起诉移送起诉，如果还有别的犯罪，还要进行深挖，我看，他怎么还能卷土重来？"韩心臣说："李局，你想得好，就是要这样，继续进攻，不给他们缓气的机会，只要把马刚抓住，查处，那他们确实再没反扑的机会了。"

"那就这么办！"

三人谈了很久才作罢，韩心臣和郁明离开后，尽管时间不早了，可是，李斌良却没有丝毫困意，一方面，他为韩心臣和郁明的态度而鼓舞，另一方面，也感觉到几分沉重，因为他意识到，斗争只是刚刚开始，岳强发将来一定是自己的对手，一旦和他发生对决，不知道会发生什么事情，谁胜谁负……

不想了，睡吧！李斌良走到窗前拉上窗帘，这时他看到，外边一片朦胧，正是午夜时分。

7. 轻松还是沉重？

虽然躺到了床上，李斌良却难以成眠，脑袋里想七想八的，直到凌晨时分，才好不容易进入梦乡，可是觉得刚睡着不一会儿，手机就突然响起，他用手把电话接起，人却还在梦中，直至对方放大了声音，问他听到没有，他才算醒过来。

电话是楚安打来的，他要李斌良赶紧下楼，他在等着。李斌良问怎么了，他说拆不下去了，而且挨了打。李斌良听了急忙起床，下楼来到值班室，看到楚安果然脸腮发红，隐约还有掌印，嘴角还挂着血迹。李斌良问怎么回事，楚安说自己正连夜拆除那些建筑，在场的警察忽然变了态度，不让他再拆，他不听，就挨了打。他问警察，为什么不让自己拆了，他们说是领导下了命令，楚安问李斌良，是不是他改变了态度。李斌良气愤地否认，问谁说的这话，谁打的他，楚安说是个头头儿，到现场就能认出来。

李斌良带着楚安气冲冲来到二道街现场，果然看到已经停工，一些拆迁工人蹲在一旁吸烟休息，而在场的巡特警队员们虽然还在警戒，但是，警戒的却是拆迁工人，不许他们乱动。楚安指点着一个警察说："就是他打的我，就是他。"

原来是巡特警副支队长曲直。曲直看到李斌良，急忙走过来，李斌良问他怎么回事，他理直气壮地说："我不让他再拆，他非要拆，我踹了他两脚，打了他一个耳光。"

"你凭什么不让他拆？"

"二哥……不，张局打来电话，要我制止的。"

"你是说，张华强让你这么干的？"

曲直说："是啊。"李斌良："你给张华强打电话！"

"这……"

"打，马上！"

曲直犹犹豫豫地拿出手机，拨了出去，把手机放到耳边，听了一会儿又放下："张局不接。"不接？李斌良气坏了，正要说话，忽然听到喇叭响，扭头看去，一辆警车驶来，武权和张华强走下车，向这边走来。李斌良愤怒的目光盯着二人，心里做出决定，这次，再也不给他们留情面了。曲直匆匆奔向张华强，叫了声二哥，然后上前俯首低语。张华强点点头，看向武权。武权走向李斌良，一副小事一桩的样子："斌良，是我给华强打的电话，要他这么做的。"李斌良说："为什么，凭什么？"武权说："咳，你不知道，刚才，有好几个商户找我告状，还说天一亮就到省里上访，不行就上北京，稳定压倒一切，我就临时做出决定，让华强通知巡特警支队这么做的。"李斌良说："为什么不通过我？"武权说："你自己否定自己，不是影响更不好吗？所以，我就替你下了这个命令。说到底，还是为了你。"

"少来这套，你们把我这个公安局局长当成什么了？"

"哎，你怎么这样啊？"武权也有点儿火了："你是不是想把美国那套搬到碧山来，搞什么独立执法？可这是中国，是碧山，你们公安局想摆脱党的领导吗？"

李斌良说："党的领导不是政法委书记甩开公安局局长，直接指挥下边的警察。武书记，现在我还是公安局局长，你要是想替代我，杀回来，那也得先履行了组织手续才成！"转过身说，"楚安，你继续让你的人行动，争取在天亮前完全拆除！"

楚安说了声是，向自己的工人挥了挥手，工人们向工地走去，想不到，曲直也挥了一下手，带着几个巡特警想上前制止，李斌良大怒，上前扭住曲直："你想干什么？"曲直说："对不起李局，我只听直接领导的命令。"

李斌良说："你……好，曲直，你是不想在碧山公安局干了？大家听着，我现在宣布，停止曲直的巡特警副支队长职务，你们由副支队长陈青同志指挥。大家听清没有？""听清了！"想不到，回声还挺洪亮，大概，巡特警队员们也看不下去了，恨不得出现这一幕。李斌良说："那好，所有在场人员，马上行动，协助拆除违法建筑，争取在最短的时间内完成。""是！"巡特警们立刻向工地奔去。

李斌良又转回脸，却发现武权已经退回车内，他转向张华强："张华强，我希望你给我一个解释。"张华强说："没什么解释的，政法委书记下令了，我执行，怎么了？"李斌良说："看来，你连起码的组织观念都没有。这样吧，明天，你写一个书面说明给我。"

"又想让我检查？还吃惯了这口呢！上次是给你个面子，今后你休想，我就是不写，看你能怎么样，你他妈有什么了不起的，跟我装！"

张华强说完，转身向武权的车走去。

李斌良气得浑身哆嗦，脚下意识地向前迈去，一旁看着的陈青急忙拦住他，他迅速镇静下来，转过身，对看热闹的几个巡特警问道："看什么？快干，干完就回家休息。对，我就在这儿看着，看谁再敢捣乱！"

天还没有完全亮，楚安的整个房场的建筑已经全部拆除，成为一片空地，鞭炮声再次响起。

李斌良看到，在场的巡特警们和参与拆除的工人们都露出笑容，他也忍不住露出笑容。

清晨时分，李斌良坐在警车中驶向返回公安局的路上，一时说不清心里是什么滋味，好像轻松了一些，但是，轻松中却伴有沉重。他知道对手不会善罢甘休，但是，自己毕竟取得了这一回合的胜利。隔着车窗向外望去，是错觉还是心情使然，他感觉天空好像比往日透亮了些，虽然煤尘无处不在，可是，看上去依然显得透亮，它们似乎有了生命，眨着看不见的眼睛在打量着自己……

第四章　有内鬼

1. 恨与爱

碧山市公安局党委会再次召开，第一个议题是如何处理巡特警支队副支队长曲直。李斌良提出这个议题后，会场一片沉默。

李斌良已经对这个会议做了充分准备。在解决了楚安房场被强占的问题后，他并没有作罢，而是要求魏忠成和刑侦支队，加强对马刚的抓捕。为了形成震慑，市公安局还对在逃的马刚发出通缉令，李斌良还亲自在碧山市电视台发表讲话，介绍了楚安房场被占事件和处理经过，郑重表态：今后，这种无法无天的事情，绝不许在碧山重演，勒令不法之徒痛改前非，否则严惩不贷。这些行动造成很大的社会轰动。而马刚陷于躲藏逃避的状态，想重占楚安的房场是不可能了。

相对于内部矛盾，查处外部犯罪就显得容易了，而如何处理公开违令的曲直和张华强就难的多了。先易后难。李斌良首先提出，如何处理曲直。

李斌良提出问题后，沉默片刻，纪检书记发言，他认为，曲直在现场殴打楚安，属于执法作风问题，依照有关规定，拟做出停职检查的处理。张华强很不满意，立即提出反对意见，说什么曲直如何有能力，巡特警支队离不开他，批评教育就可以了。但是，李斌良在会前做了充分准备，张华强发言后，高伟仁立刻发言，支持纪检书记的意见，之后，韩心臣、魏忠成也相继表态支持，其他党委成员亦随之附和，形成了绝大多数，张华强也没有办法。

接着，就涉及了张华强本人，他不但绕过局长李斌良，在武权的指挥下，阻止拆除违章建筑，还在现场公开挑战李斌良，这是严重问题，绝不能轻轻放下。

李斌良对此也做了比较充分的准备，他首先和政委高伟仁进行了讨论，高伟仁感到为难，指出：张华强违反李斌良的决定是受武权之命，以此处罚他似有不妥，他向李斌良挑战，也只能是态度不当，公安党委也无法拿他怎么样。李斌良听了很气愤，问高伟仁，难道就这样了？那他今后总这样自己这个局长还怎么当？高伟仁也同情李斌良，觉得这确实是个问题，但是又觉得，张华强正处级，市管干部，公安党委无权对他做出处分决定。李斌良知道这一点，也觉得硬要对张华强进行组织处分有相当高的难度，因而提出，张华强虽然是市管干部，可他是公安党委的委员，要他在会上做个检查，还是可以的。但是高伟仁仍然摇头，觉得很难，还说，搞不好会当场闹翻，那样的话，效果反而不好。李斌良思考后，觉得高伟仁说得有道理，觉得和张华强还没到翻脸的时候，决定还是以团结为重，提出，自己在党委会上点一点这个现象，杜绝今后同类事件发生。高伟仁这才勉强赞成。

在这种思想指导下，在曲直的问题研究完毕后，李斌良开始讲话，他并没有点出张华强的名字，而是就曲直的表现延伸开去，指出了组织纪律问题。他说，按照组织原则，在党委内部决定问题时，是少数服从多数，可是，公安局是政府机关，实行行政首长负责制，自己是碧山市公安局的一局之长，碧山市公安局的所有工作，都由自己负责，自己做出的决定，下达的命令，就是最终决定，任何人都应无条件执行。曲直却当着自己的面说，只服从直接领导的命令，而不服从局长的决定，是一种违反组织纪律的错误，性质是非常严重的。随之，李斌良又阐述了公安局和政法委的关系，他说明，政法委确实是领导机关，公安局应对其尊重，但是，他们的领导是政治领导，是方针大计上的领导，不能干预具体案件，更不能撇开公安局局长，直接指挥民警执法。所以，今后任何人，也包括党委成员、各位副局长，不得以此为借口，自行其是，如果那样，自己宁可不当这局长，也要和这种现象斗争到底。

李斌良觉得，自己还是比较含蓄的，既没点张华强的名字，也没有说具体事件，是给他留了面子的。然而，李斌良话音刚落，张华强就炸了，把水杯猛地往会议桌上一蹾："李局长，你有话直说，绕来绕去干啥，不就是针对我的吗？咋的了，啊……"

怒火又在胸膛燃起，自己已经尽最大努力克制，没想到，张华强仍然这样。他真想拍案而起，给予怒斥，可是，高伟仁在旁轻轻碰了碰他："华强，你这是干什么，坐下，李局长不是没点你名儿吗？这是照顾你的威信，你咋能这样呢？我看这样吧，李局长说的事大家都知道，张局也把事挑开了，大家都发表一下意见，对李局长的讲话表个态，是同意还是不同意？我是完全同意。我们公安党委，特别是在座的各位，确实要增强组织纪律观念，不能乱来。"

听着高伟仁的话，李斌良的心平静了一些。是他劝自己采取这种态度的，而张华强的态度，实际是对他策略的否定，所以他必须站出来支持自己。还好，高伟仁发言后，纪检书记也表了态，对张华强提出了含蓄的批评，之后，韩心臣和魏忠成也相继表态赞同李斌良。韩心臣还说："这事不怪李局生气，大家想想，如果咱们是军队，在战场上，发生这样的事，那会是什么后果？"魏忠成说："是啊，要是在战场上，就是违抗军令，严重的，可以当场枪毙……"

魏忠成的话一下捅了马蜂窝，张华强猛地站起来："老魏，你说啥？你再说一遍？毙了我？你毙吧，你可真是溜须不要命了！"魏忠成脾气好："哎，华强，你急什么，我是举个例子，谁说要枪毙你了。"高伟仁说："是啊，华强，你和老魏多年的交情了，他还能说你啥吗？"

党委成员们都开了口，一个接一个地劝张华强，同时也表态，赞同李斌良的意见，批评了张华强。当然，大家的口气都很和缓，给足了张华强的面子，可是，张华强仍然一脸不快，大家发言结束后，他把杯子又是一蹾，说声"我肚子疼"，就起身离席而去。

真是太狂了。可是李斌良知道，自己暂时不能把他怎么样，只能控制愤怒。恰好这时手机响起，市长聂锐打来电话，要他去一趟。他就借机宣布散会，前往市政府。

聂锐看到李斌良走进来，脸上现出由衷的笑容，将办公室的几个干部赶出去："咱们的事等一会儿再唠，你们先出去，我跟李局长有话说。"几个干部一边向外走一边和李斌良打招呼，眼神中透出一种特殊的笑意，好像是佩服、期盼，也流露出一种好奇和观望。聂锐关上门，拉着李斌良的手臂和他并肩坐到沙发里："斌良，你来了，我再忙也得放下来接待呀。对，从今往后，你就是我的好朋友，好兄弟，哎，我这可不是搞团团伙伙，是我认识了你这个人，你是个真正的警察，真正的公安局局长。对了斌良，不，你比我大，应该叫你大哥，那太庸俗了，还是叫你斌良吧，也不分谁大谁小了，今后，你就对我直呼其名，就叫聂锐……啊，有外人的时候，你可以叫市长，就咱俩的时候，我就叫你斌良，你就叫我聂锐，就这么定了……"

看来，聂市长是性情中人。李斌良觉得，通过这起事件，两人的距离一下子拉近了，成了一种亲密无间的关系。

"斌良，你知道吗？我现在才觉得自己像个市长了。我听说，为了阻止拆除马刚的违法建筑，省公安厅的古副厅长都来碧山找你了？"李斌良说："聂市长，你也知道了？"聂锐说："斌良，你把我当成啥了，我毕竟是市长，也有自己的耳目。他来碧山没通知我，是没把我放在眼里，我呢，虽然知道了，也故意没出面接待他。斌良，你的压力真的不轻啊！我找你来，就是表示一下这种感情，谢谢你呀，碧山人民还算有点儿福气，来了个好公安局局长，我代表碧山人民感谢你！"

李斌良被说得心里热乎乎的，为了阻止聂锐继续往下说，他故意提起马刚的事，问马刚背后的强哥是谁。聂锐笑着说："斌良，还跟我绕啥弯子，你要是还不知道强哥是谁，那就不是你了。"

"岳强发？"

聂锐说："对，就是他，在碧山人民的心中，他比我这个市长好使。不过，那是过去了，今后，恐怕得变一变了。"李斌良说："那，岳强发的后边是谁？"

聂锐说："这还真不是一句话能说清的，他的背后不是一个人，是一批人，而且都是大权在握的人物。对，离咱们近的你已经知道了几个，譬如，碧山市原公安局局长、现市委常委、政法委书记武权，碧山市前公安局局长，现省公安厅副厅长古泽安，都是。"李斌良说："可是，我觉得，这两个人还不足以能让岳强发有如此大的能量吧，是不是还有比他们更高的权力人物，都有谁？"聂锐突然不语了，脸色也变得沉重起来。李斌良说："聂市长，有什么忌讳的吗？"聂锐叹息一声："那倒不是，我只是不想让你有更大的压力。"

李斌良说："没关系，我有思想准备。再说，我今后免不了跟他过招儿，总得知道他的底细呀！"聂锐无奈地说："这个……其实，我也不是十分了解，只知道，岳强发结交得很广，省委、省政府都有人，而且不止一个……"

"你是说，有省委和省政府的领导？"

聂锐又叹息一声："如果不是省领导，他能这么嚣张吗？对，还不只省里，他在中央的一些部委都有非常密切的朋友，甚至更高层也有关系……你说，咱俩是不是有点儿不知深浅了？斌良，都是因为我，让你担险了！"

"聂市长，你可别自责，我不是因为你才这么做的，作为碧山市公安局局长，遇上这种事，我没有别的选择。光天化日之下，公开强占别人财产都没人管，成什么了？这种事，公安机关不管，谁去管？"

聂锐再次叹息："话是这么说，可是，压力撂在谁的身上，谁知道滋味。斌良，咱们唠点儿知心话吧。我呀，其实是个普通农村孩子出身，靠着学习好，考上了大学，读了研究生，参加工作后，一级级熬到了副处，算是命好吧，赶上了两次公开招考干部，我这人，啥都怕就是不怕考试，所以，就通过考试冒了出来，当上了碧山市的市长。所以，我这种人，不会搞拉帮结伙，巴结后台这种事，就想扎扎实实干点儿事。可是，想这么做人，真是难哪。你不知道，这两年，我心里非常苦闷，有时甚至想辞职，你说，想做个好干部、干点儿好事，怎么这么难？碧山，也包括咱们省的政治生态和社会生态太恶劣了，让我们这样的人简直没有立锥之地……你这一来呀，也给了我很大鼓舞，我觉得找到了同类。听说你们新来的厅长也不错，他叫林荫是吧？"

李斌良说："是，他是个非常优秀的领导干部，不是他，我也不会来碧山当公安局局长。"

"不用说，他在这件事上是支持你了？"

"当然，如果我当时调动碧山的警力困难，省公安厅特警总队已经在邻县待命了，可以随时介入。"

"是吗？你这一说我又来劲儿了……不，斌良，岳强发的后台可是比厅长大得多，咱们还不能盲目乐观——不说这个了，你有什么需要我帮忙的没有，尽管说，只要我能做到，一定尽全力。"

李斌良一下子被聂锐的话触动，他提起张华强的事，问聂锐该如何解决。想不到，聂锐听了这话，脸色一下就暗下来，沉默片刻后说："这可不好办，张华强确实太过分了，可是，毕竟是武权让他干的，以此处分他，理由不够充分，常委会上恐怕也通不过。再说，处分一个处级干部，必须报告唐书记。"

对聂锐的这个态度，李斌良是有思想准备的，可是，自己又不甘心。他问聂锐，就任他在局内捣乱？这样下去，自己这个局长怎么当？还说，自己只想让他在党委会内部认个错，可他根本不接受，怎么办？聂锐说："也是啊，有这么个副手给你捣蛋，你真不好干，真得想个办法……"

可是，想什么办法呢？聂锐却想不出来。李斌良的手机突然响起，他拿出来看了看，一个陌生的号码，急忙放到耳边："您好……"

电话里传出一个爽朗的男声："是公安局李局长吧？"李斌良说："我是李斌良，请问您有什么事？"男声说："没什么事，就是表扬表扬你，你是好样的，一个合格的公安局局长，敢碰硬，我代表碧山的老百姓对你表示感谢。你也跟聂锐说一声，他也不错，是个合格的市长。你们今后多发挥好作用，那碧山的老百姓就有福了。"李斌良说："谢谢，请问您是哪位……"男声说："我是谁无所谓，你就记住，有人盯着你呢，给我好好干。好了，再见！"李斌良拿着手机，把电话内容跟聂锐说了。聂锐问："声音有没有啥特点？"

"听上去不像年轻人，口气还挺不见外的，对，口气有点儿像领导干部！"

聂锐说："能不能是程老啊？"

"程老？"

"对，从碧山出去的，早年当过碧山的公安局局长，后来当了省公安厅副厅长、厅长，后来又当上省政协副主席，退下来以后，又回了碧山。时常向市里提些建议和意见，资格老，年纪大，说深说浅大家都得听着。"李斌良一听，倒觉得真的可能是这个人。聂锐说："不过，这个人平时可很少表扬谁，批评意见倒是不少提，他能表扬你，说明你打动了他，这可不容易呀！"李斌良说："也表扬你了！"聂锐说："那我太荣幸了。斌良，这个程老以后你得接触接触，他敢说敢为，没准儿，真有用得着的时候。"李斌良把这个电话存了起来，注明，"可能是程老"，心想，既然当过公安局局长、公安厅厅长，还当过省领导，又是这样的性格，抽空真该接触接触……

2．她有点儿神秘

李斌良返回公安局，经过文书室时，忽然听到谢蕊的声音传出来。谢蕊说："真的？你就是因为这个从省厅下来的？"回应的是陈青的声音："是啊，在省厅特警总队，虽然也挺好的，可是，我想体验一下基层警察的生活，多做点儿事……最主要还是李局长人好，我愿意跟着他干，心里舒服。你在李局长身边工作，真是福分。"

"福分？"

"是啊，你慢慢就会知道，李局长这样的领导干部非常少，人特别好，正直，善良，有正义感。就说处理强占事件吧，换个局长都扛不住，也就是他。"

沉默。

陈青说："怎么，你不相信？"谢蕊说："不是，我是觉得，在一两件事上他可以这样，可是，能在所有事情上都这样吗？他能改变碧山公安局，改变碧山吗？"

"谢蕊，你这话什么意思？"

谢蕊不再说话。

李斌良走到文书室门口，向里边看去。见陈青面对谢蕊，一副等着回答的表情，谢蕊却若无其事地整理文件夹，一副要离开的样子。李斌良探进身子："陈青，你来了，跟谢蕊吹什么呢？"陈青和谢蕊都看向李斌良，谢蕊的脸庞出现红晕。陈青说："李局……我们在瞎聊。"陈青走出来，随着李斌良向他的办公室走去。李斌良小声问他，和谢蕊唠得怎样，陈青说比上次多唠了几句，可还是感觉谢蕊对他不感冒，估计没什么希望。

二人走进办公室，关上门，陈青继续聊这个话题："不过李局，我今儿个跟她接触，感觉她有点儿那个……"李斌良问："哪个？"

"不好说，我觉着，谢蕊好像有心事，而且挺重的，我原以为她很单纯，可是好像并不是这样。另外，她还有点儿忧郁。对，她在你身边，你没感觉到吗?"

听着陈青的话,李斌良回顾了一下谢蕊给自己的印象,觉得陈青的话真有几分道理,确实,她好像有心事,有点儿忧郁,这又是为什么呢?李斌良说:"啊……好像是有点儿。对,我可交给你任务了,这次接触,没一点儿进展吗?"

陈青说:"没有,我觉着,她看不上我,你不是说,她也是平民百姓出身吗?我就把自己的家庭背景跟她说了,以为能产生共鸣,可是,她不但没共鸣,还好像……对了,我觉着她好像有点儿势利眼,瞧不起我这种没钱没势的人。"

"不是吧,一定是你瞎想的。你等着,哪天我跟她明挑,摸摸她到底怎么想的。你不是只为靠近谢蕊来的吧,有什么事吗?"

陈青说:"有哇。李局,我吧,一开始认为房场的事,是个小事,没想到产生这么大的反响。你知道吗?完事之后,我们巡特警支队内部就反响挺大,好多人都说你行,敢碰硬,都说今后我们的腰杆比过去硬了。还有,社会上反响更大,我们巡逻的时候,有好多群众主动跟我们打招呼,听说我们参与了维持秩序,都刮目相看,对我们非常友好。"

陈青的话一下说到了李斌良心里,他忍不住露出笑容。可是,陈青的话开始转折:"不过,也有人说你坚持不下去,说这一回合咱们虽然胜了,可是,马刚那边不会善罢甘休。意思是,这事并没有结束。"

这一点,李斌良已经意识到。他打断陈青的话,问起曲直现在表现怎样。陈青说:"咋说呢?停职反省,难免有情绪,他现在和张华强挺铁。"

"难道他们过去不铁吗?"

陈青说:"队里有人讲,这个人过去还算不错,业务挺突出的,身手也有两下子,支队的训练,还有参加省厅比赛,都靠他,应该是凭实干当上副支队长的。但是,过去和张华强关系并不怎么太好,相反,张华强有点儿看不上他,常当众训他。近年来,他努力巴结张华强,关系近了点儿,这次他的表现成了投名状,现在,和张华强处得火热,张华强还当众表扬他,要大家向他学习。看来,他是贴上了。"

李斌良没有说话,眼前浮现出曲直的身影,身材高大矫健,举手投足,有特警的风范,没想到,这样的人居然委身于张华强。

陈青好像猜到了李斌良的心思:"我觉着,这也不能完全怪曲直,瞧碧山市公安局的生态环境,什么呀?除了你,我就没看出个正直的局领导来,曲直可能是没办法,才走这条路的。真的,我也想,要不是有李局你,我在张华强手下,不知会让他给蹂躏成什么样儿。对了李局,就张华强这种素质，除了骂人，连句人话都不会说，怎么能当上市公安局副局长呢？"李斌良说："瞧你这精明劲儿，能不知道吗？"

"知道点儿，没仕腰眼子的他不敢这么狂。对，武权也不是好东西，我看他们是一丘之貉，还有副厅长古泽安，他们仨都是一路货色，也不怪，都是碧山出产的人物，是这两个人把张华强拽起来的吗？"

"不只这两个人。"李斌良说："还有更厉害的呢！"

"谁？"

李斌良说："你不知道吗？全省最有钱的是谁，听说过吗？"

"全省最有钱的？这……岳强发吧，全省第一煤老板。难道，他也是张华强的后台？马刚强占楚安的房场，是不是也和岳强发有关？"

李斌良哼了声鼻子，陈青的神情一下变了。

"真是这样？这可不好办了，岳强发谁能比得了啊？钱太厚了，他要在后边顶着张华强，那可太不好办了。李局，你得想好了，能躲就躲着他点儿吧，最好别跟他斗。"

听着陈青的话，李斌良心头生出几分悲哀。应该说，陈青是个比较单纯的警察，可就是这个单纯的警察，这样的年龄，听到岳强发的名字却做出如此反应，他可是特警，在人民群众的心目中，特警应该是英勇无畏的英雄，可是……

"可是，这不是我能决定的，现在，我无可躲避，也不可能躲避。"

"李局，你是说，真的要跟他斗？"

"那要看能不能碰上了，如果碰上了，我是不会躲的。我要真的跟他斗起来，你敢跟着我吗？"陈青说："这……李局，我不希望你跟他斗，赢的希望太小。可是话又说回来，我是跟你一起来碧山的，无论我怎么解释，在别人的眼中，我也是你的人。你说，我能有别的选择吗？"

"如果有别的选择呢？"

"没有，我觉得，没有别的选择。李局，别考验我了，你如果豁出去了，我更是没二话。"李斌良说："那就好。你回去，眼睛留点神，多长几个心眼儿……有空还是常来看看谢蕊，我也帮你做做工作。"陈青说："这我可不敢指望。不过，这是你交给我的任务，我得全力以赴，争取完成。李局，再见！"陈青两脚一磕，敬个举手礼，转身向门口走去。

这时，门恰好开了，谢蕊走进来，手上捧着文件夹。陈青说："谢蕊，再见！"谢蕊说："再见！"陈青向门外走去，谢蕊扭过头去看着他的背影。

李斌良注意着谢蕊的表现。谢蕊很快回过头来，把文件夹放到李斌良面前，转身要走，李斌良叫住了她："谢蕊，等一等！"谢蕊停下脚步，漂亮的双目询问地望着他。李斌良问："谢蕊，你还没处男朋友，是真的吗？"谢蕊的眼皮垂了一下又抬起："真的。李局，你……"李斌良说："谢蕊，我给你介绍个呗，人不错，你考虑考虑。"

"李局，你说的是……"

"就是陈青，他……"

"别，李局，不行，不行……"

"为什么？陈青人不错，形象你看着了，别的……"

"李局，你别说了，不行，真的不行！"

"为什么，能告诉我吗？"

"这……我配不上他！"

"配不上他，还是他配不上你？跟你说，陈青对你可是很有意思，跟我流露过，你这么漂亮，怎么会配不上他呢？"

"这……我现在还不想搞对象。"

"为什么？你正是处对象的年纪嘛，怎么不想处呢？"

"这……我就是不想处。"

李斌良说："是实话吗？是不是标准太高，没碰到合适的呀？"

"这……不是，就是不想处。李局，没别的事我过去了。"

"等等，"李斌良叫住谢蕊，盯着她的眼睛，"我看出来了，你不是不想处，而是心里已经有了人。是不是？"

"这……李局，你可别乱说，我哪有什么人哪？没有的事……"

"谢蕊，我可是当了十几年警察了，在基层还当过公安局局长，也搞过刑侦，我的意思是，我的眼睛看不错，你肯定心里有人。对，他是谁，能跟我说说吗？"

"这……李局，我没有，你别乱说，我走了！"

谢蕊转身向门外走去，脚步有些慌乱。李斌良看着谢蕊的背影，不明白她何以如此反应。此时他想起陈青的话是对的，她确实有点儿神秘。

3．可疑的迹象

黑洞洞的枪口再次出现在额头前，就像一只眼睛。李斌良顺着枪口向后看去，想看清握枪的人到底是谁。他看到了，还是那张大脸，那双蔑视的眼睛，再次感觉到似曾相识，可是却想不出是谁。他忍不住叫出声来："你是谁？"一下子把自己叫醒。

陈青说："李局，怎么，做梦了？"这时李斌良发现，自己在一辆疾驶的轿车里，车窗外，是晴朗却灰蒙蒙的天空大地和飞舞的粉尘。

陈青说："李局，梦到什么了？"陈青的话，让李斌良完全回到现实，明白了自己是在前往林希望家的路上，也明白了刚才自己又做了那个梦。梦中，自己成了林希望，亲眼看到并亲身体验着枪口指着额头的感觉。看来，如果案子不破，它会长久地缠绕着自己。

强占事件告一段落后，李斌良迅速把精力转移到林希望被害案件上，可是让他很是失望，他找来刑侦副局长魏忠成和刑侦支队长霍未然，二人都现出几分尴尬。魏忠成叹息说，他这几天吃不好睡不好，可就是找不到头绪。李斌良让二人谈谈侦破方向，二人同样摇头叹息，魏忠成说，自己搞了这么多年刑侦，从没遇过这样的案子，没有任何线索，不知从哪里突破。霍未然连连附和。

他们说的可能是事实，可是，他们的态度让李斌良恼火。信心是破案的一半，瞧他们，特别是霍未然，根本没有必破的信心，完全是一问三不知。李斌良烦躁地让他离开，然后问魏忠成，霍未然这样的人怎么能指挥刑侦支队破案？是否有别人可以替代？魏忠成急忙说，不怪霍未然没有信心，整个刑侦支队都没有信心，所以也就没人能替代他，而他所以没信心，也是在侦破中屡次碰壁造成的。

听了魏忠成的话，李斌良只好作罢，要魏忠成谈谈侦破思路，魏忠成苦笑说，思路和方向是一样的，有了思路就有了方向，现在自己完全陷到案子里头了，眼前一团迷雾。最后反说，李斌良新来，刚接触这个案子，有没有什么想法，启发他一下。

李斌良不是神仙，不可能一来就拿出什么思路来，但是，他提出一点判断，那就是，林希望不可能无缘无故被害，在他被害前，肯定发生过什么事。进而提出，要对所有和林希望接触过的人进行调查，搞清林希望出事前的言行，他说过什么，做过什么，出过什么事，情绪上有什么异常反应，从中寻找线索。魏忠成听后，先是现出疑虑的神情，继而现出笑容："别说，这真是个思路，过去我怎么就没想到呢？林局长，您高，确实比我们高！"

按着这个思路，李斌良召开了刑侦支队全体人员参加的会议，强调要求，每个人都要回忆自己和林希望接触的情景，而且要从其被害日一天一天往前推，无论想到什么，都要写到纸上，拿给自己。这招儿好像产生了一点效用，次日上班就有人陆续上交纸张，三天内收上来好几十份，但是页码却不多，写得最长的还不到两页纸，最少的几行字。李斌良没看出什么有价值的东西，感到有点儿失望，这时，技术大队长许墨走进了他的办公室："李局，我有一点儿感觉，可是说不准，就不写了，说给你吧。是这么回事，林希望出事前，我觉着他好像有心事。"

嗯？李斌良盯着许墨，让他说具体点儿。

许墨说："也说不太具体，是一种感觉，林希望平时话就不多，不声不响的，可是，那些日子，好像话更少了，感觉上，他好像在琢磨什么事，好像还有点儿忧郁。"

"很好，许墨，你做得很好，回去再跟大队的人说说，让大家都琢磨琢磨，还有什么没有。"许墨答应后离去，李斌良陷入思虑中：如果许墨说的是真的，那么，当时林希望身上发生了什么事？

正想着，门被敲响，一个三十五六岁的男子走进来，是刑侦支队大案队长智文。他手上拿着一张纸，走到李斌良面前却不交上来。李斌良说："智大队，写出来了，有什么情况吗？"智文说："这……我也不知道判断得准确不准确，得跟你解释一下。"李斌良说："好哇，说吧！"智文说："是这样，我在大案大队，林希望在技术大队，业务上接触比较多，我觉得林希望小伙子不错，人正派不说，还挺阳光的，我看着他顺眼，所以愿意和他接触。他跟我也不错，每次碰上都是热情地打招呼。可是，他出事前不久的一天，他碰到我却眼睛发直，瞅着前面，根本就没看着我，我叫了他一声，他还吓了一跳。我问他怎么了，他一愣，说没事没事，就慌慌张张地离开了。"

嗯？有点儿价值，这个情况过去从来没人提出来过，而且和许墨说的吻合上了，这些迹象说明，林希望当时是有什么心事呢？李斌良询问智文，智文说："我也琢磨过了，可是，琢磨不出来。"

李斌良说："那你再想想，林希望还有别的反常表现没有？"智文说："别的……这也算吗……"

"什么？"

智文说："我觉着，他对谢蕊好像有点儿那个……"

"哪个？"

"李局，咱们都是男的，你一定能理解，谢蕊长得漂亮是公认的，不管结婚没结婚的，只要是男的看到她，没有不多瞅几眼的，这倒不是什么作风不好，而是男人的天性。可是，有一回林希望和我一起走路，迎面碰上了谢蕊，他却瞅都不瞅谢蕊一眼，脸一扭就过去了。你说，这是不是有点儿反常？"

嗯……反常，很反常。

李斌良就这个情况找了郁明，问他，是否注意过，谢蕊和林希望有什么特别的关系。郁明边回忆边说，谢蕊最初是分到技术大队当法医的，大约半年后，调到办公室当了文书，在调过来之前，她和林希望应该有接触，至于二人到底有怎样的关系，就不知道了。不过，谢蕊调到办公室之后，他没发现林希望有追谢蕊的迹象。

李斌良再找技术大队长许墨，许墨回忆说，谢蕊和林希望确实都在技术大队工作过，一个是法医，一个是技术员，最初，二人看上去挺热乎的，后来谢蕊调走，他们的关系也就中断了。当时，林希望好像有点儿沮丧，还和一个以此跟他开玩笑的同事吵了起来。后来，时间长了，大家对这事也就淡漠了。

这……

根据这些迹象，李斌良分析，林希望可能追求过谢蕊，能不能是因为谢蕊调走，拒绝了他的追求，才出现了许墨和智文所说的异常表现？

李斌良找到魏忠成，谈了这些情况，魏忠成先是认为不太可能，可是，最终被李斌良说服，检讨自己过去工作不细，这个情况一直没搜集上来。但是又提出，这些情况对破案有用吗？就算是他追求过谢蕊，谢蕊不同意，后来中断了，难道还有谁会因此杀害他？

这种可能很小，但是，却不能不调查。李斌良决定和魏忠成一起找谢蕊谈话，谢蕊和上次说的差不多：她和林希望是在警院认识的，但是二人不同班，毕业后分到一起，最初，因为是校友又认识的关系，在交往上比别人近一点儿，可是后来她调到办公室，来往也就中断了，至于林希望被害，她确实什么也不知道。

话说得有道理，可能是真的。但是这是李斌良目前唯一能抓住的稻草，所以没有就此作罢，而是又问谢蕊注意过林希望有什么不正常的地方没有，谢蕊想了半天想不出来。谢蕊离去后，李斌良再次和魏忠成商量，下步怎么办，魏忠成还是要李斌良拿主意。李斌良在思考后，提出要继续启发大家回忆，林希望出事前，生活和工作上发生什么比较特殊的事情没有。于是，李斌良坚持又和魏忠成一起召开刑侦支队全体会议，要求大家好好回想一下，在林希望出事前的一段时间里，在工作上、生活上发生过什么特别的事没有，可以延伸到其被害前的三个月甚至半年之内。布置完后，李斌良意犹未尽，觉得还应该和林希望的父母谈一谈，让他们详细回忆一下，或许能提供什么。

打定主意后，他迫不及待地要前往林希望父母家，可是，这次他没有惊动别人，也没有找办公室的司机，而是打电话叫来陈青，由他驾车带着自己前往。

进入了林希望家所属的林泉县地域，李斌良再次感到，这里的空气质量比碧山更差。他发现了一个规律，碧山市比省城荆都空气要差，林泉县比碧山还要差，而农村还不如县城。这一点，和别的地方完全相反。李斌良举目向外望去，目之所及处，都是露出着嶙嶙怪石的山冈，到处都是挖掘后留下的残迹，这让他再次想起"满目疮痍"这个词汇。陈青显然和他想的相同，突然冒出一句"好像地狱"。

地狱？夸张了点儿，可是，又能用什么词来形容这里的环境呢？

林希望家到了。李斌良跳下车，却一眼发现院门上着锁，李斌良向院内看去，房门也上着锁，看来，林氏夫妻没在家中，原以为有病人在床，他们不会离开，就电话也没打直接赶来，可是却扑空了……

旁边传来响动，李斌良扭头看去，一个中年女人从相邻的院门口向这边望着，他急忙走过去："您好大姐，老林家夫妻怎么没在家？"女邻居告诉李斌良，林希望的母亲病重了，林父送她住院了。李斌良听了心往下一沉，天哪，可别出什么事啊！

"请问，他们去了哪儿的医院？"

"县医院，可是听说，好像又转院了，去省里的医院了。"

看来，病得不轻，这次来，不可能见到他们了。

女邻居同情地说："这两口子，太可怜了，有时大白天的，说哭就哭啊……对，希望活着的时候，两口子可自豪了，说再穷心里也有盼头，说儿子懂事，有出息，可这一下子，希望全没了，他们咋活下去呀。"李斌良说："大姐，你们邻居住着，对林希望的案子，要是知道什么就告诉我们，一切都是为了破案，给林希望报仇。"

"我一个家庭妇女，能知道什么。不过，林希望这孩子小时候仁义，不得罪人，长大一点儿，净在学校念书了，不到二十就考学走了，在家这边儿不会得罪什么人。我看哪，事儿肯定出在碧山，没准儿，出在你们公安局……啊，我是胡说八道，你们别往心里去。"

这不是胡说八道，而是很有道理。李斌良受到启发，继续追问她还有什么想法，而这个妇女却说没有了，刚才也是胡说八道，让李斌良不要往心里去。

看来，只能到这儿了。李斌良谢过中年妇女要走，陈青忽然问了句："姨，你看你们住的什么环境啊？这空气质量，能不得病吗？你们非得住这儿吗？"

女邻居叹息说，不住这里，我们又能去哪里呢？没地方去讨生活呀。陈青又说："你瞧，污染成这个样子，赚再多的钱有什么意义？你们为什么选择这种生活呢？不挖煤，或者少挖煤，种地或者干点儿别的不行吗？"女邻居听了很不高兴："你这是说的什么话？还我们选择了这种生活，这是我们选择的吗？"陈青说："啊……对不起，我是随便说说，随便说说。"

陈青转身向车走去，李斌良的心却被妇女的话触动：是啊，谁会选择这种生活？老百姓哪里有权选择自己的生活。煤被挖走了，空气污染了，环境变坏了，可是，他们也没富起来呀，给他们留下的只有这穷山恶水和病痛……

李斌良控制着自己不去想这个问题，因为这不是他能够解决的。他努力把思绪回到林希望的案子上，想着中年妇女的话"事儿肯定出在碧山，出在你们公安局"。下一步，可以考虑把内部作为侦查方向，这段时间，全力顺着这个思路开展侦查……

可是，事情是不以他的意志为转移的。他的手机响起，是郁明打来的："李局……"

4．都是承诺

心急车快，中午时分，李斌良和陈青就回到了局里，发现上任那天的一幕又出现了：公安局大楼门口，一群人在闹着，领头的依然是胡金生等人，手上依然举着横幅和标语，只是上边的字变了："坚决要求李斌良局长接待我们""李局长不亲自接待我们就不走！"

电话中，郁明把胡金生上访的情况报告了李斌良，要他回避一下，自己和分局长赵充应付。可是，这不是李斌良的风格，麻烦不是回避就可以解决的，他反而要陈青加速，以最快速度回到局里。

李斌良下车向前看去，郁明和分局长赵充正在和胡金生等人纠缠着。赵充说，他跟胡金生说过，李斌良把他的事交给他了，由他处理，劝胡金生跟他走。胡金生坚决不同意，今儿李斌良要是不见他，他就死在这儿给他看。还说，李斌良处理了楚安的事不算什么，要是处理了自己的事，才是真正敢碰硬。正说着，一眼看到走过来的李斌良："哎呀李局长，你可回来了，你说话也不算话呀！三天时间，给我个答复，现在是多少天了？你不管我的事不说，还让分局把我控制起来了，吃饭拉屎都有人看着，这是干什么呀……"

别人也跟着吵起来，都是逼李斌良马上处理他们的事。分局长赵充苦着脸把李斌良拉到一旁对他说，自己想尽了办法，可是，劝也劝不住，控制也控制不住，稍一疏忽，他们就聚集起来，跑到市局来了。李斌良没有责怪赵充，而是问他对胡金生反映的问题调查的结果，赵充说："这还真不好说，他举报梅连运侵吞国有资源的事，数字肯定不符合事实和逻辑。至于梅连运派人殴打他们，梅连运说，是胡金生到他的公司胡闹，引发了冲突，而且，是梅连运的手下保安把胡金生几个拽出去时，发生了撕打。"李斌良又问矿难之事，赵充说梅连运坚决不承认有这事，再加上时过境迁，实在难以在短时间内查清。

李斌良听完赵充的话，要他和郁明等人把胡金生和另外两个代表带进小会议室。和上次一样，胡金生气势汹汹走进来，嘴上说，这次要不给自己一个确定的说法，说什么也不走了。李斌良说："你放心，我一定给你个说法，不过呢，你也得给我个说法。"胡金生一愣："我……什么说法？"李斌良说："就一个说法，你要保证举报的真实性。"胡金生一愣："保证，我们保证。"李斌良说："那好，你说说，如果你举报的问题，调查后失实，你负什么责任？"胡金生说："我负什么责任？该负什么责任就负什么责任！"

李斌良说："那好，我到碧山上任当天，就接待了你的上访，现在是第二次了，我的事情很多，现在，我要抽出专门时间来调查你举报的问题，如果调查后，发现你的举报严重失实，就是寻衅滋事，阻碍公务，那时，就要依法从重处罚你。"

胡金生听了这话先是一怔，继而闹起来："李局长，你这是什么态度？你还没调查就说这些话，我明白了，肯定是梅连运活动到你这儿了……"李斌良气愤地打断他，说自己刚来碧山，根本就不认识梅连运。自己有大案要破，现在抽出精力亲自调查他反映的问题，如发现举报不属实，甚至涉嫌诬告，就要追究他的刑事责任。胡金生现出彷徨之相，可还是硬着头皮说，自己的举报保证属实，如果不实，愿意承担一切后果。李斌良听了，郑重向他表态，自己马上着手对梅连运调查，让他回去等待消息。

胡金生再无话可说，又再三恳求，李斌良一定要亲自调查，不能指派别人，自己信不着别人，只信得着他。李斌良也答应了他。

胡金生离开后，李斌良把魏忠成找到办公室，先告诉他，根据种种迹象分析，林希望被害案的侦破重点转向内部。魏忠成现出震惊的表情，问李斌良何以做出如此判断。李斌良说了自己去林家调查，听到那个妇女的话，再结合目前掌握的情况，认为这个猜测是有道理的。又解释说，不是说局内人杀害了他，而是说，有可能在局内发现线索。魏忠成听了这才舒口气，同意了李斌良的意见。

之后，李斌良又就胡金生上访之事，征求魏忠成的意见，自己是否有必要亲自进行调查。魏忠成指出，这种举报，根本不需要李斌良亲自调查，可是，看胡金生的势头，如果李斌良不亲自调查，他肯定会闹起来没完。而且，其举报的事情虽真伪不辨，可确实挺重大的，换个别人，恐怕担不起来。李斌良听后说："那好，咱俩做个分工，我带人集中精力查胡金生举报的案子，你呢，带刑侦支队侦查林希望被害案，重点放到局内人员身上。"魏忠成说："好，我一定全力以赴，有什么情况随时向你汇报。"李斌良说："那好，如果我对胡金生举报的调查有所突破，希望你那边也有突破。"魏忠成听了这话，现出犹豫之色，最后的回答是："我不敢百分之百保证，但是一定尽力！"

5. 煤老板们的故事

次日上午，李斌良带着郁明和局督察室主任曾玉来到林泉县，进入了县城。

这次来，不是见林希望的父母，而是来见梅连运，他的林煤集团总部设在林泉县城，他的煤矿，也都在林泉县境内。

果如预料的那样，林泉县城的空气还不如碧山市，放眼望去，基本上可以用"脏乱差"来形容，空气更差，粉尘更浓。

林煤公司很有名儿，李斌良一行很快找到了它，但是看到它后，微微有些失望，因为林煤集团只是一幢不大的四层楼房，更谈不上派头，挂着的标牌不知什么时候做的，又老又旧，还挂着一层煤灰。标牌的另一边，还挂着另外一个标牌，上边写的是"林煤宾馆"字样。原来，梅连运是把集团公司的总部和宾馆办到一起了。看样子，这个公司的实力并不很强大，最起码不像胡金生说的那么强大，钱也不是那么厚。

进入楼内得知林煤公司在二楼，李斌良三人就顺着步行楼梯走了上去。到了二楼，又顺着标牌的指示，走向一道走廊。走廊面对楼梯口是值班室，两个保安从窗口看到三人，走出来盘问找谁，有什么事。

李斌良三人都穿着便衣，郁明出示了警官证，向保安脸上晃了晃，说要找梅连运。保安有些吃惊，想阻拦又不敢。郁明说："快带我们去，来之前了解过了，他在家。"保安无奈，只好带三人走到一个挂着董事长、总经理的办公室门口，敲开门后探进身："董事长，有人找，是……"没等他说明是谁，郁明挤进去："梅董事长，我们是警察。"督察室主任曾玉也拨开保安，和李斌良走进门。

别看整个楼房不怎么样，这间林煤集团董事长兼总经理的办公室还是挺气派的，特别宽敞，足有六十多平方米，按照现在的规定，这大概是省级领导办公室的面积了，可人家是私企，中央的规定管不了他们。只是，屋子的装潢有点儿老旧了，光线显得有点儿暗淡。

老板台后，一个身材高大稍显消瘦的中年男子站起来，看着李斌良三人，现出不安的表情，莫名其妙地说了句："来得好快呀！"

怎么？难道他知道自己要来见他了？谁告诉他的？

郁明说："梅董，这是我们新来的李局长。"

"李局长？李……"

"我叫李斌良，是碧山市公安局局长。"

梅连运说："这……好好，我知道，早晚会有这一天，不过，没想到，市公安局局长亲自来抓我。好，手铐拿出来吧！"

李斌良三人不解地互视。郁明说："梅董事长，你说什么？拿手铐干什么？"

"你们装什么糊涂啊？你们不是替岳强发来抓我的吗？我真是服气了，岳强发的力量可真大呀！"费了很多口舌，梅连运总算明白，李斌良他们并不是来抓他的，而是来调查情况的，即便要抓他，也得在调查清楚、掌握充分的犯罪证据之后。梅连运有点儿糊涂："不是抓我，那你们调查什么？说吧！有就有，没有就没有，我保证不藏着掖着。"

那好啊，一件一件谈吧。

李斌良为化解其对抗情绪，没有直接问其侵吞国有资源等事，而是问起他的开矿历史，问他在开矿的过程中顺利不顺利，都发生过什么事。梅连运不明所以，吞吞吐吐地回答："这咋说呢，在中国，干啥能顺利呀？我是煤老板，有点儿钱不假，可是，我也是平头百姓，刚开矿那阵儿，没人把我放到眼里，办起事来，没一件顺当的，到哪儿哪儿卡，少浇一点儿油都不滑溜……"梅连运意识到说走了嘴，赶忙把后边的话咽回去。

李斌良没有揪住不放，这不是他调查的重点。他顺其自然地转移到要问的问题上："啊……那，就说说，你遇到过哪些不顺当的事？对，你开了这么多年的矿，肯定出过不少事吧，煤井下边，肯定不会太平无事吧？"

"那当然，也不瞒你们，我是白手起家，当初，投资不足，设备都挺简陋的，确实出过事，不过这些年好了些……"梅连运又不往下说了。

李斌良说："听你的话，过去，你的矿井发生过安全事故？还记得吗，出过多少次，最大的是哪次，死伤多少人？"

梅连运憋了片刻："这……我都上报了，安监局也来查过，我开矿十多年了，大小事故有过十多次，最大的一次是二〇〇五年，死了三个人，伤了六个，对，那回公安局也来人了，差点封了我的井，我磕头作揖，托这个托那个的，又赔偿损失，被罚了一大笔钱，好歹是过去了。"李斌良说："这些你都如实上报了吗？"

梅连运一愣："你说的是……这我不清楚，反正我是如实报告了，至于你们是不是如实上报了，那我就不知道了。"

李斌良听着有点儿头痛。他知道，梅连运说的是实话，有时，并不是煤老板隐瞒矿难死伤人数，而是政府隐瞒，压着不让上报。想到这儿，李斌良有点儿为此行后悔，更为自己对胡金生打保票有点儿后悔。

李斌良没再往下追问，而是问梅连运能否对自己的话负责，这回，梅连运非常果断："当然负责，不信你们就去查，如果查出我说半句假话，怎么处理我都行。李局长，你们光看我们开煤矿的有钱，不知道我们的难处，那些年，煤价低，还要保安全，还要想办法贷款，还贷，送礼，挣不了多少钱，后来好歹煤价缓过来了，日子算是好过了点儿。"李斌良说："梅董事长，听起来，你这人挺实在的，我能问，你现在有多少资产吗？"

梅连运现出苦笑："李局长，你肯定听到传言了，说我有多少多少钱。钱呢，是赚了点儿，可根本没有传的那么多。要说总资产，我也算过，多的时候大概能有三十多亿吧……现在只剩下三个多亿了。"

"嗯？三十多个亿怎么就剩下三个多亿了？"

"看来，你还不知道啊，哪儿去了，让人抢走了呗！"

"谁抢走的？到底怎么回事？"

"李局长，你不要问，你管不了。"

这是什么话？"梅董事长，你把话说清楚，到底是怎么回事，要真是抢劫，我们公安机关怎么管不了呢？"郁明说："梅老板，你有话好好说，如果真被人欺负了，属于公安机关职权范围，我们肯定管。李局长可不忽悠人，他刚刚处理了一个强占的案子，听说没有？"梅连运说："听说了，可那事跟我的事比，太小了，我的事你们管不了。"经再三追问，梅连运才不情愿地说："我说的绝对是真话，我的煤矿被人抢走了。"

煤矿被人抢走了？怎么抢的，谁抢的？李斌良连连发问，梅连运有些后悔地摇头："不该跟你们提这个，看来不说是不行了。抢我煤矿的是岳强发，李局长，你管得了吗？"

岳强发？又是他！

这个名字勾起李斌良的兴趣，他进一步追问，岳强发如何抢他的煤矿。梅连运只好说："这话说起来可长了，我们林煤集团一共有五个煤矿，最大的是黑金煤矿，就是这个煤矿，被岳强发抢走了。"

李斌良还是不明白："梅老板，你说清楚，岳强发是怎么把你的煤矿抢走的？"

梅连运说："怎么说呢？黑金煤矿最初确实是岳强发的，可是，他后来卖给我了。就是煤价最低的那年，开煤矿的个个赔钱，这时候岳强发找上我了，说啥也要把黑金煤矿卖给我……对，这个煤矿本是一个村上的煤矿，被他用仨瓜俩枣的价格给霸下了，可是，因为当年煤不好卖，就强卖给我，而且卖的高价。当年，这个煤矿也就两三千万，可他冲我要了八千万，我是多花了四五千万买下的。"

"你为什么花高价买他的煤矿？"

"我敢不买吗？谁不知道他黑呀，我要是不买，他算计我，我受得了吗？所以，我打掉牙往肚子里咽，硬把煤矿买下了。可是谁也没想到，过了几年，煤价涨起来了，我也不瞒着，就是那些年，我赚了大钱。后来经过勘探，黑金煤矿周边，还有更多的煤层。这时，岳强发上来了，说当年的买卖不公平，要把煤矿要回去……你听清了吧，这可是事隔七年以后了，他想把卖给我的煤矿再要回去，你觉得这事站得住脚吗？"

李斌良说："不可能吧，交易已经形成七年了，怎么能反悔呢？这是煤价涨了，要是掉了呢，他也往回要吗？他是怎么要回去的，如果是强占，我管。"梅连运说："你管不了，人家走了法律渠道，是法院判的，让我把煤矿还给他，而且还得赔偿他几亿元。"李斌良说："怎么可能？你一定隐瞒了什么，法院怎么会这么判？这里一定有说道。"

"李局长你不信是不是？那你去调查，看我说没说假话，对，你可以去问法院，问他们凭什么这么判！"

"那你说，他们是依据什么法条这么判的？"

"很简单，说我们这笔交易当年存在欺诈，显失公正。你说，这算什么？是他岳强发主动找的我，强迫我买他的煤矿，我还多给了他四五千多万，居然成了欺诈他，显失公正。"

"这……这……"

"你别急，听我说，既然问到这儿了，你就得听完。一审是碧山法院判的，我败了，煤矿还给岳强发，还要赔他一亿多元。我当然不服，上诉到省高院，一开始吧，二审法官挺讲理的，一看案卷就气得够呛，说哪有这么判的，我还以为这回能胜了呢，谁知道，判决下来却是维持原判，只是赔他的钱少了点儿，变成了五千多万，我的黑金煤矿就这样被岳强发抢去了。这事你能管吗？"

李斌良沉默下来，因为，由法院判决的案子，确实不是公安机关的职权范围。片刻后，他只好说："如果你说的属实，就申诉啊！"

"申诉？申诉得到最高法院，谈何容易？你听说过几个申诉胜的？岳强发放出风来了，如果我申诉到最高法院，他就把工作做到最高法院，照样判我败诉。"

"这……梅董，除了黑金煤矿，你还有别的煤矿吧？"

"有四个老矿，但是，四个矿加起来也不如黑金煤矿，说真的，我说的三个多亿，包括矿产在内，其实，我手里的流动资金连两千万都没有。"

李斌良没有再问，因为听了梅连运的话，他觉得，胡金生的举报明显不属实。片刻后，他把话题转移到这上边，说有人举报他，侵占国有资源，让他说说怎么回事。梅连运又动了气："李局长，我知道他们在背后鼓捣我，所以我早有准备，好在我办事有根底，开矿这么多年，账本儿还都保存着，这样吧，你自己查一查，看他们告的是不是属实。"

梅连运说完，要几个财会人员和保安搬过来很多账本，说这个是总账，那个是分账。李斌良根本看不过来，就说先看看总账吧。他一边看，梅连运在一边说，自己一共开了多少煤矿，出了多少煤，当年煤多少钱一吨，自己一共卖了多少煤，地下贮存多少煤，怎么能侵吞几百个亿？侵吞的钱在哪儿，我怎么不知道？最后说："这肯定是岳强发指使的，他是害怕我申诉，把案子翻过来，想借你们公安的手把我弄进去，彻底搞死。"

　　虽然账本不可能全看，但是初步看了看总账，再听梅连运的诉说，李斌良感觉基本上是属实的，胡金生那些话真的经不住一驳。

　　梅连运为了增强说服力，又告诉李斌良，二审判决没有下达前，岳强发就这样整过自己，他雇了一伙人，专门在网上散布自己侵吞国有资源的舆论，说得云山雾罩的，可是，自煤矿判给他之后，就消停了，不知为什么现在忽然又搞了起来："李局长你想想，岳强发那是多大的力量，如果我有你们调查的这些事，还能让我在外边平平安安待着吗？早进去了！"他叹息道，"我明白了，肯定和并购有关，这个并购，有多少煤老板被岳强发坑得倾家荡产哪！"

　　并购？

　　梅连运说："前些年，不是老出矿难吗？人一死就几十上百的，国家为了保证生产安全，决定由大型国有企业收购我们这些私营煤矿，由他们统一经营，改善井下安全设施，这就是并购。"

　　可是，这怎么能让煤老板们被岳强发坑得倾家荡产呢？

　　梅连运说："这我不说，你们自己去调查调查就知道了。"郁明说："梅老板，李局长亲自来找你，就是要听你说，你可别错过机会。"梅连运说："我说的话，你们不会相信，还是你们自己调查吧。"郁明说："那你说，我们去调查谁？"

　　"太多了，丁子才、大老耿、李茂林……找谁都行。就说李茂林吧，当年干得多红火，名声也不小，可是那么好的煤矿，硬让岳强发给霸过去了……"

　　李斌良说："等等，你说，李茂林的煤矿也被岳强发霸过去了？你一个个说，这个李茂林的煤矿是怎么被岳强发霸过去的？"

　　"你们回公安局问问办案的，比谁都清楚。"

　　郁明说："梅老板，你就别绕弯子了，就说出来吧，李局长听着呢！"

　　梅连运说："那好。那时候，李茂林是我们林泉非常有名的企业家，主要是他有一个大煤矿，煤矿资源非常好，这时岳强发相中了他的煤矿，就劝李茂林把煤矿卖给他。你们说，人家干得顺风顺水，凭啥把煤矿卖给你呀？再说，岳强发给的价又低得离谱，所以，李茂林一口回绝。这下可好，李家很快遭遇到前所未有的麻烦。首先是李茂林的儿子被岳强发带到澳门赌场的大户室，输了几个亿，为此，黑道人物天天上门讨债，李家不得不变卖资产还钱。这时候，李茂林公司的财务人员突然到公安局举报李茂林偷税漏税，就这样，李茂林的公司被查封，人被带走。随后就有人找到李茂林家人，说岳强发和你们公安局关系很铁，只有他能救人。李茂林家人后来筹资交了税款，又送钱给岳强发求他帮忙斡旋，果然好使，李茂林很快就放出来了。"

李斌良说："这……李茂林是不是真有偷税漏税行为？"

"要说偷税漏税，不是李茂林一家，所有煤老板都有，岳强发最严重，可为什么不查他？对，还是说李茂林吧，他虽然出来了，可是这么一折腾，资金链断裂了，煤矿再也开不下去，仨瓜俩枣的价钱归了岳强发。你们说，这和抢劫有啥区别？"

李斌良克制着愤怒的情绪："梅老板，你再说个别的。"

"别的？好！"梅连运显然也来了情绪，"再说大耿吧，那人相当不错，豪爽，讲究，煤矿开得也挺好，他可是既没偷税又没漏税。不过你们知道，前些年，对炸药的管理有毛病，一是不及时、不方便，二是挺贵的。所以是二〇〇八年，有人给他介绍了黑炸药货源，大耿就进了点黑炸药，立刻被举报'非法买卖储存爆炸物'，一下子就完了，大老耿全家被警方控制，法院又放出风声要重判他和他儿子。这时有人到看守所见了大耿，说岳强发可以帮他摆平此事，条件是他的煤矿要归岳强发所有。大老耿只能答应，之后全家马上被释放。再之后，又跟随岳强发到澳门赌了一场，财产全部输光。这才算完事。"

李斌良听着这些话，不由心潮起伏，尽管没核实过，可是，从梅连运的口气上，可以判断，他说的大多属实。怪不得他说自己的煤矿被岳强发抢去了，这和抢劫有什么区别？妈的……

梅连运说："对，李局长，你要不信可以去问他们本人，看我撒谎没有？这事凡是开煤矿的都知道，你们公安局也知道。对，我再说一个：新城县绿化乡煤老板丁子才，他确实有毛病，本来开着洗煤场，却借机在场子里开黑矿，最后被公安部门查获，过程和大老耿一样，岳强发帮他摆平，条件也是到澳门一赌，倾家荡产。还有何森林、赵小金……"

李斌良听着梅连运的讲述，心中的怒火实在难以压抑。可是他知道，梅连运说得没错，即便这些都是真的，也不是能够轻而易举查清的，可是，虽然不能全部查清，其中的明显犯罪、由公安机关管辖的，还是可以介入的。所以他忍着愤怒问："梅老板，岳强发带人去澳门，办出境手续没有？"

"没有。据跟他去过澳门的人说，他们是偷渡去的。"

"这么说，岳强发涉嫌非法越境？"

"李局长，这算什么，在碧山，所有法律对岳强发都是废纸。不过，如果他整别人，法律就好使了，而且特别好使。这不，我因为跟他对抗，公安局局长亲自找上门来了。他就是想借你们的手把我弄进去，免得我申诉。李局长，你说，这事你能管吗？你帮他整我，怎么整都好使，你要反过来帮我，对付他，那你就什么都不是了。跟你说吧，不但整个碧山的公检法都被他控制着，就是省公安厅和高院、高检，也在岳强发的控制下。李局长你别生气，我劝你千万不要和岳强发对着干，别看你是公安局局长，你要跟他斗，我敢保证，绝对没好下场。"

李斌良觉得胸膛要炸开了。他在心里试图说服自己，梅连运说的这些不是真的，要是这样，碧山成什么了？可是，理智和梅连运的口气又告诉他，一切都是真的。如果这样，这法律不是完全成了岳强发的私器，他想害谁，法律就帮他害谁！那么，他何以有这么大的神通？不用说，背后是花重金买通了司法人员……

梅连运突然又说了句没头没脑的话："李局长，你说，这社会是不是就这样了，没地方讲理了？"李斌良一时无法回答。

6．迷雾中透出的几分真相

返回路上，李斌良觉得空气格外不好，天虽然还是晴的，但是粉尘显得格外浓厚，使人更加难以看到天空的真实颜色，太阳虽然也放射着光，但是，光线却难以突破粉尘的阻隔，看上去模模糊糊，无法透过遮拦而照到大地。当然，他的心情更恶劣，因为从梅连运的口中，他发现自己面对着的是一个无恶不作的罪犯，却对他无能为力……不，自己面对的不只是岳强发一个人，而是面对一个看不清的无底黑洞，不，不是黑洞，是黑色的深渊……

李斌良心里很清楚，梅连运说的是实话，但是，自己真的很难管得了。"存在就是合理的"，岳强发能干出这些事不受任何惩罚，肯定有充分的原因，他背后不知有多少掌握实权的人物在支撑他，自己虽然是碧山市公安局局长，可是，既没那么大的权力,也没有那么多的精力去与其斗争……

怎么办？难道，听了就听了，装没听见？对，别的可以不管，涉及碧山市公安局职权范围的也不管吗？他多次偷越过境，也不管吗？和公安机关内鬼勾结，迫害他人，也不管吗？那么多人的财产被他夺去，不管吗？可是，你怎么去管……

这时，李斌良清晰地意识到，在碧山，岳强发将是自己无法回避的对手，一个强大的敌手，是自己从警以来最强大的对手。相比而言，当年清水的季宝子，只是个残忍的杀人犯罢了，只不过侦破过程复杂一些，是牵扯到一些政界黑幕，可是，那些黑幕一旦揭开，犯罪者立刻无所逃遁，受到惩罚；在白山参与侦破的杀害县委书记妻女的案件也同样如此，对手赵汉雄是称霸一方的黑恶势力，可是，败露后同样立刻完蛋；还有奉春的任大祥、袁万春之流，虽然阴险毒辣，结成犯罪集团，可是仍然无法和岳强发相比。

此时，李斌良心里第一次感到，自己没有必胜的把握。因为他意识到，自己面对的不是一个人，是很多人，还是一种社会环境，面对这一切，他孤身一人，又能怎么样呢……

"李局，别想那么多了，做好我们的工作就行了。"

郁明的话打断了李斌良的思索，像在安慰，也像是提示。李斌良问郁明，梅连运说的那些话，到底是不是真的。郁明没有马上回答，而是让督察室主任曾玉说，曾玉笑了笑说："梅连运说的只是一小部分，岳强发的事多了去了，比这严重的也不止一件两件。"李斌良问："嗯？你也知道？"

"岳强发的事，碧山没几个不知道的，公安局内部有点儿资历的都知道。"

"既然都知道，你们就这么任他为所欲为？"

曾玉苦笑道："李局，我只是个督察室主任。别说我，在碧山谁敢跟他斗啊，没人能斗得过他。他上边有人。"郁明插进来说："只能等他恶贯满盈了，不过，他现在顺风顺水，离满盈早着呢！"李斌良问："你们还知道什么？"郁明郁闷地说："李局呀，你再问，心情更沉重了。过三过五地再跟你说吧！"曾玉苦笑着说："是啊，咱们现在对付的是胡金生闹访，还是琢磨琢磨怎么对付他吧。"李斌良问："那么，梅连运说，胡金生闹访是岳强发指使的，到底是不是？"曾玉说："没人指使，胡金生能有那么高的觉悟，为了国有资源损失而举报？"郁明说："再说，他举报的那些东西根本就是捕风捉影，一件也站不住啊！"曾玉说："据我所知，他过去也控告过梅连运，都是在岳强发和梅连运斗争激烈的时候。"李斌良问："你的意思是，他现在控告梅连运，也是同样的目的？"曾玉说："最起码，不能排除这个可能。"

李斌良觉得曾玉的判断有几分道理，但是又觉得不是全部原因。

回到市区，李斌良直接去了国土资源局，了解梅连运侵吞国有资源八百多亿的问题，国土资源局局长一听就说这是胡说八道，还专门找来负责业务的人员，给李斌良算了一笔账，在胡金生举报梅连运侵吞国有资源那个年代，整个碧山市的煤矿也不值八百亿，明确指出，胡金生是在诬陷。之后，李斌良又去了安监部门，了解梅连运所开煤矿曾经发生过的矿难情况，安监部门说明，确实发生过几起，都如实上报给他们，他们也查过了，不存在瞒报问题，但是又神秘地告诉李斌良，梅连运没有瞒报，市里往上报的时候打了折扣。

掌握了这些情况，李斌良心里有了底，回到局里再和法制处进行了研究，法制处认为，胡金生的行为涉嫌诬陷，如果受害人控告，完全可以追究他的刑事责任，但是，因为梅连运本人没有控告，所以不能据此对他进行处罚，不过，他严重干扰破坏正常的工作秩序，可以据此给予行政处罚。

李斌良心里有了主意，打电话给赵充，要他通知并专门派人送胡金生和另外两个代表来见自己，特别指示，一定确保他们来市局。次日上班不久，赵充打电话说人带来了，李斌良做了部署安排后，让赵充和郁明把胡金生带进自己办公室。

胡金生的表情不像上两次，略微有点儿不安。他坐到李斌良对面后，眼睛不断地闪着，他有点忐忑地问："李局长，怎么只让我一个人进来呀，那两个也是代表，他们掌握的情况比我多，我知道的很多事都是他们告诉我的。"

李斌良说："他们有他们的事，我先跟你谈。"胡金生说："这……谈吧！"胡金生观察着李斌良的脸色，仍然显得不安。李斌良沉默片刻开口，说已经对他举报的梅连运的问题进行了调查，问他是不是还坚持，举报的问题是真实的。

胡金生结结巴巴地说："当然，坚持……"

"那好，我就把调查的情况一笔笔说给你听。"李斌良看着眼前的记事本，首先向胡金生说了自己的调查经过，还说明，自己所说的一切都有事实做基础，在国土资源部门、煤炭部门进行了核实，可以负完全责任。然后指出，他控告的梅连运侵吞国有资源的数字根本不可能，用国土资源部门业务人员的话说，当年全市所有的煤炭贮藏量也远远达不到八百亿元，和他的举报相差十万八千里，问他怎么解释。

"我没细算……对，当时没八百亿，现在总有了吧，我是按现在的价计算的。"

李斌良指出：他已经举报同一个问题多年，在举报材料中，是按当年的价值计算的。可是胡金生却听而未闻，坚持说他是按今天价格计算的。

就按今天计算吧。李斌良告诉胡金生，有关部门经过计算，即使按今天的价值计算，梅连运的煤矿价值也远远不值八百亿元。

"这……我只是举报，钱数是估摸的，没有八百亿，也有八十亿？八十亿没有，八个亿总差不多吧？"

李斌良说："有关部门提供的数据证实，梅连运现在煤矿贮藏量不足六个亿。"

"这……六个亿也不少啊，六个亿还不够处理的吗？"

郁明忍不住了："胡金生，你听清楚，梅连运的煤矿贮藏量不足六个亿，可是你举报他侵吞国有资源八百个亿，你怎么解释？"

"这……我说了，六亿也不少啊……"

"胡金生！"李斌良猛地拍了桌子："梅连运的矿产总资源还不到六亿，那么，你说的他侵吞的八百多亿去哪儿了？"

"这……这……"

赵充大声说："胡金生，没听着李局长问话吗？说呀，你说的侵吞八百多亿在哪儿？"

"这……我是听别人说的。"

李斌良冷冷地问："那，你能告诉我，听谁说的吗？"

"这……我是在路上听说的，不记得谁说的了。"

李斌良又猛地拍了一下桌子说："你道听途说，就到公安局大闹，信口开河，影响正常工作，要负什么责任，知道吗？"胡金生强装镇定地说："李局长，你这是啥态度，我举报犯罪是好事啊，我还举报了别的呢，你别盯住这一件事啊！梅连运的煤矿出过事故，死过人可是真的。"李斌良问："我正要问你呢，我们已经做过彻底调查，梅连运自开煤矿以来，一共发生过九次矿难，死七人，伤十二人，而且都是多年前的事了，你又怎么解释？我再问你，这么多年过去了你为什么不举报，偏要这个时候举报？"胡金生说："梅连运打我，我才告他的，他打我是真的吧，你们得处理他吧？"李斌良说："胡金生，你知道不知道，梅连运公司安装了监控录像？"

胡金生一下愣住了。

"怎么，不知道？你要惹事，得先进行侦查呀？我亲眼审查了录像，那天，完全是你们挑起事端，到人家公司闹事，而且是先动手打的梅连运……对，你先把茶杯向人家脑袋砸去的，多亏梅连运躲得快，没砸上，否则肯定头破血流。在这种情况下，他们的保安才将你们向外拉，你们不走，还动手打保安，保安被迫还击，双方发生互殴，保安人多，最后把你们驱出了公司。视频我已经拷过来了，就在电脑上，你看看吧！"李斌良打开电脑，寻找视频，胡金生急忙地说："行了行了，我不看，我不看。"

胡金生的头上冒汗了，躲避着李斌良的目光，眼睛急促地闪着。李斌良说："胡金生，梅连运跟我们说了，你跟他并没有多大的过节，你这么干，肯定不是自己的本意，说说吧，是谁指使你这么干的？"

"这……没人指使，真没有……"

"胡金生，你可要争取主动，知道那两个代表在干什么？跟你一样在接受审查。你不说实话，他们先说了可就晚了！"李斌良话音未落，响起敲门声，韩心臣走进来，手上拿着一个U盘，走到李斌良跟前，对他耳语了几句，把U盘交给他。李斌良说："胡金生，你的两个朋友他们已经说了实话。你看看他们的交代录像吧！"韩心臣说："他俩都说，是你鼓动他们带头闹事的，还说，跟着起哄的那些人，也都是你们三个鼓动的，来一次二百块钱，有这事吧！"胡金生磕绊地说："这……"此时胡金生已经满脸是汗，他说："李局长，我错了，我不该胡闹，我再也不这样做了，对不起，我走了！"胡金生起身要走，被赵充一把按在椅子里："你给我坐下，这是什么地方？你高兴了，就带人来闹一通，影响工作不说，李局长放下重要案件，为你的事跑了好几天，现在查实了你是胡说八道，你说一句错了，就想走？"韩心臣继续说："对，你们已经涉嫌诬陷罪，还阻碍公安机关工作秩序，要负法律责任。"

"这……什么责任？"

"最低也要行政处罚，态度不好，可以追究刑事责任。"

"是啊，"李斌良接着韩心臣的话说，"现在，你必须交代，为什么这么干？是谁指使你这么干的？坦白从宽，只有说实话，才能从轻处理。"

"真没人指使啊。对，就因为那年他欠我工钱一直没给，我冲他要，他又打我，不，是我们打了起来，我才告他的。"李斌良说："你这也是说假话，我们查了梅连运公司当年的工资单，明明已经把工钱付给了你。"

"这……他付的不够，还差三千多呢……"

李斌良说："胡金生，到这时候了，你还狡辩？我问你，网上那些诬陷梅连运的帖子和你有没有关系，为什么你跟他们反映的问题完全相同？"

"不是不是……啊，是，我就是在网上看到了那些帖子，才照方抓药，用来举报梅连运的……对，这可不是我造谣，是网上贴着的！"

想不到，居然被他找到了借口。胡金生说完这话，脸上出现了笑容。

李斌良说："胡金生，你不要以为，这就能推脱了自己的责任。网上怎么回事，我们也会查清的，但是，你必须为你的所作所为负责。"

"这……我怎么负责？"

李斌良说："赵充，先把他带出去。"

7. 错综复杂

李斌良已经和法制处研究过，而且已经做出决定，对为首的胡金生刑事拘留，另两个人行政拘留。可是，就在准备材料的时候，魏忠成走进李斌良的办公室，说起林希望案子的侦破情况，可是唠了几句，却没说出什么实质性的东西来，李斌良感觉他还有别的话要说，果然，说来说去，说到了对胡金生的事情上。

魏忠成在说之前，四下先看了看，然后小声说："李局，我觉着，这时候我不能看你的热闹，必须提醒你。"李斌良说："嗯？提醒什么？"魏忠成说："你想啊，不管怎么说，胡金生也属于上访告状，结果，被咱们给抓起来了，这传出去是什么影响。李局，我是为你着想，你再考虑考虑。"李斌良说："我考虑过了，谢谢你的关心，不过，我已经做出决定，一定要依法严肃处理，有什么后果我担着。是不是有人托到你了？"

"李局，什么也瞒不过你。碧山就这么大的地方，扯耳朵腮动，我也不例外。"

"你别解释了，能不能告诉我，是谁托的你？"

"这能瞒过你吗？肯定还是内部人。"

李斌良还想再问，曾玉走进来，手上拿着行政拘留决定书。原来，对胡金生的两个同伙进行行政拘留，属于治安案件，需要治安副局长签署意见，可是，治安副局长张华强说："案子又不是我们治安口办的，找我签什么字？谁爱签谁签，我是不签！"李斌良听了很生气，拿过行政拘留决定，自己在上边签了字，要曾玉马上执行。

魏忠成在旁边目睹了这个过程，不再说话。曾玉离开之后，他露出笑容说："好好，这样我就好说话了，我就说等我找你时，你已经签字批准了，来不及了。"

李斌良说："可是，你还没说，到底都谁托过你？"

"还用我说吗？刚才曾玉已经说过了。"

李斌良明白了，是张华强。魏忠成叹息说："他知道，他如果出头直接跟你说，只能是火上浇油，所以才求我出面的。"李斌良又问："就他一个人吗？还有别人吧！"魏忠成苦笑，让局长不要再问了。李斌良真的没有再问，他估计，另一个人肯定是武权。

然而，魏忠成离去后，高伟仁又走进来，绕了两句后也开始说情，意思和魏忠成差不多。最后说："那两个行政拘留的小子就那样了，你看看，胡金生能不能别刑事拘留了，也行政拘留吧，哪怕多拘几天呢？"最初，李斌良坚决不同意，可是高伟仁再三坚持，甚至说出哪怕是求李斌良，给他个面子之语。这让李斌良既不解又不高兴。

"高政委，"李斌良说："你可是跟我做过保证的，在任何情况下，都和我保持一致。"

"这……我是说过，可是，我这是为你好啊，你想过没有，就算你把他刑事拘留了，能移送检察院起诉吗？能让法院判刑吗？如果检察院不起诉，法院不判刑，那等于向社会宣布，我们的刑事拘留是有问题的，我们追究他刑事责任的初衷失败了，这样传出去，对咱们公安局、对你个人的影响好吗？"

李斌良被高伟仁的话打动了，他想了想，最终同意对胡金生改为行政拘留，但是要满格，三十天。做出这个决定后，李斌良又问高伟仁，是谁托他来求情的，高伟仁不让他问，态度和魏忠成一样，说自己是碧山人，不得不遵从碧山的潜规则，即便自己反感，也要这么做。最后同样向李斌良透露，武权和张华强找过他。

虽然没有完全达到理想的效果，可是胡金生闹访这一页终于翻了过去，李斌良舒了口气，不过，又一个问题涌上心头，那就是，胡金生后边还有黑幕没有揭开，到底是谁指使他们这么干的，胡金生一直没有交代。可是，魏忠成和高伟仁在说情时，都暗示了张华强和武权的名字，那就意味着，这两个人和胡金生的后台有着亲密的关系，再联想到梅连运说的话，这个人也就昭然若揭了。

韩心臣和郁明跟李斌良想的完全一样，认为鼓动胡金生上访的人，只能是岳强发。可是，岳强发为什么要这么干？三人最初分析，可能是想利用李斌良的手打击梅连运。可是李斌良觉得岳强发目的真是这样，拙劣了一点儿，太小瞧了自己。郁明也觉着，岳强发是个人精，他不难想到，这么做骗不了李斌良，最后还会被揭穿。韩心臣进一步分析说："如果他明明知道被揭穿，还故意这么干，那又是为什么？"郁明说："我看，就是来给李局捣乱、添乱，或者，来个下马威。"李斌良再问，岳强发为什么要给自己添乱，韩心臣和郁明都不能马上说清楚。韩心臣在思考后说，可能是岳强发意识到李斌良到来对他不利，才采取这样的做法。李斌良觉得这个分析有点儿道理，进而想到，如果是这样，还没有见过面的岳强发，已经把自己作为敌手了。

看来，有必要接触一下这个人。李斌良提起这个问题，郁明说，这还真不是好办的，这两年，岳强发更多的时间里待在荆都和北京，在碧山露面的时候很有限。为了帮助李斌良认识岳强发，郁明在网上搜了一下，然后让李斌良看。于是，李斌良看到了这个潜在的、将来要面对的、无可回避的对手。

电脑上的照片里，是岳强发的侧坐相，他很舒服地坐在高档的转椅中，流露出几分居高临下的神态。他的脸色似乎并不太像碧山当地人的样子，颜色并不那么深，而是透出一种难以捉摸的阴黄色。文字介绍称他为强煤集团的董事长兼总经理，介绍其矿业有多少处，其掌控的集团总值一百多亿，还说他要打造荆原省最大的煤炭企业，为荆原的经济、煤炭业做出自己的贡献，还宣称要冲出荆原走向全国云云……

　　看过文字，视线又回到照片上，这时李斌良注意到，岳强发是坐在豪华气派的办公室里，办公桌上还有国旗，在他身后的墙壁上，悬挂着几张大照片，因为距离的关系，看不十分清楚，但是可以看出，这些照片都是两个人的合影，其中一人应该是岳强发，但是，每张照片上与他合影的人却不是一个人，因为距离稍远，李斌良看不清楚照片上的人都是谁，但是其中有两张照片，另一人的轮廓好像有几分眼熟，但是无法确认。

　　李斌良侧过脸，问一旁的韩心臣和郁明，照片上的另外一个人是谁，他们看出来没有。韩心臣和郁明看着电脑上的照片，都没有马上回答，但是脸色都有了变化，变得警惕、不安。李斌良又追问了一句，二人对视一眼，郁明才试探着说其中的一个人好像是某个人，并说出了这个人的名字，而韩心臣则猜测着说出第二个名字，说完后，二人的目光都盯向李斌良，李斌良也受到了震动，看着照片不知说什么好。片刻后，郁明叹息一声说："李局，如果没有实在躲不开的事，咱们最好还是别跟岳强发斗吧。"韩心臣也说："是啊，如果照片是真的，照片上这两个人真要替他说话，我们倒无所谓，可你，轻了不会让你在碧山干久，重了，他们不知会把你整成什么样。"

　　李斌良没出声，因为他知道，郁明和韩心臣不是危言耸听，他心里真的没底。

　　晚上，李斌良坐在办公椅中，又打开了电脑，找到了那张岳强发的照片，审视着这个人，包括他身后的合影照片。难道，真的像韩心臣和郁明说的那样，今后自己要处处回避这个人？可是，如果关于他的传言是真的，那么，他一定会有违法犯罪，甚至是严重的犯罪，自己能够视而不见吗？恐怕做不到。他太了解自己了，面对这种人，自己是无论如何也不会退缩的。终有一天，会和他发生对峙、较量、搏斗，既然这样，还是早做准备吧……

　　手机铃声忽然响起，接起后，传出一个男声："李局长，我要和你谈一谈。"

　　李斌良问："请问你是……"

　　"我是……"

第五章 风从何处来

1．小小的较量

在高伟仁的提议下，党委会再次召开研究队伍建设问题。会上，李斌良首先发言，要各位分管领导把队伍建设上存在的问题指出来，以便党委研究有针对性的措施解决。李斌良话音一落，张华强就开口了："别的等一会儿再研究，先研究曲直吧。停职反省这么长时间了，该有个说法了吧，不能把人一棍子打死，得给出路啊！"

话中带刺，但是，不能否认其中的合理性，确实不能老让一个人停职反省，李斌良让大家说说，该怎么办。还是张华强先开口："咋办？检讨也检讨了，反省也反省了，停职也够了，恢复职务呗。巡特警那边离不开他。"

大家继续保持沉默，韩心臣开了口："我不分管巡特警，我什么也没分管，可是，毕竟还挂着党委委员的名儿，说点儿不成熟的想法吧，张局，要是哪儿不对，还请您担待。"张华强警惕地睁大眼睛，看着韩心臣，身子动了一下想开口，可是看看李斌良又忍住了。

"这个吧，我是这么想的。"韩心臣说，"曲直犯的不是一般的错误，他是当众公开顶撞李局长，这个影响还是太恶劣了。如果只是解除反省，恢复职务，那今后要是都模仿起来，顶撞李局长，对抗他的指示，那李局长今后怎么当局长，碧山市公安局的工作怎么开展？"

"哎，老韩，你什么意思啊，你……"

李斌良说："张局，让人把话说完。"张华强重重地出了一口粗气。韩心臣说："我说完了。这事不该我先说，有政委和纪检书记呢，你们分管队伍建设，怎么不开口啊？"高伟仁和纪检书记对视一眼，高伟仁示意纪检书记开口。纪检书记说得模棱两可，好像是不能轻轻放过曲直，又好像可以从轻发落。高伟仁发言说："李局，还是你先说说吧！"

李斌良早有准备，咳嗽一声开口，他首先表示，赞同韩心臣的观点，如果对曲直这么处理，恢复职务，自己的局长就没法当了。他沉了沉说："我的意思是，保留行政级别，撤销领导职务，留在巡特警支队，观察使用。"

"不行，我不同意，"张华强忍不住拍起了桌子，"不就是顶撞了你局长几句吗，就这么报复人家。李局长，我跟你说过，曲直能力很强，巡特警支队的训练和一些行动，全靠他了。这个人就是脾气不好，但是能力很强，是条咬狼的狗。"

李斌良严肃地说："没人剥夺他工作的权利，不担任领导职务，也可以工作呀。对，大家说说，这样处理行不行？"韩心臣说："我看这样行，既能发挥曲直的作用，还表现出党委的态度，给大家的感觉，他还是降职了，也起到了警诫别人的作用。"纪检书记表态说："我也同意。"魏忠成犹豫地说："这……我也同意。"既而，孟副局长同意，再加上李斌良、高伟仁，已经形成绝大多数。可是，张华强仍然不服气，拍桌子说："我还是不同意，我说了，曲直能力很强，能叫得动号，这么处理……"

李斌良打断张华强的话："张局，你说他能力强，能叫得动号，指的都是什么？是不是霸道，说一不二？这种能力，我看，还是没有好。张局，你是党委委员，组织原则还是知道吧，少数服从多数。如果曲直有想法，就让他来找我吧！"

张华强不管不顾地大声说："我他妈的不干了！"他狠拍了一下桌子，起身走出会议室……

散会后，李斌良气愤地回到办公室，高伟仁随他走进来。

是李斌良要高伟仁跟自己来的，他问高伟仁，张华强中途罢会，什么意思？是不是真的不干了。高伟仁一听笑了："这话你能当真吗？说气话罢了，他往上爬还爬不过来呢，还能辞职不干？不过，他虽然不能真辞职，可是，你还是得当回事！"李斌良不明白高伟仁的意思，高伟仁说："你想想啊，他说不干了，又不辞职，会怎么干？肯定给你软磨硬泡，说辞职吧，没辞职，说没辞职吧，又不给你好好干，不听你指挥，你说，这怎么办？"

李斌良被高伟仁提醒，觉得他说得对，问他，如果张华强这么干，该怎么办。

高伟仁连连摇头，说不好办，又提起，他是正处级干部，和咱俩同级，而且是市管干部，如果市里没态度，拿他根本就没有办法。

李斌良真的有点儿犯愁，如果不采取组织措施，让张华强这么搅，那么，局里就会没有宁日，自己也会没有宁日，根本就没法开展工作。思考后，他要高伟仁和他一起去市里反映，要求市委采取组织措施，把张华强调整出去。

高伟仁却连连摇头说没用，唐书记没在家，武权是张华强的后台，聂锐很难把这事端到常委会上去，即便端上去，也很难通过。

李斌良知道高伟仁说得有道理，可是心里的气没处出，就质问高伟仁："高政委，你可是保证过，绝对支持我工作，这时候怎么暧昧起来了？我不相信，局长和政委态度一致，市里会把咱们的话当耳旁风？"

高伟仁诚恳地说："李局，我是和你保持一致，可是，我不能不把我的意见说出来呀，如果咱们反映上去了，市里没态度，你说，尴尬的是谁？我倒其次，主要还是你局长，如果这样，张华强会怎么样？肯定气焰更嚣张。是不是？"

是，确实是这样，李斌良仍然难以咽下这口气。还没容他想出别的办法，门突然砰的一声被人撞开了，一个人大步闯进来："李局长，你是不是非得整死我才满意呀……"

是曲直，他满脸通红，眼睛也红，一副豁出去的样子，手指点着李斌良，差一点儿就碰到鼻子了。李斌良正好一肚子气没处撒，拨开曲直的手指，指着他吼起来："曲直，你想干什么？想干什么……"

"你说我干什么？这么多年，我风风雨雨，干了多少工作？你一句话，就把我撤了，当一般民警，你有人性吗……"

高伟仁说："曲直，有话好好说，这什么态度？"

"是他逼的！"曲直气势不减，"他整人，我听说了，他一贯整人，到哪儿都整人，没少把人整死整倒，如今又整到碧山来了……"

这是什么话……懂了，他一定是在哪儿听过自己的历史，将其作为攻击自己的口实爆发出来了。李斌良实在气坏了："曲直，你说什么？我李斌良堂堂正正，过去是整过人，不止一个，那都是坏人，是内奸，腐败分子，难道，你和他们一样吗？"

"你放屁，我姓曲的怎么是内奸？姓李的，你是报复我，想让我给你的亲信腾地方，你任人唯亲……对，有本事你把我清出去，你有这本事吗？"

李斌良说："曲直，就凭你这样子，哪有一点儿人民警察的样子，你不是自己说了吗？那好，你准备脱警服吧！"

"李斌良，你还真的，我跟你拼了……"

曲直猛地一拳向李斌良打来，好在李斌良有准备，急忙闪开，也仗着打了几年太极拳，他虽然从来没想过这种拳能打架，没想到，这关头发挥了作用，他下意识地用了个"揽雀尾"的"捋"和"挤"，一下子把曲直的来拳化解，并顺势反挤回去，曲直没有防备，噔噔噔向后退去，恰好撞到走进来的谢蕊身上。谢蕊猝不及防，"哎呀"一声向后摔去。李斌良心说不好，知道这下子谢蕊会摔得不轻，没想到，身后突然蹿上来一个人影，一下子将谢蕊抱在怀里，同时也顶住了曲直的后退之势。

李斌良看清，来人是陈青，他抱着谢蕊，一副不知如何才好的表情。

　　曲直也愣住了，趁这工夫，高伟仁急忙把曲直和李斌良隔开，向外推着曲直："曲直，走，赶紧走，有话消消气再来说，别这样，别这样……"曲直回过神来，却仍然不想罢休，这时陈青放下了谢蕊，上前扭住曲直说："曲支队，你干什么呀？想跟李局动手？"曲直说："你松开，我知道，你是他的一条狗……"陈青吼道："你他妈说什么？走，有本事出去，你不是有两下子吗？有本事冲我来！"曲直大声嚷嚷道："冲你来怎么了？别以为是特警总队下来的就了不起，我还真不服你！"

　　"不服就走啊，李局长奔五的人了，你跟他动手算什么威风？有本事跟我来，走！"曲直说："走就走……李斌良，告诉你，这事没完，我不服，就是不服……"

　　高伟仁劝道："哎呀，曲直，你怎么还这样，快走，快走！"这时，郁明和韩心臣也奔过来，和陈青、高伟仁一起往外推着曲直，劝他有话过后好好说，曲直这才气势汹汹地和陈青互扭着离去。

　　李斌良担心出事，暗示高伟仁跟出去，不能让两个人真打起来。高伟仁点头走去。谢蕊也回过神来，把文件夹放到李斌良桌子上，跟在三人后边走出去。

　　屋子里只剩下韩心臣、郁明和李斌良。二人看着李斌良，都是同情的眼神。

　　郁明劝李斌良消气，别往心里去。可是韩心臣说："话是这么说，可是，李局能不往心里去吗？张华强在会上要，曲直到办公室来闹，这要不解决，他今后怎么指挥全局呀？"

　　郁明也改口："是啊，必须想个办法解决，咱们这队伍啊，也该整治整治了，有些事也太不像话了，李局，他们是恨死你了，今后，你还真得小心点儿。"李斌良说："我要是害怕，就不来碧山当公安局局长了。我宁可让他们告我，冲我开枪，打死我，也不会被欺负死。"韩心臣和郁明听了这话，互视一眼，现出欣慰的目光。韩心臣说："李局，你要有这个胆子和骨气，我们一定支持你。你打算怎么办？"李斌良说："必须处理，最起码要把曲直清调出去。"郁明说："可是，清调出去，必须经过市里同意。"

　　"我会找市里的。我倒要看看，市里是要他这个巡特警副支队长，还是要我这个公安局局长。"

　　韩心臣和郁明的眼中，现出赞许的目光。李斌良说："对了郁明，你刚才说什么了？咱们碧山市公安队伍问题是不是很严重？"

　　"这还看不出来吗？副局长这个样子，下边能好得了吗，不，下边是不太好，不过，和张华强比起来，还比他强。不过，也不能掉以轻心，问题已经积攒了多年，再不解决会出大事的。"

李斌良说："主要都是什么问题？"郁明看向韩心臣，韩心臣叹口气说："问题很多，而且不是一般化的严重，而这些问题的根本原因，是很多人的心都被煤灰给污染了。"

被煤灰污染了？

"李局，韩局是说，咱们局里，有很多人在煤矿入股，而且都是担任要职的。这些人，心里想的，眼睛盯的，都是钱，什么法律呀、正义呀，早丢到脑后了。"

李斌良对此并不意外，因为他有阅读的习惯，看书看报看时政，所以知道煤区的公安队伍存在这方面的问题。可是，郁明话中的几个字引起了他的注意，"都是担任要职的"，如果这样，可真得重视，看来，有必要在一定时候，对中层担任要职的领导进行一次整顿……

韩心臣好像猜到了李斌良在想什么，自言自语地说："这不是一天两天的事，是多年积攒下来的呀，要说从什么时候开始的，得追到十多年前了，在那位古厅任局长的几年，这种情况达到了高峰，上行下效，到了武局时候呢，又有了创造性发展……"郁明说："是啊，这两个人，在碧山市公安局执政将近十年，可把公安局害苦了，用人完全是任人唯亲、唯钱，韩局，咱们别老说这些了，只能让李局听了泄气。"韩心臣说："可是，不让他知道真相也不行啊，对了，李局，我们是不是给你造成压力了？说真的，我们是从你身上看到了希望，才说这些的呀，你呢，也别完全听我们的，还是量力而行，耐心点儿，一点儿一点儿来！"

李斌良说："嗯，我跟你们说吧，我也不敢保证会做出什么，但是，我肯定要和这种现象做斗争，会想法把队伍往好的方向带。还有，你们记住，只要我在位一天，就决不允许任何人凌驾于法律之上！"

韩心臣又和郁明互视，现出振奋的目光，但是仍然难掩忧虑。韩心臣说："李局，你能说出这话，我们就放心了。不过，别的可以慢慢来，张华强的问题必须解决，不然会误大事啊！"李斌良正要说话，门口传来脚步声，高伟仁走进来。李斌良急忙问："他俩没动手吧？"高伟仁说："差点儿，我眼看拦不住，谢蕊一嗓子发挥了作用。"李斌良问："嗯？她说什么了？"

"也没说什么，就是对陈青说了句：'陈青，你要这样，我再也不理你了。'陈青就罢手了。"

原来如此。李斌良想象着刚才的场面，露出一丝微笑。这时，谢蕊匆匆走进来："局长、政委，市里来电话，要你俩还有治安副局长，去市常委会议室参加紧急会议。"高伟仁问："紧急会议？什么内容？"谢蕊说："没说。"

2．几个人物

次日上午，机场，多辆警车和高档轿车列队摆放在靠近机场大楼一边，李斌良和高伟仁及二十多名全副武装的巡特警严正伫立，向前眺望着。

昨天接通知后，李斌良和高伟仁匆匆赶到市委会议室，参加的除公检法司机关的主要领导，还有市委、市政府直属的部委办领导及城管等部门负责人。会议一开始，聂锐就宣布，省政法委副书记兼纪检委副书记谭金玉同志明天到碧山视察，今天的会议，主要研究接待和安全保卫工作。

会议后，武权又把李斌良、高伟仁找到办公室进行具体部署。他指出，除了做好常规人身安全保卫之外，要控制上访告状人员，绝不能让他们靠近谭书记。

李斌良心里很是抵触，作为领导，不接触群众怎能知道群众的心声，怎么做出正确决策呢？何况，谭书记是政法委副书记兼纪检委副书记，更应该从上访告状中搜集信息，发现问题进行查处。可是，李斌良只把这些装在心里，没有往外说，因为，他知道这是现在的常态，自己无法解决，说了只能惹大家不高兴。

说完这些后，武权又特别要求，李斌良和高伟仁一定要贴身护卫，确保不出事。之后又说，张华强分管治安，在警卫工作上经验丰富，所以，要发挥其所长，还说，谭书记认识张华强，对其印象不错，务必要张华强也在场。

李斌良明白了，武权说这些话的主要目的，还是为了给张华强撑腰。李斌良觉得，这不是原则问题，就没有提出异议。返回局内后，立刻召开了国保、经保、巡特警支队及相关分局负责人的会议进行部署。总计集中抽调了二百四十多名警力参加了警卫工作。从机场直到市委大楼，再到市宾馆，沿路都有警察站岗，警车开路，其居住的宾馆，又设置了三层警卫。李斌良还特别嘱咐了宾馆的警卫人员，严禁闲杂人员靠近，特别是上访告状的，一旦发现，立即予以控制，采取果断措施，绝不能造成不良影响。

李斌良之所以在心有抵触的情况下，做出如此严密的部署，是有原因的，而这个原因就在于要警卫的人——省政法委副书记兼纪检委副书记谭金玉。对这个领导同志，李斌良是有所耳闻的。他虽然是省政法委和纪委的副书记，实际上却和书记差不多，这一方面，因为他是副省级干部，特别是在相当长一段时间里，两个委的书记一个缺位，一个患病在身，所以，都由他主持工作。据闻，他已经铁定提拔。正因此，人们在称呼他时，才省略了"副"字。两副重担压在他一个人的肩上，足见其在本省的吃重地位。可是，李斌良对其来碧山视察格外重视还不止于此，因为他看人从来不完全取决于地位，他更看重的是人本身的品质和能力，而恰在这一点上，让他对谭副书记格外尊重，尽管没有见过这个人，可是，他对这位领导，有一种天然的亲近感。

这种亲近感并非无缘无故，而是有一件非常重要的事，让李斌良对这位领导有所认识，这件事，是李斌良从新闻媒体中获知的，而且就发生在碧山。

是两年多前吧，谭副书记来荆原省任职不久，就来碧山视察，偶然发现了一件事：碧山市所属的一个县的煤炭局长，一边代表国家政府管理着全县煤矿，另一边，自己当着私营煤矿的矿主，而且，其家开的是一个蕴藏巨量优质原煤的富矿。谭副书记掌握线索后，组织人进行调查很快就查清了事实，发现这个煤炭局长已经家财十几亿，是名副其实的"小官巨贪"。在这种情况下，谭副书记亲自抓案件的查处，不但将煤炭局长撤职、双开，移送检察机关，还发现很多行贿受贿及瞒报矿难的罪行，于是，没收全部财产，将其送进了监狱。这件事，当时引起全省震动并在全国产生很大反响，谭副书记也因此声名鹊起。这，恐怕也是他迅速得到重用的原因之一。

李斌良和很多人一样，就在那次事件中，知道了这位领导，并对其产生了深深敬意。也正因此，他对这次的警卫工作由衷的重视，布置得非常严密。

谭副书记这次来碧山视察，莫非又发现了什么……

李斌良心底忽然产生一丝幻想：如果是这样的话，能不能和司法机关有关？如果和司法机关有关，能不能和公安机关有关？对，能不能和岳强发这个人有关，是不是像上次似的，把岳强发也送进监狱……

想到这些，李斌良忍不住碰了一下身边的高伟仁，小声问他，谭副书记来碧山，是不是针对什么目标？高伟仁笑了笑说不知道，不过，根据他的职务特点，光临碧山，肯定不会没有目的。

那么目的是什么？李斌良又向一旁看去，看到了聂锐和几个市领导，他们虽然偶尔互相说笑着，可是，不难感觉到身上透出的紧张不安。对，或许是他们中，谁有腐败问题，被谭副书记掌握了线索，那会是谁呢……

李斌良目光移动着，注意到两个人，市委常委、政法委书记武权和张华强。他们两个人的表情非但不像其他市领导那么紧张，反而有说有笑地交谈着。瞧，张华强的警服穿得比哪天都严整，露出的白衬衣格外引人注目。李斌良又想起，这样的人，居然成了高级警官，居然也穿上了白警服，谭副书记知道不知道他的为人，能不能查一查他的事……对了，武权说过，谭副书记认识张华强，对他还印象不错，这是什么意思？难道，谭副书记能看中他这样的人？不可能，谭副书记远在省城，不了解他，他可能通过什么途径，巴结上了谭副书记，如果这样的话，那……

飞机的轰鸣声打断了李斌良的思绪，他抬眼望去，看到一架民航客机出现在机场上空并迅速降落，市领导们都变得严肃起来。李斌良赶快发出命令，要求全体警卫人员进入岗位和状态。飞机越来越低，渐渐贴近地面，起落架探出，机轮渐渐着地，顺着机场跑道向这边驶来，速度迅速减慢，越来越慢，终于停下来。李斌良随着领导们向前奔去，负责警卫的特警们也奔向机下自己的位置列队站好。片刻，舷梯搭好，舱门打开，有人走出来……哎，是古厅长？他怎么也来了？继而看到，古泽安让着另一个中年男子，与其一前一后从机舱走出来，但是他们没有往下走，而是分别站在机舱门的两边，恭候着身后的人……咦，那个中年男人是谁，瘦瘦的，文质彬彬的样子……高伟仁的话音在李斌良耳旁响起："唐书记也回来了。"

原来是唐书记，碧山市的市委书记，他不是在中央党校学习吗？是学习结束了，还是为了陪谭副书记返回的？

没容李斌良想清楚，又一个人从机舱内走出来，从古厅长和唐书记恭敬的表情上，他立刻判断，这个人就是谭副书记。

初看谭副书记的样子，李斌良有些失望，原来，他个子不高……岂止是不高，而是矮，尽管他努力挺拔身躯，可是，仍然比古泽安和唐书记矮上一截，看样子，也就一米六几，可以用五短身材来形容，穿着也很普通，里边是深灰色的中山装，外罩一件浅灰色的毛料风衣，只有头上的礼帽，才给人以领导人的形象……哎，你怎么以貌取人哪？人不可貌相啊。李斌良责备着自己，继续向梯子上方、机舱门口看去，看到紧随着谭副书记、几乎和他并肩走出来又一个男子，其外形和谭副书记形成鲜明反差，这个人也就四十出头的样子，高大帅气，脸上挂着明朗的笑容。难道，他是谭副书记的秘书吗？不像，从他走在谭副书记接近并肩的位置和从容不迫的表情上看，应该也是个领导干部，瞧，二人走出机舱后，还互相推让着谁走在前面，看样子，他的地位不低于谭副书记，那他是谁？李斌良碰了一下身边的高伟仁，高伟仁悄声说："矮一点儿的是谭副书记，挨着他的是宋总。"

"宋总？"

"华安集团的老总，宋国才。"

华安集团，这可是有名的大型国企呀，原来，这个人就是它的老总，真是人不可貌相，太年轻了……华安集团是副部级，那么，身为老总的他就是副省级了，和谭副书记平级，怪不得……

还没想清楚，谭副书记和宋总都扭过头，让着身后的一个人，这时李斌良才发现，又一矮个儿男子从二人身后冒出来，而且边说边笑地走在二人中间，这个人是谁，怎么看上去有几分熟悉？李斌良扭头看向高伟仁，却发现他眼睛发直地看着前面。李斌良忍不住问出声来，走在谭副书记和宋总中间的矮个儿男子是谁。

高伟仁不敢相信地说："岳强发。"

谁？这个人是谁？

这个最后出现的小个子，就是自己心心念念的岳强发。是他，随着他的走近，李斌良看清了他的面孔，只是，在网上的他身边没人对比，显得个子挺高，现在才知道，原来是个矮个子。

可是，他，岳强发怎么会出现在这里，还和谭副书记、宋总有说有笑的？他们是在飞机上邂逅，还是一起来的？他们为什么又这么亲密……

还没容李斌良想清楚，谭副书记一行已经顺着舷梯走下大半，聂锐带着几个市领导已经迎上前去。李斌良注意到，聂锐先跟谭副书记握手，热情地说着什么，然后同样亲热地跟华安老总宋国才握手、寒暄，之后才是唐书记、古泽安，最后……

最后就是岳强发了。李斌良注意到，聂锐似乎迟疑了一下，不想把手伸向岳强发，这时，谭副书记回过头，好像是把岳强发介绍给了聂锐，聂锐立刻改变了态度，主动和岳强发紧紧握手，而岳强发的脸上出现一丝倨傲的表情。

这……

一行人在聂锐等市领导的陪伴下，走下舷梯。这时，高伟仁碰了一下李斌良，李斌良才醒悟过来，急忙大步向前，一个标准的举手礼："谭书记好，我是碧山市公安局局长李斌良，欢迎您到碧山视察。"

谭副书记停下脚步，目光望向李斌良，其他人也停下脚步，看向李斌良。

"啊……李斌良，听说过，听说过，好好，好好……"

谭副书记和李斌良握手后，从他身边走过，随后，李斌良在聂锐的引导下，一一向宋总、唐书记、古厅长敬礼。宋总很是亲热，和李斌良紧紧握手，对他说，他是碧山人，从碧山出去的，他的父亲还住在碧山，所以要常回来看看，希望李斌良多多照顾云云，李斌良一一答应。

官场的礼节是很严格的，李斌良必须按照行政级别一一敬礼，因而，在宋总之后，李斌良才向本市的市委唐书记敬礼，唐书记像谭副书记一样，透出不知是亲切还是疏远的目光，嘴上同样说着好好走过去。之后，李斌良才把目光转向古泽安，嘴上叫着古厅，举起手臂。古泽安急忙把他的手按下，小声说："自己人，来这套干什么……这是岳总，强煤集团的总经理兼董事长，碧山的利税大户，名人，听说过吧，岳总近来一直在北京，这次，是特意和谭书记一起回碧山的……"

李斌良听了这话脑袋嗡了一声。看来，他们并不是在飞机上碰到的，而是一起来的，那么，谭副书记和岳强发……

古泽安的声音在继续："岳总，这位就是你们碧山新来的公安局局长，李斌良，他可是我的好兄弟，今后多多关照啊！""好说，好说。"岳强发露出倨傲的笑容，看着李斌良不动。

难道，他在等自己敬礼吗？休想，我堂堂的公安局局长，凭什么给你敬礼？可是，不敬礼，如何应付眼前的局面？对，既然聂市长和他握手了，自己也只好如此吧，古泽安在旁看着，搞得太尴尬也不好。李斌良伸出手："岳总好！"

岳强发眼睛闪过一丝失望的光，是为没有得到敬礼失望吗？那你就失望下去吧，我永远也不会向你敬礼的！岳强发和李斌良搭了搭手，李斌良感觉他的手有些凉。

还好，高伟仁及时凑上来，抢上前分别和古泽安、岳强发握手打招呼。李斌良这才松了口气，离开古泽安和岳强发，和高伟仁一起，坐进了自己的警车。当警车启动的时候，李斌良从倒视镜中看到了自己，忽然发现，自己的脸居然有了几分碧山人的特征，一脸灰黄，没有任何表情，犹如铁块一般。高伟仁侧脸看了一眼李斌良，发出一声沉重的叹息。

很快，市委大楼到了，车队停下来，李斌良和高伟仁第一时间下车，看到警卫力量已经到位，谭副书记、宋总、唐书记、古厅长及岳强发等人相继下车，急忙迎上前去。这时，宋国才对谭副书记和唐书记说，他要去看望父亲，所以就先不进市委了，过一会儿再聚。谭副书记答应。岳强发也对谭副书记说："谭书记，我也有事，您是来视察的，我就不掺和了。"想不到谭副书记却说："这是什么话，这怎么是掺和呢？我来视察的一个重点就是煤矿的安全生产情况，要查一查并购以来，事故和伤亡是否减少了，有没有瞒报的。你麾下那么多煤矿，就一起听听会吧！"然后对唐书记说，"请岳总参加咱们的见面会，你没想法吧？"唐书记赶忙说："没想法，没想法，岳总，一起进去吧！"

就这样，省政法委副书记兼纪检委副书记谭金玉和碧山市市委唐书记、市长聂锐及省公安厅副厅长古泽安、强煤集团董事长兼总经理岳强发以及其他市领导一行向市委大楼内走去，李斌良看得清楚，其他市领导纷纷靠近岳强发，现出讨好、巴结的表情……

宋国才要回家看望父亲，这给李斌良增添了一个难题。因为他是副部级干部，按规定是需要警卫的，可是，事前不知道他同行而来，来到后又要分开行动，所以李斌良和高伟仁研究后，临时从市委的警卫中抽出几人，又调集别的部分警力上来，随宋国才行动。而李斌良和高伟仁也做了分工，李斌良负责谭副书记这边，高伟仁则负责宋国才那边。宋国才很是谦逊，再三和李斌良、高伟仁握手，说自己来给他们添了麻烦，不好意思云云。

在高伟仁等警察的护卫下，宋国才离开了。李斌良松了口气，他本想留到外边亲自率队警卫，想不到聂锐从楼内走出来，说谭副书记点名要他进去参加见面会。二人向里边走的时候，李斌良忍不住问起岳强发和谭副书记一起回碧山是怎么回事。聂锐沉重地叹息一声说，他也不知道怎么回事，过后再说吧！

3．纷至沓来

李斌良随着聂锐走进一个容纳一百多人的会议室，看到里边坐得满满的，聂锐走上前面的主席台，和唐书记分别坐在谭副书记两侧，而下方的会场上，最前排坐的都是市委各位常委及四大班子的领导。这时，一个人扯了李斌良一下，他扭头一看，是古副厅长，其向里挪了一下，刚好给李斌良让出一个座位。李斌良落座后，扭头环顾了一下，看到除了四大班子的领导，好像还有市直机关部委办局的领导，还有一些头发花白的老人坐在前几排，大概是离退休的市级老干部。

会议开始，唐书记先开了口，他微笑着说，自己本在中央党校学习，听说谭书记要来本市调研，觉得是个受教育的重要机会，就特意请了假，陪同谭书记前来。说完这些，就带头鼓掌，请谭书记做重要指示。大家随之热烈鼓掌。

掌声平息后，谭副书记开始讲话，他先是责备唐书记的话过分，自己是下车伊始，哪来的什么指示。可是，话虽这么说，一转向正题，谭副书记就严肃起来。他说，自己这次来碧山，是按照中央的精神，深入基层调研公安政法工作，发现问题，采取针对性措施解决。进而指出，他调研的重点是想了解一下，在新形势下，碧山的政法工作存在什么问题，是否真正贯彻了依法治国精神。与此同时，他也一直关注着煤矿并购工作，指出，在过去的多年里，碧山和全省各地一样，由于私营大小煤矿过多，不注重安全生产，矿难事故多发，人员死伤不断，同时由于采煤技术的限制，也导致资源严重浪费，正是针对这种情况，国务院制定了并购的方针。因而，他也想了解一下并购工作进展得如何，当地政府是否重视，是否给予应有的支持。又解释说，从业务范畴看，并购并不是他的工作范围，可是，他很担心里边有什么猫腻，说穿了，就是担心出现腐败问题，所以不能不挂心。说到这里，自然而然地提起他调本省不久查处的那起大案，也就是某县煤炭局长私下开煤矿的大案，指出该案如何小官大腐，社会影响极坏，鉴于这种情况，他不能掉以轻心。说到这里，他变得正颜厉色起来："无论是作为政法委书记还是纪检书记，我都绝不能对这类问题视而不见，我也知道煤老板们都有后台，可是我不怕，我就是要碰硬，有这样的情况，发现一个查处一个……"

会场一片安静，只有谭副书记的声音在回荡。听着谭副书记的话，李斌良的心情稍稍好了点儿：或许，他和岳强发一起来碧山，有别的什么原因，或许，谭副书记还不了解岳强发的情况，或许……

没等李斌良想清楚，谭副书记口气转变了，又变得和缓了，他说，自己这次来碧山调研，还有一个重要任务，就是为经济发展保驾护航，说这是两手都要硬。又说，在这方面，他要重点调研政法机关为经济建设保驾护航的情况……

听着谭副书记的这些话，李斌良刚刚好转一点儿的心情又消失了，他的头脑迅速旋转，想听出谭副书记的讲话到底什么意思，虽然一时听不出来，但是感觉到一种弦外之音。那么，这个音到底又是什么音呢？他扭头看去，看到会场上的人们也是疑惑不安的眼神，进而看到，同样坐在前排的岳强发面带微笑的面孔，这……

外边忽然传来呼喊声，骚乱声……

谭副书记停止讲话，疑惑地侧耳倾听着。

会场上的人们也听到了这个声音，都注意地倾听着。李斌良警觉起来，这时，陈青匆匆闯进来，对他俯耳低语："李局，不好了，那些商户们来闹事了！"随着陈青的话音，外边的吵嚷声传进来："坚决要求市政府给我们个说法，强烈抗议公安局粗暴执法，请谭书记亲自接待我们……"

谭副书记现出愕然的表情，问怎么回事。

李斌良的心激烈地跳着，看向聂锐，聂锐对谭副书记和唐书记低语，谭副书记现出不满的表情站起身来："我不听你们的，既然群众要见我，我就见见他们，看他们有什么事！"唐书记说："谭书记，这不好吧，万一……"谭副书记说："万一什么？我不信，群众能把我怎么样，作为领导干部，不能怕群众，躲着群众，更不能回避矛盾，我正想听听群众的声音，这是个机会。"谭副书记起身向会议室外走去，古泽安急忙起身，捅了李斌良一下，小声说："瞧瞧吧，你呀，就是不听我的话，现在惹祸了吧！"李斌良克制着心跳，陪着谭副书记、唐书记和古泽安走出会议室。

一片混乱。

李斌良走出大楼后看到的场面，脑海中闪过这样的字眼。

大约有百余男女老少，拥挤在市委大楼外，一边呼喊口号一边欲向楼内冲，而负责警卫的警察只有三十多人，他们在张华强的指挥下，全力阻止这些人的行为，但是人数少于对方，又不敢动武，处于劣势，有几个警察的大盖帽都被闹事者打掉，在地上乱滚。从闹事人群的呼声和打出的标语口号上，李斌良很快知道，这些人是前些天被强行迁走的商户，也就是承租马刚强占楚安那片房场违法建筑的商户。可是，政府已经安置了他们，这么多天也没什么动静，今天是怎么了？

　　李斌良好不容易从吵嚷中听清，政府将他们迁往的新址不赚钱或者赚钱少，要求重新安置，而更多的人说公安局粗暴执法，强行拆除他们承租的房屋，造成重大损失，要求赔偿。

　　李斌良保持着镇静倾听和观察，忽然有这样的呼声传进耳鼓："公安局局长不讲理，拘留上访群众，强烈要求谭书记还我们公道……"

　　这……是说的胡金生三人吗？李斌良忽然镇定下来，因为他感到，这可能是一起有组织有预谋的群体事件，或者说，是有目的有阴谋的。

　　看到谭副书记一行出来，闹事的人更加激动，大声喊着谭书记替他们申冤，严肃处理聂锐、李斌良。他们居然能认出谭副书记，谭副书记来得非常突然，他们是怎么知道的，又是怎么这么快的聚集到市委大楼来闹事的？听，这口号，太露骨了吧，李斌良忽然在心里冷笑一声，眼睛盯着面前的人群，大脑迅速运转，他很快发现，这些闹事的商户很面生，强拆当天，自己在现场待了很久，也和那些商户打过交道，现在这些人中，似乎没有几个那天留下印象的人。再有，为什么胡金生的同伙恰好也出现了？他将陈青叫到身边，对他低声说了几句话，陈青迅速离去。

　　闹事人群更加激动地向前拥来，张华强显得非常气愤："干什么，你们要干什么，再这样我就抓人了，都给我注意，谁闹得欢，先把他抓起来……"

　　他这是在激化矛盾。果然，张华强的话音一落，闹事者更加激愤："抓吧，把我们都抓起来，枪毙我们吧，强烈要求谭青天给我们做主。"

　　谭青天？有意思……

　　聂锐走上前大声说："大家静一静，你们不是要见谭书记吗？谭书记出来了，请大家不要吵，有话好好说行吗？"

　　聂锐说完，把谭副书记让到前面，闹事的人静了静，又七嘴八舌地吵起来，说的还是那些话，自己合法租赁的商铺被政府强拆，安置的地点不理想，赚钱少，要求政府解决。同时，强烈抗议警察粗暴执法，要追究有关人的责任。

　　七嘴八舌，一片混乱。聂锐不得不大声制止，他指出，这样说，谭书记根本听不清，请他们推举三名代表，进楼跟谭书记谈。商户们愣了一下，然后又是七嘴八舌，最后同意选几名代表，但是不同意进楼，他们害怕带头人被警察抓起来。没办法，聂锐和谭副书记、唐书记商议后，答应了商户们的要求，他们很快选出三名代表，就在大家的面前跟谭副书记谈。可是，代表们说来说去，还是这些话，谭副书记问聂锐和李斌良怎么回事，聂锐耐心说明事实，马刚如何强占他人房场，建起那些建筑出租赚钱，自己如何依法强制拆除，并妥善安置了承租的商户。可是代表们打断了聂锐的话，他们说，他们是租赁者，不是强占者，强占和他们无关，他们的损失是政府强拆造成的，是警察造成的，必须由政府和公安局对他们进行赔偿，还要追究有关领导的责任。代表们这么一说，众多的商户们立刻跟着喊起口号。借着这个劲儿，胡金生的同伙也对谭副书记叫起冤枉，说他们举报煤老板梅连运侵吞国有资源，李斌良不但不处理，还把告状的抓了，强烈要求还他们一个公道。

谭副书记现出气愤的表情，扭头训斥聂锐和李斌良不讲政治，人为制造了不稳定。聂锐和李斌良想要解释，他却气愤地打断说："我不管你们有什么理由，眼前这个态势是你们造成的，即便你们有理，也存在行政和执法不讲策略的问题。"然后，问他们打算怎么平息事态。这才轮到李斌良说话，李斌良又把情况详细介绍一遍。谭副书记又问，眼前的事态怎么办？李斌良说："谭书记，希望你给我时间，我一定在最短的时间内平息事态，给你一个满意的答复，可以吗？"

谭副书记盯着李斌良片刻："那好，李斌良，我倒要看看，你怎么给我一个满意的答复。"李斌良双脚一并，敬了个举手礼说："谢谢谭书记，我一定不辜负您的信任！"

谭副书记转身向楼内走去，闹事的人群激动地呼叫着谭书记不要走，要他亲自解决问题，还说李斌良已经抓了上访的胡金生，害怕他们也被抓。李斌良听了这话，更意识到这里肯定有问题。他快步走上前大声道："大家不要吵，我按照谭书记的指示，马上就给大家解决问题，马上解决，大家听清了吗？想解决问题就静下来，不然问题没法解决……"李斌良喊了好几遍，闹事的人群才静下来，一双双眼睛看着李斌良，闪着疑惑的光。

"好，我先解决各位商户反映的问题。大家不是要补偿吗，可以，如果真的受到损失，提出补偿要求，是完全可以的，政府也应视情况给补偿。但是，我们要做一个统计，每户的姓名，营业执照得首先弄清，这样吧，我们先登记，一户一户上来，说明自己的姓名，承租的房号，还得把营业执照拿出来作为证明，然后再拿出受到损失的数字和证据，调查核实后，立刻给予补偿。聂市长，你说这样可以吧？"聂锐说："可以，可以。"

李斌良镇定地说："大家听着了吧，聂市长已经表态了。我再补充一句，如果政府不补偿，我自己拿钱垫付。好，马上登记。"

李斌良说完，指挥警卫的警察搬来两副桌椅，桌子上还摆放了电脑，之后要商户们拿出营业执照和相关证据来登记。这时，人们的态度忽然变了，没一个人上前登记，刚才闹得最欢的几个，反而悄悄往后缩，隐进人群中。李斌良指点着说你们别后退，带头到前面来登记，好尽快得到补偿。可是，几人既不上前，也不出声，反而向人圈外挤去，李斌良叫也叫不住。见几人走远，李斌良就问商户们，刚才走的几个人是谁，商户们没人回答。李斌良又要大家登记，还是没人动。李斌良再次催促，有人提出，要回去取营业执照，然后再来。此言一出，人们都吵嚷起来："咱们回去取执照，走……"

人群开始散去，包括替胡金生喊冤的几人一转眼的工夫也没了，横幅标语也扔到了地上。李斌良转过脸，高伟仁笑着向他竖起大拇指："李局，高，真高。"聂锐则仍存疑虑："斌良，他们说是取执照去了，万一取来……"李斌良自信地说："不会。聂市长，你放心吧，他们不会再来了。"聂锐不解地看着李斌良，李斌良低声告诉他："刚才那些人没几个真正的商户。"然后打电话给魏忠成，要他派刑侦支队进行调查，把刚才参与闹事的人身份查清，看有多少不是商户的，查清到底怎么回事。魏忠成说有难度，李斌良说，总比破杀人案容易吧，刑侦支队连这种事都查不清，我看该解散了。魏忠成听了李斌良的口吻，只好答应马上向刑侦支队布置。李斌良放下手机，眼睛向张华强一边看去，发现他正在望着自己，见自己看他，急忙掉过脸，做出若无其事的样子。李斌良冷笑一声，和聂锐向楼内走去。

进入楼内，李斌良和聂锐还没走到会议室门口，听到谭副书记讲话的声音传出来："……我万没想到，碧山居然用这种场面来欢迎我。是预谋好的，还是偶然的？我觉得，绝大多数情况下，群众是通情达理的，他们如果没有委屈，是不会或者说也不敢到市委、市政府这么闹的，所以我觉得，碧山市公安局之前在处理上肯定存在一些问题，最起码简单粗暴……商户们不是反映警察执法粗暴了吗？我希望，无论是市政府还是公安局，都要好好反省一下，给我一个交代，有关人员从中吸取教训。作为领导干部，处理矛盾，不能主观主义，不能脑袋一热，想怎么干就怎么干，特别是有些人，往往以严格执法为借口，最终的结果是激化矛盾，破坏了社会稳定。"

这不是在批评自己吗，愤怒从李斌良心底升起：谭书记，你知道基层公安机关执法有多难吗？你到底对事情有多少了解？你到底想干什么？他想冲进会场进行反驳，可是他明白这样做不好，正在不知怎么办好，忽然听到会场内响起另一个人的声音："谭书记，您讲完了吗？我能不能说几句？"

咦，这是谁？

李斌良悄悄把门打开一道缝隙，向里边看去，视线中，前排一个满头白发的老干部正在举手，看样子，七十多岁往八十奔的样子。这……

"程远，程主席。"

聂锐对李斌良耳语。

啊，想起来了，那天，有人往自己的手机打了电话，对自己表示支持，聂锐说可能是早已退下来的省政协副主席程远。听这声音，还真有几分像……

果然，谭副书记说话了："是程主席呀，您老有什么话，请说吧！"

程远激动地说："谭书记，我是受了你的刺激，忍不住了。你刚才批评别人主观……对，你批评的是新来的公安局局长李斌良吧，我觉得，这是不是也有点儿主观？没有调查就没有发言权，你是来调研的，可是，只凭表面现象，就发表意见，大肆批评，这合适吗？我和李斌良同志没有直接接触过，但是，他刚刚上任，就全力扑在工作上，种种表现，让我觉得他是合格的公安局局长，他最大的优点是敢碰硬。就说解决强占房场这事吧，拖了多久了？影响有多坏，你知道吗？人们都说，碧山市公开抢劫不犯法，而且还受法律保护。谭书记，你说这影响坏不坏？只有李斌良同志不回避，快刀斩乱麻，解决了这个事，我觉得，他应该得到表扬而不是批评。"

深切的感激之情从心底升起，到底是老干部，真是有境界呀，自己从来没见过他，他却在这种场合替自己说话，而且说的都是自己想说却无法说的话……

"斌良，咱们进去吧！"

聂锐说着，把会议室的门推开，二人走进会议室。处于尴尬中的谭副书记正在辩解："老领导啊，您误解了我的意思，我不是说他做得不对，是说他处理矛盾的策略不对头，您瞧瞧，这么多人，堵在市委市政府大楼门口，成什么了？是什么影响？解决不好，会是什么后果，难道不该引起重视吗……"

谭副书记说话的时候，聂锐走上台，悄声对谭副书记耳语了一句什么，谭副书记住口，现出疑惑的目光："散了？这么快？你们怎么处理的？"

聂锐说："李局长，你汇报一下吧！""好。"李斌良站起："谭书记，问题还不能说彻底解决，刚才，聂市长和我答应赔偿商户的损失，要他们回去取营业执照了，以便登记，核算损失。"

谭副书记说："这算什么？是花钱保平安吧？你们有没有原则性？你们犯的错误，由财政拿钱买单？李斌良，你作为公安局局长，就这样保一方平安吗？你有没有政治头脑，有没有大局观念……"

李斌良说："谭书记，能让我把话说完吗？"

谭副书记说："你还有什么说的？为了平息你们因为工作失误造成的后

果，财政花钱摆平，难道不是这样吗？"

谭副书记的态度，让李斌良根本无法辩驳，这时，他的手机响起，他接起听了听，然后大声说："谭书记，我有事，出去一下，马上就回来。"不等答应，就匆匆奔出会议室，见到外边等待的陈青。

陈青把自己的侦查情况告诉了李斌良，并把手机上拍录的照片和视频发到了李斌良手机上。李斌良胆气更足了，他走回会议室，大声对谭副书记说："谭书记，我刚刚掌握了新的情况，可以汇报吗？"谭副书记问："新情况？什么情况？""根据目前掌握的最新情况，我们可以断言，这是一起有预谋、有组织的群体事件。"谭副书记说："有预谋、有组织又怎么了？""谭书记，您说得对，多数群体性事件都可能存在谋划和组织，但是，只要他们诉求合理，这不是问题。可是，我们刚刚发生的这起事件不是这样。聂市长，会议室的大屏幕可以用吧？"

聂锐说："可以，可以……"

聂锐找来办公室的人，不一会儿，大屏幕在众人的目光下伸展开来，李斌将自己的手机卡插入电脑中，操作了一下，大屏幕上立刻呈现出刚才的群体事件场面："大家看，这是刚才的群体事件，看到没有，闹得最欢的，是这几个人，看到了吧。可是，经调查，他们并不是被拆迁安置的商户，他们和拆除二道街违法建筑之事无关。大家再看，这是我们的便衣侦查员对其他商户调查的情况。"

电视屏幕上，可以看到穿着便衣的陈青拿着手机在对几个正在摊位上经营的商户了解情况，好几个商户都说不认识视频中的几个人，还说，是有人来找他们去市里闹，说可以获得赔偿，但是，绝大多数商户忙着做生意，只有少数商户跟他们去了，还不到事件涉及的商户三分之一。

李斌良转向与会者："这也就是说，参与刚才群体事件的，不过二十几个商户，可是，楼外当时却聚集了一百多人，这说明，大部分参与者都不是商户，是假冒的。那么，这又是为什么？"李斌良眼睛盯着台下发问，没人回应。

李斌良眼睛望向岳强发，尽管他强装镇静，但是，脸上仍然露出几分尴尬。

"调查还发现，几个为首闹事的人，背后还有人指使。这更说明，此事绝不是群众自发提出合理诉求，他们是事前知道了谭书记来碧山的信息，暗中组织串联，突然行动，到市委市政府发难，以达到不可告人的目的。"

李斌良的话说完，大屏幕收起，全场一片哑然，都看着台上的谭副书记。

谭副书记阴沉着脸不语，古泽安在台下开了口：

"李局长，你说的这些都是真的？"

"我以党性以及公安局局长的身份担保。我希望谭书记能在碧山多待几天，我一定把这起事件彻底调查清楚，给您一个明确的解释。"

"啊……这恐怕不行，我没那么多时间，不过，李斌良，你目前的解释很有道理，看来，我还真有点儿官僚主义了，差点上了他们的当。我看刚才那些闹事的人里边，还有人说什么上访告状被抓了，这又是怎么回事？"

李斌良平静地说："这件事，本身就说明有问题，两件风马牛不相及的事，为什么突然会集到一起了？对，那几个人也都不见了，不知去了哪里。至于他们反映的问题，我也敢保证，对胡金生三人的处罚没有任何问题。我对他们反映的问题非常重视，亲自进行了调查，发现完全是子虚乌有。对了，谭书记，他们反映，一个叫梅连运的老板侵占了国有资源价值八百多亿元，而且还是前些年煤价最低的时候，你信吗？我在调查中有关部门证明，即便把全市的地下资源都加到一起，也没有八百亿。他们反映的其他问题同样水分很大，有诬陷之嫌。"

"你就因此拘留了他们？这不合适吧？群众举报反映问题，不可能百分之百属实，根据我的经验，他们有时为了求得重视，时常故意夸大。群众不是纪检委，不可能详细调查，掌握确凿的证据，只要他们反映的部分属实，本质上属实，而不是每个细节、所有的情况都百分之百属实才行，否则就是诬告，那谁还敢举报了？我们纪检委的线索从何而来？"

"谭书记，您说得对，可是，我们处罚他们，不是因为他们举报不实，而是因为他们严重扰乱工作秩序。当然，对他们举报的事我们也不会就此不管，而是要再行调查，如果确实存在问题，也要进行处理。但是，我们同时也要调查，他们和商户会集到一起，来市委市政府闹事，到底是怎么回事，有没有什么内幕？"

谭副书记说："嗯，好，要彻底调查，一定要查清真相！"

李斌良坚定地说："是！"说完转身向会议室外走去。

4．迷雾重重

陈青已经带人将两个带头闹事者抓获，李斌良回到局里后，立刻要韩心臣和郁明带人对二人分别审讯，他则在监控室通过电脑屏幕观看审讯过程。审讯中，韩心臣表现出老刑侦应有的水平，在对手拒不供认幕后指使者时，韩心臣先是告诉他，不掌握充分证据是不会抓他的，还说，知道他的后台老板厉害，所以才在做足了功夫之后审讯他的。还特别指出，他们的做法激怒了谭副书记，是谭副书记发话要警察抓他们的。这下子审讯对象蒙了，居然露出一句："交代的不是这样啊，谭书记不是会给我们做主吗？怎么……"

这话被韩心臣抓住，问谁交代的他们，其急忙否认，但是陷入了极大的慌乱之中。郁明带着陈青审讯另一人，也不停施压，让其陷入慌乱之中。双方又不时交换审讯信息，不断展开心理攻势，两个家伙最后不得不承认，自己到市里闹事是想添乱，可是，至于为什么这么做，谁指使的他们，却牙咬得紧紧的，就是不说。

这时，李斌良接到高伟仁电话，向他询问抓人和审讯的情况，李斌良问他怎么知道此事的。高伟仁告诉他，是张华强打电话跟他说的，在问审出什么没有，李斌良说，虽然最后结果还没审出来，但是肯定有幕后指使。高伟仁提醒李斌良，他指挥韩心臣和郁明审讯嫌疑人，而不让魏忠成和张华强参与，他们是有想法的，注意不要让他们挑毛病。李斌良说，我作为局长，有这个权力。但是，放下电话后，他还是给魏忠成解释了一下，说他和刑侦支队那边太忙，就没找他们，而韩心臣是党委委员，协助自己工作，又是老刑侦，就直接让他们参与审讯了。魏忠成听了急忙说自己没想法，还很佩服他在短时间内查出这些问题来，并分析说，这些人肯定是故意给李斌良捣乱，让他在谭副书记面前丢脸挨批。李斌良说恐怕不只于此，让他分析一下，幕后指使会是谁，魏忠成先分析可能是马刚，可是李斌良指出，马刚在逃，很难在短时间内策动起这么多人。魏忠成又问李斌良怎么想，李斌良反问，能不能有比马刚能量更大的人在操纵。魏忠成含糊地说可能，是谁却说不好，但是表示，在这个事情上，有需要他伸手的地方，他绝不推辞。

放下魏忠成的电话，李斌良又想到了张华强，一想到其牛烘烘的样子，气就不打一处来，而且觉得这不是他的分工，就决定不理睬他。可这时武权却打来电话，了解审讯情况，李斌良隐瞒了具体情况，只是敷衍说从种种迹象看，肯定有幕后指使，还让武权分析会是谁。武权听了很不满，说自己要是知道还会问他吗？然后要他有进展随时报告，放下了电话。

放下武权的电话，李斌良手机又响起来："是李局长吗？我是程远……"李斌良一听这个名字，心里涌出一股温暖："哎呀，程主席，谢谢您哪，能在那种情况下替我说话。"程远说："我不是替你说话，是替正义说话。对了，我给你打过一次电话，还记得吗？"李斌良："记得记得，当时我就知道您是个好人，聂市长猜是您打来的，还真是。太谢谢您了程主席……"程远说："你别高兴太早，我这人对事不对人，今后，你要有干得不对的地方，我会不客气的。"李斌良说："那太好了，不管您说什么，我都爱听，都欢迎。"程远说："那咱们说定了，今后我跟你就有啥说啥了。李斌良，我听过你的名声，希望你别辜负我的信任和希望啊！"李斌良说："程主席，我会努力的。哪天抽出空来，我去拜访您。""别别，我知道，你忙得脚打后脑勺，你来我欢迎，可是别影响工作……"

电话撂下了，李斌良还觉得心里热乎乎的。

聂锐又打来电话，告诉他，快到午间了，会也要散了，如无特殊情况，他应回到市委大楼，亲自指挥警卫工作，以赢得谭副书记好感。李斌良回到市委大楼，高伟仁迎上来，告诉他，宋国才来市委大楼了，他也就带人赶来了。正说着，楼内响起很多人的脚步声和交谈声，高伟仁反应很快，急忙上前拉开门，谭副书记、宋国才、唐书记、古泽安和市领导们带头走出来。李斌良见状，迎上前一步，敬个举手礼，特意叫了声："谭书记好！"

李斌良这样做的目的，是想提醒谭副书记询问群体事件的调查情况，可是，谭副书记看了他一眼却没有发问，而是向前面的轿车走去，宋国才笑着看看李斌良，也跟谭副书记走去，岳强发、唐书记、古泽安紧随其后。聂锐走上来，告诉李斌良，谭副书记一行去市宾馆吃饭。

宾馆的警卫工作早已布置好。而李斌良自己和高伟仁及几个国保支队的民警守在最里层，也就是饭厅外的走廊进行警卫。可是，午餐开始后，聂锐却走出来，要李斌良和高伟仁都进去吃饭，李斌良急忙说自己在警卫，不能进去，聂锐却说，是谭书记的特别召见，李斌良和高伟仁觉得无法拒绝，就走了进去。

餐厅内摆放着两个餐桌，一桌是谭副书记的随行人员及两办的陪同人员，另一桌是谭副书记、宋国才、唐书记、聂锐和武权及另外两个常委还有岳强发，显然这是主桌。李斌良和高伟仁走进来后，向前一桌走去，却被谭副书记叫住："你们去哪儿？坐这桌来，李斌良，你坐我旁边。"

李斌良无奈，只好和高伟仁走过来，李斌良被谭副书记拉到身旁，挨着他坐下，李斌良向另一边看了一眼，正是岳强发。这让他心里不知什么滋味。

谭副书记说："……刚才我说到哪儿了？对，说到一定要严格执行上级有关规定。看看你们是怎么做的？四菜一汤，可你们呢？在一个大盘子里放了四样菜，四个盘子一共十六样儿，这哪里是四菜呀，这不是变相让我违纪吗，这要让中纪委知道了，会是什么影响……"

在谭副书记训话时，李斌良果然看到，眼前的桌子上摆着四个大盘子，可每个大盘子里边却用格子隔成四份，每份是一种菜。

说话间，服务员走进来，将盘子匆匆撤走。谭副书记却继续批评着："执行纪律规定，不能走样儿。如果我首先破坏纪律规定，那这个规定在全省还能执行吗？对了，你们以往是不是都这样执行的？"

唐书记急忙说："不不，没有，我们从来没这样过，这次，是觉得您来一趟不容易……今后我们再不这样做了！"

聂锐说："责任在我，是我安排的伙食。"

谭副书记说："好了，我不说了，让你们面子挂不住，说别的，啊，还是说说公安局的工作吧，李斌良同志，你有性格啊，办事干脆利落，说话直来直去，虽然有点儿呛肺管子，可是，我喜欢这样的同志，李斌良，好好干！"

李斌良说："谢谢谭书记，我正要汇报上午的群体事件，我们已经抓了两个嫌疑人，也就是带头的两个人，并已经查清，他们根本就不是商户，而出现在市委大楼的少量商户，也是他们鼓动的。种种迹象表明，这确实是有预谋、有组织、有目的的寻衅滋事。"

"嗯，他们的目的是什么？"

李斌良故意没马上回答，而是看了岳强发一眼，岳强发恰好也在盯着李斌良，见李斌良望向自己，迅速把目光移开。李斌良说："他们的目的很明显，就是故意在您来碧山调研的时候，制造混乱，造成影响，丢市委、市政府的脸，当然，主要是针对我们公安局的。"谭副书记说："嗯，是什么人组织的，查清了吗？"李斌良没有马上回答，而是看了桌上的几人一眼。几位领导的目光都在望着李斌良，岳强发的表情格外紧张。李斌良说："谭书记，等我把事情彻底查清后，再向您汇报。"谭副书记说："好，好，一定要彻底查清楚，不管是谁，有什么后台，都要从严查处。"李斌良："是。"

新一轮菜肴端上来，这回，确确实实是四菜一汤，只是，盘子大了一点儿，比平常的盘子大上两倍有余，不过，这不违反规定，谭副书记也不再批评，而是说："开始吧，不好意思，我给碧山添麻烦了，先跟大家喝杯道歉酒吧！"

气氛一下了转了回来，笑声、碰杯声开始响起……

喝了两杯酒后，谭副书记的态度变化很大，严肃的面孔被诚恳和热情取代。他专门跟李斌良敬了一杯酒，再次对他提出表扬，还要求唐书记、聂市长等人大力支持他的工作。几位市领导听了自然诺诺连声。酒喝下后，谭副书记忽然又回到原来的话题和态度，既亲切又严肃地提醒李斌良，作为公安局局长，既要严格执法，也要讲政治，执法要注重社会效果。李斌良有些不明白他说的话，谦逊地请他说具体一点儿，谭副书记说："这还用我说吗？你们那起强拆的事就有点儿愣啊！"这让李斌良一时不知说什么才好，好在聂锐在旁提出，二道街强拆是他提出来的，李斌良只是配合政府维持秩序。谭副书记却说："问题就在这儿，作为公安局局长，不能盲目配合、无条件地服从政府的决定，关键时候，应该提醒领导，想到各种可能，预防不测事件发生，而不是无原则的助推呀！"李斌良听了很想反驳，可是高伟仁在旁把话接了过去："谭书记说得对，我们接受谭书记的批评，回去一定认真反思，避免同类事情发生。谭书记，还请您多提宝贵意见。"谭副书记想了想又说："那我就再忠告你们一句话。公安局局长这个职位很重要，很敏感，特别在碧山这个地方，很难当。我觉得，你们既要忠于职守，严格执法，还要广交朋友，这样，才能取得各方面的支持，把工作做得更好。"

一时之间，李斌良听不懂谭副书记的话是什么意思。"广交朋友？"指的是什么，跟谁交朋友？还没容他想明白，谭副书记指着李斌良身旁的岳强发说："岳总就可以成为你们的朋友啊。他的实力你们知道吧，需要什么，市里解决不了的，就找他，他要不帮忙，找我……"

"哎，别别，谭书记，我可没说不帮忙啊！李局长，您要是有什么需要帮忙的，尽管说，我就是头拱地也帮到底。"

明白了，这"交朋友"的意思原来在此。李斌良刚刚热起来的心一下冷下来。

可是，当着谭副书记的面，他只能强颜欢笑，虚与委蛇，酒喝到肚子里不知什么滋味。

一轮酒下肚后，宋国才也擎起酒杯，他的风度气质和谭副书记不同，谦虚、诚恳、矜持，又不失热情。他说："大概，很多碧山的老人都知道我，我是在碧山这块土地上出生，长大，走出去的，后来上了大学，读了研究生、博士，直至走到今天的位置。尽管离开家乡这么多年了，可是，我永远也忘不了家乡，忘不了碧山，我心中有一个愿望，那就是为家乡多做贡献。这些年来，虽然做了一点儿，还远远不够，今后还要继续努力。另外呢，我的父亲还留在碧山，他说了，这辈子是离不开碧山了，要让他离开，除非他死去。所以，在过去的一些年里，我的老父亲得到了碧山乡亲和在座的各位领导无微不至的关怀照顾。在这里，我借碧山的酒，对大家表示真诚的感谢！"

宋国才的话赢得一片热情的应答，有的说应该的，有的说必须的，还有的说照顾得不够。酒下肚后，宋国才又向李斌良举起酒杯："李局长，我说句心里话，我跟你接触虽然不多，可是，你给我的第一印象很好，我为家乡有这样一位公安局局长感到庆幸。今后，有什么需要我帮忙的，尽管出声，我一定全力以赴。来，咱俩干一个！"

李斌良端着酒杯，不知如何应答才好，也一时捉摸不透宋国才话中的含意。这时谭副书记开口了："李斌良，宋总在咱们省可是走平道，好几个常委都是他的朋友，你要是想进步，他给你说话，比我都好使。还不快干了！"

李斌良无奈，只好和宋国才碰杯，喝了一小口酒。这时古泽安又开了口："对了，斌良，你在生活上有没有什么需要帮忙的，跟宋总说，他一定能帮忙。"

"没有，没有……"

宋国才说："哎，李局长，你别客气，对，我们华安集团哪年都要招人，你如果有亲属……啊，旁系的我不管，如果有直系亲属没工作，我一定考虑。"

李斌良的心忽然一下被打动了，因为他想到了女儿，但是，马上又觉得不当，因而继续摇头，说没有需要帮忙的。可是古泽安又说话了："斌良，这么好的机会，你怎么不抓住啊？"之后，对宋国才低语了两句，宋国才听完恍然大悟地说："原来这样！对了，如果你觉得我们华安集团还行的话，你的女儿就……"李斌良急忙摇头："不不，古厅长，她不是已经有工作了吗？还是你安排的呢！"古泽安说："可是，荆阳集团虽然也是国企，效益可远远赶不上华安，你可以把孩子调过去嘛！"宋国才说："对对，干脆，调我那边算了，我回去就办。对，可以到我们在荆都的公司上班。"

这些话真的让李斌良心动，这可是求之不得的好事啊，如果苗苗真的进了华安集团，那真是一步登天哪……可是，他的内心深处却有一个不和谐的声音时时鸣响，他觉得，宋国才过于热情了，他是个副部级干部，这样对自己这个处级公安局局长示好，这里边是不是有什么意图……想到这些，他的头脑冷静了一些，说女儿现在这样他就很满足了，今后有需要再找他，好歹把这事敷衍了过去。

大概是受了谭副书记态度的影响，武权对李斌良也变得热情起来，主动向李斌良举起酒杯，说李斌良上任后，自己关怀不够，干预过多。可谭副书记又改变了态度，批评武权不该这样说，说公安工作离不开党的领导，今后武权还真得多过问，以保证碧山公安工作的正确方向。李斌良对谭副书记这种忽冷忽热、一会儿一变的态度极不适应，可是只能咬牙苦撑，直到午餐快结束，才找个借口脱出身来……

午休之后，又是会议，这次，主要有市政法委全体人员和公检法司四个部门的领导干部参加，在听了几个部门的情况汇报后，谭副书记发表了讲话，讲话中，再次举出商户闹事及胡金生被拘留的案子，尽管他已经知道了真相是怎么回事，可是，在讲话中，话里话外，还是认为公安局的处理有失稳妥，操之过急。之后，又强调提出公安政法机关要为经济发展保驾护航的要求。让李斌良又感觉有些如入云雾之中，不明白其到底是什么意思。

5．静夜不静

晚上的警卫让人犯了难。谭副书记住在市宾馆，警卫早已布置好了。可是，宋国才却要在家中陪父亲住，这却是计划外的，李斌良和高伟仁商议后，决定还像白天那样，宾馆这边的警卫，由自己指挥，宋国才家那边，还是高伟仁带部分警力负责。想不到，宋国才却态度坚决地谢绝，说他住在家中，安全没问题，用不着警卫。最初，李斌良不同意，因为一旦出什么事，自己负不起责任。可是宋国才态度坚决，还说自己这次来碧山，是公一半，私一半，出事也不用李斌良负责。这样一来，李斌良无法再公开坚持。但是和高伟仁单独在一起时，又都觉得不安排警卫不妥。高伟仁还指出，去年，宋国才家发生过一起入室抢劫案，好歹破了，不过社会影响很大。李斌良听了更觉不能掉以轻心。思考后，他把陈青找来，要他暗中带几个可靠的弟兄，一律着便衣，对宋国才家秘密警卫。这才稍稍放了心。

夜晚来临了，宾馆内外渐渐静下来，谭副书记和随行人员都睡下了。李斌良虽然很困倦，可是不敢合上眼睛，他知道，此时自己肩上的担子重千斤，确保谭副书记一行安全，比任何工作都重要。他在走廊入口处安排了一个房间，专门供自己和轮值的同志休息，这等于卡住了走廊的咽喉，可以随时掌控走廊内的动静。午夜来临，李斌良嘱咐了警卫的同志保持警惕后，想小憩一下，可就在这时，调成振动的手机激烈地颤抖起来，他接听之后，悄然走出宾馆。

李斌良来到一个尚未完全竣工的高档别墅小区，把车停在距别墅小区较远的地方，步行着向前走去。很快，一个人影无声地从黑暗中浮现出来，迎住他，正是满脸不安的陈青。他悄声对李斌良重复了一下电话里说过的话：午夜时分，宋国才突然从父亲家中走出，一个人驾驶轿车来了这里，走进了一幢别墅，他们暗中跟随来到这里，却发现别墅院内已经停着一辆轿车。之后，他们守在黑暗中监视着这个别墅，可是，刚才，又一辆轿车驶来，一个男子从车中走出，走进了别墅，而这个男子却是岳强发……

这是怎么回事？李斌良带着满脑袋疑问，随着陈青来到别墅附近黑暗处，隐下身子向前望去，看到别墅窗子严严地遮着窗帘，只有缝隙处，透出一丝细细的灯光。里边到底发生了什么？作为副部级的干部、大型国企的老总为什么有如此隐秘的行为，自己现在到底是警卫，还是监视。李斌良自己也想不清楚，只是下意识地隐着身子，注视着夜幕下的别墅，倾听着里边的声音，渐渐地，他听到了一点儿声音，是男人的说话声，好像是两个人……不，是三个人，三个男人在说话……不，不是说话，是在争吵，好像是两个人在争吵，一个在调解。尽管他们都控制着音量，但是，夜深人静，李斌良还是听出，调解的声音是宋国才，那么，争吵的肯定是岳强发和另一个人。听，岳强发在说什么"别给脸不要脸，要不是宋总，你连这些钱都得不到……"而另一个男声在抗议着，但是说什么听不清楚。好一阵子，好像是宋国才说了什么话，岳强发和另一个人都住了口。过了片刻，三个男人的身影从屋子里走出来，李斌良辨出了宋国才和岳强发，而另一个身材高大的男子看上去也有些眼熟，却一时想不出来是谁。这时，宋国才的声音传过来："梅总，就这样吧，我是不会让你吃亏的。岳总，你也再想想，让一点儿。"

梅总，天哪，这不是梅连运吗？他不是对自己大骂岳强发如何恶劣吗，怎么在午夜里和他到这里相会？宋国才为什么也出现在这里……

李斌良还没想清楚，三人已经进入各自的轿车，驶出别墅，向远处驶去。李斌良和陈青也只能悄悄撤退。李斌良嘱咐陈青，今晚见到的事不能让任何人知道，还要他嘱咐带来的弟兄，也要严格保密。陈青让他放心，自己带的两个兄弟绝对可靠。

返回的路上，陈青询问李斌良，刚才看到的这些是怎么回事，李斌良却无法回答。回到宾馆，已经凌晨三点多了，他和衣倒在床上，闭上眼睛，虽然十分疲倦，却很难马上入睡，眼前晃动的都是问号。

天终于渐渐亮了，一夜平安过去。吃过早餐后，谭副书记就直奔机场，李斌良带警卫队伍前边开路，登机前，谭副书记与各位市领导、岳强发及李斌良等人一一握手道别。在和李斌良握手时，他又流露出亲热而又神秘的神情："斌良，我对你寄予厚望，记住我的话。"他的话？他的哪些话？李斌良心里很是含混，口头却必须认真应答。谭副书记看到了一旁的张华强，特意把他叫过来，对李斌良说："小张不错，挺能干，你要充分发挥他的作用。小张，我知道你那臭脾气，今后要改，要支持李局长工作，听见了吗？"

张华强高兴地答应，可是，李斌良的心头却压上了一块重石。

谭副书记和唐书记都上了飞机，唐书记要和谭副书记同行，从省城返回北京。两位书记上飞机不一会儿，飞机就起飞了。送行的人们都向飞机挥起了手臂，李斌良向飞机敬着举手礼，心里松了口气，同时也觉得有些迷惑：谭副书记说是来搞调研的，可是，也没见他调研什么呀，这样蜻蜓点水地来看了看，讲了一番话，就匆匆离去，能调研出什么呢？

就这样，谭副书记像风一样忽然刮来，又像风一样消失，好像什么也没有留下，似乎又留下了很多东西。留下了什么呢？李斌良觉得，在自己的心里，留下的只有对自己的批评和指责，以及为岳强发和张华强站台。最重要的是，他心中对谭副书记的良好印象和崇拜之情都随着他的碧山之行不翼而飞。

可是，李斌良在三天后才知道，谭副书记来碧山还另有使命。那天，市长聂锐通知他，派四十名警力前往市政府门前小广场警卫。李斌良很是奇怪，因为他没听说过小广场要举办什么重要活动，为什么需要四十人警卫？聂锐叹息说："你别问了，只管派人就行了。你亲眼来看看就知道出什么事了。"李斌良很是好奇，亲自带四十名警察赶到小广场，很快发现，一辆辆各式车辆驶来，车上卸下一套套桌椅及其他办公设施，不一会儿，一排排摆满了广场，一些工作人员严正地落座准备办公。这副架势惊动了过往群众，人们纷纷驻足观看，不知这是演的哪出戏。这时，市长聂锐也亲自赶来，指挥各部门归位，准备工作。李斌良悄悄走到聂锐身边，问这是要干什么。聂锐这才说，一切都是为了落实谭副书记的指示，办理煤矿过户手续。

李斌良还是不解，问办理什么煤矿过户手续，要用这种架势。聂锐告诉他，谭书记亲自指示，这个手续必须一天内办完，没办法，他只好把需要办手续的七十多个部门窗口单位，都集中搬到小广场来办公，流水作业。李斌良再问，是谁的煤矿，过户给谁。聂锐说："梅连运的煤矿，过户给岳强发。"进一步打听，李斌良才明白，今天这个阵势，正是梅连运那天跟自己谈的，岳强发抢夺他的煤矿的结果。原来，省高级法院已经驳回了梅连运的上诉，判决开始生效，他的煤矿归了岳强发。今天要办的，就是把当年岳强发卖给梅连运的煤矿，再还给岳强发，而且必须当天办完所有手续。

李斌良听了这些，没有觉得太奇怪。他曾经认为，如果事情是真的，就是抢劫，甚至比公开抢劫还恶劣，可是，现在，公开抢劫在法律的保护下胜利了，作为公安局局长，对这种局面没有任何办法，还要承担起保卫抢劫成果的担子。

李斌良看着眼前的场面，心里不知是什么滋味。聂锐还在絮絮地对他说着："谭书记还亲自指示，我必须本人到场督促，确保当天把手续全部办完。你知道吗？煤矿过户手续非常麻烦，因为要对矿属、矿藏等进行核查，正常情况，没有三两个月是办不成的，慢的，要拖上半年甚至一年或者更长。"可说是说，做是做，尽管聂锐有想法，却不停地督促各部门抓紧，因而，到下午三时许，七十二个章就全部盖完。梅连运的煤矿归了岳强发。这种速度创了中国的纪录，不，创了世界的纪录，再讲效率的国家，也不可能有这样的速度。

李斌良心中隐隐抱着一线希望，那就是梅连运的身影出现，他觉得，梅连运不会善罢甘休，很可能会来现场闹。但是他失望了，梅连运一直没出现。在收队回局路上，他又想起那天夜里，宋国才的诡秘行动。那么，今天这个场面，是不是和那天夜里三人的活动有关呢？

李斌良无论如何也想不清楚，他知道，即便想清楚了，也没有什么意义，自己对这个事既没权力，也没有精力过问。当前，自己必须把精力转移到面临的压力上来。

第六章　难以言胜

1．神秘的美丽

李斌良清楚地知道，自己面临两大挑战：一是对外，也就是林希望被害案的侦破，这是压在他心中的重石。二是对内，也就是对张华强和曲直的处理。当然，重点是张华强。已经斗了两次，自己没有占到便宜。现在很明确了，张华强的背后不但有武权、古泽安，还有岳强发，甚至还有谭副书记。在这种情况下，顶风而上，非要处理张华强，肯定是冒天下之大不韪。

李斌良虽然秉性耿直，可是并不蠢，他再三思考后，他决定把内部挑战，也就是张华强和曲直的事暂时放一放，把全部精力都投入到林希望案件的侦破上。

李斌良想再次让魏忠成汇报侦破情况，虽然知道不会有什么进展，但是，哪怕是施加压力，也要他汇报一次。可是，还没容他找魏忠成谈话，却有几个人一个接一个地走进他的办公室，找上了他。

最先找上来的是刑侦支队大案队长智文，他敲门进来后，抹搭着眼睛，流露出明显的不满："李局长，你啥意思啊？"

李斌良不明白智文在说什么，发生了什么。

智文说："这两天，魏局和霍支队天天找我谈话，嘴说要我提供林希望被害的线索，可分明是把我当成了嫌疑人。李局长，我可是大案队长，难道，我会涉嫌杀害林希望？魏局和霍支队说，这是你的部署，到底怎么回事啊？"

李斌良有些气愤，自己对魏忠成说的是，林希望被害，极可能和本局内部人有关，而且叮嘱他注意调查策略了，想不到，他和霍未然居然这么说，真是……

李斌良好不容易解释清楚了，智文消除情绪离开了，可是，又一个人走进办公室，是技术大队长许墨，他的态度和智文差不多。

"李局，太过分了吧？林希望是我们技术大队的人不假，可是，难道是我们大队的人杀了他？魏局和霍支队是干什么呀？挨个审查我们大队的人，逼着

134　|

交代和林希望的关系，还要求互相揭发检举。他们说，是你要求这么做的……"

李斌良气愤而无奈，又像对智义一样解释了一番，许墨这才释然离去。

就这样，一上午时间，李斌良接待了好几个这样的人，都是刑侦口的。他这才发现，案件的侦查不但没有进展，还引起了内部矛盾，看来，适得其反哪。

在他口干舌燥把找上门的人一一打发走之后，还没喝一口水，又响起敲门声，他只好振作精神，说了声请进。门开了，一个人走进来。李斌良看到其人，松了口气，精神还为之一振。

原来是谢蕊。然而，谢蕊手上并没有文件夹，却垂着美丽的眼睛，一脸不快之色。她走到李斌良面前，语调虽轻，却流露出明显的不满："李局长，这是为什么呀？"

嗯？难道她也是……果然，她说，因为她过去在技术大队干过，曾经和林希望是同事，也成了调查对象，魏忠成和霍未然几次找她谈话，要她交代和林希望的关系，是否知道林希望如何被害的，能否提供什么线索。还给她施加压力，要她对自己的话负责。并向她声明，这是李斌良的要求。

"李局长，你为什么这样啊？你要怀疑我，就采取强制措施，把我抓起来吧！"

谢蕊说着，口气渐渐变得咄咄逼人起来，美丽的眼睛里还出现了泪光。这让李斌良很是尴尬，他像对智文、许墨等人一样进行了解释，费了好多口舌，谢蕊总算平静下来，为自己不理智态度道歉，准备离去。但是，李斌良却没有放她走。

"谢蕊，等一等。"

谢蕊回过身，美丽的眼睛里闪着疑惑。

"谢蕊，我可以再问问你吗？"

"这……你问什么？"

"还是你和林希望的关系……你别急，你说过，你们曾经是警院同届的同学。那么，我想问，林希望追求过你没有？"

"这……没有，没有。"

李斌良看到，谢蕊的脸庞出现了红晕，是害羞，还是说了谎？

"真的没有，你这么漂亮，林希望从来没向你流露过那种感情？"

"没有，真的没有……对，他即使有，也没跟我流露过，反正，我没感觉出来……李局长，还有事吗？"

李斌良感觉到谢蕊有些恐慌，可是不好再追下去，脑袋转了一下说："谢蕊，我再问你一件事，你可一定要说实话。"谢蕊嗯了一声，戒备地看着李斌良。

"你真的没有男朋友吗？从来就没有过男朋友吗？"

"这……没有，真的没有，从来没有……"

她的脸又红了，又流露出几分慌乱。

是害羞，还是撒谎？李斌良说："那好啊，我跟你说过，陈青人不错，我试探过他，他对你的印象很好。你能不能考虑一下呀？"

谢蕊下意识地说："这……以后再说吧，李局长，我……"李斌良以为她要说的是"我该走了"，想不到谢蕊说出的却是："李局长，你说，林希望的案子能破吗？"

李斌良肯定地说："能，一定能。"谢蕊高兴地说："嗯……那太好了。李局长，没事我走了。"李斌良嗯了一声，谢蕊转身向外走去，脚步有些慌乱。

李斌良思考了一会儿，给魏忠成打去电话，要他和霍未然来自己的办公室。二人走进来后，李斌良问起对林希望案件的调查情况，二人又是那种熟悉、无奈的苦脸：虽然他们按照李斌良提供的方向，下了很大功夫，却毫无进展。李斌良又问他们调查的过程，他们说找过所有和林希望有过接触的人进行了谈话，没有任何人提供有价值的线索。李斌良这时才流露出不满，指责他们方法不当，导致被调查人员反弹。魏忠成和霍未然听了这话，都现出委屈之相，认为他们完全是按照李斌良的指示，把工作重点放到内部来做的，言外之意是，这种后果不该怪他们，而是应由李斌良负责。李斌良不高兴了："我是说把工作重点调整到内部，但是，我也提出，是从内部找线索，不是把每个同志都当做嫌疑对象来调查呀？你俩都是老刑侦了，连这还不懂吗？如果弄得内部人人自危，还靠谁去侦查破案？"二人这才不得不检讨在方法上有不当之处。

李斌良又询问对谢蕊的调查情况。魏霍都摇头说没发现什么，又反问李斌良什么意思，是不是发现了什么异常。李斌良没有回答而是继续问：谢蕊是否有男朋友，或者是否有过男朋友，是否有过什么人追求她。二人又是互视，摇头，再反问李斌良，这难道和林希望被害案有关吗？李斌良没有回答，也没再追问。魏忠成见状，试探提出，可否对谢蕊深入调查，李斌良摇头说不用。

魏忠成和霍未然离开后，李斌良一时茫然无头绪。这时，手机突然响起，接起来一听，原来是林希望父亲打来的，他先打听了儿子案件的侦破情况，听到没有突破后，提出想见李斌良，但是身体不好，无法前来。李斌良当即表示，自己前去见他。但是他又嘱咐，有些话只能跟李斌良一个人说，李斌良答应并放下电话后，立刻叫来陈青与自己前往。

路上，李斌良大脑不停地旋转，琢磨着林父要对自己说什么，所以一直沉默着。陈青注意到李斌良有异，问他在想什么，他转移话题说在想谢蕊，然后问他最近追谢蕊的进展情况，陈青不好意思地说，感觉上好像和过去不太一样。李斌良问哪儿不一样。陈青就说，上次他和曲直差点儿动手，谢蕊为阻拦他冒出的那句话："陈青，你要敢动手，我再也不理你了。"然后问李斌良，这话是不是有点儿意思？李斌良琢磨着说，确实有点儿意思。陈青又问什么意思，李斌良说，意思是，她过去理过他，而且还打算今后继续理他。更重要的是，这话里透出一种味道，这个味道就是，在谢蕊的意识或者下意识中，陈青在她的心中似乎有点儿特殊。说完这些，李斌良又把自己对谢蕊的试探和谢蕊的态度告诉了他。说明，当自己公开提出陈青的名字后，她的回应是"以后再说吧！"陈青听了振奋起来："这么说，我还真有希望？"李斌良说："有一分希望也要做十分努力，你一定要紧追不放。"陈青说那是，不过，自己还是信心不太足，谢蕊这么漂亮，肯定有不少人追，而自己别的不差，就是家庭条件一般，恐怕会遭到她的嫌弃。李斌良受到触动，说陈青说得对，谢蕊这么漂亮，为什么自己无论是当面询问，还是侧面了解，都没有别人追求的信息呢？陈青又疑惑起来："你的意思是，可能有人暗中追求她，我们不掌握？要是这样，我恐怕没希望了。"李斌良又鼓励陈青别泄气，但是提示他，暗中注意这个情况。最后又对他说，精诚所至，金石为开，凭着谢蕊最近流露出来的态度，只要陈青真诚追求，一定能打动谢蕊，即便暗中有别人追求她，他也可以战胜他。陈青听了，又鼓起了士气。

2．又是煤老板的故事

林家破败的村落又在前边出现了，林家孤寂的房屋随之出现在眼前。车停下后，李斌良一个人走进林家，发现和上次来时相反，在厨房里熬药的是林母，躺在炕上吃药的是林父。林父看到李斌良走进来，挣扎着坐起，要李斌良坐到炕沿上，抱歉上次让他白跑了一趟。李斌良说没什么，然后问他的病情怎样。林父苦笑着说："你不是看着了吗？病是治不好了，只能吃中药维持着熬日子。瞧，上次我来，她有病，我侍候她，现在，我这样了，她只好挺起来，反过来侍候我了。"

林母听着林父的话，拭起了眼睛。李斌良无话安慰他们，就直奔主题，问林父有什么话对自己说。林父听了，精神变得好了一些，说："李局长，你上次来，不是让我们回忆，希望出事前都有什么表现，都说过什么话，不管有用没用，想起来都可以跟您说吗？我还真想起来一些，也不知对破案有用没有。"

李斌良急忙说："不管有用没用，你都说给我。说吧！"

林父说："这……其实也没啥，就是吧，我和他妈不是老催他找对象吗，对，还替他介绍过两个，可是他都不搭理，有一回让我们催急了，他就说，'不用你们管，我心里有数'。李局长，你说，他说这话的时候，是不是处了对象，或者有了目标？"

嗯……

林父又说："李局长，你说，这些，有用吗？"

李斌良说："有用，有用。对，你们没追问，他到底处对象没有，对方是谁？"

"追问了，可是他不说，不过看他的样子，好像心里有谱，可是，后来又变了，我们再提，他就不再这么说了，只是不让我们再为他操心，保重好身体就行了。"

"那，他跟你们说心里有数的时候，是什么时候？"

"啊，那挺早，是毕业以后，当警察不久的事。"

是这样？那，又意味着什么呢？那就可能意味着，林希望在过去可能处过女朋友，一度还挺有信心的，可是后来希望却破灭了，如果这样……

李斌良没有时间考虑这个，而是盯住林父说，他提供的情况很重要，除了这些，还有什么可以告诉自己。

林父想了想说："这个……那是我检查出病来以后，他很着急，也很犯愁，还说要想法借钱给我看病。他就那点儿工资，够自己花就不错了，上哪儿去弄钱哪？我怕他压力大，着急，干出什么对不起警服的事来，就劝他别着急。可是，过了一段时间，他忽然到处打听哪儿能治疗我的病，还打电话跟北京上海的大医院问过。有一回，还要带我去北京看病，我问他从哪儿去弄钱，他说找过去的同学借。我说，我的病不是好治的，不知道得多少钱，说啥也不同意，后来，他就不再说这事了。"

"我上次来，你怎么没跟我说这事？"

"这……我害怕他有啥腐败的事……"

李斌良明白了林父的意思，儿子虽然死了，可是他还希望他留个好名声，他担忧儿子真的有什么见不得人的事被翻腾出来，才没有对任何人说。

"李局长，有人找你！"

李斌良正思考着，陈青的声音忽然从外边传进来。片刻，他带着一个中年男子走进来，五十多岁的样子，干瘦，灰头灰脸的，看上去没有精气神。可是，走进来后就把手伸向李斌良："李局长，您好，我叫鲁银。"

林父介绍说："李局长，这是我过去打工的煤矿的矿长。鲁矿长，您坐，坐。"

鲁银说："李局长，您坐，坐。"鲁银说着，坐到一个木凳上，又拿出一盒香烟，抽出一支递给李斌良，李斌良急忙摇手说自己不吸烟，他就自己点燃了，一副自来熟的样子说："李局长，您别见怪，我是听说您要来，特意来找您反映情况的。"

林父说："那天鲁矿长来看我，打听希望案子的情况，听说你亲自来过我家，挺佩服的，就告诉我，如果您再来，一定通知他一声，他有话跟您说，或许对破案有帮助。"

"那好啊，鲁矿长，你要说什么？"

鲁银说："李局长，我觉得，林希望被害，不是家这边的事，肯定是市里边的事，没准儿，和你们公安局内部有关。"李斌良耐心地问："鲁矿长，你为什么这么说？你有什么具体想法吗？"鲁银说："有啊，我觉着，可能和你们那个张副局长有关。"

什么……张华强……

鲁银的爽快和见解都让李斌良惊奇，这个外表干瘦、其貌不扬的人开始引起他的注意。

"反正我已经这样了，所以也就没啥顾忌了，李局长，我所以要见你，是要告状，告张华强。不过你别担心，我不是强迫你非解决不可，只是让你知道张华强是什么人。

"你可能还不知道，张华强表面上当着你们公安局的副局长，可实际上呢，他也是个煤老板，现在身家最少有五个亿。你知道吗？"

张华强这人不怎么样，自己是深有感触的，他有腐败行为也很可能，可是，说他还当着煤老板，自己可是第一次听到，身家五亿。这就难免有夸大的成分了吧……

"李局长，我看出来了，你不信我的话。那你慢慢听我说。"鲁银吸了口烟说起来，"其实，张华强插手煤炭行业，是从二〇〇四年煤炭市场好转以后。最初，他在我们林泉市周边区县通过各种手段，私挖滥采，用报上的话说，获得了第一桶金。但是，这仅是开始。他真正发家，是从我的煤矿开始的。"

鲁银深深吸了口烟，陷入回忆中，片刻后才开口："那是二〇〇七年，张华强让他的内弟承包了我为法人代表的乌山煤业。你知道我为什么要承包给他们吗？因为我的煤矿开得实在太难了，张华强管着炸药，处处刁难我，你知道，没有炸药，煤矿是寸步难行啊。另一方面呢？他们还暗中指使一些地痞流氓对我敲诈勒索，暗中破坏，我实在难以经营下去了，没办法，就降价承包给他们了。谁知道他并不满足承包，他要霸占我的煤矿。二〇〇四年三月，张华强瞒着我，准备将我的煤矿以五亿元价格出卖。他找到买家后，收了五千万元预付款后，首先把我过去雇的福源土石方工程机械有限公司赶走。因为福源公司没拿到施工垫付款，所以拒不退出工地。于是，张华强就指使他内弟召集了二百余名社会闲散人员，拿着木棍、铁棍、镐把、砍刀、火枪，闯进福源公司大打出手，造成多人受伤，公司财物损毁几十万元。福源公司实在惹不起他们，被迫退出乌山煤矿工地。"

听着鲁银说的话，李斌良的心咚咚跳起来。这次，他没有再怀疑鲁银讲述的真假，在碧山这片土地上，似乎出现任何匪夷所思的事都是正常的。可是，他还是忍不住问了句："后来呢？打砸的二百多流氓没负任何责任？公安机关没过问？"

鲁银说："嗯……也不能这么说，因为这起案件影响特别大，听说，公安部都过问了，可是，经张华强四处活动，最终，由张大脑袋一个人顶了罪……对，张大脑袋是个社会混混，当时出面指挥了，但是，他只是出头的，张华强花了一笔钱，让他顶了罪，再一番活动，仅判了个有期徒刑两年缓刑三年。等于没判。"

"后来呢？他是怎么霸占了你煤矿的？"

"你别急，听我慢慢说。"

鲁银喘息了一下，显出疲态。他把香烟尾巴扔到地上踩灭，从兜里取出一个塑料袋，再从中翻出一堆东西，忙活起来。李斌良看到，鲁银拿出的是锡纸、打火机、小袋子、铅笔粗的白色圆筒。又见他从小袋子里磕出一点白色粉末在锡纸上，用打火机在纸下烘烤，待白烟冒起，拿起圆筒深吸一口，闭上眼睛开始享受……

这……李斌良又惊又气："鲁银，你吸毒？"

"这是筋儿，不是毒品，"鲁银睁了一下眼睛说："不上瘾，很便宜。"

作为警察，李斌良当然知道这个所谓的"筋儿"是什么东西，筋儿的学名中甲卡西酮，也是毒品的一种，吸食后令人精神亢奋，虽说危害没有白粉什么的那么大，但是，经常吸食也对身体有害。想不到，这个鲁银居然当着自己这个公安局局长的面儿，大模大样地吸起来。

李斌良有些气愤，这个鲁银太过分了，根本没把自己这个警察、公安局局长放在眼里。应该……

鲁银好像猜到了李斌良心中的想法，没等他采取行动主动说起来：

"李局长，您就担待点儿吧，我要不吸点儿，就讲不动了，可是，我好不容易见你一面，我必须把话说完。对，你想继续让我说吗？要是不让我说，我就不抽了，那你走吧，要不把我抓起来吧！"

按理，真该把他抓起来，治安处罚。可是，李斌良没有这样做，因为，他想继续听鲁银说下去。因而，李斌良控制着自己的情绪，做出一副视而未见的样子。鲁银也就继续一边吸，一边说下去。

"你知道吗？我已经在外漂泊了五年多，或者住在朋友家，或者窝在某个廉价宾馆里，每年只偷偷回家一两次。我已经彻底破产了，对，我的社交圈只剩下一些同样在躲债的前煤矿主。没有工作，只靠家人接济，或者向朋友借钱度日。这一切，都是拜你们的张华强副局长所赐啊！"

鲁银接连吸了几口，眼睛闪起了亮光，精气神也回来了，然后自觉地把"筋"熄灭，继续讲下去："尽管张华强赶走了福源土石方公司，可是，煤矿还在我手里，我依然不同意出卖煤矿。于是，张华强开始玩阴的。你知道我这一口是怎么沾上的吗？就是张华强搞的。他先让他的内弟，安排手下成员赵喜仁引诱我吸毒。那时我有钱，也想寻求刺激，就沾上了。可是，没吸几回，张华强就把我抓住了。那抓得才紧呢，我刚点着吸了没几口，门当一声就被踹开了，几个特警冲进来，给我戴上了手铐，然后，把我送进了强制戒毒所，强制戒毒两年。就在我被强戒期间，张华强顺利地将我的乌山煤业给卖了，当时卖价五亿元人民币，听说，这笔钱，被张华强和他内弟分了。所以，我说他现在最少身家有五亿元，多吗？对了，因为把我送进戒毒所，张华强还受到了公安局表扬，说他敢于碰硬，把煤老板送进戒毒所了。"

李斌良的心又咚咚跳起来，他极力克制着自己，努力用平静的口气问："鲁银，张华强还有别的什么事吗？""那可多了。"鲁银说，"好事没有，全是缺德事，犯法的事，搁到别人身上进监狱掉脑袋的事，搁他身上却啥事也没有。"李斌良："你说具体点儿。"

鲁银说："好，你听着，二〇〇八年三月九日，张华强经营的煤矿井下非法储存的炸药发生爆炸，致井下六名工人死亡，多人受伤。案发后，张华强以给一百万元另加服刑期间每年十万元，诱骗分管技术的范昌宏将安全事故责任全部包揽，顶了罪。他在经营西林煤矿期间，曾发生过三次重大责任事故，致四人死亡，都瞒报了。这事老林也知道，老林，你说说。"林父说："是，鲁矿长没说假话，当时，我就在西林矿打工，这事我经历过，多亏那天我没下井，不然活不到今天。"

李斌良说："可是，你们能提供证据吗？"林父："这……这可提供不了，对，我能证明，如果身体能顶住，我还可以找几个当时的工人一起证明，别的可就不知道了。"

鲁银说："李局呀，你这时候要证据，实在是太难了，事故的现场早就消除了，工人一茬接一茬，也不好找了……"李斌良说："可是，别的呢？包括当时抢救的情况，还有受伤人员的治疗情况，在哪家医院，可以找到吧?"鲁银说:"这得费一番工夫了。不过李局,你要真能处理这事,我可以下功夫去找。我虽然完了,可是要能扳倒张华强,就是死了心里也舒畅。"李斌良没有马上回答,因为他真的没有把握,自己能不能管这事,管到什么程度。

鲁银说:"算了,李局,您也别太往心里去。我不是非要你解决不可,我就是想跟您说说。咳,您别看碧山黑天黑地的,可是,在煤矿底下,可是埋着一条条白骨啊!"

李斌良的心被这话刺痛,可是,他仍然没有开口。

"李局长,您别太为难了,我理解你,真的理解,我找过的衙门很多,很大的也找过,比您大得多的官儿也找过,可是,一点儿用都没有。对,您知道吗?通过我个人这个事,再加上很多相同的事,我得出一个结论。"

李斌良说:"什么结论?"

"李局长,您可别说我反动啊,我觉得,在碧山……也不只碧山,大概要天塌地陷了。"

李斌良没有正面回应,他只是说了一句:"鲁银,今后你不要再吸'筋'了。"鲁银叹息一声说:"谢谢李局长,我也是没办法呀,只要您能把我反映的问题解决了,把岳强发解决了,我立马就把'筋'戒了。"

3.举报电话

返回路上,李斌良心情恶劣之至,好久没发一言。陈青理解李斌良的心情,也忍着不说话。最后,还是李斌良打破沉静:"陈青,鲁银的话你都听着了,有什么想法?"

"我觉着,他没必要撒这个谎,而且,说的事也符合张华强的为人。怪不得他这么牛,原来身家几个亿。"

是啊,一个公安局副局长,身家几亿,可以想象吗?关键还不是他有多少钱,而是钱完全是巧取豪夺来的,是通过犯罪手段来的,是抢来的。这哪里是警察,是公安局局长,比土匪还土匪,比电影里的南霸天还恶……

"怪不得,在副局长里边唯有他弄了个正处级,穿上了白衬衣。狗戴帽子,装人。李局,你真得小心点儿,别轻易地跟他斗,搞不好被他的钱算计喽。"

如今的年轻人,在这方面特别敏感,尽管陈青是个直爽的青年,可是,成长于这样的社会环境中,使他对社会的认识,甚至比自己还要深。

李斌良知道陈青说得对,可是,他无论如何也难以把鲁银的话抛到脑后。回到局里后,他把郁明找到办公室,说起鲁银的话。郁明叹息说:"这几乎是公开的秘密,局内局外好多人都知道。"

"那你为什么早不对我说？"

"一、最初，我不知道你是什么样的人，不想对你说。二、后来知道了你的为人，不想让你有太大的压力，也不想对你说。对了李局，听我一句，张华强真的不好斗，你拿不到他三寸就出手，搞不好会被他咬一口。当前，最紧迫的是破案，是侦破林希望的案子。"

郁明说得有理，李斌良努力控制住愤怒，让郁明离去，又陷入到林希望的案件中去。根据林父提供的情况显示，林希望过去可能真的有过女朋友，后来，中断了这种关系。那么，这个女朋友会是谁呢？能不能知道什么情况？林希望被害，能不能和这个女朋友有关？

响起轻轻的敲门声，李斌良心一动，嘴上说着"请进"，目光看向门口。

走进来的是谢蕊，她的手上捧着文件夹。

李斌良接过文件夹，一边翻着，一边假作无意地突然说了句："今天我去林希望家了。"正要转身离开的谢蕊身子一震，停下脚步。

"林希望的父母说，林希望过去处过一个女朋友……"

谢蕊木然地站在李斌良面前。

李斌良盯着谢蕊："谢蕊，你知道林希望过去的女朋友是谁吗？"

"不知道。"

李斌良听出，谢蕊的声音中有一丝颤抖。李斌良盯着谢蕊的眼睛，清晰地看出，她从最初的震惊中平复下来，渐渐变得镇定了。

"李局长，没事我走了。"

谢蕊说完走了出去，李斌良盯着她的背影，一瞬间，他几乎确认，谢蕊就是林希望处过的女友。可是，她为什么不承认，而且态度如此坚决？稍作思考就可得出结论：如果她承认和林希望有过恋爱关系的话，将会给她带来麻烦。那么，这个麻烦是什么？林希望被害，是不是和她有什么关系……

又响起脚步声，魏忠成走进来，还是一副愁眉苦脸的模样，说自己是山穷水尽了，请李斌良启发一下，提供新的思路。李斌良就把林父提供的情况告诉了他。

魏忠成现出震惊的表情："如果林希望有过女朋友，那会是谁？"

李斌良说："我正想问你。"

"这……根据他的经历，不是警院，就是局内了……哎，能不能是谢蕊呀？"

"最起码，值得注意。"

"嗯……那，就算是谢蕊和林希望处过对象，她会和林希望被害有牵连吗？"

"问题是，谢蕊一直否认和林希望处过对象。"

"嗯……对，对，这很可疑……李局，林希望父母还说什么了？"

李斌良又把林希望要给父亲弄钱治病的事说了，魏忠成再次惊诧："有这事？这……又意味着什么？"

李斌良说："是啊，意味着什么？"

"这，得好好琢磨琢磨，难道，他弄了什么不该弄的钱？搞了什么腐败？可是，他一个普通的技术员，有啥搞腐败的能力呢？"

"是啊，他想搞腐败，必须通过案件，可是，他只负责现场勘查，物证检验，能搞出什么腐败来换钱呢？"

"对呀。"魏忠成赞同说，"他既不是局长，又不是支队长，连个大队长、中队长都不是，手里一点儿权也没有，能搞什么腐败呢？不像有的人，大权在握，身家几亿，要说这样的人搞腐败我相信，说林希望搞腐败，不可能，不可能。"

李斌良被魏忠成的话吸引："魏局，你说谁大权在握，身家几亿呀？"魏忠成吭吭哧哧地说："我只是随便说说，随便说说……"李斌良说："随便说也得有具体对象啊。"魏忠成说："这……咳，没想到让你抓住了。我就不说姓名了，你没觉出来吗？他凭啥那么牛？因为有依仗，最大的依仗就是有钱。不过，你惹不起。对，今后，你得和他搞好关系，不然，人家动动手指头，就把你算计了。对，他可是局长的唯一候选人，你来了，可是顶了人家……咳，我都替你犯愁，他老是这么跟你斗，你今后怎么干哪……"

魏忠成的话几乎点出了名字，使李斌良深受刺激，他的思绪不由从案件转移到这个人身上。魏忠成走后，他长时间在两个焦点之间选择，到底是先对付张华强，还是破案。但是，想来想去最终还是把一肚子气咽了回去，因为种种迹象表明，对付张华强非但没有胜算，也不是能速战速决的，所以，他还是决定，把主要精力盯在林希望被害案上。

李斌良下了决心之后，把陈青找到办公室，关上门一番悄声交谈。

谈毕，陈青走出李斌良办公室。这时已经过了下晚班的时间，他经过文书室时，却发现室内的灯还亮着，谢蕊俏丽的身影伏在桌子上忙着装订文件。听到脚步声，她扭头向门口看来，和陈青的眼睛碰到一起，现出罕有的热情："陈青，找李局长了？进屋坐一会儿吗？"这是她第一次主动邀请，陈青当然不会错过，立刻走进去。

"谢蕊，过下班点儿了，还没走？"

"有一堆文件需要归档……这么晚了，你又找李局干什么？"

陈青想了一下："不是我找李局，是李局找我。"

谢蕊说："有急事吗？"

"也不算是急事，要我注意搜集林希望被害案的线索。"

"都过去这么长时间了，还能上哪儿去搜集线索呀？"

陈青盯着谢蕊说："这个……我只跟你说，你不要泄露给别人。"

谢蕊说："你说吧！"

陈青压低声音说："李局认为，林希望被害，肯定和咱们公安局内部人有关系，所以，要下大力气，从内部查线索……对，你认识林希望吧，好好想想，想起点儿什么，一定报告李局长。"谢蕊说："这……我要是知道什么，早报告李局了。"谢蕊说完，又专心致志地装订起文件来。陈青还想说什么，可是看她的样了，打消了热情，说了句："谢蕊，我走了！"陈青试探着向外走去。让他失望的是，谢蕊没有挽留。

吃过晚饭后，李斌良又把韩心臣找到自己的办公室，同样关上门，一番深入交谈，韩心臣对李斌良的想法表示赞同，答应协助他开展工作，还说明天就动身。

韩心臣离开后，屋子里静下来，李斌良的精力再次回到面临的两大矛盾上，他反复审视了自己的决定，认为是正确的：全力盯住林希望的案子，别的能放都放一放，张华强的事也要放一放。

可是，事情的发展不以他的意志为转移，当天夜里，他就改变了自己的决定。

因为做出了决定，他夜里睡得比较心安，睡得很香，甚至还做了个美梦，梦中，林希望的案子破了，抓到了凶手，可是，凶手被抓后却不惊慌，在给他戴手铐的时候，他居然对李斌良说，他不能抓他，他有后台，他要给后台打个电话，李斌良不允许，可是忽然想起，万一有来头的人打电话来求情怎么办，就慌忙关了手机，手机关了，忽然又想到办公室还有固定电话，也会被打进来，就决定把固定电话线拔掉。可是，拿起电话机，却想不出应该从哪儿拔电话线，正在费心尽力地找着，电话铃声忽然响了起来……

李斌良被惊醒了，好不容易才睁开眼睛，确认是真实的电话铃声，不是梦境。

话筒中传出的是一个急促的男声："李局长，帝豪盛世有卖淫嫖娼的。"

帝豪盛世……

李斌良脑海中迅速闪过这四个字，眼前浮现出帝豪盛世那气派的大楼，绚丽的灯光，漂亮的服务小姐，还有自己进入的房间，房间里的古泽安、武权、张华强……

男声说："李局长，怎么不说话？你害怕了？"

"胡说，我害怕什么？"

李斌良嘴上这么说，心里却真的感觉到顾虑重重，可是，这时候不容他表现犹豫："你举报的属实吗？"

"当然属实，现在你带人去抓，一抓一个准儿。对，我点几个房间，218、406、526，快带人去吧，不然就晚了。对，你一定要亲自指挥，别人不好使，你知道帝豪盛世是谁开的吗？就是你身边的人开的。"

李斌良说："你是说，张华强开的？"

"你一查就知道了，快行动吧。你要不敢查，就别当这个局长了！"

电话突然撂下了。

4．人赃俱获

李斌良迅速思考后，打了一个电话给郁明，然后又给中心分局长靳松打了电话，要他亲自带人以最快速度赶到帝豪盛世进行搜查，并将情况随时向自己报告。放下电话后，李斌良立刻穿好衣服，叫起值班司机，前往帝豪盛世，远远停下车，带着司机步行到帝豪盛世对面的树影下，隐藏起身子向前观察着。

分局长靳松反应还算迅速，李斌良隐藏好片刻，几辆警车就无声驶来，靳松带着十七八个警察跳下车，有着警装的，也有穿便衣的，迅速将帝豪盛世控制，向门口奔去。然而，帝豪盛世好像有所察觉，先一步在里边把门锁好。靳松敲门，声明警察身份，要里边开门，可是，里边就是不开，靳松等人一时无法进入。

靳松很是焦急，他从门口退出来，拿出手机准备打电话，这时，手机铃声却先响起来，他急忙拿到耳边，声音传到了隐藏观察的李斌良耳中。

"张局？李局亲自给我打的电话，要我带人来的。不行，张局，我不敢不听他的，要不，你亲自给他打电话吧。对不起了！"

靳松放下手机，又找了个号码，拨了一下，放到耳边。这小子，是给谁打电话？李斌良正想着，自己怀中的手机突然振起来，他急忙接起，靳松急促的声音传过来："李局，帝豪的门在里边锁上了，怎么办？"李斌良说："靳松，你是让我去给你破门吗？"靳松说："不是……我是说，我们可以破门吗？"

"以往遇到这种情况，你们是怎么处理的？"

"当然是强行进入，可是……"

"可是什么？"

"可是，帝豪和别的地方不一样……"

"有什么不一样的？"

"这……它后边有人。"

"有人怎么了？不管是谁，你都给我一查到底，出了事我负责！"

"可是，听说，帝豪的后边是张局。"

"我说了，不管是谁，你该怎么办就怎么办，张华强有想法，让他来找我。"

"那好，我们马上强行进入！"

李斌良看到，靳松放下手机，匆匆向守在门口的警察们奔去，说了句什么，警察们从车上取出准备好的破拆工具，走向门口，这时，急促的警笛声忽然由远及近驶来，靳松等人停下手，扭头看去。

一辆警车驶到帝豪盛世门口停下，几个巡特警跳下车，带头儿的正是曲直，他气冲冲走向靳松。曲直说："靳局，你要干什么呀？知道这是哪儿吗？"靳松说："这……是李局命令我们来的……"

"谁也不好使。"曲直大声说，"这儿是二哥的地盘，不知道吗？赶紧撤，撤！"

靳松说："那可不行。曲支队，我奉劝你别这样，撤的应该是你们，你们成什么了，身为警察，居然给涉嫌犯罪的场所当保镖，阻拦我们执行公务。你现在走，我不报告，你要真阻拦我们，那实在没办法，我得报告李局。"

曲直说："靳局，你别拿李斌良吓唬人，你想明白，李斌良是碧山人吗？他能在碧山待多久，我告诉你，很快他就得滚，碧山是二哥的，明白吗？"曲直说完，示意带来的几个巡特警堵住帝豪盛世的门，不许分局的警察破拆。靳松说："曲直，你太过分了！"靳松离开曲直，又拿出手机拨号。

李斌良从黑影中走了出去。"怎么回事？"声音之响亮、严厉，出乎李斌良自己的意料。这是郁积在胸口的愤怒喷发出来的，因而一下子就镇住了局面。

分局长靳松看到李斌良突然出现，像看到救星一样奔上来："李局，你什么时候来的，你看……"靳松比画着眼前的场面让李斌良看，李斌良走向曲直。

"曲直，看来，你是真的不想在碧山公安局干了？"

曲直盯着李斌良，嘴唇动着，说不出话来。李斌良说："曲直，你为什么这么干，谁让你来的？"曲直说："这……少来这一套，一切我扛着，我豁出去了，爱怎么着怎么着！"李斌良转向其他警察："看什么，执行任务！"

靳松迟疑一下说："这……是，看什么，马上行动，强行进入！"靳松带来的警察开始破门。可是，曲直的眼睛闪了一下，现出决绝的表情，突然对自己带来的几个巡特警大声道："你们是看热闹来的吗？快，没有二哥的话，谁也别想进去！"几个巡特警听了曲直的话，立刻上前阻止分局警察破门。两拨警察形成了对峙，但是，曲直带来的巡特警虽然少，却气势汹汹，而分局的警察看着李斌良，却是一种观望的态度。

李斌良真气坏了，正要说什么，突然又有警笛声远远驶来，迅速驶近，两辆警用轿车驶来，跳下七八个巡特警，为首的正是陈青。

这下好办了，李斌良命令陈青，带人控制住曲直，再命令其他警察，破门进入帝豪盛世。在这种情况下，曲直带来的几个警察不敢再对抗，而是听从了李斌良的命令，曲直也被陈青带着两个巡特警控制住，推进车中。

李斌良知道，经过这一番折腾，里边的人早已惊动，不可能抓什么现行了。可是，整个大楼都被警察控制着，相信里边的人还没有逃走。果然，当警察们进入后，四十来岁的女老板带着几个保安迎上来，愤怒地提出抗议，问警察为什么这样对他们酒店，他们的酒店怎么了。李斌良不予理睬，而是直接命令所有警察行动，对大楼内所有房间进行搜查。

果然，在一些包房里发现一些男男女女，可是，他们都说是来正常消费的，没有违法犯罪行为。可是，物质不灭定律发挥了作用，一些房间里发现了避孕套和性用具，有的避孕套内还有精液，更有甚者，还在有的房间内发现了吸毒用具。当李斌良询问女老板这些东西的来历时，其沉默后说，可能是顾客带进来的。李斌良说不管谁带进来的，她提供了场所，涉嫌容留卖淫、嫖娼和吸毒。女老板再说不出话来。

搜查中，李斌良带着靳松和几个警察来到三楼，停在一个房间门口，这是个锁着的金属防盗门，门上没有标志，不知里边有什么。李斌良命令女老板打开房间，女老板却说没有钥匙。李斌良不再多费口舌，当即命令强行打开。当门打开，他跨进房间时，不由有些震惊。

房间非常宽敞豪华气派，装潢得也非常高档，靠里边处，是一张硕大的老板台和高级皮转椅，屋子另外三面，摆放着一圈高档沙发，整个屋子看上去，既像大老板的办公室，又像小会议室。有趣的是，老板台上还摆着一个关羽和一个财神爷的塑像，更有趣的是，还摆着一个毛主席塑像。

这到底是什么场所？李斌良正在犹豫，被控制的女老板闯了进来，吵嚷着不许动这屋的东西，还说，要是乱动，出了事你们负不起责任。

奇了怪了，一个涉嫌犯罪的娱乐场所女老板，居然用这种口气跟公安局局长说话。李斌良问她，这屋子到底是干什么用的，为什么不能动，女老板却说不出来，只说谁动谁负责。

李斌良火了，下令将女老板带走，对这个屋子进行搜查。很快，老板台的抽屉打开了，里边放着几包软中华香烟和几包高档茶叶，还有几片色情影碟，还有几个账本儿类的东西，记载着某日收入几万元等。难道，就是这些东西不能乱动，动了负不起责任吗？继续搜。一个保险柜打开了，里边居然放着两副手铐、几根警棍、几把匕首，还有……还有两把"六四"式手枪。

李斌良色变，让人把女老板带进来，问她这是什么，从哪儿来的。老板娘低头不语，但是，表情并不十分恐慌。

李斌良打电话给技术大队长许墨，要他带技术人员来，对所有搜出来的嫌疑物品进行拍照、录像、检验。检验的重点是两支六四式手枪，特别要求，要和林希望头上的弹洞及提取的弹壳和弹头进行比对。

对，林希望是被手枪击中前额而死的，现场发现的子弹头和子弹壳经鉴定，出自于"六四"式手枪，可是，在全国的枪支档案库中没有登记，也就是说，那是支黑枪。

而这里忽然出现两支同类手枪，李斌良不能不浮想联翩。

搜查完毕，李斌良率队带着赃物、物证及涉嫌违法犯罪人员和经营人员，走出帝豪盛世，一眼看到天已经大亮，好多群众在围观，一个个窃窃私语，眼睛闪着胆怯的快乐之光，跟拆迁二道街违章建筑时的围观者目光差不多。

看着这些目光，李斌良心里生出一丝快意，觉得心头的石头轻了许多。命令所有人员上车，返回局里。

可是，当回到市公安局大楼前，下了车，将嫌疑人和物品带往楼内的时候，却发现警服严整、佩三级警监警衔的张华强带着两个巡特警站在门前等待着。

警察们看到张华强，气概都为之一颓，而女老板却神情一振。所有人的目光都看向李斌良。李斌良说："看什么，都押进去，突审！"李斌良带头向楼内走去，张华强想阻拦，被其气势所逼，下意识地闪开身子，警察们押着涉案人员纷纷进入楼内。

已经到了上班时间，李斌良招来刑侦支队长霍未然，要他组织人员配合分局，对抓获的所有人进行审讯，而且要求全程录像，确保合法合规。

一切布置完之后，李斌良走向自己的办公室，当他走到通往自己办公室的走廊时，听到背后有脚步声，扭头看了一眼，是张华强。

李斌良以为他回自己的办公室，没有理睬，打开自己办公室的门走进去，身后却跟来张华强的说话声："李局！"

李斌良走进办公室，扭过头。张华强随之走进来，关上门。李斌良盯着张华强，准备着一场激烈的冲突爆发，可是出乎意料，张华强却只是说："李局，你采取这个行动，怎么不跟我打个招呼啊？"没想到，他会是这种态度，不过，话仍然不对。李斌良冷眼看着张华强："为什么要跟你打招呼？"

"我管治安哪，你是一把手，这种事还用你直接出面吗？"

应该说，他的话有一定道理，可是李斌良心想：如果你可靠的话，我当然不用亲自出面。嘴里却说："举报电话打给我，要求我必须亲自指挥，再说时间紧迫，也来不及了。你和这个场所有什么关系吗？"

"有哇，还没来得及向你汇报，你可以问武局……啊，问武书记，怎么回事他一说你就明白了。"

这又是怎么回事？还没等李斌良给武权打电话，武权把电话打过来了，口气很不痛快："李斌良，你对帝豪盛世动手，怎么不跟我打个招呼呢？"

李斌良克制着情绪反问武权，自己哪儿做得不对，作为公安局局长，接到举报黄赌毒的线索，采取行动，难道还要跟谁先打招呼吗？

武权又说起政法委对公安机关的领导问题，这么大的事，理应跟他打声招呼。李斌良听得冒火："武书记，咱们讨论过，政法委的领导是原则领导，政治领导，不是干预具体司法活动，一旦在党的领导下建立了司法体系和制定了法律，党的领导干部要模范遵守，而不是任意插手具体工作和具体案件。"

武权说："李斌良，我不跟你辩论这个，我问一个问题，你查帝豪盛世，是不是公安局党委的决定？"李斌良说："不是。无论是人民警察法还是公安工作的各种法规，没有一条规定，抓个黄赌毒还需要党委集体决定。武书记，你当局长时，查个场子，也要通过党委研究决定吗？"

武权说："可是，帝豪不同于别的场子，它是个点儿。"

"点儿？"

李斌良很快明白了，武权说，帝豪盛世是公安局的特情点儿。

当了这么多年的警察，李斌良当然明白特情点儿是什么。它等于公安机关的秘密情报站，主要用于搜集社会和刑事犯罪情报信息，为打击犯罪服务。这样的场所，是受特殊保护的。怪不得女老板那么猖狂，原来……且慢——

李斌良问武权，帝豪盛世是特情点儿，作为公安局局长，自己为什么不知道？

武权说，还没来得及跟他交代。

那么，设立特情点儿有严格的要求，批准手续在哪儿？武权说："我口头批准的，哪有什么手续？"

没有手续？妈的，你们玩谁呀？李斌良火了："如果没有手续，就不能认定为特情点儿。"武权也火了："你说不是就不是啊？是我批准的，魏忠成和张华强都知道，张华强负责经营。你赶紧找个借口，把人放了，时间长了传出去不好。"

李斌良问："武书记，我们在帝豪查到了黄赌毒的证据，这怎么解释？"武权说："没什么解释的，特情点儿，犯点儿毛病正常。"李斌良说："可是，公安部对特情点儿的规定却不是这样，绝不许违法犯罪。还有，在里边搜出了警械，还有两把手枪，怎么解释？"张华强在旁开口了："手枪是我放到那儿的。"李斌良说："那是谁的手枪？哪儿来的？"

"这……是……巡特警过去没收的黑枪。"

"那为什么不上缴，为什么放到帝豪盛世里边，那个屋子又是干什么的？"

张华强被李斌良逼问得按捺不住了："还没头儿了？你说，到底放不放人？想咋办？"李斌良说："咋办？依法审查，处理，追究责任！"张华强说："好，姓李的，你等着，等着！"

张华强转身一脚踹开门，走了出去。

李斌良心底的火一股股地往上蹿：好，今儿个我非查个底掉不可，看看你们到底搞的什么名堂。武权在手机中还在喂喂地要说话，李斌良说："武书记，一切等我审查完再说吧！"然后放下手机。

李斌良走出办公室，走进郁明的办公室，见他正在摆弄着一台小型录像机，见李斌良走过来，急忙招他去看镜头，看了几眼，李斌良告诉他一定保密，按照预定的计划进行。郁明让他放心。

5. 暧昧的态度

李斌良首先对审查情况进行了解。因为被抓的人多，且分别审讯，你不说他还说，他说了，你必须得说，所以很快取得了突破。那些男女顾客不得不承认在帝豪盛世卖淫嫖娼和赌博、吸毒的事实。至于经营人员、服务员，多数在审查中也承认，帝豪很长时间以来，存在容留卖淫嫖娼、赌博和吸毒行为。至于是不是警方的特情点儿，没有一人提及，这也就意味着，在他们的心目中，根本就没有警方特情点儿的概念，换句话说，帝豪盛世根本就不是什么特情点儿。

这样一来，李斌良心里有了底，打电话把情况报告给厅长林荫。林荫很是气愤，说他们也太胆大妄为了，就算是特情点儿就可以这么干吗，那是给公安机关抹黑，而且罪加一等，即便是省厅刑侦总队的特情点儿管理也非常严格，没有这种事啊，即便是特情点儿，也要严肃处理。李斌良听了这话，胆气更壮了。

别的人都审完了，口供都拿了下来，证据已经很充分了，李斌良走进女老板的审讯室，把目前的大势告诉了她，甚至让她看了一些手下交代的录像，她有点儿撑不住了，但是仍然不怎么害怕，说她不对此负责，让李斌良去找二哥，也就是张局。

李斌良没有马上找张华强，而是对刑侦、治安、经侦支队长及各分局长进行了询问，确认，他们在侦查破案中，从未得到过帝豪盛世提供的任何破案线索。

．

这时，几个参与帝豪盛世账目审核的财务人员开始汇报，从缴获的账本上看，帝豪每月收入二百万元以上，每年收入两千多万元。而这些账目多为容留黄赌毒所为。也就是说，帝豪盛世就是一个变相淫窝、毒窝、赌城。

面对这些情况，李斌良心潮起伏，想象着该怎样对张华强们进行追究，他们又会怎样的顽抗。由于对碧山的社情已经有了较充分的了解，即便掌握了这么多证据，李斌良对胜利仍然没有十足的把握，甚至还有几分担心、戒心，不知道他们会如何报复自己，自己会遭到什么样的打击。

李斌良等着武权们打电话来，或者亲自来找自己，可是，他们的电话没打来，别人的电话打来了。

首先，郁明匆匆走进李斌良的办公室，带着神秘的微笑说，有省内媒体记者打电话来，询问帝豪盛世的事，自己的回答是，不了解情况，可是，放下一个电话，又来一个，转眼间接了四个了，都是新闻媒体打来的，有的说还要派员来碧山了解情况。

郁明的话没说完，李斌良桌上的电话也响起来，李斌良接起后，也是一家新闻媒体打来的，说他们在网上看到了碧山帝豪盛世的事，要进行采访，李斌良耐心告诉他们，此案正在深入侦查审查中，具体情况无可奉告。

可是，刚放下这个电话，另一个马上又响起，都是新闻媒体打来的，李斌良都是这样回答，最后，连谢蕊都接到了电话，慌张地跑过来，问李斌良怎么回答。

这时，武权气势汹汹找上门来，酒糟鼻子更红了。不过，这回他不说帝豪盛世被查的事，而是问，网上那些有关帝豪盛世的视频是怎么回事。一副真理在手、正义在胸的样子。

李斌良佯装不知，说他接了一堆各地媒体打来的电话，才知道有视频在网上传播，也感到奇怪，不明白怎么回事。

武权不相信李斌良的话，说录像很全，有室内有室外的，不是警察，谁会这么做？李斌良解释说，帝豪内部人员复杂，有被抓获的涉嫌违法犯罪的消费者，也有众多的服务员，现在人手一部手机，就等于人手一部录像机，任何人都可能这么干，借机宣泄对帝豪的愤恨……

武权没有证据能否认李斌良的话，也不敢咬定是李斌良派人干的，就改了口，咒骂起这么干的人，说这严重损害了碧山公安政法机关的声誉，损害了碧山的声誉，必须认真追查，找出这个害群之马，严肃处理云云。

涉嫌经营淫窝、毒窝、赌城的不追究，却要追究举报的人。这就是原公安局局长，现任碧山市政法委书记。

但是，武权说了很多，却再不提特情点儿一个字，这让李斌良心里完全有了底，看来，他刚才的特情点儿之说，根本就是假的，是用来保护犯罪的。

作为政法委书记，为了保护一个涉嫌严重犯罪的窝点，居然把它说成是公安机关的特情点儿。什么东西！

最终，武权平静下来，温和下来，问李斌良，打算怎么处理这事。李斌良反问武权，他认为该怎么处理。

武权说："这个，要是就事论事，性质挺严重的。可是，谭书记说过，我们处理问题，必须讲政治，从大局出发，以维护社会稳定为第一目的。你瞧，现在有些新闻媒体闻风上来了，我们再大张旗鼓处理，他们要是知道了，肯定会盯住不放，那肯定损害碧山形象。你说是不是？"

"武书记，你就说吧，怎么处理合适？要不，为了维护稳定，维护大局和碧山的形象，就不处罚了？"

"不不，处罚是要处罚的，但是，出于各方面考虑，宜轻不宜重。"

"宜轻不宜重？"

"是啊，其实你也知道，像帝豪这种情况，不光咱们碧山有，各地都有，像东莞，不是比咱们严重多了吗？各地都是自我保护，咱们没必要出这个风头，如果真的处理得太重，满天下都知道，你说，会是什么结果？市委、市政府肯定不满意。损害了碧山的形象，也就是损害了市领导的形象，要是传遍全国，那就不只是损害碧山的形象了，而是损害了全省的形象。你想想，那时，各级领导对你啥看法？恐怕，吃不了兜着走。"

听听，听听，照这位政法委书记的话，搞黄赌毒的没事，查黄赌毒的倒有了问题，而且很危险，这他妈的……哎，别发火，细想想，武权说的还不是瞎话，他的这种混账逻辑，在社会上有时还大行其道，确实有公安机关因为打击黄赌毒，主要领导遭到报复的，在碧山这种地方，更会什么事都出。

可是，李斌良并不服气武权的逻辑，他向武权学习，压住火气，一条一条地向他询问：

"那好，武书记，你说说，涉案人员都怎么处理吧？譬如，帝豪的服务人员，该怎么处理？"

"啊，他们轻点儿重点无所谓，重点儿也好，显示出咱们的态度，够拘的就拘，够判的就判。妈的，就是劳教所取消了，不然送劳教所，省事。"

"那，经营者呢？我说的是那个女老板，她的态度可很不好啊！"

武权说："这个，按理，应该从重处理，可是，凡是办这种场所的人，能量都小不了。你就是移送检察院，也起诉不了，就是起诉了，也不一定能判刑，就算是判刑了，也不一定判实体刑，要是判了缓刑，等于没判差不多，那你还折腾什么呀？你说是不是？"李斌良说："那你说怎么办？"

"可以拘留她一些日子，对，拘她一个月。还有就是狠罚，罚她个倾家荡产，五十万，不，一百万。"

"武书记，我们查了他们的账，初步计算，他们每年最少收入在两千万以上。"

"这……这么多？"

"是啊，你说，罚五十万、一百万对他们有意思吗？"

"这……那就多罚，罚二百万，不，五百万，一千万，能罚多少罚多少。对，罚的钱，留给你们，作为公安经费使用。"

"武书记，你不知道吗？公安机关是收支两条线，罚没是要上缴财政的。"

"那没关系，我跟市里说一声，再返还给你们。"

二人在对老板娘的处理上最终没能达成一致，李斌良表示，个人意见，还是要移送检察院，至于他们是否起诉，法院怎么判，那是以后的事。在这一点上，二人虽然意见不一，但是没有过多争论。

最后，李斌良问起最关键的问题："武书记，除了帝豪的涉案人员，别人怎么处理？"武权问："别人？还有什么人？"李斌良又开始冒火，他竭力控制着说："武书记，你不知道吗？在帝豪的一个房间里，发现了手铐、警棍、管制刀具，还有两支黑枪和子弹。"

"这……张华强不是说，是他放到那儿的吗？"

李斌良心里的火在一股一股地往上冒，盯着武权不语。武权说："华强这小子也是，怎么把收缴的黑枪放到那儿？"李斌良说："那儿是什么场所？是黄赌毒窝点，作为公安局分管治安的副局长，为什么要把黑枪和警械放到那儿？这怎么解释？"武权一时说不出话来。

李斌良继续追问："或许，那些涉嫌犯罪的人员说，那是张华强的办公室。武书记，你知道这事吗？张华强为什么把办公室设在那里？对，局里明明有他的办公室，他为什么在帝豪盛世又设了一个？"

李斌良说这些话时，是竭力控制着怒火的。如果不是现在查出来了，他是无论如何想不到会有这种咄咄怪事在自己的眼皮底下发生的。至此，他也明白了，之所以时常在局里见不到张华强的影子，开会迟迟不到，多数情况下，他都是在帝豪盛世那个办公室里"工作"的。而他的这个"工作"，就是坐镇帝豪这个淫窝、毒窝、赌城。是啊，有市公安局治安副局长坐镇保护，那不是绝对安全吗？

武权一直在回避这个问题，但是，此时再也回避不了啦。他声音放软放低："斌良，你还想追究张华强的责任？"李斌良说："武书记，难道，你还想保护他？你想过没有，这事一旦败露，会是什么影响？我受连累不说，恐怕你也跑不了吧！"武权说："是，你说得有道理，这事要是传出去，社会上会怎么看咱们警察，对碧山市公安局的警察形象是多大的损害！"

怒火从李斌良心底升起："武书记，你说的问题很重要，这确实损害人民警察的形象，但是，最损害警察形象的是张华强的所作所为，而不是对他的严肃处理。难道，因为损害形象，就可以对他放任不管吗？这不更损害警察形象吗？"

"这……斌良你别急，这不眼看晌午了吗？走，咱俩找个地方，边吃边研究。"

李斌良说："不，我还有很多事要处理。武书记，你自己吃吧。对，今天咱们一定要拿出个处理意见来，你明白我的意思吧！"

"好好，我明白，那我先过去了！"武权匆匆离去。

李斌良脸上浮现出笑容，衷心的笑容，同时觉得心里挺舒服，到底抓住他们的软肋了。我倒要看看，他们还能怎么样……

6．干扰

李斌良快速吃过早饭，回到办公室，刑侦副局长魏忠成走过来，灰黄的脸有点儿泛红，还少见地现出笑容。他关上门坐到李斌良办公桌对面，小声说："李局，你是真行啊，我服了，服了。"

李斌良明白魏忠成的意思，是说自己动了张华强，他服气了。

"李局，你可是真的动真格的呀，帝豪盛世在碧山戳着没有十年也有八年了，谁敢动他们一个手指头啊？你一来……李局，你行，真行。"

李斌良说："魏局长，听你的话，你早就知道帝豪盛世的内幕？"

"这个，知道点儿皮毛，不知道内瓤。那种地方，我很少去。"

"魏局，你是老公安，又管着刑侦，别人说不知道帝豪的内幕我信，你不知道我可不信。"

"李局你听我说，其实，对帝豪的事，不光我知道，全局上下都知道，社会上也知道，张华强是真正的老板，可是，知道又能怎么样，张华强那样的，能把我放在眼里吗？其实，我打心眼里拥护你这么干。不过李局你也知道，张华强好惹的话他能张狂这么多年吗？你在碧山人生地不熟，他要真对你不利……李局，我是为你着想，你不能不考虑！"

"魏局，你什么意思啊？我既然敢这么做，就不怕他这一套，对，他有什么手段，冲我使出来吧！"

魏忠成说："哎，李局，你别着急，我的意思是，为了你着想，别逼他太急了，你说，碧山好不容易来了个好局长，再被他鼓捣走了，不是碧山的损失吗？再说吧，他毕竟是老警察了，当副局长也这么多年了，差一不二，就算了吧！"

"魏局，原来，你是替张华强来说情的？"

魏忠成现出苦笑："李局，您就谅解吧，我也是碧山人，还当着副局长，老亲旧友的不少，你这么一搞，不少人找上我了，都要我替他说句话，我……"

"不行。"李斌良说："魏局，别往下说了，你现在就算尽到心了，我知道了。"

"可是，你打算……"

"我没有打算，党纪国法在那儿摆着呢，我打算有什么用？"

"这……好吧，我知道了。李局长，你做得对，我要是坐到你的位置上，也得这么干，我支持你！"

魏忠成说着站起向外走去，李斌良送的时候问了句："魏局，到底是谁让你来找我的？"魏忠成说："这……咳，说了你也不认识。"

"那我就不问了，不过魏局，你得把你的精力用到该用的地方，明白我的意思吧！"

"明白，明白，林希望的案子。我是一宿一宿睡不着觉啊！"

"那就辛苦你了！"

魏忠成离开了办公室。

李斌良猜测，很可能是武权在没办法的情况下，要魏忠成出面软化自己的。他意识到，这仅仅是开始，或者说，魏忠成出面，仅是个试探。

试探在继续，高伟仁又走进来，脸上挂着和魏忠成差不多的笑容，同样是进屋后关上门，笑着说李斌良真行，敢动张华强，他非常解气，表示支持，可是，说着说着转换了口气，问李斌良打算怎么办。

李斌良反问高伟仁："如果你是我，会怎么办？"

"嗯……正常说，当然不能轻易放过他，可是……"

事情就怕这"可是"，高伟仁说了很多，说得嘴角都有了沫子，还是李斌良打断才住口："政委，你说这么多，到底什么意思？让我放他一马？对，你知道，张华强是市管干部，怎么处分由市委、市纪检委决定。他要是触犯了法律，也是检察院侦办。"高伟仁说："李局，你还想追究他的法律责任？"

"难道不应该吗？他是帝豪的实际控制者，也就是说，帝豪发生的所有涉黄、涉赌、涉毒案件他都有不可推卸的责任，根据目前掌握的情况，完全可以追究刑事责任了。"

"这……李局，你要这么说，我就无话可说了。"

李斌良盯着高伟仁不语。

高伟仁说无话可说了，可还是忍不住说起来，而且说了很多："我的李局，难道你不知道张华强的能量吗？不知道他后边都有什么人吗？你想判他的刑？怎么可能？李局，我不能眼看你这么往前冲，那会撞得头破血流的呀！"

高伟仁的态度很诚恳，但是，李斌良心里却很生气：你不止一次说过，会和我保持一致，全力支持我的工作，就这么支持吗？你表面上在替我着想，站在我这边，实际上在保护张华强，站到了张华强一边。

可是，这些话不能说出口，只能问："高政委，你到底想说什么，就直说吧！"

高伟仁说："这……你也知道，张华强是市管干部。"

"知道啊，所以，对他如何处理，要由市委做出决定。"

"可是，案子是咱们办的，你的态度非常重要，市委不能不考虑你的态度。"

"嗯……也对，如果市里的处分很轻，我会提出反对意见的。"

高伟仁说："问题就在这儿啊，怎么处理张华强，你的态度很重要。"

李斌良看着高伟仁不语。高伟仁看着李斌良的表情，也不再说话。

片刻后，李斌良说："政委，我以为，你只是受人之托，来随便跟我说说，没想到你居然这么认真，看这意思，你是非要让我改变态度不可？那我告诉你，不可能。张华强是什么人你不是不知道，自我来之后，他的种种表现你也知道，现在，他犯了这么大的事，我还要继续容忍他在公安局党委横行霸道？不可能！"

高伟仁说："这……可是，张华强不是好斗的呀。我知道你是对的，张华强是错的，可是，在碧山，哪有对错呀？恰恰相反，对可能是错，错，可能是对。你还看不出来吗？"李斌良说："高政委，那你是什么态度？难道，你也认为对就是错吗？"高伟仁说："那倒不是，可这社会形势……"

李斌良说："高政委，你不要推责任，我知道，碧山的政治生态不好，可是，我们要做好自己，得有正确的是非观念。咱们都觉得自己是好人，是好警察，可没有自己的立场，跟着风跑，能是好警察吗？好警察，就是在社会生态不好的环境下，坚持自己的立场。当老好人，不得罪人，算什么好警察？"

"哎，李局，你是在批评我吗？我可是为你好，实话跟你说吧，是武书记找的我，我没办法，才来找你的。"

果然是这样。李斌良舒了口气："他没跟你说过，已经找过我了吗？"

"说了，可是你不听，他就叫我劝劝你，不然，闹僵了，大家都不好。"

"大家一团和气，任帝豪和张华强胡作非为，那就好了吗？"

"这……李局长，你可真是烟火不进哪，行，今后我再不管你的事了！"

高伟仁转身向外走去。

"哎，政委，政委……"

高伟仁没有回头。咳，自己态度过分了，这种关头，把政委又伤了一下子。可是，不这么说，说什么呢？

高伟仁打发走了，李斌良却一点儿也没有放松的感觉，因为他知道，魏忠成和高伟仁都是试探，或者是对方派出的小卒，主将还没有出场。

那么，接着出场的还会是谁呢？武权已经出过面了，难道他还能舍着脸再来一次？不太可能，那么，还有谁？对，古泽安，按理，他该打电话了，可是，到现在却一直没听到他的声音，或许，他不管这件事了……那么，还会有谁？对，谭副书记不会亲自出面吧，他要出面也好，自己就把张华强的事跟他好好汇报汇报，估计，他听了也得发火……谭副书记不可能了，他们一伙应该就剩下了岳强发了吧，他是有钱，名声和能量都很大，但是，凭他跟自己的交情，直接出面向自己过问这事，可能性还是不大，那么，下一个会是谁呢？

电话响了。李斌良心想，来了。可是，拿起手机看了看，却放了心，因为，打电话的是聂锐。聂锐就说了一句话："来我办公室。"话虽不多，可是，李斌良感到了语气的沉重，难道……

李斌良带着复杂的心情走出办公室，郁明正好迎面走来："李局，怎么办，来了好多记者，被我安排在小会议室了，他们问这问那，还特别追问，帝豪盛世有没有保护伞，咋回答呀？"李斌良略一思考："好办，你先把已经查实的帝豪违法犯罪事实说一下，然后说，我们一定要深挖保护伞，要按照坚持从严治党、从严治警的方针，不管涉及谁，都要一查到底，严肃处理。对，你就这么说！"

李斌良走进聂锐的办公室，聂锐抬抬手，示意他把门关好。李斌良走到聂锐对面坐下，打量着他，看到他表情凝重，头发也乱蓬蓬的，少了几分往日的锐气。

李斌良意识到了什么，没有开口询问。聂锐开口了："知道我为啥找你来吧？"

李斌良说知道。聂锐说："其实，我对你的行动是百分之百支持，可是万没想到，压力落到我头上了。这不，接了好几个电话，都是有来头儿的，要我替张华强说情。"

"这……你又不管政法，找你干什么？"

"我不是市长吗？书记不在，我主持工作。他们也说了，武权虽然是政法委书记，但是和你关系不好。还说，在碧山唯一能说动你的人，就是我。"

李斌良沉默了，同时也感觉到这些人的厉害。他们说的是啊，在碧山，自己最信服的领导就是市长聂锐，现在，他们逼他出面了。这个面子给不给？

李斌良说："聂市长，你是什么意思？"

"我的意思是把张华强抓起来，判刑，追究刑事责任，可是，这能实现吗？你可能也知道，张华强钱厚，交得广，我倒没什么，可是，这些都会成为你的压力和陷阱。我真为你担心哪！"

"聂市长，你别担心，让他们来吧，我看他们怎么整我？"

聂锐说："斌良，他们不明整你，而是暗中整你，你防不胜防。"

李斌良说："我还就不服了，我犯了哪一条，他们凭什么整我？"

聂锐说："斌良，找一个人的毛病太容易了……"

"可是，我真不知道我有什么毛病，我刚到碧山赴任不久，不但现在，过去也从来没有过贪污腐败，徇私枉法的事，他们找我什么毛病？"

"斌良，别说斗气的话，你也不年轻了，这还不明白吗？你要是坚持自己的态度，那就要多想一想，才能有备无患。行了，你回去吧！"

李斌良起身欲走，又坐下来："哎，聂市长，你找我来不是有事吗？"

聂锐说："你这态度，我还说啥？行，我的压力我扛着……恐怕别人还要跟你说，而跟你说的人，恐怕比我力量还要大，你有充分的思想准备吧！"

聂锐的话引起了李斌良的警惕，他心想，在碧山，跟自己最近的领导也就是聂锐了，他也是目前碧山最大的领导，还会有谁找自己呢？

还没回到局里，手机就响起来。李斌良拿起来一看，顿时一惊，因为，手机上出现的是"林荫"二字。

自上任以来，林厅长可是第一次主动给自己打电话。这说明，发生了非同寻常的事。而非同寻常的事，只能是目前这件事，难道，还惊动了他？

李斌良接起电话，林荫说得很简单："来省厅一趟，尽快。"

7．压力

当李斌良顺着走廊，快步走向省公安厅厅长林荫的办公室，忽然有一种酸酸的东西从心底生出，向上升起，想从眼睛里冒出来，他极力克制，却仍然难以抵御这种感觉。而这种感觉，只有儿时在外边受了委屈，回家见到母亲才有过……

可是，现在忽然出现了，这种感觉，让李斌良意识到自己承受着多么沉重的压力，多么需要强有力的支持，也让李斌良更加清晰地认识到，林厅长在自己心目中是个什么人。他是领导，也是知心朋友，可以交心的人，也是鼓舞自己这么多年坚持警察职业却初衷不改的人。

因为，他也是一名真正的警察。

李斌良与林荫的接触，最早可追溯到当年在白山县委书记郑楠妻子被害一案，在那段时间里，两个人都彻底知道了对方是什么人，有一颗什么样的心，相互之间产生了一种深深的认同，因为，他们都从对方身上看到了自己。后来，李斌良调到奉春，在面临不可承受的压力时，又是林荫调到了奉春任市政法委书记、市公安局局长，支持他打掉了任大霖、袁万春犯罪集团。再后来，又是他帮助自己调到了荆原省公安厅，成为碧山市公安局局长。

正因为以上种种，李斌良对林荫绝对的信任，不只信任，还有钦佩和敬仰，觉得他是官场中罕见的正直领导。这么多年过去，升到现在的位置，他经历的一定比自己还多，可是，他的本质没有一点儿改变，更没改变生活原则。只是，和自己比，他要成熟得多，遇到同样的不平之事，自己忍不住发泄出来，而他的表现往往更为含蓄，内敛。当然，如果跟前没有别人，有时也会拍案而起，显露出他真实的一面。只是，这种情况只有自己和他两个人在场的情况下才发生。

走到林荫办公室门口，李斌良平静了一下才敲门，听到林荫的应声，推开门走进去。林荫迎过来，和他紧紧握手："压力不小吧，是不是？"

不用废话，双方的心一经相碰，李斌良完全明白，林荫找自己来，肯定是为了同样一件事。瞧，就因为查了个黄赌毒的场子，要打击其保护伞，居然惊动了省公安厅厅长。李斌良问："这么说，也有人找你了！"林荫苦笑着说："不过，找我的人可比找你的人来头大多了，跟你说吧，我的压力比你小不了多少啊！"

"这都有谁？有谭副书记吧？他说什么了？"

"这你就别打听了，怎么样，妥协一回吧！"

妥协？

李斌良没想到，见到林荫，他的第一句话却是让自己妥协，虽然直来直去，显露着亲密无间，可是，李斌良仍然无法一下接受。怎么妥协？妥协的后果是什么？你想过我的处境吗？

"斌良，我知道这对你很难，可是，你听我说件事：当年我在清水当公安局局长的时候，也是和当地的黑恶势力保护伞闹僵了，势不两立，这时候，我的上级，当年的白山市公安局谷局长……啊，他早退休了。他当时对我说，不能当一名短命的公安局局长。所以，我现在也对你这么说，而且不只对你，也包括我自己，我不想当一个短命的公安厅厅长。你明白我的意思吗？"

李斌良当然明白，看来，碧山的帝豪盛世事件，不但直接影响自己的命运，甚至连林厅长的命运也受到了影响，他们的能量也太大了。可是……

林荫停了停又说："和这种恶势力，斗争是必须的，可是，要讲策略。"

李斌良说："林厅长，现在可是十八大以后了，难道他们还……"

"斌良，如果不是十八大以后这种形势，他们不会采取这么迂回的手段，他们会有更多的选择把你我拿掉，明白吗？斌良，妥协不是不再斗争，也不是放弃原则，只是，我们要充分认识到斗争的长期性、艰苦性，所以，不要在乎一时一地的胜负，而是要着眼最后胜利。我们表面上妥协了，没有完全达到目的，可是，我们并没有放弃跟他们的斗争，而是采取更加隐蔽、更加艺术的手段罢了。"

李斌良说："可是，怎么妥协？难道，帝豪盛世不查处了，啥事也没有了，那我怎么交代？"

"那倒不必，帝豪盛世，你们该怎么处理怎么处理。"

"那，你要我妥协什么？是张华强的问题吗？林厅长，这个问题更不能妥协，你不知道这个人，实在太不像话了……"

李斌良把自己掌握的张华强罪行和他在帝豪盛世事件中的所作所为详细讲了一遍，然后问林荫："难道，他干了这么多坏事，好不容易被我抓了现行，还要放过他，让他继续在碧山公安局给我捣乱？那我怎么当这个局长？"

林荫听着李斌良的讲述，脸色越来越难看，听到生气的关头，居然骂了一声"他妈的！"可是，听完之后，脸色又渐渐平静下来，思考半晌后说："这样的害群之马，确实应该收拾，可是，他既然有这么大的能量，咱们就不要指望一下子达到全部目的，也得讲究策略……"

讲究策略的结果是：李斌良和林厅长吵了起来。

"林厅长，你到底什么意思啊？告诉你，别的都好说，这一条我绝对不能答应，我跟他不可能再共事，更不能在一个班子，现在是有他没我，你要是想保他，干脆就把我撤了，让我回省厅来，让他当公安局局长。对，你让他当局长行，那我得先声明，我一定要上访、告状，他不是有人吗？省里我告不出去，我到北京去告，到中纪委去告，对，连你一起告，你要承担保护他的责任……"

李斌良的声音太大，对门的常务副厅长古泽安听不下去了，急忙走过来："斌良，你这是干什么？怎么跟林厅长干起来了，太不像话了……"

"他不坚持正义，不支持我工作，反而保护张华强。你们一个厅长，一个常务副厅长，我把话说到这儿，你们要是想把张华强留在碧山公安局，我就辞职，然后上北京，上中央，上访告状……"

古泽安又哄又劝地把李斌良拉出去，拉进了自己的办公室。古泽安的办公室在林荫对门，进屋后古泽安就关上门，责备他太过分，不该跟林厅长这么吵，李斌良说："这能怪我吗？古厅长，我知道你和张华强关系不错，可是，你如果处在我的位置，会怎么办？我实话跟你说，我跟张华强实在弄不到一起去。可是，自谭书记去过碧山后，我也努力克制着，想和他和平共处，可是谁知他惹出这么大的事来，好多媒体已经报道，网上传得铺天盖地，这种时候，还让我保他，我怎么保？如果那些记者问我，为什么不处理张华强，我怎么回答？古厅长，你说，我怎么办，你给我想个办法！"古泽安说："这……是不好办，不过……"

"古厅长，你别劝我，劝我也没用，谁劝也没用。别的事情，我都可以听你们的，可张华强的事绝对不行，他惹出这么大的事，不能让我替他背黑锅。古厅长，这也是为他好，如果他还继续当碧山公安局副局长，媒体都饶不了他。包括包庇他的人，你们都得受到牵连。"古泽安说："这……说得有道理，可是，刚才林厅长他……"

"他不支持我，居然让我妥协，息事宁人。你说，有这么干的吗？我刚才说了，要不，他撤了我，要不，就严肃处理张华强。可是，他要真撤我的职，那我一定告到底，我不但告他当厅长的处事不公，还要告张华强，根据我掌握的材料，他那些事要是认真追究起来，不判他个十年八年算怪了。古厅长，你信不信？"

古泽安说："这，我信，下班时间到了，干脆，咱们找个地方边吃边唠。"

李斌良为难地说："古厅长，谢谢您了，就算了吧，我还没见着苗苗呢。"

"对对，还有沈静，干脆，把她俩也找着，咱们一起吃顿饭。"

古泽安说着，拿出手机，很快找到沈静的电话，拨通，声明身份，告诉她李斌良回来了，要她把苗苗带来，一起吃晚饭。古泽安居然有沈静的电话号码，从他说话的语气上，他们之间好像已经处得相当不见外。李斌良冷眼看着这一幕，心里不知什么滋味。

古泽安和李斌良先到的饭店，在等待的空隙，古泽安问起苗苗的情况，对现在的工作是否满意。李斌良意识到古泽安说这些话的意思，但是，只能说苗苗和自己都很满意，感谢古泽安的关照。古泽安急忙说这不算啥，他正在想法托关系把沈静调到市区中心医院来。李斌良急忙说，苗苗的工作安排了，自己已经莫大地感激，沈静的事他就别操心了，否则自己欠他的情太多，无以为报，会让他不安。古泽安急忙说，他是心甘情愿帮李斌良的忙，绝对没有要他回报的意思。李斌良又说，古泽安虽然这么说，可他的心不安，还说，张华强的事，要是别人讲情，自己不但不理，还会和他掰交，可是，他古厅长开了口，自己就觉得特别不好拒绝。古泽安听了，急忙接口说，其实，他并不想替张华强求情，可是，有人托了他，他实在推不掉，才不得不找李斌良，请他好好想一想，能不能给自己几分面子。

李斌良听了古泽安的话，叹了口气，脸上现出为难的表情，好一会儿才说："古厅长，我可是连林厅长的面子都没给呀，可是，你这一开口，我要是一点儿面子不给，实在说不过去。古厅长，你要我怎么办，说吧！"

古泽安急忙说："当然是放张华强一次，就一次，没二次，怎么样？"

李斌良说，张华强是市管干部，怎么处理他，不是自己说了算。古泽安说，可是，他的态度非常重要，如果他坚持追究张华强，恐怕没人敢保他。李斌良听后想了想又反问："古厅长，你替我想想，我跟张华强已经闹成这样，如果你是我，会怎么办？让他继续跟我对着干，天天给我捣乱？"

"这个当然不能这样，斌良，你看这样行不行，张华强出了这么大的事，肯定不会毛都不掉一根就过去，只是，市里做出什么决定，你别提异议行不行？"

"古厅长，我要是不给你面子，那就太不是人了，但是，我也不能一口答应你。我不是非把他逼到死路不可，可是，市里的决定，一定也得让我有面子，不能让我威望扫地。要是那样，我今后还怎么在碧山干？"

"嗯，那是，那是。哎，苗苗和沈静来了，快坐，坐。我就点了两个菜，苗苗、沈静，你们再点几个，想吃什么点什么，我结账……"

古泽安饭吃到一半说有事就先走了，只剩下李斌良和沈静及苗苗三个人，吃罢饭，三人走出饭店，没有急着叫出租车，而是踏着薄暮向回家的路漫步。此时，李斌良看着身边的两个女人，一种温馨的感觉涌上心头。

沈静默默地向前走着，一言不发。李斌良悄悄暼了她一眼，看到她还是以往那副沉静的表情，李斌良感觉到，暮霭中的她更像宁静，一种亲近感再次从心底生起。可是，路灯忽然亮起，她的轮廓和表情似乎变了，又不是很像了。这种变化，让李斌良心里不知什么滋味，也不知说什么才好。

走着走着，女儿苗苗渐渐落到了后边，只剩下李斌良和沈静并肩而行。这时，沈静扭过头，观察起李斌良，眼里渐渐出现挑剔的目光。

"才去几天哪？你好像黑了不少。"

啊，原来是为了这个，不奇怪，在碧山那个环境，要是不黑才奇怪了。

"瞧你的脖领子，怎么也这样，几天没洗了？"

她说的是衣领。对了，来吃饭的时候换了便衣，可是，白衬衣穿在里边没有换。李斌良苦笑着："不是几天没洗，就是一天一洗也这样。"

他大略地讲了讲碧山的空气质量，讲了煤灰和粉尘的嚣张气焰。沈静听着听着现出紧张的表情："怎么这样？时间长了，能不能得肺癌呀？"

"有几百万人生活在碧原，多数还都平安无事。"

"多数……那肯定有少数人不平安？少数人占多大比例？对，我早听说过，碧山是肺癌高发区，斌良，咱们别在那儿干了，跟厅领导说说，早点儿调回来吧！"

"沈静，你是不是太敏感了？不至于吧。我有一天会回来的，可是不是现在。"

"你是说，你还要留在碧山，搅和进这些烂事里边去？"

"沈静，不能这么说。嗯，咋说呢，我想，我要是能在碧山多干几年，或许，能为碧山的改变，做点儿贡献。"

沈静不再说话，而是大睁着眼睛看着他，然后扭过头，轻轻地叹了口气。

李斌良听到叹息，心为之一颤："沈静，怎么了，为什么叹气？"

沈静不答，李斌良逼问不已，她却转了话题："这……我是担心，我调市中心医院的事，不知能不能办成。"李斌良的心又颤了一下，脚步慢下来，看着沈静的侧脸。

"斌良，我知道你是个好人，好警察，可是，我只是个平常的女人，我对生活没有过高的要求，只要能过上平安稳定的日子就行了。"李斌良心再次颤了一下，没有马上搭腔。沈静确实是个质朴真诚的女人，她的要求真的不高。可是，她现在的话，是不是一种宣示？是不是想要自己一个回答？

这是个简单的问题，回答起来不难。可是，李斌良却觉得像山一样沉重。因为，他不敢保证自己会让她过上她希望的平安稳定的日子。多年以前，苗雨曾经对他说过，说他很难把握，和他在一起缺少安全感，一度曾离他而去。而现在，沈静又提起同样的问题。是啊，她的要求过分吗？不过分，太简单了，太平常了，可是，这简单平常的要求，他却不敢保证给予她。

终于，他用平静的口吻回答了她的话："沈静，你的要求一点儿也不过分，谁不想过平安稳定的日子，我何尝不想这样？可是你知道吗，如果大家都去过平安稳定的小日子，坏人就会越来越猖狂，那样，更多的人就过不了平安稳定的日子。"

沈静听后没有马上回答，沉默片刻后反问："你的意思是，你要继续这样下去？"李斌良说："不是我要这样下去，我并不想这样，可是，这不是我能决定的，我是身不由己。"

"可是，你为什么不能像别的公安局局长那样？你看，你刚去碧山几天哪，这种事情就一桩一桩的，就不能换个当法吗？"

李斌良说："可我就是这样的人哪！你希望我当什么样的公安局局长？利用手中的权，去发财致富，当腐败分子？可是，一旦败露，就会万劫不复啊……"

"我不是让你当这样的公安局局长，我是让你当……当一个普普通通、不惹这么多事的公安局局长，不行吗？"

"普普通通的公安局局长？不是不行，可是，你不知道碧山的情况，不知道碧山公安局的情况，如果我想当普通的公安局局长，就要忍让，那就是个弱势的公安局局长，受他们欺负，任他们为所欲为，欺负善良百姓，如果你是碧山的普通百姓，希望我做这样的公安局局长吗？"

沈静没再说话。李斌良看着她的侧影，心里感到一丝凉意。苗苗走上来："爸，咱们打车吧，我走累了！"上了出租车，李斌良把沈静送回她的家，分手。这段时间，她始终没再说什么话，只有淡淡地道别，再见，分手……

苗苗看出了什么，问爸爸怎么了。李斌良想敷衍过去，她却不答应，对李斌良说，沈姨是个好女人，他不在时，完全是沈姨照料她，二人处得很好，她不希望他失去她。李斌良勉强笑着说："谁说失去她了，你别胡思乱想，我们没事。"

李斌良和女儿回到了家中，心情十分复杂。算起来，自己去碧山的时间并不长，为什么却产生恍如隔世的感觉？

这是一幢再普通不过的居民住宅楼，这就是他，一个正处级干部，碧山市公安局局长的住所，而且，就连这个住所还是租的。因为，他的工资，在省城根本就买不起房子，何况，这些年家事迭出，他那点儿钱，除了日常生活，很大一部分都用来给苗苗治病了。有时想到这些，他也感觉有点沮丧，所以只能不去多想。

走进屋子，环顾着两室一厅，他再次产生熟悉又陌生的感觉。他忽然觉得，自己的家在碧山，这里只是他的临时住所。他努力让自己从这种感觉中挣扎出来，想着愉快一点儿的事情，想什么呢……对，能和宝贝女儿在一起，本身就是愉快的事情。可是，苗苗进屋后，只是亲了他一口，就回了自己房间。李斌良一个人安静片刻，觉得无趣，想和女儿说说话，就敲了她的门，却没有马上得到回应。他走进屋子，却看到她歪在床上，全神贯注地敲着手机。他凑到她身旁，搂住她，她急忙把手机转向一旁："爸，别偷看，人家在跟朋友说话。"

李斌良说："怎么？我的宝贝有隐私了？对，是不是有男朋友了？"

"有了，怎么了？"

"真有了？真的假的？"

"当然是真的。"

"他是谁，干什么的？"

"不知道。"

"不知道？"

"对呀，不知道。"

"那你处的什么朋友，怎么会什么也不知道？"

"他是网上的，说话挺投机的，没事就瞎聊一阵子，当然不知道他是谁了。"

这……如今的孩子，真的难以理解和把握。

"苗苗，爸爸是认真的。如果真的有男孩儿追你，或者你喜欢了哪个男孩儿，一定要让爸爸知道，不能胡来，你还小，不知道人的复杂性，一定要洁身自好。这关系到你一生的幸福，懂吗？"

苗苗的目光离开手机，似懂非懂地看着李斌良。

"老爸，还有什么教诲，说吧！"

"苗苗，爸爸真有话说，你听吗？"

"听，说吧？"

"苗苗，爸有个想法，你答应不生气，爸就跟你说。"

"爸，你要说什么呀？我为什么会生气呀？"

"因为，我想让你从荆阳集团退出来……"

"爸，你说什么？我干得好好的，为什么要退出来？对，我们主任说了，很快还会给我涨工资，将来，还要分房呢。爸，你为什么说这话呀，出什么事了？"

"这个……我觉着，你在荆阳集团，影响我开展工作。"

"影响你什么工作呀？爸，你能直说吗？我在荆阳集团工作，怎么就影响你的工作了？"

李斌良不知怎么对女儿解释，可是，不解释又说不服她。只好含蓄说明：她的工作安排让自己欠人家的情，而这份人情可能会影响自己在碧山的工作。可是，苗苗还是不明白，让他具体解释。他不可能跟她详细解释，于是她坚决拒绝了他的提议，还说对现在的工作非常满意，哪儿也不去。李斌良很是苦恼，可是，想到她曾经有过的抑郁症，不敢跟她发急，只好暂时把这事放下。

李斌良带着忧郁的心情回到自己的房间，睡下，入梦。梦中，他又在和沈静并肩徜徉于街头，他感觉到很美好，悄悄地打量她的侧脸，打量着打量着，发现她忽然变成了苗雨，他感到很是奇怪，他拉着苗雨，问她这几年去了哪里，为什么一直不跟自己联系，可是，苗雨又忽然变成了宁静，他先是欣喜地抓住她的手臂，问她怎么忽然出现在这里，这些年她都去了哪里，为什么找不见她，忽然又感觉，自己的双手空空，什么也没有抓住，进而忽然想到，她已经死去，吃惊地抬起眼睛盯住她，她对他温暖地笑着，却无论他怎么问也不说话。他忍不住大声喊起来："宁静，你说话呀，说话呀……"直至把自己喊醒……

再也睡不着了，可是，李斌良依然静静地躺在床上，眼睛望着屋顶，思念起梦中的两个人。想着想着，李斌良感觉自己的眼睛湿润了，泪珠从眼角滑下去……

8．小小的胜利

和赴任时几乎一模一样，早餐还是和沈静、苗苗一起吃的，只是多了个陈青，沈静表现如常，温柔而又体贴，还特别嘱咐李斌良放心，她会一如既往地照料苗苗，让李斌良很是放心。

上路后的情况也和赴任那天很相似，还是陈青开车，李斌良坐在副驾驶位置上，车速同样很快，向着碧山飞驶。可是，驶到半路的时候，林荫打来电话，说了几句话，李斌良听了低声说了几句，然后说了声："那就这样吧！"之后陷入沉思中，脸上不时现出一种难言的表情，欣慰、遗憾……

他把林厅长的话转告了陈青，陈青骂了一声"他妈的，枪毙他都够了"。然后又说："我看出来了，能这样就不容易了，算是咱们一个小小的胜利。"这个说法和李斌良的想法相同，是的，尽管非常遗憾，但是，这是目前能达到的最佳结果，确实算个小小的胜利。

是心情的原因还是习惯了的缘故？轿车驶入了碧山地域后，感觉上，空气质量似乎没有刚刚赴任时那么严重，就是空气中飘浮的粉尘也好像变得顺眼了一些。李斌良忽然心有些急，想早一点儿到达碧山，他让陈青加快车速，可是，当车驶入碧山市郊时，车后方响起急促的车喇叭声，继而一辆轿车急速从左后方驶来，从内侧迅速超向前去，在前面停住，拦住了去路，居然还是同样的"玛莎总裁"。

"妈的，又是他们？看他们想干什么！"陈青说着下车，李斌良随之走出去。

前车门开了，一个三十出头的彪悍汉子走出来，是哥哥吧，对，他叫马铁……另一边的车门也打开了，但是，这回出来的是一个五短身材的中年男子，是岳强发，他和马铁的脸上挂着真诚热情的笑容，向他们走过来。岳强发热情地说："李局，是你呀，这是从哪儿回来呀？"李斌良没有马上回答，本能告诉他，这不是邂逅。李斌良说："是岳总，我刚刚从省厅回来。"

"太巧了，我也刚从省里回来，哎，快晌午了，一起吃顿饭呗！"

"谢谢，我还有急事。岳总，你还有什么事吗？"

"啊，没啥事，就是上次谭书记再三嘱咐我支持你工作，你看，我一直也没帮你什么。李局，有啥事我能帮上忙的，尽管开口。""谢谢！"李斌良刚想说没什么需要，忽然看到马铁，心一动，脱口而出的话就改了："岳总，你说的是真的吗？"

"当然是真的，你有什么需要我帮忙的，尽管说！"

"我要……这位是你的什么人？"

"啊，安保部的部长，有时也给我开车。"

"我现在要请他帮忙。"

岳强发和马铁对视，又疑惑地看向李斌良。李斌良说："你叫马铁吧？你可以告诉我，马刚在哪里吗？"马铁一愣，看向岳强发。李斌良说："你知道吧，马刚现在是我们警方通缉的在逃犯罪嫌疑人。"

"这……可是，我……"

"他是你的亲兄弟，我赴任那天，还亲眼看到你们在一起，你不会不知道他在哪儿吧？"

"这……我不知道，真不知道，自从二道街那事后，他就不见了，也没跟我说一声，我真的不知道。"

"岳总，我觉着，您的这个安保部长没说实话，您不是说要帮我吗？这就是我需要您帮的忙。"

"这……马铁，你得说实话，马刚是你的兄弟不假，可李局是我朋友，你要知道马刚在哪儿，一定要劝他投案自首，争取宽大处理。"

"这……可我真不知道。"

岳强发现出无可奈何的表情："李局，马铁跟我从不说假话，他说不知道，就真的不知道。"

"岳总，看来，这个忙您帮不上了。好，今后，请您帮忙的日子也长着呢！"

"那是那是，李局，您先走。"

"还是您先走吧，我们到前边就岔开了，走的不是一条道儿。"

车驶到局办公楼前停下，李斌良和陈青走下车，往楼内走去，郁明好像在等他一样，匆匆从楼内走出来，脸上是一种难言的兴奋表情。

"李局，你回来了？是真的假的？"

话只有在特定情况下才能明白是什么意思。李斌良说："你说呢？反正现在我还是碧山市公安局局长，今后仍然是。你自己想吧！"

"那是真的了？可是，张华强的办公室还占着呀？"

李斌良心想，郁明太性急了，他不可能一听到消息就搬家。再说了，他只是借调到市委政法委了，并不是真正调出，他还挂着碧山市公安局副局长的名号，也可以不搬家。

"他能不能过些日子再回来呀？"

"如果像你说的这样，我立即辞职。"

"这么说，只要你在，他就回不来了？"

李斌良不再回答，大步走进公安局大楼，此时他忽然有一种感觉，现在，自己才是碧山市公安局真正的公安局局长了。

李斌良路上接到的林厅长电话内容是：经省厅和市委协调，双方一致决定，张华强调政法委工作，但是，在未安排合适的职务之前，其在公安局副局长的职务不免，警籍不除，条件是，李斌良对张华强的问题不再深究。不过，李斌良也有一个条件，那就是：自己任公安局局长期间，张华强不能当还乡团。

李斌良走进了通往自己办公室的走廊，同样好像在等待的魏忠成也从办公室迎出来，脸上同样挂着笑容："李局回来了，李局，你干得好，我支持你。"

李斌良说："谢谢。不过，你得下更大的力气，尽快破案。"

"那是那是……"

走进办公室不一会儿，高伟仁也笑容满面地走进来："李局，太好了，祝贺你，咱们终于胜利了。"李斌良说："这算什么胜利？只不过一个妥协罢了。张华强这样的人，不但不配当副局长、当警察，他的所作所为，应该判罪，判刑。从这一点上说，我们失败了。"

高伟仁说："我的李局，你可别不知足了，你来之前，谁能想到，张华强会被撵出公安局呀？不管他调到哪儿，可是在大家心里，他仍然是被清调了出去。我觉着这是一个很大的胜利，最起码，他不能在局里捣乱了。"李斌良说："那倒是，不过，据我掌握，他的问题太多太严重了。你知道不知道张华强身家几个亿，开着煤矿，煤矿还是他抢到手的？"高伟仁说："这谁不知道，大家都知道。"李斌良说："你知道？那你……"高伟仁说："知道又能怎么样？证据呢？就算有证据，咱们公安机关能处理得了这事吗？"

"怎么不能？他借公安局的手，把煤矿原来的主人送进戒毒所，然后就把人家的煤矿卖了，这不就是强抢吗？咱们怎么管不了？"

"李局，你怎么这么说？那个矿主从戒毒所出来以后，也控告过了，纪检委、检察院，哪个管了，哪个解决了？李局，听我一句，见好就收吧，可不能再惹事了。你不是不知道，不但武权护着张华强，市里领导跟他好的可不是一个两个，还有，谭书记、岳强发，他们的力量大着呢，你能把他从公安局开出去，哪怕是借调的名义呢，也不容易呀，这是胜利，而且是不小的胜利，明白吗？"

李斌良说："等等，你说，岳强发和张华强的关系也非同一般？"

"对呀，大强二强，碧山人谁不知道？我觉着，这次岳强发是没有真给张华强使劲儿，他要真使劲儿，你还未能把张华强开得出去。"

李斌良眼前浮现出岳强发和他的"玛莎总裁"，岳强发走出车来和自己的搭讪。对，他说了，也是从省里回来，他去省里干什么了？和张华强的事无关吗？真的没给张华强使劲儿吗？没使劲儿他去干什么了……

"李局，你想什么呢？"

"政委，难道，岳强发能左右公安局的人事安排？"

"这还有假吗？这么说吧，在研究中层干部任用上，他的话，比我这个政委还好使。对，他不但左右中层领导的任用，连副局长，甚至连我的命运都能左右，也不排除你。或许，现在形势有点儿不一样了，或许，他在张华强的事情上还有别的打算，才让咱们赢了一回合。所以，咱们千万不能被胜利冲昏了头脑，不能再冒进，要稳住阵脚，扎下根基，慢慢和他们周旋。"

李斌良忽然转了话题："对了高政委，你和他们……我是说岳强发、张华强，还有武权他们，是什么关系？"

"你说能是什么关系？你觉着张华强尊重我吗？跟你说，我也想像你一样，站出来跟他们斗，可我是碧山人，守家在地，只能隐忍着，但是，我跟他们绝对不是一路人。"

李斌良说："政委，你这态度我可不赞成，你可是公安局的二把手，还是共产党员，人民警察，明明知道他们从事犯罪勾当，怎么能隐忍着呢？"

"哎哎，李局，你别激动，我不是明哲保身，是管不了。从权力上，我明面上是二把手，可你说，我既不管刑侦，又不管治安，更不管案子，我拿什么去管？再说了，一把手是武权，他是啥人你也看出来了，后边还有别人，岳强发、谭金玉，还有更大的人物，你说，我能怎么样？"

"那好，高政委，现在，我是一把手了，你也说过，会绝对支持我的工作。今后，你能兑现吗？"

"这……当然能，可是，我有意见，不能不说。"

"你当然可以说，我也欢迎你说。可是，当你没能说服我，我做出决定后，你一定要和我保持一致，并带头支持我的决定。"

"这……行，行。"

李斌良说："那好，就看你的实际行动了！"

第七章　扑朔迷离

1．调整分工和必要的处分

"开始开会吧！"

李斌良说话时，感觉底气比过去足了很多，同时也注意到，自己开口后，小声议论的几个党委委员立刻静下来，目光看向自己。

形势变了。李斌良说话的时候不但底气足了，心气也顺了。瞧，在座的党委委员中，再没有了牛烘烘的张华强，看上去比过去顺眼多了，他们看自己的目光也变了，变得比过去尊重了。不但党委委员们的态度有了变化，整个公安局的气候也有了变化，自张华强离开后，李斌良在本局内部网上看到好多民警含蓄地议论此事，有的说碧山公安局有了希望，也有担忧的，担忧李斌良的局长当不长，还有的直接给他留言，表示支持和鼓励，希望他能一直这样坚持下去。

李斌良说："这次党委会的第一个议题，是研究工作分工，确定谁接替张华强分管治安……"李斌良的话一下引起了大家的注意，目光都盯在他脸上，仔细地倾听着他说出的每句话每个字。

如何调整分工，李斌良考虑已经成熟，且坚决要在党委会上通过。他知道，这也是每个党委成员特别关注的大事，会前，就有人通过各种关系向自己渗透，想接下张华强的角色。治安管理是公安工作中非常重要的一块，而分管治安的副局长，可以说是所有副局长中，权力最大、最有实惠的一个。魏忠成就为此专门找过李斌良，想兼管治安，但是李斌良指出，如果他既管刑侦又管治安，担子太重了，现在，林希望的案子还压在他肩上，再把治安交给他，他哪里还有精力搞案子啊。魏忠成听了这话知难而退，可是，很快政委高伟仁又找上来，同样提出，由魏忠成兼管治安，这让李斌良感到有些奇怪。他反问："高政委，你凭良心说，这么安排合适吗？"

"这……也没啥不合适的，魏忠成过去在治安口干过，有经验……"

"我不问这个，我是问，你看到哪个公安局，有这样的副局长，既分管刑侦又分管治安?"

"那倒是,不过,咱们开个先例,也不是不可以。"

"高政委,如果你是局长,你会这么分工吗?"

高伟仁笑了,透出一种狡黠,一种无奈:"这个……我当然不会这么分工,可是,魏局有这个想法,积极性不能打击。"

"他有想法,你就帮他落实?对了,我一直不清楚,魏局是个怎样的人?"

"最起码,不像张华强那样,起码还有个副局长的样子。"

"我是说他的人品,人品怎么样,我怎么觉着有点儿摸不透呢?说正派吧,让人不太放心,说不正派吧,显得还挺正派。你对他怎么看?"

"这……我不能乱说,你慢慢品吧。对,还真不是魏忠成找我替他说话。"

"那是谁找的你?"

"还有谁,武书记呗!"

武权?是武权找的高伟仁,让他向自己建议,由魏忠成来兼任治安副局长?这更不行了。高伟仁的话让李斌良对魏忠成有了几分警惕,而且,心里已经产生的一种想法也更坚定了,他借机向高伟仁说出自己对分工调整的想法,并征求高伟仁的意见,高伟仁支吾了好一会儿,李斌良提示他说,他刚刚表过态,当他不能说服自己,自己做出决定后,他一定要和自己保持一致,并带头支持自己的决定。高伟仁这才恍然大悟连说对对,他完全同意李斌良的意见。正是在这个背景下,李斌良才把这事端上党委会上来的。

"经过我和政委研究,觉得,魏忠成同志曾经做过治安工作,有一定经验,所以,拟由魏局长分管治安工作……"魏忠成听到这话,露出惊异和惊喜的目光,看向李斌良。可是,李斌良的话还没说完,"但是,如果治安和刑侦都放到魏局肩上,那他的担子太重了……"

魏忠成说:"这……没关……"李斌良说:"所以我和政委研究后决定,由我本人直接负责刑侦工作。"魏忠成说:"这……"魏忠成说不下去了,满脸惊讶、失落、无奈等各种说不清的表情。大家的目光看向魏忠成。

李斌良说:"其实,我和政委研究时,也费了很多脑筋。必须承认,魏局多年来分管刑侦工作还是取得很大成绩的,但是,大家都知道,我们碧山煤矿众多,相比而言,治安工作更重要,所以,只能这么调整了。大家有什么想法吗?"

没人说话,魏忠成看了看几个党委成员,硬着头皮开口了:"我还是觉得我管刑侦更顺手一些。李局,你作为一把手,兼管刑侦,能忙得过来吗?霍未然的刑侦支队长已经当了好几年了,可以考虑提拔……"

李斌良说:"这等研究干部的时候统一研究吧。对这样的调整,大家有没有不同意的?"纪检书记先开口:"哎呀魏局,这下子你捡了大便宜,不但把最实惠的一块抓到了手里,还把一个大包袱甩了出去,你是不是乐傻了。啊,我同意,完全同意李局长和高政委的意见。"韩心臣说:"我也同意。"孟副局长说举双手赞成。高伟仁用不着表态,李斌良说了,这意见是他们二人研究后共同拿出来的。只剩下魏忠成了,他勉强露出笑容:"我没啥意见,只是李局,你是一把手,案子一上来,可是没黑没白呀,全局的工作你还抓不抓了?"

"这我考虑过了,我虽然直接负责刑侦工作,可是,不一定每个案子都亲自去破,有刑侦支队呢,还有各基层县市局和分局呢,我只负责指挥就行了。我和政委研究时,曾经考虑过另一个人选来管刑侦,但是,觉得他年纪大了点儿,不能把担子全压到他肩上,所以由我忙不过来的时候,让他协助我指挥。"

嗯?大家奇怪的目光,互相看看,最后落到一个人身上。

韩心臣。

李斌良欣慰地说:"看,大家想到一起去了,韩心臣同志是老刑侦了,过去也当过刑侦副局长,现在没具体分工,闲着也是闲着,就让他帮我一把吧。老韩哪,你再发一次光,没问题吧?"

韩心臣将来发不发光不知道,眼睛现在是发光了:"既然李局这么看重我,我不答应也不成啊。魏局呀,我挺长时间没碰刑侦业务了,心里还真没底,今后,你可不能看我热闹啊!"李斌良说:"对对,今后你有不明白的,请教魏局。魏局,没问题吧?"魏忠成头痛般地哼了一声。

"那好,分工的事就这么定了。希望在座的各位党委成员,在今后的工作中,大胆负起责任,管好自己的一摊,既要干正事,还不能出事。我作为班长,会切实负起监督职责,发现问题,一定会及时指出甚至批评,对确实存在问题或者不胜任的,只能进行调整。当然,我不希望这样的事情再发生……"

李斌良一边讲话一边观察党委成员们的表情,感觉到他们对自己的话确实都很重视,他再次感到,现在,自己才真正是碧山市公安局的局长。

李斌良知道,自己是玩了点儿小手段,可这是为了工作,他也意识到自己有点儿专权,同时觉得是没办法的事,作为一把手,什么也不能决定,受别人驾驭,自己的意志怎么实现,怎么开展工作?习总如果不发挥核心作用,一言九鼎,在目前的情况下,何以打开新局面?

党委分工决定后,李斌良提到第二个议题,对曲直的处理。很显然,曲直是张华强的人,应该严肃处理。有人提出,张华强已经算是清出去了,曲直也不能再留着。可是李斌良却提出相反的意见，他觉得，曲直除了听从张华强的指挥，和自己对抗过两次之外，并没有别的大问题，而且也没产生严重后果，不能一棒子打死。可是又有人提出，他曾经在李斌良的办公室大闹过，还打过他一拳。

李斌良回忆起那个场面，是很生气。可是他又说，如果仅因为和自己对抗，打了一记空拳而把他清出去，会授人以口实，所以不能这么做。

高伟仁接着李斌良的话说，经他和李斌良研究，建议把曲直的停职反省改为撤职处分，撤销其巡特警支队副支队长职务，作为一般民警使用，以观后效。

大家觉得，这样处分也不轻了，所以一致同意。

紧迫的人事问题就这样解决了。党委会后，李斌良又召开局直全体民警和各县市局及分局领导参加的大会，宣布了市局党委重新分工情况和对曲直的处理决定。因为大家都知道张华强已经离开了，再加上曲直被处理，所以，整个民警的队伍士气有所上升，正气也有所恢复。会上，李斌良以曲直等人为例，教育全局民警，在复杂的社会形势中，一定要站稳立场，牢记人民警察的身份和职责，保持强烈的正义感，为开创碧山市公安工作新局面做出自己的贡献。讲话时，他切实感到，会场气氛严肃而振奋，好多人的脸上是振奋的表情。

2．奇怪的梦境

公安局党委的动态很快传到武权的耳中，这天晚上，三个人凑到一个严密的屋子里，表情凝重，忧心忡忡。先是张华强气愤不已。他认为这下子让李斌良得了志，武权不该答应让自己离开公安局，让李斌良钻了大空子，不知他将来还会干出什么事来。武权不耐烦地要张华强闭嘴，说都是他惹出的事，不然也不会有今天这种局面。然后让他和另一个人冷静分析一下，李斌良还会干什么，怎么对付他。

另一个人是岳强发。岳强发冷静地说："嗯……现在看，这个人还真不太好对付，而且也很有手腕。""是啊。"武权说："他把治安给了魏忠成，魏忠成不能说自己被削权，可是，他毕竟多年没管治安了，冷不丁过去，冷手抓热馒头，总得需要一段时间。"张华强说："没事，我跟手下打个招呼，让他们听老魏的就行了。他叫不动号的，我出面。"武权说："你知道什么呀？你没了权力，不再直接管着他们了，他们跟你就不像从前了。"

"看来，你们这官场，真不是好混的。"岳强发说，"不过，韩心臣既不是副局长，也没有分工，李斌良让他管刑侦，是不是违反你们的什么组织规定啊？"

武权说："没有。他并没有任命韩心臣为刑侦副局长，只是让他协助自己管刑侦，他作为局长，有这个权力。"

张华强说："可是，韩心臣等于实际上的刑侦副局长了。"

"那也没办法。行了，这事暂时只能这样了。二强，对，还有岳总，你们没感觉出来吗，十八大以后，形势和以前不一样了，所以都勒着点儿，别撞到枪口上。"

"武局，你是不是说，咱们认输了？"

岳强发说："二强，你年纪也不小了，怎么还这性子。这怎么是咱们输了呢？你说，你捞着任何处分了吗？没有吧？"

"可我被调出来了，在很多人眼里，我就是输了。"

"可是，你没受任何处分，就是赢了。你想想，这事要是落到别人头上，会是什么结果？"

"就是啊，最后谁输谁赢还说不定呢。"武权说，"今后，咱们对李斌良的态度也得变，他毕竟是碧山市公安局局长，县官还不如现管呢，所以，咱们尽量避免跟他正面冲突。"

"武局的话我赞同，咱们要想法把他拉过来，拉不过来，也尽量不要成为敌人，让他把枪口对着咱们。虽说不至于把咱怎么样，可万一哪颗子弹打着咱们谁呢？"

张华强说："可你们不是试过了吗？也没啥效果呀！我看，这人是烟火不进，拉不过来。"岳强发深沉地说："不能这么说，下药的效果，得慢慢显示出来，现在不能惊动他。最起码，咱们已经找到了他的软肋。"武权说："是这个理儿。不早了，咱们散吧……现在，几个人凑在一起喝酒也要注意了，要是被谁举报上去，没准儿就是搞团团伙伙！"

"妈的，还让不让人活了？我就不服这劲儿，来干了。强哥，你想什么呢？干！"

岳强发说："我在想，李斌良下一步要干什么？"张华强好像被击了一下，火气降了很多。

"李斌良下一步干什么？不用说，肯定还会盯住林希望的案子。"

岳强发和武权对视片刻，武权问："岳总，你有什么想法吗？"

"没有，不过，他冲我，表面上是冲马铁，实际上是冲我要马刚来着。"

"马刚……"

轻快和坚定的脚步声从门外走廊传进来，随即，响起两声果断的敲门声。李斌良知道是谁来了，可是，又感觉和往日不一样，他急忙抬起头，回了声请进，一个人脚步轻快地走进来："李局！"

　　是韩心臣，却又不完全是韩心臣，因为，他看上去比前些时候年轻了好多，人也显得非常有精神，瞧，步伐都和以往不同，轻快而坚定。

　　这个变化应该是昨天的党委会结束后开始的，当时，会一散，他随自己走进办公室时，脚步就是这样急促、轻快、兴奋。走进来后他随手关上门，然后就是两脚跟一磕，向自己敬了个举手礼："李局，谢谢您对我的信任。"李斌良说："韩局，这不只是信任，而是压担子。"韩心臣说："我知道，可是我还是感谢你。"李斌良说："那就用实际行动表现出来吧。韩局，你比我大得多，没人的时候，我就叫你韩大哥吧。韩大哥，虽然没给你任职，可在我心里，你现在实际上就等于刑侦副局长了。"韩心臣说："我明白。你放心，我一定全力以赴。不过，我并不想当这个副局长，我过去干过，是自己辞掉的。士为知己者死，就为你对我的这份信任，我肯定要拼一把。别的我不管，我只负责把林希望被害的案子查个水落石出。等案子破了，我就把担子卸下去。真要破了这案子，我也能心安理得地退休了。"

　　当时，二人就这么说定了，李斌良要韩心臣深入思考一下，尽快拿出侦破思路来和自己商议，现在他走进来，肯定是心里有数了。果然，他开口了："李局，我觉得，你过去确定的方向还是正确的，林希望被害，肯定和我们碧山公安局内部有关，只是，当时只是个大概方向，还不够具体。"

　　"嗯，那么，具体的是什么，你想到什么了？"

　　"我觉得，林希望被害，应该和我们局内发生的某件事情有关，只是，我们现在还不知道是什么事，但是，可以依据这个判断进行侦查。"

　　"可是，到底和局内的什么事有关呢？"

　　韩心臣思考片刻："李局，我们曾经分析过，一般的杀人案有因仇、因情和因财或者兼而有之四种，是吧！"

　　"对，你有什么新想法吗？"

　　"有。我们忽略了另外一种，那就是，在以上四种情况外，还有一种。"

　　"什么？"

　　"林希望可能知道了不该知道的事情，妨碍了他人。再具体说，他的存在可能妨害了别人的存在。"

　　"你是说，他掌握了什么秘密，给什么人造成重大威胁，被灭口了？"

　　韩心臣用坚定的眼神做了回答。这一点还真没想过，不过，还真有可能，而且可能性很大。韩心臣扭头向门口看了看，压低嗓音说："我觉得，要对谢蕊特别注意。"这一点，李斌良并不惊讶，因为他们已经交流过想法。

几天前，韩心臣请假，说老父亲有病住院了要去看一看，可实际上，他去了警院，想找林希望和谢蕊的老师及同学，了解一下二人在警院的情况。但是没有找到有用的消息。最后，韩心臣自作主张，去了谢蕊父母家所在地，让他发现了一些情况。韩心臣告诉李斌良，他亲眼看到，谢蕊家新盖的漂亮大房子，在村子里鹤立鸡群，一看就是有钱人家。可是，李斌良记得很清楚，谢蕊跟自己说过，她所以到碧山来当警察，是因为自家那边穷，而碧山经济环境好，收入多。那么，这个情况怎么解释？

韩心臣和李斌良通话后，又悄悄来到当地派出所了解情况，所长告诉韩心臣，谢家是近两年富起来的，房子也是新盖不久的。至于是怎么富起来的，好像听人说过，他家的闺女在碧山处了个有钱的对象，帮了他们。

如果是这样，那么，谢蕊这个对象是谁？为什么从来没人知道？又为什么从不承认？之后，韩心臣再次返回警院调查，这次，当年谢蕊的辅导员回忆起来，当年好像有一个外专业的男同学追她，但是，这个人是谁，他没有印象了。

如果上述情况都是属实的，那就是说，一、谢蕊真的处过对象，二、这个对象可能是在警院处的，三、这个对象应该在碧山，四、这个对象应该很有钱……

可是，如果排除了最后一点，只有前三点，可以判断这个对象应该是林希望，可是，加上第四点就不对了，因为林希望家太穷了……

韩心臣当时的分析是：或许正因为林希望太穷了，他被害才可能和钱财有关。当然，这只是一个判断，韩心臣当时也不是说得特别确定。可是，不管怎么说，有一点可以基本确认，谢蕊在碧山，应该有个男朋友，或者说，有过男朋友。所以，把她作为重点进行调查，也是必然的。只是，在调查时，一定要讲究策略。

明确了侦查方向和具体的突破口之后，李斌良和韩心臣来到刑侦支队，要霍未然召集刑侦支队全体人员开会。会上，首先由李斌良宣布，市公安局的刑侦工作今后由自己直接抓，而韩心臣则协助自己负责。这个消息肯定早已传开，会场上，好多刑警露出笑脸，还有人向韩心臣竖大拇指。宣布完之后，李斌良和韩心臣把话题转到林希望的案子上。韩心臣激动地说："林希望是谁？是警察，是什么警察？虽然他是技术员，但是也属于刑警，是哪儿的刑警？是碧山市公安局刑侦支队的刑警，是你们的战友，兄弟。大家设身处地想一想，如果是你们哪一位被害，你们说，这案子能不破吗？"

"不能！"好几个人忍不住呼应起来，会场上的气氛也热烈起来。

韩心臣说："对，被害的是我们的战友、兄弟，我们的亲人。这一点，李局长不止一次跟我说过。不知大家感觉出来没有，李局长和别的局长不一样，他和广大弟兄们心连心，也正因此，我才答应出山，协助大家把案子攻破。跟你们说吧，我是豁出去了，如果公安民警被杀的案子都不破，那普通老百姓还有什么安全感？林希望如果白白死了，案子不破，今后在座的每个人都有危险。我们能允许这样的情况发生吗？能容忍杀害我们弟兄的凶手逍遥法外吗？"

"不能，不能……"更多的刑警开始呼应，李斌良都差点儿呼出来。从韩心臣的讲话中，他感觉到一颗炽热的心，也感觉到他是个真正的刑警、好刑警，觉得使用他真的对了。

韩心臣结束讲话落座，大家目光又落到李斌良身上。李斌良说："刚才韩局讲得非常好，千言万语一句话，此案必破，一定要破。那么靠谁来破，就靠在座的每一位。所以，我希望，大家要把韩局的讲话吃进心里，用它来鼓舞自己，把这个案子当成自己的案子来破。韩局，你再给大家说说具体的侦查方向和突破口吧。"

这一点二人已经反复研究过，但是，韩心臣却掰开了揉碎了对大家讲，为什么要把侦查方向确定为内部，特别是刑侦支队内部，这并不是怀疑大家，而是说，林希望被害，和我们内部的人和事有密切联系，一定是内部发生了什么事，导致了林希望被害。因而，侦查的重点，首先要查清林希望被害前的所有行动。说到最后，进一步启发说："重中之重是，大家要仔细回忆，在他被害前，局里发生过什么事和他有关系。包括生活上的、案件上的，无论是什么，哪怕有一点儿可能，大家都要回忆起来，直接反映给李局长和我。我相信，如果每个人都这么做了，我们一定能发现有价值的线索，为最后破案提供帮助。"

大家被韩心臣的分析说服和感染，都露出警觉的目光。

会后，李斌良和韩心臣又找了几个人谈话。第一个是霍未然，二人让他按照会上分析的思路和重点，回忆一下，能不能想起什么。霍未然说，林希望只是个普通的技术员，和自己隔着两层，很少直接接触，实在想不出他有什么反常的地方，只能说回去好好想一想，想出什么再汇报。李斌良又提示他，会不会是林希望掌握了什么秘密，威胁到他人，所以遭到灭口？霍未然紧张地眨了几下小眼睛，摇头说不太可能，林希望只是个普通的技术员，平时涉及的工作也就是现场勘查、物证检验，能对谁有什么威胁呢？再说，也没发生过什么特殊敏感的案件哪。看霍未然一副忧心忡忡又毫无热情的样子，李斌良再次感觉，这个刑侦支队长不行，魏忠成居然提议由他来接任刑侦副局长，绝对不行。

之后，李斌良和韩心臣又和大案队长智文进行谈话。智文再次说明，林希望被害时，他因外出抓逃未在家中，对案情不太了解，除了以前提供过的情况外，一时再也想不出别的。不过他说，自己要沉下心来，好好查一查立案破案的有关材料，查查林希望在被害前参与侦破了哪些案子，看看能不能从中发现什么。李斌良觉得他的想法不错，鼓励他按着自己的想法去做。智文离开后，韩心臣告诉李斌良，智文有事业心，人品也不错，只是，在碧山公安局的特殊生态下，他不能把自己的好品质表现出来，因为一旦表现出正直来，倒霉的日子也就不远了，所以，他平日也装出一副江湖的样子来，和霍未然他们混在一起。这让李斌良觉得，应对他注意观察考察，时机成熟，可以提为刑侦支队长……

李斌良和韩心臣第三个谈话的是技术大队长许墨，许墨说该说的以前都说过了，现在一时想不出什么来。李斌良和韩心臣就提起智文的话，让他回忆一下，林希望被害前，都参与侦破过哪些案件，情绪上是否有过什么变化，如果有，是从什么时候开始的。许墨听了觉得有道理，他让李斌良和韩心臣放心，林希望是他的手下，感情最近，他不但自己要认真回忆，还要全大队的人都好好回忆，争取想出一些有价值的东西来。

尽管一时没发现什么有价值的东西，但是，李斌良和韩心臣都很有信心，认为按照这个方向和这样的方式开展侦查，应该能取得突破。就在这时，李斌良手机响起，屏幕上显示的是一个陌生的电话号码，接通后传来一个女人的声音："是公安局李局长吗？我是林希望妈……"李斌良的心咚了一声，立刻意识到，这个电话非同寻常，林希望的母亲是不会随便给自己打电话的。

果然，林希望母亲请李斌良再去她家一趟，说林希望的父亲有话要说。李斌良立刻答应了她，并打电话找来陈青，要他驾车带自己前往。

在李斌良的要求下，陈青把车开得飞快，仅两个多小时，就驶到林家院外，当李斌良跳下车的时候，发现林希望的母亲正在院门口等待着他。在林母的陪同下，李斌良一边往院内走，一边打听林希望父亲病情，林母叹息说越来越重，没多少日子了。李斌良听得很是揪心。走进屋后，一眼看到林父躺在炕上，和上次相见时比，明显枯瘦了很多，模样甚至都有些脱相了。看来，林母没说假话，他的日子不多了。

林父见李斌良走进来，想挣扎着坐起，但是李斌良坚决不让他动，并坐到他身边。林父的第一句话，是问案子有没有进展，问得李斌良很是内疚，不过，他这次口气壮了些，说虽然还没有突破，可是，有了新想法，新思路，而且有信心突破。林父没有细追问，而是喘息着说自己要说的话："李局长，希望……昨天夜里，给我托梦了，我得……跟你说说。"

什么？难道，大老远地给自己打电话，就要说个梦吗？李斌良有些失望，可是既然来了，只能硬着头皮听下去。

"梦里，希望就好像……还活着一样，跟我说：'爸，我得让你知道，我是……因为啥，被他们害死的……'"

虽说是梦，还是引起李斌良的注意，他盯住林父的脸，倾听他说下去。

林父说："我听了就问，是谁害的他，因为啥，他对我说，是因为钱的事。"

因为钱的事？这……"大哥，你继续说。"

林父喘息了片刻说："他说完这话，我就问，是谁害的他，他说，是他们……"

"他们是谁？"

李斌良忍不住问出声来，林父却摇上了头："我也这么问了，他也说了，可是，我……忽然听不见他的声音，光看着他嘴动弹，听不着他说啥，后来，他就，走了，没了，我也就，醒了。"

这算怎么回事，大老远地把自己找来，只为听这个没做完的梦……

林母说："老林，你歇着吧，我替你说。李局长，如果只是这个梦，不值得把你找来，还有别的。"

别的？还有什么？李斌良把期望的目光看向林母。

林母说："他醒过来后，跟我说了这事，我俩就琢磨，希望到底给我们说的是什么，我们就想起一些事来。他不是说，他是因为钱被害的吗？我们就想起他活着的时候，跟我们说过一些和钱有关的话。"

李斌良盯着林母激动地问："大嫂，你快说。"

林母说："是这样，希望知道他爸有病以后，就一直惦着，想给他爸治病，却没有钱，觉得自己不孝，我俩就安慰他。可是，后来他忽然真的张罗起要带他爸外出治病，还给外地的大医院打电话，问这种病能不能治好，需要多少钱。我和他爸觉得有点儿不对劲儿，当时，听他的口气，好像他张罗到钱了，还挺冲的。有一次，我听他在电话里跟人家说，关键不在钱多少，而是能不能治好他爸的病。"

嗯？

这可是重要情况，不能不引起李斌良的注意。可是，他没有流露出来，而是问林母，上两次自己来，为什么没说这事。林母没有马上回答，而是看向林父。林父喘息着说："那时，一是没太把这……当回事，二呢，也是害怕……"

林母说："我们害怕希望身上有什么不干净的事，对他名声不好，烈士没当上不说，再闹个腐败名声，太不值了。"

腐败……是啊，如果他有大笔来历不明的钱，肯定不是正道儿来的，只能是腐败来的。可是，他一个普通的技术员，哪儿来的大笔钱呢？搞腐败弄大钱，好像也轮不到他身上吧？

李斌良没有问这个问题，而是问林父林母，林希望是什么时候开始张罗给父亲看病的。二人回忆着说，是他被害前半年多一点儿的时候。可是，由于父亲坚决不外出看病，医院那边也说，这病恐怕治不好，他后来就放弃了，没再提起。只是从那以后，他好像有点儿发蔫，有时还爱愣神，冷不丁叫他一声，他还会吓一跳，不知是为什么。

有问题，肯定有问题。可是，是什么问题呢？李斌良想不出来，又问林希望父母，他们还发现林希望有什么异常没有。

林父和林母听了李斌良的话，互相看了一眼，又转向李斌良，林母慢慢说："别的……就是有一回，他睡梦的时候，说了句梦话。他说了几个数儿。"

"什么数儿？"

"就是一二三四五六七八的数。"

"那他说的是什么？"

"没记住，大概有十多位，他当时说得挺清楚，我在旁也听清楚了，可是没记住。"

"你记住了几位？"

"一位也没记住啊，反正好多位，我也不知道这有用啊，听见了，没记住。对，我还把希望叫醒了，问他说的什么数，他说自己也不知道。"

这会是什么数字呢？不能是钱吧，十多位，如果是钱，那可就上亿了，不太可能……

再没问出别的，但是李斌良觉得此行不虚。在他告辞时，林父抓住了他的手臂："李局，求您了，快点儿把案子破了吧，我……怕……顶不了多久了。"

李斌良眼泪差点流出来，他使劲儿点头说："大哥，你一定要挺住，我一定尽快破案，给你一个交代，不过，你一定要挺住。"

"那行，我一定挺着，挺到那一天！"

李斌良用力握了握林父枯瘦的手，向外走去。

3. 端倪

李斌良返回碧山市公安局，立刻把韩心臣找到办公室，说了从林家获得的新情况，韩心臣认为非常重要，又立刻找来智文和许墨，向他们询问有没有新发现，并提出，重点回忆一下林希望被害半年多前，有什么异常表现，或者参与了什么工作和案件。许墨听了受到启发。他说，技术大队为这事开了一次会，有人提出：林希望被害半年前，开始表现不正常，人变得蔫了，有时会一个人想心事，还一惊一乍的。对，还有人看到过他给哪儿的医院打电话，打听治什么病需要多少钱，能不能治好等。

和林父林母说的完全吻合。由此可以得出结论，就在这个时间点上，林希望遇到或者发生了什么事情，可能有了钱。

智文说："我查了一下林希望被害前介入的案子，没有发现异常的地方。如果说半年多前，他介入的应该是那起入室抢劫案。对，那案子挺大，案值一千多万元！"

一千多万元？这……钱，秘密……

在李斌良的追问下，智文和许墨交替着讲了这个案子。两名劫匪闯入一居民家中，将小保姆和家中的老人捆绑，然后将一千一百多万元人民币抢走，好在警方及时发现，迅速开展侦破，在短时间内将案件破获，两名劫匪一个在逃跑中坠亡，另一个被抓获，一千一百多万元现金完璧归赵。

这……一千一百多万元现金被劫，这是谁家呀，这么有钱，把这么多的现金藏到家中？李斌良提出这个问题，智文回答说："我看了案卷，是宋耀祖家。"

"宋耀祖是干什么的？这么有钱？"

"宋耀祖七十多了，是个普通老头儿，钱不是他的，是他儿子的。"

"他儿子是干什么的？"

"他儿子是一家大型国企的老板……对，是华安集团。他儿子是集团的董事长兼总经理，叫宋国才。"

宋国才？

李斌良一惊，这个人的面孔一下子浮现在眼前，高大帅气，风度翩翩，谦虚有礼。可是，另一幅景象也浮现在眼前：暗夜里的神秘别墅，三个男人的诡秘身影……

"他们家里怎么有这么多现金，调查过吗？"

智文说："这我不知道，当时我没在家，回来后已经结案了，具体怎么个情况我不知道。不过，如果宋国才因为此事被查，一定会传得沸沸扬扬。"李斌良看向许墨，许墨摇头，说他也没有介入这起案件。智文说："现场勘查报告我看过了，是林希望签的字。"

李斌良又看向韩心臣，韩心臣摇头，说他更没介入此案，也一无所知。

李斌良让智文和许墨离去，给霍未然打去电话，要他来自己的办公室一趟。

霍未然走进来，以不安的眼神观察着李斌良。

李斌良单刀直入，说起宋国才父亲家发生的抢劫案，让他讲述一下案情和破案经过。霍未然的表情有些不自然，一边思考一边说：两个劫匪，是宋耀祖家居住的小区保安。那天，他们随买菜归来的小保姆闯进宋家，手持尖刀，将宋耀祖和小保姆制服捆绑，逼问后，打开了地下室，将里边藏着的一千多万元现金抢劫了，并在小区临时盗了一辆越野车，将钱装入车厢内，然后驾车逃跑。天亮后，刑侦支队接到报案，立即展开侦查，根据劫匪驾驶车辆的特征，很快发现了他们的踪迹，次日，二劫匪一死一被抓获，赃款全部缴回。因为案子大，破案神速，刑侦支队好几个人还立了功，包括他支队长和指挥破案的刑侦副局长魏忠成。

说完，霍未然问李斌良为什么问这个案子，这个案子和林希望被害有关吗？

李斌良没有回答，而是反问，他们从宋耀祖家发现那么多现金，没问钱是哪儿来的吗？霍未然说问过了，宋耀祖说是儿子赚的，为了安全，藏在其家中。对，他的儿子是宋国才，是华安集团的老总。李斌良想了想，还是忍不住问出心中酝酿的问题："你们把这事反映给检察院或者纪检委没有？"

李斌良的意思是：作为公职人员，领导干部，家中藏有这么多的现金，可能来路不明，应该报告纪检、检察机关进行调查。

霍未然说："反映了。纪检委调查了，宋国才的年薪和奖金每年一百五六十万元，他爱人也在国企工作，是中层干部，年薪是四十多万元。两个人一年二百多万，他们已经在华安集团任职多年，家里有一千多万现金完全正常。"

听着霍未然的话，震撼和感叹从李斌良心底生出。过去，听说过国企领导们的工资高，觉得有点儿离谱，可是没有直观的感觉，现在……老总年薪奖金每年一百五六十万元，这是普通人的多少倍呀？自己作为正处级干部，三级警监，可是，一年下来，满打满算才五万多块钱，这还是最近涨了工资才赚到的，哪怕按现在的工资标准算，自己也要干三十年，才能赚到宋国才一年的工资。他们是国家公职人员，而且还是有行政级别的，国有企业往往又是独家经营，没有竞争对手，那么，他们凭什么赚这么多钱？家里居然藏有一千多万元现金，而且还是合法收入。这么多的钱，对自己来说，可是天文数字啊，对底层普通百姓就更不用说了，对，看过一个资料，我国平均个人收入才一万零一点儿，宋国才家中的现金，是普通民众多少年才能赚到的呀……别想了，现在不是感慨的时候。

霍未然又说："对，这个案子是魏局直接指挥侦破的，情况他比我还清楚，你可以去问他。"李斌良没去问魏忠成，而是在霍未然离开后，调来案卷仔细阅读，阅读后，陷入思考中。

别看涉案金额这么大，可是，整个案件的卷宗并不厚，里边一是有一名叫冯军强的劫匪审讯笔录，因为证据确凿，其对罪行供认不讳，承认他们抢了一千多万元，装在几个纸箱中。至于作案动机，他们说，自己身为小区保安，平时注意每家人的情况，听人说宋家的儿子是大老板，猜测他家有钱，就盯住了其家雇用的小保姆，在她外出买菜归来的时候，随她进了屋子，然后将她和宋耀祖捆绑起来进行逼问，最后进入了他家的地下室，发现了里边藏着的钱财，将其抢走，装入一辆临时盗窃的越野车中逃走。

看完笔录后，李斌良又看了和林希望有关的材料，那是由他签字的现场勘查材料，主要是一些现场图、现场照片及收缴的赃物照片等，标注着哪里有劫匪的脚印、指纹，还说明有多少个装钱的纸箱等。李斌良看了看，缴获的现金盛在十个纸箱里，每个箱子一百万元，皮包里是价值一百多万元的金银珠宝。一切，看不出什么问题。

可是，李斌良却老是觉得，林希望被害可能和此案有关。因为，这起案件中涉及大量的钱，而且好像含有什么秘密，这两点结合到一起，和韩心臣与自己的判断就吻合上了。那么，这里边到底藏着什么秘密？林希望又是掌握了什么秘密而被害呢？李斌良却说不出来。他胡思乱想着：难道，林希望在清点缴获的赃款时，从中藏起一部分钱……不对，收缴的钱数和笔录里宋国才说明的钱数完全吻合，并没有少。那么，到底又是怎么回事呢？

李斌良想不明白，他和韩心臣共同分析，虽然还是想不明白，但是，有一点二人还是达成了一致，根据以前的所有调查，林希望过去应该追求过谢蕊，二人甚至还有过很密切的关系，只是，出于人所不知的原因，谢蕊不承认这一点。如果林希望有什么秘密的话，谢蕊极可能知情。所以，二人决定对谢蕊进行审查。一番商议后，想出突破谢蕊防线的办法。两个老刑侦，对付一个警院毕业不久的姑娘，还是轻而易举的。

李斌良打电话把谢蕊叫进办公室，关上门，让谢蕊坐在办公桌对面，严肃地看着她。韩心臣坐在一旁的沙发里，也严肃地看着她。谢蕊有些不安地看看二人，问李斌良，找她有什么事。韩心臣先开了口："谢蕊，我们找你来，要跟你谈一个严肃的问题，你能猜到是什么吧？"谢蕊睁着一双惊诧的眼睛："严肃的问题，什么严肃的问题？"韩心臣说："我前几天出门儿了，知道我去哪儿了吗？"

谢蕊看着韩心臣不语。

韩心臣突然说："我去你就读过的警院了。"谢蕊现出不安之色："这……你是……"韩心臣试探地说："我去干什么你就不用知道了，可是，我无意中和警院的几个老师、导员唠起你和林希望，有人说起你们在警院学习的情况。"谢蕊的眼睛睁得更大了，苍白的脸颊上也现出红晕。韩心臣接着说："谢蕊，李局长跟你谈过几次了，你为什么就是不承认呢？难道，你和林希望之间有什么见不得人的东西吗？"谢蕊说："这……有什么见不得人的？我们只是同学，而且不是一个专业的，他当年是对我挺好的，追过我。"韩心臣说："可是，你过去为什么不承认他追过你呢？"

"这……这是他一厢情愿，我对他没感觉……"

"谢蕊，你要说实话，根据我掌握的情况，你对他可不是没感觉，没感觉，你能来碧山吗？"

有点儿蒙虎诈的味道，可是李斌良觉得，此时没有别的选择。同时，他也佩服韩心臣准确地把握了谢蕊的心理，并不把话说透，而是就着她的话，引诱她自己说出实话来。

"这……这……"谢蕊果然有点儿扛不住了，"我当年来碧山，是和他有关，可是，来了以后，很快就和他断绝了关系。"

"为什么？"

"因为……他家太穷了，他过去瞒着我，不让我知道，后来我知道了真相，觉得他骗我，就和他吹了。"

"那你为什么不说实话呢？"

李斌良说："是啊，我跟你谈过不止一次，问你了解林希望不了解，和他有什么关系没有，你都矢口否认。"

"我是不想和案子发生牵连，传出去影响不好。再说，我真不知道他为什么被害呀！"

"谢蕊，你别激动，我再问你一个问题。"

谢蕊再次睁大美丽的大眼睛，看着李斌良，眼神中露出明显的不安。

"我记得，你跟我说过，你来碧山，是因为你乡很穷，对吧？"

"是……不过，这两年，我家的日子好了一点儿。我爸，还有我哥哥外出打工，赚了点儿钱，李局长，你们……"

李斌良知道，她在疑惑韩心臣对她家的情况做过调查，但是他故意没有回答，而是继续逼问下去："谢蕊，林希望跟你说过钱的事没有？"

"没……没有。"

韩心臣又说："谢蕊，在林希望被害前，曾经经手过一起案件，参与了现场勘查和物证核查，这起案子很大，涉及现金一千一百多万，你听说过吧？"

"好像，听说过，被盗……不，被抢的好像是个很大的领导。"

"对，就是这起案件，林希望跟你说过这个案子没有？"

"没有，没有。自吹了以后，我俩从不说话，他更没跟我说过这个案子。"

李斌良说："谢蕊，你可是不止一次对我说假话了。跟你说吧，我虽然没有接触过林希望，可是，通过这些日子的调查，我已经对他很了解了，我觉得，他是个不错的青年，有事业心，有追求，也有生活原则，他的缺点只有一个，就是穷，他家确实穷，所以，对你离开他，我能够理解。可是，就个人素质来说，我觉得，他是个好人，在你们同龄人中，是很优秀的一个，你最初能接纳他，喜欢他，说明你还是有一定眼力的。而且，我在调查中感觉到，他深深地喜欢你，爱着你，即便你们中断了关系，他也没有忘记你，依然把你藏在心里。可是，我现在发现，他错了，因为你对他和他对你完全不是对等的，你对他没有一点儿感情，只为了怕牵连进案子，怕影响不好，就矢口否认和他的关系。谢蕊，你为什么这么绝情？我在刑侦支队开会，所有同志都对林希望被害痛心，你为什么却无动于衷。谢蕊，你真的是这么狠心的人吗？"

韩心臣说："是啊，谢蕊，我们分析，你一定和案件有某种牵连，不然，你不会是这种态度。到底怎么回事？快说，说——"

韩心臣的声音突然提高了，变得严厉起来。

"你们……你们这是干什么呀，我……"

谢蕊突然哭出声来，转身向门口走去，韩心臣站起，跟了过去说："谢蕊，你干什么去，谁让你走了？"谢蕊不理韩心臣，自顾自打开门，可是，脚刚要迈又站住了，愣愣地看着门外。门外站着一个人，是陈青。

陈青扶着谢蕊走进来，回手关上门，不满地看着李斌良和韩心臣。

"李局、韩局，这是怎么回事？"

韩心臣说："你在外边……"陈青说："我听到了。你们这是干什么？凭什么这么对她？难道，她是杀害林希望的凶手吗？她会和林希望被害案有牵连吗？"李斌良说："陈青，这儿没你的事，你别乱掺和。"

"我没有乱掺和，我是听不下去了。谢蕊，你说，你和林希望被害有牵连吗？看着我的眼睛，说。"

谢蕊抬起泪眼看了陈青一眼，又垂下眼睛呜呜哭出声来。

陈青说："谢蕊，你别哭，说话呀，你放心，无论你身上发生过什么，我对你的态度都不会变。你说，你和林希望的案子到底有没有牵连？"

谢蕊没有回答，而是猛地打开门，走出门去。

"谢蕊……"陈青扭头看看李斌良，跟着谢蕊的背影向外走去。

后来李斌良知道，陈青和谢蕊进行了以下的谈话：

"谢蕊，你能不能告诉我，这到底怎么回事？你为什么哭，你和林希望是不是有什么关系？对，你们过去是不是处过朋友，是不是好过？"

谢蕊不语，但是，哭泣声小下来。

"看来，我说的是真的？你们后来怎么了？分手了？"

"嗯。"

"因为什么分手？"

"因为……因为他家太穷了。"

"穷？因为林希望家穷？对，我去过他家，确实很穷，父亲还有病。我家虽然比他家强一点儿，也不富裕。看来，我是一点儿希望也没有了？"

"陈青，你……不要……"

"不要什么，不要喜欢你？我也想这样，可是我克制不住。最初，我只是被你的外貌吸引，你真的很漂亮，让人心动，可是，我并没有抱过多的幻想，你这么漂亮，有多少比我条件好得多的男人追你呀，哪能轮得上我？可是，你知道我后来为什么一直没有放弃吗？"

"为……为什么？"

"因为，我感觉你很忧郁，你不快乐，我心疼，我不想你不快乐，我想帮你摆脱忧郁。谢蕊，你能不能告诉我，是什么让你不快乐？你心里到底有什么事？你是不是知道林希望的被害原因……"

"不，你别胡思乱想，我怎么会知道，我什么也不知道！"

陈青诚恳地说："那你为什么不快乐？告诉我，我一定会帮助你的！"

谢蕊痛苦地说："不，你帮不了我……"

"这么说，你真的不快乐，我没有说错。谢蕊，求你了，告诉我吧，是什么让你不快乐，到底为什么，让我帮你吧，为了你，我什么都可以做！"

谢蕊说："陈青，你别说了，谢谢你的这份心，可是，你帮不了我。今后，你也不要再来找我，这对你不好。"

"不好？怎么个不好？你可以不喜欢我，但是，我有爱的权利，追求的权利。"

"陈青，你千万不要再这样，我配不上你，真的配不上你！"

"什么？你配不上我，还是我配不上你？对，你到底出了什么事，到底有什么在瞒着我，快对我说，我好帮你……"

"不，"谢蕊忽然改变了态度："陈青，你有什么权利管我的事？我一切都好。让我不快乐的就是你，是你一来就缠着我，让我烦恼忧郁，这回行了吧，你走吧，走！"

"这……你撒谎，谢蕊……"

"你赶快走，别干扰我工作，快走，走！"

陈青无奈地离去。

已经是午夜时分，李斌良依然难以成眠。让他失眠的主要原因是陈青和谢蕊的谈话。现在可以确认了，谢蕊曾经和林希望相处过，谢蕊还为此离开家乡，来到碧山。但是，后来，现实战胜了爱情，谢蕊知道了林希望家的真实境况，感情发生了变化，最终导致分手。而且，种种迹象表明，她有了新的男朋友。只是，这个男朋友是谁却不知道。

不过，陈青的描述中有一点引起李斌良的特别注意，那就是，谢蕊很忧郁，不快乐，她的心里很苦，甚至有很大的压力。

那么，她的忧郁何来？苦从何来，压力何来？

李斌良感觉，有可能和林希望被害有关，可是，到底有什么关系却不清楚。

还有，现在的判断是，林希望被害可能和宋国才家发生的抢劫案有关。李斌良有一种感觉，自己的侦破方向是对的，可是，却有一层看不见的隔膜遮挡在自己和真相之间，无法突破。

那么，真相到底是什么？林希望是被谁害的？为什么被害？李斌良带着这沉重的谜团，进入了梦乡。梦中，李斌良看到了林希望，看到他活了，出现在自己的眼前，在对自己说着什么，眼睛还含着泪水。"林希望，你说清楚点儿，你在说什么？"李斌良渐渐听到了一些，他好像在责怪他来碧山太晚了，如果他来得早一些，他也不至于被害。李斌良忽然感觉自己对他的死负有责任，忍不住大声呼喊起来："林希望，你说，是谁害了你，因为什么害了你，你快说，我一定给你报仇，快说，我的好兄弟，快告诉我，是谁杀害了你……"

林希望的面庞忽然消失了，或者说变了，变成了一张狰狞的面孔，他得意地对李斌良笑着，拔出手枪，黑洞洞的枪口指向李斌良的额头……

李斌良愕然醒来，再也睡不着了。

4．上访人

虽然夜里没睡好，李斌良却早早起了床，而且没有丝毫倦意。因为，无论是梦境还是现实，都让他感觉到，自己的侦查方向是正确的，离突破不远了。他告诫自己，要排除一切干扰，集中全部精力，争取在短时间内破案。

可是，一切并不以他的意志为转移，还没到上班时间，就接到武权电话："李局长，马上派几个警察，去车站，把人拘起来。"

李斌良不解地询问怎么回事，武权这才告诉他，有个老上访户又去北京闹了，信访办刚刚去人把他接回来，市里决定，公安局给予其行政拘留处罚，而且要顶格，不能再让他去北京上访，给市里增加压力。

李斌良很不满，他问武权，以什么理由拘留上访者？他犯了哪一条，是上天安门寻衅滋事了，还是正当上访？如果正常进京上访，那是人家的权利，我们拘人家是违法的。武权没听完就烦了，说这是市里的决定，他必须执行。可是，李斌良仍然不同意，说如果不应该拘留而拘留，公安机关本身是违法行政，要负责任的。武权说，有责任由他来负。李斌良说，话好说，真要出了事，上边追究的是公安局，不会去追究政法委，自己得了解一下情况再说。

李斌良把已经分管治安的魏忠成找来，没想到，魏忠成虽然刚接治安时间不长，对这个事还真知道，他告诉李斌良，这个人是个老上访户，去过北京多次了，市里也不止一次地接他回来了，可是，接回不久他还去，非常可恨，该拘。李斌良仍然不放心，要魏忠成亲自问一问，弄清他在北京上访的具体过程，到底够不够拘。还说，自己把此事全权委托给他了，够拘不够拘，都要说明理由。

魏忠成一口答应，而且行动迅速，上班不久，就向李斌良报告，还带来了讯问笔录，说明上访人到北京去过天安门广场，还带着上访材料，巧的是被北京的便衣警察发现，及时将其查获。因为天安门广场是敏感地区，有明确规定，严禁上访人员在那里闹事，造成影响，因而，可以对其采取行政拘留措施。李斌良这才松了口气，要魏忠成先在行政拘留决定书上签字，然后自己才签了字，还特别写明，是政法委书记武权交办的。之后，李斌良就把这事忘到了脑后，因为，他要把全部精力投入到林希望案件中去。

万没想到，出大事了。

清晨四时许，李斌良睡得正香，床头电话急促响起，他迷迷糊糊地把话筒放到耳边，听到里边传出慌乱的声音：

"李局，我是看守所赵林玉，不好了，死人了……"

第八章　险恶的阴谋

1．出事了

李斌良猛地醒过来，翻身坐起："什么？谁死了？"

"昨天送进来那个上访的，叫吴有民。"

"这……那个人不是行政拘留了吗？怎么死到你们看守所了？"

"行政拘留所人满了，就暂时押在我们所了……"

李斌良觉得头顶上袭的一声，好像天空中响起一片炸雷。看守所死人是大事，说多大就多大，而且，对责任人的处理也非常严重，不但看守所的责任民警、所长，就是分管副局长、包括自己这个公安局局长也负有一定的责任。自己正需要全力侦破林希望被害案的时候，却发生了这种事……

半个小时后，李斌良到了看守所，还带着法医、技术员、刑侦支队长霍未然、大案队长智文等人。几人先看了看尸体，这是李斌良第一次、也是最后一次见这个自己签字押进来的人，他五十多岁，眼睛和嘴都微张着，表情似有痛苦迹象，至于如何死的则一时看不出来。李斌良问看守所长赵林玉，吴有民是怎么死的。赵林玉说他也不清楚，李斌良问他难道没看监控录像吗，赵林玉说别提了，关押吴有民监舍的监控坏了。李斌良非常生气，问为什么这么巧，赵林玉说，这个监舍平时是空着的，很长时间不押人了，所以监控坏了就没急着修，而吴有民送进来的时候就情绪激动，又吵又闹，魏局长说别让他干扰别人，再加上他是行政拘留，不能和别人混押，就押到了这个监室。李斌良又问，这个监室就关着吴有民一个人？赵林玉说也不是，前天和昨天，分别有两个打架的，也被执行行政拘留，关在这个监室。

李斌良听后，给武权打去电话，报告了情况。武权听了立刻焦急起来，不客气地说："李斌良，看守所你是怎么管的？人刚押进去怎么就死了？"李斌良气愤地说："武书记，人可是你指示要拘留的，我最初是不同意的……""我是让你拘留他，可是没说让他死啊，你还能把责任推到我身上吗？你们不要乱动，得让检察院介入。"

李斌良气愤而又无奈地放下电话，可是，他没听武权的指示，而是要法医抓紧尸检，要技术员对出事监舍现场勘查，还要刑侦支队对同室关押的人员进行讯问审查，争取在第一时间查清吴有民的死因。法医进行初步体检后，告诉李斌良，死者身上没有明显外伤，对于是否有内伤，还要进行解剖检验。不过，在肘部、下巴、膝盖等突出部位，有轻微的擦伤，不能排除外力致死的可能性。

李斌良又讯问所长赵林玉和出事监室的管教，管教证实，吴有民进来后就喊冤，骂警察是帮凶，是狗，不去抓坏人，把无辜的他关进来，他出去一定要控告。别的就没什么了。李斌良再问夜间有什么异常没有，当夜值班的管教说，夜里一切正常，他没听到监舍传出什么动静。

几个刑警在霍未然和智文的带领下，审查同室的两个关押人员，两人都说夜里睡得很香，没听到什么动静，不知吴有民怎么死的。这时，几名检察官匆匆来到看守所，要接手此案，而走在检察官前面的，居然是张华强。他对李斌良视而不见，却神气活现地对看守所长赵林玉大声说，自己受武书记指派，带检察官来看守所调查，无关人等，立刻撤出，不得插手此案，看守所有关人员不得离开看守所，随时接受讯问。

李斌良产生一种不好的感觉。

李斌良被迫停止调查，但是，他让霍未然带人离去，却留下了法医和智文。随赵林玉走出监舍大墙后，智文凑到李斌良身旁："李局，出事了，你看……"

智文把手机屏幕拿到李斌良面前，李斌良赫然看到，一篇题为《碧山市公安局看守所在押人员神秘死亡，检察机关正在调查中》的报道。这么快就上网了，记者们是怎么知道的这事？

"赵所长、李局长，不好了，市电视台来人了，要采访死人的事。"

前面的办公区，一个年轻的看守所民警匆匆跑过来，对赵林玉和李斌良焦急地说着。大家向看守所大门方向看去，果然看到一辆电视台的采访车，车身上还有鲜明的"碧山电视台"五个大字。来得真快呀。奇怪了，这种事发生，当地党委政府往往是严格保密，严禁记者采访，那么，现在是什么人把消息泄露出去，而且非但允许甚至鼓励本市的电视台前来采访？

智文又让李斌良看自己的手机，上边又增加了很多标题不同内容相同的报道，而且都说得危言耸听，还有网民大量跟帖，其中很多人借此攻击警察，要求严肃追究看守所长和公安局局长的责任。甚至有很多网民强烈要求立刻将二人撤职。这些帖子，有的出自碧山，也有的出自外地，相当大的一部分，居然出自北京。

太过分了。网民们过分，记者们过分，整个事情的发展也过分了，这让李斌良意识到，事件的背后，极可能有一双手在操纵。赵林玉也感觉到了不正常，他小声对李斌良说："张华强怎么忽然上来了，不对头啊！"是不对头，当然不对头。

看守所死了人，政法委过问是应该的，可是，居然亲自带着检察官来调查，好像过分了，何况，带队的还是张华强？他现在算什么身份呢？是暂时调到政法委了，可是，他的人事关系还在公安局，也就是说，他现在还是警察，可是，他居然以警察的身份，带领检察官来调查警察……

种种迹象，让李斌良警觉起来，他觉得，不能听张华强的，老老实实接受他们的调查审查，那是坐以待毙，必须争取主动。

赵林玉沮丧地说："怎么争取主动？人家说了，不许我们插手调查。咱们不能跟检察院对着干哪！"

赵林玉说得对，公安机关受检察机关监督，确实不能对着干，但是那也不能坐等最坏的后果发生，他要智文和赵林玉一起行动，一方面，提审相邻监舍的在押人员，看他们夜里是否听到什么动静。另一方面，要审查昨天夜里相邻监舍的录像，而且要多备份几份，以备不时之需。这样做的时候，尽量避开检察官特别是张华强的眼睛。赵林玉和智文听完，都觉得很对，立刻返回监区。

李斌良进了赵林玉的所长办公室，想沉下心来，全面深入思考一下这个事件。可是手机响了，是郁明打来的："李局，不好了，局里陆续来了好几个记者，有本省的，还有外省的，都要采访看守所死人的事，怎么办哪？"

李斌良说："告诉他们，检察院的调查正在进行中，暂时无可奉告。"

郁明答应着放下电话。李斌良再次感觉到，这次来头很大，或许，这只是开始，还有更大的来头在后边。更大的来头很快来了，高伟仁又打来电话："李局，不好了，省政法委和纪检委来人了，要找你谈话。"李斌良的眼前闪过谭金玉的面孔。没办法，必须回局，接受谈话或者说审查了。

李斌良走出所长室，恰好见到张华强和一个检察官从监区大铁门内走出来，就停下脚步看着他们。检察官看到李斌良，叫了声李局。李斌良问他们调查得怎么样了，没等检察官开口，张华强开口了："两个同监的都问过了，他们谁也没听到什么动静，这肯定是一起责任事故。"

责任事故……那么，谁的责任？当然是看守所的责任，可是，看守所归谁领导？公安局。所以，自己这个公安局局长肯定负有责任。

张华强转向检察官说："下一步，就是追究责任人了，你们要查清楚，是谁批准把吴有民送进来的，这一点非常重要。"检察官说是。李斌良向自己的车走去，他不想理张华强，他还要把精力留给省纪检委和政法委的人呢。

李斌良一走进走廊，一个副局长办公室的门就开了，一个人从里边探出头来，招手把李斌良叫进去，关上门。是魏忠成。

"李局，咋办哪？是省政法委和纪检委组成的联合调查组，看样子是要下狠茬子，你得有思想准备呀！"

"怎么准备？死因还没查清，如果是被人害死，那就由我们破案，看是谁害死的，作案人是谁，为什么杀人。如果是因病死亡，那就给出结论……"

"可是，再有理由，看守所里死了人也是大事，也要逐级追责。就算是突发疾病死亡，也要追查，是什么病，送进去的时候为什么不知道，如果知道了，为什么还要送进去，不采取应对措施。"

李斌良不能不承认，魏忠成说得对，有道理。可是，这个责任在谁呢？

"魏局，是你签字在前，我签字在后。你得跟我交个底，当时，你是否知道吴有民有什么疾病？"

"我哪儿知道啊，是你把我叫去签字的，我就签了。"

"哎，魏局，你别忘了，我可是让你审查过……"

"你是让我审查案情，看吴有民到底够不够拘留，没让我审查他有没有病啊？"

对，魏忠成说得对，自己是没让他审查吴有民的健康情况，可是，这还用自己嘱咐吗？作为过去的刑侦副局长、现在的治安副局长，在签字决定关押一个人时，不应该了解一下他的健康情况吗？可是，现在不是推卸责任的时候。李斌良改变口气："信访那边交过来的时候，说没说过，吴有民有什么病？"

"这……没有。反正，我是没听到。"

"那就这样吧。魏局，你放心，该我的责任，我绝不推卸给别人……"

"李局，你这么一说我就放心了，当时，可是你让我先签的字，是吧？"

李斌良看着魏忠成，现出鄙夷的目光：这人，怎么这副嘴脸，关键时候才看出来……魏忠成又改口："不过李局你也放心，我既然签了字，不管在什么情况下签的，我都要负责。"这还差不多。李斌良顺了口气。

2．阴谋

李斌良和三个表情严肃的男子走进他的办公室。

一男子坐到了李斌良的办公桌后，李斌良坐到他的对面，办公桌的左右两方，各坐了一名男子。三名男子看上去只有一名有印象，是市政法委的蒋姓副书记，他把另外两名介绍给李斌良：坐在办公桌后的是王组长，坐在办公桌左边准备记录的姓张，是组员。蒋副书记还特意对李斌良说明，自己是奉武书记的指示，带省政法委调查组的同志来见他的。

王组长随后向李斌良说明，省政法委接到了碧山群众的举报电话，知道了碧山看守所发生的事，继而又接到省内的新闻媒体打来电话，并从网上看到了群众舆论，所以高度重视，他们是受领导的指派，前来调查了解情况的。

李斌良眼前又闪过谭金玉的面庞。

谈话开始了。王组长说："李斌良，吴有民的行政拘留，是你签字批准的吧？"

来者不善。

李斌良说是，但是，自己是接到了市政法委书记武权的指示才这样做的。

市政法委蒋副书记急忙插话："李局长，你可别推卸责任哪！"

"蒋副书记，我从没推卸过任何责任，我只是在说明事实。我最初是反对拘留的，是武书记一再要求，并保证拘留没问题，我也是在了解到吴有民符合拘留规定，才签字同意的。"王组长说："李局长，你为什么同意拘留上访人呢？"

李斌良只好重复了一遍：自己认为，百姓上访是他们的权利，不应该拘留，是武权再三要求才这样做的。因为吴有民携带上访材料去过天安门广场，所以，也符合非法上访的条件，拘留并没有问题。

"那好，李局长，你觉得，你在这个事情上，负什么责任？"

来得真快，要追究自己的责任了，是不是早了点儿？

"王组长，我觉得，我负什么责任，应该在事实查清楚之后再说。"

"我们这不就是在调查吗？"

"我说的是，要查明吴有民是因何而死后，才能明确有关人负有什么责任。"

王组长说："李局长，你是说，吴有民的死因对追究责任有影响？"

"对，如果他是突然发病死亡，具有不可抗力，那么，看守所的责任就很轻，如果发病时间很长，有明显反应，看守所却不知情，那责任就较重……"

"哎，李局长，你不要转移目标，我们现在问的是你的责任，你在这件事上负什么责任。对，人命关天，这可不是小事。你还是说说，你负有什么责任吧！"

这是要干什么？李斌良控制着情绪说："王组长，我的责任是和看守所的责任相关的，他们的责任重，我的责任也相应的重，他们的责任轻，我的责任相应的也就轻……"

"可是，我们现在说的是你的责任，不是他们。你刚才不是说死者可能突然发病而亡吗？那么，关进去的时候你们知道不知道他有病？"

"不知道，是武权给我打的电话，要我派人去信访办，把吴有民接回来，我给治安副局长魏忠成打的电话，要他派人去接人的。据我所知，他们接人的时候，信访办那边没有交代吴有民是不是有病。"

"李局长，你又转移目标了，还是说你吧，你在批准把吴有民关押进去的时候，问过他有病没有？"

李斌良说："没有。"

"你为什么没有问？据我们所知，你是个经验丰富、责任感很强的人，怎么会不问一下吴有民是否有病就批准把他关进看守所呢？还有，他明明是行政拘留，为什么要关在看守所呢？"

看来，他们就是对自己来的，就是要整自己呀！

明明知道是这么回事，还不能说破，还得捺着性子做无用的解释。李斌良说：自己是碧山市的公安局局长，不是分管副局长、不是分局长，也不是看守所所长，不能事无巨细，什么都管都问。还指出，如果吴有民有病的话，为什么信访那边不提出来，如果追究这个责任，应该首先追究他们吧？

王组长听了李斌良的话，现出气愤的表情："李局长，你这是什么态度，你还说你不推卸责任，这不是推卸责任是什么？"

李斌良也忍不住了："我不推卸责任，就意味着，可以把不是我的责任都推到我头上吗？我一个市公安局局长，对看守所发生的死亡事件难道要负全部责任吗？有看守所民警，有所长副所长，还有分管副局长，你们不去调查他们，为什么一来就盯住了我，是不是非要治我个罪不可？太不正常了，一切都很不正常，事件刚刚发生，为什么媒体、你们，都上来了？我怀疑这里边有问题。"

王组长更火了："你这是什么态度？告诉你，来之前，领导严肃地指示我们，一定要查清事实，追究责任，不管涉及谁，都要从严处理。没想到你是这种态度，我们很怀疑，你胜不胜任公安局局长。"

看样子，他们就是奔这个来的。可是，未免早了点儿。

"王组长，我明白了，你们就是冲我来的，那好，我不再申辩，你们愿意怎么处分就怎么处分，不过我提醒你们一句，要处分我，必须等到查明真相之后。"

"还有什么真相？人是病死的，你脱不了责任。"

"可是，还有另外一种可能。"

"什么可能？"

李斌良刚要说话，手机响起，他急忙接听。电话是刑侦支队大案队长智文打来的，他在电话里焦急地说有所发现，要他去看一个录像资料。或许对查明真相有帮助。智文的话给了李斌良一点儿底气。他放下手机后说："对不起，我必须离开一会儿。"

王组长说："李斌良，我们还没有完，你干什么去？"

"查清事实。这应该比我们的谈话重要。"

李斌良说着，起身向外走去。

"你……李斌良，你回来，你什么态度……"

李斌良听到了王组长的怒吼，也知道自己的做法不妥，可他听而未闻，飞快地向外奔去。

李斌良匆匆走进赵林玉的办公室，智文迎上来告诉他，他们按照李斌良的指示，调取了关押吴有民相邻监舍的监控录像，审查后有了发现。说着，把U盘放进赵林玉的电脑中，让李斌良看。

李斌良的眼睛盯在了电脑屏幕上，他看到，这段视频是从凌晨2点开始的，画面里出现的是一个监舍。画面先是一片宁静，几个在押人员都在睡觉，但是，很快，一个睡着的男子有了异常举动，他先是不安地动了几下身子，然后蒙眬着爬起，揉着眼睛，向便池的方向走去，可是，好像听到什么动静，忽然停下来，睁大眼睛倾听着，再之后，凑到墙壁处，侧耳倾听起来，现出惊恐的表情，好一会儿才回到自己的床位，蒙上了被子，李斌良甚至看到，蒙着的被子在微微颤抖。

"李局长，看出来了吗？"智文激动地说，"他一定听到了什么。"

"立刻提审这个人。要保密。"

李斌良叫来韩心臣，和智文一起对监控里发现的关押人员进行讯问。赵林玉告诉李斌良，这个人叫万奉和，四十八岁，是涉嫌盗窃进来的，案子检察院已经起诉，正在等待法院判决。

万奉和被悄然带进所长室，一副心神不安的样子。韩心臣亲热地给他倒了杯茶，请他坐下。万奉和显然意识到什么，手微微颤抖接过茶杯，眼睛偷偷地瞄着李斌良和智文。韩心臣不愧是老刑侦，一张嘴就显露出机智："万奉和，你现在很危险哪！"

万奉和身子猛地颤抖一下，杯子里的水洒了出来，他盯着韩心臣说不出话来。

韩心臣压低声音说："你如果不尽快说出真相，恐怕，下一个就是你了！"

万奉和颤抖得更厉害了。

"你犯的是盗窃罪，顶多判个三年五载的就可以和老婆孩子团圆了，可是现在就难说了。你现在两种选择：可以协助我们查明真相，立功受奖。

嗯，如果你真的立了功，有可能判缓刑，很快就会放出去。可是，你也可以选择另一条路，就是蹲在监舍内，像隔壁那个人似的，在一天夜里，悄没声地就让人……"

没等韩心臣说完，万奉和就跪下了，求他救命。在李斌良以公安局局长的身份保证他的人身安全并从轻处理后，他开始说出昨夜听到的一切："我……前列腺不太好，昨天后半夜，起来撒尿，忽然听到隔壁有动静，开始还以为是谁说梦话，可是仔细一听不对劲儿，我就凑到墙根去听，听到好像有打架声，扑通扑通的，还有人叫了一声，可是，刚叫出半截就好像被人堵了回去，又折腾了一小阵子，慢慢没动静了，我感觉好像出啥不好的事了，老害怕了，也忘了撒尿了，钻回被窝里，心跳得跟打鼓似的。"

李斌良听着万奉和的话，心也跳得跟打鼓似的。万奉和讲的，和监控录像里看到的他的表现完全相符，可知其言不虚。如果他说的是实话，那就是，有人杀害了吴有民。那么，谁杀害了他？

太明显了，只能是同监的两个人，对，没有之一，因为，不可能一个人瞒着同监舍的另一个人而杀害吴有民。

万奉和还在继续讲着："今天一大早，听说隔壁有人死了，我就觉着，觉着……李局长、赵所长，这……我……"李斌良克制着心跳，宽慰万奉和说，他讲的非常重要，如果据此查实案情，他就立了大功，自己一定反映给法院，为他争取减刑。但是又再三嘱咐他，一定要保密，除了自己和在场的赵林玉、智文，不能跟任何人说。

将万奉和送回监舍后，李斌良带着智文、赵林玉闯进看守所的一个提审室，看到两个检察官和张华强正在审讯一个吴有民同监的在押人员，他是个二十七八岁，身体强壮，面相狡诈的小子。赵林玉告诉李斌良，这个人叫马军。

两个检察官见李斌良等人闯进来，急忙阻拦，要他们马上离开。李斌良没有离开，而是问，被审讯的马军交代什么没有。检察官说没有，两个人都审查过了，他们说，昨天夜里睡得很死，什么也没听到，吴有民可能是发了什么急病死的。

李斌良冷笑一声，请检察官离开，说由自己来审查这个人。检察官不高兴了，说李斌良这么做是违法的，他不能干扰检察官办案。张华强冷笑着说："李斌良，你可一向把依法办事挂在嘴上，你这是依法办事吗？是执法犯法。"李斌良说："那你算干什么的，你凭什么参与检察官的审讯？"张华强支吾说，自己是武书记派来的，协助检察官办案，避免受到干扰。李斌良说可笑，检察机关本身具有对公安机关和审判机关的监督权，难道，他们办案，还需要另外一个机关来监督吗？再说了，警察此时介入不合适，那么，政法委只是个领导机关，却直接介入办案，合适吗？不违法吗？

张华强说："你少跟我来这套，反正，是武书记派我来的，你有话去找他说，我就是不允许你们参加审讯。"李斌良冷笑："我还真不信邪了，今天我非要审讯这个人不可。你们都出去。"两个检察官也火了，问李斌良想干什么，他们正在讯问证人，为什么要他们离去，他这是严重干扰检察机关执法，是要追究责任的。李斌良说："不，我们要审查杀人犯罪嫌疑人，这是公安机关的职权范围，没有任何违法之处。"

两个检察官愣住了："什么……杀人犯罪嫌疑人？"

李斌良指向马军："马军，我们已经掌握了确凿的证据，是你和同伙杀害了吴有民，这种时候，你还不争取主动，想等到什么时候？知道杀人罪是什么结局吗？死刑，特别是你们这种预谋杀人，是要处以极刑的，是没有缓刑可能的！"

李斌良清楚地看到，听着的马军脸色陡然变了，汗珠从额头、脸上一颗一颗冒出来，向下流淌，嘴唇也哆嗦起来，却说不出话来。

两个检察官也看出了问题："李局长，你这是……"李斌良说："所以，我请你们把审讯交给我，由我们来审查杀人犯罪嫌疑人，不可以吗？"

两位检察官对视一眼："可以，可以……"两位检察官往外退去，可是张华强不让了："哎，你们这是干什么，怎么能听他们的，不能走哇……"

一检察官告诉张华强，如果这是杀人案，自然由公安机关受理，他们马上给检察长打电话汇报，回避一下是应该的。

张华强说："这……好，你们走，我不走，我倒要看看，你们能审出什么来？"

什么？他居然要留下来监督自己审讯？休想！

李斌良说："张华强，你到底是什么身份？一会儿监督检察院，一会儿监督公安局？"张华强说："你说我什么身份？我是管着你们的，我就是要监督，怎么着？"

"不行，你赶快走，如果不走，我们就采取强制措施了。"

"你敢，李斌良，不用你猖狂，你猖狂不了几天了。马军，你给我听着，你要是敢胡说八道，我饶不了你……"

这不是威胁，是告诉嫌疑人顽抗吗？李斌良气坏了，大喊着滚，和智文、赵林玉、韩心臣等人一起，把张华强推出看守所监区，关上了大铁门。

可是，张华强的话发挥了作用，在李斌良几人回头再审讯马军时，其已经恢复了平静，而且态度顽固，说自己夜里睡得很香，什么也没察觉。李斌良气愤地指点他说："好，你就撑着，一定要撑住，看你能撑到什么时候。

走，不审他了！"

李斌良把提审室内的人全叫了出去，只留下马军一个在审讯椅后眨眼。

走出提审室后，韩心臣和智文、赵林玉都问李斌良有什么办法。李斌良说唯一的办法就是拿出证据来。之后，找来技术大队长许墨，要他下大力气，重新勘查现场，同时还要解剖尸体，确认死因。许墨答应着离去。之后，他又和韩心臣及智文商议，如何攻破马军和同伙的防线，韩心臣自告奋勇说，这事就不用他操心了，由自己负责，转身带着智文又奔向提审室。

这时，李斌良略略舒了口气。种种迹象显示，这案子确实蹊跷，只要咬住不放，很快就会有突破。所以，他胆子有些壮了。可就在这时，手机再次响起，是高伟仁打来的，要他马上去政法委。李斌良问有什么事，高伟仁却不说，让他尽快赶到，说王组长和武书记在等他。李斌良只好放下这边的工作离去。

李斌良进入政法委的一个小会议室，看到聂锐、武权、高伟仁和省政法委调查组的王组长及组员五个人在等着他。聂锐垂着眼睛，气愤而无奈的神情，高伟仁则一脸不安之色，其他三人都阴沉着脸。

见李斌良走进来，聂锐示意他坐到自己身旁。李斌良坐下，迎接着几双阴沉的眼睛，感觉有些不好。武权先开口："李斌良，你太过分了，连省调查组都不放在眼里，所以，只能自己承担后果了。"

什么意思？

王组长咳嗽一声："李斌良，我们认为，你的表现说明，目前已经不适宜继续履行职责，经请示省政法委领导批准，并经碧山市委同意，决定停止你的公安局局长职务。"

"什么……聂市长……"

聂锐别着脸不语。武权说："李斌良，省政法委和唐书记通了电话，征求了他的意见。"

这就是说，唐书记同意对自己停职，市委常委做出了决定，聂锐一个人无法抗拒，他出现在这个场合，是没有办法，只是代表市委市政法委表示一种态度……

王组长说："李斌良，你作为公安局局长，不但对看守所发生死人事件负有领导责任和直接责任，而且，也间接证明，你平时对监所管理不严不力，这也是导致死亡事件发生的重要原因。而且，这一事件造成了极坏的社会影响，给全省公安政法机关抹了黑。所以，为了挽回影响，平息舆论，对你先行停职是必要的。碧山市公安局的工作，暂时由政委高伟仁同志主持。"

不行，这是关键时刻，自己绝不能失去领导权！

李斌良愤然站起："我抗议,我不服从这个决定。作为市公安局局长的去留,只有市委的决定是无效的,还必须经省公安厅同意。"

武权说:"李斌良,你别抱幻想了,已经跟省公安厅打过招呼,他们同意暂时停止你的职务。"

"不可能,我问林厅长……"

李斌良拿出手机,欲拨林荫的电话号码,武权又开口了。

"李斌良,别白费力气了,你打不通的!"

果然,手机里传来:"你的电话无法接通,你的电话号码将会出现在他的手机上"的声音。

王组长说:"林厅长正在公安部参加一个重要会议,省公安厅的工作由副厅长古泽安主持。"

这……怪不得……

李斌良拿着手机不知如何才好,可是他非常清楚,自己此时绝不能失去参与调查案情的权力,可是,他唯一能指望的是林厅长,却又打不通他的电话。

手机突然响起,李斌良看了看屏幕,是许墨打来的,他急忙接起。

许墨说:"李局,现场勘查和尸体解剖有新发现。"

"快说。"

"我们在现场勘查时发现,在吴有民尸体附近的墙角处,有指痕抓挠的痕迹,这是搏斗过的迹象,而且法医在解剖中发现,吴有民有三根肋骨骨折。"

"检察院那边知道吗?"

"知道,你离开后,我告诉了他们,他们的法医和技术员和我们联合勘查检验的。解剖中还发现,吴有民的死亡和心脏病发作有关。"

什么……

"事实极可能是这样:吴有民死前,曾和他人发生过搏斗,搏斗中,引发了心脏病,导致死亡。"

李斌良说了声"明白了",放下手机,看着王组长、武权和在场的每一个人。

聂锐说:"斌良,出什么事了?"

李斌良还没回答,武权的手机突然响起,他急忙接起,大家的目光又转向他。

武权说:"什么……行了,我知道了。"武权放下手机,说不出话来。

王组长问发生了什么事,武权一时不语。

李斌良说:"检察院和我们公安局的技术人员已经查明,受害人吴有民三根肋骨骨折,现场勘查还发现了搏斗的痕迹。"武权说:"他也有心脏病。"

"可是,技术人员的初步结论是:吴有民在与他人搏斗时,导致心脏病发作死亡。也就是说，直接的原因是与他人搏斗，凌晨时分，他正在睡觉，和什么人搏斗，导致肋骨骨折？"

会议室一片寂静，所有人的目光都望着李斌良。

聂锐说："我建议，暂时停止李斌良同志停止职务的决定，恢复其行使公安局局长职权，责令他全力投入到侦破中去，一切都在破案后再做决定。"

武权说："这不合适吧……"

"合适。"王组长把话接过，"现在看，这个吴有民的死还真有问题，必须尽快查清原因。我同意聂市长的提议。"武权说："可是，案件查清后，停职的决定应继续生效。"没有人呼应，李斌良也不再说话起身向外走去。

李斌良回到看守所，韩心臣向他报告，对同监的马军和同伙的审讯已经取得突破。原来，技术人员在吴有民死亡现场的墙角提取的指纹中，有马军和另一个同伙的指纹。马军知道抵赖不下去，只好承认了吴有民的死和他们有关。但是，他们只说吴有民关监舍后，很不老实，嘴上老是骂人，闹得他们睡不着觉，和其发生冲突，没想到失手致其死亡。

李斌良听了非常振奋，现在可以确认，这并不是一起简单的看守所在押人员死亡案件，而是一起由他人暴力致死的命案，且极可能是蓄意杀人案，完全是公安机关的职权范围，自己可以理直气壮地投入到侦破中去了，任何人不得干涉。

检察官们在意识到案情发生变化后，自觉宣布撤出，将案件移交给公安局。

李斌良带着韩心臣、智文等人，亲自突审马军和同伙。可是，两人虽然承认吴有民的死和他们有关，却拒不承认故意杀人，更不承认有什么幕后指使。

可是，李斌良在调查了他们关押进来的原因后，产生了更大的疑虑，二人都是因寻衅滋事，一前一后，也就是吴有民关进来的前后，被关进来的，而且，关进来就出事了。这里边有问题。可是，无论如何审讯，二人却不承认有人指使他们。

这时，李斌良又接到郁明的电话，告诉他，局里又出事了，而且是非常棘手的事，问他是否回局亲自处理，如觉不回，自己可以替他当挡箭牌。李斌良听后，立刻回答："不需要你当挡箭牌，我现在就回局。"

3．血债

市公安局楼外乱成一团，李斌良一下车，就看到一条白布上写着黑字的横幅高悬空中："还我儿子，还我丈夫。"

到底是儿子还是丈夫啊？刚才郁明说得简略，李斌良听得匆忙，一时不明白横幅上八个字是什么意思。

横幅举在两个人的手上，两个女人，老的白发苍苍，年轻的三十多岁许，但是，二人有一点是相同的，都是满脸憔悴和痛苦。

两个女人身旁围着很多人，除了郁明和几个维持秩序的警察，还有好多记者在拍照、录像、采访，也有一些围观的群众。

记者们发现了李斌良，立刻奔向他，长短麦克、录音机、手机伸向他的嘴边。

"李局长，吴有民到底是怎么死在看守所的，能说说吗？"

"我们刚刚知道，吴有民是因为儿子被害才上访的。几年前，他儿子被铲车轧死，吴家的人说是杀人，公安机关却认为是交通事故，能给我们解释一下这是怎么回事吗？"

"是啊，父子两人，儿子被车轧死，父亲上访多年得不到解决，自己却死在看守所，你认为这事正常吗？"

正常？正常个鬼，要是正常就怪了！

李斌良想这么说，出一口心中的怨气，可是，面对的是记者，他只能克制地说，吴有民的死因正在进行调查，很快会取得突破，到时会公布真相的。至于吴有民儿子死亡之事，自己当年不在碧山工作，因而并不知情，他现在就要接待两个上访人，请大家支持自己的工作，散了吧……

李斌良要郁明把一老一少两个女人带到自己办公室。他已经弄清，老女人是吴有民的妻子，年轻的女人则是吴有民的儿媳，也就是吴有民死去的儿子的妻子。这也就解释了她们的横幅上写的"还我丈夫，还我儿子"八个字的原因。

走进办公室，李斌良要婆媳二人坐到沙发里，给她们倒上两杯水，然后告诉她们，吴有民的案件即将突破，到时一定还她们一个公道，至于她们另一个亲人死亡的事，自己真的不知情，请她们现在谈一谈。

进屋后，老女人一直抽泣着，她看上去有六十多了，大半的头发都白了，显得十分苍老憔悴。可是，有了林希望父母的经验，再考虑到吴有民才五十多岁，那么，她不会比吴有民大太多。至于年轻的女人，虽然看上去三十多岁，也很憔悴，考虑到公公婆婆的年龄，她可能不到三十岁，面容肯定也是命运的折磨所致。

两个至亲横死，她们是什么心情，李斌良无法设身处地地体会，但是，他却能想象，如果女儿苗苗有个三长两短，自己会是什么感受，因而，他对二人充满同情，再次让她们放心大胆地说，如果真有冤情，自己一定帮助他们。

年轻女人一张嘴就哭起来，还是老女人把事情说清楚的。

老女人、吴有民的妻子从怀中掏出一个扁平的方形纸包，打开后，先拿出一张照片，让李斌良看。这是一家五口人的照片，年长的夫妻看上去五十来岁，年轻的夫妻二十几岁，年轻的妻子怀中还抱着一周岁许的大胖小子。虽然看得出都是农村居民，但是，一家人显得很有精神，面庞洋溢着明显的幸福。

李斌良是经过分析判断，才知道这张照片可能是过去的吴家五口人。

"局长您看，这是我儿子，瞧，身体多好，多精神，我儿子别看年轻，可孝顺了，对我……儿啊，我的儿啊……"

老太太忽然放声大哭起来。

不知为什么，李斌良心底的酸水也被老太太的哭声勾起来，差点从眼睛里涌出。他极力控制住情绪，劝老太太不要哭，说事儿。可是老太太却哭得更厉害了，又拿出另一张照片递给李斌良。

李斌良接过照片，看了一眼，顿时如同电击一般，被强烈地震撼了。

照片上是一团血肉，依稀可辨出，那是人的躯体，有四肢，有头部，但是都轧扁了，轧成了一团血肉……

没等李斌良发问，年轻女人也哭起来："这就是吴众啊，是我丈夫啊……"

李斌良很快明白了，这团血肉就是年轻女人的丈夫，是年老女人的儿子，是照片上的年轻男子，现在，变成了照片上的血肉。

这是怎么回事，谁干的？

费了很大的劲儿，李斌良终于弄清，吴有民的儿子吴众在自家承包田里干活时，被一辆铲车活活辗死。

骤然一听，真让人无法相信，铲车是建筑工地施工使用的，怎么开到农民的承包田里去了？

婆婆和儿媳说，他们是故意的，想占我们家的承包田，我们不同意，他们就把我们轧死了。

李斌良问，是谁，为什么要占她们家的承包田，轧死了她们的亲人？

回答是，开铲车的叫王壮，是强煤集团的，是强煤集团让他干的，目的是强占自家的承包田。

不太可能，最起码，不会这么简单。李斌良深入追问终于得知，原来，他们家的承包田下被探查出藏有煤矿，强煤集团想把他们的承包田买下来，可是，给的钱不多，她们家不同意，几次谈判不成，就出了这事。

李斌良的心又咚咚跳起来。

"王壮就是那么把车开进责任田里，把吴众辗死了？"

"是啊，冯海当时在场，看得清清楚楚，那个铲车开来了，就要推我家的承包地，吴众正在地里干活，上前拦着不让，那个铲车就掉过头来，倒车，往吴众身上倒，冯海在旁边看到了，就给他摆手，打招呼，不让他倒，可是他就是不停车，就那么往后倒。冯海一看不好，叫吴众快跑，可是来不及了，铲车开到吴众身上，把他活活轧死了，轧成这样……"

婆媳二人勉强说完，把照片往李斌良面前一推，又痛哭起来。

李斌良喘着粗气问，后来怎么样了。

婆媳说，后来把开铲车的王壮抓了，可是，他说他是没注意，把铲车开进吴家承包田的，也没看着铲车后边有人，更没看着冯海打招呼，是误把吴众轧死的。再后来，公安局就说，这是一场意外事件。

意外事件？意外到这种程度？你一个铲车，意外地开到了人家的承包田里？然后又意外把承包田的主人辗死？这……

"后来怎么处理的？"

媳妇说："后来，王壮判了五年刑，还判他赔偿我家三十万元，可是，他只赔了五万元，说家里没钱，只有这么多。"

婆婆说："局长，你说，这不是杀人是什么呀？为什么不枪毙了王壮，说是意外呢？对，我家老头子就是咽不下这口气，才到处上访告状的，可是告了四年多，找了很多地方，也没人管，他是因为这才几次去北京的，想不到，现在他也死在你们看守所了。局长，咋能有这种事啊，你得给我们一个说法呀……"

李斌良的喘息不但越来越粗重，也越来越急促，可是他无法发作，也不知去对谁发作。他强忍着性子再问："再后来呢？"

"再后来……后来什么，对，后来，强煤集团多给了我们一些钱，到底把承包田霸去了，开了个大煤矿，赚了大钱。"

等等……强煤集团，强煤集团公司……

"强煤公司的老总是谁？"

媳妇说："这你能不知道吗？强子，强哥呀！"

"岳强发？"

"就是他，肯定是他指使王壮轧死吴众的，可是你们公安局就说是意外，你说，我们能咽下这口气吗？这可好，告来告去没告出头儿来，自己反倒死在你们看守所了。李局长，你必须还我们一个公道……"

婆媳再次放声大哭。

李斌良明白了。

既然是岳强发，那么完全可以相信，婆媳二人说的是真的：为了自己开煤矿发大财，强占别人的田地，取别人的性命，岳强发绝对干得出来。

可是，身为人民警察、公安局局长的你是怎么做的？不但没去追究岳强发的责任，反而拘留死者父亲，致使他在看守所内死亡。这成了什么，你成了什么，成了同谋，岳强发的同谋。这极可能是一个阴谋。瞧，设计得多好啊，先把吴有民关进看守所，把他弄死，这样，他就再也不能上访，也就再不能给他们、包括岳强发本人和他的帮凶添麻烦，消除了影响，而且又能借机追究公安局、实际也就是追究自己这个公安局局长的责任，甚至把你撤职。

真是一箭双雕哇！

李斌良郑重地对这对婆媳表态：吴众被害时他还没有来当局长，但是，吴有民是死在自己任局长的时候，自己负全部责任，一定查清事实，还她们一个公道，而且，还要努力追究当年吴众死亡的真相，如果真像她们说的这样，一旦掌握证据，一定要一查到底，追究有关人员的责任。

4．追查

李斌良要谢蕊从档案室找来当年吴众被害的卷宗，发现只有薄薄的几页纸，主要是责任人王壮的供词，情况和吴氏婆媳说得差不多，他承认是自己开铲车轧死了吴众，但是只说是不小心造成的意外，之外就是对证人的讯问，可是，几个被问的证人都说没看清。包括吴氏婆媳说的冯海，证言也是自己离得远，没看清。这让李斌良很失望，他又看了笔录上登记的办案人，发现居然是市公安局治安支队而不是刑侦支队办的案子，主要办案人居然是如今的刑侦支队长、当年的治安支队副支队长霍未然。

李斌良看罢卷宗后，把霍未然找到办公室。

霍未然坐在李斌良的对面，小心翼翼地看着他，试探地问："李局长，看守所那边，好像查得差不多了？"

李斌良嗯了一声，继续看着这个刑侦支队长，心情不太好。他知道，自己内心对这个刑侦支队长的评价不怎么样，政治品质姑且不说，这性格就让人不喜欢，太蔫，谨慎有余，大胆不足，还总是察言观色再说话，实在不像个刑警的样子。

李斌良单刀直入，提起当年吴众的案子，是不是他霍未然办的。

霍未然有些意外，也有些吃惊，还有些不安："是，不过，是在张局的领导下办的。"

张局？张华强？

"啊，当年，我是治安支队副支队长，张局是治安支队长。李局，你怎么忽然问起这个案子？"

李斌良说，吴有民死了，他的妻子和儿媳来局里控告，说起吴众的案子，所以才向他了解情况，他怎么看这个案子。

霍未然好像松了口气："啊，这个呀，是他们家一直说吴众是被人杀害的，到处上告，可是，没证据呀。其实案情很简单，就是司机马虎大意，在倒车的时候把人轧死了，这就是个意外事件。"

李斌良说："你是怎么得出这个结论的？王壮的铲车为什么开到人家的承包田里去了？"

"李局，你不了解情况，那儿是吴家的承包地不假，可是，离一个工地不远，吴家的承包田紧挨着路，吴众就在地边上，所以，王壮开铲车从那儿路过，不小心把车开地里去了，在倒车的时候，不小心把吴众辗死了。"

说得非常轻松，非常平静，好像不是在说一起人命案，而是一个普通的事件，一个笑话！李斌良又来了气："霍未然，你觉得，这样一个过程合理吗？你铲车在路上走得好好的，为什么开到人家承包田里去？"

"司机说，就是不小心把车开到地里了，啊，开进也就十米左右，没多远。"

"十米还少吗？他一个不小心，就把铲车开进地里十米，把人给轧死了，有这样的不小心吗？"

"是有点儿不太合理，可是，他咬住这么说，没有证据证明他是故意的，只能这么认定！"

"可是，她们跟我说，明明有证人，对，我还记得，其中有个姓冯的，叫冯海，他就在场，而且做过证明啊！"

霍未然说："不可能，我们当时做过调查，还特别下力气找证人来着，可是，一个证明人也没有，要是有证人证明，我们能不问吗？"

李斌良盯着霍未然片刻，忽然改口问："那铲车是属于谁的？吴家婆媳可说，王壮是受人指使的？"

霍未然说："啊，我知道，他们说，王壮是强煤集团的人，他这么做，是公司授意的。李局，你知道，我们公安机关办案靠证据，没证据，就凭她们说，我们就认定，能行吗？"

"可是，你觉得王壮的交代合理吗？你不觉得这案子可疑吗？你当时深入挖掘过没有，下到功夫了吗？你当时真的什么也没发现吗？"

"李局，你知道，我这人……干啥都听领导的……"

"什么意思？是领导要你这么办案的吗？哪个领导？"

"不不，我不是这个意思，我就是说，我的能力不强，没本事，只能把案子办到这个程度。老吴家也为此闹过，告了多少年，市检察院也过问过，最后也认可我们的结论。"

李斌良说："行了，你忙去吧！"

霍未然慢慢起身，观察了一下李斌良的脸色，走出屋子。

李斌良思考片刻，又打电话找来郁明。郁明没等李斌良张嘴就开了口："李局，我知道你要说什么，听我一句吧，你现在是什么处境啊，怎么还往身上揽事啊？这种事在碧山太多了，管不过来，也管不了……"

看来，他已经知道了怎么回事。李斌良也就不再解释，而是反问郁明，这种事，如果公安局长不管，还指望谁来管？自己没碰上也就罢了，已经碰上了，怎么能听而未闻、视而未见呢？然后让他告诉自己，他知道不知道这个案子，听说过没有。郁明只好无奈地说："怎么没听说过，当年也轰动一时呢，地球人都知道。可是，知道又能怎样？大家都知道这是故意杀人，可是，也就背后议论议论，能怎么样？对，岳强发还故意放出风来，说就是把他做了，怎么着？谁再跟强煤集团过不去，这就是榜样！"

"妈的，我……"李斌良实在忍耐不住，拍起了桌子。可是，拍了一下，又马上控制住自己，对郁明说，自己看了案卷，也向办案的霍未然了解过了，吴众的母亲和妻子明明说有证人，为什么霍未然说没有，案卷里也没有，这是怎么回事？郁明说你是老公安了，这还不懂？不是威胁就是利诱了，证人不敢作证呗！

李斌良热血上涌，又拍起了桌子："郁明，走！"

郁明问干什么，李斌良说，带他去见吴有民的妻子和儿媳。郁明叹息着说："完了完了，你是一定要管了。李局呀，这种时候，你自身都难保啊，怎么还管这事啊？"李斌良却说："我倒觉得，这是个反击的机会。他们不是要一箭双雕吗？我让他们弄巧成拙。"郁明脑瓜不慢，一转就明白了李斌良的意思："如果是这样，我支持你，走！"

郁明带着李斌良来到公安局附近的一家普通旅馆，进了一个客房，见到了吴有民的妻子和儿媳，只问一件事：吴众被铲车辗死的时候，到底有没有人看见，有没有人作证。儿媳说："有哇，冯海离得最近，看得最清楚，他跟我们说了好几回呢，说他喊了，也摆手了，可是铲车就是不停，眼睁睁看着辗到吴众身上……"

儿媳说着又哭起来，李斌良一边劝她平静一边问，为什么在案卷中没有冯海作证的材料。她说："这俺知道，冯海一开始作证明来着，可是，后来又缩了回去，还跟俺说，他不能再作证了，再作证，他自己也得跟吴众似的，俺明白，他不是叫人吓了，就是得到了啥好处……可是，他真的跟俺们是那么说过，真的看见了，可他不作证，俺们有啥办法？"

离开旅馆，李斌良给智文和许墨各打了一个电话，了解吴有民命案的工作情况。两个人都自信地表示，现场勘查还是尸体解剖已经结束，审讯也告一段落，可以做结论了，就是马军两个人想加害于吴有民，导致吴有民心脏病发作死亡。李斌良要他们把案卷搞扎实，然后移送检察院起诉。再找来陈青，由他开车，载着自己和郁明前往绵山县富强镇李花村吴有民家所在地。

冯海看上去也就三十出头年纪，挺壮的一个汉子，他看了李斌良的警官证后，迷惘地眨着眼睛，一时无法理解，堂堂的碧山市公安局局长为何突然找他。李斌良单刀直入，问他知道吴家的事不知道，其说知道，吴众儿年前让人家用铲车轧死了，刚刚听说，吴有民又死在看守所了，叹息着表示同情，同时也流露出一点儿愤怒。李斌良就把话题转到当年吴众被轧死之事，他一开始说离得远，没看清，可是，在李斌良的逼问下，语气发虚起来。这时，李斌良盯着冯海说："据吴众的母亲和媳妇说，吴众活着的时候，和你是朋友，你想想，好好的一家人，现在成了什么样子？你作为吴众生前的朋友，就一点儿也不动心吗？据她们说，你当初明明说过，亲眼看到了铲车把吴众轧死，你又是喊又是摆手，司机却根本不理你，在你的眼皮底下，把人辗死了。你为什么不站出来作证呢？这跟帮凶有什么区别？你真是吴众的朋友吗？对，你是不是得了人家的钱……"

这话刺激了冯海的肺管子，他嗷地叫起来："局长，你咋这么说话呀？我冯海是那种人吗？我要得到一分钱，让我一头死在你面前。你们知道什么呀，一开始，办案的警察调查时，我是作了证的，可是，当天夜里，我家的一口大肥猪忽然死了，第二天，我去地里干活的路上，忽然一辆轿车开到我跟前停下了，下来四个小子，告诉我，如果我再作证，就让我去跟吴众做伴，还说知道我家住在哪个房子，知道儿子几岁了，长啥样儿。你们说，我能不怕吗？就算我不在乎自己，可是，他们冲我儿子下手咋办，就因为这，我才撤了。老吴家不知道咋回事，还跟我翻了脸，我跟谁说去？别人我还可以抗一抗，可是，大强子谁不知道，谁敢跟他作对呀？"

"大强子，你是说……吴众是大强子派人害死的？"

"这不是明摆着呢吗？铲车是哪儿的？司机是哪儿的，都是强煤集团的，强煤集团是谁的？大强子的，吴众死前，他们不是正琢磨他家那块地吗，你说不是他是谁？我有多大本事，敢跟他们斗啊？"

李斌良说："可是，现在我来找你了，请你站出来作证，你能站出来吗？"

冯海看着李斌良不语，顾虑重重的表情。

"我是碧山市公安局局长，如果你出来作证，我一定保证你和家人的安全。"

冯海看着李斌良摇头："你能永远在碧山当公安局局长吗？你能派警察成

208

年守着我们一家人吗？不行，我不敢作这个证。要我作证也行，就一个条件。"

"什么条件？"

"把大强子抓起来，我就敢站出来作证！"

李斌良没有再逼问下去，但是，从日前掌握的情况上可以确认，吴众当年确实是被谋杀的，也算一定程度地达到了目的。

"这他娘的是什么地方？"在车驶出李花村之后，陈青忍不住骂起娘来："还他娘的是中国吗？还是共产党的天下吗？李局，这岳强发在碧山，难道可以无法无天吗？"

"不只是碧山吧，远了我不知道，好像在荆原省，任何法律对他都不起作用。"

郁明应了一句。李斌良没有说话，他的心情极为恶劣，一些日子以来，他已经有点儿习惯了碧山的空气质量，习惯了空气中的粉尘，可是，他骤然间又感到，粉尘好像一下子浓重了很多，遮天蔽日，让人呼吸困难。

车驶出一段路后，李斌良总算平静了一些，他给智文打去电话，要他通过户籍部门了解一下当年致吴众死亡的司机王壮家现住何处。十几分钟后，智文打回电话，告诉他，王壮家就住在碧山市区的花园小区16号楼6栋口616号。

于是，车进城后，直接来到花园小区附近，李斌良一眼看到，花园小区建设得确实不错，无论是绿化还是楼房设计都显得档次很高。李斌良要郁明把责任区的派出所民警找来。责任区民警告诉他们，花园小区是本市近年来新建的高档小区，王壮家确实住在16号楼，但是，王壮本人还在监狱里服刑，只有妻子和女儿住在里边，据掌握，日子过得比较富裕。对，能够在这里买得起住宅楼的，日子都比较富裕。可是，王壮进了监狱，他家的日子靠什么支撑，凭什么能买得起这样高档的住宅？

民警摇头说这还真说不好，或许，家有老底儿吧，要不就是有什么灰色收入。

不可能，他轧死吴众后，仅赔偿了五万元，说家里没钱了，何以现在忽然能买得起这么高档的楼房？

李斌良要责任区民警对自己了解王壮的事保密，又嘱咐他今后注意王壮家的动静，有什么异常，直接报告给自己。责任区民警答应。

回局路上，李斌良一边想着受害的吴家现状，一边想着王壮家高档小区的楼房，心里不知什么滋味。陈青显然想的是同一件事："我看哪，一定有人在照顾王壮家，没准儿，就是岳强发。"郁明没有出声，他显然赞同陈青的判断。

回到办公室，李斌良努力让自己恢复平静，把思绪回到眼前的案件上，再打电话给智文，智文说调查已经接近结束，马军二人不供认幕后主使，别的没有什么工作可做了。一说到马军，李斌良又想起王壮，他们极可能是异曲同工，估计短时间很难拿下口供。如果没有新的证据，吴有民之死，只能暂时这样结案了。

李斌良觉得，可以向省政法委调查组汇报了。这时他忽然想起，他们已经好长时间没找过自己了，现在，他们知道这些情况，会是什么想法呢？李斌良想着，正要打电话给联合调查组，不想自己手机先响了起来，正是市政法委书记武权打来的："斌良啊，看守所的事调查得怎么样了。啊，这么说，吴有民的死，马军这两个人责任很大，可是，如果是心脏病发作死的，就不能认定是杀人了。嗯，虽然你要负领导责任，可是，你不是神仙，怎么能预先知道防范，主要责任还在看守所。我想过了，你如果有责任，我也有责任，是我逼着你把人拘留的……"

咦？态度忽然大变，这又是怎么了？

李斌良试探地问，调查组王组长一行在哪里，是否向他们汇报一下。武权忽然气愤地说："汇报什么？我跟他们吵了起来，说他们是鸡蛋里挑骨头，不理解基层民警的苦衷，让他们来干，还不如咱们呢，他们一气之下，回省里了。我又给谭书记打去电话，帮你解释了一番，谭书记态度也改变了。斌良，你放心吧，这事就算过去了。当然，王组长他们回去咋汇报还不好说，所以，这种时候，咱们还是息事宁人为妙吧。这个事儿，能压下尽力压下，千万别再没事找事，把它翻腾大了，对谁都不好，你说是不是？"

这又是什么意思？李斌良觉得武权话中有话。想了想，觉得他的话也有一定道理，这时候，自己没必要给自己增添压力，还是低调为妙，所以，敷衍地谢了武权几句，放下了电话。之后想了想，指示刑侦支队将案件移送检察院。然后协助检察院，做受害人吴有民妻子儿媳的工作，尽快将尸体火化，再通过法院起诉，向马军二人索取赔偿，自己也要找市长聂锐谈一谈，给予吴家一定的生活补助……

李斌良所以这样做，是有了新的工作目标。他对当年吴众被害案产生了浓厚的兴趣。次日天一亮，他就找来陈青，驾车载着自己出了市区，悄悄向郊外开去。他要去荆北监狱，但是打电话告诉郁明，如果有人问自己去了哪里，就说去省厅了。

5. 空气似乎透明了一些

两个多小时后，李斌良和陈青来到了荆北监狱，先走进办公区，见到了监狱领导，再之后，见到了监狱的监区责任民警耿晓兵。

耿晓兵三十七八岁，听到李斌良打听王壮的情况，回忆着说，王壮进来后，表现还好，已经服刑四年多，就要释放了，又说，他们监区的犯人都出去干活了，王壮因为肚子痛，正在监舍内休息。

李斌良要去监舍看看王壮，民警答应下来。

走进监区后，李斌良不能不感叹，近些年来，监狱的条件有很大改观，不但卫生状况良好，简直一尘不染，而且，监舍各种生活设备也很完善。走到王壮在押的监舍向内望去，见里边只有四张床，其中两张床只摆放着叠得整齐的行李，另两张床上坐着两个男子，一个五十多岁、脸色阴沉，另一个三十岁许，身体健硕。听到脚步声，二人的目光都疑虑地向窗口看来。估计，这年轻男子就是王壮。

不是犯人都出去劳动了吗？怎么监室内有两个人呢？

耿晓兵小声告诉李斌良，监狱实行人性化管理，这个年纪大的犯人身体不好，干不了重体力活儿，所以没让他出去。

李斌良看了看王壮，见其一副愚顽的表情。他想了想对民警小声说，自己想跟王壮同监室的年长犯人谈一谈。

监区内部值班民警的办公室，年长一点儿的犯人被耿晓兵带进来。李斌良要其坐到一张摆好的办公桌对面，然后打量起他来：五十五六岁年纪，棕黑色的脸膛，虽然住着监狱，可是看上去挺富态，只是表情阴沉，目光中透出戒备。

耿晓兵说："徐峻岭，这位是碧山市公安局李局长。"

徐峻岭没说话，眼睛盯着李斌良。

徐峻岭，名字怎么有点儿耳熟？

李斌良正在琢磨着在哪儿听过这个名字，民警把一张卡片递到他面前，原来是犯人资料："徐峻岭，1955年出生，碧山市林泉县人，破坏安全生产罪，侵占罪，有期徒刑十二年。"

碧山市林泉县，他……

李斌良心里划着混儿开了口："徐峻岭，你进来几年了？"

徐峻岭说："两年多了。"

"你进来之前是做什么的？"

徐峻岭不语，戒备的表情变成了敌意。

李斌良说："徐峻岭，怎么不说话？"

"你是公安局局长，能不知道我是谁吗？"

李斌良一下子被这话提醒，对，一定是他，他一定是那个人，那个小官大贪，在县里当着煤炭局长，家里却开着煤矿，身家数亿，后来被谭金玉发现，把他挖了出来，不但双开，还移送司法机关，判了刑……

李斌良低声和耿晓兵核实了一下，正是此人。太巧了。李斌良对眼前这个人产生了兴趣，一时忘记了找他谈话的真正目的，反而聊起他本人。"徐峻岭，进来后，感觉怎么样，有什么反省吗？"

"有，太有了。"

"嗯？什么反省？"

"我呀，还是官小钱少，交的不广，要不，也不会是这种下场。"

这是什么话？

陈青忍不住开口了："徐峻岭，你这是什么话？你怎么改造的？"

"就是这么改造的，我说的不是真话吗？我要是像有的人那样，有几十亿上百亿，把省里、北京的大领导都交上，能落到这种下场吗？我呀，当时也是鬼迷心窍，就知道赚钱、攒钱，不知道拿钱去维持人，结果呢……咳，不说了。李局长，你们来找我干什么？我可是老老实实在里边改造，罪行也完全交代了，别的什么也不知道。"

李斌良一下被提醒，顺势回到正题上："徐峻岭，我还没说话，你怎么就封门儿啊？我找你来，不是打听你的事，而是别人的事。"

"谁的事？"

"你同屋，王壮。"

徐峻岭愣了一下："王壮？王壮怎么了？"

"你别管他怎么了，他进来后，和你一个监室，有什么不正常的表现没有？譬如，他认罪不认罪？"

"认罪？"徐峻岭突然笑了，"他认了？他又不傻，能不认罪吗？"

这又是什么意思？"徐峻岭，你说清楚些，王壮到底有什么表现？"

"不是说了吗？他认罪，老认罪了，不让他认他都不干。你想想啊，明明是开车把人辗死了，被当成交通事故判刑，他能不认吗？"

"徐峻岭，你要对你的话负责。"

"我当然负责，他自己跟我这么说的。局长啊，别看我在里边，也听到你一点儿名声，听说来碧山挺管用的。对，你是查王壮的案子吗？我得提醒你，王壮是一条人家利用的狗，他的主人太厉害，你斗不过，还是算了吧！"

太出人意料了，居然这么容易掌握到真实情况。不过想想也正常，犯人和犯人之间，戒备少，王壮得意的时候，私下里吹牛，说漏嘴也正常。

"徐峻岭，你既然敢负责，那么，敢作证吗？"

"作证……不敢。"

"为什么？"

"他主子厉害，我要作证，轻了加我的刑，重了，我死都不知咋死的。"

李斌良拍了一下桌子："徐峻岭，我可以告诉你，我就是冲他主子来的！"

"李局长，你可别吹牛，你能斗过他吗？"

"徐峻岭，你这么大年纪，难道不知道什么叫恶贯满盈吗？不是不报，时候未到，你听着，我以碧山市公安局局长的名义向你发誓，只要我在任一天，就要和他斗一天，不让我抓住他的证据没办法，只要我抓住他的犯罪证据，我豁出一身剐，也要把他送到他该送的地方去！"

"李局，没想到你是这样的人，只是，我就算是作证，把王壮跟我说的话说给你，拿到法庭上好使吗？没有别的证据，他一口咬定没说过，你拿他有什么办法？"

李斌良已经想过这一点，他说："徐峻岭，看来，你也恨王壮的主子，在这一点上，我们是一致的。如果你真的帮了我们，那就是立了大功，我们可以请监狱向法院反映，给你减刑……"

之后，李斌良悄悄对徐峻岭说了一些话，又做了其他安排，并再三叮嘱他和旁边的耿晓兵保密。二人答应下来。

李斌良怀着激动的心情离开了监狱。他不能不激动，想想吧，如果计策能够成功，王壮的杀人案能够认定，那么，不只还了当年受害者吴众的公道，而且，必然把岳强发牵扯进来。如果这样，那自己就完成了一个最大的心愿，为碧山人民除去一个大害……

且慢，事情能这么容易吗？和岳强发斗，不会有容易的事，你必须要特别小心，在这个案子上，证据一定要特别确凿，才能把岳强发锁定。

李斌良想到这里，忍不住又想起来碧山后听到的岳强发种种恶行，继而又想到徐峻岭。过去，自己曾非常恨这个人，可是现在忽然觉得他不那么可恨了，跟岳强发相比，反而对他有了几分同情。是啊，如果他能像岳强发那样有钱，找到高层更强有力的保护伞，相信也不会落到这个下场……

一这么想，李斌良的心情忽然又坏了，刚刚感觉车外的空气透明度好了点儿，忽然间觉得粉尘的浓度又增厚了，天色又暗下来。这时，他开始把事情往坏处想：是啊，能这么容易吗？就算是把王壮的案子真相查出来了，拿到法庭上，能被法庭承认吗？要知道，岳强发在全省的公检法机关可是关系网密布啊。对，自己要复查这个案件，必然会惊动这些人，因为这关系他们的身家性命，所以他们一定会跟自己拼命，自己有必胜的把握吗？能斗得过他们吗？不行，不能单枪匹马，必须寻找强有力地支持，那么谁会强有力地支持自己呢？他只能想到一个人。

李斌良拨了手机，片刻，那头儿就接了。

"林厅长，是我，你去公安部了？"

"是，部里搞了一次贯彻习主席依法治国讲话精神的培训班，要求公安厅厅长参加。斌良，有事吗？"

"我们碧山发生的事你听说没有？"

"是看守所出的事啊？古泽安跟我通报了，不过，听说案情已经查明了？"

"可是，你知道吴有民为什么上访吗？是这样……"

李斌良把吴有民的儿子在自家承包田内被铲车辗死，被定为意外事故以及自己刚刚到监狱对王壮的调查情况说给林荫。林荫听完语气一下子变粗了："有这种事？一定要一查到底！"

"可是，我一个人的力量有限，我担心非但不能把岳强发怎么样，还会伤及我自己。我倒不怕他们把我怎么样，关键是案子会让他们压下。"

"嗯……我明白了。斌良你听着，这样的案子，不管多复杂，咱们也不能视而不见，不过你的担忧也有道理，不能让你孤军作战，你放心，我会支持你的……当然，目前的状态下，我还不能公开站出来对这个案子表态，我们可以策略一点儿，借助别的力量……"

就这样，二人在通话中，商讨了行动策略。

李斌良放下手机后，觉得心一下豁亮了很多，空气又变得透明了许多。而且，他还产生一种感觉，一种自来碧山上任后从未产生的一种感觉，一种掌握了主动权的感觉。尽管，这种感觉只是一点点儿，仍然让他感到鼓舞。

可是，车还没到碧山，他接连接到了两个电话，让他的心又提了起来。

第九章　罪恶累累

1．心怎么想的，就怎么去做

一个电话是荆北监狱监区民警耿晓兵打来的。电话里，他有点儿担心地对李斌良说，刚才，监狱里有个领导跟他打听过，李斌良去他的监区干什么了。

李斌良一听，顿时心生警惕，急忙问耿晓兵是怎么回答的。耿晓兵说，他对这个领导印象一般，因此没对他说实话，只是说，李斌良找了徐峻岭谈话，好像是问他犯事之前有没有余罪的事。这让李斌良放了心，夸奖他回答得好，并嘱咐他一定替自己保好密，而且要密切注视王壮的动向。

耿晓兵的电话刚放下，手机又响起来："斌良啊，跟谁通话呢，这半天打不通？"是武权，口气挺热情，也挺不见外。但是，李斌良警惕性不减："啊，刚才跟林厅长通个话，把情况汇报了一下，听取他的指示。"

"啊，林厅长不是在公安部学习吗。他怎么说的？"

"他对看守所发生的事很重视，先是批评我警惕性不高，负有领导责任，再就是指示我一定对两个致死吴有民的嫌疑人深挖，看他们是不是受人指使，故意杀人，还要我随时汇报。武书记，你有事吗？"

"啊，有，你抓紧来我这儿一趟！"

又是什么事？为什么不说，非要去他的办公室？

李斌良放下手机，要陈青加速，不一会儿，车就进入了市区，直奔市委大楼。

"来，斌良，坐，快坐……"

武权显得非常热情，好像过去的摩擦从来就没发生过，瞧，满脸真诚关切的笑容，说话的口气就像多年的亲密朋友，比自己报到那天都要热情得多。

"武书记，有事？"

"也不是什么大事，别急，喝口水……对了，听说你出门儿来着？"

看样子，他极可能知道了自己的行踪，那好，自己也就别隐瞒："对，为一个案子，去了趟荆北监狱。"

"是吗？什么案子，还需要你市公安局局长亲自去监狱调查？"

"别提了，举报人说得挺玄乎，说是一起过去发生的矿难，死了很多人，可是被瞒报了，煤矿老板有后台，必须我亲自调查，谁知我一了解，根本不是那码事。对，武书记，这个人你也知道吧，叫徐峻岭，在林泉县当过煤炭局长，小官大贪。"

"啊……知道，知道，那可是谭书记来咱们省上任后砍下的第一刀，引起全国震动啊。不过，他都判刑了，这种时候，谁还举报他呢？"

"说的就是啊，我想啊，没准儿，举报人搞的是调虎离山，让我从看守所的命案中转移精力，保护两个嫌疑人。没准儿是两个嫌疑人的后台搞的鬼！"

"这，有可能。对了，这个案子你真不能掉以轻心，搞不好，会受点儿牵连，被追究责任也说不定。"

"武书记，你不是说过，这一页就算揭过去了吗？"

"那是我的想法，可是别人不想揭过去呀？你还是小心点儿吧，我找你来就是说这事。王组长对你很不满意，回省里汇报后，谭书记挺生气的，给我打来电话，了解情况，说要严肃处理你。我劝了半天，他才算消了气，还说要我好好考察考察你，到底怎么样，有问题不能隐瞒，一定汇报给他。我替你说了一大堆好话，他好歹算是松了点口儿，我找你来，就是告诉你千万小心，这个事儿，能平就平了吧，可千万别再折腾了。"

"可是，林厅长指示，一定要查清，两个嫌疑人有没有幕后指使啊！"

"你这意思是，还要继续折腾？"

"武书记，这不是折腾，是查清案情，对，你也当过多年的公安局局长，你说，我们能完全听两个嫌疑人的话吗？他们和吴有民无冤无仇，就因为吴有民吵闹。这一点也了解过了，吴有民就是刚关进去的时候吵骂过，后来就静下来，他们就因为这点儿事，半夜里对吴有民下手，这合理吗？"

"这……是不太合理，可是……"

"所以，我还得查一查，不然，就像现在有些案子似的，过了好多年，忽然翻过来了，有别的内幕，那我可负不起责任。你说，我不该再查查吗？"

"该是该，可是，你是公安局局长，而且是市级公安局局长，不能啥案子都像侦查员一样亲自上阵吧？你得抓大局，抓重点才行，不能把别的工作撂下，只抓这一个案子。"

"武书记，你这个批评我接受。我想过了，下一步，我要抓队伍建设和破大案，重点是民警林希望被害的案子，这案子不破交代不过去。武书记你说是吗？"

"这倒是，不过，你还是悠着点儿吧，我刚才不是说了吗？王组长对你很不满意，省政法委最后也没个明确说法，你得有所准备。"

"我是得有点儿准备，谢谢武书记的提醒！"

离开武权，驶往回局的路上，不知是环境发生了变化还是心理使然，李斌良觉得眼前的空气又变得朦胧起来。武权的话到底什么意思？对，自己上任后，一直想集中精力破这个案子，可是每每在紧要关头被什么事情打断，迫使中断侦查，转移精力，这是偶然的吗……李斌良想到这里，忽然产生几分恐惧，他觉得自己想得过分了，有点儿阴谋论的意思了，事实不可能是这样，不可能……虽然这么想，可是，心里怎么也消除不了这种想法。

回到局里，已经过了下晚班时间，楼里空空荡荡的。李斌良以为自己所在的走廊也没有人了，可是，当他和陈青经过文书室的时候，却发现门半开着，谢蕊还在里边忙着收拾文件。李斌良看了陈青一眼，陈青急忙扒门问道："谢蕊，还没下班？""啊，有几份文件，我归拢一下！"谢蕊说着，抬起头对陈青嫣然一笑。

这个笑，一下子就把陈青黏在门框上了，李斌良见状，急忙向自己的办公室走去，听着背后传来二人的对话声。谢蕊问陈青这么晚，干什么去了才回来，陈青说跟李局去荆北监狱了，谢蕊惊奇地问去监狱干什么，陈青说看一个犯人。谢蕊又说，李局去哪儿都带着你干什么，陈青说，我是特警，给他当警卫呀。谢蕊又说，那干脆把你调办公室来算了，守在他身边多好。陈青说那好啊，要是调过来，我就和你一个办公室……

李斌良听到这儿，打开自己办公室的门走了进去。他为陈青和谢蕊拉近关系感到高兴，同时也对谢蕊今天的热情有些惊讶。因为陈青说过，她一直对他不冷不热的，看现在这样子，并不是他说的样子。

后来，李斌良从陈青口中补充知道了当天晚上他和谢蕊在一起的情景。

陈青说如果调过来，跟谢蕊一个办公室，谢蕊又说那太好了，有些体力活儿可有人干了，陈青赶忙又说替她效劳是自己的荣幸，还说自己没别的，有一身傻力气，她需要多少他贡献多少。谢蕊听了这话就不出声了，清理完文件，脱下警服换上便衣，说她得走了。陈青急忙跟着她一同向外走去，走出办公楼后，继续陪她向外走，谢蕊停下脚步，问他干什么，他说没事，送送她。谢蕊说，自己要到前边打车，不用他送。陈青忽然大起胆子："谢蕊，能赏脸，一起吃顿饭吗？"谢蕊垂下眼睛，停了片刻说："吃饭可以，可是，只是吃顿饭，你不能有别的想法。"陈青说："这……行行，走吧！"

陈青本想找个大一点儿、像样的饭店，可是，在谢蕊的要求下，就近找了家干净的小饭店走进去。陈青后来说："当我带着她走进饭店时，散座上吃饭的客人都往我俩这边瞧过来，不，是向她瞧过来，我觉得身上也沾了光……对了，李局，我们可是都穿着便衣，又是下班时间，不违规。"

陈青要了个小包房，和谢蕊走进去，关上门就成了二人世界，这让他浑身一阵阵地痉挛，他拿起菜单，想豁出全部家当，点几个像样的好菜，却被谢蕊夺过："我来点吧，嗯，蒜茸西兰花，挺好，我喜欢，还有娃娃菜……"点的都是便宜的，清淡的。陈青叫起来："谢蕊，你是瞧不起我还是怎么着？这顿饭钱我还是花得起，不行，太素了！"谢蕊忽然正色道："陈青，如果你把我当成客人，而且是非常尊贵的客人，那你就点贵的吧，不过我不领情。如果你把我当成朋友，用得着虚情假意吗？你那点儿工资，还是留着将来娶媳妇吧。就这两个菜，够了。"

这……谢蕊的话，让陈青心里不知什么滋味，也分辨不清，她话里是什么意思，好像和自己真的挺近，是好朋友，可是，又说什么留着钱娶媳妇，我是要娶媳妇，可我想娶的是你呀……

尽管想不明白，可是陈青还是感觉到，谢蕊不是乱花钱的女人，将来如果真的娶了她，她也能够过普通人家的日子。这让他有点儿高兴，觉得又同她近了几分。菜很快上来了，陈青又遵照谢蕊之命，要了两瓶啤酒，一人一瓶吃喝起来。然后两人逐渐就放开了，随随便便地说起来。谢蕊问陈青今天跟李斌良去监狱见谁了，回来这么晚，陈青费了很大劲儿才克制住说实话的冲动，说见了徐峻岭，有人举报他过去瞒报多人死亡的矿难，可是经调查是子虚乌有。之后，谢蕊又说李斌良特别认真，人也正直，是难得的优秀公安局局长。陈青说那是当然，不然，自己能跟着他来碧山吗，紧接着又说，刚到的时候，他看碧山的空气质量，有点儿后悔，可是，遇到了谢蕊，又觉得值得，空气再不好，只要有她在，自己也能待下去。谢蕊听了这话，垂下眼睛，没有回话。陈青借机又进了一步："谢蕊，我觉得，我们之间……对，你给我提提意见，我有哪些缺点、不足，你不喜欢的，我一定改。行吗？"谢蕊沉吟片刻轻声说："陈青，我给你提什么意见哪？你是个好人，好警察，真诚，阳光，看到你，就让我想起在警院的日子。你也是警院毕业的，比我还早几年，没想到你还保持这个样子，真是太不容易了，说真的，我觉得，碧山的警察中，没有一个像你这样的。"陈青听了兴奋地站起来："真的，谢蕊，你真是这么想的？这是赞扬，不是批评吧？"谢蕊垂着眼睛说："不只是赞扬，还羡慕，可惜，我再也没有你这样的心态了。"陈青说："为什么？谢蕊，如果你将来能和我一起生活，我保证让你快乐，永远快乐，不让你有丝毫忧愁，所有的忧愁都让我一个人扛……谢蕊，原谅我鲁莽，我……我实在是控制不住了。你知道吗，刚和你接触的时候，我就被你吸引了，可是，那只是被你的外貌吸引，可是，后来在接触中，我感觉到你有些忧虑，你的内心似乎有苦闷，我非常心疼，觉着我有责任帮助你……谢蕊，这儿没有别人，你告诉我吧，到底是什么，让你苦闷、忧郁，说给我，让我分担……不，全都交给我，让我一个人担着。谢蕊，我有一种感觉，我和你相遇不是偶然，我和你在命中一定有某种缘分……"

陈青激动得不能自制了，不由伸出手，抓住她的手臂，一直垂头听着的谢蕊忽然惊醒，急忙摆脱他的手："不，陈青，你别这样，这不好，你别说了，也不要这么想，我们是不可能的。"

这话像瓢冷水浇到陈青头上，他放开手，问她到底什么意思，他觉得，她能和他这样，本身就说明了她和他关系不一般，为什么又说不可能的。又问，她是不是有男朋友，既然有，为什么又和自己这样？谢蕊却垂头不语，陈青问她为什么不说话，到底有没有别的男朋友。谢蕊最终也没有回答这个问题，而是对陈青说，她所以答应和他一起吃这顿饭，就是要告诉他，今后别再缠着自己，自己配不上他，如果他一意纠缠下去，会给他带来灾祸。

陈青听了这话很是惊讶，追问她这又是什么意思，她这么漂亮，怎么会配不上自己，自己追求她，即便不成，怎么会有灾祸？又说，自己不会放弃的，有灾祸，就让它来吧，自己豁出去了，自己就是喜欢她，不论她过去出过什么事，他都喜欢她，为了她，他可以做一切事情……

谢蕊被陈青说得流出了泪水，但是，她没再说话，而是起身向包房外走去……

"这就完了？"

"嗯，她出了饭店，拦了一辆出租，上车就走了。我还得结账，就没追她。李局，你说，这是怎么回事啊？"

李斌良说："不管怎么回事，你都要继续下去，对，别忘了，这是任务。"陈青说："李局，你别再这么说了，跟你说真的，我早忘了什么任务，我真的。"

他真的爱上了她。李斌良想了想，悄声说："这不矛盾，陈青，你就按着你的内心行动吧，你的心是怎么想的，你就怎样去做。"

"心是怎么想的，就怎么去做……"陈青重复着李斌良的话。

2．一个真相

次日一上班，一个电话打到手机上，李斌良拿起来一看，屏幕上显示的是北京的号码，接起来以后，传出一个陌生的男声："是碧山市公安局李斌良局长吗?"

"是,请问您……"

"我是《明日》杂志,有个情况,可以向您了解一下吗?"

《明日》杂志……这……

李斌良的心跳有些加快:"请问您了解什么?"

"据悉,有一个上访人员死在你们碧山市看守所。据我们所知,他是因为儿子几年前在自家的承包田里被人用铲车辗死才上访的,现在,他不但申冤未成,父子两人还相继不正常死亡,我们想了解一下这个情况……"

放下记者电话后,李斌良的心还跳了好一会儿。很快,他接到武权电话:"斌良,来我办公室一趟!"进了武权办公室,李斌良看到的是一张阴沉且忧虑重重的面孔,看着这张面孔,李斌良猜到了八九分。

"有个叫《明日》杂志的,给你打电话了吗?"

"打了,也给你打了?"

"我听刘秘书说,这个杂志还他妈的有点儿说道?"

"好像是。放下电话我才想起来,听说,这个杂志的主编挺厉害,和中纪委领导关系很密切。"

武权不说话了。

"武书记,本来,我寻思这件事过去了,我听你的,不再折腾了,可谁知这个《明日》杂志找上门来了,怎么办?"

"这个,斌良,别慌,一个杂志,有啥大不了的,还能管了咱们碧山的事?"

"可是,他们要是真的盯上了,捅到中纪委去,你我能担得起吗?"

"我再考虑考虑吧!"

你考虑吧,我可得干我的了。李斌良一回到局里,带韩心臣和智文直奔看守所。

提审室里,先带上来的是马军,其一脸戒备,且一副铁嘴钢牙模样,让李斌良意识到,很难从其口中获得突破。不过,他这次来提审,本来也没指望突破,只是想摸一摸他们的心理,找一找弱点和突破口。所以,李斌良张嘴就说:"马军哪,我知道你心里怎么想的,人家出了大价钱,你当然得豁出去,反正,你进来了,家里的老婆孩子有人照顾,还能活得挺好,是不是?"

马军假装听不懂,说不明白李斌良什么意思。

李斌良自顾自说自己的:"可是,什么都不是一定的,对不对?你看,前些年,贪官污吏多牛,还都是大官儿,有权,当时谁能想到,他们有一天会栽进去，现在可好，倾家荡产了，只能坐在秦城监狱后悔了！"

马军眨着眼睛，还是不太明白的样子。

"你身后的人不也是这样吗？你想想，万一他哪天也进去了，答应你的好处还能继续兑现吗？那时，他的所有财产都得没收，他就是想给你答应过的，可是他上哪儿去淘弄钱哪？你说是不是？"

"这……不可能……"

马军说了半句话又收了回去，再问就┐推六二五了。把他带下去后，韩心臣向李斌良伸起大拇指："李局，你行，几句话说中他了。"

"可是，没有攻破呀。看看下一个吧，他叫什么？"

"詹伟。"

詹伟被智文带进来，坐到审讯台对面的椅子上，表情和马军差不多，甚至还多出一份平静和满足。李斌良知道这个人家穷，可能，得到一份优厚的报酬，心里挺满意吧。

韩心臣说："詹伟，这是我们碧山市公安局的李局长，你小子行啊，我们局长亲自找你谈话！"李斌良说："詹伟，我来找你，主要是跟你算一笔账。"詹伟现出疑惑的目光，不明白李斌良的话是什么意思。

"我说的是，他们给你的钱太少了。"

"什么钱？啥钱哪？谁给我钱哪？"

"你听我说，就算按过失杀人罪轻判，估计也得在十年左右，你知道，十年之后，物价会涨多少，人均工资会涨到多少吗？"

詹伟眨着眼睛，还是不明白李斌良的意思。

"去年一年，我的工资就涨了四百多块，接近总工资的百分之十，今年明年还要涨，而且幅度更大。根据这种涨幅计算，十年后，我的工资最起码要涨到两到三倍，不用说，物价也会跟着涨。他们给你的钱虽然不少，可是你再算算，十年后还多吗？你合算吗？"

韩心臣说："是啊，你要得太少了！"

"这……我不知道你们说的什么……"

嘴没那么硬了，眼睛也不停地眨着，显然被说动了。根据马军和詹伟的表现，李斌良确认，他们确实是受人指使害死了吴有民。那么，他们背后的人是谁？杀害吴有民儿子的凶手是王壮，王壮后边又是谁？只能是岳强发。

可是，尽管马军和詹伟有些动摇，短时间内还不能让他们吐露真情。那么，怎么才能取得突破呢？李斌良一时也想不出办法。这时，他忽然接到电话："你好，是碧山市公安局李局长吧……我是荆北监狱的耿晓兵。徐峻岭要见你……"

出了看守所，李斌良和智文驾车直奔荆北监狱。

这次的速度比上次还快，两个小时刚过一点儿，就到了荆北监狱，来到第四监区，进入了那间办公室，很快，狱警耿晓兵带着徐峻岭走进来。

"徐峻岭，坐。"李斌良忍着内心的期盼，等待着徐峻岭把自己渴盼的东西拿出来。徐峻岭却有些犹豫的表情，手插在怀里不往外拿。李斌良说："徐峻岭，怎么……"

"行，先给你吧，不过，你听完后不能走，再听我说说心里话行吗？"

这……当然行。李斌良一口答应下来，接过徐峻岭递过来的微型录音笔，里边传出两个人的对话声，他们先是搭讪，片刻后进入正题：

"王壮，你小子真行啊，杀了人，蹲了不到五年，眼看就出去了。"

"不是我行，是我老板行。"

"你老板咋这么大本事？你这么大的事，他说摆平就摆平了？"

"这就不跟你细说了，全是钱在说话，我老板的钱厚，不管碰到谁，只要使上钱，保准好使。当然了，我老板势力也大，哪儿都得给面子。"

"我服气了，我要有你老板一半的本事，何以进来呢！"

"就是嘛。你呀，别看当过局长，可是这社会，还是不如我老板混得明白，结果怎么样，钱也没了，矿也没了，人进来了！"

"那是，我认。不过，你进来四年多快五年了，他得给你多少钱哪？"

"这你就别操心了，告诉你，先给一大炮，每年还有一中炮，逢年过节，还有一小炮。"

"看来，岳强发挺讲究啊！"

"那是啊，要不咋交下那么多人，那么多人替他出力呢！"

……

稍稍了解案情的都听得出，徐峻岭和王壮说的是吴众当年被辗死的案子，也听得出是岳强发用重金雇用了王壮作案，之后花钱摆平，让王壮只蹲四年多监狱就恢复自由之身。

徐峻岭说："李局长，我只能做到这样了，再往深了说，就露馅了。"

"行，这就不错了。谢谢你徐峻岭，案子一旦破了，我们一定向法院反映。对了，徐峻岭，你刚才说什么，要我听你说说心里话？"

"对，我想跟你说说我的事，你能帮就帮，帮不了，我也把心里憋的气泄一泄，痛快痛快。"

"你的什么事？说吧，我要是能帮忙，一定帮忙。"

"我能有什么事，还是进来的事呗。李局长，我是冤枉的。"

"冤枉？你什么冤枉？你进来冤枉吗？"

"这要看咋说。我进来，说罪有应得也行，我确实一边当着煤炭局局长一边开着煤矿，也发了财，赚了四亿多，说我是小官大贪，我也认，可我也是冤枉的。"

"好，你说，你冤在哪里？"

"谢谢你，李局长。我的事，得从二〇〇八年开始说起。当年，为淘汰落后产能，减少煤矿数量和生产事故，推进煤炭工业转型发展，省政府决定推行煤矿企业兼并重组整合，重组后，大县保留三四家煤矿，小县只允许两三家煤矿存在。于是，所有煤矿主都想成为兼并主体或在兼并重组时卖个好价钱。这时，我的黑金煤矿就被盯上了。"徐峻岭停下来，陷入回忆中，目光向远方看去，好像看到了当年的一幕幕，"盯上我煤矿的人很多，其中一个就是强煤集团。知道强煤集团的老板是谁吗？"

"岳强发？"

"对，就是他，他当时就放出风了，我的黑金煤矿归他了，别人不要跟他争。风声传到我耳朵里，毕竟我是煤炭局局长，他居然想吞了我，我哪能不来气？再说，他出的价格也太低了，我的南岭煤矿煤质优、煤层厚，储量大，六证齐全，当时已着手由炮采改机采，还有多家企业想收购，最低的也谈到六亿元，可是，他最多只出两亿五千万元，我怎么会卖给他？所以呢，我想转成机采，自己干。可是，就在那年，雁西发生一起特大溃坝事故，这事你听说过吧？"

李斌良回忆着，嗯，是有这个事，当时在全省轰动很大，还处分了责任领导，难道，这个事和徐峻岭的煤矿还有牵连？

"溃坝事件发生后，碧山市市委、市政府要求全市所有矿山企业全面停业整顿。当时，我正在全力准备机改，在太原订采煤设备，突然听说煤矿被查封。接着传出风声，有人将我明着当煤炭局局长、暗中当煤矿老板和一些违规生产问题，举报到国务院溃坝调查组，调查组交给山西省纪委督办，于是，我完了，煤矿丢了不说，人也进来了。对，你一定听说过，那是省纪委书记谭金玉到荆原上任后，亲自督导下的煤炭领域反腐第一案。"

当然听说过，地球人几乎都听说过。

"徐峻岭，你是说，你这事冤枉？"

"李局长，你听我说完。你知道，我进来后，我的煤矿哪儿去了吗？"

这是李斌良感兴趣的问题，他询问地看着徐峻岭。

"别人出六亿我都没卖的煤矿，最终以七千八百万卖出了。知道卖给谁了吗？"

李斌良脱口而出："岳强发。"

"对。我的煤矿正常卖，卖不到十亿，也得七八个亿，可是，被他七千多万元收入囊中。你说，我冤枉不冤枉？"

李斌良无法回答，说冤枉吧？徐峻岭确有问题，不冤枉。说不冤枉吧，他的煤矿落得这样下场，六亿变成了七千多万，等于白抢一样。论罪行，徐峻岭和岳强发相比，谁大谁小，是秃子头上的虱子，明摆着的。可是……

"所以我不服，我判了十二年，岳强发该判多少年？何况，这样的事不是一件两件，而是多少件，他相中谁的煤矿，谁的煤矿就得给他，比旧社会的土匪厉害百倍呀，土匪只能抢劫些浮财，他可是抢的矿产哪！"

"可是，"李斌良思考着说，"他也是通过合法手续买的。煤矿当时是怎么卖给他的？"

"说的就是啊，既然没收我的煤矿往外卖，为什么不公开竞价，卖个好价钱，为什么偏偏卖给岳强发？为什么卖了这么低？你知道，后来岳强发把南岭煤矿卖给华安集团卖了多少钱吗？"

"多少？"

"十八个亿。你说，这一进一出，岳强发赚了多少钱，国家赔了多少钱？你说，和他们相比，我冤不冤？李局长，这事你能管得了吗？你能帮上我吗？"

李斌良一时不敢回答。

"我知道，你帮不了我。你知道吗？我的煤矿就是谭金玉亲自督导下，卖给岳强发的。有他在上边，哪个敢站出来抗衡？当时，谭金玉几次来碧山，派人或亲自到岳强发的煤矿调研，还把市县领导召集到强煤集团开座谈会，两个人是什么关系，瞎子都看得出来，这里边有什么猫腻，还用说吗？"

不用说，真的不用说，李斌良一听就明白了怎么回事。

好了，一切都明白了，怪不得谭金玉上次来碧山，对自己是那种态度，对岳强发又是那样的态度，怪不得给自己留下那样的印象。对，他所谓的荆原反腐第一刀，原来内幕是这样，他并不是反腐，而是借着反腐的名义，协助岳强发攫取国家和他人巨额财富，导致国有资源和资产大量被侵吞，那么，他在其中……

不用说，他和岳强发是一体，岳强发所以在碧山乃至荆原肆无忌惮，很重要的原因就在他身上。他是省政法委书记兼纪检委书记，全省的政法工作、反腐败工作由他直接领导，放眼荆原，谁能、谁敢和他抗衡？你能吗？不能，你不能。

那怎么办？怎么回答徐峻岭：对不起，我权力太小，你的事我实在管不了……对，可以推而广之，谭金玉是岳强发的后台，或者说他们是一体，和岳强发作对就等于和谭金玉对抗，所以，凡是涉及岳强发的案子我都管不了……

可是，你能这么回答吗？

3．举报的真相

离开监狱回返路上，李斌良再次感觉空气中的深色粉尘浓厚得几乎让人窒息。尽管他知道，这种感觉和心情有关，但是仍然不能有丝毫的缓解。

不用考察，徐峻岭、梅连运说过的那些话都是真的。这些信息一时塞满了他的心房，让他几乎窒息，并对那些人产生了刻骨的憎恨，他恨岳强发的无法无天，恨谭金玉的伪正义实则包庇，可是，却又感到无能为力，这些最终都化成一块无比巨大的磐石，压到他的心上。

"李局，想什么呢？"

说话的是韩心臣，他意识到了李斌良的心思，故意没话找话，想转移他的注意力，让他放松。可是这没用，李斌良既无法转移注意力，也无法放松，而是反问："韩局，你说，徐峻岭说的都是真的吗？"

韩心臣沉默片刻回答："李局，你就当不是真的吧，或者就当没听过吧！"口气中透着劝慰，也透着无奈。智文叹息一声开口了："是啊，知道了有什么用，谁能把岳强发咋样？其实，这事不是一天两天了，谁不知道？可是有什么办法？"

韩心臣说："问题就在这儿啊，岳强发抢去的不只是钱，还是人们对碧山这个社会的信任。他让人们觉着，在碧山，只要有钱有权，怎么干都没事，别再去想什么法律、公平、正义。他们摧毁的是人们的信念哪！"智文说："韩局，你就是因为这样，才辞职的吧！"韩心臣再次叹息一声，没有回答。

李斌良也没再出声，而是扪心自问道：李斌良，你是不是也这样呢？你是不是认为碧山就这样了，永远不会改变了？你是不是也要服从这个不成文的规则？

一时之间，难以做出回答。这是他从警以来，第一次对如何做出回答感觉到信心不足。要不，就算了吧，反正，这些事都不是发生在自己任上，自己就当不知道，放过去吧，不然，折腾起来，不知给自己带来多大麻烦……对，即便不想放过，眼前的工作千头万绪，哪有精力折腾此事，还是放一段时间，考虑成熟一点儿再说吧……李斌良几乎就要把自己劝服了，谁知道，回到局里，走进走廊时，却听到一个人的吵吵声从郁明的办公室传出来。

"李斌良不就是个市级公安局局长吗？我怎么就见不得他？上次，我的举报确实不实，有诬告之嫌，可我现在揭发的都是真事，千真万确，郁主任你别哄弄我，李局长到底去哪儿了，什么时候回来……"

天哪，居然是胡金生。李斌良推开郁明办公室的门，探进头去，胡金生一眼看到，高兴地奔过来："李局长，你回来了，太好了，我要向你举报重大犯罪……"

躲不开了，听听吧，看他又举报谁。

"我举报岳强发。"

胡金生坐到李斌良对面后，第一句说的就是这个。李斌良没有一下子听明白："胡金生，你举报谁?"

"岳强发呀! 李局你听着，有这么几条：一是岳强发三十多次非法越境，把人强行拉到澳门去赌博。二是伪造证件，他去澳门的证件都是伪造的……"

这些事，梅连运说过，自己当时觉得查清难度很大，加之太忙，一直没顾得上过问，想不到胡金生这时又提出来了。关键是，他上次涉嫌受人指使控告梅连运，给自己捣蛋，梅连运怀疑幕后指使是岳强发，现在可好，他忽然又来举报岳强发，举报的事情还真可能属实。

李斌良努力保持平静："胡金生，你举报的这些，有证据吗?"

胡金生说："有啊，这三十多次，都是我帮他带人偷越的边境，时间地点人员我都清楚，我都形成材料了，在这儿。"胡金生从怀中拿出厚厚的一摞材料，放到李斌良面前的桌子上，封面上清楚地打印着"岳强发犯罪材料"。

"胡金生，我怎么不明白? 据我所知，你跟岳强发关系可是相当不错……"

"是啊，要不，我怎么能掌握这些证据呢? 不过那都是过去的事了。说起来，他当年起家，有我一份功劳，他坑蒙拐骗的事，我没少帮忙，就说他拉人上澳门输钱吧，那些人的家底都是我帮他摸来的，可是，他却给了我那么点儿钱，他妈的太不够意思了。那回，我俩就翻了一回脸，当时，我举报他偷越边镜，他呢，反过来也举报我偷越边境，双双上网通缉。可是呢，他啥事没有，还带着警察到珠海把我抓回来，判刑十个月。"

还有这种事?

"李局，你要不信的话，就去查，问刑侦支队，是霍未然带人办的案，对，还是治安支队和刑侦支队联合办案呢，张华强、魏忠成也都有份儿，他们都知道这事。"

看来，胡金生所言不虚。

"我继续举报，三是岳强发开采黑煤窑，造成重大伤亡事故。我先举一个例子吧，古城县采家村石头沟有岳强发的一个黑煤矿，二〇〇三年三月十八日发生井下炸药爆炸，导致六人当场遇难，数十人受伤。当时，这是个没有任何手续的黑煤矿，井下有六十多名矿工采煤，结果爆炸发生后，距离炸药堆放点最近的六个人当场死亡，热浪还烧伤了数十人。事故发生后，岳强发害怕暴露，不让矿工到最近的古城医院抢救，而是翻山越岭，把受伤矿工送往一百多里外的武岗县医院，遇难矿工也未登记，在火葬场直接火化。为了让死者家属'封口'，每名死者的家属获赔四十万到一百万元不等。另外，井口被连夜填平，井架被拆，铲车将附近推得一干二净。这些，材料里都有，死的人也都有名有姓有住址，你可以看。"

"胡金生，你说这事，当时处理没有？"

"要说处理，也处理了，因为有伤亡矿工的家人举报，后来有关部门调查了，可是，在处理的时候，岳强发的亲信秦忠信替岳强发承担了全部责任，法院将该矿难定性为'瓦斯爆炸'，将秦忠信'判三缓三'。等于没判。还有，都在材料里呢。瞧，这儿，二〇〇四年四月二十二日，顶板事故导致陕西白河县矿工何南身亡；二〇〇五年一月二十五日，陕西白河县矿工张大宽，被井下塌方的落石砸中脖颈，高位截瘫……还有很多，你可以自己看。你要真处理，我保证把人证物证给你找个八九不离十。"

看来，胡金生充满信心，而且是对岳强发动真格的，他为什么这么干呢？上次，他带人来闹事，应该是受岳强发指使，为什么转脸又来告岳强发呢？

"四是岳强发指使他人，到碧山市公安局给新上任的公安局局长李斌良捣乱。"

咦？他说的是……

胡金生说了，岳强发指使我组织上百人，在新任公安局局长李斌良到任那天，提前到公安局等候，闹事。还有，省政法委书记、纪检委书记谭金玉来碧山视察时，岳强发又指使人到市委市政府闹事，给李斌良施加压力……

"对了，李局长，现在我正式向您道歉，上次，都是我不对，不过呢，我是受岳强发的指使，现在，我跟他翻脸了，要坦白交代，检举他的罪行。"

事情变得可真快呀。

"岳强发没直接找我，他现在比过去狡猾多了，干什么坏事自己不直接出面，是马铁找的我，让我找一些和梅连运有过节的，过去在梅连运煤井干过的，到公安局来闹，每个人来闹一次五百元。来公安局以后，一定找刚上任的你。马铁一共给了我十万块钱，我组织了上百人，可是没想到，我被你拘留了一个月，这可是不在钱数以内的。我出去以后找马铁要补偿，他不给。说他只跟老板说十万块，多了没有。我一听就火了，你岳强发多少钱谁不知道，还在乎我这点儿钱吗？当时要是知道有拘留，十万我能答应吗？这十万我组织人啥的，就花去了七万多，只剩下不到三万元，想用这点儿钱打发我，没门儿。我先跟马铁吵起来了，再给岳强发打电话，可是岳强发不光不理我，几天前，我在饭店喝完酒，莫名其妙地被几个小子打了一顿，还让我规矩点儿，再惹他们不高兴，就做了我。我一猜，肯定是岳强发、马铁找人下的手，我知道，他们都是说到做到，我不能干等着他们来做我呀，想来想去，只能来找李局长你，只有你能保护我的安全。我说的如果有半句假话，愿负任何责任。你判我多少年，我都不带说二话的。李局长你大人莫将小人怪，都是我的错，不该受他们利用。"

原来是这样，显然，都是针对自己的，可是他为什么让胡金生给自己捣蛋。

李斌良向胡金生提出这个问题，胡金生一愣："这事儿我还真说不好。当时，我也问过马铁，马铁说，我只管干事，别问原因，这是规矩，我也就没再问。我想，他是给你来个下马威吧，让你知道，碧山的公安局局长不是好当的！"

有可能，但绝不止于此。

"好，你再说说，岳强发还干过什么坏事？"

"那可多了，三天三夜都讲不完，岳强发的事要真翻腾起来呀，枪毙十回都便宜他。就说我替他们告梅连运吧，那完全是诬陷人家，岳强发就是想把梅连运整倒了，顺顺当当地把他的煤矿给占了。这不，得手了，你知道了吧，前些日子，梅连运的煤矿过户成岳强发的了，办过户手续的时候，你们公安局还派人保卫。可是，你知道吗，岳强发转手就把煤矿卖给了华安集团，卖了一百多个亿，这一百多亿，他完全是空手套白狼，哪有煤矿卖了好几年，还能要回来的？岳强发就要回来了，不服行吗？"

这事是真的，自己不止一次听过了，而且亲身经历过，只是不知道岳强发卖了这么多的钱。胡金生说得有道理，这些钱，他等于都是抢来的……不，梅连运说过，他的煤矿值三十几个亿，怎么让他转手卖出一百多亿呢？

李斌良提出这个问题，胡金生看着他的眼神露出几分轻蔑："哎呀，李局，你这还不明白，多卖出的钱，大伙平分呗。岳强发要拿大头，华安的老板肯定也不能少拿了，还有什么大法官哪……总之，凡是帮他抢钱的，都得分点儿。"

这，用什么来形容此事，难以置信，耸人听闻，不可思议，无法想象……什么词都形容不了。可是，李斌良知道，这事是实实在在地发生了。

胡金生说："哼，梅连运还做美梦呢，想从岳强发手里分钱，下辈子吧！"

这话又是什么意思，梅连运做什么美梦了？

李斌良追问胡金生，胡金生却说："我说不管用，你去问梅连运，让他亲自跟你说。还有个事儿我得告诉你，你知道，网站上攻击梅连运的那些文章和帖子是哪儿来的吗？全是岳强发雇用水军干的。还有，前些日子你们看守所死人，网上不也是骂声一片，要你下台吗，那也是姓岳的组织水军干的。"

看来，堡垒真的最容易从内部攻破，他毕竟跟岳强发混过多年，所以知道的也就多一些。岳强发真不该跟他闹翻，这会把多少他的秘密泄露出去呀？

李斌良提出了这个疑问，他掌握这么多的事，岳强发怎么敢跟他闹翻？胡金生叹息说："岳强发不是过去了，能量大了，觉得天下没有他过不去的坎，认为他这些事不算啥了，他怎么干都没人能治得了他。对了李局长，如今社会上都传，碧山的领导，就你是条咬狼的狗，你可不能放过岳强发呀，我今后的人身安全，就靠你了……"

说真的，李斌良对胡金生没什么好感，这种人，见利忘义，什么事都能干得出来，现在这么说，谁知岳强发给了他好处以后，他又怎么说。可是，岳强发是自己的终极目标，目前又面临着他的强劲挑战，怎么能利用胡金生提供的这些情况，给岳强发以打击呢？过去的那些坑蒙拐骗抢别人煤矿及矿难事件，虽然胡金生说得有鼻子有眼，可是，这么多年过去，调查核实不是件容易的事，聚众闹事给自己捣蛋，也很难直接牵连到岳强发，就算牵连到他，也不是什么大事，他也会很容易摆平……

李斌良思考着，下意识地摇了摇头。胡金生却误解了他的意思："李局长，你不信我的话？不信你去问梅连运，他可让岳强发害苦了，他知道的，比我还多。"

李斌良说："好，我知道了，不管怎么说，谢谢你对我的信任，你先回去吧！"

"这……可是，你要处理呀！"

"我知道，我知道！"李斌良对自己的回答很不满意，模棱两可，这不是自己的风格。可是，他此时实在不敢说出什么保证的话来。

胡金生离开后，李斌良思考一会儿，又找来陈青，要他开车载自己去林泉县林煤公司，他要去找梅连运。

梅连运的表现让李斌良失望，他不像上次那样，对岳强发充满愤恨，而是闷闷的，一副有话不想说的样子。李斌良忍不住追问他，他的矿产被岳强发夺走，卖了那么多的钱，他知道吗？梅连运闷闷地说知道。李斌良问他，难道他就这样忍下来了？梅连运叹息说："不忍怎么办，跟岳强发斗，赢面实在太小了。我已经找到最高法院，也认识了一个管点儿用的法官，可是，听他话里的意思，最高法也可能被岳强发买通了，你说，我还能有什么办法？"

李斌良盯了梅连运片刻，突然问："梅总，你是不是和岳强发达成了什么协议？"梅连运没有回答，可是，没回答就是回答，就是默认。

"你们达成的什么协议，能跟我说说吗？对，岳强发的为人，能信得着吗？"

"再说吧，他要是不兑现，我就豁出去了，把我掌握的事都折腾出去，就算他能架得住，恐怕有人架不住，到时，就会有说法了！"

听着梅连运的话，李斌良眼前浮现出：暗夜中，别墅前，三个男子的诡秘身影……

李斌良知道，暂时从梅连运的口中是问不出什么的。他转了话题，把胡金生揭发检举的一些事说给梅连运，问他是否知情，是否属实。梅连运不以为然地摇头："事肯定都是真的，可是，你能查清楚吗？就算查清楚了，能处理得了吗？李局长，你是个好人，不过，也得量力而行啊！"

梅连运的话又激起李斌良心中的怒火，回到市里后，他直接进了市长聂锐的办公室，说起刚刚听到的岳强发抢夺梅连运煤矿，卖给华安集团的事，问聂锐是否知情，聂锐苦笑说："知道又能怎么样，煤矿过户，有法院的判决，华安集团并购岳强发的煤矿，也不是我这个市长能够干预的。"李斌良说，你可以向上级反映啊。聂锐问，反映给谁？省纪检委书记是谭金玉，我真要反映上去了，倒霉的不是岳强发，而是我这个市长。你知道市政府为什么一天内就把梅连运的煤矿过户给岳强发吗？就是谭金玉的指示。斌良，这事儿你心里有数就行了，别乱说。

李斌良说："难道就让他们为所欲为吗？谁也不能把他们怎么样吗？"

聂锐说："我想，他们干了这么多坏事，不会永远平安无事，但是，报应什么时候来，还真说不好。对，斌良，这事，你真的管不了，听我的，忍着吧！"

堂堂的一市之长都说出这种话，别人还能指望谁呢？何况，他还是个好人，一个正直的人！

4．混沌

李斌良回到办公室，怒火一点儿也没熄灭，想找个发泄口。可是，他想了又想，只能找来韩心臣和郁明，说了自己刚刚掌握的事情。想不到，二人一点儿都不吃惊，都认为问题属实，都和聂锐一样，劝李斌良不要再管这事。李斌良气愤地问他们怎么这么麻木，韩心臣说："我们早已见怪不怪了，在碧山这块土地上，什么事都会发生。没有任何事能让人觉得奇怪。"郁明也劝李斌良别太生气，气坏了他，只能让岳强发他们高兴。

可是李斌良心里就是过不去这道坎："他们干了这么多的坏事，什么事都没有，谁要揭发检举他们的问题，就要倒霉，我怎么就不信这劲儿呢？"

郁明说："李局，听我们一句吧，千万别不信，一定要信，你要跟岳强发斗，轻则受到打压，重了局长都保不住。"韩心臣说："再严重点儿，人身安全都难保证。"

什么?! 二人的话，反而激起李斌良更大的怒火。韩心臣和郁明的劝解没有发挥作用，二人担忧地退下。李斌良一个人留在办公室里，好半天才算平静了一下，但是，他知道，怒火并没有发泄出去，必须还要找人发泄，哪怕是发泄一点点儿也是好的。他想了想，又做了一点儿准备，叫郁明派车，拉自己去市政法委。

因为李斌良来之前没打招呼，所以武权略有诧异。李斌良走进办公室后开门见山："武书记，有个事儿我向您请教一下。是这样……"

李斌良提起了胡金生找自己检举岳强发的事，但是，别的没提，只说了当年岳强发偷越边境的事。"武书记，当时，你是公安局局长，这事肯定知道吧?"

武权听着，脸上先是现出警惕的表情，听完后，又换成气愤之色："胡金生那个王八蛋你还不知道? 不是好东西。斌良，他的话你不要信，再说，这都是好多年前的事了，你也不用管。"

"武书记，不管恐怕不行，胡金生说了，我要不管，他就告我，还要我必须在一周内给他一个答复，所以我才来请教您。这案子到底怎么回事?"

"我记得，当年这案子是治安支队办的，我看过案卷，胡金生偷越边镜问题属实，处理上也没有啥毛病。"

"可是，现在胡金生反映，他偷越边镜问题属实，岳强发同样偷越边镜属实，而且比他的次数多很多，为什么没处理。"

"时间这么长，我还真记不清了。我看，胡金生是别有用心，这么多年了，忽然把这案子翻腾出来干啥，没事找事吗? 斌良，你听我的，他反映他的，别理他，上边有压力，你就往我身上推，说是我当公安局局长时处理的，让他们找我。斌良，我早看出来了，你自来碧山后，是一天都没轻松过呀，有些事，不要都往自己的头上揽，想着一下子解决，那不但会累坏你，还会给你找来麻烦。听我的，就当胡金生放个屁，别理他，啊……"

李斌良敷衍了几句，离开了政法委。还别说，走出来后，他觉得怒火似乎宣泄出一些，当然，他并不满足这些，回到局里后，又经过一番思考，觉得不能接受包括聂锐、韩心臣、郁明，也包括武权的劝解，对这么重大的事情不管不理。

不，一定要管，要理，只是，需要帮助。他叫来陈青："回省厅。"

5.朦胧的夜晚

陈青看出了李斌良的焦急，车开得飞快，终于赶在下晚班之前开到了省厅大门口，穿着便衣、等候在大门口的省公安厅厅长林荫迅速开门钻进车，和李斌良并肩坐到后排。李斌良清晰地感觉到他的体温传过来，并奇怪地感到，此时，他心头的压力和焦灼忽然减轻了不少，而是从心底生出一种力量。

是李斌良提出这样见面的，他不想让古泽安看到自己进入厅长室，引发猜测。林荫也同意他的想法，接到电话后，就走出省厅大楼，来到大门口等他。

李斌良努力克制着激动，开始汇报一天来接收到的所有信息，包括徐峻岭和胡金生对自己谈的一切。尽管车内光线有些幽暗，可是，李斌良看到，林厅长听着自己的话，越来越严峻，甚至，还能感觉出几分不安或者恐惧，这……

林荫听完，好一会儿没有出声，这让李斌良有点儿担心起来。林荫终于开口了："斌良，我知道了。这些话，除了我，不要和任何人说。"林荫只说了短短的这么一句话，就再无下文。

李斌良很不满足，想让林荫再说点儿什么，可是，又觉得不知要他说什么。而林荫也不给他机会，说完后，就要陈青停车，然后打开车门，下车前，再次嘱咐李斌良和陈青一定要保密，迅速转身走去。

林厅长这是怎么了？难道，他也和碧山的那些人一样，难道，他也畏惧岳强发的势力？也要退避三舍……李斌良突然感到心头非常的郁闷，无法排解。手机忽然响起，因为心情使然，他一时听而未闻，直到陈青提醒，才把手机放到耳边。

"爸……"

原来是苗苗，是宝贝女儿。李斌良一下忘了郁闷，大声回应："苗苗，有事吗？"

"有，爸，我想你了！"

一句话，说得李斌良心里忽地一热，甚至嗓子都有点哽咽了："苗苗，爸爸也想你，对，爸爸回来了。"

"是吗？太好了，你在哪儿啊，咱们一起吃饭，我发奖金了……"

一幅美好的画面出现在李斌良的面前：一条安静的街道旁，两个美好的身影和美好的面庞在迎接着自己，她们的脸上都带着亲近的、暖人心肺的笑容，李斌良不错眼珠地迎着、盯着这个画面，向她们走近，走上去……

"爸——"

苗苗叫着扑上来，扑进他的怀里，双手攀住了他的脖颈打着坠："爸，你回来了，怎么不告诉我一声啊……"

李斌良的眼泪都差点流出来了，在经历了碧山那污浊的空气、污浊的环境、污浊的事件后，突然感受到女儿的温暖，让他切实体会到，什么是幸福，什么是亲情。瞧，她都十八岁了，还像多年前一样，看到自己，有时会突然扑上来，攀住脖颈打起坠来。他一边抱着她一边小声说："行了行了，你都多大了，太沉了，爸爸架不住了。"

听李斌良这么说，苗苗才放开手臂，这时李斌良看到，她好像又长高了，瞧，个头儿已经超过了沈静，只是还未完全成年，身材纤细一些。看上去，她情绪很好，一切正常，或许，抑郁症已经远离她而去，再不回来……

"回来怎么不打个招呼？"沈静走上来，沉静地对他微笑着。李斌良说："给你们个惊喜不是更好吗？"沈静笑了笑："走吧，不早了，饿了吧！"

三人向路旁的一家小饭店走去。走进包房坐好，苗苗拿起菜谱，问李斌良吃什么，李斌良说，凡是她爱吃的他都爱吃。苗苗就不客气地点了起来，她点了四个菜，其中两个是甜的。一共三个人，两个是女士，女士都爱吃甜，李斌良没有任何意见。

等待上菜的空隙，一个人的手机不时响起微信的提示音，苗苗下意识地拿出手机欲查看，沈静在旁提示地叫了声"苗苗"。苗苗意识到什么，又把手机放下并关了机。她告诉李斌良，沈静曾经提醒过她，不要老是玩手机，对健康不好，聚会时玩手机，是对他人不尊重。又补充说："好不容易见上老爸一面，就更不能玩它了。"李斌良听了，由衷地对沈静表示感谢，因为苗苗迷恋手机刷屏之事，他也曾劝阻过，可是收效甚微，想不到，沈静却帮自己解决了这个问题。沈静对他的感谢淡淡一笑，问起他的身体如何，工作怎样。李斌良回答说一切都好，谢谢她惦念。这时，李斌良似乎感到，沈静有话要对自己说，心里的那根弦忽然悄悄绷起。然而，一顿饭过去，沈静也没说什么，这又让他的心放下来，吃了顿非常舒心珍贵的晚餐。

饭后，李斌良和沈静并肩走在人行道上，苗苗则知趣地远远走在前面，给他们留下足够的空间。油然间，上次回家、晚饭后并肩徜徉的画面重新出现了，李斌良忽然感觉到，这就是上次的重复，或者说是上次那个傍晚的继续。这次，会不会继续上次的交谈，又会是什么样的结果？

沈静不说话，只是静静地向前走着，李斌良只好自己开口，他望着女儿前方的背影，打听她现在的情况。沈静这才开口，告诉他说，苗苗最近表现很正常，甚至可以说非常好，他应该看出来了，她非常快乐，抑郁症好像彻底痊愈了。说到这儿，感叹地说："唉，一切，都要感谢古厅长，要不是他，你不知要操多少心呢，哪能像现在这样一心一意干工作。"

那根弦再次悄悄绷起。

"古厅长说了，苗苗的前途由他包了。还说，你这么多年，一直在拼，工作干得出色，名声也很大，可是，没想到生活搞得这么糟，说他今后一定替你分担，不能让你再操这种心了，还说你的女儿就是他的女儿……"

李斌良忽然心情一下子变坏了，可是，他努力保持平静，不流露出来。

"沈静，我不在家时，你跟古厅长有过接触吗？"

"啊，有一次碰到了，他挺热情的，随口唠起这些事。"沈静目光看着前面，平静地回答了李斌良的话。

可是，李斌良感觉到她没说真话，他感觉，她和古泽安或许并不是碰上的，或许并不止一次的接触，而且，她对自己有话要说，只是，一时没有寻找到合适的方式说出来而已。算了，别让她为难了。想到这里，李斌良主动开口："沈静，你有话想跟我说吧，咱们之间还用绕弯子吗？有话直说呗！"

李斌良看到，沈静脸庞好像出现了红晕，现出了一点儿难为情。可是，他的话虽然让她有点尴尬，也打破了她的困境。她想了想低声说："你……和古厅长没什么矛盾吧。不，我是说，你在碧山是不是又出什么事了？"

果然。"沈静，古泽安到底跟你说过什么？"

"是这样。古厅长不是给我留过电话，要我有事随时找他吗？那天，我给他打个电话，问我调转的事办得怎么样了。他说正在办着，有一定难度，让我再等一等。然后就叹息了一声，说你让人操心，让我劝劝你。所以，我才……"

所以，你才问我和古泽安是不是有矛盾了，在碧山是不是又出什么事了。

"沈静，你继续说，古泽安说什么具体的没有？"

"这……我听出他话里有话，就追问他，你在碧山怎么了。他没说具体的，只是说你做事有点儿愣，搞不好会被人暗算。然后又说，苗苗安排到荆阳集团不容易，一定要珍惜，还说，苗苗虽然安排进去了，可是，万一哪儿让人家不满意，人家会找个毛病，随时解雇……"沈静的话停下来，却轮到李斌良沉默不语了。

沈静说："我本来不想跟你说，怕你烦心，可我要不说，也是对你不负责任，让你蒙在鼓里更不好……"

"沈静，你说得对，应该对我说。"

"可是，我有点儿担心。确实，苗苗安排到荆阳集团真的不容易，可不能出什么差错。对，他还跟我说：'一个男人在外边打拼为的什么？还不是为了老婆孩子幸福，如果不能给老婆孩子带来幸福，那打拼有什么意思？'"

李斌良的心被这话微微地刺痛了一下，他一时不知说什么才好，想了想又继续问："古厅长是不是说，我在碧山做的事，影响到苗苗和你的幸福？"

"那倒没有。不过，我能感觉到，有那层意思。"

李斌良不再追问，沈静也没有再说什么。然而，李斌良忽然感到，刚才出现过的幸福感不知哪儿去了。二人就这样沉默着向前走了一段路，沈静忽然发出声幽幽的叹息，让李斌良的心陡然地疼了一下，忍不住停下脚步，扭头看向她。

暮霭已经很浓了，斑驳陆离的灯光，让李斌良很难看清她的表情，她侧着脸，垂着眼睛，似乎也不想让他看清自己的表情。片刻后，她又幽幽地叹口气说："人望幸福树望春，我说过，我只是个平凡的女人，我没有太多的奢望，我只希望自己未来的生活平平安安，平安就是幸福。"

"可是，平安和幸福不是从天上掉下来的，需要有人付出代价。"

"是这个理儿，可是，我只是个平常的女人，我只是想和喜欢的男人在一起，过平安的日子，至于代价……"沈静在不该停的地方停下来，继续漫步向前走去。李斌良看着她的身影，忽然觉得有点儿陌生。

回到家里后，苗苗大概觉得可以自由了，又拿出手机玩起来，李斌良走上前，把她的手机拿到自己手中："爸爸好不容易回来了，也不陪爸爸说说话儿？"

"嗯？说吧，说什么？"

"说心里话呀。对了，你是怎么忽然想起来给爸爸打电话的？"

"是沈姨提醒我打的，没想到，你正好回来了。"

明白了。

"爸，你不是要说心里话吗？说呀？"

"宝贝，爸爸想听你的心里话，你有没有什么心里话跟爸爸说？"

"没有。爸，我现在一切都挺好的，我想过了，我今后一定好好干工作，再不让你操心。爸，我知道你不容易，这么多年，一个人守着我，现在，又要忙工作，又惦着我。爸，你今后不要惦念我了，我大了，该轮到我惦念你了！"

心底的热流忽地化为热乎乎的液体向眼睛涌来，李斌良急忙扭过头，好不容易才控制住。"苗苗，你说什么呢，爸爸还不老，你就快乐地过你的日子吧，不用操爸爸的心。给你吧，有时有响的呀！"李斌良把手机还给了苗苗，苗苗答应着，又低头忙起来。

李斌良本想再次劝女儿退出荆阳集团，可是看到她这副样子，想起上次她的强烈反对，实在没法儿说出口。可是，他的心里却有了这根弦。很明显，古泽安替自己排忧解难，并不是没有代价的，相反，代价可能还很高，只是，当初自己没想到会有眼前的局面。现在看，他和岳强发、武权、张华强等人有着非同寻常的关系，是一路人。现在看来，自己上任时，胡金生受岳强发指使闹事，应该就是他向岳强发那边泄露了自己的行程，不，他不是泄露，是有意通报给岳强发和武权们，他们才提前做出了部署，以那样的方式迎接自己。今天，沈静转达的那些话，肯定也是有针对性的，一定是自己惊动了他们，他们感觉到不安，以此来提醒、警告、拉拢自己。

怎么办？别的好说，女儿的事怎么办？李斌良真的有点儿犯愁，连睡梦中都在想着这个问题。

6. 深重的悲凉

早晨刚刚起床，李斌良调成振动的手机就颤抖起来，他拿起来一看，是林荫打来的，立刻放到耳边。然后，草草洗漱一下，就匆匆走出家门。

他来到一个曾经非常熟悉的地方，那是他调往碧山之前，每天早晨都要来打太极拳健身的小公园。因为来得较早，公园里人不多，非常幽静，这个情景让李斌良回想起之前平静规律的生活，那时，他每天清晨都要来这里打上一套九十一式，那一切如今看来，恍如隔世。什么时候还能再返回那样的日子呢……

李斌良没有过多的感慨，因为他看到了一个穿着运动服慢跑的中年男子在接近自己，认出正是厅长林荫。林荫跑过来，继续向前跑去，李斌良也慢跑着跟上，不知情的人看来，就是两个男人在锻炼身体。可是，他们却说起只有他们自己能够听懂的话语。

"问题非常严重，我相信都是真的。"

听了林厅长的话，李斌良受到鼓舞，小声说是啊，我们不能对此坐视不管哪。

可是，林荫回答的是："证据呢？"

这话让李斌良有些失望，他小声重复说明了胡金生的举报，梅连运的话，自己接触过的那些受害的煤老板的证言等。这些都是间接证据，如果核实下来，就是直接证据。

"可是，你能核实下来吗？咱们公安机关一家能核实下来吗？"

"当然不能，需要国土资源、煤炭管理等部门配合，恐怕还要纪检、检察院配合。"

"那么，你能保证，在开始核实后，我们能够完全主导办案，而且做到保密，不惊动岳强发吗？"

"这……恐怕不好办。"

"那么，一旦我们开始调查核实，岳强发能够坐以待毙吗？他的那些保护伞、关系人，都无动于衷吗？如果他们联手阻碍调查核实，甚至对我们进行反击，我们还能调查核实得下去吗？"

"林厅长，你也这种态度？明知岳强发犯有严重罪行，却任他为所欲为，不采取任何行动？"

林荫停下脚步，转向李斌良："谁说不采取任何行动？关键是如何采取行动，在没有把握的情况下，仓促上阵，后果只能是失败。"

"那，该怎么办？"

"发问的应该是我，你肯定想过，在这种局面下，怎么办。"

受到林厅长提醒，李斌良镇定下来。他真的想过怎么办并有了想法，那就是，从刑事案件入手，如果岳强发有严重刑事犯罪的证据被抓住，谁也不好再替他说话，那时，就可能打开突破口，进而追究他别的犯罪。李斌良说明了自己的想法，林荫露出一点儿笑容："这就对了。"

可是，从哪个刑事犯罪入手呢？嗯，还是眼前的案子，吴有民和吴众父子被害案件，肯定都是岳强发幕后指使，如果真能查清，这两起命案都是岳强发主谋，那么，他就很难逃脱惩罚了，他的保护伞恐怕也不好替他说话。

李斌良说出了这个想法，可是，林荫却疑虑地说："这是个突破口，但是，我觉着也不会太容易，首先，那些替他干事的人，不会轻易咬他，其次，即便查到部分证据，如果没有形成证据链，恐怕也会让他逃脱。"

林荫鼓励地说："这就靠你琢磨了。不过，需要省厅帮助，我一定全力支持你，无论是警力还是技术。但是前提是，你必须先拿到比较充分的证据。"

不管怎么说，总的突破方向还是确定下来，这让李斌良心里有了点儿数。

要说的，基本就说完了。在李斌良准备离去的时候，林荫突然说："没必要跟他们搞得剑拔弩张的。"李斌良不解地看着林荫。林荫想了想说："还是告诉你吧，厅党委拟把你的行政级别晋为副厅，可是，报到省委被卡住了。"

什么？这可是第一次听到。

"有人给你总结了一些似是而非的问题，写了举报信。也不都是望风捕影，最起码，看守所死人的事是事实存在。省委政法委和纪检委都提出了意见，所以，最近这次省委研究干部，没有研究你。不过别泄气，今后还有机会。"

李斌良心中一阵怅惘，他也是人，也希望提拔重用，从正处到副厅，可是很关键的一步，可是……

"所以，你在今后一定注意斗争策略，表面上可以缓和一些，尽量跟他们搞好关系。斗争是艰难复杂的，不是一朝一夕的事。"

李斌良听了林荫的话，受到很大触动："厅长，我知道了，回去我一定改。"

之后，李斌良又把自己家庭的一些情况说给了林荫，林荫承诺会全力帮助他，让他在很大程度上放了心。

离开林荫，李斌良像一个普通晨练者一样，跑出公园，顺着街道向家的方向跑去，这时他感觉到，自己的双腿有力了很多。

跑到半路上，李斌良拿出手机，拨了沈静的号码。片刻后，沈静接起，"喂"了一声，让李斌良感觉到一种疏远。他却故意装作没听出来，而是说自己就要回碧山了，她不想和自己吃顿早餐吗？她听后犹豫了一下，问他在哪儿吃早餐，李斌良就指定了早餐店，其实还是他赴任碧山时吃早餐的地方。沈静说她会直接过去。于是李斌良快步跑回家中，叫醒苗苗，督促她快速洗漱完毕，前往早餐店。

沈静先一步到了早餐店，并提前占好了一个小包房，于是，赴任那天早晨的一幕重新映现出来。和那天不同的，是古泽安没有出现，从吃早餐到结束，始终只有他们三个人。吃饭的时候，李斌良特意对沈静表示了感谢，又叹息说，自己毕竟是碧山市的公安局局长，到什么时候，工作都不能丢，不过呢，也没必要去惹太多的麻烦，今后，凡不是自己任上的事情，实在管不了的，不会硬管了，毕竟，自己一个人的能力是有限的。沈静听了这话，露出谨慎的高兴表情，还要了一瓶啤酒，打开，给李斌良和自己各倒了一杯，衷心感谢李斌良心里有她，又要他放心离开，自己会竭力照顾苗苗。

李斌良听着她的话，看着她沉静的面庞、亲近的笑容和眼神，心中忽然生出一种深重的悲凉……

第十章　怒火熊熊

1．突破口

　　李斌良把韩心臣和郁明找进办公室，说了林厅长的指示和自己的想法。韩心臣和郁明都表示赞同。三人想来想去，最终还是觉得，吴氏父子命案最值得重视，特别是当年吴众被王壮开铲车辗死的案件，这是故意杀人案，王壮要是供认是岳强发指使，那一下子就能把岳强发牵进来。

　　可是，在深入全面分析后，三人又有点儿信心不足。因为，岳强发一贯用别人顶罪，王壮就是他的替罪羊。虽然获得了王壮在监狱里的录音，可就像之前分析过那样，如果拿到法庭上去，王壮可以说自己吹牛，没有别的证据辅助，恐怕很难被法庭认定，也就是说，要想确认王壮的杀人案，还必须有其他证据，最起码，要有正式的审讯笔录，有他签字画押认罪，而且，还要形成证据链，包括岳强发是什么时间、什么地点、通过什么人，指使他这样做的，还有，答应给他多少补偿、用什么方式补偿、通过什么渠道进行等。如果拿到这些证据，那岳强发就跑不了啦。可问题是，这些证据能轻而易举拿下来吗？可以想象，对王壮的侦查只要一启动，岳强发肯定会被惊动，各种阻力就会纷至沓来，最终结果就无法预料了。所以，这个突破口虽然好，但还是间接了一些，不能轻易动手。那么，除了这点，还有什么可以选择的呢？

　　其实，经过一路上的思考，李斌良已经心中有数，他对韩心臣和郁明指出，自己来之后，一直关注着林希望被害案，可是，每次都在侦查的紧要关头被干扰打断。"这个案子，案情重大，警察被杀，我们侦破这个案件，没任何理由能指责咱们。"

　　韩心臣表示赞同，但是又提出：林希望被害案和岳强发有直接关系吗？

　　李斌良说："还不能确认，可是，你们好好想想，林希望刚从警三年，谁会杀害他呢？又谁能有这么大的能力呢？"郁明说："对，林希望被害，一定有重大内幕，没准儿，真能从这上边打开突破口，把岳强发牵进来。"韩心臣也兴奋地说："看来，咱们还是把精力集中到林希望的案子上。"

"就这么定了。韩局，如果在工作中，我受到什么干扰，你不要管，只管全力查你的案子，一旦案子真的突破，发现了真相，咱们也就转守为攻了。"

就这样，具体明确的思路形成了。但是，在行动中要谨慎，尽量避免干扰阻力。决定形成，李斌良、韩心臣和郁明六目相视，都是难以抑制的激动表情。

突然，响起敲门声。三人一怔，都向门口看去。李斌良用目光示意二人镇定，一边问是谁，一边向门口走去。

谢蕊的声音传过来："李局长……"

李斌良打开门："谢蕊啊……"李斌良话说出半截，因为，谢蕊的面孔被和她美好面容相反的面孔取代了："斌良，忙什么呢？"

油光光的青黑脸膛，紫红紫红的鼻头，不是武权又是谁？

"武书记，是您……快进来！"

李斌良让着武权向室内走去，回头看向谢蕊，谢蕊却掉转身快步离去。

"啊，心臣、郁明，你俩也在，在研究什么事吧，我是不是影响你们了？"

"不不，武书记，您快坐，快坐。武书记，您来怎么没打一声招呼！"

"啊，也是心血来潮，从你们门口过，忽然想进来看看你们。如果不影响，能不能跟我说说，你们研究什么呢？"

韩心臣和郁明的目光看向李斌良。

李斌良说："啊，能研究什么？都是挠头的事，我来以后，一心想把林希望的案子破了，可是，一点儿头绪也没有，只好放下了，看守所死人的案子，看来也就不了了之了。这时，忽然有人打电话举报岳总，还让我限时查清，别的我可以推，可是，他举报说，吴有民的儿子当年被人开铲车辗死了，说那不是意外事件，而是故意杀人，我不能不重视，只好把他俩找来研究一下。"

李斌良之所以这么说，是想转移武权对自己侦破林希望案件的注意，同时也灵机一动，想用王壮的案子触碰他一下。没想到真的引起武权的注意："这举报人有证据吗？"

"他说有。"李斌良灵感不断，"他说，就看我们能不能动真格的，如果动真格的，他就提供证据。"

"他说没说有什么证据？"

"这他没说。不过，听他的口气，好像真的有。"

武权问："嗯……他说没说，是谁指使王壮干的？"

"他没说具体名字，但是说是个大人物，看我有没有胆子碰这个人。武书记，你说，如果这是真的，那，王壮后边指使的人会是谁呢？"

武权说："这……我怎么知道？你查过没有，这个举报人是谁？"

"我在电话里问了，他不说，挂断了。我再打回去就关机了。刚才查了一下，这个电话是神州行号码，查不到机主是谁。"

"嗯……斌良，我觉着，这个情况挺重要，我希望，你有什么进展，随时告诉我一声。"

"那是。武书记，你还有什么指示？"

"没有，没有。啊，我得走了！"

"我送送你！"

李斌良随着武权走出办公室，顺着走廊向前走去。这时他无意间看到，文书室的门本来是开着的，此时忽然关上了，关得很严。武权走到文书室门口，向关着的门看了一眼。

李斌良心里一动，上前推了一下门，发现在里边锁上了，就敲了两下："谢蕊，武书记走了，不打个招呼啊！"

少顷，室内传出脚步声，门开了，谢蕊的面庞出现在门口："武书记，走哇！"

武权打着哈哈说："啊，该回去了，谢蕊，你忙吧！"武权看了一眼谢蕊，向走廊外边走去。

李斌良把武权送出办公楼，看着他的车启动才折回楼内，不由回想起刚才谢蕊和武权的一幕，感觉有些不对头。是谢蕊带着武权敲开自己门的，那么，她肯定知道武权在自己的办公室，自己和武权走出来时，她肯定听到了，可是，为什么突然关上门并反锁呢？要不是自己敲门，她很可能就不会出来跟武权打招呼了。对，武权过去是公安局局长，她是文书，肯定和他经常接触，那么，他们是怎样的一种关系呢？看来，今后对这方面还真得注意一点儿。

李斌良思谋着回到办公室，等着他的韩心臣立刻小声问，武权忽然出现是什么意思，二人分析后，一致认为，他是来打探动静的。二人进而探讨起武权对吴众被害案的反应，感觉其还是比较关注的。二人商讨后认为，在侦查林希望案件的同时，也要密切关注着王壮的动向。

之后，李斌良和韩心臣的谈话又转到林希望的案件上，韩心臣再次提到了宋国才家发生过的入室抢劫案，他还是感觉，林希望被害和这个案件有关，并说智文也这样认为。因为，林父说过，林希望曾一度张罗给他治病，好像有钱了的样子，而林希望涉入过的所有案件中，唯有这一起涉及巨款，但是，这只是一种感觉，并不是证据，到底真相如何并不知道，也一时难以找到具体的突破口。二人研究来研究去，觉得，一方面，是调查所有参与侦办宋国才家案件的人员，请他们回忆并提供林希望当时的表现，有没有什么疑点。不过，一定要特别讲究策略，不再大张旗鼓，剑拔弩张，而是内紧外松，避免不利影响发生。另一方面，二人也认为，还是要做谢蕊的工作，想办法从她的嘴里获得有价值的信息。上次她已经承认，和林希望处过对象，也就说明，她过去在说谎，她现在是否完全说了真话，也令人怀疑。可是，让她说出所知道的秘密，她已经有了心理上的准备或者说已经筑起心理防线，肯定不是轻易能突破的。商量来商量去，二人一致觉得，还是由陈青出面，从感情上入手更好一些。

李斌良打电话给陈青，要他来自己办公室，陈青似乎感觉到什么，好半天才磨磨蹭蹭走进来，也是一副不太高兴的表情，问李斌良找自己干什么。

李斌良说，还是老任务，但是，要抓紧时间，加大力度，早点取得突破。

陈青更加不高兴："你找别人吧，我不干了，这个任务我完成不了。"

李斌良奇怪，问陈青怎么了。

陈青沉着脸不语，李斌良一想，明白了怎么回事，他是真的爱上了谢蕊，不想别人对所爱的人怀疑，更不想对其进行刺探。不由有些动情。

李斌良说："陈青，实在对不起，我只顾破案，忽略了你的感受。我尊重你的感情，可是，你不是也说过，谢蕊身上罩着一层迷雾吗？你不想弄清迷雾后的她是什么样子吗？如果她真的知道林希望被害的真相，而隐瞒着，你敢放心大胆地去爱她吗？"

陈青还是不语，但是脸色缓和了，显然把话听进去了。可是，他又露出为难的表情："上次，谈到那个样子，还怎么再找她谈哪？"

"陈青，你是不是真爱她？"

"那还用说吗？"

"那你就会有无穷的办法接近她，也一定能挖出她身上的秘密。不是有句话，叫精诚所至，金石为开吗？其实，你已经敲响了她的心灵之门，只需你再加把劲儿，就一定能打开它的心灵。"

陈青激动起来："那，我再试试?!"

"不只是试试，而是要取得突破，取得成功。"

李斌良的祝愿含有双方面的意思，既指的他的感情，也指的案情，他对此抱有强烈的希望和信心。

可是，陈青的行动似乎未产生如愿的效果。这天晚上八时许，陈青走进了办公室，李斌良闻到了他身上传过来的酒气。

"怎么，喝酒了？"

"没办法，为了完成你交给的任务，只能这样。"

"不只是我的任务，也是你自己的心愿。不过，谢蕊会和你喝酒吗？"

"没有，我是不知不觉喝的。李局，效果不理想，跟你汇报一下吧！"

陈青讲述了这个晚上和谢蕊在一起的经过。

下晚班后，他特意换了一身新西服，在公安局大楼外拦住了谢蕊，和她一起向街道上走去，然后向谢蕊提出，请她吃晚饭。

谢蕊听了很是不安，甚至可以说很恐慌，她先是竭力推辞，说上次已经吃过了，还吃什么。陈青说，因为上次的饭没吃明白，她的话没说明白，所以这次还要继续吃。谢蕊又说自己有事，要见什么朋友。陈青却盯住了她，问是什么朋友，自己才是她最亲近的朋友，反正，就是不让谢蕊离去。为了让谢蕊答应，他说，自己上次没把心里话说完，只要谢蕊能让自己把心里话都说给她，今后就不再纠缠她。谢蕊听了这话，只好答应下来，但是附加了一个条件，那就是，由她来结账。陈青虽然有不同意见，可是为了达到一起吃饭的目的，痛快答应下来。

这次和上次不同，二人进入的饭店层次比上次高很多，而且，四个菜全是谢蕊点的，还都是好菜，甚至还点了瓶档次挺高的白酒，对他说，他放开量吃喝，只要今后不再纠缠她，她豁出来了。然后，就让陈青说话。

可是，做好了充分准备的陈青忽然不知说什么好了。谢蕊催逼着："陈青，你怎么不说了？不说我走了。"陈青急了："别别，我现在就说！"就这样，他情急之下，倒了大半杯酒，一饮而尽，然后看着谢蕊单刀直入："谢蕊，我爱你。"

这不是第一次说了，谢蕊也不是第一次听到了，可是陈青看到，她的脸上还是出现了淡淡的红晕，可是，她却做出不为所动的样子："继续说。"

"我……我要将来娶你做老婆，我要跟你一起生活，过一辈子……"

太直了，太笨拙了，一点儿也不浪漫。不过也得承认，其中蕴含着一种感人的力量。

谢蕊眼睛盯着陈青不说话，陈青看到，她的眼里出现了水光。

陈青增强了信心，话也说得动听了一些："谢蕊，过去我也向你流露过这个意思，可是，我想一千遍一万遍地跟你说，你是我的心上人，我过去从来没有过这种感觉，也没跟任何女人说过这样的话，因为你，我吃不好睡不香。我是豁出去了，这辈子就认定你了……"

谢蕊扭了一下脸，又迅速转回来："陈青，感谢你这份心，可是，我说过，绝对不行，我配不上你，你千万不要再缠着我，这对你不好，到时就晚了……"

谢蕊知道自己说漏了嘴，急忙住口，但是已经被陈青抓住。

"谢蕊，上次你就这么说过，你这话到底什么意思？你怎么就配不上我？怎么缠着你不好，到时就晚了？难道，我追求你，有人会加害我吗？对了，林希望是不是因为追求你，被人杀害的？"

"不不，"谢蕊焦急地摇头否认，因为头晃的幅度大，眼里的泪花都甩了出来，她不得不拿出纸巾擦拭，"林希望的事和我一点儿关系也没有，你瞎说什么呀！"陈青说："我是瞎说吗？谢蕊，有一点我能确定，你心里有事，有苦痛，我一想到这个就受不了，你到底在向我隐瞒什么？真的和林希望的案子无关吗？既然无关，为什么不能告诉我，有什么不可告人的？"

"陈青，你别逼我了。对了，陈青，你不是说爱我吗？是真的吗？能发誓吗？"

"能，我要说半句假话，让我不得好死。还有，我要是对你有一点二心，也让我不得好死。"

"既然你这么说，那我提出一个要求，你只要能做到，我就接受你这份感情。"

"好，只要我能做到的，我什么都答应你。"

"你一定能做到，陈青，如果你真的喜欢我，就调离碧山，回省厅也行，去别的地方也行，就是别在碧山待下去了，走得越远越好。对，最好能说动李局长，让他也离开碧山，否则没有好结局。"

"这……"

"你别急，你把我也带走，咱们一起走，而且越快越好，走得越远越好。对，你要能做到这点，我什么都答应你。"

"这……你说的是真话吗？"

谢蕊不答，用坚决的眼神看着他。

"好，我答应你，可是，你要给我一点儿时间……"

谢蕊手机铃声忽然响起，陈青停止说话，注意地看着她。他看到，她看了手机的号码一眼，眉头微微皱了一下，就把电话挂断了，目光继续盯着他，等候他把话说完。陈青问："你怎么不接电话？"

"不急，你说完了吗？"

"说完了，我答应你，只是需要一点儿时间，不过，你可要说话算话！"

"如果你不相信我，就别再缠我了。陈青，话咱们说清楚了，今晚就到这儿吧，我有点事儿，先走一步了。"

"哎，等等，我送你！"

"不用！"

谢蕊匆匆走出包房，陈青急忙起身跟随，这才觉得不知不觉喝得多了点儿，脚下居然有点儿蹒跚。谢蕊走到收银处，很快交了饭钱，然后就走出饭店，钻进一辆出租车离去。陈青慢了半拍，只能怏怏地看着出租车远去。

向李斌良讲述完毕后，陈青惶然地问李斌良，自己做得怎么样，特别是答应谢蕊调离碧山的事，应该不应该。李斌良没有回答，他更感兴趣的是，谢蕊为什么提出这个要求，听口气，她特别急于想离开碧山，为什么？陈青听了李斌良的发问，也疑惑起来。李斌良又提到，谢蕊的那个电话是谁打来的，为什么谢蕊挂掉了，她匆匆离去，是不是和这个电话有关？陈青听了愕然起来："是啊，当时我也觉着有问题。李局，你说，这个电话能不能是……"

李斌良明白陈青的意思，他担心，这个电话是男人打来的，而这个男人，和谢蕊有密切的关系，谢蕊却不想让他知道，如果是这样，那么，这个男人和谢蕊到底是什么关系？她会不会还有别的男朋友……

李斌良说："陈青，这个就不要胡思乱想了，当务之急，还是要掏出她的心里话。我觉得，你答应她的要求是对的，但是调离碧山不是件小事，确实需要时间。我建议你，在答应她的基础上，要问明白，她为什么急于调离碧山，只要她说出实话，你立刻就办调转，而且我来帮你办，我办不成，可以找林厅长。

"成，我就跟她这么说。"

2．迂回

次日上班，李斌良正在思谋如何尽快侦破林希望被害案，高伟仁走进他的办公室，跟他说，公安部和省厅最近相继发文，要求狠抓纪律作风，他个人觉得，市公安局应该重视，抓好落实。李斌良听了，表扬高伟仁提得对，要他布置纪检委和政治部，拿出个整顿方案来。之后又说，自己到任一段时间了，中层班子可以调整了，要把那些能干事的，特别是政治上可靠的干部提拔到重要岗位上来，要高伟仁和政治部研究，先拿出一个预备名单来。高伟仁听了称是，但是又说，李斌良一直忙于侦破林希望的案子，能抽出时间吗？李斌良叹息着说："别提这个了，看来，这案子不好突破呀，暂时放一放吧，没有突破口，使瞎劲儿也没用。再说了，我是一局之长，不能为了一个案子就把全部精力耗进去，何况，这案子又不是我任上发生的，破不了案的责任，武权最起码也得负一半吧!"

高伟仁听了李斌良的话，现出惊奇的表情，问他是不是泄气了。李斌良说:"我想不泄气，那得有线索呀。当然了，我也不是放弃，而是要长期经营，慢慢来吧。"高伟仁说:"李局，你这态度我同意，案子不是说破就破的。那，我就按你说的，跟政治部研究一下队伍建设上的事。"李斌良:"好好，你多费心了。"高伟仁走出去，李斌良思考了好一会儿，也没想明白，高伟仁真的是来找自己研究工作，还是有别的目的。

响起小心的敲门声。又是谁?

听到李斌良"请进"声后，门开了，一个人小心地走进来，原来是魏忠成。自调整分工分管治安后，和他接触得比过去少了很多，今天他这是……

"李局，我想汇报一下治安口的工作，不知你有没有时间?"

"有，快坐，坐。"

"可是，要全面汇报，恐怕需要很长时间，您不是在忙林希望的案子吗，有时间听吗?"

"魏局，我是一局之长，不能为一个案子把别的工作都放下不管哪? 现在看，这案子很难在短时间侦破呀!"

"可是，我觉得，你上次说的，把工作重点放在内部，方向是正确的，应该坚持啊!"

"方向对头，可是效果不佳呀。线索没找到，反倒引起了内乱。没办法，找不到突破口，只能先放放了，这些日子，我为这个案子把别的工作耽误了不少，多亏了你们，没出大事。对，你要谈谈治安工作是吗，谈吧!"

"这有现成的材料，挺长的。我看还是你自己看吧。不过，眼前有一件紧要的事，我觉得必须认真对待。"

"什么，说。"

"是这样，现在煤价一直是只降不升，各个煤矿都处于生产低谷。我觉得，越是这种时候，我们越不能掉以轻心，特别是安全生产，一定要高度重视，我准备会同安监部门，对全市所有煤矿，搞一次安全大检查，重点是炸药的管理使用情况。你知道，炸药这东西，不出事便罢，出事就是大事。"

"嗯，魏局，你想得对。这样吧，你搞个方案发下去，市局就由你牵头了，有什么不好解决的，跟我说。那些重点煤矿，如果有必要，我和你们一起参与检查……"

桌上的电话突然响起，打断了李斌良的话。是韩心臣打来的，问李斌良是否有时间，要过来和他说说案子的事。李斌良打断他的话:"老韩哪，这案子你就别操心了，撂撂吧，我不能把精力全耗到一个看不见亮的案子上去，得抓抓别的了。等发现新线索，咱们再研究也不迟。好，就这样！"

李斌良撂下电话，转头问魏忠成还有什么事，魏忠成说没有了，匆匆离去。

魏忠成离去后，李斌良关上门，打电话给韩心臣，悄声说了一番话，韩心臣那边才放了心。

放下电话，手机又再次响起，是沈静打来的。沈静平静地说没什么大事，就是惦念他，打听他在忙什么。李斌良叹息一声对她说，还能忙什么，工作呗，自己作为局长，自上任一直为案子忙着，可是一直没有头绪，他现在决定放一放，把别的工作抓一抓。沈静听完后，好像轻轻地舒了口气，说既然他忙，就不打扰他了，换个时间再唠吧。沈静放下电话后，李斌良却抓着手机，思虑了良久，说不清是一种什么心情。

看起来，这注定是多事的一天。

下晚班前，李斌良正在用手机跟陈青交谈，商量如何进一步做谢蕊的工作，办公桌上的电话突然响了，李斌良看到，屏幕显示的号码似乎有印象，就停止和陈青通话，放下手机，抓起话筒，耳畔响起一个男声："斌良，是我，古泽安……"

是他。李斌良眼前浮现出那张棕黄色的长脸，不由皱起眉头，嘴上却客气地说："啊，古厅您好，有事吗？""有。你在办公室等我，我一会儿就到。"

这是怎么回事？古泽安来碧山了，也不打个招呼，到了才打来电话……

没容李斌良想清楚，古泽安已经来到，他一边跟李斌良握手一边说，公安部要下拨一批装备，他作为主管常务的副厅长，为了掌握准确情况，下基层了解一下各市的情况，上午和下午分别在桃林和锁山，为了加快进度，心血来潮，决定再跑一个市，就来了碧山。说着就问起李斌良缺什么，他可以给他解决一辆高级坐骑，李斌良急忙说，自己现在的车就不错了，希望古厅长能多替碧山市公安局考虑考虑，特别是基层市县，装备确实落后，希望予以改进解决。古泽安慷慨答应说，只要李斌良当碧山市公安局局长，他一定优先考虑。说完后问李斌良如何感谢他。李斌良有些不解，追问古泽安的意思，古泽安笑了起来，说自己大老远地来了，难道他不请个客吗？李斌良听了放松下来，可是又感觉有点儿为难："古厅，你想吃什么？现在的形势你知道，去大饭店，传出去影响不好，可是，我们的小食堂档次太低了，没法表达我的心意呀！"古泽安听了这话，自语着说："也是啊，那怎么办呢……"话没说完，桌上的电话突然响起，李斌良查看了一下，是个陌生的号码，急忙抓起，话筒中传出一个略显陌生的男声："您好，是公安局李局长吗？"

"是我，请问您……"

"啊，我是强煤集团，李局稍等，我们岳总跟您说话！"

强煤集团公司，岳总？莫不是岳强发？他要干什么？

李斌良警惕起来，看了一眼古泽安，古泽安在注意听着。

"李局呀，我是岳强发，你看你，来碧山这么长时间，怎么不来我这儿拜拜码头啊？"

拜码头？什么意思李斌良差点发火，但是，马上克制住自己，语气尽量温和地说："岳总，我很忙，请问你有什么事？"

"嗯，说有事也没事，说没事也有事。想请你到我们强煤集团坐坐，一起吃顿饭，能赏个脸吗？"

李斌良差点一口回绝，可是又克制住自己："这个，我……"

"斌良，谁的电话？岳总？他什么事？"

"这……他要请我吃饭……"

"好哇，你不正犯愁没地方安排我吃饭吗？对，能不能让我借你的光儿？"

此时此景之下，从各方面考虑，李斌良都难以拒绝，他略想了想："古厅长，既然你想去，那我也去，咱俩一起去吧！"

"太好了，你省了饭钱，也解决了难题。走！"

李斌良转向话筒："岳总，省公安厅的古厅长来了，能否让他也一起参加呀？"

"好哇，太好了，请他一起来吧！李局，谢谢你给我面子啊！"

"哪里，应该感谢岳总瞧得起我。对了，你还找谁吗？"

"嗯，我想跟李局说点儿掏心窝子的话，就不找那么多人了。"

"那好，下班我们就过去。"

3．鸿门宴

下班铃响，李斌良换上便衣，和古泽安一起向外走去。李斌良边走边问谁跟古泽安一起来的，古泽安说他只带个司机，司机就让他自己找地方吃吧。走出办公楼后，古泽安问怎么走，李斌良有点儿为难：开警车去当然不好，可是，临时抓一辆没有警用牌照的轿车又不凑手，打出租车吧，又觉得轻慢了古泽安。正在为难，大门外传来喇叭声，一辆"玛莎总裁"出现在视野，这不是自己上任时碰到的那辆车吗？车停到李斌良和古泽安身边，车门开了，跳下来的是马铁，他亲热地同李斌良和古泽安打招呼，更出人意料的是，后边的车门打开，一个五短身材的男子跳下来，正是岳强发。他居然亲自来接自己和古厅长了。

"李局、古厅，快，上车吧，上车！"

李斌良注意到，一些民警的目光向这边看过来，他顿时感到十分的难堪和尴尬，急忙上车，坚决让古泽安上前排，自己钻进后排。

"玛莎总裁"缓缓启动，向公安局大院外驶夫。李斌良从车窗看到，两个本局的中层干部正在指点着车说着什么，他意识到，自己上了岳强发车的消息会很快传遍全局，传遍碧山。可是，他已经无法改变这种现实。

"李局长，不容易呀！"岳强发感慨的声音让李斌良把目光从窗外收回，扭过头，看到了岳强发在对自己笑着。"李局长，我一点儿都不撒谎，凡是到碧山任职的处级以上干部，我说的是正处级以上的，没有不到强煤公司来拜码头的，只有你例外呀！"

既像调侃，又像不满，同时也含有说不清的意味。按照李斌良的脾气，本该给予强烈反驳，可是，他意识到还不到时候，就装作没听明白："我来了之后，没一天轻松的时候，连市委的几个常委都没见过几回面。"

"李局，你把我跟几个市委常委比？他们算什么，让我请他们吃饭，还得等。李局，谢谢你给我这个面子啊！"

这明显的是不满了。李斌良急忙说："哪里，岳总，应该谢你才是，确实，你的名声别说几个常委，就是书记市长的名声也没法比呀。我没来之前，就听说过您的名声，我所以迟迟没上门儿，也是唯恐巴结不上您啊！"

李斌良很满意自己的回答，里边含有反讽，可是又不明显，让你感觉得到说不出什么来。这话有了效果，岳强发急忙说："李局，你这话说哪儿去了？我有点臭钱不假，可是，我从没忘本，更没把自己当回事，没有朋友，多少钱也没用。李局，你还是不了解我呀，其实，我是个苦出身，也不怕你笑话，老爹是放羊的。我高中念了几天，就不念了，为啥，家里穷得揭不开锅了，我已经十七八了，这书我还能念得下去吗？我得活下去，得奔自己的前程啊。跟你说吧，我下过煤窑，拉过平车，当过修理工，多少攒了点儿小钱，又东借西挪，成立了一个运输队，算是挖了第一桶金。再随后，进入了煤矿业，开始，也跟别人一样，开小煤窑……对，不瞒你说，我也私开乱采过，不过仗着交了些朋友，没有受过大的罚，算是挺过来了，后来，煤矿慢慢开大了，开多了……"

李斌良听着岳强发的话，想起自己一个时期以来，听到有关他的各种劣迹的传言，心中暗说："你他妈的怎么把煤矿开大的，开多的？还不都是巧取豪夺吗？在这个过程中，你害过多少人？沾过多少人的血？总有一天，我要你付出代价。"

岳强发继续沉浸在自己的讲述中："说起来，我能走到今天这一步，实在不容易呀，我总结过，最重要的一条是，我交了一群好朋友，没有这些好朋友的帮忙，就没有我岳强发的今天，所以，在我岳强发的心目中，朋友最重要。对，这些朋友中，很多都是戴着乌纱帽的，啊，也有不少像您似的，戴着大盖帽，正是有你们这样众多朋友的支持，才有我的今天。"

岳强发说者无意，李斌良却听得有心，暗想：是啊，你说得对，你能走到今天，全靠腐败分子们的保护，但是，想把我拉到你的队伍，你看错人了！

"所以，我特别重视交朋友，更愿意和你们警界的人交朋友。不信你问古厅长，我们是多少年的朋友了？"

古泽安笑呵呵地说："那是那是，别说已经处多少年了，一天是朋友，就一辈子是朋友，我们这辈子都绑到一起了。"

话说得真赤裸，古厅长，你说的是真话吗？你想过结局吗？现在可是十八大以后了，大概，你们是想同归于尽吧！

"李局长，我的意思你听明白了吧，你来碧山后，哪怕是给我打个电话，我心里也痛快，只要你看得起我，我绝对把你当朋友，哪存在谁巴结谁呀？难道，今天，是我巴结你吗？"

"不是不是，岳总，今天您请我，我是受宠若惊，真的受宠若惊……"

好不容易，李斌良敷衍得车停下来。岳强发说："李局，公司到了，请吧！"

李斌良下车，首先看到一个女人，三十出头年纪，面庞白皙，一袭白色衣裤，面庞上挂着亲切的笑容，迎接着李斌良。这是李斌良在碧山见过的除谢蕊之外的第二个面庞较白的女人，对，她的眉眼有几分似曾相识……

岳强发介绍："李局，这是我们强煤集团的宋总。"

女人笑言："副总。我是岳总的助手。"

"宋总，您好！"

"您好，李局！"

李斌良和女人握手时，心中暗自称奇，看上去顶多三十出头，何以成为强煤集团的副总，和岳强发又是什么关系？

"李局，请吧！"

宋总手向前示意了一下，这时李斌良看到两个年轻的姑娘，都穿着浅色衣服，面孔白皙。再向前看，是两个身材高大匀称的男青年，看上去敏捷矫健，英气勃勃。这四人皆恭敬地向他躬身施礼。

岳强发说："他们都是我们集团的员工，啊，都不是当地人。李局，请吧！"

李斌良仍然没有迈步，而是抬起头，看向强煤集团的办公楼。李斌良一直没来过这里。他想象着强煤集团的大楼应该豪华气派，可是现在看去却有些失望，在碧山市，这也就是一幢中上档次的写字楼，而且不是很高大，看上去已经建了一些年头。

岳强发介绍说："这已经不是我们集团总部了，总部早挪到荆都了，正在考虑迁到北京。这里只能算是一个老根据地吧。不过，人不能忘本，我在这儿还保留着办公室，有空就回来住些日子，进办公室坐一坐。李局，进去吧！"

李斌良向楼内走去。这时，二女二男再次向李斌良和古泽安鞠躬，嘴上说着标准的普通话："古厅长好，李局长好！"

岳强发说："看那小伙子是我花高价从哈尔滨雇的，咱们碧山人挑不出这样的，太土气，带出去丢份儿。"

这么说，这两个人是岳强发的随身侍卫或者保镖了。

"小姑娘也是我从北京和杭州雇的。"

李斌良无语。

走上二楼，李斌良和古泽安随着岳强发、宋总顺着一道走廊向前走去，走到一个办公室门口停下来，门楣上是镶金的标牌，上有醒目的"董事长总经理室"字样。岳强发上前打开一道厚重的木门："李局，请！"

从出发到现在，岳强发和宋总一直在招呼着李斌良，却不理副厅长古泽安，这让李斌良有些不安。可是，古泽安却满不在乎的样子。李斌良很快明白了，他们之间，已经到了"不见外"的地步，现在，自己是他们联合请来的贵客，所以，他们要以自己为中心。想到这些，李斌良也就泰然了。他要看一看，这个晚上的戏如何演下去。

李斌良走进岳强发的办公室，迈进第一步就觉得受到了一点儿震撼。因为，他首先看到的是一个非常宽阔的办公室……不，说办公室已经不太合适，在屋子深处，放着看上去沉重而又硕大的老板台，和一个同样厚重的老板转椅。后边是一排实木制作的办公木柜，看上去同样厚重，引人注目的是，柜子的门上，都镶嵌着金黄色的金属拉手，看上去同样沉甸甸的。

古泽安玩笑着说："岳总啊，我们走的时候，把你柜子的拉手给我和斌良一人一个吧！"

"咳，费那事干啥，喜欢的话，拿几根金条多简单！"

这……

古泽安说："斌良，明白了吧，这些柜门上的拉手，可是纯金做的。"

真是炫耀，无所不在的炫耀啊，是不是过分了一点儿？再有钱也是土豪啊！

尽管这么想，李斌良心里还是有些吃惊。他继续打量着办公室，发现，这套桌椅要是放到一般的办公室中，基本就占了一半以上，可是，在这个屋子里却只占了很小一块，因为，在老板台的前面，还有一圈看上去同样非常高档气派的皮沙发，看到这些，又觉得像是进入了会议室。这个情景，让李斌良感觉到几分眼熟，很快想起帝豪盛世里张华强的办公室。两者确实有些相似，但是，从气派上讲，张华强的办公室和这里相比，又小巫见大巫了。

宋总按了一个开关，又有灯光被打亮，整个屋子也就显得更加清晰、一览无余地呈现在李斌良眼前。李斌良的目光转到墙上，再次感觉到震惊。

墙壁上悬挂着好多照片，都放得很大，还镶着看上去非常贵重的镜框。

李斌良所以被这些照片震惊，是因为他发现，照片中好多人都见过，有的甚至经常在电视上露面。这些照片中，首先映入眼帘的是几个影视明星，这可不是普通的影视明星，而是目前最活跃的、知名度最高的一线明星，其中有两位甚至还是国际级影星，如果说这些影星重在名声的话，那接着看到的就不只是名声，而是实实在在的权力和影响力了。李斌良最先认出的是省政法委副书记兼纪检委副书记谭金玉，照片上，他正在和岳强发亲切交谈着，看上去非常亲昵。继而，又在这张照片中，看到另两位省领导，一位是省委主要领导，另一位是省政府主要领导，他们同样在和岳强发亲切交谈，同样看上去非常亲密。古泽安走上来，悄声对李斌良说："瞧，强哥多能，我这个副厅长年头也不少了，却没有一张这样的照片啊。"

李斌良不语，目光继续移动，相继又看到两张照片，眼睛睁得更大了。之所以如此，显然这两张照片中的人物级别分量要超过前边的省领导……不，这两位人物过去也曾是荆原的省领导，可是早已进京多年，级别更高了。就是这个人，在照片上和岳强发握手的同时，还用另一只手臂拍着他的肩膀，看上去，关系比谭金玉还要亲近。李斌良吃惊之余，目光继续移动，当看到下一张照片时，更加吃了一惊，这个人虽然级别在照片中不是最高，可是，却常在电视台的新闻中露面……可是当他的目光落到最后一张照片上时，眼珠立刻不动了，他几乎无法相信这是真的。这张照片上和岳强发亲切握手交谈的不但是照片中级别最高的，现在虽然退下来了，但是其影响力还是非常巨大……

这张照片让李斌良油然想起，那次从网上看到岳强发的照片时，感到其背景上一张照片中的人物轮廓似曾相识，就是他……明白了，怪不得人们都畏惧岳强发，怪不得岳强发为所欲为，原因就在这里。李斌良感觉到心底泛出丝丝凉意。

岳强发凑到李斌良身旁，淡淡地说："李局，没啥看的，我干爹已经退下来了，说话虽说还管用，可是，怎么也不如在台上的时候了。"

干爹？他叫这位干爹？难道……怎么可能，这么高级别的领导怎么会认这个地方恶势力、煤霸、无恶不作的犯罪分子为干儿子？不可能，岳强发在吹牛，拉大旗作虎皮，这是不可能的……李斌良不想相信岳强发的话，可是又不敢不相信。照片就在这儿挂着，这种假，估计岳强发不敢造，那么，他们到底是什么关系？真的是干爹干儿子……李斌良想要骂人，却不敢骂出口。他忽然感觉到一阵浑身无力。李斌良目光移动了一下，又发现一张有点儿奇怪的照片，这张照片上是个三十几岁的年轻人，看上去意气风发的样子，一手指着前方，一手和岳强发勾肩搭臂说着什么，显得特别亲昵。这人是谁？怎么当不当正不正地摆在这里？

岳强发说："这是兵兵。"

"斌良，你没见过，他是……"古泽安凑过来介绍了情况，原来，他是刚才那位大领导的公子。

噢，怪不得。一对父子都和岳强发这么亲近，如此说来，干爹干儿子确实是真的了。

李斌良已经不再震惊，只是感觉到心凉，很凉很凉，越看越凉。他向旁边瞥了一眼，看到了观察自己的岳强发脸上得意的表情。他在向自己炫耀，示威，或者说是一种警告：别跟我过不去，否则，倒霉的是你自己。是的，一定是这个意思……

"岳总、李局、古厅长，机会难得，合个影吧！"

说话的是女副总，她的身边是一个礼仪兼护卫的男青年，他手上拿着一架看上去很大、很专业的摄影机。

古泽安附和说："对对，机会难得，强哥、斌良，来，咱们哥仨合个影……不，强哥，你先跟斌良合一个。对，就在这屋子里边，以墙上的照片为背景，挺有意义的！"

"好哇，来，李局，咱哥俩亲近一下！"岳强发说着凑到李斌良身旁，用一条手臂揽住了他的肩膀，男青年在女副总指挥下，不失时机地端起照相机，把这个镜头拍了下来。

"好，这把算我一个，来！"

古泽安走上来，和岳强发一边一个，把李斌良拥簇在中间，李斌良急忙说这不合适，古厅长是自己的上级领导，年龄又大，应该在中间。古泽安说都是兄弟，什么大小的，就这么拍。于是，就这么拍下来。李斌良明白，今天晚上，他们是有备而来，自己只能豁出去了。

"哎呀，时候不早了，李局一定饿了，咱们去吃饭吧！"

还要吃饭，看来今晚早着呢。可是去哪儿吃饭，自己可不能再稀里糊涂地跟着了。"岳总，你知道，现在上边抓得很紧，得注意影响。"

"那是当然，你们放心，咱们去的地方，绝对保密，没有任何问题。"

什么地方，绝对保密，没有任何问题？李斌良在他们的拥簇下，走出强煤集团总部，上车。这时他注意到，女副总并没有上车，而是在车外挥手再见。这个女人到底是个什么人，是岳强发的情人吗？似乎不像，那么，她到底什么身份，担任岳强发的副手，对岳强发不卑不亢，一副不在其下的样子？

想不清楚。车启动了。二十分钟以后，车慢慢减速，停了下来。

李斌良下车后四顾，发现这是城郊接合部的一条僻静街道上，街道两边都是普通的居民住宅，来往的行人也不多，看不出有饭店的样子。这是什么地方？

岳强发要马铁把车停顿好，带着李斌良和古泽安顺着街道向前走去。李斌良带着探秘和好奇的心情，随之向前走去。走了一段路，又拐了一个弯，三人来到一个院落外边。初看上去，这是个普通的院落，一圈砖砌的围墙，一个关得严严的坚实大门，里边是一幢砖房。除了院墙略高一些，房子大一些，看不出什么异常。

岳强发走到院门前，按了几下门铃，大门无声地缓缓打开。三人走进院子，门又自动合上了。

李斌良向前望去，发现一个人正在院子里迎接着他们，原来是政法委书记武权。李斌良没有吃惊，这种场合如果没有他，反而奇怪了。

"斌良，快来……走，进去！"

明明三人在场，还有副厅长古泽安，武权却只跟自己一个人打招呼。看来，今晚古泽安绝不是跟着自己蹭饭，而是饭局的主人之一。

李斌良随着武权走进房子，进屋后才发现里边别有洞天，仅说这包房，乍一看去，觉得装潢得有些土气，可是仔细观察才发现，所有装潢材料都是透出纹理的实木，再加上大理石的饭桌，传统风格的实木座椅，一切，既透出殷实富贵的土豪气派，也给人以富贵感。

"来，斌良，你坐这儿，坐这儿。"武权殷勤地把李斌良让向最里边的正座，李斌良再次说明，武权和古泽安都是自己的上级，都比自己年长，可是，古、武他们却都说是来陪他的，非要他坐在主位不可。李斌良实在推辞不下，只好坐下，而岳强发紧挨着他的左手坐在旁边。落座后，岳强发和武权低语两句，武权转向李斌良："对了斌良，我刚才通知华强了，他一会儿也到。"

这太过分了。李斌良觉得，在这点上自己不能妥协。他没有回答，但是，脸上立刻现出明显的不悦神情。岳强发当然看清，立刻说："咳，让他来干什么？闹心，别让他来了！"武权拿出手机走出去，片刻后回来，歉意地对李斌良说，张华强不来了。

李斌良的脸色这才好了点儿。

岳强发说："走菜吧！"岳强发发话后，菜很快就上来了。第一道菜就让李斌良吃了一惊，是大龙虾，这种东西，李斌良是一次外出见有钱的老同学时吃过一回，那味道至今印象深刻。可是，他的吃惊还没结束，海参、鲍鱼、鱼翅相继上来了。天哪，碧山是煤城煤区，离海可远着呢，海鲜店是有，可那都是平常的海鲜，什么海鱼、海蟹之类的大路货，像这种高档的海鲜，居然出自这个农家院，不能不让人震惊。李斌良忍不住说了声太贵了，引发了岳强发的笑声。"李局，我不是说了吗，我有点儿臭钱。你说，要钱干啥？不就是吃喝玩乐吗？这算什么，上次我去广州，还吃过活猴脑子呢！"李斌良听了，身心不由痉挛了一下，说不出是恶心还是反感，斜了岳强发一眼，一种别样的恨意从心底油然而生。

菜上齐了，酒也上来了，让不会喝白酒的李斌良欣慰的是红酒，不过，他马上注意到，酒瓶子很是特殊，装潢极其讲究，商标全是外文，这……

古泽安微笑着说："哎呀，强哥，我跟你好了这么多年，你可没用这酒招待过我呀，这是……"

"路易十三，"武权说，"斌良，岳总特意给你要的洋酒。看出来了吧，别看地方不咋样，这里可是啥好东西都有。"

岳强发说："武书记，这牛可不敢吹，将就吧。李局，不好意思了。"

李斌良问："岳总，这酒……"

"不贵，一万七千多块一瓶。"

什么，这小小的一瓶酒，还没有一斤吧，一万七千多块？李斌良不再露出吃惊的表情了。看来，岳强发为了招待自己，是豁出血本儿了。可这顿饭对自己来说，连根汗毛都不如。

"可惜，我喝不了多少啊，不过，谢谢岳总的好心了！"

"李局，你这么说我可不答应。你来了，我才上的这酒，你一口不喝，我心里可真过不去！"

古泽安劝说道："对，斌良，不多喝，强哥的心意，品尝品尝也行啊！"

就这样，李斌良被倒了大半杯酒。

酒倒好了，开始喝吧。但是，喝之前必须说句话呀。岳强发要武权和古泽安谁开口。二人都说，他强哥是主人，他们怎么能越俎代庖。岳强发说："好，我说就我说。今天这顿饭，我特别高兴，因为李局长赏了我面子。不为别的，就为我又交了个新朋友。哎，李局，我可以这么说吧！"

"啊，可以，可以！"

"那太好了，就为我们几个新老朋友坐到一起，干一杯吧！"

岳强发、古泽安和武权都端起酒杯，但是却不往唇边送，而是眼睛看着李斌良。

李斌良说："古厅长、武书记，你们知道，我不会喝酒……"

古泽安说："斌良，你也知道了，这酒可不是一般的酒，你瞧，已经倒你杯里了，你不喝，不是浪费吗？对，这一杯可就上千元哪！"

别说，李斌良还真被这话打动了。因为他出生于农村，从小母亲就精打细算地生活，这也影响了他，他最看不惯浪费，即便很小的浪费他都心疼，何况，这一万七千多元的酒。没办法，他端起酒杯说："这样吧，我试着看看，能不能把这杯喝了，不过，再不能给我倒了。"

"好好，不倒了，不过，这杯酒你一定喝下去。对，李局真给我面子，斌良啊，上次，我让你喝酒你可是没给我面子啊，还是岳总面子大呀。哎，别白喝，强哥，你跟李局碰一下，我拍个纪念照！"

任你们搞吧，反正，我是豁出来了！李斌良和岳强发碰了一下杯子，喝了一口酒品了又品，实在没品出好喝到哪儿来。酒一下肚，话就自然而然地上来了。岳强发借题发挥："说起来，喝这种酒，和兵兵有关系，我第一次和他见面，他招待我，就喝的这种酒，从那以后，我就上瘾了。那次，我和绥安省委苗勇书记一起喝酒，喝的也是这个，后来苗勇给我打电话说，他喜欢上这种酒了。那次我去绥安，给他捎去两箱。"

一瓶是一万七千多元，一箱是多少瓶，两箱是多少钱？李斌良不由在心里算计起钱来，又暗骂自己小家子气，可就是禁不住自己这么想。

"这事不知怎么让咱们省的代清副省长知道了，放风说，我给他的是茅台，给外省书记的是路易十三，是瞧不起他。你瞧，因为喝酒还得罪人了。没招儿，我又托人给他捎去四箱，他这才不说啥了。对李局，来，咱们再干一个。不，你再来一口。这种酒就这样，初喝不感觉什么，越品越觉得好！"

李斌良拿起酒杯，和岳强发碰了一下，又抿了一口，再次细品了品，还是没品出什么来。

"好，李局，我知道你滴酒不沾，没想今天这么给我面子。对了李局，我跟你说实在的，我交的朋友，官儿大的有的是，可是，我还真没几个发自内心佩服的，他们个个装得人五人六的，酒一下肚，过个三五圈，就变个人了，也不装了，啥话都说，跟你拍胸搂背的，跟社会上人没啥区别。"

古泽安和武权在旁听着，哈哈大笑起来。

"不过呢？我交的是朋友，不管他是人是鬼，是官儿是民，只要瞧得起我，我就把他当朋友。多条朋友多条路，多个仇人多堵墙啊。正因为有了这么多的朋友，我才活得踏实，啥也不怕。我这人，是人不犯我，我不犯人，谁要是想跟我过不去，就是我让着他，我这些朋友也不会让着他。他们可不像我，只要一句话或者写几个字，就比啥都管用。李局长，你说是不是？"

看来，这是说给自己呢，是在提醒和警告呢。李斌良一时想不出恰当的话回应，故意装没听见，没有说话。

"瞧，现在有了你这个朋友，要是有人整我，你能让吗？"岳强发很聪明，大概是感觉到刚才的话的刺激性，立刻收了回来，"不过呀，我对朋友也绝对讲究，朋友的事，就是我的事。李局长，你有什么难事，跟我说吧。听说你有个宝贝闺女？安排工作没有？没的话包给我了，保你满意……"

古泽安说："强哥，你这话说晚了，李局长的闺女安排了，还是我找的人，安排到荆阳集团了。"

"哎呀，找我好了，荆阳虽说不错，可是赶不上华安，我跟宋国才说一声，安排到华安多好啊！李局，要不，把闺女调到华安那边去？"

"不，不了不了，不麻烦岳总！"

"这话就说这儿吧，哪天，闺女不想在荆阳干了，跟我说一声，整个荆原，单位任你选。对了，听说，你还没对象……"

"哎，不是，李局长有对象了，我见过，人不错，长得也漂亮，对，斌良，你们什么时候结婚哪？"

"这……还没定。"

"那定的时候一定告诉我一声啊，我得送一份厚礼……对了，新房有没有？我在荆都有房地产，荆安区有片新荆小区知道吗？那里有我十几处房子，哪天有空，我拉你去一趟，你挑一个，对，先说好，是送给你的……"

李斌良眼前浮现出一片漂亮的新建小区形象，那就是新荆小区，全市有名的高档住宅区呀，无论是位置、交通、绿化在荆都都是第一流的，自己曾路过那里，看到过，可是，想都不敢想能在那里有一套房子……他急忙摇头："岳总，说远了，我们还八字没一撇呢！"

"那咱们也说好了，只要你结婚，你的新房就归我了。"

古泽安说："哎呀，强哥，你这个承诺我们会监督执行的，不过稍稍远了点儿，可是，有个现实问题，你能帮还是帮斌良一把呗。"

"行，什么问题？说！"

"李局的副厅呗？地市级公安局局长是可以提到副厅的，据我所知，咱们全省的市级公安局局长还是正处级的，也就碧山和桑林了。你说，李局长水平能力咋样？够不够格？"

"当然够格，好，这事我包了，省级我不敢打保票，太低了我也犯不上说话，处级和厅级，正是我说话的级别。斌良，你自己打听着点儿，什么时候省委开常委会研究干部，保证有你。说好了，就下批了！"

这口气，赶上省委组织部部长了，不，赶上省委书记了。难道，岳强发真的有这么大的本事？

古泽安嘻嘻哈哈地说："斌良，你把心放到肚里吧，不出三个月，保证副厅到手。实不相瞒，当年，我这副厅长，也是强哥说的话。对，武书记当年提副厅，也是这样。"武权兴奋地说："确实，斌良，强哥吐口唾沫就是钉，你就等着好消息吧！"

看来，这是真的。可是，这世界没有天上掉馅饼的事，这里边的代价是什么？

岳强发好像猜中了李斌良的心思："斌良，你一定觉得我在吹牛，或者想，我不会白白给你办事。可是你想想，我还需要什么？钱，我就是放火烧也得烧上几天，权呢？我自己虽然没当官，可是，比一些当官儿的说话还管用，我能用着你什么？对，就一个条件，只要你答应了，我保证今后你在碧山……不，在荆原，要风有风，要雨有雨！"

一个条件，什么条件？李斌良看着岳强发。

岳强发也在看着李斌良。

李斌良终于说出口："这……岳总，什么条件？"

岳强发说："非常小的条件，就一句话的事。"

一句话，什么话……

古泽安说："还是我明说了吧。斌良，你把刚才的称呼改了，这就是条件。"

称呼，刚才称呼岳强发什么来着？对，岳总。那么，改成什么？

李斌良又看向岳强发，岳强发依然在看着李斌良。

"这……"李斌良醒悟地说："强……强哥？"

"哎，斌良，强哥不要你别的，就要你这句话。太好了，我今天太高兴了，又有了个好弟弟。来，斌良老弟，把杯子拿起来，干！"

岳强发把酒杯替李斌良拿起，塞到他手中，又拿起自己的酒杯，使劲地跟他撞了一下，然后一饮而尽。李斌良也只好把杯中剩下的酒全部倒入口中。这次，他品出酒的味道来了，是一种苦涩的味道。

"好了，斌良老弟，"酒下肚后，岳强发又说起来，"你就等好消息吧，副厅级还不是头儿，还有正厅呢。对，副厅就是高级干部了，其实，就是公安厅厅长也没什么了不起的。今后，只要你跟强哥走，想要什么，就会有什么……"

怒火在心底熊熊燃烧，却只能竭力压抑着。李斌良尽管有豁出去的思想准备，却仍然不胜折磨。

一曲铃声响起，打断了岳强发的话，四人互视一眼，武权拿出手机，匆匆看了一眼，向李斌良笑了笑："我接个电话！"然后走出去。岳强发和古泽安的情绪好像被这个电话铃打断了，一下子沉寂下来，再不说什么。片刻，武权走进来，李斌良注意到，他好像是有点儿不安。接着他举起酒杯："对不起，家里有点儿事，来，斌良，干了这杯我先走一步。"

李斌良急忙说："那好，我也该走了，咱们一起走！"

古泽安、岳强发和武权对视了一眼。

古泽安说："这……我也有点儿累了。强哥，就到这儿吧！"

"那好，咱们换个时间再聚。斌良，哪天我去拜访你！"

"好好，强哥，欢迎你！"

此时，只要能快点儿脱身，李斌良是什么都能答应啊！

4. 谢蕊和陈青

李斌良匆匆走出的是什么地方呢？饭店不是饭店，连个招牌都没有的地方。他回望着这个吃饭的地方，不由暗想，有多少处级甚至厅级甚而更高级干部的命运，在这里被岳强发这样的人掌控、决定，成为其挥之来去的走狗？

岳强发的"玛莎总裁"缓缓驶过来，车门打开，马铁从里边探出头来："李哥，上车吧！"岳强发等人也示意李斌良上车。李斌良转向武权："武书记，你不是回家吗？咱们一个车走呗？""不不，我和你不是一个方向，你走吧！"

李斌良不再搭讪，匆忙上车，车缓缓启动，他向车窗外看去，看到三人看着自己，夜色中看不清他们的表情，但是，李斌良却感觉到他们明显不如来时热情，甚至有点儿心不在焉。

"李哥，回局呗！"

是马铁在说话，车里除了他只有自己一个人，他显然是对自己说话，可是，他叫自己李哥，看来，这真不是一顿简单的晚餐哪，一顿饭的工夫，人和人的关系就改变了，自己叫了岳强发强哥，马铁又叫起自己李哥。谁是你的哥，你是什么东西以为老子不知道吗？这样的东西，居然跟自己称兄道弟起来。李斌良虽然心内不满，但不能破坏今晚形成的氛围，只是含糊地应了声，任凭他开车向前驶去。车很快驶回碧山公安局大楼前，李斌良下车，马铁也跳下车，亲热地叫着李哥，和李斌良握手道别，还说什么今后有事吱声，他一定效犬马之劳。李斌良敷衍着抽出手来，要其抓紧回去，马铁上车驶去消失了踪影。李斌良这才松口气，回头看看公安局大楼，顿时感觉身心舒服多了，这是自己的家，自己的领地，回来的感觉真是太好了。

李斌良向楼内走去，边走边思考着今晚这顿饭的意义。显然，这是岳强发和古泽安、武权精心设计的饭局，尽管意识到这一点，李斌良还是觉得岳强发拉拢人的手段很厉害，他不知不觉地靠近你，让你舒舒服服地和他贴近，成为他的人。

可是，他们为什么选择这种时候设这个饭局呢？是不是和当前的形势及自己的态度有关？难道，自己示弱的表现已经传到他们耳中？那么，是谁告诉他们的？高伟仁？魏忠成？武权……对，武权的可能性大得多，自己向他表示过，不再揪住林希望的案子不放了，也不再刻意追究自己上任之前的疑难案子，所以，他们才安排了这个饭局，一方面是试探自己，是不是真的软化了，另一方面也借机拉拢自己。当然，也包含一点儿威胁之意，那些照片和岳强发的一些话，不用说破，威胁之意就很明显。可是，他们的能量既然这么大，为什么非要拉拢自己呢？他们可能不想承认，可是，在他们的潜意识中，对自己还是心存畏惧的。他们又为什么心存畏惧呢？显然，他们害怕犯到自己手中，也就说明，他们有罪行，害怕落到自己手里，他们需要把自己拉过去，成为他们的人，那时，他们就可以有恃无恐了。想到这些，李斌良又产生了信心，觉得身上增加了力量，加快脚步走进大楼，走向自己的楼层，走向自己的办公室。

可是，就在他打开办公室的门，脚还没迈进去的时候，手机剧烈地响起来，拿出来一看，正是陈青的，急忙放到耳边，里边立刻传来陈青焦急的声音："李局，我出事了……"

十分钟后，李斌良来到人民医院急救室，陈青正在一瘸一拐地走出来，脸上有一处明显的伤痕，好像是摔的，也可能是擦碰的。李斌良急忙问怎么样。陈青说还好，没有骨折，只是软组织受伤，养一养慢慢会好起来的。之后，李斌良扶着陈青一边往医院外边走，一边听陈青讲今晚的情况。

下班后，陈青又在局办公楼不远的街道旁拦住了谢蕊："谢蕊，走。"

谢蕊问他又干什么，他说，还是去饭店，一起吃饭。谢蕊说，她不能再跟他去吃饭了，除非他答应她提出的条件。

陈青盯着她的眼睛，坚定地说："我就是要告诉你，我答应你的条件，我马上着手联系回省厅特警总队，如果回去有难度，就去荆原市局，再不行就去别的市。对，如果你有什么好地方也行，出省也行，只要你在我身边，哪怕去天涯海角也没关系。"谢蕊显然被陈青的真诚打动了，她的眼睛出现了泪花，跟着陈青去了一家小饭店，要了简单的两个菜吃了起来。

陈青觉得，得到了她的心，心情格外激动。可是，吃了片刻后，一直沉默的谢蕊却说了一句话，又让他不安起来。她说："陈青，你知道吗？你并不完全了解我。"陈青深情地说："我知道，可是这不影响我爱你，将来，我会慢慢地了解你的。"

"可是，"谢蕊慢慢说，"有些事，一旦你了解了，可能会嫌弃我的。"

这是什么意思？陈青抬起眼睛盯住谢蕊发问。

谢蕊却不答反问："陈青，你能保证，知道了我的一切之后，不嫌弃我，依然会像现在这么爱我吗？"陈青没有马上回答，因为，他被谢蕊的话所吸引，她到底出过什么事，为什么要说这话？陈青想了想回答："谢蕊，我可以答应你，但是有一个条件，那就是，我们之间必须坦诚，这是爱的基础。我答应，不论你有过什么样的经历，我都会爱你。只要你能真诚地告诉我一切，那么，一切我都可以接受。"谢蕊又垂下眼睛，陷入沉默。

"谢蕊，能说给我听吗？你到底出过什么事？是不是和林希望有关？你和他……"

"陈青，你不要再提这个好吗？"

"你说了实话，我就不再提他了。对，你和林希望好过，没关系，你这么漂亮，追求你的人肯定很多，你和谁处过，也没关系，可是，你的话让我不放心。你是不是知道什么秘密？有关林希望的秘密？谢蕊，你告诉我吧。你知道吗，这是李局长的一块心病，也是我的心病，对，如果我能协助李局长，侦破林希望案件，然后再离开碧山，那多好啊……"

"不，陈青，我就是为躲避这个才要离开碧山的……"

"什么？这么说，你真的知道林希望案件的内情？谢蕊，快告诉我，一切到底怎么回事？"

谢蕊紧张地说："陈青，我不能跟你说，你知道了，会……会……"

"会什么？"

"会有危险的。"

"我不怕，你说，到底是什么事，我知道了就有危险？说呀，谢蕊，求你了，到底怎么回事啊，跟我说说吧！"

"陈青，你别太急，让我考虑一下行吗？你让我考虑一个晚上，明天再跟你说，行吗？"

"这……好吧！"

陈青的讲述告一段落，李斌良的心忍不住狂跳起来。这么说，谢蕊明天就会讲出一切了……

"陈青，你做得很好，太好了，看来，案子就要突破了。"

"可是，我有一种不好的感觉，谢蕊身上一定发生过什么事，非常不好的事。"

李斌良也有这样的感觉，可是，会是什么事呢？虽然无法猜测，可是有一点可以判断，十有八九和林希望被害有关。不过，明天，一切就水落石出了。

对了，光顾着案件了，忘了眼前的事了。李斌良问陈青，他这是怎么搞的。陈青告诉他。谢蕊说出以上那些话之后，就匆匆结束了晚餐，要回家考虑考虑，他要送她回家，她坚决不让，自己打了辆出租车就离开了。当时，他出于一种本能的反应，也拦了一辆出租车，跟随她驶去。可是，驶到一个偏僻的路口时，失去了她和乘坐的出租车的影子，就下车四处寻觅，半晌也没有发现，就在他结束搜寻准备返回时，忽然一辆轿车无声地出现，向他疾驶而来，他猝不及防，虽然靠着特警的身手，勉强避开了来车，却摔伤了身子。

"这不是交通事故，是蓄意谋杀。就是冲着我来的，想撞死我。"

如果真像陈青描述的这样，那么，是谁这么干的？为什么这么干？是不是和谢蕊有关？这又意味着什么？李斌良和陈青都想不清楚。二人不再讨论这事，因为，一切明天就可以揭晓了。

第十一章　香消玉殒

1. 出事了？

早晨起床后，李斌良就盼着上班时间快点儿到，盼着谢蕊出现，可是，上班时间远远未到，他就接到了一个电话。

"是李局长吗。李局长，你行啊……我是谁？我是谁你还听不出来吗？对，你早把我忘了，现在，你心里只有你'强哥'了吧……"

李斌良这才听出来，是胡金生，口气十分不好，说了好一会儿李斌良才知道，自己昨晚和岳强发把酒言欢之事已经传得满社会，胡金生在电话中说，他万没想到，李斌良居然和岳强发勾结到一起，现在，他不告岳强发了，而是要告他李斌良，一定要把他告倒。

李斌良一时不知如何解释，只是问胡金生从哪里知道这事的。胡金生说他装糊涂，让他上网去看，连照片都有了。然后气愤地摔了电话。

放下电话，李斌良急忙打开电脑，可是网还没上去，韩心臣和郁明同时走进来，都用一种异样的目光看着他。然后就问起他昨晚和岳强发在一起都干什么了，郁明又来到电脑前，操作了几下，显示器上就出现了《公安局局长李斌良和强煤集团总裁岳强发把酒言欢》的标题，而且有文字有图像，图像是李斌良在局办公楼外和岳强发握手，登上"玛莎总裁"的情景……

看着电脑屏幕，李斌良心中不由感叹，网络传播信息之快，岳强发的行动之快。看来，他的目的达到了。不用说，现在全局上下乃至社会上一定也对此事传得沸沸扬扬了。

李斌良赶紧把门反锁上，小声对二人说了昨晚的经过，然后说："这是没办法的办法，他们拉我，利用我，我也要利用他们，麻痹他们。我是什么人你们清楚，但是林厅长说得好，重要的是取得最后胜利，没必要非得整天剑拔弩张的。"

听了李斌良的话，二人脸色才缓和下来。郁明对韩心臣说："韩局，我说得不错吧，这是李局的策略。"韩心臣说："我也觉得应该是这样，可是，心里就是不托底。对，即便这是个策略，社会影响也很不好，对你的形象起负面作用。"

李斌良说："我知道，可是，我觉得，两相比较，还是利大于弊。跟你们说吧，林希望的案子有希望了。"韩心臣和郁明一听，都兴奋起来，急忙追问怎么回事。李斌良正要解释，反锁的门忽然被重重地敲响。"李局长，李斌良局长在里边吗？"这是谁，声音有点儿印象。李斌良急忙上前开门，一个完全没有料到的人出现在门口。程远，前省公安厅厅长，省政协副主席。

"哎呀，程老，怎么是您，您怎么来了，快坐，坐！"

李斌良急忙把程远往自己的座位上扶，程远也没客气，走过去一屁股坐下，冲看着他的韩心臣和郁明说："你俩出去，我有话跟李局长说。"

韩心臣和郁明对视一眼，急忙走出去，随手把门带好。

没等李斌良问什么事，程远自己开口了，他指点着李斌良说："李斌良啊李斌良，你真让我失望啊，你不知道岳强发是什么人吗？怎么能上他的车，喝他的酒。你给我解释解释，这到底怎么回事？"

李斌良无法解释，他稍稍想了一下说："程老，我也是没办法。你知道，上次谭书记来，把我训了够呛，还特别嘱咐我，要跟岳强发搞好关系，我拖了这么长时间也没落实，现在是实在拖不下去了，请您老见谅了！"

"原来是这样，我说你不会和他同流合污吗！"程远表情和缓了一下又马上气愤起来，"谭金玉他什么东西，堂堂的省委常委，居然和岳强发勾搭连环，我早都看出来了，他表面上一副道貌岸然的样子，实际上满腹男盗女娼，绝对是个伪君子……这么说我误解你了，在你的位置上，这也是没办法的事。不过，你心里可要有个杠儿，绝不能突破。"

"程老，你让我发誓吗？"

"那倒不用，别看我老了，看人还是准的。对，你知道我为什么敢把话说得这么死吧，跟你说吧，是看书看的。这些年，退下来了没事，看了很多书，特别是看了很多古书，越看越有收获。对了，我还看了老的《碧山市志》《荆原省志》，这才知道，怪不得咱们碧山的名字叫碧山，也包括荆原省，过去，可真是山清水秀啊，你看现在被破坏的，成什么了？真对不起祖宗啊！"

程老的话更勾起了李斌良的感慨，看来，程老是个有见识的人，有时间，一定跟他讨论讨论，只是现在不行。

"行了，不说了，你忙，不过，你别听那套邪，我过几天去荆都，找省委陈书记谈谈你的事，也谈谈谭金玉的事，如果不顶用，我就上北京，找中央纪检委王书记去，谭金玉这种人，怎么能当一个省的纪检委副书记？好，你忙着，我走了。耽误你时间了。你别送，你要送我跟你急。你放心，我腿脚灵着呢。"程老说着，起身向门外走去，李斌良不敢拗着他，只能跟到走廊里，看着他离去。

一股热辣辣的感觉从心底升起，李斌良的眼睛湿润了。

什么叫一身正气，什么叫高风亮节，什么叫老干部的形象，这一切，都从这个远去的背影中显现出来。李斌良觉得一股巨大的力量从内心生出并流向四肢百骸。

办公室主任的门开了，郁明和韩心臣走出来，二人扭头看看程远离去的方向，凑过来："这老干部可是一身的正能量，他是不是为昨晚的事跟你发火了？"

李斌良没有正面回答，只是说："冲着程老，我也要跟他们斗到底。"

韩心臣说："这就对了。李局，你刚才说什么，案子就快突破了？"

"走，到我办公室。"

三人重新走进李斌良办公室，把门关上，反锁，李斌良把昨晚陈青的行动告诉了二人。二人听到谢蕊的表现后，都兴奋起来，分析着谢蕊知道什么，能说出什么。分析了一会儿，郁明突然说了句："你们说，能这么容易就取得突破吗？"

韩心臣说："这没什么怀疑的。咱们下了多大功夫啊，李局长通过陈青，做了谢蕊多少工作呀？他们现在这种关系，谢蕊完全可能把心里话告诉陈青。"

是这个道理，李斌良赞同韩心臣的分析。

可是，上班时间到了，文书室的门却没有开。谢蕊迟到了。

李斌良有点儿焦急。陈青匆匆走来，敲了敲文书室的门，又走进李斌良的办公室："李局，不对头，谢蕊怎么还不来上班呢？我打她的电话，又关机。"

又等了一会儿，还是不见谢蕊的影子，手机还是关机。

陈青焦虑地说："李局，谢蕊会不会出事了？不能再等了！"

2．谢蕊失踪了

奇怪的事情发生了。谢蕊没来上班，通讯联络中断。

李斌良发出命令，要在最短时间内找到谢蕊，可是却没人知道谢蕊家住在哪里。郁明说，他过去打听过谢蕊住在哪里，其含糊敷衍过去，后来就没再问，再向办公室的其他民警了解，同样没人知道谢蕊的确切住址，再问谢蕊工作过的技术大队，有一个年轻的女技术员回忆说，谢蕊刚上班时，曾对自己说过，她在碧苑小区租了个住宅楼，可是，已经三年多了，现在是不是还住在那里了已经不清楚。李斌良立刻打电话给碧苑小区的属地分局，要辖区派出所对该小区调查。陈青却说，失去谢蕊踪影的地方是绿茵小区，和碧苑小区根本不是一个方向，因而其还住在碧苑小区的可能性很小。果然，分局很快打来电话，经派出所调查，谢蕊到碧山市公安局上班最初的半年里，确实曾在碧苑小区住过，可是后来就搬走了，去了哪里没人知道。

在这种情况下，绿茵小区那一片就成了调查重点，李斌良又给绿茵小区所属分局打去电话，要他们调查谢蕊是否在本辖区居住，重点是绿茵小区。分局很快反馈消息，经查，谢蕊确实住在绿茵小区18号楼318室。李斌良立刻要带陈青、韩心臣等人前往，刚要动身，却又心一动，给技术大队长许墨打去电话，要他带两名技术员一同前往。

李斌良等人乘坐两辆警车，很快赶到绿茵小区，发现这是个新建时间不长的小区。在责任区民警和小区保安的带领下，一行匆匆来到18号楼下，保安打开楼道门，几人匆匆进入，顺着楼梯向三层走去。李斌良一边走一边观察，感觉楼道又宽敞又干净，地面还镶着高档地面砖，感觉这片小区住宅楼确实较为高档。李斌良悄声问责任区民警，谢蕊所住的住宅是自己的还是租住的，民警告诉李斌良，住宅主人的姓名登记的是谢蕊，应该是谢蕊本人的。

一个问号在李斌良脑海中出现了：这样的住宅下来，怎么也得几十万吧，谢蕊刚参加工作三年多，哪来这么多钱？

李斌良看向陈青，陈青也是一脸疑惑之色。

三楼来到了，大家停在一防盗门外，门上喷着"318"字样，这就是谢蕊的家了。陈青冲动地上前欲敲门，被李斌良拦住，他要大家向后退一退，仔细观察了一下，看到门锁是完整的，没有破坏的痕迹。然后示意许墨和技术员行动，许墨和技术员小心上前，拿出放大镜仔细地观察了一会儿防盗门，在几个地方做出标记。之后，才小心地拿出特殊的工具，插入锁孔，把门打开。

陈青又冲动地想走进去，可是走出半步控制住自己，眼睛看向李斌良。李斌良要许墨带两个技术员先走进去，自己和其他人守在门口。向内看去，因受角度限制，没发现室内有什么异常，但是李斌良很快发现，门口处没有谢蕊惯常穿的鞋子。这时，室内闪起镁光灯光，传出照相轻微的"咔咔"声，这又让李斌良担心起来：里边有什么异常不成？陈青的担心也一览无余地挂在脸上……

过了一会儿，许墨出现在门口："李局，你进来看看吗？"

李斌良小心走进门，向里边走去，陈青当仁不让地跟在后边。门厅除了地上几个刚刚由技术人员画出的白圈圈，倒没有别的异常之处，摆放的东西也没有任何纷乱迹象。许墨不说话，带着李斌良走进一个卧室，示意李斌良观察。李斌良初看上去，没发现什么不对劲儿，然而稍一定神，就感觉出了问题：床单有些扭歪地铺在硕大的双人床上，行李也是草草地叠放在床上……"李局，你再看这儿……这儿……还有这儿……"随着许墨的话音，李斌良看到，一个床头柜的门儿被拉开一道缝隙，一旁的衣柜门下露出一片衣物，李斌良小心地拉开柜门，里边没有放好的衣物顿时滚了出来，给人的感觉是，东西都是被人匆匆塞到里边，硬关上门的……

屋子应该被人搜查过，虽然收拾了，可是匆忙之间，仍然能看出痕迹。让人稍感安慰的是，没有搏斗的痕迹。可是，不祥的感觉依然攫住了李斌良的身心，他叮嘱许墨，一定要细致勘查现场，特别要注意发现和提取指纹。

之后，李斌良和陈青又小心地看了看其他房间。这是个三室一厅，面积超过一百平方米，装潢高档，各房间摆放的都是高档名牌家具，客厅墙上悬挂着五十多英寸的液晶电视。李斌良和韩心臣对视，心照不宣：谢蕊哪来的钱，置办这样的一个家？陈青显然也意识到这一点，他睁大眼睛不停四下环顾，一副惶然的表情。

一个技术员走过来，把手里一个物证袋举到许墨面前让他看，李斌良一眼发现，里边是一截香烟头。

谢蕊是不吸烟的，那么，这个屋子一定进来过别人，而这个人是吸烟的，且极可能是男人。

李斌良把物证袋拿到手中，仔细观察了一下，发现烟头上有"中华"二字。

陈青问："这是怎么回事？烟头在哪儿发现的？"

技术员说，是在卧室的床底下，靠床头一边底下，他分析说，抽烟的人应该在睡觉前掐灭了烟头，随手扔掉，被碰到了床底下。

这就是说，在谢蕊的双人床上，有个吸烟的人睡过觉？

"这他妈的……"陈青忍不住跺了一下脚想骂人，却不知骂什么好，又把话咽了回去。李斌良轻声对他说："先别乱想，真相不知怎么回事呢。"

陈青焦躁地说："那这烟头是谁抽的，谁能到谢蕊的卧室，上她的床。不可能是林希望，他能抽得起中华烟？"

说得对，林希望不但抽不起中华烟，他根本就不吸烟。再说了，他也没跟谢蕊发展到这一步，更买不起这房子。抽烟的另有其人。

李斌良嘱咐许墨，对烟头进行检验，看能不能提取到有价值的微量物证。许墨说，看上去，这烟头已经搁了很久，不一定能提取到有用的东西。

李斌良布置责任区民警向谢蕊的邻居了解情况。邻居说，他们和谢蕊很少来往，除了知道有个漂亮的女警察邻居，别的什么都不知道。至于昨天夜里的情况，他们曾听到谢蕊归来的脚步声和开门关门的声音，别的就不知道了。但是，后经启发回忆，又说，后半夜好像听到过谢蕊家的门响过一次。

李斌良带人迅速来到小区门卫室，调取昨夜的监控录像，先看到昨晚九时三十分许，穿着便衣的谢蕊匆匆从小区外走进来的身影，这个时间和陈青讲述的相符。继而又发现，十时四十分许，也就是她回家一个多小时之后，又匆匆地走出大门，向街道上走去。可是，再往下查，却没有她回来的迹象。那么，邻居所说的后半夜谢蕊家门响又是怎么回事呢？

还好，门卫值班人员很快调取了后半夜谢蕊家住宅楼外的监控录像，李斌良发现，后半夜二时十分许，有两个男子用钥匙打开了楼道门走进去。可是，楼道内没有安装监控探头，这两个男子去了谁家，就不得而知了。不过，两个男子好像有意回避录像探头，或者低着头，或者别着脸，看不清他们的面容。而值班的保安仔细观察后断言，他过去从未在本小区见过这两个人，他们应该不是小区的人，更不是这个楼栋内的住户。更可疑的是，李斌良等人反复查看了小区大门口的监控录像，怎么也没找到两名男子进入小区的身影，这也就是说，两名可疑男子不是从大门进入小区，到达18号楼的。后来，又对18号楼附近的监控录像仔细寻找，发现二人的身影来自小区的后大墙，极可能是翻墙进入小区的，更让人吃惊的是，在没来到18号楼附近时，二人还蒙着面。

这二人有重大嫌疑，他们极可能进入了谢蕊的家，进行了搜查。而他们又是开锁进的楼栋门和谢蕊的屋门，这说明，他们掌握了钥匙……

种种迹象显示，谢蕊确实出事了。李斌良返回局里，立刻全面部署侦查。除继续审查小区录像，走访邻居，勘查现场外，还派人对谢蕊的手机通讯情况进行了调查，结果发现，谢蕊回到家中后，于十时、十时二十分、十时三十分许，分别接到三个电话，而这三个电话都是同一个手机打来的。这说明，谢蕊就是接到这个电话离去的，之后再没回来。再对这个可疑的手机进行调查，却发现，这部手机是距碧山三千多华里外的一个民工的手机号码，而昨天夜里，这个民工就在三千多华里外的工棚睡觉。

那么，是谁用这个民工的手机在碧山买的手机卡呢？经委托当地公安机关讯问该民工，民工证实：两年前，他曾来碧山短时间打过工，当时买过一个手机卡，可是不是和谢蕊通话的号码。韩心臣据此分析，可能是这个民工在买手机卡使用身份证时，卖手机卡的商店复印了他的身份证……

可是，这只是一个判断，到底怎么回事需要查，可又不是短时间能查清的。

对此手机进一步调查时又发现，这部手机只有和谢蕊手机的通讯记录，除了昨天夜里，过去一年来，每个月都要通上几次电话，而且多是晚上。

看来，这部手机是专门用来和谢蕊通话的，从而说明，谢蕊有个神秘的关系人，非常神秘甚至诡秘。但是，短时间内无法查清机主的真实身份。

陈青听了这个情况，愕然良久，什么话也说不出来。

李斌良又命令刑侦支队和谢蕊的家人取得联系，查一查谢蕊是否回家了。刑侦支队好不容易联系上谢蕊的哥哥，谢蕊哥哥却一口否定谢蕊回家了，并反问谢蕊出什么事了。刑警好不容易才敷衍过去。

最终，还是在交通监控录像中发现了谢蕊夜晚的踪迹。因为，在距离绿茵小区不远的一个路口，安装有交通监控录像，录像中发现，在谢蕊离家的时间段内，有一辆本田轿车先是驶往绿茵小区方向，过了十几分钟后，又从绿茵小区方向驶来。因为别的任何地方都没有发现谢蕊的身影，从而判断谢蕊是乘坐这辆轿车离开的，更让人可疑的是，经查，这辆车用的是假牌照。于是，一站接一站地寻找下去。最终发现其消失在一个路口，进一步追寻发现，这是一个新建成不久的别墅区，谢蕊应该进了这个别墅区。但是，因为别墅区刚刚交工，只在小区大门口安装有监控录像，小区内还没来得及安装，所以不知谢蕊去了哪个别墅。在这种情况下，李斌良部署别墅小区所属分局，对每一幢别墅进行排查。

技术人员对谢蕊住宅的勘查基本结束，除了半截烟头和一些不很清晰的脚印，再没发现什么，甚至没发现一枚他人指纹。这说明，那两个搜查谢蕊房间的蒙面人戴着手套。

李斌良的心绷得紧紧的，陈青更是不时地捶胸顿足。谢蕊一定是出事了。猜测和担心很快被证实了，指挥中心接到报告：郊外清凌水库发现一具尸体。

李斌良带着相关人员疯了一般扑向郊外，扑向清凌水库。

香消玉殒。

当李斌良走到打捞上来的尸体跟前，看到那张曾经美丽动人的苍白面庞时，一眼就认出，她是谢蕊，脑海中下意识地生出上面四个字。

参加打捞的陈青带着浑身泥水，上岸后一屁股瘫坐在地上，双手抱住了头颅。

他的心情可以想见……不，无法想见。此时此刻，真的难以体会陈青的心情，昨晚尽管出了那个有惊无险的事件，但是，他还是兴致勃勃盼望着今天的到来，盼望着谢蕊对他说出一切，而他将和她携手度过今生，可是，这些美好的想法一瞬间都被无情地粉碎，此时，他面对的只是一具失去生命的冰冷的躯体。

尸体如何发现的很快问清楚了：水库承包给人养鱼了，而看鱼的睡在水库另一边的一个房子里，早晨起来的时候，他像往日一样，沿着水库的边缘走上一圈，看有没有人偷着下网偷鱼，走到这边时，看到水下好像有个东西，感觉有些可疑，下到水中，伸手摸了一下，居然抓住一只女人的手……

李斌良强撑着走到尸体跟前，再次确认，是她，就是她，虽然被水浸泡过了，但是浸泡的时间不是很长，浮肿并不严重，从她的面庞上，依然可以隐约感觉到她昔日的美丽。她的眼睛还在睁着，似乎透出惊惧和绝望，她的额头上是什么，什么……

是两个弹孔。

李斌良眼前一下浮现出林希望死后的特写照片，他额头同样有这样两个弹孔。显然，她不是自杀，额头的弹孔就是证明。

她的四肢也没有捆绑，这说明，她被抛入水中之前已经死去。但是，她的身上系着一个编织袋，编织袋里边装着一块石头，这说明，凶手是想沉尸灭迹，只是没想到，这么快就被发现了。

不时传来凄厉的警笛声，不断有警车、现场勘查车向这边驶来。手机铃声将李斌良从思考和悲痛中拉出来，是武权打来的，他问，为什么一辆辆警车开向城外，出什么事了。李斌良沉痛地告诉他，谢蕊被人枪杀了，尸体抛到城东水库里。武权听了惊呆了，好一会儿才问发现什么没有。李斌良说目前还没发现什么。武权大声告诉他，有什么情况一定立刻报告自己，还说被害的是警察，让他必须高度重视，全力以赴，尽快破案。李斌良听完放下手机，厌烦地皱起眉头：用你说，我不知道案情特殊严重吗？我不想尽快侦破吗？我能不全力以赴吗？都是废话！

3. 枪

李斌良脚步沉重地回到办公室，陈青随着他走进来，此时他再也控制不住自己，拭着泪水说，谢蕊昨晚说过，今天要把一切都告诉自己，可是，偏偏昨天夜里就被害了，一定是凶手知道了这个情况，在她吐露真相前杀害了她。李斌良当然意识到这一点，这也是她消沉的原因之一，侦破林希望的唯一的希望破灭了，并产生了新的命案，又一名警察被杀，被杀的还是自己身边的人，现在社会上不知传成什么样子。

可是，他毕竟没有陈青的切肤之痛，因而保持着理智，对陈青说："谢蕊被害虽然让人心痛，但是也让我们有了新的侦查方向。"陈青不解，李斌良正要解释，门被敲响，武权走进来。

大概是被噩耗震惊所致，武权的脸色不太好，除了酒糟鼻子，整个脸都有点儿发青。他进来就问侦查进展情况如何。李斌良说谢蕊是他杀无疑，但是解剖结果还没出来。武权又问李斌良如何开展侦破，李斌良故意反问他有什么想法。武权很是不满，他大声对李斌良说："斌良，被害的是警察，是你身边的人，你怎么能连个侦破想法都没有呢？这案子一定要破！"李斌良却说，算上林希望，已经先后有两个警察被害了，当然必须侦破。武权不解地问，难道谢蕊被害和林希望被害有关吗？李斌良反问："武书记，你认为没关吗？"武权说："这时候，不能轻易下结论，结论要建立在证据之上。"李斌良说那好，咱们去解剖室看看吧。随之向办公室外走去，武权却有些迟疑，说："我就不去了，有什么情况你跟我说一声就行了。"李斌良说还是去看看吧，或许对我们分析案情有帮助，解剖室又不远。武权叹息说："斌良，还是你能挺得住，谢蕊也在我身边工作过，一想到她被解剖，我真的……"李斌良苦笑说："有什么办法，我是公安局局长，必须面对这一切。武书记，要不你别去了？"武权说："不不，一起去看看吧！"

二人向办公室外走去，陈青想了想，跟在后边。

碧山市公安局的整个大院分前楼和后楼，前楼大，驻着局机关的部委处队，后楼稍小，是巡特警支队，而解剖室则设在院子西侧的一溜平房里。李斌良走到解剖室门口向内看去，见两个法医正在围着谢蕊的尸体忙着，许墨站在一旁观察着。看样子，解剖刚开始不久。从法医的身体间隙，可见谢蕊全裸的躯体，李斌良不由想到，她活着的时候，有多少人想得到她，得到这具身体，可是，现在她却躺在冰冷的解剖台上。李斌良不忍心细看，探了下头就退回来。

许墨看到李斌良和武权，急忙走过来汇报，刚刚检查完身体外部，可以确认谢蕊是被额头的子弹致命的，而且是入水前被杀害的。他拿出一个装有两颗"六四"手枪弹头的物证给二人看，说就是它们导致的谢蕊死亡。李斌良看看子弹，转向武权，武权问还有别的什么发现。许墨轻声说，和林希望头上发现的子弹是同一类型的，至于是不是同一支手枪，还要送往省厅比对来确认。

这个情况，李斌良心里已经有数，所以并不吃惊，他征询武权的看法。武权吃惊地说，难道是同一个凶手干的？李斌良问，如果是同一个凶手干的，说明了什么？武权不得不承认，说明谢蕊之死和林希望的案件有关。李斌良故意叹息说，自己本想放下林希望的案子，哪想到又出了谢蕊的案子，自己是想放也放不下了，必须全力侦破了。武权听后，语气沉重地说，确实是这样。

解剖室这种地方氛围不好，何况，还躺着一具牵动每个人心的尸体，所以谁也不想待得太久。在武权的提议下，三人回到办公楼，走到了李斌良所在楼层，在走向李斌良办公室时，恰好经过文书室紧闭着的门。武权停下脚步："搜查谢蕊的办公室了吗？"李斌良说还没顾得上。武权不高兴了："斌良，这么重要的工作怎么不抓紧做，赶紧搜查。"李斌良觉得武权说得有理，急忙给许墨打电话，要他派技术员来搜查，不一会儿许墨就带两个技术员过来了，由郁明用钥匙打开门锁，三人走了进去，武权守在门口向里边看着，李斌良觉得这样有点儿不妥，提议武权到自己办公室去等结果。武权告诉搜查人员一定要仔细，有什么发现及时报告自己和李斌良。可是，搜查结束后，却没发现任何可疑的东西。武权又指示，将搜查过的东西都封存好，文书室要贴上封条，不能随便出入，换个时间再仔细搜查。

下晚班之前，李斌良主持召开了有刑侦支队全体人员和辖区分局、派出所相关领导和人员参加的碰头会，把一天来侦查的所有情况进行汇总。政法委书记武权主动提出参加这个会议，让李斌良有些为难。公安机关的破案会是保密的，外人不宜介入，可是，武权是公安机关的领导，很难说他是外人。可是，如果他参加，坐在会场上，会场就会形成两个核心，大家听谁的？所以，李斌良试探着提出，武权不必亲自参会，会后自己向他汇报就行了，可是他坚决不同意，说案子这么严重，他必须亲自到场，要参加破案的人感觉到领导的态度，产生压力。他还提出，要想快速破案，就要把全局破案能人都发动起来，特别提到了魏忠成，他现在虽然不分管刑侦了，可毕竟过去是刑侦副局长，有经验。这样，魏忠成也应邀参加了会议。

会议开始，首先由许墨汇报现场勘查和尸体解剖的情况。他指出，水库肯定不是谢蕊被害的第一现场，那里没发现有价值的东西，至于谢蕊的家，同样不是第一现场，在勘查中也没有发现什么有价值的东西。因李斌良事先嘱咐过，对一些关键的细节要保密，所以他省略了发现烟头的细节。之后，许墨又说，从谢蕊头骨内部提取的子弹头已经省厅鉴定完毕，其和杀害林希望的子弹头，出于同一支"六四"手枪。

尽管对这样的结果，参与破案的人有所预料，可是听到科学的鉴定结论，仍然吃了一惊，也自然得出结论：谢蕊和林希望被同一个凶手杀害。可是，因为什么被杀害，谁也说不清楚。许墨汇报完毕，分局分管刑侦的副局长汇报，说他们对谢蕊失踪的那片别墅区进行了调查，已经搜集了所有房主的资料，目前还没有发现和谢蕊有关的嫌疑目标。而谢蕊居住所在地的派出所所长则汇报说，对谢蕊的邻居及整幢楼的住户都进行了走访，没发现有价值的线索。而交警支队则汇报了对可疑车辆的调查情况，因为该车挂的是假牌照，所以一时无从寻找。

看来，工作基本情况就这样了，会议转到作案动机分析上，也就是凶手为什么要杀害谢蕊。刑侦支队大案队长智文明确指出，根据他们前期的侦查，目前还没查到谢蕊因财、因仇和因情被害的线索，因而初步判断，谢蕊和林希望一样，一定是知道什么秘密而被人灭口。这话激起了所有人的情绪，纷纷询问谢蕊掌握了什么秘密。李斌良适时发言，他指出，根据目前掌握的情况，谢蕊曾经和林希望是恋人关系，其死前曾经向人流露过，她知道林希望被害的原因。李斌良话一出口，大家情绪更激烈了，都说两起案件密切相关，涉及同一个凶手或者同一伙罪犯。谢蕊和林希望掌握的秘密如果泄露出去，某些人一定会死无葬身之地，所以才杀人灭口。

那么，他们掌握的是什么秘密？大家七嘴八舌讨论了一会儿，谁也说不清楚。这时武权开了口："我看哪，这么乱糟糟讨论下去，说不出个所以然来，还是让老刑侦们说说吧，魏局，你现在虽然不管刑侦了，可你还是副局长，这么大的案子摆在面前，你不能一言不发。还是说说你的高见吧！"

大家听到武权这话，都住口了，眼睛看向李斌良。因为，武权的话无疑抬举了魏忠成却贬低了大家、特别是局长李斌良，因为他现在直管刑侦。可是，李斌良却不能说什么，也不能阻止武权的提议，眼睛就看向魏忠成。魏忠成笑笑说："武书记，承蒙你抬举，我可没什么高见，不过你那句说得对，这么大的案子摆在面前，被害的是咱们自己人，谁也不能看热闹，我就不客气地说几句吧，说得不对，还请李局和各位批评。"

魏忠成开了头，却没有马上往下说，大家的眼睛都盯住他，无疑被他吊起了胃口。片刻后，他才继续开口："我觉得，大家说了很多，有一个很重要的事情忽略了。那就是，谢蕊被害前的活动，被害前，最后一个见到她的人是谁，我觉得，这是非常关键的环节，必须首先查清楚。"

应该说，这话非常有道理，同类案件，一般都会从这个环节上开始侦破。可是，李斌良知道谢蕊昨天晚上活动的全部情况，那就是，她被害前，和陈青在一起。所以，他才没有把这作为突破口，现在魏忠成提起，他只好回答："这个我已经调查过，昨天晚上最后一个见到谢蕊的是陈青。"

李斌良的话吸引了所有人的注意。武权奇怪地问："陈青？是和你从省厅来的那个小伙子吗？他和谢蕊在一起干什么？"

李斌良说明，是那个陈青，他在和谢蕊谈恋爱。

听了李斌良的话，与会的多数人都现出吃惊的表情。

"这么说，陈青应该是调查重点哪？对了，他们什么时候开始相处的，谈到了什么程度，昨天晚上是否发生过矛盾，陈青有没有作案嫌疑？"

武权的话流露出咄咄逼人的味道，李斌良很是不满，他说："陈青昨晚的情况我完全清楚，不存在任何疑点。"之后，大略地讲了陈青昨晚和谢蕊在一起的经过，当然，省略了一些不该在这个场合说的关键的话。

魏忠成忍不住接着问："李局，陈青昨天晚上离开你之后的情况，你知道吗？"

李斌良说，这一点自己没调查过，不过，他应该回巡特警的宿舍去睡觉了。而且也不难查明。恰好，巡特警支队的一个副支队长在场，他证明说，昨晚他看到陈青在宿舍睡觉了，没什么可疑的。

可是，武权仍然觉得，要对陈青进行详细调查，要把他昨晚的每一分钟的活动都查清楚，而且要核实，不能听他自己说。还对李斌良说，陈青是他的人，他一定受感情影响，不可能准确客观判断。李斌良听了很是气愤，但是，却无法从道理上反驳。他只好同意武权的意见。

武权又说："那就定了。审查陈青，李局长就不便参加了，对，你看这样行不行，就让魏局和刑侦支队长霍未然对陈青进行讯问。"

在这种情况下，李斌良只能表示同意，可是心里非常憋气，案子查来查去，居然查到陈青身上去了，这明显是方向错了，可是，自己却很难理直气壮地说服大家，更无法说服武权。

想不到，这时又一个人发言了："李局长、武书记，我觉得，还有一个重要问题需要马上调查，这个问题也非常关键。"

说话的是韩心臣，他一副严肃的表情。李斌良不由心中暗想：又是什么关键问题？武权要韩心臣有话直说，到底是什么关键问题。

韩心臣说："枪。"

"对，是枪。杀害谢蕊的手枪，已经确认和杀害林希望的是同一支自制仿'六四'手枪，所以，当务之急，要尽快查枪源，并从枪找人，最终破案。"

"可是，"武权说："从哪儿去查枪源？"

韩心臣的目光看向李斌良，李斌良一下明白了他的意思，立刻接过话头："对对，应该立刻查这支枪。"

之后李斌良说明，在上次打击帝豪盛世时，曾经在张华强的办公室搜出两支自制"六四"手枪，后经鉴定，虽然不是杀害林希望的手枪，但是，枪的类型是相同的。而那两支枪，张华强说是巡特警收缴的黑枪没有上缴，那么……

"你们的意思是，是审查张华强？开玩笑吧？大案当前，怎么对内部使上劲儿了？"

李斌良话没说完武权就急了，可是，李斌良却不急了。他不慌不忙地说："武书记，陈青也是内部人，我觉得，无论是谁，哪怕是你我，如果有疑点，不但要查透，而且要从严审查。对了，张华强在你身边，你的眼睛也难免被感情蒙蔽，有些事情看不到，就让我和韩局问问他吧！"

武权吭哧了一下，才不高兴地说了声，好吧！

散会后，魏忠成和霍未然立刻把陈青叫到一个审讯室，关上门，开始讯问或者说审查。李斌良想象得到，陈青一定气得要死，不过，这也是没办法的事。

可是，李斌良和韩心臣却没有马上找张华强，而是找了巡特警支队的一个叫徐来的大队长问话。

原来，张华强曾经说过，他的两支黑枪是徐来的大队上缴的，李斌良就此问过徐来，他缴过几支这样的黑枪，徐来当时有些迟疑地回答说好像是三支，李斌良再问枪在哪里，他说都被张华强拿走了。可是张华强坚决不承认，说徐来记错了，徐来就改了口，说是两支。当时，李斌良就把疑点记在了心里。

现在，他和韩心臣再次找到徐来，把他找到自己的办公室，严肃地追问此事，并向他指出，谢蕊就死于这样的一支黑枪下，因此他要以警察的名义发誓，当时他到底收了几支黑枪，被张华强拿走几支，如果说谎，负有什么责任他应该清楚。

徐来没有马上回答，而是拿出个日记本儿："李局、韩局，我平时有个记事的习惯，特别是工作上的事，防的是有一天记不住，说不清楚，你们看这儿。"

徐来把日记本儿翻到一个页码，指点着让李斌良和韩心臣看，有年月日，也有具体事件经过，上边清楚写着，收缴了三支自制"六四"手枪，被张华强收走。

"当时，我让他打个收条，可是他说'我拿走了打什么收条，你是不是不想在特巡警干了。'我就不敢再说了。"

"那你现在为什么敢说了呢？"

"张华强不在局里了，再说，案子这么大，我害怕再隐瞒下去，担不起这个责任。对了，他把枪拿走后，我一度很是担心，后来一直没出事，也就渐渐放心了。"

"可是，林希望被害，你就没联想到这些枪吗？"

"没有，我没法想象，张华强会干这种事……"

正说着，一个人的手机突然响起。徐来从怀里把手机掏出，看了一眼，现出不安的表情，把手机拿到李斌良面前。

"李局、韩局，你们看——"

徐来手机屏幕上，显示着张华强的名字。按照李斌良指示，徐来当着他的面接起手机，而且开了扬声器，李斌良和韩心臣在旁清楚地听到了张华强的声音。

"徐来，你干什么呢？"

"这……是张局，值班呢，不过，李局长刚才给我打了电话，要我去他的办公室一趟。张局，你有事吗？"

"嗯，没啥事。李斌良找你，知道什么事吗？"

"不知道。"

"那就注意点儿，这种时候，别乱说话，给自己找麻烦。"

"张局，你什么意思啊？"

"就这意思，你寻思寻思吧。好了，我撂下了！"

徐来拿着手机，不安地看着李斌良，甚至透出几分恐惧。

"李局，你听到了吧，张华强要是知道我跟你们说了这些，不会放过我的，你可得给我做主啊！"

"这你放心。如果这支枪出了事，他没机会报复你了。对，他要再问你，你就这么对付他……"李斌良对徐来交代了几句，留下他的日记本儿，让他离去。

片刻，李斌良的手机响起："李局吗？我是张华强。你在办公室吗？"

"在。"

"我有事找你。"

看来，武权已经把什么都告诉他，他要变被动为主动，找上门来了。

一会儿工夫，张华强就推开门走进来。"李局，怎么着，听说，有人怀疑我？"

李斌良没有马上回答张华强的话，而是注意打量了他一下，今天他没有穿警服，而是穿了一身高档西服，狂劲儿好像没减多少，瞧，一副气势汹汹的问罪模样。

"张华强，你别这么说，这不是怀疑，而是常规调查，换你指挥破案，有这样的线索，你也得调查吧？"

"那好，你们查吧，我来了，随便你们查。"

"那好，上次，我们在帝豪盛世搜出两支仿'六四'自制手枪，这你承认吧？"

"承认。怎么了？"

"还有一支在哪儿？"

"什么还有一支？一共就两支，还哪来的另一支？"

李斌良一下子严肃起来："张华强，要是没有确实的证据，也不会找你。徐来证明，他当时交给你的是三支黑枪。"

张华强急着说："哪来的三支，就是两支，徐来胡说八道！"

"我们刚才对徐来的办公室和办公桌进行了搜查，找到了他的一个日记本儿，瞧，在这儿，上边有记录，你瞧，这笔迹，是旧的吧，不可能伪造吧？"

李斌良把徐来的日记本儿打开记录的页码，让张华强看。

张华强看着日记本儿,一下愣住,脸上的肌肉颤抖几下,但是,他马上一咬牙说起来:"李局,这算什么,就算这个日记是真的,就能当证据吗?这不过是徐来自己的记录罢了,谁知他记录时是什么心态?或许,是他自己把枪藏起来一支,故意写在这儿,准备有朝一日嫁祸给我呢。反正,我就收了两支手枪,没有第三支。对,你要认为这是证据,就把我抓起来,看能不能判刑?"

对于张华强这种态度,李斌良是有思想准备的,也没想轻而易举地就把他拿下来。跟他谈,只不过是敲打敲打他,表示出一种姿态罢了,也是对武权审查陈青的一个反击。因而,李斌良并不着急,而是平静地对张华强说:"你急什么,我们只是找你了解一下情况,瞧你的态度,就好像案子是你干的一样。你也知道,林希望和谢蕊都死于这种手枪,我们能不进行调查吗?所有的线索都得调查。对,实话跟你说吧,这支枪,是侦破这两起杀害警察案的重要线索,我们一定要一查到底。你先回去吧,在调查中如果发现什么,恐怕还得找你!"

张华强气哼哼地说:"好,我随时恭候,有本事就把我抓起来,判刑,枪毙!"

张华强气势汹汹向外走去,脚步声远去,消失了。

李斌良和韩心臣对视一眼,韩心臣冷笑一声:"色厉内荏!"说得很准确。

突然,陈青的吵声远远传来,迅速逼近:"什么东西,案子在这儿摆着,你们不去破,却他妈的审上我了,你们想干什么……"

陈青从门外冲进来:"李局,你知道不知道,他们凭什么审讯我?难道我会杀害谢蕊吗?啊,他们想干什么……"

吵声未落,魏忠成和霍未然也匆匆闯进来:"李局,你看,这……"

李斌良喝止了陈青,让他离开,然后问魏忠成和霍未然,从陈青口中问出什么来没有。他们说没问出来,但是感觉,陈青有话没跟他们说。

瞧,这成什么了?放着这么大的案子不去破,内部杀起来了。

李斌良正要说些什么,门外忽然传来女人的哭声:"咋会这样啊,咋会这样啊,我的闺女呀,是谁害了她呀……"

李斌良这才想起,已经派人派车去接谢蕊的家人,看来,他们来了。

哭声中,一个三十出头的男青年搀扶着一个六十来岁的老太太走来,郁明抢先一步跨进来,对李斌良小声说:"谢蕊的母亲和哥哥!"

在这种情况下,魏忠成和霍未然也忘了跟李斌良理论,李斌良让他们离开,不要再和陈青谈了。二人互视后,讪讪而退。

4．三百万？八千万？

好一会儿，谢蕊的母亲才不再号啕大哭，稍稍平静下来，然后就开始追问李斌良，到底是咋回事，她的闺女咋说没就没了，是咋死的，谁害了她……说着说着又哭起来。还好，谢蕊哥哥还能控制得住，他告诉李斌良，他父亲听了噩耗就倒下了，只能他和母亲同来。

李斌良注意到，谢蕊的母亲脸庞眉眼和谢蕊有些相似。李斌良安慰了一下这对母子，简要介绍了发现谢蕊失踪和尸体的经过，然后问他们，对谢蕊被害是怎么想的。母子对视一眼，都惶然地摇着头，说什么也想不出来。

韩心臣耐心地问："你们好好想想，这可关系你们亲人的命案能不能破。我们已经分析过，谢蕊被害，极可能和钱财有关。你们往这方面想想，谢蕊在钱财上有没有异常的表现？"

韩心臣去过谢蕊家，对其家情况有一定了解，所以才敢于这样提出问题。

果然，母子被触动，一时忘了悲痛。可是，互相看了看，谁也不开口。

"听说，你们家最近两年经济变化很大？对，你是谢蕊的哥哥吧，你不是去年娶的媳妇吗？还盖了新房。听说，你家的经济一向很困难，这些钱是从哪儿来的呀？"

谢蕊的哥哥惶然起来："是谢蕊帮的，她这两年，没少帮家里，我结婚、盖房，都是她出的钱，还有我爸看病，花了不少钱，也是她出的。"

韩心臣问："那你们没问过，她的钱是哪儿来的吗？"

母子又对视一眼，这回母亲开口了："谢蕊说，她处了个对象，家里有钱，帮的她。"

是吗？这个对象是谁？李斌良的心一下急促地跳动起来，这是自己一直关注追究的事，现在，终于冒出来了。

可是，母子却摇头说，谢蕊没把对象往家领过，也不告诉他们这个人是谁。

再追问几句，还是同样的答案，看样子，他们真的就知道这些。

李斌良叫郁明把母子带走，安排一个好的旅馆住下，还特意嘱咐，要安排两个女民警陪着他们。谢蕊母亲和哥哥退下后，李斌良和韩心臣都转过身，互相看着对方。

韩心臣说："看来，谢蕊背后果然有人。"

李斌良说："而且，这个人很有钱。"

"能是对象吗？"

"那得什么样的对象，能这么有钱？"

"还有，为什么过去从没人知道谢蕊有这样的对象？"

李斌良和韩心臣再次对视。这时，许墨又匆匆闯进来。

"李局、韩局，有重大发现。"

嗯？

许墨低声说了两句话，李斌良和韩心臣都吃惊地睁大了眼睛。

许墨的第一句话是：尸检发现，谢蕊处女膜陈旧性破裂。

这说明，谢蕊已经不是处女。这一点，恰好和刚才探讨的谢蕊处了对象吻合上了。可是，第二句话更让人震惊："她怀孕了。"

什么……

许墨说，法医在解剖时，发现谢蕊的子宫内有了胚胎，最初不敢确认，专门请人民警院的专家进行了鉴定，确认那确实是婴儿的胚胎。所以，才迟到现在才报告。

太让人震惊了，自己还鼓励陈青追她，却不知道，她已经怀了别人的孩子。许墨说："我们已经提取了胚胎的样本送往省厅进行DNA检验，只要发现嫌疑人，一经比对，就可以确认和排除嫌疑。"

对，这个胚胎是重要证据，有了它，只要发现嫌疑人，比对一下两者的DNA，就可以确认二者之间是否存在血缘关系，也就是说，确认是否为胎儿的父亲。

可前提是找到这个父亲，他是谁？

没人知道，所以也就无法鉴定比对。

李斌良要许墨忙自己的去，叮嘱他一定要保密。

许墨走了，又剩下李斌良和韩心臣两个人对视。

"韩局，你可是局里老人了，就没有一点儿察觉？"

"是老人不假，可是和谢蕊接触太少，过去真没注意过这事。"

"难道，就没听过风声？"

"没有……不，是听有人说过，谢蕊太漂亮，招风，搞不好会出风流韵事，可是想不到，居然是这个样子……"

"可是，必须找到这个隐藏在谢蕊身后的人。"

"对，这个人极可能就是凶手。即便不是凶手，也一定能提供重要线索。"

可是，这个人到底是谁？

李斌良的手机再次响起，是一个略显苍老的女声："是公安局李局长吗？我是林希望的妈。"嗯？这种时候，林希望母亲怎么会打来电话，又出了什么事？

"是我，请问有什么事？"

"我和他爸忽然想起一件事来，有一次，希望回家后，睡觉的时候说了梦话，不知有用没用。"

上次找自己，是林父做了梦，现在，又是林希望做了梦。

李斌良说："快说，他说了什么梦话？"

"他好像说的是钱的事，因为是梦话，颠三倒四的，当时我们也没当回事，可这些日子没事，就满脑袋琢磨孩子的事，就想了起来……"

"大嫂，你快说，林希望到底说什么梦话了？"

"他说的好像是什么三百万，然后又说什么不多，一共八千多万呢……好像是这些。说完这些他就醒了，我问他说的什么钱，他说做梦梦到钱了，把我应付了过去。"

李斌良放下手机，把林希望母亲的话说给了韩心臣。韩心臣眼睛一闪："有了，你等等我。"韩心臣匆匆走了出去。

大约二十分钟后，韩心臣和智文匆匆走进李斌良的办公室，韩心臣手上拿着一本儿卷宗。"李局，你看！"韩心臣把卷宗打开，翻到后半部分粘贴的物证照片部分。"瞧，这是当时林希望拍的照片。"

李斌良很快看清，这是宋家抢劫案的案卷。

韩心臣让李斌良看的是一些箱包的合影照。箱子全是统一的纸箱，一共有十个，此外还有一个皮箱。韩心臣指出，这些箱包就是劫匪抢走的，也是宋国才藏在父亲家中地下室的全部金钱。按照案卷上的记载，皮箱中装的是黄金珠宝之类，而十个纸箱中装的是现金。可是，缴获的赃款是美元一百万元，人民币三百多万元，也就是接近一千万元，估且不去计算皮箱中能装价值多少钱的黄金珠宝，即便是这些纸箱也可以看出问题。智文，你说吧，你比我说得明白。

"好，我过去在一个案子上搞过试验，后来在网上也查证过。现在就可以查。"智文说着，走到电脑前，上了网，输入几个字，电脑显示器上出现了一些文字，智文读了起米："'如果是新钞的话，一张百元的钞票重约1.15克，一百万元新钞就是11500克。'也就是十一点五公斤，二十三市斤。再看它的体积，以第五套百元钞为准，长155毫米、宽77毫米，厚度是0.09毫米。一百万是100个100张百元钞票，这么计算。你看，有照片，这就是摆放好的一百万元。"

随着智文的说话声，电脑屏幕上现出一张摆放整齐的一百万元照片，智文又点了几下鼠标，屏幕闪过几个不同角度的一百万元照片，还有一个男人乐呵呵把一百万元揽在怀中的镜头。

智文说："根据这个体积，每个纸箱最少可装一百五十万到二百万元，可是，收缴的一千多万元中，还有一百万美元，其体积和人民币差不多少，去掉一百万美元，只有三百多万人民币了，按照这个体积，顶多有三四个纸箱就足够了，可是……"智文没有往下说，可是李斌良明白他要说的是什么，"可是，照片上却有十个纸箱。"

那么，多出的纸箱是干什么用的？不能把空纸箱也当作盛钱的箱拍进照片吧。肯定不能，那么，这些空纸箱里装的是什么？

两个可能，或者是所有的钱箱都没有装满，而是把收缴的赃款分散到十个箱里了，或者是……

或者是都装满了，那么，纸箱里的现金就不止一千多万元。除去一百万美元，剩下的哪怕都是人民币，也在两千万以上。

韩心臣说："可是，案卷中，无论是案犯供认抢劫的钱数，还是收缴笔录记载，现场勘查记录，都写着一千余万元。瞧，这儿写得非常具体，美元一百万元，人民币三百八十二万元。瞧，宋国才提供的钱数也是这些。"

是的，从记录上看，没有任何矛盾，可是现在一分析，却发现了重大矛盾。

"还有，"智文说，"难道，宋国才把所有现金都藏在父亲家，别的地方就没钱了吗？还有，难道，他有收藏现金的嗜好吗，把所有钱都变成了现金，却没有一个存折和银行卡吗？瞧，缴获了这么多现金，却没有一个存折和银行卡。"

对呀，一般来说，一个普通家庭的存款，存折上的钱，应该远多于家中存放的现金。这不合逻辑，太不合逻辑了。

李斌良问："在搜查笔录上签字的都有谁？"韩心臣说："我看过了，三个人，刑侦副局长魏忠成，刑侦支队长霍未然，技术员林希望。"

李斌良望向许墨。

许墨说："这……这事我也说不清楚，当时，是霍未然直接打电话找的林希望，让他参与勘查，可能就是那个时候，他对搜缴的赃物进行了拍照。对，除了林希望，没找我们技术大队的任何人。对了，好像就是从这起案件破获以后，林希望性格有了变化，更沉默了，有时还一惊一乍的。"

智文也说："对，对，我感觉也是这样，也是从那时候起，林希望有点变了。"

李斌良不语，心中却在翻江倒海：现在，虽然还不知道案情真相的细节，但是，种种迹象显示，林希望的死和眼前这些照片有关。有可能，他在拍照中发现钱数不符，看出端倪，还可能得到了好处，而这个好处，就是他梦中说出的三百万元，那么，收缴的赃款真实数字是多少呢？极可能是他梦中说出的另一个数字，八千多万元……

天哪，如果这是真的，意味着什么？如果八千万的真实数据泄露，那么，不但要追缴这些钱，而且还要追查，宋国才何以有这么多的钱，他即便是国企负责人，正常收入再高，也不可能有这么多的合法收入。如果不是合法收入，那就是非法收入，数额又这么大，他又无法解释，那么，等待他的，一定是身败名裂，进入秦城监狱……

这虽然是联想，可是，这联想是合理的。可能，正是因为林希望知道了真相，知道了钱款的真实数字，而且有泄露出去的可能，让有些人感觉到危险，从而杀害了他。那么，是谁杀害的林希望？宋国才？不太可能。一个副部级干部，不可能亲手杀人灭口，既没能力也没有时间和条件。那么，不是他又是谁？此案牵扯的不是一人两人，如果败露，这些人恐怕都要栽进去，那么，这些人中的任何一个人都可能杀害林希望。可能，他们合谋实施了杀害林希望的计划。

可是，如果这个判断是真实的，林希望的三百万元钱又藏在哪里？是存入银行了，还是把现金藏在什么地方？如果存入银行，那么，存款存折又在哪里？对，这一切，林希望是否对谢蕊说过？谢蕊是否知情？从目前的迹象看，她应该知情，而且很知情，不但知道钱的事，甚至还知道林希望因此被害。或许，林希望的钱，就藏在她处。那么，会藏在哪里？

天不知不觉暗下来，早过了下班时间，可是，三人仍然没有离开办公室，他们在研究如何找到突破口，找到线索。一番讨论后，他们终于找到了。

翌日晨，李斌良就带着智文出发了，目标是荆北监狱。他们要去见一个人，一个劫匪，一个抢劫宋国才家的劫匪。他叫冯军强，被判死缓。他的那个同伙在抓捕中自杀身亡。

荆北监狱已经不是第一次来了，李斌良甚至产生"常客"的感觉。所以，耿晓兵见到李斌良，以为他又是来见徐峻岭或者王壮，可是，当李斌良提出冯军强的名字时，耿晓兵感到有些意外，进而告诉他，冯军强恰好押在他管理的监区，还说，有人刚刚接见过他。

李斌良听了这个情况很是吃惊，急忙问接见冯军强的人是谁，耿晓兵说是冯军强的一个亲戚或者朋友，之后调来了会见录像让李斌良看。李斌良看到的是一个二十七八岁的青年男子，感觉有几分面熟。智文却一眼认出："这不是马刚吗？"

李斌良十分震惊，是的，是马刚。想不到，此时他出现在荆北监狱，居然来会见冯军强。这是怎么回事呢？

李斌良问耿晓兵，监狱对会见犯人有什么规定没有。耿晓兵说，如果是直系亲属，譬如父母、配偶和儿女，只要有身份证明，一般就可以会见，其他关系人，则要有一定的理由并报请领导批准才成。而马刚会见冯军强，就是一个领导打了电话，所以让他们会见了。不过，除了一点生活用品和一点儿吃的，他没携带什么违禁的东西，两人见面也只是隔着铁窗用电话机说了几句话。李斌良再看录像，发现马刚和冯军强说话的时间并不长，对话中，马刚先开口，说是他的几个亲戚委托他来看他的，他们在外边会尽力帮助他，想办法减刑，早点儿出去，要他自己注意点儿，别再惹出什么事来，那样，亲戚朋友在外边想帮他也帮不上。说完之后，问他是不是明白自己话里的意思，冯军强说明白，自己一定不再惹是生非，让他们放心。然后马刚就放下了话筒，会见也就结束了。

这些话，从表面看没有什么异常的，也符合会见者的身份和目的。但是李斌良却感觉马刚话里有话，他是在暗示和威胁冯军强，警告他不要乱说什么，而冯军强则心领神会。

李斌良决定立刻提审冯军强。

冯军强就像他的名字一样，长得身强力壮，五大三粗。其被带进提审室之后，看到李斌良和智文，现出一丝迷惘和不安的表情。智文介绍过自己和李斌良的身份后，他的不安更明显了。

审讯开始。智文问："冯军强，知道我们为什么这种时候找你来吗？你的事情漏了！"冯军强说："这……你说的什么呀，我啥事漏了？"智文冷笑一声说："装糊涂？知道马刚是谁吧？他不是刚刚会见过你吗？他已经落到我们手里，把什么都说了，现在就看你是不是老实了。"冯军强说："这……我老实，可是，你们要我干什么呀？""马刚都对你说了什么？"冯军强："没说什么呀，就是说替亲戚朋友来看我，要我好好改造，老老实实，别惹事，他们在外边活动，帮我减刑。""那，你外边的朋友是谁，谁能帮你减刑？""这……是我表哥和一个堂弟，他们是国家干部，有点儿关系，答应帮我活动。"智文说："看来，你是不说实话？马刚可是说了，他说的不是表面上对你说的意思，是那些话后面的真实意思。""是吗？那，他真实的意思是啥？我怎么没听出来？"

看来，他已经有了思想准备，不容易拿下来。李斌良不再在这个问题上缠绕，而是直奔主题："冯军强，看来，你是想跟我们顽抗到底了。那好，咱们说说你的案子吧！"

"我的案子。已经判过了，死缓，还怎么着？"

智文拍了一下桌子："还是不老实。我们问的是钱的事。"

"钱的事怎么了，我们抢的钱你们警察都收缴了。"

智文问："那好，我问你，你们一共抢了多少钱，装了多少箱子？"

"一千一百多万，装了十个箱子。"

"那好，我再问你，当时，那些纸箱是不是都装满了？"

"这……也没装太满。"

"那装了多少，差多少没满？"

"这……差不多少，装了大半箱子吧。"

"那好，我再问你一遍，你们到底一共抢了多少钱？"

"这……一千一百多万哪……对，现金有九百多万，啊，一百万美元，三百万现金，剩下的是金条、珠宝啥的，大概能值一百多万吧！"

"那好，你说这些钱数，包括存折和银行卡了吗？"

"存折……银行卡？不，没有存折和银行卡，只有现金和金条、珠宝，没有存折银行卡。"冯军强话里透出了恐慌。

智文厉声说："冯军强，有句话听说过没有？顽抗到底，死路一条。你现在可是死缓，这种态度，你想想，如果查清你在撒谎，会是什么下场？"

"我没撒谎，我说的是真话，对，你们不信去问办案的警察呀，还是两个领导办的案子呢，他们能证明，我没说谎。"

看来，他是不会轻易交代的。这也正常，因为，如果真像分析的那样，他们抢劫的钱数超过交代的钱数多少倍，那么，他们的刑罚就会加重，非但无法减刑，恐怕还会加刑，而他现在已经是死缓，再加刑……

所以，在这种情况下，是很难攻破他的心理防线的。

所以，李斌良决定不再问下去。因为，这些迹象已经足以证明，之前的判断分析是正确的。案件的侦破有了明确的方向。

离开时，李斌良再三嘱咐耿晓兵，一定替自己严密监视冯军强，有什么情况一定及时通报自己。耿晓兵一口答应。

离开荆北监狱后，智文驾车向返回的路疾驶，李斌良的大脑就像车轮一样，迅速旋转起来。

他首先思考的是，马刚为什么来见冯军强？为什么这种时候来见冯军强。对此做出判断不难，他是来向冯军强传达信息或者说旨意的，警告冯军强不要乱说，那么，不乱说什么？当然是案子上的事。这也就意味着，他们……马刚身后的那些人已经意识到，警察可能会查到他的身上，提前打了预防针。那么，马刚的背后又是哪个人和哪些人？首先当然跑不了马铁，进而是马铁的老板岳强发，再有就是武权、古泽安……对，还应该有宋国才。他们在挣扎，抗拒，避免牵出他们……

可是，这只是分析判断，并没有证据，所以暂时不能把他们怎么样。但是过去的分析判断更加可以认定了，林希望的死和谢蕊的死，和他们有关。

李斌良又想到另一个问题：原来马刚并没有跑远，他一直在活动，甚至可能就在碧山活动，却没有落入法网，如今又大模大样地来监狱会见冯军强，胆子可真不小啊。不，不是他胆子大，是他受到了某种保护，这保护除了岳强发、武权等人，一定也有公安局内部人。

李斌良对智文说起马刚的事，智文说，马刚马铁兄弟都给岳强发干事，所以，普通民警不敢得罪他们，加之其罪行不是很严重，有保护伞，所以才迟迟没有落网。李斌良又问智文，他怎么看马刚来探望冯军强的事，智文说傻子都看得出来，马刚是马铁的弟弟，他来会见冯军强，当然和岳强发有关，可是又奇怪，怎么什么坏事都有岳强发的影子？难道，岳强发和谢蕊、林希望被害还有某种关系？过去，只觉着案子可能和宋国才有关，岳强发怎么也掺和进来，他和案子又是什么关系呢？

李斌良正想和智文探讨，手机铃声突然响起，居然是梅连运打来的，说有话要对他谈。

5．谁在掩盖真相？

梅连运部分地解答了智文和李斌良的疑问。

李斌良走进走廊时，梅连运闻声从郁明的办公室走出来，随着李斌良走进办公室，坐到李斌良办公桌对面："我要揭发控告岳强发，还有宋国才。"

哦？李斌良产生强烈兴趣，给其倒水，让其慢慢说，梅连运说了起来。

"我上当了，王八蛋们，太不是东西了，我豁出去了，非跟他们斗到底不可。"

梅连运开口了。原来，岳强发通过法律诉讼，把他的煤矿夺过去之后，迅速办好过户手续，转手就以并购的名义，卖给华安集团，一共卖了六十三个亿。可是梅连运知道，自己的煤矿在煤价最高的时候，也就值二十多个亿，现在煤价下降幅度这么大，恐怕连十个亿也卖不上，可是，他这一卖，就溢价了四十多个亿，也就是说，华安集团多掏了四十多个亿，买下了他被岳强发抢走的煤矿。因为他不服，一直没放弃申诉，还到处控告，造成了一定影响，宋国才压力很大，上次他来碧山，为了稳定梅连运，就找他和岳强发谈判，岳强发被迫答应，交易全部完成后，岳强发将所获卖矿钱款的百分之三十拨给梅连运，换取梅连运不再申诉上告。可是交易早成交了，华安集团也把全部钱款打给了岳强发，岳强发却一分不给梅连运。他找宋国才说理，宋国才又答应，下一步，找别的国企高价收购其剩余的煤矿作为补偿，可是，现在上级对并购要求得严格了，交易迟迟没有达成。即便达成了，自己的煤矿恐怕也不会溢价，搞不好，甚至还会削价强制售出，所以他后悔了，要继续控告岳强发，连宋国才一起告。

李斌良听了梅连运的话，深为震惊，原来在煤矿并购过程中，存在这么多的黑幕。他努力平静自己，对梅连运说，这种事，他应该向检察机关或者纪检部门反映更合适。梅连运说他信不着别人，只觉着李斌良敢管这事。现在向他反映，也不是非要他马上管，只是要他知情，自己马上要外出上访告状，当上级派人调查，需要他出力的时候，他应该给予支持。

梅连运说完这些就走了，李斌良的心却翻江倒海起来。梅连运反映的问题，虽然和谢蕊、林希望被害案无关，可是，却一定程度地揭开了罩在案件上的迷雾，佐证了了分析和猜测：宋国才家被抢劫的并不是一千一百多万元，而是八千多万元甚至更多，但是，案件破获后，却隐瞒了巨额的真实数字，只以一千一百多万元结案，而身为技术员的林希望在现场勘查中获知了真实钱数，对方先是对他进行收买，后又担心泄露，将其杀害灭口。而谢蕊也应该是同样的原因被害。这两起警察被害案的背后，是为了掩盖煤矿并购中出现的腐败黑幕。而宋国才家所以有那么多的钱，很大程度来自于并购过程中获取的利益。

李斌良把韩心臣和郁明找到办公室，讲述了自己去荆北监狱了解到的情况，还有梅连运的话。二人一致赞同李斌良的分析，可是，同样苦于没有证据，难以取得突破。三人分析，能够将宋国才被抢金钱的真实数目掩盖下来的，绝非一人两人所为，目前看，直接参与办案的魏忠成和霍未然必然是核心成员，而他们又一定得到当时的局长武权的指示和支持，甚至张华强也在其中扮演了某种角色，而他们所以这么干，一定是从中得到了巨额钱款。而这还是稍一思考就能猜到的，不能马上猜到的，可能还有更高层的人。想到这些，三人都感到几分恐惧。郁明不停地摇头说："李局，你可要想好，这不是咱们能办得了的案子。"

李斌良意识到郁明说得有理，虽然林希望和谢蕊被害案必须侦破，但是，一旦与宋国才家的抢劫案及煤矿并购联系起来，就顿时敏感起来，不能轻举妄动。

可是，总不能把林希望和谢蕊的案子放下，让两个警察白白死去吧？那么，该如何既能突破两起案件，又不引来太大的压力？三人讨论了一下，觉得眼前几个在位的嫌疑人都不能动，要动也只能从外围人员入手，目前看，嫌疑最大的是马刚和马铁，马刚为什么去监狱会见冯军强？如果抓到他，拿下口供，就打开了缺口。而马铁呢，胡金生举报过，自己找人闹事是他指使的，这是一个可以动他的口实，如果能借此掌控了他，进而扩大突破口，有可能逼迫其供出所知的林希望和谢蕊被害案内幕。另外，谢蕊被害案刚刚发生，有些线索还要继续追寻，譬如，谢蕊消失的那个别墅区，谢蕊进入的那辆神秘轿车，还要继续查下去。一旦这方面取得突破，更为有力，一旦发现嫌疑人，谁也包庇不了。

方案确定下来，如何实施呢？查车、查别墅区没有问题，可以正常进行，关键是如何对付马铁和马刚。马刚可以想办法摸线索，进行抓捕，可是马铁……想来想去没有什么好办法，只能直接传唤审查。李斌良说出这一点后，韩心臣和郁明都露出难色，他们说，这意味着要采取强制手段，而马铁经常跟在岳强发身边，如果他抗拒传唤，发生冲突，谁也不知会出现什么后果。李斌良听了冷笑说："看来，你们是怕他了。那好，我亲自带人去抓他。"韩心臣听了这话激动起来："李局，你是主帅，不到关键时候，怎么能让你出战呢？由我来吧，我豁出去了，看他们能把我怎么样。对，万一我真的惹不了他，你再亲自出马吧！"

韩心臣说完慨然离去，要带大案队去找马铁，郁明也走出办公室，屋子里只剩下李斌良一个人，他的头脑又旋转起来：尽管案件突破艰难，但是有些人和事已经比较清楚了，首先，参与掩盖宋国才的金钱真正数额的人有两个可以确定，那就是魏忠成和霍未然这两个人。怪不得，霍未然老是一副小心翼翼的样子，原来，他是心里有鬼呀，对，还有魏忠成，他可是有点儿出乎意料。自己上任后，他表面上一直比较配合，还真没当面跟自己顶过。可是，谁知他会干出这种事。对，他是刑侦副局长，霍未然在他之下，在掩盖宋国才钱数上，他的作用一定比霍未然大。他是碰上了此事，偶然犯下罪过，还是品性如此，一贯如此呢？

敲门声打断了李斌良的思考，他抬头看去，原来是政委高伟仁。自案子发生后，李斌良把精力完全投入案件中，心里根本没有想过他，他大概是担心打扰李斌良破案，也一直没有掺和。此时，他一副感慨的表情走进来："李局，你好像瘦了不少，这些日子，把你累成什么样了？对了，案子有什么突破没有？"李斌良叹息一声，说还没有发现有像样的线索。之后又感慨地说，大案当前，自己似乎无兵所用，韩心臣年纪大了，有心无力，作用有限，想再用魏忠成吧，觉得其过去的工作不甚得力。之后借机打听起魏忠成这个人到底怎么样。高伟仁听了不答，只是冷笑。在李斌良再三追问下，高伟仁终于透露了几句实话：魏忠成一点儿都不忠诚，但是他和张华强不一样，张华强坏在表面，魏忠成则深藏不露，论起关系来，他和武权可能比张华强更铁，当然他也比张华强更奸。

李斌良的心被高伟仁说得一动，眼前浮出魏忠成那张看上去有几分忠厚、阴黄带灰的脸，以及他的种种表现。确实，自己上任以来，他从未公开和自己顶过牛，即便有不同意见，也是绕弯子说，自己不同意，也就不再坚持，甚至，有时还站在自己一边，和张华强起纷争，看来，这都是伪装啊。对，每次说起侦破林希望被害案，他都信誓旦旦，可是，案件就是没有进展。现在看，他竭力掩盖案情真相还掩盖不过来，哪能破案呢？

想着想着，魏忠成种种可疑的表现都浮现出来：自己上任时，要他汇报刑事案件侦破情况，他汇报了很多，却偏偏回避林希望案件；自己要他把侦查重点转向内部时，导致刑侦支队内部人员反弹，形成破案阻力，一定是他挑拨离间所致；对，是他首先向自己泄露，说张华强身家几亿，这又是为什么呢？对，自己恰好怀疑到林希望被害，可能和内部人有关，包括怀疑谢蕊和林希望有爱情关系等，肯定是这话惊动了他，他为了转移自己的注意力，抛出一个张华强的问题来吸引自己，避免真相暴露。当然，他可能也和张华强有矛盾……看来，把他调整去分管治安是对的，否则，还不知怎么跟自己捣鬼呢……

高伟仁看出了李斌良的心思，又对他说，今后有话跟自己说，不要轻易相信别人，自己跟魏忠成和张华强不是一样的人。这话让李斌良受了几分感动，在高伟仁继续打听案情时，就把自己的分析和怀疑告诉了他。高伟仁极为震惊，他担忧地问李斌良打算怎么开展侦破，李斌良正要详述自己的打算，韩心臣的来电打断了他。听了韩心臣的话，他的脸阴沉下来，原来，韩心臣带人赶到强煤集团公司找马铁，马铁却不在，宋副总说，他跟着岳强发去了北京，一时半会儿不会回来。李斌良听后，只好要韩心臣撤回。

高伟仁听说韩心臣去传唤马铁了，非常震惊，再三劝李斌良三思而后行，然后慌忙退去。李斌良看着他的背影，心里不知什么滋味，这个人，说张华强不行，魏忠成不行，还说有事和他商议，可是，这样的人能够真正可以依靠信赖吗？一听到涉及岳强发，就这副样子。

韩心臣回来了，表情有些沉闷。李斌良理解他的心情：下了很大决心去传唤马铁，却扑了个空。韩心臣忍不住愤愤地说："咱们是舍近求远哪，如果不是岳强发、宋国才他们，换了任何人，咱们都可以直接传唤，哪用费这么多事？"

可是，存在就是合理的，要想破案，只能立足于碧山这种特殊的存在，二人一番研究后，还是没想出更好的办法。马铁随岳强发去北京了，派人去北京显然不是上策，那就能寄望于抓到马刚，从他的身上取得突破了。可是，又一时查不到马刚在哪里，也无处下手。两个老刑侦研究一番后，终于想出了办法。用韩心臣的话说，是"请君入瓮"，也就是，故意放出风去，就说荆北监狱的冯军强有所松动，可能会对警方交代真相，这样，对手必然慌乱，马刚就可能再去监狱会见冯军强，到那时，可以将其一举抓获。当然，眼前的线索也不能放过，要对那个别墅区进一步深入调查，还有那个挂着假牌照的轿车，也要盯住不放。

说来说去，目前也只有这几个途径开展侦破了。韩心臣正要离开，传来小心的敲门声，李斌良应了声请进，想不到，进来的是武权，这和小心的敲门的做法似乎有些不符他的身份，李斌良有些意外，急忙迎上前，请武权坐下，问其为何来。武权说是了解一下对谢蕊被害案的侦破情况。李斌良和韩心臣交换一下目光，故意把门关好，反锁，对武权说："武书记，我正要向您汇报，现在可以确认，谢蕊被害和林希望的死都和宋总家的抢劫案有关。"

李斌良注意到，尽管武权竭力保持平静，但是，脸上的赤红却陡然消退了很多，变得有些灰白，脸上的肌肉也抑制不住地抽搐了几下。他说："你为什么这么认为？"

"我正要向您汇报……"李斌良开始一项一项对武权说起，包括林希望的一些可疑表现，分析其可能在生前获得过一笔不义之财，特别是林希望的梦话。然后说："我和韩局都觉得，宋总家涉案的钱数，是不是有些出入？林希望是不是因此被害的？武书记，您当时是局长，我正想问问您，怎么看这个情况。"

李斌良注意到，自己在讲述时，武权的脸色越来越难看。对自己的发问只能支吾说："这……我当时没直接指挥侦破，具体细节还真说不清楚。这可是大事，宋总是副部级干部，可不能把没根据的怀疑到处乱说，那你们负不起责任。"

"武书记，我没有乱说，只是向您汇报，征求您的意见。"

"我没意见，不过，我觉得你们有点儿捕风捉影，怎么单凭林希望的梦话，就做出这种推断来呢？"

武权的话表面上看也有理。是啊，哪有寻找破案线索，把梦话作为依据和线索的？李斌良不想争论，而是改口问武权，对自己的下步侦破有什么指示。武权嘴上说没指示，却又提醒他不要陷在这种判断里不能自拔，破案要从现场出发，从已有的证据和线索出发，多想些为什么。然后把话题转到韩心臣传唤马铁的事情上，问这是怎么回事。

李斌良把胡金生举报马铁的事告诉了武权，并借机询问："武书记，你说，我刚刚上任，马铁为什么指使胡金生聚众闹事，向我挑衅呢？他到底是什么用心呢？你说，能不能也和林希望、谢蕊的案子有关？"

武权有点惊慌地说："斌良，你可真能联想，你说，这里边有什么关联？"

李斌良说："我觉着，他是以此给我添乱，不让我集中精力破案。"

"这我不敢苟同……说说你下步的打算吧？"

"嗯，省厅的枪支鉴定结果已经出来，谢蕊和林希望确实被同一支手枪杀害，这是重要线索，必须查下去。当然，我刚才说的，对宋总家的抢劫案钱数的怀疑还没有证据，不能大张旗鼓重新调查，只能从外围入手，不过，我们已经得知，在逃的马刚去荆北监狱会见过冯军强，这很可疑。"

"冯军强？"

"就是抢劫宋总家的两名劫匪之一。武书记，你说，马刚见他干什么？"

"这……我怎么知道？"

"我已经接触过冯军强，他虽然不说实话，可是，我感觉，实际上心理已经松动，我坚信能打开他的嘴巴，掏出实情来。这就是我们下步工作的一个重点。您觉得合适吗？"

武权说："你是公安局局长，你自己看着办吧。行了，我不打扰你们破案了，回去了！"

"武书记，慢走！"

武权离去后，李斌良关上门，和韩心臣对视，看来，武权肯定受到了惊动。韩心臣担忧地说："他回去以后，肯定会采取行动。"

李斌良有信心地说："要的就是他行动，我倒要看看他们干什么。"

然而，李斌良却没有想到，武权会采取这样的行动。

翌日晨，还没有上班，李斌良的手机就急促响起，传来武权的声音："斌良，赶紧集结警力，有警卫任务。"

警卫任务？李斌良正要问谁来了。武权已经说出来："兵兵来了！"

"斌良，兵兵你都不知道是谁了吗？"

"这……啊，想起来了……"李斌良是想起来了，兵兵不就是岳强发办公室一张照片中的那个年轻人吗，他父亲可是大领导哪……

这……父亲是大领导，难道他也享受同样的待遇，他来碧山，警察就该警卫吗？

武权做了补充："还有谭书记、宋总，他们一起来了！"

啊，他们也来了，他们和兵兵一起来了，在这种时候，这又是什么意思？

第十二章　警告

1．兵兵来了

兵兵来了。

李斌良有点烦：你什么时候来不行，非在破案的关键时候来不可？要来你自己来呀，还带着谭金玉一伙儿，这样一来，自己必须撂下一切工作，把精力转到警卫工作上来。这是政治任务，必须摆到首位，由自己亲自抓，任何人不能取代。

没办法，实在是没办法。

李斌良把高伟仁找到办公室，把消息通知了他，高伟仁听了顿时现出震惊的表情："兵兵来了？这可得重视，各方面都要考虑到，千万不能让他挑出毛病来。"

看来，他对兵兵的名号很熟。李斌良不满地提醒他："我的高政委，你别搞错了，咱们是给谭书记和宋总警卫，不是给兵兵警卫，他算哪级呀，给他警卫？"

高伟仁说："李局，可别这么说。说起来，兵兵比谭书记还重要，你不愿意听，不愿听行，可是不能不愿意干，他们是一起来的，一起警卫行了吧？"

李斌良说："不，我们只是给省委常委、省纪检委书记和政法委书记及华安集团公司董事长兼总经理宋国才警卫。"

"行行，不管是谁，警卫必须搞好，不能出错。赶紧抽人部署吧，上午飞机不就到了吗？"

李斌良立刻召开电视电话会议布置警卫事宜，但是，大案队的人一个没有抽，参加破案的分局刑警及辖区派出所的民警也没有抽，他们一切听从韩心臣的指挥，继续投入到破案中去。

同样是上次的机场，同样是上次迎机的人，同样是市长聂锐为首的市委常委一班人，市政法委书记武权同样站在和聂锐并肩的位置上，同样恭敬的表情，李斌良和高伟仁同样率领着一批警察在场警卫。对了，这次来的仍然有宋国才，这种时候，他又来碧山干什么，谭金玉也在这时来到，他们能不能和自己侦办的案件有关。还有，自己已经把对案情的分析跟武权说过，武权跟没跟宋国才和谭金玉说过……

飞机的轰鸣声打断了李斌良的思绪，它很快飞临机场上空，开始下落，落地，滑翔，减速，停稳。机舱门开了，最先走出来的是一个身材适中、不胖不瘦、一脸淡定的年轻男子，看上去大约三十出头……不，应该有四十来岁了……是他，是照片上那个年轻人，看来，这就是兵兵了。兵兵走出机舱，居高临下看了看，开始向下迈步，这时，谭金玉和宋国才一前一后走出来，分别走在兵兵的两边侧后一点儿的地方。李斌良注视着二人，感觉和上次相比，他们好像瘦了些，脸色也不像上次那么意气风发……哎，他们后边又走出两个人，一矮一高，还是岳强发和古泽安。两人并肩走着，神态却有些差异，古泽安有些严肃，岳强发却一副得意的笑容。不知为什么，李斌良感觉他的得意笑容有点儿勉强。在他们的背后，是四个身强力壮、脸色冷峻的男青年，其中二人见过，就在岳强发的强煤集团原总部，那天晚上接待过自己，岳强发的保镖兼秘书。另两个青年和这两人差不多，也穿着黑衣，他们是谁呢？对，大概是兵兵的随从吧。而在四名黑衣青年的身后，又走出几个面容严肃、机关干部模样的人，大概是谭金玉带来的吧。这次他带的人要比上次多，难道，他真的在碧山有什么公干吗？他要干什么？为什么要和兵兵一起来……

在李斌良头脑瞬息万变之时，聂锐和武权已经迎上前去，同下来的客人们亲热地打着招呼，分别握手，最先握的当然是兵兵，两个人都屈着身子，做出恭敬的表情，兵兵却一副屈尊降贵的样子，只是被动地伸出手来，让武权和聂锐握上，脸上的肌肉好像动了动，挤出一丝笑容，算是赏脸了。待另几个市委常委上前握手时，他连身子都不躬，只是哼哈地打着招呼。高伟仁凑向李斌良耳畔，询问是否也上梯迎接，李斌良却说："我们是警卫。"坚持一动不动等在下方，高伟仁也只好随他留在舷梯下边。

几人依次走下来，保持着刚才的次序，兵兵就在前面了，李斌良在高伟仁的低声催促下，无奈地举起手臂，敬了个举手礼，说了声您好。兵兵停下脚步，有些疑惑地看着他，李斌良看得出，他目光中透出的是不屑。好在谭金玉和宋国才这时走上来，李斌良转移目光，向二人敬礼，叫着谭书记好，宋总好。宋国才挤出笑容，回应着"李局长好，又给您添麻烦了"。谭副书记却冷冷地打量李斌良，故意想了一下才说："李局长……李斌良，没错，兵兵，你也认识一下，这是碧山市公安局局长李斌良。"兵兵听了，再次把目光看向李斌良，李斌良也只好再次把目光转向他，再次从他的目光中看出不屑，看出他在等待自己先开口。可是，如何开口，他想不出来，只能再次敬礼，嘴上说着"您好"二字。兵兵却看着李斌良不说话，李斌良举着手臂一时不知是不是放下来。直到岳强发走上来，大声说："兵兵，李局长是我的好朋友，对，是我的小弟，人好，对我挺关照的。"兵兵这才露出一丝笑容："啊，李局长，认识了。"把手主动伸向李斌良，让他握了握，之后向舷梯下走去。岳强发随之向李斌良笑了笑，随着兵兵走下飞机，打乱了领导们的队形次序。之后，谭副书记、宋国才、古泽安等人也依次走向地面，向迎接的轿车走去。李斌良注意了一下，随行人员中，并没有自己关注的马铁。他不是和岳强发形影不离吗？为什么没有出现……

一行车队向市区驶去，径直驶到市委、市政府大楼。这次，没有像上次那样，把全市的处级以上干部都聚拢上来听取指示，只是市委、市政府的领导，再就是李斌良和高伟仁等人参加了会见。在聂锐的开场欢迎辞后，谭金玉开了口，他说，自己此次来碧山和上次不同，上次是搞调研，这次是查案子，不想恰好碰上了兵兵，就一起来了。在机上一聊，听说他要看碧山的红色旅游景点儿，觉得很有意义，因而决定和兵兵一起行动，先参观一下红色景点儿，受受教育。说完后，谦恭地让兵兵讲几句，兵兵却出乎意料地随便："我又不是你们当官的，有什么说的。我这次来碧山没别的事，就是受教育来的。聂市长，没问题吧？"

"没问题，一点儿问题也没有。我们整天陷到事务当中，别看景点在碧山，可是真没去过几回，这回，正好一起受受教育。不过，各位是不是用点儿餐再……"

"不用不用，"兵兵说，"你们谁饿吗？我可不饿，就是饿，也得先去景点吧，看了景点，饿也不饿了。"

兵兵这么说，会议室内顿时响起一片不饿的声音。于是，一行车队很快又离开市委市政府大楼，向城外驶去，驶出一百多华里，来到了红崖岗下。

2．警告

红色旅游景点全称是红崖岗红色旅游区。七十多年前，兵兵的爷爷曾经在这里带起一支抗日队伍，以这里作为根据地，进而发展壮大，成为当年荆原省一支重要的武装力量。在坚持八年之后，参加了解放战争，为解放整个荆原做出了重要贡献，兵兵的爷爷也就成为荆原中共力量的主要代表人物，建国后即进京，成了位高权重的领导干部。几十年过去，兵兵的爷爷老了，退了，去世了，可是，他的儿子，也就是兵兵的父亲，虽然没有达到兵兵爷爷的高度，也担任了荆原省政府的主要领导。当然现在也退下去了。不过，由于他的资历及留下来的人脉，在本省仍然有着不可小视的影响力。正因为兵兵爷爷当年的历史功勋，碧山才把这里建成了旅游景点。不过，据李斌良所知，当地原准备将这里发展成为本市乃至本省重要的旅游资源，吸引游客，成为一项重要产业，可是不知是经营不善，还是景点本身缺乏吸引力，前来旅游的人并不多，听说在赔钱经营。

李斌良是来了很长时间，也曾想过来看看，可是一方面太忙，另一方面也听说了很多对旅游点的负面评价，就没太来急光顾。现在看，自己做得没有错，瞧，所谓的红色景点，实在没什么可看的，也就是山崖下的几幢陈旧的房子，当然，是新修不久，故意做旧的，屋子里摆放着一些当年的生活用品，两卷家织布的被褥、几件当年老旧的家具。有一个较大的房子，里边摆放着一些雕塑，是当年八路军的塑像，塑像中最引人注目的，就是兵兵的爷爷。整个景点最壮观的，是红崖岗最高处的群雕，由八路军指战员和游击队及革命群众组成，雕像应该说具备了相当高的水平，每个人物都栩栩如生，具有动感。美中不足的是，煤灰和粉尘却不管你什么景点，还是飞到这里，不客气地落到群雕上，因而，雕像上方，都浮了一层灰。

众人登上岗顶，来到群雕前，兵兵带头上前深深鞠躬，谭金玉、宋国才立刻仿效，岳强发更是当仁不让，鞠躬达九十度以上，再往下，脑门儿都要沾地了。其他人见状，不惶多让，个个恭恭敬敬三鞠躬。之后，大家又来到一个房屋门口，向内看去，里边还是一床朴素的家织被褥、一个老旧的茶缸子，还有一条破旧的木板桌子，原来，这就是当年兵兵爷爷办公住的地方。望着眼前的一幕，兵兵感慨地讲述起爷爷当年的历史，说爷爷如何在这里发动群众，硬生生拉起一支抗日队伍，成为荆原省第一支抗日武装力量。没有爷爷当年的奋斗，便没有今天，所以，他绝不能忘记这一切，忘记过去就等于背叛。

听着兵兵的话，李斌良不知心里什么滋味。对老一辈的功绩，他是衷心敬佩的，但是，看到他和岳强发如此亲近，却让他的心蒙上了尘埃。他真想问兵兵，你爷爷知道你今天的所作所为吗？你爷爷知道今天碧山被祸害成什么样子了吗？老一辈当年忘我奋斗，难道是为了岳强发在碧山肆无忌惮，巧取豪夺吗？如果他们知道，会是什么心情，是后悔，还是什么？如果他还活着，面对这种情况，会有什么样的表现？说不定，会亲手毙了你们……

"对了，有一句话，是怎么说来着，天下者，我们的天下……"

李斌良的思绪被谭金玉的话音拉回现实，兵兵把谭金玉的话接了过去："天下者，我们的天下，社会者，我们的社会，我们一定要永远铭记老一代的教导，确保红色江山永不变色。对敢于向我们发出挑战的敌对势力，绝不手软，坚决粉碎。别的地方我管不了，可是，碧山和别的地方不一样，是我爷爷打下的，我一定要盯住它，谁敢背叛，我就和他拼到底。"

什么意思？谁背叛了？背叛你爷爷的正是你自己，你这话对谁说呢？

兵兵说得兴起，继续滔滔说下去："说真的，我来这里，还是受老爷子的启发，他前年不是来过一次吗？回去说很受教育，嘱咐我没事一定常来看看……老爷子来那次，各位都见过吧？"

"见过，见过……当时我们都在，都陪着老爷子，受到很大教育……"

一片呼应之声，只有李斌良不语，因为那次他还没来，所以也就没碰上，没在场。不过他听明白了，这个老爷子是他的父亲。

"对了，兵兵一说我想起来了，还是让咱们重温一下老爷子的指示和教导吧！"

说话的是岳强发，他变魔术般拿出一个平板电脑，开始操作，人们见状，都凑上前去。李斌良也生出好奇之心，凑上前去。

平板电脑屏幕上，现出了老爷子——原省政府主要领导、兵兵父亲的身影和面庞，眼前这些人多数也在其中，谭金玉、唐书记、岳强发、武权等人依次出现在画面上，而画面的背景正是这一片。岳强发摆弄了一下，画面开始传出"老爷子"的声音，他拍着岳强发的肩膀对周围的领导干部说："你们可得注意了，他是我的忘年交，我所以交他这个朋友，是因为他为这片热土做出了贡献，刚才不是说了吗，是利税大户吧？所以，你们一定支持他，谁要是为难他，我可是要管的，你们听清了吧？"

"听清了，听清了……"

画面上一片附和声。

岳强发合上平板电脑，兵兵把话接过来："对了，我来之前，老爷子还让我看看，碧山对他的话落实得怎么样，是不是他退下去了，就不管用了？大家说，是不是这样啊？"

一番"不是"的声音后，武权的声音突现出来："老爷子无论退还是没退下去，都是我们碧山永远的领导，他的指示，我们都铭刻在心里。"

"是吗？可是，我怎么听说，有人当面一套，背后一套啊，听说，还有人向老爷子的指示挑战？有没有这样的人哪？"

一片沉默。

"怎么没人说话？有没有这样的人哪？"

"兵兵，"聂锐开口了，"碧山没人向老爷子挑战，确实没有。"

一番"对对，没有"的附和声，不过，声音不多，也不热烈。

"是吗？不一定吧！"兵兵说，"我可是听说，有人上任后，正事不干，专门跟强煤集团、跟岳总过不去。这是什么意思啊？和岳总过不去，就是和老爷子过不去，也是和我过不去，那就对不起了，我也就和他过不去，我倒要看看，最后谁倒霉。反正，这事回去我再跟老爷子说。对，老爷子退下后说了，再不参与政治，可是，别的他不参与，家乡的事他不能不参与。荆原，尤其是碧山的事，他是绝对要参与的。我希望这样的人，能清醒一点儿，知道自己有多沉。"

一片压抑的气氛，有目光看向李斌良。

李斌良明白了，兵兵是冲自己来的，可是他无法发作，只能装糊涂，装哑巴。可是心里却非常不平：这算什么事？兵兵想干什么？借着父辈的光环，在这儿发号施令，太过分了，太不正常了吧！

"所以，我要奉劝这样的人，"兵兵继续说，"手中的权力是哪儿来的，要搞清楚，手中的权力该为谁服务，更应该清楚，你手中的权力不是永远的，随时会失去的。现在，我提醒一下这样的人，如果还是执迷不悟，那就别怪我不客气了。李局长，你说是不是这样？"

简直是挑明了，直接对着自己来了，太过分了。对，你和老爷子一句话，就决定了我的政治命运，可是，士可杀不可辱，你既然这样做，那我也就不客气了。

一瞬间，李斌良的脑海中出现千万种答复，他迅速选定了其中的一种："是。你提醒得非常对，权力是人民给的，所以，只能用来为人民服务。作为人民警察，我一定站在人民群众的立场上，和危害人民利益的行为进行斗争。"

回答得非常切题，而且又具有强大的反诘力量。大概出乎意料，兵兵一时说不出话来，别人也都张口结舌看着李斌良，一副震惊的表情。

李斌良意犹未尽："兵兵同志……啊，我不知道怎么称呼您，只能这样称呼了。您瞧瞧，碧山的生态环境已经到了何等地步，连红色景点的雕像都落了这么厚的煤灰，这可是对革命先辈的大不敬啊。而根据我的体会，碧山的政治生态也同样恶劣，我希望您能把这些情况向老爷子汇报，不能让老一辈革命家打下的天下变色。也请您转告他，我一定牢记革命先辈的英雄事迹，继承革命先辈的遗志，为人民服务，坚决和各种破坏碧山的犯罪行为做斗争。"

回答完毕，现场一片静默，也一片尴尬。最后，还是兵兵打破了这静默和尴尬："好好，李局长，受教了，您的话，特别是您的态度，我一定转达，一定！"转向众人，"各位，你们还有什么要说的？"

"我有话要说，兵兵啊，刚才咱们不知不觉跑题了，咱们是干什么来了，是受教育来了。"宋国才忽然开口，"这次来红崖岗一行，我感觉非常受教育，受感染，真的不虚此行，回去以后，我要组织我们集团的干部员工多来参观，受教育，以便更好地工作，无私奉献，为建设新型企业和国家经济建设，做出更大的贡献。"岳强发接着说："对对，我也很受教育，很受感动，兵兵在这儿，谭书记和宋总也在这儿，我表个态，今后，我们一定要在打造这块红色教育基地上出更多的力！"

"还有我们，"宋国才抢过岳强发的话，"为了回报家乡，我们集团也要支持这项事业，有什么需要我们帮忙的，请碧山市委和政府说话，我们一定尽力。"

"哎呀，这可是大好事，我们碧山不缺别的，缺的就是钱……聂市长，你说，这是不是好事？"

武权说着转向聂锐，聂锐说："是是，等我们有需要时，一定向二位求援。不过，二位说话可要算数啊！"岳强发和宋国才先后做出保证。聂锐表示感谢。

谭副书记表扬了岳强发和宋国才，还代表碧山人民对他们表示感谢，又指示聂锐，一定用好这笔钱，把红崖岗建设好，要经常组织干部来参观，受教育。说着说着，问起在座的碧山领导干部，一年能来几次。几个碧山领导见问，一个个站起来回答，有的说一次，有的说两次，还有说三次四次的。慢慢，轮到了李斌良。李斌良实话实说，自己一来碧山就忙得没白没夜，所以还没顾得上来。谭副书记听着，脸色发生变化，严肃地说："这是借口，一个公安局局长，陷于事务之中，却忘了方向，怪不得会出现这么多的事！"

李斌良心又凉又不安。高伟仁轻声责怪他不该说实话，可是已经无法挽回了。

接着，岳强发对兵兵耳语了两句什么，兵兵就站起身，四下看看说："谭书记，你们忙你们的，我四处看看，强哥、宋总，你们陪陪我呗！"岳强发和宋国才急忙答应，带着自己的人陪同兵兵向一旁走去。这样一来，现场就剩下了谭金玉、古泽安一行和碧山市陪同的领导及李斌良和高伟仁。李斌良意识到，谭金玉有重要的话要说。

果然，谭金玉开口了，他先是用感叹的语气说自己来红崖岗晚了，应该早来早受教育，这次来，心灵受到一次强烈冲击和震撼或者说洗礼。他又说，自己任省政法委书记和纪检委书记后，曾经认为这是个压力很大的岗位，也有过犹豫和迷惑，可是，和先辈们为打江山付出的代价比，又算得了什么？还说，自己上任后不久，一举拿下林泉县煤炭局长徐峻岭，就是受了革命先辈精神的鼓舞。为了老一辈革命家打下的江山不变色，自己豁出去了。

谭金玉说得很动情，一度有些哽咽，眼中甚至有了泪花，要不是已经对他有所了解，李斌良都被感动了。他知道，这不是谭金玉要说的正题，正题还在后边。

果然，谭金玉转题了，"最近，省纪检委又收到一些举报信，写信的和被举报的，都是碧山人，引起我的注意。"

　　谭金玉停下来，眼睛看着面前的碧山官员们。所有人的心一下子提了起来，个个回避着谭金玉的目光。李斌良同样高度关注谭金玉的话，可是，他没有回避，而是迎着他的目光。

　　他到底要说什么？到底是谁举报了谁？是不是和自己有关？

　　李斌良产生一种不祥的感觉。

　　"说真的，我非常不愿意相信这些举报信是真的。因为，被举报的这位同志我比较了解，是个好同志。可是，举报信又言之凿凿，还声称如果不重视不调查，就要向中央反映，所以我只好带队伍来了，进行一次彻底的调查。问题属实，严肃处理，问题不存在，就追查举报者的责任，要搞清，他是什么用心，为什么诬陷诽谤无辜。"

　　谭金玉的话又停下来，但是所有人都更加紧张，等待着他说出举报的人和事。

　　"这些事乍一听，好像不大，可是，仔细品味一下，又觉得不小。譬如，你们市政府查处过一次霸占他人房场的事吧，到现在，一部分被强行迁离的商户还在控告，认为补偿不合理，还有，碧山看守所死人的事，社会反响很大，认为到现在还没有完全调查清楚，对当事人也没有做出处理决定……"

　　明白了，是对自己来的。好，来得好，果然不出所料。

　　"好多举报信还反映，有的领导同志搞一言堂，非常霸道，以个人代替组织，谁的话也听不进去。还有的，领导班子分工不合理，还有的粗暴执法，引起群众强烈不满，更有的机关，介入不该介入的经济纠纷，对上访告状起到了推波助澜的作用，这一切，到底是为什么？对，我个人是不抱立场和态度的，就像我开头说的那样，我只希望能把这些查清，真相到底如何。如果事情真的存在，必须要追究责任，如果事情不存在，也要给出一个明确的说法，还被举报者一个清白。"

　　基本挑明了，瞧，在场的人已经听明白了，目光多看向自己。果然，来者不善，就别装什么公平公正了，继续演下去吧，露出你的真面目吧……

　　谭金玉说："说到这里，我首先要对一个人提出批评，那就是碧山市政法委书记武权同志，你是碧山市政法工作的主要负责人，政法委书记你是怎么当的，是否负起了责任？告诉你，碧山市司法机关发生的一切，你都要负领导责任。我是没时间长期泡到碧山的，我走之后，你必须切实负起责任，配合调查组开展工作，给我一个明确的回复。武权，你听着了吗？"

　　"听着了。谭书记，您放心吧，我一定认真落实好您的指示。"

一唱一和!

看着两个人的表演,李斌良心中生出强烈的反感。越来越明显了,他们就是对自己来的,可是,他们为什么要这么干?为什么偏偏在这种时候来?现在正是破案的关键时候啊!事情不是自己能左右得了的,它已经来了,来到你的头上,你是躲不开的。那好,就让它来吧,来吧,我倒要看看,你们能把我怎么样。对,用你们的话说,为了一个美好的碧山,我豁出去了……

李斌良看到,大家望着自己的目光已经不光是关注,还充满了同情和担忧。可是,气愤和仇恨让李斌良忘记了为自己担忧。有什么担忧的,我没有错,他们能把我怎么样?人就怕豁出去,我现在就豁出去了,能忍尽量忍,如果实在没法忍,就跟他们干了,可是……

可是,案子怎么办?自己陷到这种事情上去,还哪有精力抓案子,如何去侦破谢蕊乃至林希望被害的案件?

想到这些,李斌良心头不由生起烦乱和不安。

谭金玉的讲话终于结束,轮到市委市政府表态了。武权已经代表政法委表过态了,在大势所趋之下,主持全市工作的市委副书记、市长聂锐也不得不表示,对省政法委、纪检委联合调查组将给予全力支持,提供方便,也表示,希望调查组能实事求是,客观公正对人对事,尽快结束调查。于是,这个并没有宣布开会却事实上的会议也就结束了。

会后,是继续参观几个剩余的景点,负责警卫的李斌良置身于外围,这时,古泽安悄悄凑到他身旁,叹息着说:"斌良啊,我跟你说过,你怎么就不听呢,一意孤行,看,惹出这么大的事。也别太担心,我找机会跟谭书记谈一谈,消除他对你的误解……咳,他已经批评过我护犊子了,不知我说话还好使不好使。最让人担心的是兵兵,他要是回去跟老爷子说了,老爷子一个不高兴,你的乌纱帽摘就摘呀!"

李斌良说:"古厅,这算什么事啊?他已经退了,无论从组织原则上,还是……"

"斌良,你怎么说小孩子话呀?这种时候你上哪儿讲理去呀?大领导一个不高兴,就决定了你的命运哪。赶紧想想办法吧!"

"古厅,你是知道我的,我能想出什么办法?"

"这……对了,必须找跟谭书记和兵兵说话管用的人,找谁呢……"

古泽安正在为难,一个身影从旁凑过来,李斌良掉过头,高大、帅气,原来是宋国才,他一副关切的目光看着李斌良:"这是怎么回事啊?我听着,谭书记的话好像是对李局长的。有点儿过分了。李局,你别太担心,我抽空跟谭书记谈谈,让他多理解你……对,还有兵兵,我也跟他说说,让他跟父亲美言几句，你是个好公安局局长，怎么能这么对待你呢，真要是听信了谗言，不就把你毁了吗？"

"说得就是啊，"古泽安配合说，"不过，咱俩虽然可以说说话，可是，好使不好使就两说着了。岳总跟兵兵和谭书记比谁都铁，我去叫他……"

古泽安说着向一旁的人圈走去，从里边拉出岳强发，小声说着什么，向这边走过来。"这事啊，李局，你别放到心上，有强哥呢，"岳强发大大咧咧地说，"有强哥在，什么都替你摆平了。一会儿我就跟兵兵说，一定得把你的局长位子保住，对，将来还要晋副厅呢，我说的话一定兑现！"

听听，听听，这是有打有拉呀！

可是，他们为什么要这样？不用说，自己动了他们的奶酪，成了他们的重大威胁，那也就意味着自己的判断完全正确，谢蕊和林希望的死和他们有关。

他们是一伙杀人犯，或者是杀人犯的同谋、同伙。他们要拉自己入伙，也成为他们的同谋、同伙。

不可能，自己怎么能和他们为伍？一伙腐败分子，王八蛋，十恶不赦的罪犯，我就是死了，也要和你们斗到底。

想到这些，李斌良说了句："谢谢了，我心里有数。"

三人一愣，互视，脸色稍变。古泽安低声说："斌良，你可要知道，你现在的选择，关系到你的命运！"宋国才接着说："是啊，你可要想清楚！"

李斌良坚定地说："谢谢，我会想清楚的。"

3. 打压和抗争

兵兵走了，谭金玉走了，他们就像风一样地来了，又像风一样地走了，似乎没有留下什么痕迹，可是，李斌良却知道，他们留下的影响太大了。他完全明白，他们这次来，就是冲自己来的，是来给岳强发撑腰的，是打压自己的。

送走兵兵返回的路上，聂锐要李斌良上了他的车。上车后，却又不说话，脸上是一副沉闷的表情。但是，李斌良感受到他的心跳频率和自己一样。

好一会儿，聂锐才说："想安慰你几句，想想也没用，可是，没用也得说说。别太当回事！"

李斌良苦笑："聂市长，我也不想当回事，可是，人家能不当回事吗？"

"这叫什么事呢？为什么总是歪风邪气，这么说都轻了，为什么总是邪恶占上风，正义却总是受到压制，想干点好事却寸步难行呢？"

李斌良没有回答，他在心里同样在问着同样的话，可是，没人能够回答。

回到局里，李斌良好久好久静不下心来，更无法把心智投入到破案上。聪明的高伟仁当然对一切心知肚明，关切和担心跃然脸上："李局，得赶紧想办法呀，我看，他们就是冲你来的。"李斌良苦笑，问他有什么办法。高伟仁说："我听出来了，别看谭书记说得挺严肃的，实际上留下了回旋余地。他说的那些问题，可以查实，也可以查否，关键是看你的态度。你得抓紧找人，保护自己。"李斌良问去找谁能保护自己，高伟仁说："李局，你怎么不说实话呢？岳强发无论是跟谭书记还是跟兵兵关系都那么好，求他说句话，比什么都好使，赶紧去找他吧……"

　　高伟仁话没说完，李斌良手机响起，正是岳强发打来的："斌良老弟，不知你现在是不是真把我当强哥，可是，强哥是一直把你当兄弟，你到底怎么打算的？到底需要不需要哥替你说话，给我个准话，行吗？"

　　李斌良想破口大骂，让他滚蛋，可是，话出口的时候，却变得缓和了。还没到公开亮刀枪的时候，能麻痹他们还是麻痹一下吧，让他们产生点儿幻想，也减轻点儿自己的压力，因而他的回答是："哎呀，我也不知咋办好。岳总，您就看着办吧！"放下电话后，高伟仁急得直跺脚，深责李斌良放弃这个机会，说自己也是把话说到家了，实在帮不了他了，之后叹息着离去。片刻，李斌良的手机铃声再次响起，是武权打来的，看来，他们还是不死心："斌良啊，你都听着了，谭书记的指示我不能不落实，可是，我得听听你的意思啊？"

　　我的意思？我的什么意思？

　　"斌良，你怎么装糊涂啊？是你的态度，谭书记的讲话不是很明显了吗？那些举报，可能是真的，也可能是假的，是诬陷你，关键就看你的态度了。"

　　看来，这举报可以有两种查法，可以查实，也可以查否。你们可真高明啊！李斌良实在无法回避，想了想问："武书记，你能不能告诉我，谭书记为什么这么对我？我到底犯了什么错误？是不是我查的什么案子触碰到谁了，如果是因为这个，能不能跟我说明白，我好心里有数？"

　　"李斌良，你这什么意思啊？行了，我知道你的态度了！"武权撂下了电话。

　　李斌良知道，事情到这种地步，妥协已经不可能了。既然不能妥协了，那就只好豁出去了。

　　一旦想到豁出去了，心忽然一下敞亮起来。不就是那点儿事吗？哪个都立不住，或者是夸大，或者是歪曲，或者是颠倒是非，你们查吧，看能查出个什么来。然而，尽管这么想，内心的担忧却无法消除。

　　李斌良的担忧没有错。当天，省政法委、纪检委联合调查组就进驻了碧山市公安局，一个个找人谈话，查看卷宗，一些参与侦破谢蕊被害案的民警、刑警也停下工作，接受讯问，更重要的是人心浮动起来，侦查破案受到严重影响。连韩心臣和郁明等人也担忧起来，他们都认为，调查组就是冲着李斌良来的，很为他的前程忧虑。

李斌良对此无能为力，他试着找调查组谈了谈：不要这么搞了，影响自己破案。调查组却说他们正在调查，是非很快能调查清楚，没必要跟他谈。可是，两天后，工作组什么话也没留下，更没和李斌良见面，突然就撤离了，紧接着传出李斌良将要调离的传言。说什么工作组已经查实了李斌良的问题，虽然构不成腐败，可是，工作上严重失职，造成不良影响，不适合继续担任公安局局长职务。还有鼻子有眼儿地说，这一切，都是兵兵找了省委书记说话所致，而省委书记当年是兵兵父亲一手提拔起来的……不知是真是假，让李斌良的心实在无法安宁下来。

这天，韩心臣和郁明进了李斌良的办公室。郁明把听到的种种消息说给李斌良，韩心臣则泄气地告诉他，自己已经叫不动号了，刑侦支队霍未然公然顶撞自己，大案队长智文身处两难。李斌良听了很是愤怒，要去刑侦支队训斥霍未然，可是，他刚走到门口，门突然自己打开，三个人出现在门口，最前面的是武权，其身后是张华强和高伟仁。双方互相看着，都停住脚步。李斌良不解地问武权有什么事，武权看向高伟仁，要他说话。高伟仁却说："武书记，这话我没法说，还是您自己说吧！"武权没开口，张华强瞪起眼睛："瞧你这样儿！"然后转向李斌良，"李斌良，奉省政法委谭书记指示，武书记来公安局主持工作。请你配合。"

什么，武权主持工作？主持什么工作？公安局局长是我，我还在位，你一个政法委书记来主持什么工作？

李斌良义正词严地提出疑问。武权露出笑容说："李斌良，张局不是说了吗？是省政法委谭书记的指示。联合调查组回去后，认为你不适合再担任碧山市公安局局长，建议免去你的职务，很快就研究决定。为了避免工作受到影响，谭书记指示我暂时主持公安局工作。"

"简直滑天下之大稽，"李斌良大声道，"还有没有组织原则，我担任碧山市公安局局长，是由省公安厅建议，省委同意的，是有正式任职令的。对不起，没接到免职令，我必须继续行使公安局局长的职权，任何阻碍我行使职权的行为，都是非组织行为。我坚决不接受。"

张华强狠狠地说："姓李的，这时候了，你还狂，告诉你，别做梦了，免职令很快就会下来，不然谭书记也不会这么指示。"

"狂的是你们！省委的决定，你们怎么能提前知道？对，你们把我的免职令拿出来，我马上给你们倒地方，拿不出来？对不起，请不要影响我的工作。"

"李局，别这样，"高伟仁调停地说，"有话好好说，别激动，别激动！"

"高政委，你干什么？"李斌良说："这是原则问题，我绝不会让步。对了，你是不是公安局党委副书记，是不是我的政委？你说过，会无条件支持我，就这么支持吗？现在，他们没有任何组织文件，就要接管我的权力，你同意吗？"

高伟仁为难地说："武书记，你看，我说这不合适嘛，你们自己看着办吧，我就不掺和了！"

"哎，高伟仁，你……"高伟仁匆匆离去。

"好，李斌良，顶多三天，你就会接到免职令，你等着吧！华强，咱们走！"武权带着张华强转身悻悻走去。

韩心臣和郁明目光转向李斌良。韩心臣着急地说："李局，不能坐以待毙呀！"

郁明激动地说："对，必须马上行动，不能让他们阴谋得逞。"

李斌良想了想，拿出手机，拨打了省公安厅厅长林荫的电话。林荫的声音听上去很镇静："有这种事。斌良，你做得对，无论任何时候，都不能放弃职责。对，你给我记住，碧山市的公安工作出了问题，我拿你是问。"林厅长的话和语气都给李斌良很大鼓舞。可是，当他提出，面对这种情况怎么办，自己是否只能消极等待。林荫却说："你不等待，有什么好办法吗？"李斌良说没好办法，还说自己能够想到的唯一办法就是向他求助。林荫淡淡地说了句："我知道了。"就撂了电话。

李斌良转向韩心臣和郁明，告诉他们，这是自己能采取的唯一行动。二人虽然稍微安慰了一些，可还是有些不安。韩心臣说："李局，咱们得做最坏打算，武权说的可是三天哪，或许，你在碧山公安局只有三天的时间了。"郁明说："是啊，这三天你一定要抓住啊！"

对，现在，应该分秒必争了。眼前最要紧的就是谢蕊被害的案子，如果这案子得到突破，揪住了他们的尾巴，那么，形势就会根本改变。这三天内必须有所突破。李斌良说："走，韩局，咱们去刑侦支队，我看谁敢不服从命令！"

然而，二人还没走出去就响起敲门声，一个很大的男声传进来："李局长在吗？我是程远，我来看你了！"

程老？

李斌良的心突然一亮，急忙打开门，看到了一张虽然已经有些苍老、但是充满正气的脸膛。"程老，快请进，快……坐，坐，喝水吧！"

"行了，斌良，你别忙了。我说几句话就走。"程老坐到李斌良的座位上大声说着，"我听到了一点儿邪风，说要撤换你这个公安局局长？真的假的？"

李斌良三人互视，韩心臣闪了一下眼睛，急忙说："程老，恐怕是真的，省政法委、纪检委派来联合调查组调查李局，回去就传出风声，要撤换他。刚才，武书记已经来了，说要暂停李局的职，由他来主持碧山市公安局工作！"

"他妈的，想当还乡团哪？"程老怒了，"这是什么行为，他有免去李斌良职务的文件吗？"

郁明说："没有，说是奉省政法委书记谭金玉的指示，被李局给顶回去了！"

"顶得好，什么东西？想干什么？那么多真正的腐败分子他们不去查，偏偏查上你这个优秀的公安局局长了，斌良，我就是听到风声来给你鼓劲儿的，别听那些邪风，也别担心，我马上就去省里，效果好了更好，要是不好，我就上中央。斌良，你要相信，邪不压正，正义必胜。"

李斌良苦笑了一下，没有回答。韩心臣感慨地在旁接过去："程老啊，要真像你说的那样就好了，可现在不是那个时代了，现在，往往是邪气更盛啊。"

"这是什么话？自古以来邪不压正，最终胜利一定是正义。"

郁明也激动起来说："可是老领导，有一句话你听过吗？迟来的正义不是正义。现在，李局长只有三天时间了，三天后，把他撤换了，过个三年五载或者十年八载，哪怕是一年半载呢，再恢复他的名声职务，还有意义吗？"

"也对，绝不能让这帮王八蛋得逞。我今天就去荆都，回去准备准备我就走！"

程远站起，急匆匆地向外走去。李斌良三人送出走廊，再三嘱咐他别生气，注意安全。老人却头也不回，下楼而去。

4．谢蕊的钱

回到办公室，三人互视无语。李斌良知道，二人的心和自己一样，既被程远的言行感动，同时也充满了紧迫感。因而他打破了沉默："咱们别大眼瞪小眼了，我只有三天时间了，抓紧行动吧。"

郁明说："对，眼前最要紧的，是破获谢蕊被害案。如果案子破了，真的和他们有牵连，那就一切都好办了。"

说得对，可关键是怎么查。

想不到，这时韩心臣提供了一个重要情况："只能说是一点点儿的线索，到底怎么个情况还不好说，没有把握，可是，现在这种情况，没有把握也得查了。"

李斌良急忙追问到底发现了什么。韩心臣说，那个谢蕊失踪的别墅区已经查过一遍了，别墅区由九十九幢别墅组成，其中有相当一部分是外地人所购买，里边却没有住人，因而核实很费时间。但是，刚才智文告诉他，在别墅的主人名单里，有一个叫谢辉的人，住址和谢蕊父母家住地相同。

天哪，这哪是什么一点点线索，是天大的重要线索呀。李斌良大喜过望，急忙追问进一步情况。韩心臣说，他怀疑这个谢辉是谢蕊的兄弟，可是，谢蕊的哥哥和母亲来了，哥哥的名字叫谢光，而不是谢辉。难道谢蕊就没有别的兄弟吗？什么堂兄弟、叔伯兄弟？

韩心臣说这还没来得及调查。李斌良说那还等什么呀，赶快走！

韩心臣打电话叫来智文，三人一起奔向旅馆，找谢蕊的母亲和哥哥。

讯问是分头进行的，李斌良和智文讯问的是谢光，韩心臣讯问的是谢蕊的母亲，因为是两边背对背地讯问，很容易就取得了突破：谢光过去的名字就叫谢辉，谢光是他后来改的，村里的人还叫他谢光，因为当地派出所一度卡着不给改，他只好把身份证交给谢蕊，要她通过公安内部关系，托人把名字改过来。名字后来改过来了，新的身份证也给了他，过去的身份证哪儿去了他也没问。

不用说，过去的身份证被谢蕊用来买房了。可是，谢光和母亲却不知道这事。

问题来了，一幢别墅分两层，一层一百四五十平方米，两层将近三百平方米，根据碧山的房价怎么也要三百万元以上吧。那么，谢蕊哪儿来的钱买的别墅？

不用说，是有人替她出了钱，而出钱的人，极可能就是使她怀孕的人。

李斌良立刻给许墨打电话，要他带技术员前往别墅区，对谢光的别墅进行搜查。

李斌良带着许墨等技术人员来到了68号别墅外，停下脚步，向前看去。

好漂亮，好美，好静……这是李斌良对别墅的初步印象。瞧，红顶黄墙，一圈用天蓝色栅栏围起的小院，连院门都显得典雅美观。紧贴着栅栏种植着果树，花草，绿地……就连无所不到的煤灰粉尘在这里也好像稀薄了很多。

许墨对李斌良轻轻耳语："这是谢蕊的房子吗？她可真有钱哪！"

李斌良说："别说没用的了，抓紧行动。"

"是。"许墨答应着，拿出从物业那儿要来的钥匙，打开院门，技术员从车上拿下泡沫垫板，一个个放在地上，然后脚踏垫板，小心向内走去，在院子里观察一番后，又把垫板铺到别墅房门口，打开房门，小心地走进门去。

李斌良和韩心臣在院外等了一会儿，实在忍耐不住，二人小心地踏着泡沫垫板也向院内走去，走到了别墅门口，探头向内看去，看到的技术员们拍照，勘查，不时用白粉在地上画出圆圈。片刻后，随着技术人员勘查的延伸，二人又踏着踏板走进门厅、客厅，停下脚步四下环顾起来。

李斌良看到，别墅装潢得非常高档。因为他不懂装潢材料是什么，也一时找不出准确的词汇来形容，所以在脑海中就冒出了"富丽堂皇"四个字。感觉上，仅这个装潢没个百八十万就下不来。看了片刻，又踏着踏板，顺着高档木质楼梯，慢慢走上二楼，没看到撕掳打斗的痕迹，更没有什么血迹，看来，这里也不是第一现场。二人正在观察，许墨从一门内探出头来："李局，你们快来！"李斌良一惊，以为找到了第一现场，急忙走到门口，向室内看去，这才发现，这是个卧室，浅粉色的四壁，床头的墙上，悬挂着一幅照片，照片上的人正是谢蕊，她穿着休闲服，随意地坐在一张椅子里，看上去和穿警服的她大不相同，有一种贵妇人的感觉……

"李局，你看这儿。"

许墨指点着床上给李斌良看。李斌良这才注意到，这是一张硕大的双人床，双人床上是一张双人大被，被子已经被许墨掀开，他正在用放大镜观察着床单，李斌良凑上前，许墨把放大镜交到他的手里，李斌良看到，放大镜下呈现的是床单上的一处暗色的斑点儿……

"可能是精液的遗留。"许墨小声对李斌良说。

看来，这里是谢蕊的另一个住宅，另一个过夜处，而且还有一个男人和她过夜。这个男人是谁，是不是导致她怀孕的人，是不是杀害她的人？

李斌良指示许墨小心提取斑点，并争取找到更多有用的东西。然而忙到傍晚，除了那点儿可疑物，再没发现有价值的东西，即便发现的几个脚印，也都是残缺不全的，价值不大。看来，这个别墅住宅确实不是第一现场。但是，谢蕊被害前，肯定来过这里，之后又从这里离开了。

那么，还怎么查下去呢？

李斌良等人走出别墅小区，走到距其几百米的路口停下来，观察着。

路口上方，交通监控探头正在对着他，不时地闪一下眼睛。让他的心一动。

根据时间推测，谢蕊被害是在深夜或者凌晨，那个时间段，路上的车辆应该很少，嫌疑车辆应该在监控中很容易发现。谢蕊肯定是离开别墅区后被害的，那么，即便查到她的路线，发现了车辆等交通工具，也只能驶向城外的水库，出城后就没了监控录像，也就没什么大的意义……

那么，有意义的是什么呢？是来路，是昨天夜里发案时间段内，来过这个别墅区的车辆，要查清它们的来路，看他们从哪里来，查清他们来的路线，就可能发现它的巢穴，进而发现凶手的踪迹……

李斌良把想法对韩心臣说了，韩心臣赞成："我马上带人去交通指挥中心。"

"去吧，一定要过细！"

韩心臣答应着匆匆离去，李斌良的心急促地跳起来，他觉得，自己这个思路是正确的，极可能获得突破。从发案到现在，他第一次产生兴奋和期盼的感觉。

但是，手机忽然急促地响起，他急忙拿出来，屏幕上显示的是"沈静"的名字，兴奋立刻被不安所替代。

出了什么事？没有特殊情况，沈静一般情况下是不会这时候打电话的……

"李斌良，能不能回来一趟？"

果然，沈静的语气中透出明显的焦急和不安。这让他更加紧张起来："怎么了，出了什么事？"

"嗯……苗苗有点儿不对头。"

"怎么不对头？"

"她回家以后不吃饭，也不说话……"

李斌良听到自己的心"咚"地响了一声。不吃饭，不说话，这不是抑郁症的征兆吗？天哪，我的心肝宝贝，你怎么偏偏在这时候出事啊，到底因为什么呀？

沈静说不清怎么回事。

事情实在牵动李斌良的心思。韩心臣听说后，要他立刻回省城一趟，这边的侦查工作由他负责，他保证全力以赴。李斌良又找到智文，郑重告诉他，自己不会调离碧山，所有舆论都是有人造谣，想达到不可告人的目的，所以，他一定要听从韩心臣指挥。还向他郑重许诺，如果他能在破案上建功，自己将提拔他为副支队长，将来，刑侦支队长也可以由他来担任。智文听了，情绪又上来了，对李斌良说出了心里话："这种时候，我跟霍未然公开顶牛不成，但是我心里有数，肯定听韩局的。"李斌良听了这话，稍稍放了心。

5．恐惧和愤怒

一切安排妥当后，李斌良连饭都没顾上吃，就驱车向省城驶去。为了安全起见，这次他没让陈青开车，因为，他受的刺激太大了，情绪肯定不稳定。

路上，李斌良给沈静打去电话，告诉他自己正在返回路上，让她继续描述女儿的症状，沈静讲述后，李斌良更加确认，苗苗可能真是抑郁症发作。再追问苗苗何以变成这样，沈静却说了更让人担心的情况：晚饭后，苗苗和几个同龄女孩儿出去玩耍，回家路上，突然被人劫持着上了一辆轿车，后来被放了下来，回家后就变成现在的样子。

李斌良听得心惊肉跳，再问报警没有，警察怎么处理的。沈静说报警了，警察正在侦查，不过事发晚上，对方是有备而来，不一定能很快查到什么。

这……这是为什么？

两个多小时后，李斌良到了家门外，他刚按门铃，沈静就把门打开了，李斌良连鞋都没顾上换，就直奔女儿房间，但是，就要推开屋门的时候，他害怕惊了女儿，控制了一下情绪，才小心推开门，挤出笑脸走进去："苗苗，爸爸回来了！"说出这话的时候，他的眼泪突然涌上来，好不容易才控制住。

没人回应。李斌良看到，此时，自己的宝贝女儿呆呆地靠在床头，眼睛发直地看着前上方，对自己视而不见，就好像棚顶上有什么稀罕东西把她吸引住一样。

恐惧不可遏制地从心底生出，天神哪，保佑我吧，保佑我的女儿吧，保佑她一切平安，没有犯病，永远也不要再犯吧……心里虽然这么想，他的脸上却努力挂着平静的笑容，慢慢上前："苗苗，宝贝儿，怎么了？爸爸来了！"

李斌良走上前，轻轻地拢住她，把她拢在怀里。让他欣慰的是，苗苗的身子抖了一下，却没有躲闪，也没有挣扎，任他拢在怀中。这说明她的意识还正常，最起码，能辨识自己，做出正常的反应。"苗苗，别怕，有爸爸在呢，爸爸是警察，是公安局局长，爸爸一定把他们都抓起来，让他们欺负我宝贝女儿！"

"不，他们说了，别看你是公安局局长，他们不怕你！"

苗苗突然冒出了一句，让李斌良又惊又喜。喜的是苗苗的神经正常，说话清晰，表意准确，应该没什么大碍，惊的是她说出的话。"苗苗，他们跟你这么说了吗？对，他们还说什么了？"

"他们还说……爸，今后，你别再管碧山的闲事了，你调回来吧，咱们还像过去一样过日子好吗？爸，求你了，只要你调回来，我一定听你话，你说什么是什么，我一定听，只要你调回来，别去碧山了！"

李斌良被女儿的话震惊了，他追问到底发生了什么事，苗苗突然痛哭起来。原来，她晚上下班后，和几个同龄女孩子一起去吃烧烤，吃完回家路上，有辆轿车突然驶到她的身旁，车内突然伸出两双手臂，把她拉上轿车……

苗苗说到这儿说不下去了，只是啼哭不止。李斌良又怒又怕，问她在车上发生什么事了。还好，车上没有发生更不幸的事。苗苗抽泣着讲述说，她被拉到车上后，被蒙住了眼睛，有两个男声对她说，他们知道她是李斌良的女儿，今天他们这样对她，完全是因为她父亲在碧山的所为。还把她的住所、工作单位和平时的行动规律说给她听，说能随时对付她，她要想平安生活，就劝她父亲少管闲事，快点儿从碧山滚蛋，不然，他就再也看不见她这个宝贝闺女了。再后来，他们就把她推下了车，等她扯掉蒙眼布时，轿车已经消失了踪影。

恐惧和愤怒、仇恨不可抑制地从心底升起。恐惧，不是为自己，而是为女儿，想着女儿讲述的那一幕、那个过程，李斌良的心都在战栗，同时，无比的愤恨也不可遏制地生出：王八蛋们，有本事冲老子来呀，老子把你们一个个地都毙了，吃了……

沈静接着苗苗的话说，她是接到警察的电话，到派出所把苗苗接回的。警察们说，他们在巡逻时，发现苗苗茫然地在街上闲逛，费了很大劲儿，她才说出住所和沈静的电话。可是，她见到她之后，她一直没有说话，直至他的到来……

很清楚，发生在女儿身上的事和自己有关，和自己在碧山正在侦破的案件有关，自己的行动一定触痛了他们，他们感觉到危险，才采取了这种卑鄙手段……

"李斌良，你在碧山那边又做什么了？"

沈静在旁开口，李斌良一时不知如何对她讲才好。直到她问了三遍，才不得不告诉她，自己正在侦办一个案件，碧山有一个女民警被害了，她还是自己的文书。沈静听了现出恐惧的表情："什么，连警察都被害了？"李斌良不得不告诉她，碧山有一伙黑暗势力，干着罪恶的勾当，自己在和他们进行殊死的斗争。沈静立刻明白了，苗苗的遭遇来自碧山，脸色变得更加苍白了。她像苗苗一样劝起了他："斌良，苗苗说得对，你赶快离开碧山，回来吧，别当这个局长了，回到省厅，哪怕当一般警察也行，太危险了……"

李斌良沉默下来，他不知如何回答沈静的话才好。沈静也沉默下来，她看着李斌良，目光中透出一种悲哀、无奈甚至有点绝望的表情。

"沈静，你说，我能在这种时候离开碧山吗？如果不尽快把这些王八蛋抓起来，任由他们猖獗，还得有多少好人受害呀？"

"你……"沈静突然流出泪水，"李斌良，你让我说什么好啊，我虽然没去过碧山，可是早就听说过碧山什么样子了，也不只碧山，到哪儿都这样，好人受气，受冤，坏人想怎么样就怎么样，这些，你能解决得了吗？李斌良，我看出来了，社会就这样，这都是正常现象，你改变不了，谁也改变不了……"

"沈静，你怎么这么说？"李斌良忍不住反驳起来，"什么叫社会就这样？怎么能说这是正常现象？不，社会不该这样，这些非常不正常，一个正常的社会应该有公平正义法治，腐败势力和犯罪行为要受到打击，正义应该得到伸张……"

"斌良，你四十多往五十奔的人了，怎么还像个大孩子啊？你到社会上打听打听，现在，有谁信这些话？"

李斌良让沈静说得心好像被针扎了一样。是啊，她说得没错，现在，还有多少人相信公平、正义、法律？人们相信的只是权力、金钱、手段。失去希望，不相信正义，认可这种不正常的现实为正常，这才是最最可怕的呀……

可是，他不能对沈静说这些，只是换个语气对她说，她的话在一定程度上合理，目前，碧山也好，荆原也好，社会问题确实很严重，可是，她想过没有，如果没人站出来斗争，这种现象只会更加严重，也会降临到她的头上。所以，自己作为一个警察，一个公安局局长，必须和他们斗！

沈静不再说话，但是李斌良看得出，她并没有被说服，自己也不指望说服她，只是借题说出心里的话罢了。所以，他也就适可而止地停下来看着她。她沉默了片刻，换了语气："可是，苗苗怎么办，你不要她了，不管她了？"

这话说到了点子上。是啊，这个现实问题如何解决？李斌良一时说不出话来。

看来，沈静也不想听他的答案，等待片刻后，说天晚了，自己该回家了。李斌良急忙说要送她回去，她却说自己没事，要他照看好苗苗就行了。苗苗听了这话，忽然说："不，爸，你送我沈姨，一定要送她，一定要送……"李斌良知道，苗苗是吓坏了，害怕沈静再出事，同时，也为她说出这些话而高兴，因为这说明她的心理正常，可能没有再犯忧郁症。所以就答应说，把沈静送上出租车就回来。沈静见拦不住他，也不再阻拦，和苗苗打了个招呼，默默向外走去。李斌良陪着她走下楼，走出楼道，走出小区，一路试探着和她搭讪，她都不怎么搭腔。最终，走出小区大门，拦了出租车，她才回身要他抓紧回家，李斌良却坚决要她进出租后再离开。当看到她走向出租的背影和进入车中的身影，他忽然感觉她并不像宁静，一点儿都不像。继而联想起来，如果她真的是宁静，遇到这样的事，会是怎样的反应？也是恐惧、害怕、担忧吗？他想不清楚，只知道，宁静早已经死去，为了救自己而死去……

夜里，李斌良和女儿睡在一张床上，这才知道，她虽然反应还算正常，但是，精神并非没有受到创伤，夜里，她不时惊悸着醒来，还不时地低语着一句话："爸爸，你回来吧，回来吧……"让李斌良一夜难以成眠。

次日早晨，李斌良按照女儿手机上的号码，给她的一个女同事打去电话，说苗苗病了请她代苗苗请假。想不到，上班时间不久，几个看上去很有身份的男女来到家中，拿着高档水果等礼品，原来，他们是苗苗单位的领导和同事，其中一位还是主任，他说，他们是受领导委托，前来探望和慰问苗苗，还拿出五千块钱做慰问金。当了解到苗苗曾经有过抑郁症史时，更为担心。主任替领导表态，无论去哪里，花多少钱，都一定要把苗苗的病彻底治好，如果需要去国外治疗，集团也给报销。这让李斌良既感动又意外，再三表示感谢。进一步交谈中，主任不知是有意还是无意透露出，原来，苗苗安排到荆阳集团工作，居然是华安集团的总裁宋国才说的话……

这既让李斌良有些吃惊，但也并不觉得意外。

主任好像是怕李斌良感到压力，急忙说这不算什么，两个集团属于兄弟单位，领导之间互相交换安排个人，没什么了不起的。荆阳集团安排了苗苗，华安那边也安排了本集团一位领导的子女。听这些话，李斌良不能不感到震惊。看来，苗苗享受了国有企业领导人子女的待遇了……

可是，这是为什么？自己过去和宋国才不认识，他为什么要帮这个忙？为什么还要绕个弯，由古泽安出面，为什么在这种时候，把这个消息透露给自己？

一切，都不是偶然的，或许，从自己去碧山上任那天起，他们就瞄上了自己，而自己毫无防备，不知不觉，踏入了他们设好的陷阱……

那么，他们又为什么这么做？为什么苦心孤诣地在自己身上下功夫？

这是自我保护措施。他们担心，自己去碧山会伤害到他们，而设下的这个陷阱，正是自我保护的重要手段之一。

这一切，再联想到女儿昨晚的遭遇，想到自己在碧山的种种遭遇，李斌良更加明白，这里有软有硬，有拉有打。而这一切，都和正在侦破的谢蕊被害案有关，和林希望被害案有关，和宋国才家的抢劫案有关，和……有关。

想到这些，李斌良坐不住了，自己的时间不多了，绝不能这样耗下去，必须尽快返回碧山。可是，女儿怎么办？李斌良给沈静打去电话，希望她能替自己来陪伴女儿，沈静却说今天当班儿，不好请假，还责怪他一点儿也没听进她的话，并再次说明，自己只想平平静静地过日子。李斌良明白了她的意思，抱歉打扰她之后，慢慢放下手机，想着如何安顿女儿。他感觉到，女儿是受了刺激，但是，状况还不是很严重，根据过去地经验，只要及时服药，应该能控制住病情并很快见好。可是，无论如何，身边不能离开人，必须有人时刻在她身边，关爱她，照顾她。可是，沈静已经指望不上了，还去哪儿找这样的人呢？

无奈之下，他给厅长林荫打了电话，把女儿的遭遇、病况，也包括她如何被安排到荆阳集团的事告诉了他，同时也汇报了他面临的压力和亟待侦破的案件。林荫听后当即说，李斌良的家庭遭遇，是因工作导致，省厅必须帮助他。他要李斌良放心，很快从厅机关抽两名女民警来照顾苗苗，李斌良可以放心回碧山。

李斌良听了这些，很是安慰，继而又说了自己面临的处境，不知还能坚持多久。这个情况林荫已经知道，他听后沉默了一下对他说，自己已经向省委领导反映过这个情况，但是沉吟片刻又说："斌良，你知道吗？恐怕我也面临和你同样的局面。"这让李斌良非常惊讶，通过询问才明白，也有人在暗地里整林荫，想把他从公安厅厅长的岗位上调离。是的，他和自己只是级别不同，实际处境真的相似，他只是公安厅厅长，既不是省委常委，也不是副省级，不用说，他肯定也在工作中得罪了某些人，而这些人的级别肯定比他还要高。这让他产生了强烈的担心。林荫又安慰他说，自己的事情远没有他的严峻，李斌良在碧山的行动，也会影响到他的命运，所以他一定要回去，尽快把案件突破，彻底扭转这种被动局面。

半小时后，两名着警装的女民警来到了李斌良的家。

李斌良可以离开了，必须离开了。可是，当他走到女儿身边的时候，却难以开口。苗苗看出了他的心思，没说话，眼泪却流出来了。这泪水勾起了李斌良心底的泪水，想想吧，女儿虽说大了，可是毕竟还是个孩子，刚刚出了这么大的事，作为她目前唯一的亲人，自己这个爸爸却不能留在她身边陪着她，让她心里怎么能不难过？虽然有两个女民警守护在旁，可是，亲情的温暖是无法替代的呀。李斌良迟疑了一会儿，还是挤出笑容："苗苗，别着急，爸爸只是回碧山一下，很快就会回来陪你，啊！"苗苗抽泣起来，抓着他的手哽咽出四个字："爸爸，我怕……"李斌良听了肝肠寸断，可是，他知道，自己必须硬起心肠，必须离开，必须去碧山。于是，他坚定地慢慢抽出手，告诉她，他要去抓那些害她的坏蛋，他必须得走。苗苗知道无法挽留爸爸，捂着眼睛呜咽出声。李斌良硬起心肠，转向两个女民警。两个女民警一脸坚定的表情，她们让李斌良放心，她们一定会全力照顾苗苗。李斌良感谢后，回过头说了一句："苗苗，爸爸走了，会很快回来的，啊！"苗苗没有回应，只是捂着眼睛抽泣，李斌良知道，自己再犹豫就走不出去了，因而坚决地迈开步伐，向外走去。

手机铃声响起，又出了什么事？李斌良拿起手机，屏幕显示的是一个陌生的号码，而且是北京的号码。是骚扰电话吗……

李斌良把手机放到耳旁，传来一个热情而尊重的男声："是李局长吧……我是宋国才。"

宋国才？是他？他怎么给我打上电话了，又有什么事？

"李局长，我有事来荆都，听说了你的一些事，想和你聊聊，可以吗？"

"这……"

"你别担心，我只是想帮你一把。"

帮我一把？帮我什么？难道，他知道了我的处境，要帮我解脱？不可能吧，他恐怕巴不得我快点儿离开碧山呢，怎么会帮我。不过还是见见好，看他们又搞什么鬼。

6．最后通牒

二十多分钟后，李斌良出现在荆江宾馆大楼一个高档客房内。

客房是套间，外间是高档的会客厅。宋国才和他紧紧握手后，把他引到一个宽大的皮沙发前，请他坐下。李斌良坐下，看着宋国才，等着他开口。

宋国才说："李局长，别看咱们来往得不多，可是，我对你印象很好，你是个难得的好警察，我的故乡能有你当公安局局长，真是福分……对了，咱们去饭店吧，边吃边唠，就在宾馆内，这儿的菜做得很有特点……"

"不不，我还急着回碧山，您有什么事就快说吧！"

"嗯也好，我在电话里说了，没什么事，就是想帮你。你女儿最近不错吧？"

"不能说太好。她遇到了一件事不好，有人通过恐吓她来威胁我。"

"怎么会这样，谁干的，报警没有？"

"宋总，咱们不讨论这个了，还是说正事吧，你要帮我什么，怎么帮？"

"当然是生活和工作两方面，闺女暂时就这样，听说，你还有个未婚妻，如果你愿意，也可以安排她进国企，她不愿意当护士，就干别的，即便当护士，国企内的医院工作也轻松，没什么压力，待遇比地方还好。"

"宋总，你要是说这个，我就走了！"

"不不，你听我说，我所以这么急着见你，是听到一些对你不利的风声，听说，有人要把你从碧山赶走？"

"宋总，您的消息真很灵通。您是想在这事上帮我吗？"

"是啊，你这么好的公安局局长，怎么能让你离开碧山呢？你知道不知道，到底是谁在后边搞的鬼？"

"宋总，你应该能猜到吧。你说，谁对我印象不好，能决定我的命运？他说那些话时，你也在场。"

"是谭书记？他怎么这样？这个人可不好说话。"宋国才现出为难的表情，这时响起敲门声。宋国才说："请进！"

一个年轻男子走进来，穿着一身睡衣，嘴上叼着香烟。这不是兵兵吗？他是根本没走，还是又来了？

"宋总，我的剃须刀不好使，把你的借我。哎，这不是李斌良局长吗？"

兵兵说着，向李斌良伸出手来，还现出笑容，比上次热情多了。来而不往非礼也，李斌良只好起身与其握手："您好！"

"兵兵，你来得正好，我正犯愁呢……"

宋国才急急忙忙把李斌良的处境、谭金玉的态度说了一遍："你说这可怎么好？谭书记不好说话，你能不能替李局长说句话？李局长可是难得的优秀公安局局长啊，不能让碧山失去他呀！"

"有这种事？行，我一会儿就去省委找谭金玉，对，我不找他，直接找一把手，他要不听，我就叫老爷子说话，当年，他怎么当上的省委书记，应该明白吧，一个市级公安局局长要是都保不住，那就不是老爷子了！"

这惊动可太大了，李斌良急忙阻止："不不，用不着这样，怎么能惊动老爷子呢？"

"哎，你就别客气了，一切由我来办。对，不但要把你留到碧山，还要提拔重用，你放心，回去等消息吧。还有啥需要我帮忙的，就找我……对，我的电话武权和岳强发都有……"

明白了，绕来绕去，还是为了拉自己入伙，不要动他们的奶酪。而且，这帮忙中还含有威胁，因为，他们既然能保住你，当然也能拿掉你，这对他们只是小菜一碟。关键就看你的态度，如果你继续和他们作对，那么，你的处境不但没有转机，反而可能更加危险。所以，这些话，还有最后通牒的意思。

所以，李斌良一点也没抱幻想，和两个人客气几句后，就离开了荆江宾馆，并打电话报告了林荫。林荫沉默片刻说："看来，你在碧山的行动，牵扯的人太多了。我们奈何不了他们，不过，也不必泄气，正义的力量也是存在的，抓紧回去吧，或许，会有意想不到的事情发生。"

意想不到的事情发生？什么事情？林荫却不说了，只是让他抓紧回去，事情发生了，自然就知道了。

李斌良不好再追问，放下电话后，只能收回心，开始返程之旅。上车后，他首先想到的是案子，不知韩心臣那边有什么突破没有，想给韩心臣打电话，可是又想，如果有突破，他不会不通知自己的。就把拿起的手机放下来。可是，车行一半的时候，手机自己响起，真是韩心臣打来的："李局，你什么时候回来？"李斌良说正在路上，问他有什么事。想不到，韩心臣却说："我在荆北监狱，你也过来吧，出事了……"

行走到距荆北监狱还有一半路的时候，一辆急救车响着凄厉的笛声迎面驶来，迅速从身边驶过。李斌良让司机停下，扭头向急救车驶去的方向望去。

又传来急促的警笛声，李斌良转回头，一辆警车迎面而来。司机一眼认出："李局，是咱们碧山公安局的车。"

李斌良跳下车，站到车旁等待。警车驶来停下，韩心臣从车中走出来，一脸紧张的表情。

"韩局，怎么样？"

"你们不是碰着了吗？人还没死，正往医院送！"

"快，上我的车！"

李斌良和韩心臣进入车中，车急掉头，向急救车驶往的方向驶去。

大体情况韩心臣已经在电话里告诉了李斌良：关押在荆北监狱的抢劫犯冯军强突然中毒，生命垂危。现在，韩心臣又补充说，他已经调查清楚，在一个多小时之前，马刚来监狱探望过他，给他带来一些吃的，看着他吃下后离去。冯军强开始没怎么样，可是，回到监舍后，就觉着肚里不舒服，开始呕吐，后越来越严重，陷入昏迷，监狱意识到问题严重，急忙送往附近的县城医院抢救。

急救车和李斌良的轿车一前一后驶进距离最近的县城，进入县人民医院，李斌良和韩心臣随着冯军强的担架向医院急救室奔去。李斌良看到其脸色铁青，口吐白沫，忍不住大声疾呼起来："冯军强，冯军强，你醒醒，能不能说话，我是李斌良……"

没想到，冯军强居然勉强睁开了眼，从眼神中淡淡的微光感觉得到他，他听到了李斌良的话，看到了他。李斌良说："冯军强，你难道不想报仇吗？是他们害了你，你保护他们，他们却要害死你，这种时候，你还不跟我们说实话吗？快告诉我，你们在那次抢劫中，一共抢了多少钱？"

韩心臣急着问："是一千多万，还是八千多万？"冯军强脸上现出惨笑："不是一千多万，也不是八千多万。"李斌良和韩心臣一愣："什么？"

"现金是八千多万，可是，还有一亿多元的存折和银行卡……对不起，过去，我……没说……实话，你们……一定……替我……报仇……"

冯军强眼神随着话音渐渐定住了。

"冯军强，冯军强，你不能死……医生，请一定救活他，一定要救活他……"

担架被推进了急救室。李斌良和韩心臣只好停下脚步。

看样子，冯军强凶多吉少，抢救过来的可能性很小了。

李斌良问韩心臣，对马刚采取了什么行动。韩心臣说，已经和当地公安局取得联系，正在通缉搜捕。李斌良再问谢蕊被害案的调查进展情况，别墅区的车辆寻找是否有突破。韩心臣告诉他，经过对交通监控录像的仔细审查，发现了一辆嫌疑车，它还是那辆把谢蕊从绿茵小区接走的车，经过对它来路的追查，发现其从一片平房区驶出来，而这片平房区内没有监控录像，所以，短时间内难以查到具体来路。

问明详细情况后，李斌良要韩心臣留在医院里，一旦冯军强抢救过来，立刻进行讯问并录音录像，而自己则带着司机迅速返回碧山。

很快，轿车又行驶在驶往碧山的路上，此时，李斌良心潮激荡，百感交集。冯军强刚才说的那些话虽然没来得及录音录像，可是，他的话自己听得清清楚楚，宋国才家被抢劫和缴获的钱不是一千多万，而是现金八千多万，还有一亿多的存折银行卡。

自己的思路是正确的，谢蕊和林希望的被害，都和此案有关，都是因为案件所涉及的钱数而被害。这么想着，李斌良的信心更足了，同时也意识到，对方已经感觉到强烈的危险，所以狗急跳墙了。好，你们跳吧，只要你们跳，就会露出马脚……

碧山的轮廓出现了，就在前面了，李斌良要司机加速驶回公安局，可这时，手机忽然急促响起，一个陌生的女声传入李斌良耳鼓："您是碧山市公安局李局长吗？"得到肯定的回答后继续说："我们是外地来碧山的客人，住在宏达宾馆，可是，现在有几人在我们的房间外边，自称是警察，要进来搜查我们。是您下的命令吗？"

这……当然没有。李斌良急忙问，自称是警察的人出示证件没有，是什么身份，叫什么名字，请她问清楚。女声说："我们问过了，其中一个警察拿出了警官证，他是巡特警支队的曲直。"

曲直？谁下令要他这么干的，为什么这么干？

李斌良大声道："你问问他，是哪个领导要他这么干的？对，你就说，不许他们乱动，我很快就到。可以问一下，你是干什么的吗？"

"我们是记者。"

记者？李斌良的心又驿动起来，记者，曲直为什么要搜查她们，她们来碧山干什么？莫非……李斌良放下手机，再拨打陈青的号码，问是谁下令要曲直去宏达宾馆搜查记者的。陈青一无所知，李斌良要他立刻带人前往宏达宾馆，了解情况，自己随后就到。

第十三章　逝去的歌声

1．逝去的涛声

宏达宾馆一个客房外的走廊内，两伙警察在对峙着，一伙有四五个巡特警，为首的是曲直，另一伙也是四五个巡特警，为首的是陈青。曲直要带人闯进房间，陈青带来的人守在门口不让。

李斌良走入走廊时，看到的是这一幕。

陈青和曲直看到了李斌良，目光都望向他。

李斌良走上前，直视曲直，问他在干什么。

曲直支吾了一下说，是领导调他来执行任务的。

李斌良问是哪个领导调他来的，来执行什么任务？

曲直支吾着欲言又止，张华强的声音传过来："是我调他来的！"

李斌良转过身，看到了现身的张华强。他又穿上了警服，领口显露出来的白衬衣格外醒目。

来者不善！

李斌良努力控制情绪，问他何以调曲直来这里执行任务。张华强说："是武书记命令我这么做的。"

武权？他绕开身为公安局局长的自己，居然要已经离开公安局并停止职务的张华强，直接调动公安民警来执行任务？

李斌良又转向曲直严厉地问："曲直，你还是不是碧山市公安局的警察？"

曲直支吾地说："当然是，可是，张局的副局长并没有免，何况，还有武书记的指示，他说……"

"他说什么？"

曲直说着求援的目光看向张华强。

张华强现出得意的笑容："我说，你的局长干不长了。李斌良，都什么时候了，你还这么猖狂，你不给自己留后路，可兄弟要留。对，这几位都是我的兄弟，别看我不在局里了，可我还是他们的二哥。你们听清了吧，这种时候，你们知道听谁的吧？"

没人回应，可是，在场的所有警察都把目光看向李斌良。李斌良气得心咚咚直跳，但是，他竭力控制自己，露出冷笑，看向在场的所有警察："好，你们自己好好想想吧，到底听谁的。不过我可以告诉你们，我刚从省公安厅回来，公安厅厅长林荫同志命令我，必须切实负起公安局局长的责任，如果有谁不听我的指挥，违抗命令，我可以立刻扒他的警服。你们听清了吗？"

陈青说："各位，听清了吗，你们听谁的？跟我来的几个弟兄，你们听谁的？"

"听李局的，当然听李局的，一定听李局的……"异口同声地。

张华强带来的曲直和几个同伙蔫下来。曲直把目光看向张华强，张华强一时说不出话来。

李斌良转身走到客房门口，开始敲门："您好，我是碧山市公安局局长李斌良，请开门。"

门慢慢打开一半，一个女人出现在门口，她比想象的年纪大了些，好像有五十岁了，脸颊和身材都有些微胖，但是，透出一种精明干练、处变不惊的神情，完全是一副大记者的气质。

李斌良再次声明身份，出示警官证，递到女记者手中。"请看，这是我的警察证。"

女记者看看警察证，又看看李斌良："你……"

李斌良问："我可以进去吗？"

"可以，但是，只能你一个人。"

"好。"

女记者闪开身子，李斌良向内走去，张华强却跟着走进门，李斌良急忙回身挡住他。

"张华强，记者说过了，只能我一个人进去。"

"她说了就好使啊？她是谁呀？"

张华强使劲儿挤开李斌良，走进房间。李斌良不能当着女记者的面强行阻拦，那样搞不好会撕打起来，那就影响太不好了，只好妥协。可是女记者却迎住他："请问你是谁？"

张华强不语，出示警察证给女记者，女记者接过，一边看一边念着："张华强，碧山市公安局副局长。啊，听过，听过，果然名不虚传，看来，挡不住你，你也进来吧！"张华强得意地哼声鼻子，看了李斌良一眼。

女记者关上门，转向李斌良和张华强："一正一副两个局长来找我们。

能不能告诉我们是为什么？"

李斌良问："可以看一看您的记者证吗？"

女记者从一个包内拿出记者证，递给李斌良，李斌良接过一看，心突然猛地一跳。记者证上清晰地写着"姓名：严真，《明日》杂志社主任记者……"

《明日》杂志？这……

对这个杂志，李斌良很有耳闻，多年来，其以思想解放闻名，经常发表有深度的尖锐文章，对这个杂志，有很多传闻，有一种说法是，杂志社的主要领导，和中纪委主要领导关系密切……对了，前些日子，曾经有一个男记者给自己打过电话，声称是《明日》杂志记者，可是后来就没有了动静……莫非，他们一直在暗中调查碧山的事？林厅长说，可能会有意料之外事情发生，是不是指的此事？

李斌良克制着激动，观察着手上的记者证，看得出，记者证好像是新制作的或者新发放的。她这么大年纪了，却拿着新记者证，这……

李斌良一时想不清楚，把记者证还给严真："严记者，谢谢您。请问，您不是一个人吧？"

"不是，我们是两个人。"

"另一个在哪儿？"

"卫生间。"

"请问，你们来碧山干什么？"

"作为记者，能干什么？当然是采访调查。"

张华强急促地问："采访什么，调查什么？"

严真瞥了张华强一眼："这是我们的职业秘密，没义务告诉你们。"

"那不行，你必须回答！"

"是吗？我不回答，能怎么样？"

"怎么样？我们……我们要搜查，你们的照相机和录像机，还有笔记本电脑，都要扣押审查！"

严真一下子严厉起来："谁给你这种权力？没有任何理由和法律手续，搜查正常履行职责的记者。这里有李局长，你作为副局长，太过分了吧！"

"我是政法委的，我……"

"奇怪，你一会儿是公安局副局长，一会儿是政法委的，你到底干什么的？你懂不懂法？知道不知道什么叫依法治国？法律不禁止的，就是合法的，允许的，我们依法履行记者的职责，请问违法了哪一条。你们凭什么搜查我们？"

"这……审查以后，就知道你们违反了哪一条。"

"难道你要先定罪，后搜集证据吗。政法委是领导机关，难道不知道要带头遵守法律？难道不知道，政法委无权执法吗？我跟你们说清楚，如果你们不出示任何证据和法律手续搜查我们，我们保留向上级控告的权利，到时，我们一定要追究有关人的责任。"

"爱上哪儿告哪儿告去，来碧山就得守碧山的规矩！"张华强打开门命令道，"曲直，带人进来，搜！"

曲直带着两个巡特警迟疑着走进来，可是没有马上动手，而是看向李斌良。

张华强说："看什么看，我命令你们搜，动手，先把录像机、照相机还有电脑扣了。"

曲直看一眼李斌良，向两个巡特警示意了一下，准备动手。严真急忙用身子挡住他们："你们要干什么？李斌良，你就看着这一幕发生吗？你是李斌良吗？"

李斌良对曲直说："出去！"

曲直和巡特警停下脚步，又看向张华强。张华强急了："老看我干什么，搜！"

李斌良大声说："我看谁敢？陈青，赶快，把他们带出去！"

"是！"陈青带着几个巡特警走进来，横在曲直和两个巡特警面前。"曲直，别逼我动手，出去吧！"曲直这边人少，无法与陈青等人抗衡，只能再次看向张华强。

张华强说："李斌良，我是执行武书记的指示，而武书记是执行谭书记的指示。你敢抗拒谭书记的命令？"

没等李斌良说话，严真在旁开口了："怎么，搜查我们是谭金玉的指示？"

"是，你有意见找他提去吧！李斌良，我的话你听明白了吧，何去何从，你自己选择！"

李斌良大脑迅速盘桓，闪出一个念头，转向严真："严记者，你都听到了，没办法，我只能执行领导指示，请你们跟我去公安局吧，把你们的东西都带着。"

"李斌良，你也执法犯法，太让人失望了。省政法委书记有什么权力命令地方公安局违法行政？你不知道这是违法的吗？你到底是不是李斌良，是不是我听说过的李斌良？"

她一口一声自己的名字，听这意思，好像对自己的过去挺了解，这到底是怎么回事呢？

李斌良为难起来，一时不知如何才好。这时，卫生间的门响了一声，又一个女记者从里边走出来："李斌良，你怎么不说话？你是李斌良吗？还是过去那个李斌良吗？"

李斌良好像一下子被子弹击中了，眼睛看向卫生间方向，看到了一个女人，一个女记者，顿时张口结舌，说不出话来，继而万般复杂的情感如山崩地裂般从心底涌上来。

是她，是她，苗雨……李斌良嘴张着，说不出话来。

是她，真的是她，是苗雨，虽然看上去她更为成熟了，年长了，但是自己怎么能忘记这张脸庞，忘记她这个人，她真是心中的苗雨啊，多少年了，六年、七年……她已经走出了自己的生活和生命，曾以为，此生再也见不到她，哪儿想到，她居然在这种情况下突然出现……

> 带走一盏渔火，
> 让它温暖我的双眼，
> 留下一段真情，
> 让它停泊在枫桥边。
> 无助的我，
> 已经疏远了那份情感，
> 许多年以后才发觉又回到你面前……

一首老歌突然在耳畔响起。

"苗雨，你怎么……"

苗雨问："回答我的话，你还是李斌良吗？"

"这……是……"

"真的是吗？我看不像，我认识一个叫李斌良的警察，他极具正义感，笃信法律，可以为守护法律献出一切，哪是你这种畏首畏尾的样子！"

李斌良再也说不出话来，他知道，此时，任何语言都是无力的。

张华强发觉了奥妙，怀疑地盯着李斌良："李斌良，你认识她？"

李斌良听而未闻。

张华强说："李斌良，你可不能徇私情，对，这种情况，你应该回避，由我来……看什么，赶快动手，把东西都给我扣押起来！"

苗雨激动地说："李斌良，你就任他们这么干？"

李斌良迅速清醒过来："住手，曲直，你们三个出去。陈青，你们几个把摄像机、照相机和手提电脑收好，但是不能乱动，听清没有？"

"听清了！"

陈青和自己带进来的几个巡特警开始动手。

李斌良目光看向苗雨。

苗雨也在看着李斌良。

苗雨说："李斌良，看来，你是彻底变了，好，你们动手吧！"

苗雨说着，拿出手机，开始对陈青等人录像。

张华强欲上前制止，忽然想到了什么，又停下来。

很快，陈青等人把一架微型摄像机及两个笔记本儿收拢到一起，放到李斌良面前。李斌良说："好，陈青，把这些东西送我办公室，谁也不许看一眼。"

"是。走！"陈青带着几个巡特警，拿起收好的东西，向外走去。

李斌良说："我希望你们跟我们去公安局，如果不想去，就把你们的手机号告诉我，我会随时和你们联系。"

二人互视一眼，严真拿出自己的名片，递给李斌良。李斌良收起后，说了声谢谢，再转向苗雨："苗雨，你的呢？"

"还是过去那个号。"什么？她居然还保留着那个号码？这……

李斌良非常吃惊，但是努力不表现出去，又看了她一眼，转身向外走去。

李斌良终于走出门，走出了这个房间，这时他才发现，自己的身子在不停地"突突"发抖，忽然之间，他产生一种不真实的感觉，觉得这不是现实，而是一个梦，对，昨天夜里自己基本没睡，是不是精神太疲劳产生了幻觉？他悄悄用手指抠了一下手心，挺痛的，看样子不是梦，是真的……

既然是真的，怎么会这样，她怎么会突然出现在自己的面前，在这种情况下和自己见面？往事瞬间又出现在眼前，那些年里，在白山、在清水、在奉春和她的那些纠葛，直到王淑芬死去，女儿苗苗突然患病，拒不接受她，她掉头离去，说此生不会再和他相见……几年来，自己一直在努力忘掉她，可是，却那么难以做到，即使白天忘掉了，不知哪个夜晚，她又会出现在梦境里，让人痛苦不堪，可谁能想到，就在这种梦日渐稀少的今天，她居然又在这种情况下出现了，她的出现，会给自己带来什么？

回局车上，看出了门道的陈青忍不住发问起来："李局，你认识那个女记者？就是年轻那个，挺有气质的，她对你怎么那种口气，和你是什么关系呀？"

李斌良不语。他无法回答，此时，他眼前晃动的，都是她的面影。因

322

而，手机响起都没有听到，还是陈青提醒才接起来的。

打电话的是武权，电话中，他要李斌良把两个记者的东西都给他送去，他要亲自审查。李斌良呛声道："武书记，这不合适吧？"武权严厉地说："少废话，马上给我送来。"李斌良冷笑一声："不可能！"随即挂断手机，当手机铃声再度响起，他想了想，干脆把手机关掉。陈青骂了一句："对，什么他妈的东西，今后不受他欺负了！"

2．争执

回到办公室，李斌良要陈青和几个巡特警把扣押的东西放到办公桌上出去，然后锁上门，开始一件一件审查。他先查看了微型录像机，首先看到的是梅连运对镜头说着岳强发如何抢夺他的煤矿，如何在并购中侵吞大量国企钱财之语，继而又看到几个不同的煤矿老板，对着镜头做着倾诉，内容和梅连运大同小异，都是如何受岳强发所害。再接着，是几个碧山百姓对着镜头说碧山空气污染如何严重，都是采煤运煤造成的，说他们付出了青山绿水的代价，可是没有得到一点好处，依然深陷贫困之中。还有两个患了肺癌的人流着眼泪说，这些，都是拜煤老板所赐，可是，他们没地方去说理，只能悲惨地付出自己的生命……这些话，李斌良并不陌生，因为他已经接触过很多很多了，只是在镜头中集中反映出来，仍然感到震撼。

有趣的是，镜头中居然出现了宋国才的面孔，他显然是在接受采访，他振振有辞地说，他们集团对碧山一带的煤矿进行并购，是执行国家的政策要求，并购中，他们高度负责，先进行矿产资源调查，再找评估机构进行评估，然后再与煤老板们谈判，几次打折，然后才经董事会研究决定收购。还说，收购后只能增值，不会减值。李斌良看得高兴起来，因为他感觉到，苗雨和严真极可能是在调查并购案，这也是自己非常关心的事情，进而想到，一定要保护她们，保护好这些东西。

响起急促的敲门声，李斌良抬起头来，问是谁。武权的声音传进来："我，武权，快开门！"

他来干什么？李斌良心念一转，迅速把东西收起，锁进柜门，然后才走上前开门。

武权拉着脸走进来，他身后的张华强随之走进来。二人四下看看，武权转向李斌良："东西在哪儿？"

李斌良故意地问："武书记，什么东西？"

"装什么糊涂？记者的东西，录像机、电脑，快给我！"

"武书记，"李斌良故意说："我把东西拿来之前，是给两个记者打了条的，为什么要交给你？你拿走了，她们冲我要，我怎么回答她们？如果她们反映上去，在网上曝光这事，怎么办？"

"那是你的事，我不管，快把东西给我！"

"武书记，东西你拿走了，责任我来负，你这不是给我挖坑吗？再说了，我们查扣记者的东西，本来就违法，你们政法委把东西拿走就更过分了，对，这么做的法律依据是什么？"

"没有依据，可是东西必须给我。"

"对不起，拿不出法律依据，恕难从命！"

"你……"

武权刚要发火，怀中手机响起，他急忙拿出来接听，向门口走去。李斌良正在疑惑，他的手机也振动起来，是一个陌生而又熟悉的电话，他立刻意识到是谁，急忙接起："苗雨……"

苗雨说："李斌良，你上网看看吧！"

"看什么？"

"你说看什么，看你自己和你手下的表现！"

苗雨把手机挂了，桌上的电话又响起来，是网安支队长打来的："李局，不太好，咱们碧山市公安局上网了，是负面的东西，还有你在场，你带人把两个女记者的东西给强行扣押了，网上反映强烈，一片骂声……"

李斌良非常震惊，急忙打开电话，输入自己的名字，果然发现了一组附有文字的视频，什么"碧山市公安局局长李斌良亲自带警察违法扣押记者采访器材"，什么"咄咄怪事，公安局副局长以政法委名义欲扣押记者采访器材"，什么"请看，碧山警察执的什么法？"真是有文有图有真相。李斌良意识到，这些，有一部分是苗雨躲在卫生间用手机摄录的。尽管文字上有指责自己的味道，但是能感觉到，实际指向却是张华强和背后的市政法委，而且，把自己也捎进去，实际上起了保护的作用。李斌良想到这些，不由有些高兴……

武权也奔向电脑屏幕，看了一会儿，站起身指点李斌良说："李斌良，这都是你干的好事，你要为此负责，负全责！"李斌良反击道："武书记，你这是什么话？我怎么能负全责？是你派张华强去搜查记者的，我是接到记者报告前往制止的，可是张华强不听我的非要蛮干，要不是我在中间调和，不知发生什么事。对不起，这个责我不能负！"

武权不再说话，指了指李斌良，转身向门外走去，张华强匆匆跟在后边。看着二人沮丧的背影，李斌良心里又生出几分高兴。

屋子里只剩下李斌良一个人，显得难得的清静。他知道这是什么时候，自己没有享受闲暇的权利，可是一种奇怪的力量却让他坐在办公椅上不想起来，因为她的身影和面庞再次浮现在他的眼前，难以挥去。她还是从前的她吗？她的心中还有自己吗？对，她来碧山，只是履行记者的职责，调查采访，和自己在碧山任职无关吗？难道，自己和她相遇，只是邂逅吗？还有，镜头里的这些东西，显然是她们采访调查的内容，那么，她们要干什么……

想到这里，李斌良坐不住了，他想去见她，无论出于工作，还是个人，都应该见一见她。可是，想挪动脚步的时候又犹豫起来：贸然去见她合适吗？除了不知她如何反应，还有外界和武权他们，会有怎样的想法，造成怎样的影响……

手机铃声又振动起来，李斌良拿起来一看，写着"聂市"的字样，他急忙放到耳边。刚刚叫声聂市长，聂锐就开口了：

"斌良，网上的事是怎么回事啊？"

瞧，网络就是快，他肯定全都知道了。李斌良急忙把一切告诉他，并特别说明，搜查记者的事，责任不在自己，是在那种特定情况下采取的措施，实际上是保护她们。可是，他还没说完就被聂锐打断了："斌良，我说的不是这个，是记者来碧山干什么，都调查采访了什么，她们想干什么……"

李斌良把自己在镜头中看到的情况告诉了聂锐，小声对他说明自己的判断："看来，她们是有目的来的，重点就是煤矿并购的事。聂市长，这是好事啊，听说，这个《明日》杂志在上层很有影响力。"

李斌良以为，聂锐听了会高兴，因为这也是他关注的，可是没想到他却叹息了一声："斌良，这不是我要问的重点。你知道吗？唐书记打回电话，很不高兴，对你和我都很不满，认为我们给碧山惹了事。"

咦，这怎么能怪我们……

没等李斌良发问，聂锐继续说下去："你知道吗，现在市委大楼都在传着，说记者是你招来的，还说你和其中的一个女记者有什么关系，传得沸沸扬扬的，到底怎么回事啊？"

"这不是胡说八道吗？怎么是我招来的？我是认识那个苗记者，可是，已经多年没有联系了，她突然来到碧山，我也很意外。"

"可是，舆论杀人哪，你要注意了。"

聂锐的话，让李斌良产生了很大压力。他明白，张华强目睹了自己和苗雨见面时的一幕，肯定是他回去告诉了武权，武权借机造势，想对自己造成打击、伤害……

对，聂锐说得对，这个舆论对自己非常不利。想想吧，如果上级领导把舆论当成真的，会怎么看你？你身为碧山市公安局局长，发现什么问题，却不通过组织来解决，反而找来记者，自曝其丑，这是什么问题？你想干什么？对，现在有一句话说得好，"他们不解决问题，可是，解决提出问题的人。"难道不是吗？整个碧山的煤矿开采经营特别是并购过程中，造成巨额国有资产和资源被侵吞，可是没人去管，然而，谁提出这个问题了，却成了被整的对象。那么，自己找来外地媒体记者，调查采访本地的黑幕，在他们的眼里，显然是一大犯罪，是对他们的背叛和挑衅，他们是不会容忍的……

想到这些，李斌良忽然对自己担忧起来，而且非常强烈，比武权对自己说干不了几天时还要担忧。

李斌良想打电话给林荫，手机却自己响了起来，正是林荫，他问的是同一个问题。李斌良做了详细汇报，又说到了自己的处境，林荫听后，却好一会儿不语。这让李斌良更加意识到自己不妙。果然，林荫开口后说，这个舆论对他确实不利，而且他解释不清楚，就是苗雨本人解释也没人听，只会把事情搞得更大更复杂。之后，林荫把话题转到谢蕊被害案上，李斌良汇报了目前的进展，说到劫匪冯军强在监狱里中毒之事，进而说起，案件正在关键时候，自己绝不能离开碧山公安局局长的岗位，请林荫一定想办法帮助自己。可是，林荫听后却说：越是这种关头，李斌良越是危险，对手一定会千方百计把他搞掉。又指出，公安局局长虽然是双重领导，但是他是处级干部，以地方管理为主，如果碧山市委做出调整决定，省公安厅只能抗议，却没有有效的办法制约。

林荫的话，让李斌良想起某市公安局局长被市里调整了职务，不再让他担任公安局局长，而是去担任负责科教文化的副市长，公安部当时也没有办法。难道，自己也会处于同样的地步吗？如果被免职或调职，这可怎么办？

放下林荫的电话后，李斌良马上打电话给韩心臣，韩心臣告诉他的却是不好消息，冯军强没有抢救过来，死在医院里了。这让李斌良压力更加深重，也更加感到紧迫，他把目前的情况说给他。韩心臣立刻意识到危机，提出，必须在最短的时间内，使谢蕊和林希望被害案取得突破，这是挽救他命运的唯一途径。

可是，如何突破？抱有厚望的冯军强已经死了，还去哪儿找线索？李斌良正要提出这个问题，想不到韩心臣却说："李局，别太着急，我刚刚想到，还有一个人可以查，这可能是条重要线索。"

韩心臣告诉李斌良，他在案卷中发现，宋国才父亲家有一个小保姆，冯军强和同伙就是尾随她进入宋家作案的，没准儿，从这小保姆身上，能够挖出什么。

对呀！李斌良豁然开朗。

3．小保姆失踪

李斌良和韩心臣带着陈青来到宋国才父亲家的别墅区，没有贸然行动，而是先向门卫了解情况，这才知道，小保姆在宋家出事后不久就离开了。这让李斌良有些意外，他想了想，给分局长打去电话，要他把辖区派出所的责任区民警派来。责任区民警来到后，李斌良要他想办法了解小保姆去了哪里。民警说这好办，然后就进了宋家，出来后告诉李斌良，宋国才的父亲说，小保姆去了哪儿他也不知道，而且也没留电话，没法取得联系。李斌良再问责任区民警，小保姆是哪里人，他是否知道。还真不错，民警拿出笔记本儿，查了一下，上边居然有当年他入户调查的记录，小保姆叫蓝小娟，是本省棠树县明山镇大屯村人。李斌良和韩心臣研究后，做出决定，韩心臣留在家中掌握情况，指挥有关人员继续侦查案件，李斌良亲自带人前往大屯村，寻找小保姆蓝小娟。

因为行动需要保密，李斌良只能让陈青随自己前往。谢蕊被害后，陈青一直陷于痛苦和郁闷之中，可是，在侦查破案上却一点也没含糊，李斌良发令后，他二话不说地开车出发了。

下午三时许，李斌良和陈青来到了棠树县明山镇派出所，见到了负责大屯村的民警老黄，向他了解蓝小娟的情况，这个老黄很熟悉村里的情况，他告诉李斌良，蓝小娟回来后一切正常，不过，她现在已经结婚成家，嫁到了四道河村，日子过得很富裕，很受村人羡慕。而这个四道河村，也归他管。李斌良听了非常高兴，麻烦老黄带自己去四道河村蓝小娟家。老黄慨然答应。

很快，四道河村到了，蓝小娟家到了，李斌良克制着激动的心情跳下车，走到蓝小娟家院门前，先看到一幢新盖的彩钢瓦红砖墙的新房，宽敞的大院，继而看到的是……

是锁着的大门。这……大门怎么上着锁？

老黄对着院内喊起来："屋里有人吗？我是派出所老黄，有人吗……"

喊了好几声，也没人答应，却把左邻右舍喊出来好几个，都探头探脑地往这边看着。李斌良急忙走向一个女邻居，问蓝小娟是否在家。女邻居用奇怪的眼神看着李斌良说："蓝小娟不是被你们警察带走了吗？"

李斌良急忙追问，哪里的警察带走了蓝小娟，邻居却说不清楚了，但是她说，两个警察带着蓝小娟从院里出来的时候，蓝小娟很不愿意走，是被两个警察挟持着推进车里的。

李斌良再问，两个警察说没说什么话，他们都多大年纪，有什么特征。女邻居想了想说，　个大点儿的大概四十多岁，穿着白衬衣……

白衬衣？那可是高级警官，最起码是三级警监，一个三级警监带走了蓝小娟？他是谁？

李斌良再问其肩牌上的标志，女邻居想着说，和一般的警察肩牌不太一样，上边不是杠，而是像麦穗似的东西，然后有一个星，李斌良听明白了，确实是个三级警监。

女邻居再说不出别的了，李斌良再问别的邻居，追问了半晌，有一个邻居想起来了，说把蓝小娟往车上推的时候，年纪小一点的，也就是三十多岁的一个警察对年纪大一点儿的警察叫了声"二哥"，当时他还有点儿奇怪，以为这两个警察是兄弟俩……

"二哥"？张华强？年轻的警察是谁？李斌良追问了一番相貌特征，判断极可能是曲直。他们来带蓝小娟干什么？

李斌良忽然产生一种强烈不安，忍不住骂了一声"他妈的"，霍然转身："陈青，快上车……老黄同志，对不起了，我们有急事，您找别的车回所吧！"

就这样，李斌良和陈青扔下摸不着头脑的老黄，迅速驾车向村外驶去。

李斌良努力平静了一下自己，给韩心臣打去电话，要他了解一下，张华强在哪里。韩心臣不明白为什么这样，李斌良告诉他："张华强把蓝小娟带走了！"

这回，轮到韩心臣诧异了。

李斌良告诉他，根据自己掌握的信息，张华强带着曲直，来到四道河村的蓝小娟家，以警察调查案件的名义，把她带走了，带到了哪里，谁也不知道，所以，他那边要马上启动调查，尽快找到张华强和曲直的下落。

陈青一路驾车狂奔，却没有看到张华强和曲直的车影。看来，他们的车速也一定很快。半路上，韩心臣打来电话说，经了解，张华强没上班，市区没有他的影子，没人知道他去了哪里。李斌良听后，放下手机思考片刻，又拿起手机拨了几个号码，可是，拨到半路又放下来。又跑了一段路，手机突然自己响起，李斌良接起，听了几句后，说了声谢谢他，然后又拿起手机打给韩心臣，告诉他，张华强开的是政法委的4700越野车，一旦发现，立刻拦截搜查。陈青问李斌良怎么知道张华强开的什么车，是不是刚才的电话告诉他的，那是谁的电话。李斌良却不告诉他。

半小时后，李斌良的车进了城，天已经很晚了，可是，二人无心吃饭，急着寻找蓝小娟。这时，李斌良手机再次响起，是韩心臣打来的，他告诉李斌良，已经发现张华强的车出现在学府街，但是，自己无法拦截，要他尽快前往。就这样，十分钟之后，李斌良的车和张华强的车走了对面，当街将其拦住。

张华强下车，气势汹汹走上来："李斌良，你想干什么？"

李斌良不理张华强，大步走到他的车前，向里边看了看，里边空无一人，再转回来，站在张华强面前："蓝小娟在哪儿？"

张华强支吾道："这……什么蓝小娟，蓝小娟是谁？"

"装什么糊涂？要是不掌握证据，我不会冲你要人，马上把蓝小娟交出来。"

张华强紧张地说："你……我……"

张华强的手机突然响起，打断了他的话，他拿出手机看了一眼，向一旁走去，小声说了几句什么，又走回来："李斌良，你到底说什么？我不明白！"

李斌良不语，突然上前，一把夺下张华强的手机，查看通话记录。张华强恼火起来，"妈的，你想干什么？"冲上来欲夺回手机，却被陈青一把扭住："你给我老实点儿！"

瞬间，李斌良已经看清，通话记录上是曲直的名字，他把手机还给张华强："说，曲直刚才跟你说什么了？"

"这……你管得着吗？"

"我当然管得着。我们已经查清，是你和曲直去了棠树县明山镇四道河子村，带走了蓝小娟，快说，你把她藏到了哪里？"

"你胡说八道什么呀？我不知道什么蓝小娟。你有证据就拿出来，拿不出证据来就是造谣污蔑。你在碧山待不了几天了，我不尿你，你能怎么着？"

张华强说着，欲挣脱陈青的手离去，陈青却不松手，他气得对陈青大打出手："你这只狗，狗，放开我，妈的，惹急了老子，你主子走了，让你离不开碧山……"

陈青手上使劲儿，扭紧了张华强的衣领，张华强顿时憋得吭哧吭哧说不出话来。陈青以询问的目光看向李斌良。李斌良急忙拿出手机，走向一旁，打通林荫的电话，把眼前的情况告诉了他，请示该怎么办。林荫稍作思考后说，如果把张华强扣起来，他不说真话，再闹起来，反而耽搁了时间，当务之急是寻找蓝小娟。李斌良听后，放下手机，要陈青放开张华强。张华强好不容易喘顺了气儿，骂着陈青和李斌良，说走着瞧，进了自己的车，启动，掉头，驶去。

这时李斌良才发现，韩心臣就站在街道对面看着这一幕，他匆匆走上来，问怎么回事，李斌良把刚才的情况告诉了他，又告诉他，张华强把蓝小娟交给了马铁马刚兄弟。韩心臣担心起来，马铁马刚都是打手之类的家伙，蓝小娟落到他们手里，恐怕凶多吉少。李斌良说当前最迫切的是找到马铁和马刚，他们到底会把蓝小娟带到哪里。二人分析后韩心臣说，在碧山，张华强也好，岳强发也好，有无数的藏匿地点，但是，在情急之下，能不能带到岳强发的老巢，也就是强煤集团公司前总部藏了起来？可是，二人分析后认为，藏到岳强发前总部的可能性不大，因为一旦暴露，会直接牵扯到岳强发。那么，会是哪儿呢？

二人一时想不出来。李斌良正在着急，手机忽然响起，他拿出来一看，居然是那个熟悉的号码，苗雨。他急忙把手机放到耳边，苗雨告诉他，自己有个重要情况向他反映，已经前往公安局。

李斌良告诉苗雨，自己有急事，正在忙着。苗雨却说，她的事情也急。李斌良只好要韩心臣继续寻找蓝小娟的踪影，自己和陈青急速驶向公安局。

车驶到公安局大楼前停下，李斌良一眼看到苗雨的身影，她身旁还站着一个看不太清楚面目的男子。跳下车后，苗雨带着男子迎上来："李局长，这位是孙建设，过去是个建筑公司老板，他有重要情况向你反映。"

孙建设五十岁许、看上去蔫蔫的，和想象中的建筑公司老板相距甚远。他找自己干什么，有什么紧急情况？

苗雨说："进屋再说吧！"

天很晚了，民警们早下班了，大楼里静静的。在走向办公室的途中，李斌良询问，和苗雨一起的年长女记者严真在哪儿，苗雨说她回杂志社了，李斌良听说只剩下她一个人，有些担心她的安全，苗雨却说自己有防范措施，要他专心干自己的事，不要惦念她。然后告诉李斌良，她是在调查采访中结识孙建设的，经她再三动员，孙建设答应把他的情况说给他。

走进办公室后，李斌良请孙建设坐到自己的办公桌对面，又让陈青给他倒了杯水，然后说自己很忙，请他抓紧时间讲事。

可是，孙建设看了看陈青没有出声。李斌良意识到他有顾虑，当即告诉他，陈青是自己从荆都带来的助手，和碧山没有任何联系，他尽可以把要说的话说出来。孙建设这才放了心，而说出的第一句话，就引起李斌良的高度注意。

孙建设说："我要告张华强。"

什么？这……"好，请说，你告他什么？"

孙建设说："事情得从二〇〇七年说起，那年四月，他让我垫资三百多万元为他修建狗场……"

孙建设说了起来，说着说着失去了镇静，变得愤怒起来。

事情似乎很简单：孙建设垫资为张华强建狗场，好不容易建成了，该结账了，可是，张华强却说质量不合格，拒绝付款。不但这笔钱不付，还要孙建设继续垫资，在狗场另外建造一栋三层楼。"我能惹得起张华强吗？没办法，打掉牙往肚子里咽，只好又垫资两百多万元给他建了楼。可是，好不容易建好了，张华强不但一分不付给我，反而强迫我向他借高利贷四百万元，月息四十万元。当年年底算账时，张华强不但不支付我的垫资款，还算出我欠他四百二十万元，逼我还……"

怎么能有这种事？这种事过去在控诉旧社会罪恶的电影见到过，说是有一种"驴打滚"的高利贷，可是，也远没有这么高啊，为人垫资五百多万，到年底一算，不但没收回钱，反倒欠人家四百多万，怎么可能……

"孙建设，我有点儿不明白，他要借高利贷给你，你就借？"

"李局长，你还是不了解张华强啊，他是咋发家的你没听说过吗？多少人让他坑得倾家荡产呀？他是警察，还当着副局长，同时又是黑社会，养着很多小弟，他整我不就是小菜一碟吗？他要借，我敢不借吗？就是火坑我也得跳啊。"

苗雨插话说："我调查过了，他说的都是真的。你需要证据我可以提供。对了，孙建设，你再说说，他借你高利贷的时候怎么说的？"

"这……这不是吗，我活儿干完了，小心地跟他提了提钱的事，说我把流动资金都垫进去了，还得接新工程，希望他能付我点儿钱。他好像早就想好了，说：'嗯，那是，你搞工程的，手里不能没点儿活钱儿，这样吧，我手里也没多少钱，不过你既然钱这么紧，我就先借给你点儿吧。'然后，就逼着我打欠条，把钱硬拨到了我的账户上。"

简直匪夷所思。

欠着人家的垫资款几百万不还，却拿出钱来硬借高利贷给人家，最终，不但不用还一分钱，人家还欠他几百万。

孙建设说："本来，我不准备对您说这些，可一是他老是要他的小弟找我逼债，今儿个打我几个耳光，明天踢我几脚，二是我已经倾家荡产了，不但还不上他的钱，我的公司也早黄了，现在吃饭都成了问题。这时，苗记者找上了我，说你为人正义，能管我的事，我才来的。"

李斌良听了孙建设的话，一时忘记了寻找蓝小娟的事：看来，在碧山，真是什么事都能发生啊。谁能想到，一个警察，而且是高级警官，市公安局副局长，居然干出这种事，简直比黑社会还黑社会呀！苗雨说得对，除了我，没人能管这事，也没人能帮得了孙建设，可是，你怎么去管这事呢……

没等想出主意，手机响起，韩心臣打来的："李局，我忽然想到一个地方。"

李斌良一时没有反应过来："什么地方？"

"张华强藏匿蓝小娟的地方啊？"韩心臣说："你知道吧，他有个狗场。"

"刚听说，你是说，张华强可能把蓝小娟藏到那儿？"

"对呀！"

"你快回来，到我办公室来！"

在等待韩心臣的时候，李斌良又转向孙建设："孙老板，你说说，张华强让你建的狗场的情况。"

"李局长，这地方在咱们碧山可有名儿了，你就没听说过吗？"

"你说说吧，这个狗场到底怎么回事？"

孙建设说："这……好，我说，这个狗场名义是养狗的地方，张华强确实也在那儿养了好多狗，还都是名狗。但是，那里也和帝豪盛世一样，都设有张华的办公室，对，还有他休息的专门房间，老气派了。对，不只他，还有别人，在那儿也有专门的休息房间。"

"别人都有谁？"

孙建设不语了。

苗雨说："孙建设，你尽管说，没事，在这里走不了话，快说吧！"

"好吧，我说，还有武权的房间，就是现在的市政法委书记，还有岳强发的房间。对，他们是一伙的，都用同样的手段发财。那儿也开赌场，还有高档小姐，吸毒的，啥花样都有……"

听着孙建设的话，李斌良的心又咚咚跳起来，眼前也浮现出搜查帝豪盛世时目睹的一切。

敲门声打断了李斌良的思绪，也打断了孙建设的话。李斌良打开门，韩心臣走进来。他看到苗雨和孙建设，有些意外，小声问李斌良怎么回事。李斌良却大声说："韩局，你刚才说，张华强可能把人藏在狗场？"

韩心臣看了一眼苗雨和孙建设，不语。

"说吧，没事，他们正在向我讲狗场的事。这位你认识吗？他就是给张华强建狗场的孙老板，孙建设！"

"啊，听说过，孙老板，听说，你为了建这个狗场，倾家荡产了。"

"谁说不是，我正跟李局长说这事呢！"

"那太好了，我也要说这事。李局，其实我早都想向你反映张华强狗场的事，可是看你的事太多，又专注于破林希望的案子，就想不打扰你了，等倒出空来再说，看来，现在必须说了。我可以负责任地说，张华强的许多违法犯罪活动的策划和善后，都是在狗场发号施令的。这个狗场应该是张华强的'指挥部'之一，比帝豪盛世还重要。"

"你详细点儿说，这个狗场是怎么开起来的？"

"嗯……据我掌握，最初，张华强在那里开赌场，赚了一大笔钱，得到第一桶金。资本积累基本完成后，才开设的帝豪盛世，进行娱乐餐饮经营。他们利用这些场所，容留卖淫嫖娼、吸食毒品，并继续开设赌场，赚取了大笔黑钱。"

李斌良说："听你的意思，张华强手下有一伙人？"

"对呀，其实，他的团伙，就是碧山的一个黑社会组织。"

"那，你对这个组织的成员了解吗？"

"李局长，我了解。"孙建设突然把话抢过去："张华强手下有几个管事的，譬如戴宝山、刘建松、何二愣，他们仨直接听从张华强的命令，负责狗场和帝豪盛世的管理。他们手下，还有范兵、张超、楚钢、杨宾四大金刚，这些人都是打手头目，就是他们带人冲我要钱的。对，咱们碧山有'二强'，谁不知道啊，大强就是强哥，就是岳强发，二强就是张华强啊！"

"对，"韩心臣说，"骨干成员都称张华强为二哥，而骨干成员之间也以兄弟相称。你没来碧山的时候，张华强经常不来公安局上班，而是在狗场或者帝豪盛世，遥控指挥治安口的日常工作。对，这两个地方还是张华强洗钱的地方，他的一些巨额非法所得在这里就披上了合法的外衣。听说，在狗场那边有包房三十多间，还有一个大型演艺中心，装修都非常豪华，吸引了大量人员来此消费，他公开设赌，容留卖淫、嫖娼，最多时鸡头十多个，'三陪'人员近百名。"

"张华强靠什么控制他手下的组织人员？"

"这我也听说过，他在这方面有一套手段。比如，他纵容组织成员吸食毒品、嫖娼、赌博，反过来采用金钱、美色、毒品等控制他们，使他们死心塌地跟随依附。另外，也经常利用结婚、生病之际安抚、奖励团伙成员。所以，一些骨干成员都感恩戴德，经常在犯罪活动中为核心成员替罪顶罪。对，你知道曲直现在为什么跟着他吗？"

李斌良问："为什么？"

韩心臣说："我也是刚刚听说，曲直过去是个挺不错的特警，无论是工作还是手把，都有两下子，张华强就想拉他成为自己的心腹，曲直最初还真没太理这一套，可是他经济状况一般，去年母亲病重，没钱医治，听说，那次张华强出了一笔钱，从那以后，曲直算是跟定了他。"

"嗯，我知道了。时间紧迫，咱们就不说别的了，研究一下，怎么搜查张华强的狗场吧！"听了李斌良的话，韩心臣一愣："李局，你想搜查张华强的狗场？"

李斌良坚定地点头，韩心臣却沉默下来，李斌良再次征求他的想法。他看看旁边的苗雨和孙建设，想说什么欲言又止。

"你不要顾虑他们两个，从现在起，他们就不能自由行动了，包括对外联系，打电话。"

苗雨和孙建设露出惊讶的目光，但是没表示反对。

韩心臣这才开口："李局，咱们用什么搜查呀？"

当然要调集警力。这是李斌良当然的回答，可是他却没这样说。

是啊，韩心臣说得对，目前，你即将被免职的消息甚嚣尘上，整个碧山市公安局已经人心涣散，在这种情况下，你还能大规模调动警力吗？你名为市公安局局长，其实能够指挥的，恐怕只有韩心臣、郁明、陈青、智文、许墨等少数几人。别人，就算你还能调得动，可是，发自内心支持你的，能有几人？关键时候，两军对峙，你敢保证，他们站在你一边吗？更成问题的是，一旦大规模调动警力，风声很快就会传开，张华强必然会知道风声，那样，行动就会竹篮打水一场空。

李斌良当着韩心臣三人面操起话筒，拨打了厅长林荫的电话，汇报情况后请求支援。林荫稍加思考立刻表示同意，还明确表示，调省厅特警总队前往碧山，交给他指挥。

李斌良激动而又兴奋，把林荫的话告诉了三人，三人都现出激动的表情。韩心臣说："这太好了，那咱们还等什么，行动吧！"

对，是该行动了。省厅的警力到达需要时间，必须提前进行侦查，做好雷霆一击的准备。可是，行动要绝对保密，如何对待面前的苗雨和孙建设？苗雨倒是可以完全信任，而孙建设……

没等李斌良开口，孙建设激动地站起来："李局长，您要对张华强下手？太好了，狗场是我建的，里边的房间设施什么的，我非常熟悉，我跟你们一起去。"

别说，真是个好主意。李斌良答应了孙建设的请求。

4．行动

说起来真是可悲，堂堂的碧山市公安局局长居然像普通警察一样，亲身参与潜伏、监控行动，可是，李斌良已经习以为常，一些日子以来，自己不就是这样亲自侦查和走访调查吗？

他们一共有两辆车，七个人，也就是李斌良自己，加上韩心臣、陈青、智文、许墨和苗雨及孙建设。

暮色中，在孙建设的带领下，一行人两辆车悄然驶到郊外，远远停下，又向前步行了一段路，停下来。前面，是一座朦胧的山岗，山岗下方，坐落着一幢建筑，不，应该是一个大院，大院内有好几幢建筑，闪烁着绚丽的灯火。

孙建设悄声说："看着了吧，那个大院，那就是狗场，瞧，多大，还有里边的楼、房子，都是我建的，可是，没赚着一分钱，反倒欠了他四百多万……对，看着那个冲南的大门了吧，那是前门，北边是后门，比较小，平时不用，但是也能出入人车……"

看来，带孙建设来是对了。李斌良立即做了分工，他带着韩心臣和陈青及孙建设盯着前门，智文和许墨带着苗雨，盯着后门。

在孙建设的带领下，李斌良四人来到前门不远的黑暗处，隐下身来，盯着前面，见狗场内灯光闪烁，可是却很安静，还不到晚上十点，按照韩心臣和孙建设所说，这里不应该是安静的时候啊？

那么，它为什么如此安静？不正常，很不正常。难道，他们察觉了什么？李斌良产生些许忧虑。

和林荫联系了一下，林荫说，省厅特警已经出动，大约两个多小时就能到达碧山，他要密切监视狗场的一举一动，确保行动成功。

可是，敌中无我，我中有敌，所谓的监视，只能是现在这个样子，对里边的情况，却一无所知。

陈青提出这个问题：如果里边发生什么事，我们在外边一无所知，怎么办？

李斌良没有出声。陈青再问，他仍然没出声，只是让陈青注意盯着。

咦？前面，一辆车驶来，停到了狗场大门外，一个男子从车中走下来，四下观察了一下，走到大门口，按了一下门铃，说了几句什么，大门自动打开，他四下观察了一下，向里边走去……

陈青小声说："是曲直，这小子，这种时候来，肯定有事。"

韩心臣持同样的看法，低声问李斌良怎么办。李斌良说别急，注意观察。

　　李斌良后来知道，曲直走进去后，里边发生的事。

　　曲直轻车熟路，走进狗场，走进正楼，走进一个硕大的、和帝豪盛世那个办公室非常相似的屋子，张华强正在等着他。

　　"曲直，你为啥非要见我？"

　　"二哥，不说了吗？我有一种感觉，不太对劲儿啊！"

　　"怎么个不对劲儿？"

　　"你感觉不出来吗？李斌良不是跟你照过面了吗？从那以后，他咋忽然没了动静，是不是采取了什么特殊手段在对付咱们？"

　　"特殊手段？现在，局里听他指挥的没几个人，只要他有行动，我就会知道，他还能有啥特殊手段？"

　　"二哥，不能掉以轻心。这种时候，二哥你应该跟我说实话了，你为啥带我去找那个叫蓝小娟的女人哪，把她弄哪儿去了？万一出什么事，我也有个思想准备呀！对，二哥，我是和你绑到一起了，可是，你得跟我交个底呀，不能让我糊里糊涂地干哪！"

　　"我不是说过吗，知道得越少，对你越好。"

　　"可是，我心里没底呀，特别是现在，我的心总是放不下。对，你不是说，李斌良很快就会滚蛋吗？怎么到现在还没动静？跟你这么说的人，是不是忽悠你呀，你可得多长几个心眼儿啊！"

　　张华强没再说话，而是拿出手机，打了一个号码："是我，武书记，你老是说李斌良快了快了，怎么到现在还是一点儿动静没有？"

　　武权气呼呼地说："你以为我不急吗？免他的职，需要碧山市市委决定，可以征求省公安厅意见，也可以不征求，可是，糖球子非要谭书记在上边先表个态，最好以省委的名义说句话，这样他就好交代了。"

　　张华强说："这个糖球子，贼滑贼滑的。对，刚才曲直跟我说，他有一种感觉，好像不对劲儿，他一说，我也觉着有点儿不对头，你有没有这种感觉？"

　　"这……没有啊，什么感觉？华强，碧山是咱们的天下，碧山的警察也控制在咱们手里，李斌良他翻不了天！"

　　"可是，他万一和省厅姓林的勾搭起来，采取什么行动呢？"

　　"嗯，你放下吧，我给古泽安打个电话。"

　　张华强放下电话，片刻后，武权把电话打回来，告诉他，自己跟古泽安通话了，古泽安说没觉得省厅有什么异动。对，他说，特警总队有一部分人出去了，他打听了一下，说是搞一次夜间处突实战演练……

武权说到这里停下来，因为他自己也产生了不安的感觉。

张华强听完更觉不安，放下电话后，他要曲直出去观察一下，看外边有没有异动。

于是，李斌良等人看到曲直走出来，四下巡视了一圈，又走了回去。

回到房间后，曲直告诉张华强，没发现什么动静，大概是自己多心了，之后，再次询问张华强把蓝小娟送到哪儿了，千万不能出事。张华强却不要曲直再啰嗦，自己心里有数。之后，张华强又给武权打了电话，说他这边虽然没什么动静，但是让曲直说的，他心里很不安稳，是不是想想什么办法，刺探一下李斌良的动静。

于是，李斌良接到了高伟仁的电话："李局长，我是伟仁。"

李斌良警惕起来，问高伟仁有什么事。高伟仁说，他听到传言，李斌良的职务马上就会被免，不知真假，睡不着觉，所以打电话给李斌良，问问到底是真是假，他现在在哪里，在干什么。

李斌良略想了一下告诉高伟仁，确实有传言，但是，他们能不能把自己搞掉，还两说着。不过，这种时候，他最好想清楚，当初，他可是说过对自己无条件支持的，现在，他到底还支持不支持，如何支持，他看着办吧！

高伟仁问："我当然支持，可是，你得让我托底呀，你现在在哪里。"

李斌良说："没有，我在外边，和两个朋友在一起，他们不是要把我免职吗？我也得想办法应付啊。好了，你等结果就行了，不用太操心，我撂了！"

李斌良放下了手机，心中生出几分愤慨，他已经切实感觉到，这个相貌堂堂的男子，并不是一个真正的汉子，关键时候是无法指望的。

手机再次响起，是林荫的声音："斌良，我们到了，距离市区还有一公里。你们在哪里？"

李斌良的心激烈地跳起来："我们就在城南市郊张华强的狗场，你们快来吧！"

放下手机，李斌良把情况告诉了韩心臣和陈青，二人都激动起来，连孙建设也掩饰不住地高兴。可就在这时，前面狗场的大门开了，张华强和曲直走出来，四下观察片刻，又转身向院内走去，大门却没有关。

李斌良说："不好，他们要逃跑，快！"

李斌良、韩心臣和陈青拔出手枪，向大门奔去。孙建设惶然地问自己怎么办，李斌良要他等在这儿，头也不回地奔向前去。

张华强的轿车缓缓从大门内驶出来，却发现三支枪口在对着他。张华强停下车，探出头问："你们要干什么？"

李斌良说："下车，我们要搜查！"

"搜查什么？李斌良，这时候了，你还猖狂？老韩，你是不是眼睛瞎了，这种时候还捧他的臭脚？"

"少他妈的放屁，老子豁出去了，你给我下来！"韩心臣突然大怒，上前一把将张华强扭下来。张华强想动手，陈青上前替下韩心臣："你他妈的老实点儿！"

李斌良上前打开车门，里边空无一人。李斌良说："把后备厢打开！"

张华强恨恨地说："你们他妈的我给你们打开，看你们搜什么，搜不出来咱们再算账！"

后备厢也打开了，里边没有小保姆蓝小娟的影子。

"咋样，看清楚了吧？妈的，今儿不说清楚，我跟你们没完，你们想干什么。曲直，你干什么呢，快来人……"

一阵杂乱的脚步声响起，十来个身强力壮的汉子从院内冲出来，手中拿着刀棍等凶器，对着李斌良三人七嘴八舌地吵嚷着："干什么？谁敢跟我们二哥过不去，找死啊……"

麻烦了，敌众我寡，又不能开枪，怎么办？

陈青、韩心臣的目光看向李斌良，现出紧张的神情。

警笛声突然远远传来，越来越近，继而，两辆运兵车的巨大身影出现，迅速驶过来，停下，全副武装的特警一个个跳下车，进而一辆高档警车驶来，停下，林荫走下车，对着打手们喝道："我是省公安厅厅长林荫，你们想干什么？快，把这里严密包围，不许走漏一个人，搜！"

张华强望着眼前的情景，目瞪口呆。

特警们迅速展开行动，林荫走向李斌良："斌良，没事吧？他是谁？"

李斌良说："张华强。"

张华强慌张地问："林厅长，我是碧山市公安局副局长张华强，这是怎么回事，为什么……"

林荫不理张华强，叫过两个特警，指着张华强："把他控制起来，不能出事。"

两个特警异口同声："是！"

"斌良，咱们进去吧！"

李斌良随着林荫跟在特警后边向院内走去，走了两步又想起，要陈青把孙建设叫过来，参与搜查。

第十四章 真相需要证据

1. 搜查，战果

院内，狗吠声响成一片，有的狗疯了一样要从狗圈内冲出来，但是，面对着特警手中黑乎乎的微冲，狂吠很快变成了呜咽，躲在狗圈深处呻吟起来……

李斌良随着林荫走进狗场大院，停下脚步，向前看去。

前面，约有二十多名打手类的男子从楼内奔出来，有的手上是铁棒木棒，有的是明晃晃的砍刀，叫嚣着冲上来，想和特警对抗。

真是太狂了，反天了。先是特警们鸣枪示警，然后是林荫上前，声明身份：有人反抗，就地拿下。打手们这才想起逃跑是当前第一要务，但是，后门和四面墙上都传来特警喝令声，一支支枪口对准了他们。于是，一个个只能扔下凶器，跪在地上，被扣上手铐。

当强大的正义力量真的行动起来时，邪恶是如此的不堪一击。

这时，不知谁打亮了院里的全部灯光，整个大院一览无余地显现出来：假山、画廊、花草树木……瞧，那边停着好几辆豪车，那辆庞大的黑色轿车叫什么来着？对，"玛莎总裁"，一辆车就价值一千多万哪。这不是岳强发的座驾吗，怎么停在这儿？

李斌良喝问一个被戴上手铐的打手，这辆车是谁的。其看一眼李斌良，小声说，是二哥的。

原来是张华强的，不愧是二强，岳强发有的，他照样也有。

李斌良继续巡视着眼前的景象，他看到，狗场内两栋楼房，完全是大型宾馆的标准装修，里边又是什么天地呢？随着特警们控制了局势，他随着林荫向一幢楼内走去。一层层楼房，一道道走廊，一个个装修高档的房间，居然还有室内游泳池、健身房、小电影室、大型餐厅、厨房、K歌房……真是吃喝玩乐一条龙啊。

一个特警走到林荫和李斌良面前，敬了个礼，请二人跟他走。于是，李斌良和林荫走进一个大房间，原来是个陈列室，里边陈列着大量文物收藏品，令人目不暇接。林荫观赏着感叹地说："这情景我好像在哪儿见过。"旁边的特警说："我在电影里边见过，那些大毒枭们的生活就这样。"说得对，李斌良也产生了这样的联想，继而又想，张华强的罪恶一点儿也不比大毒枭们轻。

李斌良和林荫正要离开，走廊里传来吵嚷声："放开我，干什么呀，我要见林厅长……"原来是张华强在两个特警的撕扭下走过来。一特警说："林厅长，他一定要见你。"没等特警说完，张华强就嚷起来："林厅长，这是干什么，凭什么搜查我呀？"

林荫问："张华强，这是你的地方，是吗？"

张华强吞吞吐吐地说："是……啊，是我和弟兄们的，怎么了？"

"你哪来这么多的钱？"

"挣的，我哥哥开煤矿，有钱，资助的我，怎么，犯罪吗？"

李斌良说："张华强，你还这么猖狂？有钱不犯法，可是，你的钱怎么来的自己清楚。"

"李斌良，你把话说清楚，你说我的钱怎么来的？抢的？偷的？那好，把我抓起来吧，可是，证据在哪儿？"

林荫说："张华强，看你能猖狂到什么时候！继续搜！"

可是，搜查没有进一步发现，既没发现小保姆蓝小娟，也没发现任何黄赌毒证据。这让李斌良很是不安。他和韩心臣把孙建设带在身边，一个房间一个房间地走着，在一个房门口停下来。

房间的门被打开，里边呈现出一个阔大的办公室，其格局、装饰和帝豪盛世那个张华强的房间非常相似，同样的不伦不类，供奉着财神像、关羽像、毛泽东像，同样有一面国旗。搜查的特警对李斌良说，屋子里没发现什么。可就在李斌良准备退出去时，孙建设却开了口："不对。"李斌良问他为什么，孙建设说，这个屋子在建造时比现在要大得多。李斌良听了心一动，把情况说给特警，特警们立刻行动起来，最终找到了一道暗门，原来，这间办公室有一层夹壁墙，第一个进去的特警打开灯光后，立刻惊叫起来，李斌良探进头去，先看到几把砍刀、刺刀，越看越多，好像有几十把到一百多把，还有镐把、钢管等几十根，另有仿"六四"钢珠枪七支，继而又看到猎枪两支、弩三支，还有其他一些凶器。

林荫听完汇报，立刻要特警把张华强带过来，要他解释这是怎么回事，这些凶器都是干什么用的，这回，张华强蒙了，一时说不出话来，也失去了猖狂。

林荫追问张华强，狗场内还藏着什么，赶快交代，争取主动，张华强却咬牙说再没别的违法物品。林荫哼声鼻子，要特警们继续搜查。这时，孙建设发挥了作用，他很快在又一个房间里发现了夹层，打开后，发现里边有一个金库，再把金库打开，里边呈现出整捆整捆的现金和金条、银锭、玉器、首饰等。引人注意的是，里边还藏着一堆名表，拿出来数了一下，一共九块。有个懂表的特警说，单这九块手表的价值就高达三百多万元。

李斌良忽然发现苗雨不知啥时出现在特警中间，用手机不停地拍照着。他忍不住问林荫，苗雨来碧山到底是怎么回事。林荫却笑着对他耳语说："我不是说过吗，或许会有出人意料的事情发生。"李斌良觉得，林荫的话含意很深，很复杂，虽然一时想不清楚，却又产生一种感觉，或许，自己的命运发生了转机，而且是向好的方面的转机……

搜查又有重大发现，孙建设带特警在一楼找到一处暗门，而这个暗门通往地下室，当手电照进去的时候，才发现里边藏着好多男男女女，继而又搜出了避孕套和毒品、吸毒工具及赌具。这里果然和帝豪盛世一样，是个藏污纳垢之所。

看张华强这回还能不能嘴硬下去。

不知不觉，天已黎明，搜查结束时，已经是清晨。搜出的东西装了一辆卡车。然而，虽然收获巨大，却没发现蓝小娟的踪迹。这让李斌良很是不安。当李斌良随着林荫走出狗场大门时，这才发现，远远近近，有好多群众在围观，从他们的眼神中，可以看出震惊、兴奋、期盼，但是，他们只是看着，却没人说话。大概，他们还无法相信眼前的一幕，或者，还不相信张华强真的会受到应有的惩罚。

林荫和李斌良对视一眼，机敏地做出决定，他走到围观的群众前面，大声地说："各位父老乡亲，我是荆原省公安厅厅长林荫，昨天夜里，我们根据群众举报，对这个狗场进行了突击搜查，获得大量犯罪证据，希望广大群众积极向我们提供这个场所的犯罪线索。请乡亲们放心，公安机关一定会给你们做主。邪不压正，碧山一定会有天朗日清的一天。"又指了指李斌良，"这位就是碧山市公安局局长李斌良，省公安厅虽然不在，碧山市公安局还在，我不在，李局长还在，他一定会负起责任，保护人民群众免受欺压！"

林荫的声音在清晨的空中响着，传播着，可是，李斌良听到最后一句，却暗暗叫苦，在目前的情况下，自己能不能干长还说不定，怎么去保护人民群众啊。他知道，林厅长是在给自己撑腰，是在告诉在场的群众和有关人士，自己这个碧山市的公安局局长是不会动的。因而林荫的话音一落，他立刻接过来："对，我一定履行好公安局局长的职责，希望广大群众积极向我们揭发检举违法犯罪线索，不管涉及谁，我都会一查到底，严厉打击！"

当一行人车出现在碧山市公安局大楼前的时候，已经到了上班时间，看到林厅长率领大队省厅特警及运兵车出现，或者走出大楼，或者从窗子探出头来观望，李斌良看到了他们脸上的笑容。路上，林荫已经和李斌良说过，为了强化震慑效果，他要把人车带到市公安局展示一下，目的和刚才给群众讲话相同，就是给李斌良撑腰，打击黑恶势力的气焰。所以，下车后，林荫又当着在场观望的民警们的面，大声指示李斌良，自己离去后，一定要加大工作力度，抓队伍，促破案，无论涉及谁，都要一查到底，遇到困难，克服不了，省厅会派警力支援。说完这些话，林荫才带着队伍，押解着在狗场抓获的人员离去，只把一个人留给李斌良——张华强。因为，李斌良急于从他口中挖出小保姆的线索和其他犯罪证据。

林荫带着队伍离去了，李斌良叫出智文，要他带几个刑警，押着张华强去看守所提审，以避免干扰。智文目睹了刚才的场面，很受鼓舞，立刻带几个可靠的刑警行动。这时，有几个中层干部走出来，向李斌良请示，有什么工作可以派给他们。李斌良意识到，林厅长刚才的姿态发挥了作用，很是高兴，让他们随时待命听调，然后要韩心臣、陈青、智文等人上车，准备去看守所。这时，一阵急促的车喇叭声传来，一辆高档轿车挡住了他们的去路，一个人气势汹汹地从车中走出来，正是市政法委书记武权。

现场一下静下来，大家的目光都看向李斌良。

李斌良迎向武权，二人对视，一时无语。这时，被铐在车中的张华强发出了呼声："武书记，你要救我，一定要把我弄出去，我要真完了谁也好不了……"

武权不理张华强，依然盯着李斌良："这是怎么回事？"

"武书记，你问什么？是省公安厅的行动吗？我也不清楚，是林厅长亲自带队突然赶来的，到达后才给我打电话，要我配合。他们在狗场搜出大量凶器，涉黄涉赌涉毒证据……"

"我是问，省厅怎么会突然来碧山？是谁招来的？为什么不敢承认？"

"武书记，你这话是什么意思？难道省厅的行动错了吗？那你去问林厅长啊，我是配合了省厅行动，如果错了，你可以去向省厅……不，向省委反映。"

"这么说，你承认是你招来的了？"

"你既然这么说，那我就承认，犯了哪一条？"

"你知道这对碧山的影响吗？有什么事，为什么不跟市委说，不跟我说，非要把公安厅招来？"

李斌良实在火了："那好，我就直说，我不相信你。你能查处张华强吗？我想查处，你能同意吗？对，没有你的保护，他敢这么猖狂吗？实话跟你说吧，根据在狗场搜出的东西，再加上获得的证据，张华强这回是跑不了啦！"

"李斌良，你听到张华强的话了吗？他说了，他要完了，谁也好不了。"

"是，我听着了，他完了，他的同伙和后台当然好不了。"

"他是说，要鱼死网破，你既然做到这份上，那就是脚上的泡，自己走的了！"

"对，我倒要看看，你们能把我怎么样？"

武权还想说什么，苗雨忽然从旁边走上来，手上拿着微型录音机："您好，你是市政法委书记武权吧，我是《明日》杂志的记者苗雨。据了解，您是前任公安局局长，请问，你过去对张华强的表现知道不知道？你在这事上该负什么责任？"

"无可奉告！"武权气愤地推开苗雨，又指点一下李斌良，朝自己的车走去。

苗雨追着问："哎，武书记，你怎么这态度呢，你等一等……"

武权不理苗雨，迅速钻进车中，掉头驶去。苗雨不甘心地停下脚步，转向李斌良："碧山出了这么大的事，他不检讨自己，反倒这种态度，想干什么呀？"

李斌良看着武权的车去的方向不语，心中波涛翻滚，他意识到，自己已经和武权、张华强，也包括岳强发一伙闹翻，再没任何调和迂回的余地。从现在起，他们一定会想出更毒辣的法子对付自己，而苗雨却还没意识到这些……

果然，苗雨对他说："李斌良，你在想什么，这对你来说，是个很大的胜利，你不高兴吗？"李斌良现出苦笑："恰恰相反，这可能是我的滑铁卢。"

"这……为什么？"

"因为，邪恶势力的强大超出你的想象，这件事，反而会激起他们的仇恨，会加倍疯狂地对我报复，反击。"

苗雨眼睛闪了几下，没有再问，和当年相比，她显然成熟了许多，对当前的社会政治生态有了更深的了解。她想了一下，忽然问："你还是李斌良吗？"

李斌良看着她："你看呢？"

"我看不太像了。"

"那不奇怪，因为我是升级版的李斌良。"

她露出笑容："是吗？那好，我要帮你，全力以赴地帮你！"

"你怎么帮我？"

"你以后会知道的。"

2．审讯，曲直

李斌良、韩心臣、陈青和智文坐在看守所提审室审讯台的后边，看着手腕上扣着手铐的张华强被带上来。

张华强看看李斌良几人，轻蔑地笑了笑，人模大样坐到审讯椅中。

对张华强的顽抗，李斌良有充分的思想准备：他还抱有幻想，认为会同过去一样，有惊无险地渡过这一劫，什么事也没有地走出去。可是，他也应该知道，这次是省厅介入，林厅长亲自指挥，而且，经过对狗场的搜查，已经掌握了大量证据，包括搜出的那些凶器、财物，还有那些被带走的手下。所以，他现在这副样子，很大程度上是装出来的，他的心里并没有底。尽管如此，他的顽抗也是必然的。因为一旦他认罪，这辈子恐怕过的就是牢狱生活了。所以他一定要抗一抗。

针对这种情况，李斌良开了火。他知道，这个审讯，自己是当然的主审，别人谁也代替不了。

"张华强，你现在心里想什么，我完全清楚，你信不信？"

张华强目光盯向李斌良，戒备而又不服。

李斌良说："你在想着，武权，还有岳强发等人会救你、帮你，你还会像上次似的，有惊无险，最后平安无事地出去。是不是？"

张华强眨着眼睛，好像是猜测李斌良下边的话，又像是琢磨着说什么好。

"可你好好想一想，搜查发现的罪证，你怎么解释？枪、刀，还有你的那些手下，持凶器对抗警察，还有那些钱财物，你能把这些都弄没了吗？"

"这有什么？枪、刀，也就是非法拥有枪支和管制刀具呗。他们拿着凶器，跟警察作对，那是他们的事，又不是我下的命令，能放到我身上吗？钱财物怎么了？那又不是犯罪证据，能把我怎么样？"

瞧，他这么一说，什么事也不算了。

"那好，咱们换个角度。"李斌良说，"如果你还在公安局当副局长，带人破获这样的案件，搜查出这些东西，你会说，这不算什么，让犯罪嫌疑人逍遥法外吗？"

张华强一时说不出话来。

"还有，这可是省厅亲自查办的案件，而且是林厅长亲自指挥的，你应该知道这意味着什么。我也不隐瞒你，在行动之前，林厅长和我已经做了大量前期工作……对，你说你的钱财物不是犯罪证据？恰恰相反，在我和林厅长看来，那都是铁的证据。你敢说，你的钱都是合法来的吗？你知道，有多少受害者在举报你控告你吗？你身为公务员，又是警察，是市公安局副局长，可是你却敲诈勒索，巧取豪夺，大肆从事黄赌毒活动，更不用说你是如何利用黑恶手段，夺取他人矿产资源了。还有，你表面上是个警察，实际上私下组织恶势力犯罪集团，从事犯罪活动，我说这些，都是掌握了充分的证据之后。张华强，你别做美梦了，这次，你是出不去了。"

张华强脸上轻蔑的笑容完全消失了，他嘴动了动想反驳，却没有说出话来。

"你可能还在想，你那些利益相关的同伙会在外边帮你，救你。我可以向你保证，有一天，他们也会和你一样进来，现在，他们也是自身难保，帮不上你。就算他们能帮你，会怎么帮呢？难道，他们能把林厅长亲自指挥查办的案件，掌握的罪证全都弄没了吗？所以，他们就算能帮上你，顶多也就是判得轻一点儿，但是，你的牢狱之灾是免不了的。"

张华强的嘴嗫嚅着，依然说不出话来。

李斌良说："所以，这种时候，只有一个人能帮到你，知道这个人是谁吗？"

张华强没有出声，但是眼睛流露出询问的目光。

"你自己。张华强，根据我目前掌握的情况，你犯了很多罪，但是，有一条罪你还没有犯。"

李斌良停下来，看着张华强。张华强看着李斌良，迫切询问的目光。

"杀人罪。你没有杀过人，最起码，你没有直接参与……"

李斌良的话又停下来，张华强忍不住开口了："说呀，我没直接参与什么？"

"你没有直接参与杀害林希望和谢蕊，对不对？这是对你最有利的地方。"

张华强的表情似乎松懈了一些，可是，李斌良马上又开了口：

"你虽然没直接参与，可是间接参与了！"

"你胡说，我怎么参与了？你有证据吗？拿出来！"

"张华强，你怎么又糊涂了，我把证据拿出来，你还有机会吗？如果你错过机会，那，间接参与杀人，可就变成直接参与杀人了。"

"这……我不明白。"

"你装不明白。难道不是你从棠树县带走的蓝小娟吗？"

"我没有，你胡说八道，我根本不认识什么蓝小娟。"

"张华强，看来，你真是要放弃这个机会呀。我跟你说过，我去过蓝小娟的家，已经查明，是你带走了蓝小娟。"

"胡说八道，我没有带走她，没有！"

李斌良叹息一声，指点一下张华强："你没有机会了。进来！"

一个人走进来，走到张华强的斜对面站住，看着他。

张华强大惊："你……曲直……"

对，是曲直。曲直低声说："二哥，张局，不是你让我穿好警服，跟你走一趟吗？我当时不知去哪里，你还不让我问。后来，我们到了棠树县四道河子村，正好蓝小娟在家，就以办案需要为名，把她强行从家中带出，推进车里边，然后就往回赶。路上，我问你为什么带蓝小娟，他对我说，我知道的越少越好。到了碧山城郊，你让我下了车，你自己开车拉着蓝小娟走了。"

"胡说，曲直，你这个混蛋，胡说八道，根本没有这种事，你瞎编什么？对了，一定是你把蓝小娟带走了，推到我头上！"

"张华强，既然你不仁，就别怪我不义，留一手了。"

曲直从怀中拿出手机，按了几个键，拿到张华强面前。手机里传出对话声，正是曲直询问张华强，为什么要带蓝小娟，张华强不让他多管闲事的录音。

"张华强，还往下听吗？我可是把你跟我说的每句话都录下来了，还有昨天夜里你说的话，还用放吗？"

张华强满脸出现汗珠："曲直，你这个叛徒！"

"笑话，我从来就没有和你一伙，何来的叛徒？"

"可是，你为什么跟我……难道，你……"

"你猜对了。既然这样了，就都告诉你吧。上次，帝豪盛世被举报查处，也是我安排的。"

"你……"

曲直笑了笑，对张华强说了声对不起，走出提审室。

"你，曲直，你他妈的给我回来，回来。"见唤不回曲直，又转向李斌良，"姓李的，他是你的卧底？这个混蛋，把我骗得好苦，我考验过他，没想到还是让他……"

"张华强，现在说什么也没用了，还是赶快自救吧。"

韩心臣及时把话接过去："张华强，你要抓住这最后的救命稻草啊。你想过没有？如果你提供线索，使蓝小娟在被害前得到解救，那么，你的罪行就大大减轻，如果你知情不举，导致蓝小娟被害，那就是杀人犯之一。这你还不清楚吗？"

张华强脸色变得凝重起来，他默默地盯了三人片刻，突然露出笑容："好吧，我交代，你们去找岳强发要人吧！"

李斌良喜出望外："张华强，你把蓝小娟交给了岳强发？"

张华强说："那倒没有，我交给了马铁和马刚，那不就等于交给了岳强发吗？李斌良，我倒要看看，你到底有多大本事，能把岳强发也抓起来。对，你要能把他也抓起来，我就真的佩服你了。"

"那你就等着吧，我一定让你们在里边会面。不过，你还得说具体点儿，是在什么时间、什么地点交给的马铁和马刚，他们是如何把蓝小娟带走的，带去了哪里？"

"嗯，时间，就是曲直下车后，我给岳强发打了电话，岳强发就派马铁和马刚开车来了，我就把蓝小娟交给了他们，他们把她塞到车里，用胶带封住嘴巴，就把她拉走了，至于拉哪儿去了，怎么处理了，我就不知道了。对了，他们开的是一辆丰田越野，车牌号是……"

听着张华强的话，李斌良的心渐渐变紧了，特别是后边几句：用胶带封住了嘴巴，更让他的手心出了汗，看这样子，蓝小娟是凶多吉少啊！

张华强被带下去后，李斌良和韩心臣、智文、陈青等人面面相觑，都露出紧迫不安的眼神，大家都意识到，必须尽快找到马铁马刚兄弟，救出蓝小娟。

但是，去哪里找他们？

几人首先想到的是强煤集团原总部。在没有别的线索的情况下，只能前往搜查。为争取时间，李斌良几人一边前往，一边要打电话给曲直，要他带部分巡特警前往强煤集团总部。陈青看着李斌良对曲直信任的样子，一时难以接受，忍不住询问李斌良，曲直难道真是卧底。李斌良这才告诉他，曲直是好样的，他虽然是生长于碧山，但是，秉性正直，只是社会生态的恶劣，让他扭曲着生存，在自己调到碧山任公安局局长后，他受到鼓舞，决心帮助自己，就特意演了几场戏，一步步获得了张华强的信任。因为事关重大，李斌良没有对任何人说过此事。韩心臣、智文和陈青听后，都感慨不已，而且也表示能够理解，智文甚至对曲直非常佩服。而陈青也回忆起来，李斌良几次接到神秘电话，都不说明什么内容，一定是曲直打的。包括从蓝小娟家返回路上，几次拿出手机想拨号又忍住，一定是知道曲直跟张华强在一起，想打他的电话又怕暴露他，后接了一个电话，就知道了张华强的车型和牌号。在李斌良默认后，他又责怪李斌良居然瞒着他。

来到强煤集团原总部，曲直也恰好带一批巡特警赶来，在李斌良的指挥下，巡特警们将煤矿集团总部包围控制，之后，李斌良亲带部分巡特警奔向办公楼。

办公楼门口，没有了那天晚上的二男二女，只有两个保安，大概是对张华强狗场的打击发挥了威慑作用，他们看到警察，想阻拦又不敢，一个保安一边向二楼跑去，一边对着对讲机叫着宋总。李斌良一时没反应过来，还以为宋国才在此，然而，从二楼匆匆迎下来的却是一个三十岁许的靓丽女子，正是上次他受邀来这里迎接陪伴在旁的女副总，李斌良再次感觉到她的眉眼有几分熟悉，再听到保安叫着宋总，忽然明白了她像谁，也就有几分猜到了她是谁。

女副总说："李局长，出什么事了，您这是……"

李斌良问："岳强发在吗？"

女副总说："不在，岳总去北京了。"

李斌良不再询问，拿出手机直接拨打岳强发的电话，回答的却是关机的应声。

"李局，你到底为什么找岳总啊？还兴师动众的？可以对我说吗？"

"马铁在哪儿？"

女副总说："他和岳总在一起。"

李斌良拉下脸："你撒谎，我有充分证据证明，马铁昨天下午还在碧山。"

女副总现出尴尬的表情，转脸问旁边的保安是否看见过马铁，保安没有思想准备，只好承认，马铁昨晚开车出去了，之后再没回来。李斌良再问马铁开的什么车，保安犹豫着提供，是辆"三菱"越野，而且提供了车牌照号，和张华强提供的完全吻合。

这时，一些搜查的巡特警纷纷来报，没发现马铁的影子。李斌良只好说了声对不起，准备撤出，想不到，女副总却拦住李斌良："李局长，您别走啊，我们强煤集团怎么能说搜就搜呢，您为什么找马铁，他犯了什么罪？"

李斌良盯着女副总："可以告诉你，他的罪行很严重，任何包庇他的人，都要被追究法律责任。请您通知岳总，立刻控制马铁，把他交给警方。"

女副总看着李斌良，不再说话，脸上是紧张不安的表情。

李斌良刚要离开，忽然又停住脚步，转向女副总："你哥哥还好吗？"

女副总说："这……"

"替我转达一下，非常感谢他对我女儿的帮助。"

"这……是。"

上车后，通过韩心臣之口，李斌良进一步确认了自己的判断，并分析到，宋国才把妹妹安排到强煤集团当副总，实际上就是替宋国才监督岳强发，或者说，管理着他的钱袋子。

一切更加明朗了。

李斌良下令，采取一切手段，查找马铁和其驾驶的"三菱"越野车。

3．奇特的交易

有了准确的信息，间隔时间又不很长，在现代城市中寻找一辆车不是很难的事。很快，交通指挥中心的监控录像中出现了这辆车的影子，进而发现，其昨晚七时三十分许从城南回到城中，紧接着又向东驶出了城。这意味着，马氏兄弟极可能是在处置蓝小娟。李斌良的心提起来，立刻带陈青、韩心臣、智文等人沿路追查，并打电话命许墨带技术大队的人马随后跟上。出城后监控录像稀少了很多，但是一些重要交通路口仍然能够找到，最终发现，马氏兄弟的车驶出市区五十多公里后，拐向一条僻静的乡镇公路，再拐进一条村屯土路，最后，在一处废弃的沙坑内，发现了蓝小娟的尸体。

许墨和技术员迅速赶到，查看尸体后确认，其是被绳索勒紧脖子窒息而死。

还是晚了一步，李斌良沮丧而又痛恨，痛恨马铁马刚，痛恨张华强，痛恨岳强发。他对许墨说，蓝小娟死亡时间不是很长，现场还没有破坏，他在现场勘查和尸检中，一定努力获取微量物证。

但是，蓝小娟死了，她这条线索又断了，还从哪里进行追索呢？李斌良一时想不出别的办法。就在这时，他的手机突然响起，指挥中心值班人员向他报告，有个叫洪宝的男子要见他，此人来自棠树县明山镇四道河村。

什么……

没容李斌良发问，指挥中心的值班员继续说："他说，他的媳妇叫蓝小娟，昨天被咱们碧山市公安局的人带来了，一直没有消息，他来寻找妻子，可是问了很多单位都没找到，所以非要见你不可。"

"你告诉他，我马上回去。对，就让他待在你们指挥中心，一步也不要离开。"

放下电话，李斌良好像在黑夜中看到了篝火，他把韩心臣和智文叫到跟前，要他们立刻组织力量，继续沿途追索马铁马刚车辆的影子，还特别下令，发现二人，立即拘捕，如果他们拒捕，可以开枪。随之，自己带着陈青返回市区，连午饭都顾不上吃，就给指挥中心打电话，把蓝小娟丈夫送到他的办公室来。

洪宝是个不到三十岁，面庞端正的农村青年，忠厚朴实中也透出一丝精明。他焦灼地告诉李斌良，昨天下午他下地干活儿了，晚上回家发现院门和房门都锁着，家里没有一点儿生气，觉得不对头，向邻居一打听才知道，是碧山市的警察把妻子带走了。他昨天晚上就给碧山市公安局和几个分局还有下边的派出所打过电话，都没打听到妻子的消息。今天一大早租车来碧山，打听了一溜十三遭，也没打听出个头绪来，就给市公安局指挥中心打了电话，要找局长反映……

李斌良听后，没有马上告诉他蓝小娟被害真相，而是闲唠起家常，先问起他和蓝小娟感情怎样，是怎么结合到一起的。原来，蓝小娟和洪宝是中学同学，两个人在班级里就互相印象很好，产生了感情，可是，毕业后，都因为学习一般，家境穷困，放弃了高考，开始谋生养活自己，补贴家用。也是因为都穷，二人虽然相爱，却不能结合，因为洪家拿不出钱来娶妻，蓝家也不想让闺女嫁给这样的人家。无奈，两个人都外出打工，蓝小娟来了碧山，给宋国才的父亲当了保姆，三年后，她返回家中，赚了一笔钱，而洪宝在外辛苦打工三年，同样赚回一笔钱，两人这才结了婚……

听着洪宝的话，李斌良暗暗心痛，两个心心相印的年轻人，好不容易结合到一起，哪想到，会是这样悲惨的结局，洪宝哪里知道，妻子此时已经亡命他乡……

但是，李斌良知道，自己必须控制这种感情，必须冷静下来，当务之急是破案，是查找蓝小娟被害的线索和原因。"洪宝，我得让你明白，现在你说的每句话都非常重要，所以一定要说真话。你们的结合是不是太容易了，两人分别外出打工，都赚回一笔钱，然后就结婚了。钱是这么容易挣的吗？我问你，你外出三年，挣了多少钱？"

"这……有两万多……不，不到两万，一万八千多元。"

"嗯，那么，蓝小娟赚了多少钱？"

"这……她……她赚得比我多点儿，大概有三万多元。"

"那，你俩放到一起还不到五万。如今这时候，五万元算啥呀，瞧你家的大新房、大院套，还有屋里的家具、彩电，这可不是五万元能下来的，还有，你们结婚时的花费呢？彩礼呢？置办生活用品呢？你们哪来这么多钱？"

"这……借的，我们……还借了一些。"

"不可能，我看了，你家的家底，没有二十万别想下来。你上哪儿去借这么多钱？说，钱到底是哪儿来的？"

"这……我……"

"怎么不说话？钱是不是蓝小娟的？是她拿钱置办了你们这个家？"

洪宝垂下眼睛，吭哧了一下说："是，我们结婚，主要是小娟出的钱。"

"那么，她的钱又是哪儿来的？"

"这……她说，是打工赚的。"

"你刚才不是说，她打工三年，一共就赚了三万多块钱吗？"

"这……"洪宝不说话了，好一会儿不说话。

李斌良盯着洪宝，忍住心里的痛苦，不得不对他说了实话："洪宝，在这种情况下，我不能不告诉你，蓝小娟……已经不在了。"

"啊……"洪宝猛地站起，"你说什么，小娟她怎么不在了？你们把她怎么了，是不是你们害了她。天哪，她已经怀孕了，检查过了，是个大胖小子啊……"

洪宝呜咽起来。

听着洪宝的呻吟和诉说，李斌良也为之心动，他只能竭力安慰他。

"洪宝，你别急，听我说。蓝小娟确实被人害了，但是，害他的不是我们警察，是坏人……"

"可是，我家邻居们都说，是你们碧山警察带走的她！"

"他们是假的，是假冒警察。洪宝，你听我说，现在，你已经没有了妻子，包括她腹中你的儿子，难道，你不想为亲人报仇吗？"

"当然想，快说，是谁杀害了她？"

"我说了，现在还不知道，我们也正在找他们。可是，现在关键的是，你一定要说实话，把蓝小娟的一切如实说给我们，我们才能尽快找到杀害她的凶手，替你报仇！"

"这……好，我说。她的钱是……"

洪宝说起来，李斌良很快听明白了。

最初，蓝小娟给宋国才的父亲当保姆时，是全心全意服务的，因此宋国才和父亲都很满意，处得也就越来越好，渐渐地就不把她当外人了。蓝小娟很快发现，宋家经常有人来送东西，大包小裹的，不知是什么，不过，都被送进地下室里，而地下室平日很少打开，钥匙捏在宋国才的父亲手中。所以，她知道其家地下室藏着好东西，但是到底是什么，她也说不清楚。不想，这个情况被两个保安注意到了，就是劫匪冯军强和他的同伙。有一天她外出买菜归来，在开门的时候，被两个家伙逼住了，逼进了屋子，进而将她和宋国才父亲捆绑，逼迫宋父拿出钥匙，打开地下室的门，一起特大抢劫案就这样发生了。

听到这里，李斌良打断洪宝的话："蓝小娟跟你说过没说过，宋家的地下室有多少钱？"

洪宝的回答是："说过，但是她不知道有多少钱，两个小子逼着她帮着从地下室往外搬，对，搬的时候，有一个纸箱没拿好，摔开了，露出的都是成沓的一百元。"

"她没说过，一共有多少纸箱吗？"

"说了。她说，她看到好像是十个。另外还有一个皮箱，显得很沉，里边好像都是金银珠宝，还有一个皮箱，轻一点儿，她特意看了一眼，里边都是银行存折什么的。对，还有好多字画，小娟说，字画也挺值钱的，可是值多少就不知道了。"

看来，洪宝说的和自己之前掌握的基本吻合，而且，存折还得到了确认。一个纸箱装的都是存折，那得多少钱哪？对，还有字画，这可是以前没掌握的。

"好，继续说，后来呢？"

"后来，对，是出事以后，宋家跟她说，不用她了，她就回家了，再后来就跟我结婚了。"

"洪宝，你落下环节了吧？蓝小娟就这么回家的吗，她的钱是哪儿来的？"

"这……"洪宝迟疑了一下说，"是，她离开的时候，老宋家给了她二十万元，嘱咐她，不能对人乱说他家的事，特别是她看到的钱的事。"

洪宝离开了，但是他把自己知道的都说出来了，这让李斌良稍感安慰，因为，蓝小娟虽然被害了，可是，情况还是通过洪宝的口获得了。略微遗憾的是，这些都是间接证据，不过，也正是这一个个间接证据，形成了一个完整的证据链，使案情越来越明了。

那么，下步该怎么办？李斌良又陷入到思考中，可是又响起敲门声，他走上前把门打开，发现站在门口的是苗雨。

"苗雨……"

苗雨不请自进，推了一下李斌良走进来。

"苗雨，有事吗？"

"有，我就要离开碧山了，不过，我觉着，在走之前，应该把掌握的一些情况告诉你，看能不能对你破案有帮助。"

这话引起李斌良的兴趣："那好啊，快说吧！"

"首先，我听到一些传言。去年，碧山曾经发生一起影响很大的抢劫案，被抢的是一个国有企业负责人的家，被抢现金一千多万元。有这事吗？"

这不和自己想到一起了吗？

李斌良急忙说有，追问苗雨都知道什么。

"首先，这些钱数就惊人……对，你不觉得震惊吗？"

"震惊过，可是，宋国才是华安集团老总，挣的是高薪，每年一百多万，再加上他妻子的工资，按年计算下来，这个数额不超出他的合法收入。"

"不超出合法收入？多少平民百姓在贫困线上挣扎，他几年下来居然有一千多万的现金，还合法收入？啊，我说的不是这个，我是听人说，他家被抢的实际钱数，可能远远超过这些。"

是的，根据掌握的情况，肯定是这样，可是，这又怎么样了，你究竟要说什么？

没等李斌良开口，苗雨已经继续说下去："他家哪来的这么多钱，你想过吗？"

"嗯……没想过，你知道吗？"

"差不多。我现在就跟你说一个我调查获得的情况，你自己分析分析吧。你听说过前些年也包括近几年的煤矿并购吧？"

"嗯，听说过。"

"据我采访调查所知，这个并购存在着巨大的黑幕，存在巨额国有资源、资产和资金流失问题。就说华安集团吧，他们曾以百亿元对价，收购强煤集团所属十个资产包80%股权，可是，经我们调查发现，该交易评估存在严重问题，造成数十亿元国有资产流失。"

李斌良听得动心，在苗雨由于气愤暂停时，急忙追问："苗雨，你说的很重要，能不能说具体点儿。"

"好，你听着……嗯，怎么说呢，我一时也难以说得太详细，尽量说吧：在碧山，有一个太平黄崖煤矿，你不知听说没有。这个煤矿，说是矿，实际上目前仍是一片白地，井田面积五十多平方公里，设计年产规模三百万吨。如此大面积的空白资源，是极其罕见的。你明白吧？"

说实在的，李斌良不算太明白，但是又觉得有点儿明白，因此就含糊答应着，让苗雨尽快往下说。

"当时，新矿权仍被政府严格审批，资源费一吨不过几毛钱，还可分期缴纳。所以，谁能获得新煤田矿权，谁就可在未来的开采、转让中，获得数十倍的暴利。荆原的国企海洪集团和桂兰集团，对这片煤田均渴望已久，并占有地利优势。不料，他们在竞争中，居然被当时的一个小小的私人煤矿、也就是强煤公司打败，这片富矿成了强煤公司的矿产。知道强煤公司的老总是谁吗？"

"岳强发。继续说。"

"之后，岳强发的强煤集团迅速扩张，又先后取得了远通的高岩、黑岗两个井田的探矿权。这两个煤矿到了二〇〇七年，因政策规定无法再延期，成为无效探矿权，可是，到了二〇一三年，居然竟又'起死回生'，最后，被他们通过并购，过户给了华安集团。你说，这不是咄咄怪事吗？"

李斌良心中又气又笑：怪吗？对，自己也曾觉得奇怪，可是，来碧山后知道的怪事太多了，已经见怪不怪。

"再说那块太平黄崖煤矿，我们杂志调查了解到，为获得矿权，岳强发二〇〇三年专门注册了'荆原黄崖能源公司'。而资料显示，黄崖公司最初由岳强发和一个北京人、一个澳籍华人共同出资注册，北京人和澳籍华人各占股20%。可是据我们调查，这两个人根本就没出过资，注册的五千万元全部来自强煤集团。这两个人持的是干股，是替两个荆原的省委领导代持的。"

这可有点儿出乎李斌良的意料了……不，也不出意料，只是，苗雨掌握得这么具体，让他感到吃惊。

"知道后来怎么样了吗？后来，强煤集团在并购中，把这个花不到两亿元买下的空白煤矿，委托荆原的某矿业评估公司评估后，以高达七十八亿元的价格，卖给了国企华安集团。"

尽管这类事情不是第一次听到，但是，却是第一次听得这么具体，数额又这么清晰……天哪，这个岳强发和他背后的人，到底从国库里弄出了多少钱哪？

苗雨继续："更有趣的是，经我们杂志调查，自二〇〇三年进入煤炭开采领域后，岳强发获得审批的正规煤矿，至今没有一个达到开采条件：刚才说的黄崖煤矿是一片白地，本原煤矿仍在基建中，高岩和黑岗还只是探矿权。换言之，岳强发这个'荆原第一煤老板'，应该没有挖过一两煤。"

李斌良想平静自己，可是实在难以平静，极度的仇恨在胸中燃烧，难以扑灭。

"可是，堂堂的国企不是傻子，国企高官们更不是傻子，他们为什么要这么傻子般收购呢？傻子也能想得出，他们在这里边捞取了好处。李斌良，这些能不能对你破案有些帮助？"

有，太有了。一切都明白了，宋国才的钱，薪金只是他小小的一部分，更大的部分，就来自于这种赔本的交易。国家是赔本了，可是他本人和相关人，却从中发了大财。

李斌良沉默片刻开口："苗雨，你和严记者就是为这事来碧山的？"

"最初不完全是，跟你说吧，是林厅长给我打了电话，说了你和碧山的情况……怎么说呢，反正，我动心了，反映给杂志社的领导。我们领导给你打了一次电话，感觉到你的态度是积极的，反映的事情很可能属实，就把我们派来了。没想到，就像滚雪球一样，事儿越调查越多，越调查越大。"

原来是这样，看来，林荫是和苗雨保持联系的，可是，为什么不告诉我？

苗雨猜到了他的心理活动："你别怪林荫，是我再三要求他，不向你透露我的情况。"

"这么说，这些年，你一直在《明日》杂志。我觉得，你们杂志这么做，风险很大。"

"你也有风险哪，或者说，比我风险还大。网上有个段子看过吗？'作为法官，有时最危险的是相信法律；作为官员，有时最危险的是廉洁清正；作为医生，有时最危险的是不收红包；作为百姓，有时最危险的是相信公正。'我们都是同样危险，但是，危险也要发声，不然，上边这个段子就会成为事实，而且是被人们接受的事实，并按这个事实来生活，这是最可怕的。碧山不能这样，荆原也不能这样，中国更不能这样，如果这样，还是人类社会吗？都倒退到丛林社会了。不，丛林社会也不会这样，这是一个颠倒的社会，绝不能让它存在下去。所以，我们应该冒一点儿险。其实，这也是你明知道危险，还是坚持当这个公安局局长的原因。对吧？行了，我说完了，不打扰你破案了。但愿，这些对你破案有所帮助。"

"有，太有了。"

4．事实应该就是这样

苗雨的话确实对搞清案情很有帮助，如果说，过去的判断多是推测的话，洪宝提供的情况还是间接证据的话，苗雨的话则是采访调查来的，是有录音录像资料为据的，那么，可以认为是直接证据。而根据这些证据，整个案情也就十分清楚地勾勒了出来。

首先，案情起源于宋国才家巨额钱财被抢劫。事实上，案件发生后，特别是冯军强落网，赃物被追缴回来后，宋家被抢的真实钱数已经暴露出来，但是，由于某种原因，武权和刑侦副局长魏忠成、刑侦支队长霍未然将案情的真相隐瞒下来，将缴回的赃款数额做了改变，把八千多万元现金和一箱子存折改为一千多万元的现金。当然，他们这样做不是无偿的，肯定都从中分得一杯羹，少则几百万，多则几千万，宋国才极可能把合法收入之外的数额都拿了出来，分给相关人员。钱没了虽然心疼，可那些钱本来就是不义之财，用它换来自身平安无事，何乐而不为？只要人在，权在，钱今后完全可以再捞回来。

可是，这么大的事，仅凭几个头头还很难完成，法律有规定，必须有现场勘查笔录，有技术员的签字。那么，找谁呢？一个人进入他们的视野，这就是从警时间不长、他们感觉能够掌控的林希望。

于是，林希望参加了现场勘查，可是，在勘查中他发现了问题，很可能，林希望在发现真相之后，很是震惊，不想签字，但是，在他们的威逼利诱之下……主要应该是利诱，拿出了三百多万元人民币，封住他的嘴，诱使他在勘查笔录上签下自己的名字。

可以想见，当时，林希望思想斗争非常激烈，无论是良知及法律观念，都使他感觉到深重的压力。同时，父亲的病情，给父亲治病的愿望也一定制约了他，使他接受了这笔钱。可是，他并没有花这笔钱，而是陷入极大的痛苦和心灵矛盾之中。而他的这种表现，被他们——宋国才、武权、魏忠成、霍未然所知……对，很可能，他把自己的痛苦和掌握的真相说给了谢蕊，而谢蕊把他的话泄露给了他们，他们感觉到暴露的危险，因而起了杀机，将林希望杀害。

然而，谢蕊知道了林希望的事情后，也陷入惶恐不安之中，同时也陷入危险之中。稍稍不同的是，她在此前，已经在一定程度上被他们拉入阵营，成了他们中的一员，这也是谢蕊有那么多钱改善自家生活的原因。可是，她毕竟和他们不同，甚至知道他们是什么样的人，并不想把一生都交给他们，所以后来在陈青的爱情攻势下，心被打动，想一吐为快，彻底摆脱他们。可是没有想到，他们一直在紧紧地盯着她，知道了她的动向，因而提前动手，将她也杀害了……

可以确认，事实应该就是这样。

可是，证据，直接证据？

直接证据就是那些巨额现金、存折、金银珠宝、字画，还有所有参与人员的供词。这些，显然还相差甚远。

所以，尽管清楚地知道了案情是怎么回事，却无法动他们。要动他们，必须拿出直接的证据来，而这个直接证据，要能够明确地指认他们犯下了滔天罪行。

绕了一圈又绕了回来。

看来，暂时做不到这些。那么怎么办？还得从现行案件入手，从眼前的杀人案入手，获得他们参与犯罪的证据，这样，才能动他们，进而挖出一切黑幕，将他们绳之以法。

手机响起，是韩心臣打来的，他告诉李斌良，技术大队在蓝小娟手中发现了几根毛发。这让李斌良感到振奋：毛发肯定来自杀人犯，属于直接证据，只要抓到嫌疑人或者说抓到马铁和马刚比对就可以认定。可是，韩心臣还有更好的消息，经现场勘查，在蓝小娟尸体附近发现了车轮胎的印迹，这同样也是直接证据。韩心臣进而告诉李斌良，他们顺路追查，最终发现该车踪迹，并在一条河里将其打捞上来，现正在进行勘查搜查。不过，马铁和马刚却不知去向。李斌良听后更为振奋，要韩心臣尽快归来，共同研究下一步行动方案。

李斌良匆匆吃过晚饭回到办公室，恰好韩心臣也到了，李斌良首先把洪宝和苗雨的话告诉了他，同时说明了自己对案情的全部分析。韩心臣在深表赞同的同时，也提出一个问题：武权和魏忠成、霍未然帮助宋国才压下案件，除了钱的因素，恐怕还有别的原因，而这个原因就是，宋国才找到了更重要的关系人或者说撑腰者，而这个撑腰者又对武权等人有制约的权力。说到这儿，韩心臣把话停下来，和李斌良对视。李斌良明白，他说的是省政法委书记兼纪检委书记谭金玉。对，发现了宋国才涉案金额如此巨大，一定会首先报纪检部门，而宋国才极可能找到了谭金玉，由于谭金玉发了话，武权、魏忠成等人才敢于胆大包天，篡改了涉案金额。另外，古泽安和张华强可能也一定程度地知情，并从中分得一杯羹。

李斌良对韩心臣的分析深以为然，但是也深感压力沉重。他再次感觉到，此案不是他一个市级公安局局长能承担得了的，必须向厅长林荫报告，恐怕，林荫还得进一步向上报告。可是，在没有直接证据只有推论的情况下向上报告，会是什么结果呢？不行，他们的能量太大，不能轻易报告，必须取得直接犯罪证据。

那么，直接证据在哪儿？就在眼前，在蓝小娟手中的毛发，在发现的作案车辆，如果据此抓获马铁马刚，获取确凿的证据，那么，一切就会迎刃而解，案情的真相和幕后黑手也就都暴露出来。那时，谁想包庇恐怕也包庇不了啦！

但是，马铁和马刚是岳强发的人，而岳强发能量巨大，恐怕短时间内很难抓到他们。那么，还能怎么办？难道就坐等下去？不，自己的处境岌岌可危，转瞬间就可能发生重大变化，绝不能坐等。那怎么办？

韩心臣想出了一个办法，李斌良听了为之一振，觉得这个办法很好。

韩心臣提出的办法是：公开发布通缉令，通缉马铁和马刚。而李斌良补充说，自己还要在通缉令后做电视讲话。

于是，李斌良很快来到电视台，坐到演播室里，面对着摄像头，开始了讲话："全市广大人民群众，碧山市公安局的通缉令刚刚发布，大家一定听到了，这是两个罪大恶极的杀人疑凶，望广大人民群众积极提供线索，使他们早日落网。在这里，我正告这两名逃犯和他们的同伙，投案自首，是你们唯一的生路，顽抗下去，只有死路一条，我们公安机关已经下定决心，不论此案牵扯到谁，不管犯罪嫌疑人有什么样的后台、保护伞，我们都会一查到底。也望广大人民群众擦亮眼睛，增强勇气，他们没什么了不起的，只要把他们的罪恶暴露在光天化日之下，等待他们的，就只有灭亡。我作为碧山市公安局局长可以负责任地对大家说，他们灭亡的日子不远了，请大家支持我们……"

李斌良离开电视台，经过广场时，恰好看到了自己在屏幕上的讲话镜头，不由停下车向屏幕上看去，感觉到义正词严，充满感情。他又向周围看去，发现很多群众也在向屏幕上看着，指指点点，脸上洋溢着一种神秘的兴奋表情，看来，他们从自己的讲话中，感觉到了什么，或许说，自己要传达的意思，已经传达到他们心中……

不过，在车子重新启动，驶向公安局的时候，李斌良也清醒地意识到，这个讲话实际上也是宣战书，是在向岳强发、武权一伙的公开宣战，这也说明，已经到了决战关头，今后，没必要再遮遮掩掩了，是到了和他们一决胜负的时候了。他也知道，自己的讲话很快就会传到岳强发一伙的耳中，他们绝不会坐以待毙，一定会动员所有关系，使出所有的招数来对付自己……

5．谢蕊的情人

一夜过去。

这一夜，李斌良似睡未睡，似醒非醒，似梦非梦，在他的心里，一直有一个声音在提醒他：李斌良，现在是你的关键时刻，一定要快些突破，快些，快……

然而欲速则不达，次日一上午过去，尽管播放了通缉令和李斌良的讲话，但是并未接到什么有价值的举报线索。

李斌良心急如焚，再把韩心臣召到办公室，进一步研究，还有什么别的途径，能够使侦破尽快取得突破性进展。韩心臣也意识到情况紧急，思考后说，他曾想过一个简便的途径，但是有很大难度。

李斌良很快猜出了韩心臣要说的，因为他也想到了这个途径，那就是，谢蕊的怀孕。至今还不知道，是谁导致她怀孕，而这个人肯定和谢蕊的死有直接关系，甚至就是真凶。

那么，这个人是谁呢？

如果知道是谁，那就简单极了，采集其身体组织样本，也就是抽一点儿血，再和谢蕊腹中的死婴进行比对，DNA结果一出来，就可以抓人了。

可是，前提是要知道这个人是谁，也就是确认谁是嫌疑人。而这一点无法确定，就无法采取行动。

但是，有一点可以确认，占有谢蕊的人，不是平民百姓，肯定是有钱人，而且，此人不但有钱，还要有权，只有钱，恐怕还是难以征服谢蕊的。

根据这一点，二人一致认为，这个人就是自己面对的几个敌手中的一个。

宋国才？这是第一个跳到二人面前的名字。他虽然是中年人，可是依然称得上是高富帅，钱自然不用说，地位又是副部级，有可能……

且慢，宋国才并不在碧山居住，工作单位也不在碧山，平时很少回来，即便回来，一个副部级干部，前呼后拥，很难有条件接触谢蕊，与其发生关系。对，谢蕊怀孕一个多月了，在这个时间段内，他好像没有回来过。

他的可能性很小。不是他，不是。那么还能是谁？

岳强发？也不太可能，自李斌良上任以来，从未发现他接触过谢蕊，也没听说过其任何接触谢蕊的信息，他成天上省上北京，与谢蕊保持情人关系又不被人发觉，可能性也不大。按照同样的条件推理，古泽安的可能性也就不存在了。

还有就是谭金玉，别看他人模人样，但是其当面是人，背后可是鬼，什么事都干得出来，没准，谢蕊被当作礼物进献给了他……

不，按照同样的条件和逻辑，也不可能是他。

这么说，这个人应该住在本市，能和谢蕊经常接触……

只剩下一个人了，可是李斌良无法让自己相信。

李斌良的面前浮现出一张油光光、毛孔眼又深又密的面孔，一个红红的酒糟鼻子，一双藏在眼窝中的眼睛……

这……不能是他，绝对不是他，太不般配了，谢蕊，那是一朵多么美丽的花啊，怎么会和这张脸放到一起，实在……

李斌良有点儿无法接受这种可能，却无法排除。油然间，他想起谢蕊被害的那个晚上，自己和岳强发一伙在一起吃饭，武权也在场……对，席间，他忽然接到一个电话，离开了包房，回来后，脸色有些不安。酒宴结束，自己离开时，也注意到，他和岳强发、古泽安的脸色都有些不对头。是不是那个时候，他知道了谢蕊的行动，或者已经发出了杀害谢蕊的指令……

李斌良把这个情况说给了韩心臣，韩心臣忍不住声音放大了。

韩心臣说："是他，一定是他。他是你之前的公安局局长，也是他把谢蕊调到办公室任文书的，这样，就有了随时接触的条件，利诱以金钱，威逼于权力，就……"

就这样占有了谢蕊，并导致她怀孕……

门突然被砰砰敲响，李斌良急忙上前打开，首先看到一双冒火的眼睛，继而看清是陈青。陈青闯进来，反手关上门，压着嗓子对李斌良和韩心臣逼问起来："你们说的是不是武权，是不是他？不可能，不可能……"

他嘴上说着不可能，但是他的语调却说明，他知道这是真的，就是他，是武权，只是，他无法接受自己心爱的女人跟别人有这样的关系，更无法容忍，她会被武权这样的人占有。

看来，他已经在门外听到了一切。

陈青发出难以形容的悲声："怎么会这样，怎么会这样……"

李斌良同情地看着陈青，一时找不出能够安慰他的语言。

还是韩心臣先镇静下来："陈青，这种时候要冷静，我们要想出办法，尽快查到证据，把案件侦破，给他们以应有的惩罚。"

"对，马上把他抓起来，抽血、审讯，李局，你说话呀，我这就带人去抓他……"

陈青被李斌良和韩心臣按住，他挣扎了一下放弃了。

三人都明白，目前这还是怀疑和推测，凭此去抓武权是不可能的，除了惹来一身麻烦，不会有别的结果。而且，万一不是他，后果无法收拾。

韩心臣说："要用计，用谋略，不能来硬的。"

怎么用计，用谋略？

"我看这样，一方面，咱们再查一下别的线索，以确定我们的判断，我想再到指挥中心查一查录像资料，不查现在的，查一个多月前的。因为谢蕊是那个时候怀的孕，那段时间里，他们一定在一起过，或者说，武权一定找过谢蕊。他们相会的地点，一定在那个别墅里，我们围绕那里进行调查，或许能发现什么。"

这个办法可行，但是也不能太过指望，最起码，速度就不行，太慢了。

"另一方面，就是想法获取武权的DNA。一是皮肤，二是血样，三是分泌物，也就是汗、唾液等，只要能从这些渠道得到任何一种样本，通过DNA检验比对，都可以确认。"

第十五章 绝不屈服

1. 免职

韩心臣离开了，办公室只剩下李斌良和陈青，二人互视片刻，陈青一跺脚说："不行，查录像太慢了，明明有快的路子，为啥偏要走慢的？"

李斌良苦笑着问陈青，他有什么办法，在不惊动武权的情况下，取得他的血样、汗液、唾液等任何一样东西，陈青说不出话来，可仍然是不甘心的样子。这时，李斌良手机忽然响起，是韩心臣打来的，李斌良刚一接起，就传来他急促的声音："李局，不好，情况有变。"

"怎么了？"

"外边的电视大屏幕刚才还在播通缉令和你的讲话，现在怎么都停了？"

"不是停电。广告什么的照样播着，就把通缉令和你的讲话停了。"

李斌良产生一种不祥的感觉。李斌良打电话给电视台，声明身份后，询问电视台为什么停了公安局的通缉令和自己的讲话，接电话的人却吞吞吐吐地说不知道，让他找台长说话。

李斌良打通台长的电话，台长同样支支吾吾，说什么领导的指示，李斌良追问哪个领导，其先说是文广局长，但是马上又说，实际是宣传部的命令。李斌良不相信，质问宣传部为什么下这个命令。台长无奈之下，只好说明："李局长，你还不知道吗？我也是刚刚听说的，你已经不是公安局局长了。对，你问问吧，是不是哪儿搞错了，如果搞错了，我们马上继续播……"

李斌良慢慢放下电话，但是，没有马上打电话询问，因为他知道，可能是真的，组织已经做出了变更自己职务的决定，消息被无意或者有意泄露出来，此时，自己再做什么也改变不了局面了。

陈青听了李斌良的话急了："妈的，他们想干什么？我去找他们……"

李斌良把陈青按住，说明利害，陈青无力地坐下来。是的，别说他不知道去找谁，就是知道，找到了相关人，难道就能改变组织决定吗？

"可是，你不能坐这儿啥也不干哪？得找找领导问问咋回事啊？"

李斌良想了想，拿起电话拨了聂锐的手机，想不到聂锐的电话回应是暂时无法接通，他的号码会显示在他的手机上云云。他无力地放下手机，不明白这是怎么回事，是不是聂锐不想接自己的电话，避免难堪。他想了想，又拿起手机，准备打省公安厅厅长林荫，想不到手机突然响起，屏幕显现出的是一个意想不到的名字："岳强发"。

　　这个号码和名字，是那次吃请后留下的，可是，自己从来没和他联系过，这个时候，他打来电话干什么？李斌良想了想，从容接起。

　　"喂？"

　　"喂什么呀，这时候，还跟我装啊？"

　　"你是岳强发？"

　　"对呀，你不是在通缉马铁吗？他现在就在我身边，来抓吧？李斌良，你为什么跟我过去？我哪点儿对不起你？你难道不知道，在国企安排一个人多难吗，可是，你闺女轻而易举地进去了，难道你不明白是为什么吗？"

　　"是你发挥了作用？"

　　"还有宋国才。人得讲点良心吧，可是你呢？"

　　"我想知道，你们为什么对我这么好。你能告诉我吗？"

　　"我们……你……"岳强发突然语塞了。

　　"怎么不说了？你们无非是想堵住我的嘴，捆住我的手，你以为我看不出来吗？岳强发，你听着，我恨你，恨你们，就是你们，把碧山变成这样，我也正告你们，世道不会永远像你们希望的这样，人心也不会任你们永远颠倒。想让我跟你们同流合污，那对我生不如死。你对我不错，可是，你对碧山那些无权无势的百姓也这么好吗？你害了多少人……"

　　"李斌良，这时候了你还狂，好，让你狂，我看你还能狂到哪儿去。知道了吧，你现在已经不是公安局局长了！"

　　"岳强发，你的意思是，我的职务变动，多亏了你？"

　　"是啊，就是我，把你的公安局局长拿掉了，怎么样？李斌良，清醒点儿吧，碧山就这样，你改变不了，到啥时它都这样。我们好心拉你，劝你，可是，你不但不领情，还非跟我们对着干，这就是你对着干的下场。对，你一定想回省公安厅是不是？这可就由不得你了，我怎么舍得你走呢？你要留在碧山，今后，我还要继续跟你玩呢，不，今后我要好好玩儿你，我玩儿死你！"

　　"岳强发，你最好像对林希望和谢蕊那样，派你的手下杀了我。"

　　"李斌良，你要真的一条道走到黑，这个结局也不是不可能。"

　　"那你最好快点儿，因为，不管你把我弄到哪儿，我都会跟你干，如今更铁了心，我一定要和你干到底，非让你受到应有的惩罚不可。"

"李斌良，你……"

"岳强发，你为什么要这么干？是不是我破案妨碍了你，你才这么干的？林希望和谢蕊被害，是不是你干的？"

岳强发突然放下了电话。

李斌良舒着口气，不管怎么说，气势没被他压住，甚至还占了上风。他放下手机，想着还应该干什么，手机却再次响起，又是韩心臣打来的："李局，肯定是真的了，刚才高伟仁给我打了电话，要我马上回局，到党委会议室开会，说是宣布你的事。怎么办哪，破案正在关键时候，马上就可以突破了。"

李斌良无法回答，因为，此时他不可能想出什么办法。

放下韩心臣电话，他思考了一下，又给高伟仁打去电话："高政委，听说，你正通知党委成员开会，怎么不通知我呀？"

高伟仁为难地说："李局，你肯定知道了，就别难为我了……武书记和秦部长已经到了，我还得打电话通知别人。"

高伟仁把电话撂了。

李斌良想了想，再次拨打林荫的手机，打通了，可是通话铃声响了好半天，林荫就是不接。李斌良无奈，只好慢慢放下，顿时感到浑身无力，身心被一种绝望所控制。

陈青明白了一切，但是，气愤而又无奈。李斌良默默坐了一会儿，渐渐产生了一个想法，低声说给了陈青，陈青听了眼睛闪了闪："行，我试试。"

陈青走出去，屋子里只剩下李斌良一个人，他坐在办公桌后，看着眼前的一切，百感交集。一瞬间，上任以来在这个屋子里度过的日日夜夜都浮现在眼前……

可是，他很快从这种心情中挣脱出来，因为，现在不是感慨的时候，战斗还没有结束，他必须集中精力继续战斗。

门外响起脚步声，一个人，两个人，三个人……

门被敲了一下，还没容李斌良允许就被拉开。

门口出现两个人影，一个是武权，另一个是市委组织部的秦部长，他们互相推让了一下才走进来，武权走在前面。李斌良的目光迎向二人，没有让座。

武权看向秦部长，秦部长用目光示意武权开口。

武权说："李斌良，市委常委会刚刚结束，决定免去你市公安局局长的职务，调市司法局任党组书记。我和秦部长是代表市委通知你的，请你把枪交出来。"

因为有了充分的思想准备，所以李斌良没有一点意外和惊慌，也没有说话，他知道，这时说什么都没有意义。他拿出手枪和弹夹，放到桌子上。这时，武权身后走出一个治安支队的民警，上前把枪弹收起，走出去。

秦部长说："李局长，那就这样了，我们还要开会你不用太急，慢慢收拾一下，三日内到司法局报到就行。"秦部长说完，和武权对视一眼，二人转身向外走去。

　　李斌良没有出声，也没有动，没有送，继续坐在椅子里。好一会儿，他突然起身，向外走去。

　　李斌良猛地推开党委会议室的门，大步跨进去。会场上的人一愣，所有的目光都看向他。李斌良的目光也看向所有人。

　　他看到，会议室的椭圆形会议桌主位上坐着武权，他正在大口吸烟，而那正是平日开会自己坐的地方。武权两边，分别是组织部秦部长和高伟仁。剩下的就是魏忠成和另外两个副局长，还有纪检委书记、政治部主任及韩心臣了。

　　会议桌旁已经坐满了人，没有他的位置。

　　韩心臣站起："李局，你坐这儿，我再拽把椅子。"

　　李斌良昂然上前，坐到韩心臣的位置上。

　　武权和秦部长及高伟仁看着李斌良，略显尴尬的表情。

　　武权和秦部长低声交谈，还是互相推辞的样子，最后，还是武权开了口："李斌良，刚才跟你宣布过，市委已经免去你的公安局局长职务，调任市司法局工作。"

　　"可是，我想知道，调动我的理由是什么？"

　　组织部秦部长再次和武权互相低语，还是互相推辞的表情。李斌良看出来了，秦部长不想过深地蹚这趟浑水。

　　武权说："你既然一定要知道，那我就说说。免你的职，主要是根据省政法委和纪检委联合调查组的意见。他们在调查后认为，你在任公安局局长期间。一是搞团团伙伙，拉帮结派。二是独断专行，以个人代替组织，听不进不同意见。三是工作发生重大失误，导致看守所发生死人事件。四是你为了给个人造势，居然把外地媒体记者引到碧山，严重破坏了碧山形象，也破坏碧山的政治稳定。就是根据这些，市委决定调整你的职务。但是，本着惩前毖后治病救人的精神，不把你一棍子打死，调你任司法局党组书记，行政级别依然是正处级。"

　　"看来，得谢谢组织了。那么，谁接任我的职务？"

　　"局长还没有最后确定，公安局党委工作，暂时由高伟仁负责，业务工作由魏忠成负责。"

　　李斌良的目光先转向魏忠成，魏忠成却把脸侧向一边，看不清他的表情。

　　高伟仁负责党委工作，业务工作由魏忠成负责，实际上，碧山市公安局大权在握的是他呀，而他是岳强发、宋国才的同伙，是罪犯，可是，今后，却由他来主导着案件侦破的指挥大权，结果可想而知……

李斌良再看向高伟仁，却发现高伟仁一副意外的表情，脸明显地红了。

这又是怎么回事？

秦部长咳嗽一声："李斌良同志，你有什么想法，可以向组织提出来，但是，组织的决定，必须执行。"

"秦部长，据我所知，按照组织规定，市级公安局局长的任免，应该取得省公安厅的同意吧。省公安厅是什么意见？"

"这你不用管。"武权接过话茬，"李斌良，你就别抱幻想了，谁也帮不了你，省厅就是不同意，市委也有权做出决定。"

"我是不是可以理解为，省公安厅不同意这个决定？"

武权不再掩饰地说："你是说林荫吗？他现在恐怕没空考虑你的问题。"

什么意思？难道林厅长也陷入困境？

"那好，我想找唐书记谈一谈。"

"不可能。"武权说，"唐书记在省里，不知哪天回来，不过，市委常委会是遵照他的电话指示召开的，他完全同意市委的决定。李斌良，你可以出去了。"

李斌良笑了笑，站起来，做出欲往外走的姿态，又突然转回身来："对了武书记，碧山市公安局有个规定，会场禁止吸烟！"

"这……我！"

武权尴尬地看着李斌良，又看看手上的香烟，一时不知如何才好。

所有与会人员都看向武权。终于，武权手忙脚乱地把烟摁死在烟灰缸里。

李斌良这才笑了笑，拍拍高伟仁的肩膀，向外走去。

"我送送李局长！"高伟仁突然说了一句，起身送李斌良向外走去。走出会议室，关上门后，他脸色顿时变了，压着嗓子说："什么东西，一帮臭流氓，斌良，你行动太慢了，要不，哪能是这个结果呀！"

李斌良盯着他："我走了，正常情况下，应该由你主持工作吧，怎么只让你负责党委工作，实权都交给魏忠成了？"

"说的就是啊，事前说得好好的，可是……"

高伟仁突然停下来，意识到自己说漏了嘴，急忙弥补："不是，斌良，你别多心，我跟他们不是一码事，他们……"

李斌良说："行了，我的政委，今后，你走好吧。再见！"

李斌良回到办公室，把门开了一道缝隙，一边慢慢地收拾东西，一边倾听着会议室的动静，过了一会儿，传来开门声，脚步声，会散了。李斌良向门外看了一眼，回身继续收拾东西，终于，有轻轻的脚步声在门外响起，两个人走进来。

陈青和许墨。

陈青说："李局，任务完成了！"

许墨把手中的物证袋举到李斌良眼前。

透明的物证袋内，呈现出的是一截"中华"香烟头。

恰在这时，李斌良的手机响起，他拿出来一看，屏幕上显示着"林厅"二字，急忙接起，开口叫出林厅之际，一股酸涩差点从眼里涌出来。

"斌良，我一直在省委，不便接你电话。"

李斌良已经意识到，林荫本身可能也陷于危机中，因而此时最担心的不是自己，而是林荫了。因为如果林荫真的出了问题，自己就真的没有一点儿指望了。所以，他开口就焦急地问起他是不是出了什么事。想不到，却传来轻轻的笑声："有惊无险，毕竟是十八大以后了，他们再不能把天全都遮住了。你马上回来。"

"回来？是回省厅吗？林厅长，我已经被免职了，调到司法局了。"

"可是，我仍然认为你是警察，还是荆原省的警察。你听着……"

2．难眠之夜

错了，你们错了！

李斌良的心一边随着车轮飞转，一边喃喃地用心语说着。

是的，你们错了，你们不能只是撤换了我的职务，没有限制我的自由，你们应该杀了我，只有这样，才能让我放弃战斗。你们以为我不再当公安局局长，不再是警察，你们的威胁就解除了。你们错了。

和赴任时很相似，还是陈青开车，李斌良坐在副驾位置上，只是，驶往的方向相反，心境也完全不同。他万没想到，自己会在这样的情况下返回，会在被免职、脱去警服的情况下返回荆都。真的，他什么都可以想到，却无论如何也无法想到，有一天，自己会脱掉警服，失去警察身份。因而，在焦急的同时，他也义愤填膺，决心与他们决死一战。

陈青也同样怒不可遏。他说，李斌良不在碧山公安局了，他也没必要待下去了，即便是李斌良不控告，他也要控告，要控告到底。

告，一定要告，这是两个人此时一致的心理。

路程跑过一半后，李斌良才渐渐平静下来，心渐渐转移到林荫身上，猜测着他要跟自己谈什么，他的"有惊无险"又是怎么回事。难道，他的公安厅厅长职务也差点不保？那么，又怎么会有惊无险？

正想着，林荫又打来电话，他告诉李斌良，自己有急事去北京，他到荆都不必找他了，直接去荆江宾馆找中央巡视组控告就可以了。

中央巡视组？

"对，"林荫大声说："中央巡视组进驻荆都了，就住在荆江宾馆。我已经把你的事情跟他们反映了，他们也有所了解，你去找他们吧。我感觉，这次中央巡视组来荆原是有针对性的，你的问题有很大希望解决。"

李斌良的心一下豁亮起来。放下手机后，急忙要陈青进一步加速，可就在这时，手机又响起来。

"李斌良，是我。听出来了吧！"

"你……沈静？"

上次分手，李斌良已经把她的手机号码删除，所以看到电话号码，没有一下子想起是她。对，上次，她离去时，不是含蓄地宣布分手了吗？自己不可能理会错呀，连苗苗需要人照顾时，她都予以拒绝，现在为什么又和自己联系，为什么？

李斌良客气地问沈静有什么事。沈静却问李斌良在干什么，李斌良告诉她，自己正在回荆都的路上，再反问她有什么事。她沉吟片刻："我们见一面，可以吗？"

"有必要吗？"

"有，尤其是对你，我觉得非常有必要。"

"那好，你说，在哪里见面？"

城郊接合部的一个路口，李斌良的车停下来，几乎同时，从城内方向驶来一辆出租车，也停到路口，沈静从里边走出来。

李斌良看着她的身影，一时百感交集。

是她，瞧，乍看上去，真的很像宁静，可是，她确实又不是宁静，而是沈静。瞧，她下车了，向这边走过来，一脸的忧郁……看到她这种表情，李斌良又觉得内疚涌上心头，这种忧郁，她过去是没有过的，是自己给她带来的，自己没能给她带来幸福的生活，带来的却是忧郁，这……

李斌良带着这样的心情下车，走向她。她停下脚步，迎着他，看着他。

四目相视，心中的滋味难以言喻。

"沈静，有什么事，快说吧！"

"我听到一些消息，有点儿……不放心……"

消息传得可真快，这么短的时间，自己调动的消息就传到了她的耳朵里。一定是有人特意告诉她的，一定。

李斌良的判断没错，追问后，她坦然承认，是古泽安告诉她的。

李斌良对她说，是这样，这是事实。她想说什么？

她问他下一步打算怎么办。

"当然要告他们！"没等李斌良说话，陈青的声音响起："李局长怎么会脱警服呢？你没听说吗，中央巡视组进驻荆原了，我们马上去找巡视组告他们，非告倒他们不可。"

沈静看着李斌良，现出哀伤的眼神。

李斌良说："沈静，我必须这样做，你还有什么要说吗？"

"李斌良，你就不能听我一次劝吗？我早就说过，谁来也没用，荆原的事，谁也解决不了。在荆原，你斗不过他们，这个世道就这样了，你改变不了，你这样干，只会更加倒霉，更翻不过身来，最后不知被他们算计成什么样子，李斌良，听我一回，算了吧。李斌良，只要你听我的，不上告，哪怕你只是个普通人，我也跟你，行吗？"

这是一种宣示，一种态度，意思也很明显。

可是，李斌良不能答应，他知道，自己如果答应她的话，将生不如死。因而他说："沈静，我明白你的意思，可是，我真的不能这么做。我说过，我也渴望过平安幸福的生活，可是，这个世界如果任他们横行，那么谁也不会有平安幸福的生活。何况，我绝不认可你说的，这个世道就这样了。我偏要试一试，看能不能改变一下。行了，时候不早了，我还有事，再见吧！"

李斌良看到，她现出受伤和绝望的眼神，这眼神让他心碎，可是，他必须咬牙挺住。

沈静再没说话，掉头向出租车走去，一直到进入出租车，再也没有回头看一眼。李斌良看着她的背影，再次想起宁静，心中再次掀起痛苦的波澜：不，她不是宁静，宁静只有一个，已经离去，再不会出现在自己面前。对，此时她在干什么，是不是在冥冥中看着自己……

车喇叭声响了好几次，李斌良才回到现实，进入车中，向市区方向驶去。

车驶进市区，李斌良本想直接驶往荆江宾馆，却发现已近下班时分，这显然不是自己倾诉的好时段。正在犹豫，手机突然又响起来，是苗雨："你到哪儿了，进城了。时间太晚了，明天上午再去找巡视组吧……"

看来，她已经什么都知道了。是林荫告诉她的吧！按照她的要求，他打消了立马去找巡视组的想法，驶向回家的路上，并在自家小区的大门外，与她会合。

李斌良跳下车，看着她迈着轻快有力的步伐走向自己，这让他想起初见她时的样子，看来，她依然保持着当年的青春和活力。

二人对视不语片刻，她先笑了："咱俩就在这儿发愣吗？"

"那你……"

"我觉得，此时此刻，我应该和你在一起。"

"可是，我要回家，你……"

"你是怕苗苗不接受我吗？还是试试吧，她已经长大了，不是当年了，何况，她父亲现在是这种处境。走吧，没事，她要是不接受我，我就离开。"

走到家门口时，李斌良忽然觉得有些为难。他不知如何对女儿描述自己的现状，怎么会忽然不是公安局局长了，甚至不是警察了，更不知如何向她介绍身边的苗雨。他想了想，先敲敲门，再拿出钥匙，打开门锁迈进室内。

李斌良首先看到的是一个年轻女警察的身影和她警惕的眼神，看清是李斌良，她放松下来，现出有些尴尬的笑容："李……您回来了！苗苗，你爸爸回来了！"

李斌良让苗雨稍等一下，自己走进苗苗的卧室，又看到另一个稍稍年长一些、穿着便衣的女警察，她正守在苗苗身旁，显然刚才在和她说着什么。看到李斌良走进来，她慌忙站起："您……回来了！"然后向门外走去。

屋子里只剩下了李斌良和女儿。女儿掉过脸，不语，只是仔细地观察他，打量他，好像他的脸上有什么奇怪的东西。

"苗苗，怎么了？"

"爸，你没事吧？"

"没事，你为什么问这个，怎么了？"

苗苗不语了，并突然掉过头，抹起了眼睛。

怎么了，出了什么事？

李斌良急忙上前，把女儿搂在怀里，问她怎么了。她却挣扎着从他的怀里脱开，用含泪的目光看着他："爸，你还瞒着我？我知道，你已经不是公安局局长了，连警察都不是了。"

她也知道了？

她告诉他，是两个女警察交谈时，她在旁听到的，并在追问后得知了真情。

真快，两个女警察都知道了，想来，省厅机关肯定也都知道了，传遍了。

李斌良害怕女儿担忧，急忙对她说，一切还没有结束，自己还会回到公安队伍，还会当公安局局长，还耐心地解释，自己被解职和脱掉警服，不是犯了错误，而是在打击犯罪上得罪了人云云。苗苗听了一会儿，打断了他的话："爸，你别跟我解释了，我只是怕你着急上火，只要你好，我就好。"

李斌良被说得心里热乎乎的，原来，女儿是惦念自己，心疼自己。看来，她真的长大了，懂事了，而且，她的精神也没什么问题，抑郁症没有发作，或许，她已经痊愈了……

"可是，"苗苗继续说："我给沈姨打了电话，劝她安慰安慰你，她却说……对了，沈姨和你是不是……不行了？"

李斌良心往下沉了沉："苗苗，不怪你沈姨，怪爸爸，爸爸不能带给她需要的生活，甚至，也连累了你。"

"爸，你别这么说，你是个好爸爸。爸，你知道吗，其实，我很后悔。"

后悔，后悔什么？

"当年，我不懂事，把苗姨气走了，如果她在，一定不会在你需要的时候离开……爸，对不起！"

酸甜苦辣，百感交集，一时之间，李斌良不知心里什么滋味，不知说什么好。

身后，响起轻轻的开门声，苗苗抬头向门口望去，眼睛突然睁大了。

"你是……苗姨……"

是苗雨，她一定是听到了苗苗的话。

苗雨的眼里也有了泪花，她走到苗苗身旁："苗苗，别这么说，姨一点儿也不怪你，真的……谢谢你，苗苗，姨可以抱你吗？"

苗苗默默地点了点头，苗雨伸出手臂，轻轻地把她搂在怀里，越搂越紧……

压抑的啜泣声不可遏制地响起……

李斌良拭了一下眼睛，向门外走去。尽管遭遇了这么大的打击，可是，此时他心里充满了温暖。

晚上，两个女民警在李斌良的要求下离开了，苗雨留了下来，和苗苗睡在一个房间，一张床上，已经很晚了，李斌良还隐隐地听到二人低低的对话声传过来。他万没想到，二人之间那巨大的冰山居然这么轻易地融化了。这让他对未来的生活产生了新的希望和向往。

这一夜，他睡得很香很甜。一直睡到翌日早晨，才被厨房传来的盆勺声惊醒。他急忙起床、穿衣，走到厨房门口向里边看去，苗雨系着围裙正在忙着做饭，苗苗在一旁帮她的忙，这是多么美好的图景啊，李斌良看得心都醉了，热泪再次涌上眼帘……

3．中央巡视组

一顿温暖的早餐后，李斌良准备离开家，他要奔赴战场了，一个特殊的战场。苗苗突然说："我也去。"苗雨也说："我也去。"苗苗说："爸，我们陪你去，给你站脚助威。"

"可是，这不是打架，我是去找组织反映问题。何况，那不是谁都可以随便出入的地方。"

苗雨说:"我们不进去,我们就在外边等你。"

真是没办法。不过,一想到二人在外边等着自己,心里挺舒服的。李斌良答应了。走出住宅楼的时候,陈青已经把车开到楼下,当看到苗雨和苗苗陪着李斌良走下楼,进入车中时,有些不解地看向李斌良。苗苗说:"我们陪我爸爸去。"

陈青把车缓缓启动,向前驶去。李斌良从倒视镜中看到,陈青向自己竖了一下大拇指,还露出一丝戏谑的表情。这小子,什么意思?想什么呢?

李斌良刚想解释解释,忽见倒视镜中的他表情一下子变了,变成了一种悲怆的表情。李斌良忽然明白了他为什么这样,也一下子心情黯然了。

他一定联想到了他和谢蕊,想到了他曾挚爱的那个香消玉殒的美丽异性……

荆江宾馆出现在前面,李斌良的心不可抑制地跳得加快了。陈青停下车后,李斌良跳下车,向宾馆的方向看去。

宾馆看上去如常,没什么异样。但是李斌良稍加注意就发现两个异象,一是出入的人比较多,从他们匆匆的行色和期盼、抑郁的表情上看,可知多是上访告状人员,二是有很多便衣男子在宾馆附近徘徊着,眼睛闪着机警的目光。他们一定是警卫人员,是便衣警察……

李斌良转过身,让陈青、苗雨和苗苗先找地方休息或者逛一逛,说自己可能要很长时间才能出来。可是三人不同意,非要等在外边不可。

李斌良急于进入宾馆,不再和三人纠缠,迈步向前走去。

立刻,几双警惕的眼睛转向他,迎向他。

"同志,请问您……"

"我是碧山市公安局局长李斌良,有重要事情,必须立即向中央巡视组反映。"

"噢……好好,李局长,请!"

没想到如此顺利,如此客气,感觉上,他们好像知道自己要来,应该是个好兆头。李斌良快步走向宾馆大楼,向门口走去,这时,一个熟悉的身影在一个年轻男子的搀扶下走出来,边走还边愤愤地说着:"这回,看他们还猖狂不了……"

李斌良突然站住:"程老?!"

是程远。他也看到了李斌良:"斌良,你是来告他们的吧?告得对,什么东西,太不择手段了,我刚跟严组长谈完,他态度很好,会给你撑腰的,别怕,该谈什么谈什么,正不能让邪压住!"

"谢谢程老,谢谢您!"

"你去吧,我走了!"

李斌良身上又增添了力量,快步向前走去。走进楼内,一个干部模样的年轻男子迎上来，听李斌良介绍自己的身份后，同样好像知道他要来一样，直接带他进了电梯，上了六层，进入一道走廊，向里边走去，最终，停到一个客房门外，轻轻敲了敲门。

里边传出一个女声："请进！"年轻干部向李斌良示意一下，推开门，闪开身子，李斌良试探着向门内走去。

"李斌良，你来了，快进来，坐……"

怎么声音有几分耳熟？咦……是她……

李斌良看到，屋子里的办公桌后边，坐的并不是陌生人，她是《明日》杂志社那个年龄稍长的女记者严真。

李斌良愣住，他以为自己走错了门，转过头，发现那个年轻干部也随自己走进来，对自己微笑着。

"李局长，你没走错，快坐吧！"

李斌良又转回头，看向严真。

"李斌良，不认识我了吗？我是严真。坐吧！"

李斌良的心咚咚跳了起来："您是中央巡视组的？"

"这是我们严组长。"

严组长，对，刚才程老不是也说的严组长吗，原来……

"可是，上次在碧山，你和苗雨……"

"啊，那是我们的一种工作方式，快坐吧！"

天哪，原来是这样！李斌良抑制不住心中狂喜，一时之间，他产生一种不真实的、梦境般的感觉，进而，一股热辣辣的液体从心底涌上来，欲从眼眶中涌出。

"斌良，坐吧。我知道，你非常不容易，咱们不耽搁时间了，把你知道的、要说的，都说出来吧！"

年轻干部坐到旁边的一张椅子上，坐到电脑前，把手放到了键盘上。

李斌良激动地说："好，我说，严组长，您先听听这个！"

李斌良拿出手机，按了几个键，放到严真面前的桌子上，岳强发的声音传出来。原来，那次他打电话向李斌良挑衅，却得意忘形，不想却被李斌良录了音。

严真听着二人的对话，脸色越来越难看。

录音播完之后，李斌良悲愤地说："严组长，你说，这正常吗？这说明了什么？说明，我的任免，是由他主导的，或者说，他直接影响了省委、市委对干部的使用。这算是什么，这是什么政治生态？"

"说得好，这是什么政治生态？继续谈。"

"好，我从两起命案谈起，我是公安局局长，主要职责是打击犯罪，可是，这两起命案的被害人，都是我们公安民警，可是，我却无法破案。但是，这不是我无能，而是有人捆住了我的手，把枪口对准了我的头，只要我敢破这两个案子，他们就对我开火，现在，我就是中弹了。就是因为我一定要侦破这两起警察被害案，他们就采取一切手段，把我搞掉了，免去了公安局局长的职务。原因是，这两起案件背后隐藏着巨大的黑幕，牵涉到一起涉案几亿元的特大入室抢劫案……"

李斌良讲着讲着进入了情境，他从宋国才家的巨款再说到并购中的黑幕，尽管他知道，严真可能已经掌握了这些情况，仍然忍不住把掌握的讲出来，最后动情地说："林希望和谢蕊被害的原因，就是碧山煤矿的并购黑幕。所以，我才处处受到掣肘，直到今天的下场……"他越讲越动情，不知不觉，两个多小时过去，他才深深地吸了口气，结束了讲话。

这时，很少插言的严真坐不住了，她在地上踱了一会儿步，转过脸来。李斌良注意到，她此时已经是脸色绯红，满眼激愤。她声音不高却充满感情地说："斌良同志，作为纪检干部有一条重要的要求，就是要保持客观和冷静，可是，听了你的话，我实在难以做到这一点。根据我对碧山的调查，再加上我对你的了解，我相信，你说的都是真的。过去，我们常说，腐败分子是极少数，这并不准确，在有些地方，他们可能是少数，可是，在极少数的地方，他们可能却是多数，不，不只是多数，有时，还往往呈现集团式腐败，塌方式腐败，你能在这样的地方，保持自己的品格和原则，和他们斗争，真的不容易呀！"

李斌良感到温暖升上心头，他忍不住又进一步说："严组长，碧山的问题到了非解决不可的时候了。你知道吗，除了经济政治上的危害，还有环境的破坏，你一定看到了，在碧山，甚至整个荆原省，还能找到山清水秀的地方吗？你再看看普通群众的生活，他们付出了生态的代价，可是，得到的是什么？依然是贫穷落后，钱都被少数人装入了腰包，这些问题不解决，怎么得了啊？还有，这种社会环境是对人心的危害，由于岳强发、武权这样的人肆无忌惮，让很多碧山人，甚至我们公安民警，都对碧山的社会前途失去了信心。"

"我在碧山调查过，你说的这种情况确实存在，这确实是最可怕的。不过我们也要相信，人间正道是沧桑，人的本性还是向往公平正义的，只要把他们这些人清除掉，我们的社会还是能向着好的方向发展的。斌良啊，苗雨说得对，你不只是一个警察、一个公安局局长，还是有一个有思想的、有责任感的人。"

深切的理解和关心从耳鼓渗入心田，李斌良的眼圈不自觉地红了："严组长，那我……"

"我现在不能对你表态，但是，我要告诉你，现在是十八大以后了，他们一定会为自己的罪行付出代价。你的问题，一定能够得到妥善解决，碧山的问题，也一定能够得到解决。就这样吧，你先回去等消息！"

严真的话令李斌良感动，但是，他又有些着急："可是严书记，现在情况紧急，案件正在关键时候，不能中断……"

"我知道，我知道，你放心吧，放心吧！"

4．漫长的等待

李斌良从宾馆走出来。奇怪，尽管并没有完全解除疑虑，可是，他却觉得两腿轻松了许多。"爸爸——"苗苗的呼声从前面传来，他看到了三张笑脸，这三张脸真是这世界上最美好的脸庞啊。他也不自觉地露出笑容，迎向三人。第一个开口的是性急的陈青："李局，怎么样？"李斌良点点头说挺好的，简要说了严真接待自己的经过。陈青听了高兴起来："原来她是中纪委的？她要是这种态度，那你没问题了。什么时候恢复你的职务啊，咱们得抓紧回去呀！"李斌良又把严真的话学了一遍，陈青更加高兴："这么说，你的问题很快就能解决了。"李斌良却有所保留地说："也不要想得那么容易，还是看最后的结果吧！"

应付完陈青，李斌良转向苗雨，问她和严真到底是怎样一种关系。苗雨现出一丝得意的笑容。她告诉李斌良，《明日》是个很有社会责任感的杂志，最善于捕捉社会敏感问题，他们早就风闻了荆原煤矿并购的一些黑幕，派记者做了初步调查，认为问题非常严重，就反映给中纪委，中纪委决定深入调查。为了更好地掌握真实情况，就和杂志社一起行动，这样，她和严真走到了一起。

原来是这样。李斌良又问苗雨，严真对碧山的情况是什么态度。苗雨说："怎么说呢？严真说过一句话：'在碧山这种地方，正直的人没有立足之地。'"

原来是这样。这么说，她确实是个正直的人。可是，她能够像她表态的那样，尽快解决自己的问题吗？苗雨说，据她了解，严真为人干练，不说空话，她是副省级干部，如果她这么说了，就肯定能够做到。李斌良仍然不放心，说时间紧迫，不能拖得太长，苗雨说严真肯定会向省委提出建议，估计，省委也不会对中央巡视组的建议置若罔闻。可是，对于李斌良返岗的具体时间，苗雨也拿不准。

所以，李斌良仍然不放心，又拿出手机，打给林荫。铃声刚响两声，林荫那边就接起来："斌良，谈完了？"李斌良说谈完了，自己把该说的都说了，还说了严真的态度，林荫听了很高兴。李斌良又说起自己复职不能拖得太久，林荫说，碧山的做法是违反组织原则的，如果中央巡视组真的态度明确，纠正起来不是难事，让他放心等待。

没有办法，只能耐心等待了。可是，李斌良却无论如何也静不下心来，这时手机再次响起，这回，是韩心臣打来的："李局，怎么样？我听说，中央巡视组进驻荆原了，你应该找他们谈谈哪，谈过了？效果怎么样……太好了。是，碧山这边也知道了，都惶惶不安着呢，当然是他们惶惶不安，现在，他们大概自顾不暇，琢磨怎么应付中央巡视组呢，所以也没采取什么大动作，最重要的是你能快点儿回来就好了……是吗？那太好了，只是时间别拖得太久。你放心，我一定盯着他们，只是，毕竟和你在时不一样了，我只能暗地里行动。从你离开我也没闲着，正在通过私人关系调查别墅区的录像……对了，DNA比对结果出来没有……还得明天……我知道，只是太着急了……你放心，我一定全力以赴……"

说了好半天，韩心臣才放下电话，李斌良想象得到，他一定受到了鼓舞。

眼前似乎无事可做，只有耐心等待了。这时苗苗提出，已经快中午了，该吃饭。陈青说："去饭店庆祝一下吧？"李斌良说："不，现在庆祝太早了，应该在组织决定我们返回碧山时再庆祝……不，应该把案子彻底侦破后再庆祝。"李斌良嘴上这么说，其实心里的理由并不全是这些，因为他的眼前又出现早晨，家里厨房那一幕，三个人一起吃饭的那一幕，那种感觉，他还想再次享受一下，因而提出回家去吃。陈青看出了李斌良的意思，就说："那好吧，我就不乱掺和，破坏你们的三人世界了……"话说出半截就停下来，并在尾音中透出了悲凉的腔调，不知是不是想起自己的遭遇，想起了谢蕊。

李斌良的渴望得到了满足。三人回到家中，他又倚门向厨房内看去，看到两个女人忙活着做饭的身影，吃饭的时候，他忍不住下意识地说了句："等我完成碧山的任务，我真的辞职，回省厅，天天过这种平凡的日子，但是，你俩必须在我身旁。"苗苗听着，眼睛看向苗雨，苗雨却垂下眼睛，把头转向一旁，停止了吃饭，好半天才回过头来。

李斌良知道苗雨在流泪，酸涩也忍不住从自己的心底生出……

饭后，收拾完厨房，苗雨进了李斌良的房间，关上房门，轻声问："你刚才是什么意思啊？"李斌良大胆地盯着她："你不明白吗？你能告诉我，我还会享受家庭的温暖吗？我还会和心爱的人守候在一起吗……"

话说不下去，喉咙哽咽了，他再也控制不住自己，突然上前，伸出手臂，把她拥抱在怀里："苗雨，我不会让你再离开我了，你必须留在我身边。听见了吗？我要你答应我，不要再离开我。"他感觉到，她浑身在颤抖，她伏在他的胸前，抽泣着说："斌良，你不知道，虽然和你中断了联系，可是这些年，我没有一刻忘记你，我也曾幻想着有这一天，可是，我不敢太期盼，只能克制着……斌良，尽管这些年我见过不少人，可是，我从没发现过你这样的人，我去碧山，是为了工作，也是想再见你一面哪……"她呜咽出声，再也说不下去了。

李斌良更加用力地把她拥抱在怀里："苗雨，快答应我，今后不管发生什么事，都不会离开我。说，快说！"

苗雨没有说，可是，却在用力地点头。李斌良的泪水，终于不可遏止地涌流出来……

下午是漫长的等待，李斌良尝到了如坐针毡、热锅上蚂蚁的感觉。一下午，他和韩心臣通了三次话，最后一次，韩心臣告诉他，他已经获取了一段有价值的录像，就在一个多月之前，也就是谢蕊怀孕的那段时间里，武权的身影出现在别墅区附近的监控录像镜头中。李斌良听了非常高兴，要他千万保存好。放下电话，是更焦急的期盼，他不时拿出手机，观察着时间一秒一分地走过。然而，到了下班时间，仍然没有任何消息。

看来，今天是没有戏了，可是，碧山的情况是瞬息万变哪。他忍不住拨打了林荫的电话，林荫的话使他稍感安慰，林荫说，据他所知，省委常委经常夜间开会，特别是涉及研究干部的议题时。

看样子，还有希望，但是，还得继续受折磨。李斌良放下手机，只能继续等待，等待，等待，晚九时许，手机忽然响起，他拿起来一看，是林希望父亲的号码。又出什么事了？莫非……他产生不祥的感觉，手机里传出林希望母亲的声音："李局长，这可怎么好啊？"李斌良急忙安慰她别急，问出什么事了。原来，她和丈夫听到了李斌良被免职的消息，情绪上深受打击，为等待儿子被害真相和凶手伏法而活着的丈夫陷入昏迷，生命垂危。她哭泣着问李斌良怎么办，儿子的案子他还管不管，还能不能有人管？李斌良立刻大声叫起来："大嫂，你听着，我还会回碧山的，还会当公安局局长的，你告诉大哥，让他一定挺住，我很快就回碧山，很快就会破案。你告诉他，我三天内一定破案！"林希望母亲听了李斌良的话，稍稍高兴了一些，要他再大声说一遍，她把手机放到丈夫耳旁，让丈夫听到。李斌良按照她的要求，大声复述了一遍，向林希望的父亲保证，自己三天内一定破案。片刻，手机响起轻微的呻吟声。林希望母亲告诉李斌良，丈夫醒过来了……

受到这个刺激，李斌良又变得焦灼不安起来，他无法入睡，不时地在地上踱步，弄得苗雨在苗苗的房间里也无法入睡，穿上衣服走过来陪他。时间继续一秒一分地走着，眼看零点了，看来，今天是没有希望了。然而，就在苗雨的劝说下，李斌良准备脱衣上床时，手机响了起来。

是个陌生的号码，谁？

"是李局长吗？我是秦孟祥……碧山市市委组织部部长……"

"啊，秦部长，有什么事？"

"市委刚刚接到省委通知，省委认为，碧山市市委撤换你的决定，是违反组织原则的，是错误的，也是无效的。责成市委恢复你的公安局局长职务，并要求在第一时间通知本人。所以，我才给你打这个电话，打扰您休息了。"

"不不，秦部长，我还没睡，太好了，谢谢您，谢谢您……"

"不用谢，这是应该的，李斌良同志，你受委屈了。市委已经决定，明天由我带队，并派专车，前往荆都迎接你回碧山复职……"

"不不，没必要这么折腾，我自己带车回去就行了。秦部长，太谢谢你了，就这样了，再见！"

李斌良刚刚放下手机，它又响起来，是林荫："碧山市市委给你打电话没有？"

"打过了，谢谢你，林厅长！"

"还是谢中央巡视组吧。你有什么想法？"

"没想法，只想着快点儿回碧山。对，我想连夜启程。"

"没必要，走夜路不安全，明天早晨吧，早一点出发。"

"行。林厅长，你知道内幕吗，到底是怎么做到的？"

"没有内幕，就是中央巡视组向省委提出了建议，省委常委连夜开会研究，争论得非常激烈，所以才拖到这时候，不过，最终还是正义胜利了。好了，不说了，你明天还有事，抓紧休息吧，别太激动，影响睡眠。"

林荫放下了电话，李斌良抬起眼睛，看着苗雨。苗雨也在看着他。

林厅长说，别太激动，影响睡眠，可是，此时此景，怎能不激动，怎么能入睡？李斌良突然张开双臂，又将苗雨拥抱到怀中，并且越抱越紧。这时，他忽然回想起多年前，他和她第一次拥抱的感觉，忽然觉得，自己和她从未分离过，这种感觉让他消除了残留的陌生感，也让他更紧地拥抱住她，并不自觉地开始亲吻她。她最初还想逃避，挣扎，可是很快放弃了抵抗，发出一种轻微的呻吟声，这又使李斌良忽然有了生理上的反应，他把她抱到床上，开始脱她的衣服，她无力地说着"不"，可是却不再做抵抗。然而，就在李斌良想采取进一步行动时，忽然大脑"嗡"的一声，谢蕊的尸体出现在眼前，林希望的尸检照片出现在眼前，林希望家残破的小屋，林希望父母悲凉的面庞出现在眼前，碧山天空的煤灰粉尘也忽然出现在眼前，遮天盖地地向自己扑来……

李斌良的大脑和身体陡然降温，他停止了脱苗雨的衣服，慢慢起身，把她衣服整理好。苗雨诧异地睁开眼睛望着他。他轻轻对她说："对不起，苗雨，现在还不能这样，我没有权利享受这个，最起码现在不行，一切，要等到碧山的事情有个了结才行。"苗雨意识到他的心理变化，仰在床上看着他说："不，那时候也不行。"李斌良不解地："为什么不行，难道，你……"苗雨认真地说："你必须为我举办一个庄重的婚礼才行。"李斌良一下明白过来，再次紧紧地拥抱住她："亲爱的，我答应你，一切都答应你。亲爱的，你真是我的心上人，真的理解我……"

5. 罪恶的子弹

苗雨去了苗苗的房间，李斌良一个人躺到了床上，为了有充足的精力迎接不平凡的明天，他告诫自己必须入睡而且生了效，居然不知不觉地进入了梦乡，甚至还睡得很香，直到一双温柔的手拨动他的头："爸，起床吧！"

李斌良愕然醒来，看到的是女儿苗苗的脸庞和双眼，猛然想起今天要回碧山，急忙穿衣服。苗苗告诉他不要急，才五点，什么都来得及。可是，他却还是觉得起晚了。穿好衣服，继续手忙脚乱地上卫生间，洗漱，之后是上了饭桌，和苗雨、苗苗坐到饭桌前。起得早，本来没什么食欲，可是，见到桌上摆着的腻乎乎的稀粥及金黄色的馒头片，还有两个素炒的小菜，食欲又上来了，一边吃一边想，看来，苗雨还是有点儿厨艺的，今后，自己算是享福了。

可是，今天他只能享受到这里了，撂下筷子后，他给陈青打去电话，要他快点儿来接自己。陈青说他正在起车。李斌良决定下楼等待，苗雨和苗苗也决定送他启程。

走出门洞，来到楼外的时候，李斌良发现东方已经现出红色。他在苗雨和苗苗一左一右的拥簇下，向小区大门走去，再次感觉到一种幸福。苗苗走着走着，忽然凑近他耳朵："爸，对不起。"李斌良不解地看着苗苗，苗苗看了看苗雨的方向，又对他轻声说："要不是我，你早就可以享受正常的家庭生活了……"苗苗突然住口，看着李斌良的头部，李斌良不解地看着苗苗，不知她发现了什么。她抬起手，轻轻地从他的头上拔下了一根头发："爸，瞧，你有白头发了。"

李斌良看清，苗苗的手里真的是一根白发，急忙安慰她说："白就白吧，我早就见过了，再说，还有比我小很多就白了头发的呢！""可是，我不愿意你白头发，爸，我长大了，今后再不让你操心了，对，我不再干预你和我苗姨的事了，你们尽快结婚吧！"

女儿的话，让李斌良感到深深的温暖。

走出小区大门，三人一边轻声交谈，一边站在路旁等待着陈青的车到来，苗雨忽然住了口，向李斌良身后方向看去："斌良，你看……"

李斌良扭头顺着苗雨的目光看去，看到一辆轿车向自己这边驶来，随着距离接近，减慢了速度，但是，这并不是陈青的车。这……

李斌良忽然神经一悚，一种极度的不安从心底生起，继而变成恐惧……不好。

可是，来不及了，轿车已经驶到跟前，停下，车窗打开，车内伸出一支手枪，枪口指向自己，他甚至看到车窗内男子有几分熟悉的面孔，对，是马刚……

李斌良的血一下子凝结了，他的手伸向腰部拔枪却摸了空，枪已经被他们收走。完了，我死了，她们怎么办？此时，李斌良心中只有一个念头，那就是，不能让枪口伤害自己的亲人，他用胸膛迎向枪口，下意识地张开手臂，去遮挡苗苗和苗雨，可就在这一瞬间，一个人拨开他的手臂，冲到他的前面，双臂像翅膀一样张起，挡在马刚的枪口和他之间……

"不要……斌良……"

枪响。

子弹射向李斌良，可是，被前面的人胸膛挡住，一枪，两枪……

李斌良大喊："苗雨——"

这时，不远处传来急促凄厉的车喇叭声，李斌良扶住苗雨的身子，扭头看去，只见一个车影飞一样驶来，向自己面前的车重重撞去。行凶的车被猛地撞开，因为撞得猛，车飞向前去，一下子侧翻到路上并打了个滚儿，不动了。

马刚和另一个青年从翻倒的车内挣扎着爬出，向远处逃去，陈青拔出手枪开火……两个身影摇晃着、踉跄着向地上倒去。

李斌良眼睛看向怀中的躯体，狂呼起来。

"苗雨，苗雨……"

苗雨还清醒着，但是，鲜血洇湿了她的前胸、身体，她看着李斌良，困难地说："斌良，你没事，太好了，快去碧山吧……"

"不，苗雨，苗雨……"

"苗姨，苗姨，妈，妈……"苗苗突然凄惨地哭叫着，扑上来，和李斌良一起托住苗雨，"妈，你别这样，你已经这样一次了，不要再这样……"

李斌良如遭电击，多年前那一幕，前妻王淑芬死去的一幕又出现在眼前。天哪，是多么的相像啊，难道，那一幕又要重演吗？

苗雨看着李斌良，呻吟着说："斌良，我爱你……"

"我也爱你，苗雨，你要挺住，千万挺住，你不能离开我，绝对不能，我不允许……"

李斌良听到，自己的声音犹如失去伴侣和孩子的独狼。

苗苗无助地喊道："妈，妈，你不要再离开我们……"

第十六章 天已微曦

1．复职，返回

"妈，妈，妈……"

手术室外，苗苗下意识地自语着，李斌良却听而未闻，此时，他眼前晃动的是他在自家厨房门口看到的那一幕，两个女性忙着做饭的身影，那是多么美妙的景象啊，整个情境都好像在闪烁着金色的光芒，自己曾经以为，幸福终于来到了，再也不会离开了，哪儿想到……

"妈，妈……"苗苗依然在低语着，李斌良终于听到了，恐惧地睁大眼睛：天哪，她不是受了刺激，抑郁症又发作了吧，老天保佑，不要把灾难一起加到我头上吧……

急救室的门开了，李斌良急忙迎上前，他看到的是一个戴着氧气罩的苍白面庞，还有身上插的好多管子。

几个护士推着床车向一个病房走去，而一个面容严肃的中年男医生走向李斌良，把一个透明的塑料袋交给他，他看到，里边是两颗"六四"子弹头。医生说，苗雨的生命体征还在，但是，危险并没有完全过去，即便最后保住了生命，也有很大的可能成为植物人。

这……这就是我的命运？

悲哀中又伴着几分安慰，毕竟她还在，还在自己的身边，那就有希望。他进入病房，这才发现苗苗已经进来，守在苗雨的病床旁，轻声地叫着"妈"，看上去很正常，不像是抑郁症发作，这让他心情轻松了一点儿。他走到床边，轻轻抓起她的手，感到冰凉，再隔着氧气罩观察她的面庞，只看到她闭着眼睛，像睡着了一样……

她真的会永远这样睡下去吗，永远不会醒来了吗？

不，不，求你了，不要这样……

求谁？是求她，还是求命运，抑或求上天，求神仙……

求一切，只要能让她醒过来，他可以求一切人，一切神……

身后响起轻轻的脚步声，李斌良回过头，看到的是厅长林荫和政治部主任走进来。他克制着感情迎向他们。林荫先观察了一下苗雨，安慰了李斌良几句，然后说起正事："斌良，你还想回碧山吗，如果不想，我就……"

林荫没把话说下去，而是等待李斌良的回答，他显然还是希望李斌良能回去。而李斌良也被他的话提醒：对呀，自己为什么走到这一步，苗雨为什么被害成这样，还不是因为碧山的事吗？自己不是一直盼着回去吗？可是……

李斌良转过脸，看向苗雨，他心乱如麻，这种时候，他怎么能离她而去。

苗苗突然抬起头，望着他："爸，你去吧，我替你照顾我妈。"

"苗苗，你没事吗？"

"没事，爸，你放心吧，我大了，可以替你照顾她。"

看来，她真的没事，非但没事，表现得还非常坚强，非常理智，既然这样的刺激她都能挺住，那么，她的病可能已经彻底痊愈了。

"李局，咱们回去吧！"陈青不知何时走进来，"省厅派了好多人在医院警卫，再说，两个行刺的家伙一个被击毙，一个负了重伤，动不了啦。碧山那边更需要咱们。"

陈青表达的是自己的心情，但是，确实说动了李斌良，他转向林荫，坚定地向他点了点头："我马上回碧山。"

"好，我派刑侦总队和特警总队各出十人，跟你一起去碧山，并归你指挥。对了，你们带来的那份样本，DNA检验结果出来了，还有，杀手用的手枪经检验比对，确认是……"

五辆标志鲜明、装备齐全的警车行驶在去往碧山的公路上。

这是林荫的安排，十名特警，十名刑警，各占了两辆车，前边是开路的，后边是警卫的，李斌良坐在最中间的车上。

一切，和初次赴任的情景完全不同，李斌良也认同这样的安排，因为，他要以此震慑对手，张扬正气。

进城路口，多辆轿车、警车和很多人守候在路旁，为首的是高伟仁和韩心臣，其他人就是智文、许墨等一批碧山公安民警了。

李斌良下车，高伟仁立刻迎上来，紧紧抓住李斌良的手："李局，太好了，这两天，我是越想越不是滋味，他们太过分了，我跟他们是水火不容啊，我跟市委说了，你要再不回来，我也不干了……"

李斌良淡淡地笑了笑，对这样的投机分子，他不想再说什么，而是转向韩心臣、智文、许墨等民警，与他们一个个紧紧握手。

碧山市公安局到了。这次的场面和上次有些相同，因为，楼外也拥挤着好多人，有穿警服的，也有穿便衣的，但是气氛却完全不同，这次的横幅上写的是："热烈祝贺李斌良局长续任公安局局长。"李斌良一下车，欢迎的掌声热烈响起。

人群里确实也有胡金生，可是，他却知趣地没有上前，而是躲到了后边，迎上来的是聂锐、秦部长和几个班子成员。

"斌良，你受委屈了！"聂锐走上前紧紧地握住李斌良的手，热度随之传过来，李斌良也反过来用力握着聂锐的手。

"斌良，非常对不起，我对你支持不够，才导致出现这种局面。"

"不不，聂市长，不怪你，在那种情况下，你也没有办法……"

秦部长走上来："李局长，省委已经决定，唐明奎调回省委待分配，聂锐同志代理碧山市市委书记兼市长。"

还有这事？可真是第一次听到。李斌良更加紧紧握住聂锐的手："太好了，聂书记，祝贺您！"

2. 碧山，是碧山人民的碧山，不是岳强发的碧山

李斌良在聂锐等人的陪同下走进碧山市公安局大楼，径直走进大会议室，走上前边的主席台，和秦部长一起，一左一右挨着聂锐坐在中间位置，其他局党委成员分坐到他们两侧。李斌良向台下望去，见各分局的主要领导、市局机关民警全部在场，所有眼睛都盯着自己，不由身心热血涌动。

高伟仁主持会议，他显得非常高兴和热情："同志们，我们今天在这里召开一个特殊的会议，那就是，欢迎我们的李斌良局长继续担任我们的局长。首先，请市委常委、组织部长秦孟祥同志宣布李局长的任职决定。"

没有掌声，只有期待的目光。秦部长咳嗽一声，拿出一张红头文件："荆原省委关于李斌良同志任职的决定……经省委十二次会议研究决定，李斌良同志任碧山市委常委、市公安局党委书记、局长，括号，副厅级。"

什么？副厅级？难道，自己也步入高级干部的行列了？

奇怪，为什么心如止水，没有一点儿激动……

会场上响起长时间的热烈掌声，原来，秦部长宣读已经完毕。李斌良只好露出笑容，和大家一起鼓掌。

高伟仁说："下面，请碧山市委代理市委书记、市长聂锐讲话，掌声欢迎！"

李斌良看向聂锐，忽然发现，他显得比过去深沉老练了许多。

聂锐首先代表市委对李斌良复职表示欢迎，同时，也对他给予了高度评价，说他是一个优秀的公安局局长，优秀的人民警察，碧山这支队伍交给他，市委市政府放心。又要求碧山市公安局领导班子和中层领导干部及全体公安民警，必须服从他的命令，听从他的指挥。讲到这里，他提高声调说："我希望大家增强政治敏感性，认清当前的形势，现在，十八大已经开过两年多了，中央巡视组已经进驻荆原，形势变了，碧山也要变了。我相信，李斌良一定不会辜负党和人民的重托，率领碧山公安队伍，打击犯罪，伸张正义，为还碧山的天晴日朗，做出自己的贡献……"

在聂锐讲话时，李斌良的目光观察着台下的与会公安民警，看到了少部分惶惑、不安、畏惧的眼神，更看到众多喜悦、期盼的眼神。这些眼神让他意识到，如今，自己已经完全能够调动指挥这支队伍了。

聂锐讲话结束后，高伟仁又请李斌良讲话，场上再次响起热烈掌声，李斌良站起来，向大家敬了一个举手礼，然后开始发言："同志们，对我的为人，大家已经有所了解，我不想说太多，只是想告诉大家：天下，是人民的天下，不是腐败分子和犯罪分子的天下，碧山，是碧山人民的碧山，不是岳强发的碧山！"

李斌良看到，当自己说出岳强发的名字时，台下一片震惊的眼神。

他们没有想到，自己居然公开点出了岳强发的名字。在绝大多数人的心中，岳强发还会平安无事的，不可动摇的……

会场上忽然响起一个人的掌声，显得是那么孤独、弱小，继而掌声多起来，声音越来越大，继而是满场热烈的、长时间的，经久不息的掌声，而且有人站起来，很多人站了起来，全场人都站了起来，蓝洼洼的一片警服站了起来。

李斌良也站了起来："同志们，碧山不应该这样，更不会永远这样，碧山的天会蓝的，水会清的，但是，这些，不会自然而然地来到，不会从天上掉下来，要靠的是我们碧山人，包括在座的每个人去斗争。只要我们每个人都向着善良和正义，和残暴和邪恶斗争，这一天，一定会来到。现在，我要向大家公开宣布，我复职后的第一仗，就是侦破林希望和谢蕊被害案，希望大家积极投身到破案中来。同时，我也要正告个别人，主动交代，投案自首，才是你们唯一的出路……"

听到李斌良讲到这些，全场变得鸦雀无声，李斌良向旁边斜了一眼，见魏忠成坐在座位上，头略低并侧向一旁，看不清他的表情。可以想见，此时，他一定如坐针毡！

想到这里，本想结束的李斌良决定再讲几句："我可以告诉大家，现在，我已经掌握了非常充分的证据和大量线索，林希望和谢蕊被害的真相已经十分清楚，也可以说，事实上已经侦破，只剩下抓人了。而基本案情就是，他们两个人都不同程度地涉入了另外一起涉案金额巨大的入室抢劫案。至于它是哪个案子，大家能够猜得出来。那么，过去为什么一直没破呢？不是破不了，是不想破，他们不破，还不许别人破，这样的人是谁，大家一定能想到！"

　　会场上，人们的呼吸好像都停止了，眼睛全定住了一般盯着李斌良。可是，唯有一人与众不同，他就是前排的刑侦支队长霍未然，此时，他脸如死灰，眼如死鱼，甚至，能清楚地看到他身子的颤抖……

　　散会了，高伟仁陪着李斌良匆匆回到办公室："瞧，李局，这办公室还是你的，你走了，我告诉他们，谁也不能动。就知道你会回来。李局，你刚才讲得太好了，跟你比，我还是有差距呀，关键时候立场不够坚定。咳，其实也是没办法呀，咱俩其实是一类人，只是，我是碧山人，身不由己……"

　　听着高伟仁的话，李斌良的心里一阵阵恶心，最后实在忍不住打断了他，"行了高政委。咱俩根本不是一种人，说真的，我都闹不清你长的到底什么样儿了……"

　　"哎，李局，你这么说真让我伤心，我是真没办法，其实，我心里对你是支持的。"

　　"心里支持，不表达出来，有什么用？和他们那些人有什么区别？高政委，碧山这种样子，你也有一份责任。"

　　"我有什么责任？我是没办法……"

　　"就是因为你这样的人太多，才纵容了岳强发他们，加重了碧山政治生态和社会生态的恶化，你是没直接干坏事，可是你的种种作为，实际上帮助了他们。我希望你好好思考思考，然后向组织上反省，争取从轻处理。"

　　"还要处理我？斌良，我跟他们真的不一样，我从来没主动坏过你，你说，我怎么能和张华强、魏忠成一样呢……"

　　"别说了，我劝你，现在什么也别干，就是回办公室，把自己知道的有关他们的罪行全写出来，交给组织，这对你有好处。好了，你走吧，我还有事！"

　　"这……这……"高伟仁尴尬地向外走去，差点撞到一个人身上。

　　是陈青，他白了高伟仁一眼，走向李斌良："李局，走哇，找他去呀！"

　　李斌良明白陈青的意思，又喊住高伟仁："对了，武权怎么没来参加会议？"

"听聂书记说，他不舒服，所以没来。"

看来，他是心虚了。

"高政委，你给政法委打个电话，打给别人，问武权在办公室没有。"

"好，好！"

高伟仁拿出手机，拨了电话，很快问明白了，武权就在办公室。放下手机后，他不解地问李斌良："你找他……"

"我复职了，得向他报到啊！"

3．抓捕

李斌良来到武权门外，停下脚步，看着关得严严的门，忽然想起自己初来碧山，向他报到的情景。现在，他在里边干什么，又会怎样迎接自己？

李斌良敲了敲门，里边没有动静。李斌良再次敲了敲门，传出武权微弱的声音："谁呀？"李斌良大声地说："我，李斌良。"

武权呻吟般："啊……请……请进……"

门没有锁，李斌良示意陈青等人在外边等待，自己推门走进去。

和第一次报到时差不多，武权依然坐在办公桌后，眼睛向自己的方向看来，然而，稍仔细一看，却区别极大，最主要的区别是他的面容，他似乎真的生了病，脸色灰白，神情颓唐。看到李斌良，强打精神，挤出笑容："李……斌良，坐……"

李斌良走到武权的面前，却没有坐，而是隔着办公桌，用仇恨的目光望着他。这让武权更加惶恐不安："你……你……"

李斌良扭过头："陈青，你们进来吧！"

"是！"

陈青带着两名特警走进来，同样用仇恨的目光看着武权，走向他。

"武权，站起来！"

"你们……想干什么？"

李斌良严肃地说："武权，你涉嫌杀害谢蕊，现依法对你执行刑事拘留。"

"你……我……"

陈青大步上前，一把将武权的脖颈衣领扭住："姓武的，你干了什么你自己不清楚吗？经DNA检验，谢蕊怀的孩子是你的，你敢不承认吗？"

"这……你们……是怎么……"

陈青一把将武权嘴上叼着的香烟揪下来，放到他眼前："你是问，从哪里取得的DNA样本吗？就是从这儿！你这个王八蛋，天下第一的坏种，我×你祖宗的，我……"

陈青忽然爆发，使劲儿一抢，将武权从椅子上薅起，抢到地上，摔个四仰八叉。他还想上去痛打，被李斌良拦住。另两个特警上来，将武权扭起，看着李斌良。李斌良说："把他铐起来！"

一个特警拿出手铐，陈青抢过来："给我！"

陈青利落地将手铐扣在武权的双腕上，由于扣得紧，武权忍不住叫出声来。

"带走！"

陈青三人扭着武权向办公室外走去，武权边走边呻吟般地说："我要坦白自首，我要检举他们，争取宽大处理……"

这时李斌良发现，武权的腿似乎已经失去支撑身体的力量，要靠特警架拖着前行，同时又发现，他的裤子湿了，尿液顺着裤脚浸下来，在地板上形成清晰的印迹。看来，他知道自己是什么罪行，是什么下场。

熊货！李斌良心里恨恨地骂着：这时候，现出原形了，原来是个没骨头的东西，这样一个人，居然占有了谢蕊。

武权被陈青等人架出去后，许墨带着两个技术员走进来，对他的办公室进行搜查。他们首先打开一个上锁的抽屉，翻动了一下，从中拿出一部手机，拨了一个号码，李斌良的手机突然响了起来，他拿出来一看，屏幕显出一个似曾相识的号码，却不能一下子想起来，在哪儿看过这个号码。许墨上前拿过手机查看了一下，说了声："是它。它就是和谢蕊通话的那部神秘手机。"

这就对了。

返回路上，李斌良把搜出的手机亮给武权，问其如何以外地民工的名义购得这部手机，其吭哧一番后不得不承认，这个民工在碧山打工时，曾受过审查，复印过他的身份证，被武权留下了复印件，并用它购买了手机卡。

原来如此。

抓获武权后，李斌良又率大队人马，将强煤集团公司前总部包围，同时还派出部分警力，前往岳强发家，搜捕马铁，控制岳强发，同时搜查犯罪证据。李斌良知道，岳强发和马铁不可能在碧山坐以待毙，他们一定知道了消息，行动不会获得太大的收获。可是，他依然要这样做，他要以此告诉碧山人民，岳强发完了，鼓舞人们站出来揭发检举他的犯罪。

来到强发集团原总部，恰好碰到女副总从楼内走出，匆匆走向一辆轿车，她看到了李斌良和警察，却没有停下脚步，而是拉开车门准备上车，但是被李斌良拦住："宋总，对不起，你不能走。"她现出恼怒的表情，问李斌良要干什么。李斌良平静地说："我们在搜查岳强发和马铁，请您配合。"

看来，她心里什么都清楚，再不说别的，而是乖顺地低下头。保安们见状，也不敢猖狂，乖乖地按着指令，带着警察们搜查，一个一个房间搜过，慢慢来到岳强发的办公室门外。

女副总拿出钥匙打开门，任李斌良带人走进去。李斌良已经料到，不会在屋子里发现什么，然而踏进办公室后，他惊异地发现，墙上悬挂的那些照片有了变化，观察一番后才发现少了一幅，而少的正是重要领导人的身边人，他的照片不见了。奇怪，岳强发为什么撤了这个人的照片，这意味着什么？莫非，这个人也出事了……李斌良不敢确定，不过，他感觉这是好的迹象。

这时，陈青叫着李局，匆匆走进来："李局，你来看看这儿。"

李斌良随陈青跨入一个屋子，看到一个荒诞不经的场景。

屋子里摆放着一尊很大的释迦牟尼佛像，佛像前的椅子里坐着一个道貌岸然的僧人，正在垂首喃喃地诵着听不清的经文。可是，李斌良很快发现其镇静外表掩饰着的不安。陈青把一张名片递上来，上边是这个僧人的照片，而名片上的文字则为"林州省西远市长山寺住持释延明"。

"你再看这个！"陈青说着，把又一张照片递给李斌良，李斌良拿到手中一看，居然是自己的照片，他很是奇怪。陈青说："你再看背面。"李斌良又翻过照片，看到背面写着几个数字，再一分辨，咦，怎么是自己出生年月日？这……

李斌良把自己照片拿到僧人面前："大师，请解释一下，这是怎么回事？"

僧人说："阿弥陀佛，惭愧，惭愧……"

陈青说："少来这套，快说，到底怎么回事？"

"这……这是本僧受岳强发施主所托……"

问了一会儿，李斌良终于明白了，这个僧人是奉岳强发之命，每天拿着自己的照片和生辰八字，诅咒自己早早死亡，岳强发为此给他每天两千元的工资……

李斌良哭笑不得：瞧这些暴发户们，都是什么素质，可是，就这样一个人，攫取了国家那么多的巨额财富，成为左右一方政治经济的人物……

不过，这也间接证明，在岳强发的心灵深处，对自己是畏惧的，他意识到，自己会给他带来灾难，带来灭亡。想到这一点，李斌良又产生几分骄傲之感。

搜查完毕，没有发现岳强发和马铁，李斌良率队撤离，但是，他将女副总带上了自己的车，发现她怀中紧紧地抱着一个皮包，心中一动："宋总，可以检查一下你的包吗？当然，如果你不同意，也可以到公安局，给你开正式搜查手续。"女副总知道无法顽抗，慢慢放开手。包打开了，里边赫然现出几十个存折、房产证，稍稍清点了一下，存折上的数额达一亿多元，既有国内的，也有国外的，而房产证并非碧山的，而是苏州、常州、上海、香港等地的多个高档房产。这时，女副总完全失去了过去的风度和镇定，浑身颤抖着说不出话来。

4．真相大白

警车队伍驶到市公安局不远处时，一辆急救车和一辆警车凄厉地叫着迎面驶来。同时，李斌良接到韩心臣电话，魏忠成突然头痛发作，摔倒在地，好像是脑出血发作，急救车正在将其送往医院……

李斌良回到局内，走进走廊，身后又传来急促而又慌乱的脚步声："李局长，我要坦白交代，我要检举他们……"

是霍未然。他随着李斌良进入办公室，把门一关就跪到地上："李局长，我有罪，我有罪，我不该受他们威胁利诱，收下那笔钱……"于是，李斌良很快从霍未然口中听清：宋国才家抢劫案发生后，他在魏忠成指挥下投入破案，并率刑侦支队将冯军强抓获。清缴赃物时，他发现了八千多万现金和两亿多元人民币的存折银行卡，深为震惊，可是魏忠成要他保密，之后，魏忠成把情况报告了武权，之后，武权指示，以一千一百多万元结案，而宋国才为了表示感谢，一次性赠予他两千万元人民币作为酬谢。

别的呢？

别的，霍未然支吾着说就不太清楚了，他分析，自己得了两千万，魏忠成最少得到四千万，那武权就得五千万元甚至上亿。

那么，武权为什么要这样做，只是图几千万或者上亿元的好处吗？

霍未然吞吞吐吐地说，钱只是一个理由，关键是上边有人发话。他分析，发话的人应该有古泽安，但是，更重要的是谭金玉，具体怎么个情况，他也说不清楚。

李斌良立刻提审武权，武权嘴上说要坦白交代，可是，问到这个问题时却支吾起来，好一会儿才说，是古泽安让他这么办的，可是，又过了一会儿，又说，是谭金玉发了话。案发后，因涉及国企领导人宋国才巨额钱款来源不明，他一时不知怎么办才好。这时宋国才来到碧山，给了他五千万元的存折，请他在案卷中做手脚，把金额降为一千一百万。他本不想答应，害怕一旦败露，自己会陷进去。可是宋国才却告诉他，他已经找过省政法委书记兼纪检委书记谭金玉，是谭金玉要他来找武权的。这时古泽安又打来电话，也要他这样做，他就这样做了。

那么，张华强在这个案子中扮演什么角色，他最初应该没有涉案，为什么也卷进来了？

听到这个问题，武权支支吾吾，不想说出真情。这时林荫打电话告诉李斌良，已经押到省看守所的张华强向省厅刑侦总队做了交代：张华强虽然没有直接参与此案，可是，他发现了蛛丝马迹，并暗中探查，掌握了部分真相，在这种情况下，宋国才在煤矿并购中，多给了他两个多亿，他才答应保密。更严重的是，后来，真相面临暴露时，一伙人决定除掉林希望，武权提出，所有得到好处的人谁也不能躲清静，所以，要张华强提供了枪支，也就是那支他从巡特警支队获得的仿"六四"式手枪和子弹，也就是这支手枪，杀害了林希望，后来又杀害了谢蕊，还射向李斌良。

那么，林希望到底是怎么回事呢？三人虽然不愿意直接回答，可是无论如何也无法回避，最终还是吐露了真相，一切就像李斌良分析的那样：林希望作为技术员，参与了现场勘查和赃物清缴，发现了巨额钱财，深为震惊。可是，武权、魏忠成和霍未然对他威逼利诱，宋国才拿出三百万人民币的存折塞给了他。在金钱的诱惑和精神上的重压下，他不得不在假的现场勘查和搜查笔录上签了字，却因此陷入深重的压力和精神折磨之中，最终忍耐不住，向人吐露了真相……

于是，林希望就这样被杀害了。

那么，林希望向谁吐露了真相导致被害？李斌良本以为是谢蕊，谢蕊又告诉了武权，导致林希望被害。然而，武权的回答却出乎他的意料："是谭书记……不，是谭金玉。"

谭金玉？林希望向谭金玉吐露了真相？这……

"是谭金玉。林希望给省纪检委写了举报信，直接寄给了谭金玉，以为他能处理。可是谭金玉接到信后，却告诉了我们，让我们一定处理好，我们这才……"

明白了，明白了……原来是这样。这么说，林希望是好样的，是个好警察，他应该是烈士，应该受到表彰奖励，应该是学习的榜样啊，可惜……林希望，我的好兄弟呀，可惜，你认错了人，可惜，我来晚了，你当时为什么不找我呀……

李斌良的眼前浮现出林希望的遗像，浮现出那张年轻的面庞，产生一种要流泪的感觉。

那么，林希望是谁动手杀害的？是怎么杀的？无论是武权、张华强还是霍未然，都摇头说不知道，但是他们却都说，是岳强发来执行的这个任务，至于动手的是谁他们不知道，不过，估计马铁马刚兄弟脱不了干系。至于具体作案过程，他们更是一问三不知，但是李斌良根据掌握的情况指出，是谢蕊给林希望打的电话，把林希望从家中诱出杀害的，那么，是谁指使谢蕊做出这种事？谁能……

武权听到这话，彻底瘫软了。

当然是他，只有他和谢蕊这种关系，才能指使她。可是，他也交代，当时，他是欺骗了谢蕊，并没有告诉谢蕊，有人要杀林希望，只是说戏弄林希望一次，让他对谢蕊彻底死了心。然而，林希望被害后，她一下子明白了她那个电话的后果，极为恐惧、内疚、痛苦，一度中断了和武权的来往，但是，她既然已经落入他的手掌，他就不可能让她脱离。最终，在她被陈青打动，想和他们彻底决裂时，遭到了和林希望同样的下场……

王八蛋，王八蛋……

李斌良听着这些，真想冲上前，对武权猛打一通，发泄仇恨，可是看他屁滚尿流的样子，还是忍住了。这时，他提出了心中的疑团：那天晚上，岳强发找自己赴宴，他中途接到电话离开一会儿，回来脸色异常是怎么回事。武权只好承认，他一直派人暗中盯着谢蕊，盯梢者看到了她和陈青在一起，报告了他，他既恼火又不安，才指使人开车撞了陈青。

李斌良又问武权，是谁杀害的谢蕊，武权说，自己托付了岳强发，至于具体谁动的手，怎么干的，他也没打听。只是……

只是什么？

只是，那天夜里，酒宴结束后，他知道她有了异心，并有可能暴露自己的罪行，因而决定杀害她，所以打电话约见谢蕊，谢蕊开始不想见他，他打了三次电话，她才不得不应约前往，走出小区，上了凶手的车，踏上了死亡之路。而凶手，肯定还是岳强发的手下马铁马刚之流，至于具体是谁，他没有问过。

问题又来了，岳强发和此案无关，他也不需要钱，为什么积极主动地参与到此案中来呢？武权说，因为岳强发在煤矿并购中，和宋国才做了大量交易，获取了上百亿的好处，如果宋国才进去，说出实情，他的下场肯定也不美妙，所以他积极出手，把案子摆平。说着说着，分头审讯的三人不约而同骂起了岳强发，骂起了宋国才，也骂起了谭金玉，说是他们害了他。武权和霍未然还争先揭发：宋国才的钱太多了，藏在父亲家中的，就有美金五百多万、英镑三百多万、欧元一百多万、人民币一百多万元，等等，金条珠宝无数，还有大量名人字画、名贵饰品。而这些钱财珠宝，大部分被谭金玉拿走。武权说到最后，又骂起谭金玉，说就是他逼迫自己包庇宋国才的，他是个伪君子，假清官，实际比谁都贪。他还骂起古泽安，说就是他牵的线，让自己结识了谭金玉，否则也不会落到今天这个地步。同时揭发说，当年古泽安当上省公安厅副厅长，也是岳强发找到谭金玉运作使然。可是霍未然和张华强却又揭发说，后来武权接古泽安的班当上公安局局长，同样是古泽安找谭金玉运作的结果。

听到这些，李斌良又想起一个问题：马刚和王壮刺杀自己，又是怎么回事？

武权痛快地交代：这是没有办法的办法。李斌良被免职后，他们本来没想杀他，可是，当他和陈青驾车离开碧山后，他们意识到不妙，由古泽安出面，动员沈静劝李斌良不要再和他们斗，实际上是打听李斌良的态度。当知道李斌良决心和他们斗到底并要向中央巡视组反映时，他们不得不做出决定，由岳强发指使马刚和刚刚刑满出狱的王壮开车刺杀李斌良……

李斌良把审讯及相关情况向林荫做了汇报，剩下的行动他就无法参与了，但是消息却一个接一个地传来：宋国才是在北京参加会议期间，被中纪委带走的。据称，办案人员又在他别的住宅及场所，发现了大量现金、珠宝金条及存折银行卡。至于古泽安，表现得更加荒唐，他居然跳了楼，可是没有摔死，只是摔断了脊椎，送入医院的途中，哭得像个孙子似的，嘴上不停地说自己有罪。

让李斌良遗憾的是，岳强发不是他亲手抓获的。因为事发前后，岳强发一直住在北京，疯狂地活动运作，想逃脱制裁，而且，还事先知道了风声，采取了相应的行动，那就是逃跑。可是，行动还是晚了一步。李斌良在林荫发给他的视频中，目睹了林荫带人将岳强发在北京机场抓获的情景，视频中，他被荷枪实弹的警察从机舱里押解出来，手上还扣着手铐。而他的铁杆保镖——杀手马铁，也落入了法网。

至于谭金玉的情况，李斌良则是从中央电视台的新闻报道得知的，报道得非常简单，只说明荆原省委常委、政法委书记兼纪检委书记谭金玉，因严重违纪违法，被中纪委立案侦查。之后，这个人就从荆原消失了。不过，林荫告诉李斌良，办案人员在搜查时，从谭金玉的办公室搜到林希望寄给他的举报信，还有他的那个三百万元的存折。

天哪，怪不得哪里也不见存折，原来他寄给了谭金玉。

林荫从办案人员那里看到了林希望的信，并复印了一份，用邮箱发给了李斌良，于是，李斌良也看到了这封信。

敬爱和信赖的谭书记：

我是碧山市公安局的一名普通警察，现在，将一起涉案金额巨大的腐败案举报给您，希望您严肃查处……

在讲述了具体案情后，林希望在信的结尾这样写道：

尊敬的谭书记，我是带着美好的理想和希望报考警院，当上人民警察的，我想的是，能在自己的岗位上，以法律为武器，打击犯罪，保护无辜，在贡献社会和他人的同时，也能改善家庭生活，让我辛劳的父母过得舒服一点儿。可是我万没想到，却面对着这样的现实。一方面，我改变家庭生活的愿望很难实现，因为，靠我的父母辛劳，靠我努力工作，这微薄的收入，只能勉强让我们活下去，根本无法过上富裕体面的生活，甚至，我一直相信的爱情，也因为金钱而离去。可是，另一方面，却是如此的腐败，几千万、几个亿的金钱落到一两个人手中。宋国才是国家公职人员，他怎么会有这么多钱？对，我听说，我们林泉县全县的年财政收入还不到一亿元，可是，宋国才一家就有几亿元。我还听说，碧山市的煤老板岳强发有几十亿甚至上百亿元，他们一个人，是我们一个林泉县多少年的财政收入啊。怎么会这样？我想，这也是我们家贫穷而无法改变的原因吧。谭书记，我听说，你是个廉洁公正的好领导，我希望你能发挥自己的作用，打击腐败犯罪，给人们带来希望……

李斌良看完信，百感交集，一方面，对林希望的话产生强烈共鸣，另一方面，也深切地感觉到，林希望，这是个多么好的青年，多么优秀的警察，有一颗多么正直的心，可是，就因为这些，被他们无情地杀害了，希望彻底地破灭了……

5. 报告

消息一个个地传来，这天，李斌良正忙着，忽然接到林荫的电话，让他打开电视，看中央电视台的新闻节目。他打开后，万没想到，出现在屏幕上的居然是那个高层领导身边的人，但是，这次只有他的一张照片却不是本人，播音员报道的是："涉嫌重大违法违纪接受调查。"

李斌良在激动的同时马上想到：还有那个老爷子呢？他怎么样了？

他打电话询问，林荫说，暂时还没有他的消息。不过，有句话要他记住：正义必胜，人民必胜！

在这种背景下，李斌良以一种极度亢奋的心情投入到战斗中，他夜以继日，不断发出指令，在短短的时间里，不但几个涉案的主要人物和上层人物被抓，下层的一些党羽、喽啰也纷纷被查被抓。与此同时，纪检部门也在行动，碧山的一大批处级、厅级干部被立案审查。应该说，碧山的社会开始发生了变化，然而，人们的反应却出乎李斌良的意料，并没出现什么放鞭炮庆祝的场景，相反，社会面好像更静了，如果一定要说有什么反应的话，那就是一些窃窃私语。甚至有人说，最后的胜负还很难说，因为兵兵的父亲还在，兵兵本人也没什么事，且已经定居澳洲，还购买了豪宅。所以，岳强发说不定哪天还会杀回来。

更有甚者说什么，岳强发黑是黑，可是，办事还是挺讲究的。还有的说，武权也黑，可是，求他办事，只要花上钱还真好使，现在把他抓起来了，今后再办事就难了。此类言论还有很多，传到李斌良心里，让他很是沮丧。郁明叹息着说：这么多年，让岳强发和武权他们闹的，人们的道德观念已经扭曲，已经没有是非观，不，是颠倒了是非观，人们已经不再相信正义，更不相信正义会胜利，岳强发们骑在他们头上，是天经地义的事情。而这，才是最可怕的。

是的，不相信正义会胜利，甘心屈服在邪恶的压迫之下，这才是最可怕的，而这正是岳强发们给予人们的，也是他们要达到的目的。

这，也是他们最大的罪恶。

李斌良匆匆走进碧山市人民医院，走进一道走廊，向一个病房走去。

郁明好像感应到他的到来，开门走出来，匆匆迎向他："李局，你来得正好，医生说，他现在是回光返照，坚持不了多长时间了。"

郁明说的是林希望父亲。原来，李斌良返回碧山准备动手之时，就指示郁明用救护车将林希望的父亲从家中接到医院，竭尽全力延长他的生命，让他听到案件告破、凶手被捕的消息。现在，李斌良就是来兑现自己的诺言，向他报告这个好消息的。

出人意料。李斌良走进病房后，居然发现一个枯瘦的男子半仰半坐在病床上，脸冲着门，看到自己走进来，还轻轻叫出声来："李……局长……"

是他，是林希望父亲，他太枯瘦了，确实太枯瘦了，枯瘦得脸上几乎就剩下皮和骨架，因而让李斌良费了很大劲儿才认出他。但是让人诧异的是，他枯瘦的脸上居然还有一抹红晕，这……难道就是回光返照吗？

李斌良走上前，轻轻握住他枯瘦的手："林大哥，我向您报告好消息来了。"

林父吃力地："我……知道，案子……破了，凶手，抓起……来了。"

"这……林大哥，您知道了？"

"知道了，李局长，你……是个好局长，你……说到做到，谢谢你！"

林希望母亲凑上来："自住进医院后，不时听人说，警察在抓人，抓了好几个坏警察，还把岳强发抓了。他一直昏迷着，我以为他没有听到，没想到，他都听到了。"

"不，我……看到了，"林父说，"我亲眼……看到，李局长……带着警察，把他们……抓起来了，枪毙了……"

郁明凑近李斌良："他产生幻觉了，可能，幻觉和现实混到一起了。"

应该是这样。如果这样，自己来得还有意义吗？

不管有没有意义，必须告诉他。

"林大哥，你说得没错，是他们合谋害了希望，我把他们都抓起来了。林希望是好样的，你儿子是好样的，是个好警察，我们已经为他申报烈士，而你就是烈士父，你妻子是烈士母亲，你们将得到一笔抚恤金，今后，还要享受烈士家属的待遇。林大哥，你高兴吧！"

"高……兴，太……高兴了……希望，你……来了，李局长……的话，你……听到了吗？儿子，爸……在这儿，等等……爸……"

林父的声音突然中断了，头歪向一旁，脸上的红晕迅速消失了，可是，他的脸上还挂着笑容……

林母揪心地说："他这是怎么了，老林，老林……老林哪，老林……"

撕心裂肺的哭声响起……

李斌良的泪水流出来，可是，心中却有几分欣慰，因为自己毕竟兑现了诺言，林父在死前毕竟听到了胜利的消息。

他拭了一下眼睛，叮嘱郁明照顾好林希望的母亲，全力帮助处理好后事，之后匆匆离去。

他要回省城，还有另一个医院要去。

6. 微曦

晚上十时许，风尘仆仆的李斌良来到省人民医院，走进一道走廊，踉跄着向前奔去。

他奔向一个病房，那里有他的亲人，这个世上最亲的人。

他是那么地急于看到她们，看到她，可是，当奔到门旁时，却放慢了脚步并停下来，守在门口，不知如何才好。

门旁的长椅上坐着一个负责警卫的年轻警察，他站起来想询问李斌良，向前走了半步又停下来，显然是认出了他。

他忽然害怕走进去，不敢走进去，不敢看到她，不敢看到昏迷中的她，他曾经幻想着，几天过去，她会醒过来……

可是，她没有，回来之前，他已经打电话问过。可是他依然抱着幻想。他停在门口，是害怕幻想被打破，害怕见到仍然昏迷的她。

忽然，门内有轻声说话的声音传出。

是谁？已经晚上十点多了，谁还在病房里说话，对，这个病房里只有她一个人哪，顶多，苗苗会陪着她，那么，这是谁跟谁在说话？

他听清了，是苗苗说话的声音："苗姨，我爸爸就要回来了，他说过，要和咱俩一起生活，如果真的这样，我今后就叫你妈妈……"

这……难道，她醒来了，在听她说话？

然而，苗苗的声音在继续："所以，你还是醒来吧，和我们在一起，如果你醒过来，爸爸会多么高兴啊，你这个样子，爸爸多么伤心啊，你不是爱他吗，为了他，你醒来吧……"

幻想破灭了，可是，李斌良的心被女儿的话打动了，他把门开大，轻轻地走进去，守在苗雨床前的苗苗停止说话，扭头向门口看来。

"爸，你到了，瞧，我苗姨她还是不醒过来，一点儿动静也没有。"

苗苗轻声啜泣起来。

李斌良搂了一下苗苗的肩膀，然后悄悄走上前，观察着躺在病床上的苗雨，她的脸上依然扣着吸氧面罩，依然闭着眼睛，看她的面庞，好像比自己离开的时候消瘦了一些，但是，又感觉苍白中透出一丝红晕，这……能不能是好迹象？但愿吧！

李斌良再打量女儿，她也消瘦了，这几天，她肯定是夜以继日地守候在苗雨的身旁，也一定是累了，而且感情上受尽了折磨。他说："苗苗，你回家睡吧，今天晚上我陪着她。对，让门外那个警察也回家休息，这儿有我就行了。"

苗苗真的懂事了，她理解了父亲的心情，什么也没说，起身就向外走去，让这个病房成了二人世界。李斌良坐到了苗雨身旁，轻轻抓起她的手，放到自己手心，轻声对她说起来："苗雨，我回来了，我在碧山的任务完成了，回来陪你了。你知道吗，一路上我都在想你，想起我们相识、相知、相爱的一幕幕。你还记得吗，我们是在山阳相识的，是在侦查山阳县委书记郑楠妻子和女儿被害案的时候，我们相知了。对，在侦破过程中，我救过你，你当时说爱我，我还不敢确信。后来，在破案后返回清水的路上，你拦住了长途公共汽车，和我一同返回清水。那次，我们本该结合，可是，你却不辞而别，我到处找不到你。后来，我们在奉春再次相遇，不，不能说是相遇，你是有意去奉春找我的。然而，再次发生变故，苗苗在当时的情况下，无法接受你，你就再次离我而去。你走得那么决绝，我还以为这辈子再也无法见到你，可是万没想到，你却又出现在我面前，答应和我终生厮守。苗雨，你知道吗，当时，我是那么地确信，幸福已经降临到我的身上，我已经下决心，完成碧山的任务后，我就调回省厅，和你厮守，给你也给我自己一个家。你也答应过我，再不会离开我，可是，你为什么又这样，为什么？苗雨，亲爱的人，你听到我的话了吗？听到没有？听到你就表示一下，告诉我，说你听到了，快呀，苗雨，让我知道，你听到了我的话，你不会离开我……"

李斌良说着说着，泪水汩汩流下来，可是，无论他怎么说，她都是静静地躺在床上，闭着眼睛，没有任何反应。

就这样，他握着她的手，不知不觉伏在她身边睡着了。

不知过了多久，他忽然觉得自己回到了家中，又听到厨房里传出锅碗勺盆的声音，声音是那么的动听，他喜悦，动情，悄悄走到厨房门口，向内看去，又看到了两个女人的背影，一个是女儿苗苗，一个是爱人苗雨，他默默地看着这一幕，泪水不知不觉流下来，忍不住轻轻走上前，扳住她的肩膀："亲爱的，你什么时候醒过来的，怎么刚醒就做饭了，快休息休息……"她转过脸来对他笑着，嘴上说着什么，虽然听不清楚，但是意思却非常明白，她是在说，自己痊愈了，没事了，让他去休息，自己今后天天给他做早餐……

李斌良再也忍不住，一下子呜咽出声："苗雨，苗雨……"李斌良被自己哭醒了，被自己的声音惊醒了，他听到自己还在叫着："苗雨，苗雨……"泪眼中他看到，苗雨还静静地躺在床上，一动不动，这才明白，刚才只是南柯一梦。

巨大的悲痛从心底涌出，他真想放声痛哭……咦？这是怎么回事？

他忽然感觉到自己的手心有东西在动，啊，那是她的手，她的手还在自己的手中，她的手……她的手指在轻轻地挠着他的手心……

天哪，苗雨，你听到我的话了吗？你是醒来了吗？苗雨，苗雨……

苗雨没有回答，也没有动。但是李斌良却清楚地看到，一滴泪水正在从她的眼角溢出，缓缓流下……

"苗雨，苗雨，你醒了吗，你醒了，快醒来呀……医生，医生，快来呀，她流泪了，苗雨流泪了……"

几个医护人员冲进了病房，也看到了苗雨流下的泪水，看到了她还在微微动着手指。

"医生，瞧，她是不是苏醒了？"

医生没有马上回答，而是要护士们把苗雨推进抢救室，之后才转向李斌良。他的回答是，苗雨的这种反应有两种可能：一是好事，她真的要苏醒过来。二是另一种可能，那就是……回光返照……

"什么？那，哪一种可能大，哪一种？"

医生说他无法做出准确判断，然后匆匆奔出。李斌良随之跟出，跟在医生的后边叫着："她一定会醒过来，医生，你一定要她醒过来……"

抢救室外，李斌良坐在长椅上等待着，祈祷着，时间一分一秒过去，苗雨迟迟没有出来，李斌良渐渐感觉到困倦，想闭上眼睛，可就在这时，他看到急救室的门无声地开了，一个人无声地走出来，停在门口，微笑着看向自己……

天哪，是苗雨，苗雨，你真的醒过来了，太好了，快走，咱们回家，回家……

李斌良冲上前，紧紧地拥抱住她，继而拉着她的手向外走去……

二人走出医院大楼，来到院子里，停下脚步，举目向东方看去。

东方出现了鱼肚白色，并在渐渐变亮，变红。

天已微曦……

图书在版编目（CIP）数据

奉人民之命 / 朱维坚著. -- 北京：作家出版社，2017.6
ISBN 978-7-5063-9504-5

Ⅰ. ①奉… Ⅱ. ①朱… Ⅲ. ①长篇小说 – 中国 – 当代
Ⅳ. ①I247.5

中国版本图书馆 CIP 数据核字（2017）第 107926 号

奉人民之命

作　　者：朱维坚
责任编辑：韩　星　苏红雨
装帧设计：刘红刚
出版发行：作家出版社
社　　址：北京农展馆南里 10 号　　　　邮　　编：100125
电话传真：86-10-65930756（出版发行部）
　　　　　86-10-65004079（总编室）
　　　　　86-10-65015116（邮购部）
E-mail:zuojia@zuojia.net.cn
http://www.haozuojia.com（作家在线）
印　　刷：北京明月印务有限责任公司
成品尺寸：152×230
字　　数：450 千
印　　张：25.5
版　　次：2017 年 6 月第 1 版
印　　次：2017 年 12 月第 2 次印刷
ISBN 978-7-5063-9504-5
定　　价：46.00 元